Markolf Hoffmann
Splitternest

## Zu diesem Buch

Die Kluft zwischen Mondschlund und Sternengänger, zwei geheimnisvollen Zauberern der Vorzeit, scheint unüberbrückbar. Beide wollen die Welt Gharax nach ihren Vorstellungen formen. Das »Verlies der Schriften« schickt für Mondschlund seine Schatten an die Oberfläche, und Sternengänger dehnt seine Macht auf den neuerschaffenen Südkontinent aus. Doch dann werden ihre Anhänger zu Abtrünnigen, und das Zeitalter der Wandlung mündet in einen Strudel aus Gewalt, Zauberei und Verrat. Können sich die Menschen von den Ränken der Zauberer befreien und die Tore zur Sphäre für immer versiegeln? Oder ist die Hoffnung auf eine Zukunft ohne Magie und falsche Legenden vergeblich? Höhepunkt und Abschluß der Saga »Das Zeitalter der Wandlung« von einem der wichtigsten jungen Fantasy-Autoren.

*Markolf Hoffmann,* 1975 geboren, studierte Geschichte und Literaturwissenschaft, engagiert sich in Kurzfilmprojekten und schreibt phantastische Romane und Erzählungen. Sein furioser Zyklus »Das Zeitalter der Wandlung« machte ihn zur neuen Hoffnung der deutschen Fantasy. Markolf Hoffmann lebt in Berlin. Weiteres zum Autor: www.nebelriss.de

Markolf Hoffmann

# SPLITTERNEST

**DAS ZEITALTER DER WANDLUNG 4**

Piper München Zürich

Von Markolf Hoffmann liegen in der Serie Piper vor:
Nebelriss. Das Zeitalter der Wandlung 1
Flammenbucht. Das Zeitalter der Wandlung 2
Schattenbruch. Das Zeitalter der Wandlung 3
Splitternest. Das Zeitalter der Wandlung 4

FSC Mix
Produktgruppe aus vorbildlich bewirtschafteten Wäldern und anderen kontrollierten Herkünften
www.fsc.org Zert.-Nr. GFA-COC-1223
© 1996 Forest Stewardship Council

Originalausgabe
August 2007

Umschlagkonzeption: Büro Hamburg
Umschlaggestaltung: HildenDesign, München – www.hildendesign.de
Umschlagillustration: Markus Gann, Sindelfingen – www.begann.de (oben), Alex Vitet (unten)
Karten: Hjördis Hoffmann
Papier: Munken Print von Arctic Paper Munkedals AB, Schweden
Gesamtherstellung: Clausen & Bosse, Leck
Printed in Germany ISBN 978-3-492-28624-4

www.piper.de

# INHALTSVERZEICHNIS


PERSONENVERZEICHNIS . . . . . . . . . . . . . . 6
KARTEN . . . . . . . . . . . . . . . . . . . . . 10 + 12
LEGENDE . . . . . . . . . . . . . . . . . . . . 11
PROLOG . . . . . . . . . . . . . . . . . . . . . 13
VORREDE . . . . . . . . . . . . . . . . . . . . 48
KAPITEL 1: Rosen . . . . . . . . . . . . . . . 50
KAPITEL 2: Mond . . . . . . . . . . . . . . . 86
KAPITEL 3: Entfesselung . . . . . . . . . . . 111
KAPITEL 4: Sonne . . . . . . . . . . . . . . . 150
KAPITEL 5: Vergeltung . . . . . . . . . . . . 161
KAPITEL 6: Übergang . . . . . . . . . . . . . 184
KAPITEL 7: Könige . . . . . . . . . . . . . . 208
KAPITEL 8: Krebse . . . . . . . . . . . . . . 237
KAPITEL 9: Frieden . . . . . . . . . . . . . . 268
KAPITEL 10: Treue . . . . . . . . . . . . . . 285
KAPITEL 11: Hunde . . . . . . . . . . . . . . 315
KAPITEL 12: Schwärze . . . . . . . . . . . . . 328
KAPITEL 13: Flöte . . . . . . . . . . . . . . 365
KAPITEL 14: Wandlung . . . . . . . . . . . . 376
EPILOG . . . . . . . . . . . . . . . . . . . . . 387
DANKSAGUNG . . . . . . . . . . . . . . . . . . 391

# PERSONENVERZEICHNIS

***Die letzten Angehörigen des Silbernen Kreises***

*Akendor Thayrin*, einstiger Kaiser von Sithar

*Uliman Thayrin*, sein Sohn, neuer Kaiser von Sithar, Fürst von Thax, verschollen in Vara

*Binhipar Nihirdi*, Fürst von Palidon

*Baniter Geneder*, Fürst von Ganata

***Die Bewohner von Imris***

*Gubyr*, Anführer der Ritter der Neun Pforten, geflohen aus Candacar

*Talomar Indris*, ein weiterer Pfortenritter aus Ganata, einstiger Liebhaber Jundala Geneders

*Tenmor Imer*, Bruder des ermordeten Fürsten Stanthimor, Münzherr der Kaufleute, Mitglied des Rats der Neun Pforten

*Der Bootsmeister der Fischer*, Mitglied des Rats der Neun Pforten

*Der Küstenwächter der Seefahrer*, Mitglied des Rats der Neun Pforten

***Kahida und ihre Schüler***

*Kahida*, legendäre Zauberin, Erbauerin von Athyr'Tyran

*Sternengänger*, der Bezwinger der Quellen, der Weltenwanderer, bekannt unter dem Namen Durta Slargin

*Mondschlund*, der ›Blender‹, legendärer Zauberer und einstiger Gefährte Durta Slargins

***Die Besucher der Insel Tyran***

*Laghanos*, der Auserkorene, ehemaliger Zauberschüler aus Larambroge und Sternengängers Diener

*Ashnada*, eine gyranische Meuchlerin, einstige Igrydes

*Aelarian Trurac*, Großmerkant aus Troublinien

*Der Schattenspieler*, geheimnisvoller Wanderer zwischen den Welten und Nachfahre der Kaiserfamilie Aldra

***Die Wanderer im Verlies der Schriften***

*Cornbrunn*, Leibwächter des Großmerkanten Aelarian

*Nhordukael*, der Auserkorene, Hohepriester der Tathrilya
*Sardresh von Narva*, der ›Schwärmer‹, Baumeister aus der Regierungszeit Kaiser Akrins
*Glam*, ein Geisterwesen
*Grimm* und *Knauf*, zwei Kieselfresser, Tiere aus den troublinischen Mooren

***Die Bewohner der Stadt Vara***
*Darna Nihirdi*, Fürst Binhipars Gemahlin
*Sinustre*, einstige Betreiberin der Halle der Bittersüßen Stunden, eine ehemalige Kurtisane
*Garalac*, ein Troublinier, der Leibwächter Kaiser Akendors
*Tundia Suant*, Schwester des ermordeten Fürsten Scorutar Suant, einstige Verlobte Akendors

***Die Arphater***
*Königin Inthara*, Herrscherin über Arphat, Tochter des Sonnengottes
*Ejo*, Schechim der Anub-Ejan-Sekte, auch ›der Große Ejo‹ genannt

***Die Familie Geneder und weitere Bewohner von Gehani***
*Jundala Geneder*, Fürst Baniters Gemahlin, verschollen in Vara
*Sinsala Geneder*, älteste Tochter des Fürstenpaares
*Banja Geneder*, zweite Tochter des Fürstenpaares
*Marisa Geneder*, jüngste Tochter des Fürstenpaares
*Orusit Geneder*, ein Onkel Fürst Baniters
*Hjele Geneder*, Fürst Baniters Mutter
*Levaste*, Prior der ganatischen Tathril-Kirche, ein Bathaquari

***Die Goldéi***
*Aquazzan*, der ›Rotgeschuppte‹, erster Scaduif
*Quazzusdon*, zweiter Scaduif, gefangen in Vara
*Sazeeme*, dritter Scaduif

***Die Ankömmlinge auf Sternengängers neuem Kontinent***
*Eshandrom*, König von Kathyga, Verbündeter der Goldéi
*Tarnac der Grausame*, König von Gyr
*Delifor*, ein Priester des Meergottes Candra, Tarnacs Schriftführer
*Schalim der Prasser*, Kapitän der versunkenen *Hotteposse*
*Mhadag*, Schiffsjunge der Südsegler
*Cercinor der Unbeugsame*, ein Aufständischer aus dem Rochenland

***Die Fischer aus Rhagis***
*Stolling*, Wirt der *Roten Kordel*, Anführer der Erben Varyns
*Schnappes*, ein alter Krabbensammler aus Rhagis
*Parzer*, ein Fischer

*Mäulchen*, eine Fischerin
*Ungeld*, ein Netzknüpfer

***Die einstigen Fürsten Sithars***
*Arkon Fhonsa*, letzter Fürst von Thoka, in Vara ermordet
*Ascolar Suant*, letzter Fürst von Vodtiva, ein Vetter Scorutars, in Vara ermordet
*Hamalov Lomis*, letzter Fürst von Varona, Bruder von Perjan, in Vara ermordet
*Perjan Lomis*, letzter Fürst von Morthyl, vor Fareghi ertrunken
*Scorutar Suant*, letzter Fürst von Swaaing, in Vara ermordet
*Stanthimor Imer*, letzter Fürst von Aroc, in Vara ermordet
*Vildor Thim*, letzter Fürst von Palgura, in Vara ermordet

***Weitere lebende, verstorbene und historische Persönlichkeiten***
*Akrin Thayrin*, früherer Kaiser von Sithar, der Vater Torsunts
*Arc Aldra*, erster Kaiser von Sithar
*Bars Balicor*, Hohepriester der Restkirche, einstiger Erzprior von Thax, Verbündeter der Bathaquar
*Bathos der Scharfzüngige*, berühmter Priester der Tathril-Kirche, Gründer der Bathaquar
*Benris*, ein Unbeschlagener, Vertrauter Darsayns und früheres Mitglied der Calindor-Loge
*Blidor Nihirdi*, Binhipars Sohn, gestorben in Nandar
*Ceyla Illiandrin*, einstige Geliebte Akendors, in Thax ermordet
*Charog*, früheres Oberhaupt der Universität von Larambroge
*Cyrmor*, ein Silberschmuggler aus Galbar Arc, von Ashnada erschlagen
*Darsayn*, der Haubenträger, Anführer des Heiligen Spektakels
*Duane*, ehemalige Aufständische aus dem Rochenland und frühere Geliebte Baron Eldroms
*Drun*, der Anführer der Weißstirne
*Eldrom von Crusco*, der Baron von Surgissa, selbsternannter ›König des Silbermeeres‹
*Gadon Geneder*, Baniters verstorbener Vater, Norgons Sohn, einstiger Fürst von Varona
*Lyndolin Sintiguren*, Dichterin und Astrologin, in Praa gestorben
*Lysron der Schmied*, einstiger Kurator der Tathril-Kirche aus Vara
*Magro Fargh*, einstiger Hohepriester der Kirche, ermordet von Nhordukael
*Mestor Ulba*, Siegelmeister des Kaisers, hingerichtet in Arphat
*Naikaya*, eine Zauberin der Malkuda, gestorben in Oors Caundis

*Norgon Geneder*, Baniters Großvater, der, ›Verräter‹, einstiger Fürst von Varona

*Sai'Kanee*, Priesterin des Todesgottes Kubeth, eine Mondjüngerin

*Sorturo*, einstiger Lehrmeister von Laghanos in der Universität von Larambroge

*Suena Suant*, die Tochter der Baronin Tundia, in Thax von Akendor Thayrin ermordet

*Syllana Thayrin*, einstige Gattin Kaiser Akendors und Mutter Ulimans, in Thax von wilden Hunden zerrissen

*Tira Aldra*, frühere Kaiserin von Sithar, Verbündete der Bathaquar und von dieser ermordet

*Torsunt Thayrin*, früherer Kaiser von Sithar, der Vater Akendors, der Großvater Ulimans

*Varyn der Seefahrer*, Entdecker der Insel Morthyl, Erbauer des Leuchtturms auf Fareghi

*Vinnor Aldra*, aufsässiger Bruder des ersten Kaisers von Sithar

***Einige auf Gharax verehrte Götter***

*Tathril*, alleiniger Gott der Tathrilya-Loge, verehrt in Sithar und Troublinien

*Agihor*, Gott der Sonne und des Regens, höchster Gott der Arphater

*Candra*, Gott des Meeres, höchster Gott der Candacarer

*Gharjor*, Gott der Stürme, höchster Gott der Gyraner

*Kubeth*, einer der Todesgötter von Arphat

*Raquai*, Göttin der Geburt und der Wiederkehr

Atrevo
Bilmephal
Nordmeer
Siccelda
Tyran
Straße von Tyran
CANDACAR
KATHYGA
ARPHAT
AROC
Suuls Hauch
Stirging
PALIDON
PALGURA
Troublinische See
Loana
GYR
THAX
Letha
VARONA
GANATA
SWAAING
TROUBLINIEN
Tula
Scar
Phatal
Strega
Suan
KAISERREICH SITHAR
THOKA
Vrynn
VODTIVA
Fareghi
Throdot
Pendekowin
Thaira
Silbermeer
MORTHYL
Phaly

## LEGENDE

*Königreich Gyr*
1 – Nagyra
2 – Gharjas, *Hauptstadt*

*Königreich Candacar*
3 – Kyrion, *Hauptstadt*

*Königreich Arphat*
4 – Praa, *Hauptstadt*
5 – Harsas
6 – Pryatt Parr – Golganor (Grenze Arphat / Palidon)
7 – Adep-Epta

*Königreich Kathyga*
8 – Larambroge, *Hauptstadt*
9 – Ghasren
10 – Crusco
11 – Tarosage

*Rochenland (Teil von Kathyga)*
12 – Surgissa
13 – Der Steinkreis von Ilmora
14 – Oors Caundis (Logenburg der Malkuda)

*Kaiserreich Sithar*
15 – Nandar (Palidon)
16 – Ronamot (Palidon)
17 – Jocasta (Palidon)
18 – Condul (Palgura)
19 – Persys (Palgura)
20 – Thax (Thax) *zerstört*
21 – Movimar (Thax)
22 – Narva (Thax)
23 – Amos, der Brennende Berg (Thax)
24 – Blanvart (Thax)
25 – Travid (Thax)
26 – Mehnic (Varona)
27 – Vara (Varona), *Hauptstadt*
28 – Gehani (Ganata)
29 – Bolmar (Ganata)
30 – Serys (Thoka)
31 – Galbar Arc (Morthyl)
32 – Miras Arc (Morthyl)
33 – Venetor (Vodtiva)
34 – Sawaar (Swaaing)
35 – Imris (Aroc)

*Troublinien*
36 – Iarac
37 – Oublin
38 – Torquiat
39 – Taruba, *Hauptstadt*

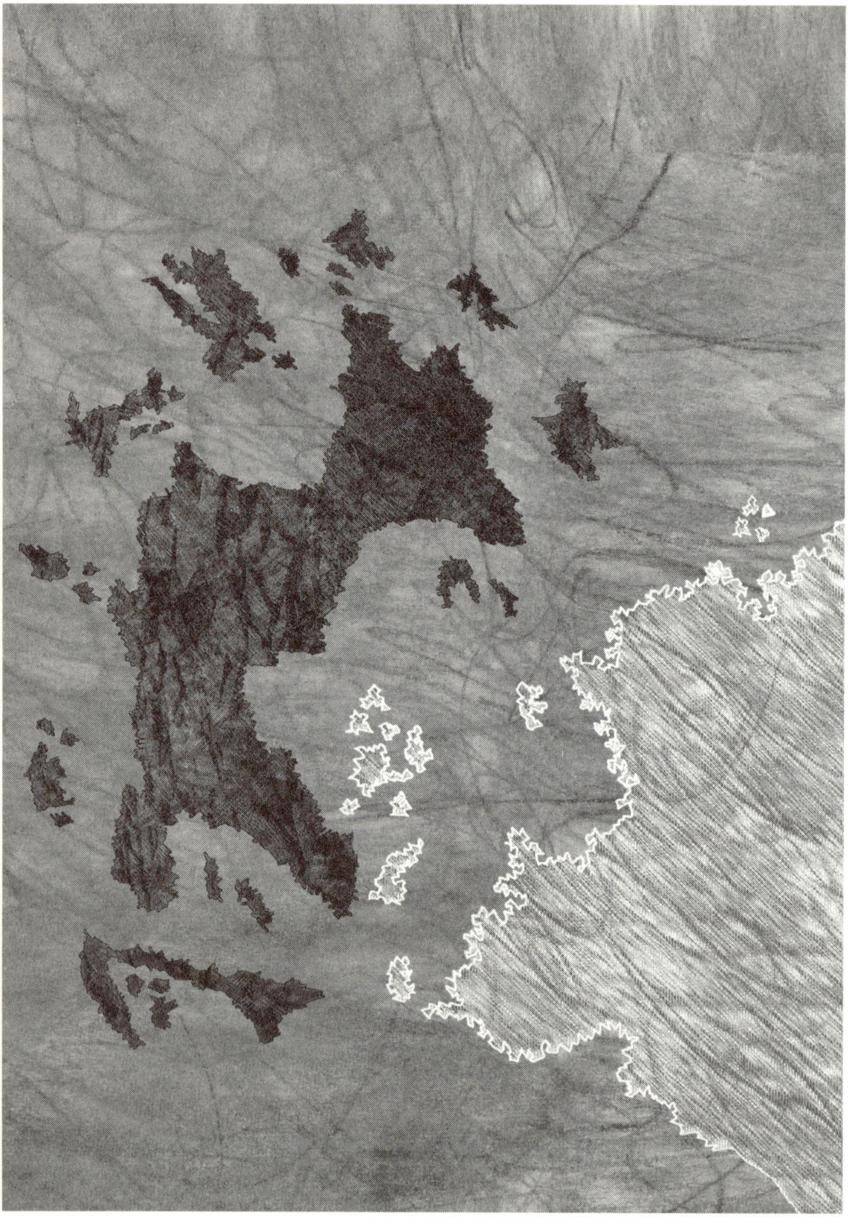

*Für Hedi. Sie hätte gerne erfahren, wie das Zeitalter der Wandlung endet.*

# PROLOG

Die Saat geht auf. Der Keim, vor langer Zeit gestreut, durchbricht die Kruste. Ob Eis, ob Stein, ob Trümmerfeld – nichts hält sein Wachstum auf. Im Untergrund streckt er die Wurzeln aus und strebt ans Licht. Dort will er Knospen treiben, uns mit seinen Blüten betören, unsere Neugier wecken, uns vergiften mit süßem Pesthauch. Denn die Saat dient nur dem einen Zweck: uns willenlos zu machen.

Zahlreiche Legenden rankten sich um Durta Slargin, den ersten Zauberer der Menschheit. Er unterwarf die Quellen, deren Magie die Welt in einen wüsten Ort verwandelte. Er durchwanderte Gharax und bezwang die Natur. Feuer, Fels und Wildwuchs kuschten vor seinem dunklen Stab. Nun erst konnten die Menschen Gharax besiedeln, und sie priesen ihren Befreier in Liedern und Legenden. Die Saat, sie fiel auf fruchtbaren Boden und wucherte, bis sie Gharax vollständig mit ihren Trieben durchsetzt hatte.

Auch auf der Insel Aroc im kalten Ostmeer wurde Durta Slargin verehrt. Dort erzählte man sich die Legende, wie er einst den Riesen Suul bezwang. Denn Suul war der Herrscher der Kälte. Sein Atem ließ das Meer gefrieren, und war er zornig, hauchte er gen Westen und strafte Gharax mit Eis- und Wirbelstürmen... Suuls Hauch, so schneidend wie ein Dolch aus Eis, so unbarmherzig wie ein langer Winter. Solange er über Aroc wehte, konnte kein Schiff dorthin gelangen. Eis umgab die Insel als ein fester Wall. Dann aber kam Durta Slargin und erschlug den Riesen. Suuls Leib sank auf die Felsen nieder, das Eis zerbarst, die Küste taute. Nun erst konnten die Menschen Aroc in Besitz nehmen, ohne Furcht vor Suul. Doch sie vergaßen ihn nie, den Herrscher der Kälte. Sein letzter Atemzug, sein Todesseufzer, wehte noch immer über das Meer: Suuls kalter Hauch…

Die Legende von Suuls Fall wurde auf Aroc in vielen Fassungen überliefert, jedes Dorf kannte eine andere. Oft kam es zum Streit, sogar zu Blutvergießen, denn jeder behauptete, die einzig wahre Fassung zu kennen. Dichtung und Deutung, Wahrheit und Erfindung ließen sich auf Aroc schwer voneinander trennen. Denn auf der kargen Insel war das Ringen um Wahrheit stets auch ein Ringen um Macht – und zugleich ein Kampf ums nackte Überleben.

So sproß der Keim der Lügen. Wer säte ihn? Wer hegte ihn in all den Jahren?

Wer wird ernten, wenn das Zeitalter der Wandlung endet?

Das Ostmeer…eisige Fluten, aufgepeitscht vom Zorn eines kommenden Sturms. Wie grobe Hände griffen die Wellen nach Suuls Hauch, fielen gurgelnd in sich zusammen, geiferten und spieen Gischt. Eisschollen brachen mit einem Knirschen und wurden zu Splittern zermalmt, die wie Scherben auf den Wogen tanzten.

In der Ferne schimmerten Arocs Gestade; schneebedeckte Gebirge, Klippen aus Eis. Das Leben der Menschen, die in den Frondörfern unter den Bergen lebten, war von Verzicht und Mangel bestimmt. Überall herrschte bittere Armut…außer in Imris, der einzigen Stadt Arocs und Sitz des Rats der Neun Pforten.

Der Himmel verfinsterte sich. Nebel schob sich von Norden her über das Wasser, schwer wie eine Wolke, die vom Himmel herabgesunken war. Um ihn klarte das Wasser auf und nahm eine tiefblaue Farbe an. Dann zerfaserten die Ränder des Nebels, und Konturen waren zu erkennen: Segel, Masten, ein goldener Schiffsrumpf. Dumpfe Klänge hallten über das Wasser, seltsame Stimmen, verhaltene Gesänge. Es waren dieselben Laute, die einst die Bewohner von Bilmephal gehört hatten, ehe ihre Insel überrannt worden war. Und bald hatte man sie überall auf Gharax vernommen, in Candacar, in Gyr, in Arphat.

Sie hatten den Untergang angekündigt.

Der gespenstische Schleier kroch auf Aroc zu. Am Himmel verdichteten sich die Wolken; ein nahender Sturm grollte in der Ferne. Durch die Wolkendecke brachen Sonnenstrahlen. Sie brachten die Eissplitter in den Wellen zum Schimmern, bis der Nebel auch sie überschattete.

Meer und Sturm und Sonne hatten sich gegen Aroc verschworen.

Die Insel zahlte nun den Preis für Suuls Erschlagung.

Die Priester der Tathril-Kirche erzählten die Legende von Suuls Tod wie folgt:

Einst herrschten grausame Götter über Gharax: der rachsüchtige Meergott Candra, dessen Wellen die Ufer verschlangen, der Sonnengott Agihor, dessen Strahlen die Felder verdorren ließ, und der furchtbare Sturmgott Gharjas. Aus Mißgunst verwehrten sie es den Menschen, Aroc zu besiedeln. Suul war ihr Wächter, ein Riese aus Eis, voller Haß auf das Leben. Tag für Tag hockte er auf den Felsen und hauchte gen Westen, denn die Welt sollte im Winter verharren, die Gewässer sollten zu Eis erstarren und die Menschen leiden, leiden... sie sollten die Götter fürchten und niemals gegen sie aufbegehren.

Doch ihr Streben nach Freiheit war stärker. Tathril, der Gott der Neuen Zeit, erhörte ihr Flehen und sandte ihnen Durta Slargin. Der Zauberer verwandelte sich in eine Schneeflocke und ließ sich vom Wind nach Aroc treiben.

Als Suul wieder einmal auf dem Gebirge saß und seinen Atmen über das Meer schickte, blieb eine unscheinbare Schneeflocke in seinem Bart hängen. Er bemerkte sie nicht.

Und in einem günstigen Augenblick nahm Durta Slargin menschliche Gestalt an, hob den Stab und zertrümmerte Suuls Kiefer mit einem einzigen kräftigen Hieb. Suul heulte auf, packte den Zauberer und wollte ihn in der Faust zerquetschen. Aber da fuhr Tathril selbst in den Stab. Suuls Faust schmolz dahin in Feuersglut. Durta Slargin befreite sich und streckte den Riesen zu Boden. So sank Suuls Leichnam in den Schnee, und Durta Slargin pries Tathril, der ihm in größter Not beigestanden hatte.

Gegner der Kirche warfen den Priestern vor, die Legende verfälscht zu haben, um den Glauben an Tathril zu erzwingen. In den Dörfern um Imris hätten noch vor Jahrhunderten viele den alten Göttern gehuldigt, und erst mit dieser falschen Überlieferung hätte die Kirche das Volk bekehrt. Wer sich geweigert hätte, ihr Glauben zu schenken, wäre mit einem Holzstab zu Tode geprügelt worden. In vielen Tempeln waren diese Stäbe noch immer zu sehen; sie hingen über den Eingangsportalen, um an Tathrils Macht zu gemahnen.

Die Peitsche traf den Candacarer im Gesicht – ein roter Streifen, quer über Mund und Wange. Blut troff von den Lippen. Er zuckte nicht einmal mit der Wimper, hielt dem Blick seines Gegenübers stand.

»Ich wiederhole mich nur ungern.« Die Stimme des Priesters klang so scharf wie sein Peitschenhieb. »Du wirst hinaufgehen, Gubyr! Ich dulde keinen Widerspruch von euch Rittern, hörst du?« Er wischte sich mit der linken Hand die Schneeflocken von der Stirn, die trotz seines Zorns kalt und blaß war. »Du bist einer der wenigen, die Suuls Nacken schon einmal erklommen haben und lebendig zurückkehrten. Deshalb mußt du ein zweites Mal hinaufgehen. Zwei Stunden noch, dann geht die Sonne unter, und sie sind da ... sie kommen!«

Der Gepeitschte lächelte kalt. Sein Gesicht war schmal und stolz; die schrägstehenden Augen waren fest auf den Priester gerichtet. Um ihn heulte der Wind und wirbelte seinen Mantel auf, den Pelzkragen, die Troddeln seiner Mütze. Er ließ sich Zeit mit der Antwort.

»Du hast mir nichts zu befehlen, Priester. Nicht mehr.« Seine Hand fuhr zum Schwertgriff. Es war eine candacarische Klinge, ihr Knauf muschelbesetzt. »Zwei Kalender lang habe ich mir dein Geschwätz angehört, deine Anweisungen befolgt, für dich und deine Kirche und deinen Kaiser mein Leben aufs Spiel gesetzt. Nun sind deine Worte ohne Belang. Die Goldéi kommen, und euch Priester werden sie zuerst bezahlen lassen.«

Die Hand des Priesters zuckte. Das Ende seiner Peitsche jagte über den Boden und wirbelte Schnee auf. Doch er schlug kein zweites Mal zu. Statt dessen sah er sich nach den anderen Männern um. Sie umringten ihn: grimmige Gesichter, kaum zu erkennen unter den Pelz- und Wollmützen, ihre Bärte weiß vor Schnee.

Es waren die Ritter der Neun Pforten, Geschworene des Fürsten von Aroc. Ihm hatten sie einst die Treue geschworen. Doch es gab keinen Fürsten mehr auf Aroc. Stanthimor Imer, der letzte Herrscher, war in Vara umgekommen, erdrosselt vom Kaiser selbst, wenn die Gerüchte stimmten. Der Fürstentitel war mit Stanthimors Tod erloschen, denn sein erstgeborener Sohn Timur war verschollen, und die restliche Familie hatte bislang keine Ansprüche erhoben – aus Furcht vor Kaiser Uliman. Seitdem waren die Ritter der Neun Pforten herrenlos. Sie wußten es, spürten es tief im Innern. Doch erst jetzt erwachte in ihnen das Gefühl der Ungebundenheit. Die Worte des Candacarers rüttelten sie auf, und sie tauschten ernste Blicke, aus denen der Stolz sprach, mit dem sie einst den Rittereid geleistet hatten.

Zwei Kalender waren vergangen, seit die Nachricht vom Tod des Fürsten nach Aroc gedrungen war. Stanthimor Imer war ermordet worden, und mit ihm der gesamte Thronrat. Kaiser Uliman Thayrin, ein Kind, das erst seit kurzem auf dem Thron in Vara saß, hatte den Silbernen Kreis ausgelöscht. Die Nachfahren der Gründer waren tot, ihre Fürstenketten zersprungen. Die Folgen dieser Bluttat hatte auch Aroc zu spüren bekommen. Die Kirche des Tathril, die dem Kaiser treu ergeben war, hatte alle Macht auf der Insel an sich gerissen. Es hatte keinen Widerstand gegeben. Die Familie Imer hatte sich den Priestern gefügt, und mit ihr die Mächtigen der Insel, die Fischer, die Seefahrer und Kaufleute... und die Ritter der Neun Pforten.

Doch damit war es vorbei. Einer Schreckensnachricht waren die nächsten gefolgt, auch wenn sie Aroc verzögert erreicht hatten. Die Zerstörung der Stadt Thax durch den aufständischen Priester Nhordukael; der Untergang des kaiserlichen Heeres bei Praa; das unaufhaltsame Vordringen der Goldéi... der Niedergang Sithars schien unaufhaltsam. Arocs Bewohner ahnten, daß die Echsen bald auch ihre Insel erreichen würden. Siccelda, die Nachbarinsel, war bereits gefallen. Nun war Aroc an der Reihe. Späher hatten eine feindliche Flotte gesichtet, die von Siccelda aus in See gestochen war – goldene Schiffe, umweht von Nebel. Am Abend, so hieß es, würden sie die Neun Pforten erreichen und Imris im Sturm nehmen, so wie die anderen Städte, wie Bilmephal und Kyrion, Nagyra und Larambroge, Harsas und Praa...

Arocs Ende war nah.

Die Ritter wußten es. Suuls Hauch wisperte ihnen die Wahrheit zu. Er wehte strenger und kälter seit einigen Tagen. Schnee stob über das Gebirge hinweg, Hagelschauer prasselten auf die Bucht herab. Die Klaue des Winters, Arocs magische Quelle, spreizte ihre Finger und schüttelte die Eiskruste ab, die seit Jahrhunderten die Höhenzüge bedeckte. Zwei Dörfer waren von Lawinen erfaßt, ein drittes von einem Eissturm verwüstet worden. Die Klaue des Winters schützte Aroc nicht mehr; sie wollte von den Goldéi befreit werden, so wie die anderen Quellen. Aroc würde untergehen, und Eis und Schnee und Frost würden die Insel umschließen, für immer.

Ja, sie wußten es. Keiner der Ritter glaubte noch an einen Sieg. Viele hatten sich bereits mit einem Boot zum Festland geflüchtet, nach Ganata oder nach Thoka, einige Verwegene gar nach Troublinien. Nichts band die Ritter an die Kirche. Sie war in ihren Augen schuld an Sithars Niedergang, der junge Kaiser ihr Werkzeug und der Hohepriester Bars Balicor ein Heuchler, der von seinem Gott Tathril verlassen worden war. Nein, von dieser Kirche erhoffte man sich keine Rettung...eher von Nhordukael, dem Auserkorenen, den einige als wahren Hohepriester ansahen. Vielleicht konnte er Sithar retten und dieses wahnsinnige Kind vom Thron stürzen. Vielleicht konnte er Uliman mit Feuersglut aus dem Palast in Vara vertreiben und das Volk hinter sich scharen, um die Goldéi zu besiegen. Vielleicht, vielleicht...

»Du weigerst dich also!« Der Priester hatte sich gefangen. »Wenn du mir nicht gehorchen willst – mir, den der Kaiser zum Stellvertreter auf Aroc bestimmt hat –, dann frage ich dich, was du sonst im Schilde führst. Willst du vor den Echsen das Haupt senken oder fliehen, während sie Aroc brandschatzen?«

»Was ich tun will?« Der Candacarer stieß ein Lachen aus. »Was ich für richtig halte, Priester. Keine Sorge, ich werde nicht fliehen. Ich habe in Candacar gegen die Goldéi gekämpft, als du noch in einem troublinischen Tempel die Stufen geputzt hast. Aber wenn ich an diesem Tag die Neun Pforten verteidige, dann nicht, weil ein Priester es mir befiehlt, sondern weil ich es den Bewohnern dieser Insel schuldig bin. Sie haben mich aufgenommen, als ich aus Candacar fliehen mußte. Ich lasse sie nicht im Stich.« Er wandte sich an die anderen Ritter. »Aroc wird sich den Goldéi nicht kampflos ergeben. Doch wie immer dieser Tag endet – die Priester des Tathril haben ausgespielt. Sie haben nichts getan, um die Echsen aufzuhalten. Ihre Herrschaft wird ein Ende finden, so oder anders.«

Der Priester ließ voller Wut seine Peitsche durch die Luft knallen. »Dafür wirst du hängen, Gubyr! Du beleidigst den Kaiser, du beleidigst Tathrils Kirche und Tathril selbst.«

Er wollte zum Schlag ausholen, doch der Blick des Candacarers ließ ihn zögern.

»Du schlägst mich kein zweites Mal.« Gubyr setzte einen Schritt auf ihn zu. Auch die anderen Ritter erwachten aus ihrer Erstarrung und schlossen den Kreis um den Priester. »Wir pfeifen auf deine Befehle, wir pfeifen auf deinen Gott. Tathril schert sich nicht um unser Schicksal. Wir müssen es selbst in die Hand nehmen.«

Er entwand dem Priester die Peitsche. Dieser wehrte sich nicht länger, starrte nur auf den Schnee zu seinen Füßen und schluckte den Zorn hinunter. Erst als er sich gesammelt hatte, hob er erneut die Stimme. »Du wirst diese Insel nicht retten, indem du uns Priester mundtot machst. Denke daran, was ich gesagt habe. Wenn du nicht Suuls Nacken erklimmst und die Neun Pforten verschließt, ist Aroc verloren.«

»Keine Angst, ich werde hinaufgehen. Ich habe den Aufstieg schon einmal gewagt.« Gubyr baute sich vor den anderen Rittern auf. »Doch ohne Hilfe kann ich den Nacken nicht erklimmen. Jemand muß mich begleiten. Wie gefährlich es auf dem Gipfel ist, brauche ich keinem zu sagen.«

Die Männer zögerten. Einige blickten auf den Berg, der sich hinter ihnen erhob: grau und zerklüftet, bepackt mit Eis. Deutlich zeichnete sich der Gipfel vor dem düsteren Himmel ab. Die Luft um ihn flimmerte. Dort oben tobte Suuls Hauch und schmirgelte das Eis mit böser Kraft. Sein Geheul ließ die Ritter bis ins Mark erschauern.

»Ich komme mit dir.«

Ein schlaksiger Mann, wohl dreißig Jahre alt, löste sich aus der Schar. Sein Gesicht war wie aus Marmor gemeißelt, weiß und glatt. Der Mantel war wettergegerbt, und er trug eine Haube aus pechschwarzem Leder. Üppige braune Locken quollen unter ihr hervor. Sein linker Handschuh zeigte eine edle Stickarbeit, einen Krebs, der mit Goldfaden in das Leder gewirkt war.

»Ich komme mit dir. Zwar bin ich noch nie auf dem Gipfel gewesen, aber ich fürchte die Klaue des Winters nicht.« Er klopfte sich den Schnee vom Mantel.

Der Priester verzog abschätzig den Mund. »Talomar Indris! Ich hätte es mir denken können.« Er schüttelte den Kopf. »Ein Candacarer und ein ganatisches Grafensöhnlein – welch seltsames Paar, das uns vor den Goldéi retten will. Nun, was macht es schon? Arocs tapferste Söhne sind gefallen, und der feige Auswurf schickt zwei Fremde zum Nakken empor, weil er es selbst nicht wagt.«

»Wagt Ihr es denn, Priester?« höhnte der junge Mann. »Seit Euch in der vergangenen Woche drei Priester auf dem Gipfel abhanden gekommen sind, ist kein Kirchenmann mehr zur Klaue des Winters emporgestiegen. Seid also vorsichtig mit Euren Belehrungen.«

Gubyr schmunzelte. »Gut gesprochen, Talomar. Nun laß diese Ratte stehen und komm. Der Aufstieg dauert mehrere Stunden. Vor Anbruch der Dunkelheit müssen wir oben sein, wenn wir die Flotte der Echsen abfangen wollen.«

Er löste die Schwertscheide vom Gürtel und reichte die Waffe einem nahe stehenden Ritter. Dann machte er eine Geste in Richtung des Priesters. Die Männer verstanden. Sie packten den Mann, zwangen ihn auf die Knie und fesselten ihn. All sein Fluchen nutzte ihm wenig. Er würde nicht der letzte Diener Tathrils sein, der an diesem Tag in Ketten endete.

Gubyr und Talomar hatten sich unterdessen dem Berg zugewandt. Ein Pfad führte zwischen den vereisten Felsbrocken aufwärts.

»Ich weiß nicht, ob wir lebend zurückkehren«, sagte Gubyr ernst. »Und ich kenne dich kaum, Talomar. Kann ich mich dort oben auf dich verlassen? Jeder falsche Schritt bedeutet den Tod.«

Talomar Indris schob seine Locken unter die Lederhaube. »Du wirst mir vertrauen müssen. Wir haben beide einen Schwur abgelegt – den Schwur, die Neun Pforten zu verteidigen, was immer geschehen mag. Daran halte ich mich.«

Seine Stiefel brachen durch die Schneedecke. Gubyr folgte ihm ohne ein weiteres Wort. Eisiger Wind schlug den beiden ins Gesicht, so heftig, als wolle der Berg sie von sich stoßen.

Suuls Hauch wurde stärker, mit jedem Atemzug. Denn die Goldéi nahten.

In der Stadt Imris, Hüterin der Neun Pforten, erzählte man die Legende von Suuls Tod wie folgt:

Durta Slargin flog in Gestalt einer Möwe nach Aroc. Da erspähte er vor der Bucht von Imris ein Boot, das mit den Wellen kämpfte. Es drohte, vom Sturm gegen das Packeis getrieben zu werden. Durta Slargin stieß zu ihm herab und warnte die drei Insassen mit schrillen Pfiffen. So rettete er sie und lotste sie sicher an Land.

Auf der Insel nahm der Zauberer menschliche Gestalt an und versprach den Gestrandeten, sie vor Suul zu beschützen. Denn der Riese hatte die Ankömmlinge längst erspäht. Brüllend stapfte er auf sie zu, und seine Pranken warfen Schnee zum Himmel empor, um einen Sturm zu beschwören. Doch die Gestrandeten wußten sich zu wehren. Der erste, ein Fischer, brachte Suul mit seinem Netz zu Fall; der zweite, ein Seefahrer, schlug ihn mit seinem Ruder bewußtlos; der dritte, ein Händler, schlitzte ihm mit einem Prägemesser die Gurgel auf, worauf heißes Quellwasser aus der Wunde stürzte und das Eis ringsum zum Schmelzen brachte. Durta Slargin aber besänftigte den Sturm und bändigte die Klaue des Winters. So besiegte er Suul mit Hilfe von drei tapferen Männern, und diese Riesentöter wurden die Ahnherren von Imris: ein Fischer, ein Seefahrer und ein Händler.

In den Dörfern der Bucht hörte man diese Fassung sehr ungern. Seit jeher herrschten die Fischer, Seefahrer und Händler aus Imris über die Insel, da sie sich als Nachfahren der Riesentöter betrachteten. Die Handwerker und Reusenflechter aus den Dörfern mußten hingegen um jeden Bissen Brot kämpfen. Sie behaupteten, daß diese Fassung der Legende nur dazu diene, den Reichtum von Imris zu mehren, und daß es vielmehr ein Muschelsammler, ein Reusenfischer und ein Netzknüpfer gewesen seien, die Suul getötet hätten. Doch auch sie mußten, wie alle Bewohner Arocs, ein Drittel ihrer Einkünfte an Imris abtreten, zum Dank für Suuls Bezwingung.

Zwei Tote lagen auf dem Kreidefelsen, umspült von Quellwasser. Ihre Kehlen waren durchschnitten; sie klafften wie der Felsspalt, dem das siedende Wasser entsprang. Blut mischte sich in die Fluten. Als hellrotes Rinnsal plätscherte es über die Felsen zur nächsten Terrasse und von dort in ein Becken. In ihm, so hieß es, sammelten sich Suuls Tränen, seinem kalten Grab entsprungen, um die Menschen an seinen Tod zu gemahnen.

»Mußtet ihr sie unbedingt töten? Zwei zerkochte Priesterleichen an diesem heiligen Ort ... ein unschönes Bild.«

Aus dem Dampf, der den Felsen umwehte, lösten sich Gestalten. Ihre Pelzmäntel wirkten edel, die silbernen Knöpfe verrieten ihre hohe Stellung. Sie waren die Angehörigen des Rats der Neun Pforten: der Bootsmeister der Fischer, der Küstenwächter der Seefahrer und der Münzherr der Kaufleute. Ihnen folgten zwei Ritter; barsche Gesichter, die Blicke voller Mißtrauen, ihre Körperhaltung angespannt. Von den Handschuhen troff Blut.

»Es waren die einzigen, die sich gewehrt haben«, sagte einer von ihnen. »Im Tempel gab es kein Blutvergießen. Dort haben sich alle ihrem Schicksal ergeben.«

Der Bootsmeister der Fischer warf einen zweifelnden Blick auf die Leichen. »Dieser Aufstand ist töricht. Er wird für Unruhe sorgen, und dies in der Stunde der Not. Wir müssen zusammenhalten gegen den Feind; wir brauchen die Priester.«

»Das glaube ich kaum. Es war höchste Zeit, dieses Pack in die Schranken zu weisen.« Der Münzherr der Kaufleute trat voran. Er war der mächtigste Vertreter des Rats; seit jeher hatte die Familie Imer das hohe Amt inne. Tenmor Imer war der jüngere Bruder des ermordeten Fürsten, Münzherr seit vielen Jahren und bekannt für seine Weitsicht. Nach Fürst Stanthimors Tod hatte er sich auf keinen Konflikt mit Kaiser und Kirche eingelassen. Doch nun war die Stunde der Rache gekommen. »Tathrils Anhänger haben uns fast ins Verderben geführt. Es ist nur gerecht, wenn sie für ihre Verbrechen bezahlen – für den Mord an meinem Bruder und für ihre Untätigkeit gegenüber den Goldéi.«

Der Bootsmeister schüttelte den Kopf. »Ich bleibe dabei – ein törichter Aufstand. Wer hat ihn befohlen?«

Der Ritter zögerte. »Gubyr, einer der unseren. Er fällte den Entschluß, die Priester zu entmachten.«

»So? Und wie sollen wir uns ohne ihre Hilfe zur Wehr setzen, ohne die Magie der Quelle? Wollt ihr die Echsen allein mit euren Klingen ins Meer zurückwerfen?« Die Stimme des Bootsmeisters zitterte.

»Die Priester haben keine Macht mehr über die Quelle«, antwortete Tenmor Imer anstelle der Ritter. »Überall auf Gharax haben die Zauberer versagt, ob sie nun der Kirche oder den Logen angehören. Die Quellen gehorchen ihnen nicht mehr«

Er blickte auf Imris herab; gedrungene Steinhäuser mit spitzen Dächern, gewundene Straßen und Hohlwege, der Hafen mit seinen kegelförmigen Speichertürmen und dem gemauerten Schiffsbecken. Wie ein Halbmond lag die Stadt am Ende der Bucht, die sich gleich einem Keil in die Insel schnitt; ein schmaler Wasserweg, der die Stadt mit dem Ostmeer verband. An den Ufern der Bucht lagen die Frondörfer: schmutzige Weiler, in denen Reusenfischer, Netzknüpfer und Scherenschleifer hausten, die Ärmsten der Armen. Voller Neid blickten sie auf Imris, denn nur dort sprudelten heiße Quellen aus dem Erdboden und boten Schutz vor der Kälte. Die Frondörfer lagen hingegen im Schatten zweier Gebirge: Suuls Nacken zur Linken, Suuls Schulter zur Rechten. Immer wieder jagten eisige Winde und Lawinen, Eisbrocken und Hagelschauer aus den Bergen auf die Dörfer hinab. Sie wurden nicht von den magischen Pforten geschützt, die Imris' Grenzen markierten: zehn Eissäulen, zwei in der Bucht, acht verteilt um die Stadt. Sie bündelten die Kraft der Quelle und bildeten die Neun Pforten. Angeblich hatte Durta Slargin selbst sie aus Suuls Leichnam geformt und aufgestellt, um die Klaue des Winters zu zähmen.

»In wenigen Stunden werden die Schiffe der Goldéi die Bucht erreichen«, sagte Tenmor. »Aber noch sind wir nicht verloren. Die Echsen haben viele Städte erobert, doch an Imris werden sie scheitern. In der schmalen Bucht können wir jedes ihrer Schiffe einzeln angreifen, und der Hafen läßt sich gut verteidigen.«

»Das haben die Einwohner von Kyrion und Harsas auch gedacht«, schnaubte der Bootsmeister. »Ihre Heere wurden vernichtet. Diesen Kreaturen können wir nicht standhalten, wenn uns die Klaue des Winters feindlich gesinnt ist.«

»Der Klaue ziehen wir ihre Krallen«, sagte einer der Ritter. Er wies auf den linken Gebirgszug. »Gubyr erklimmt in dieser Stunde Suuls Nacken. Er wird die Quelle verschließen.«

»Wie soll ihm das gelingen?« höhnte der Bootsmeister. »Euer Gubyr ist kein Zauberer, oder doch? Er kann die Quelle nicht beherrschen, geschweige denn verschließen!«

Der Ritter ließ die Hand sinken. »Gubyr ist ein Zauberer. Er stammt aus Candacar und gehörte dort der Solcata-Loge an. Er hat uns dieses Geheimnis schon vor Tagen anvertraut.«

»Und wenn schon! Auf Zauberer ist ebensowenig Verlaß wie auf Priester. Sie versprachen uns die Rettung durch Tathril und seinen Auserkorenen. Doch einen Auserkorenen haben wir auf Aroc nie gesehen. Es gibt ihn nicht!« Der Bootsmeister rang mit den Händen. »Uns bleibt nur die Flucht!«

Tenmor Imris stieß ein bitteres Lachen aus. »Ihr wollt die Stadt räumen? Es würde Stunden dauern, bis unsere Schiffe seetauglich sind. Wenn wir dann die Bucht heraufsegeln, fahren wir den Goldéi entgegen und werden an der

Mündung von ihnen zerquetscht. Abgesehen davon haben wir nur wenige Schiffe ... wir müßten Unzählige zurücklassen.«

»Ich sagte nichts von Schiffen, Tenmor! Dafür ist es zu spät. Wir hätten vor Tagen mit dem Abzug beginnen sollen ... die Priester haben es verhindert. Aber uns bleibt noch der Landweg.« Der Bootsmeister wies auf die Eisebene, die hinter dem Kreidefelsen begann. »Der Pfad des Schweigens führt nach Golmen an der Südküste. Die Goldéi müßten die gesamte Insel umrunden, wenn sie uns finden wollen. In Golmen liegen mehrere Schiffe vor Anker, die uns zum Festland bringen können.« Aus seinen Worten sprach der Mut der Verzweiflung.

»Ihr seid nicht bei Sinnen!« rief Tenmor. »Wir wären mehrere Tage in klirrender Kälte unterwegs, auf schneeverwehten Pfaden und Eisebenen, verfolgt von den Echsen. Wie viele Menschen kämen wohl lebend in Golmen an? Wie viele würden erfrieren, verhungern, von Eisstürmen zerschmettert werden?«

»Vielleicht werden viele sterben«, gab der Bootsmeister zu, »aber viele würden auch überleben. Wir müssen es wagen!«

»Auch auf dem Festland rücken die Goldéi vor«, rief ihm Tenmor in Erinnerung. »Aus den letzten Berichten geht hervor, daß die Stadt Praa gefallen ist. Die Goldéi dringen über den Nebelriß nach Palidon und werden bald Thax und Varona erreichen. Wir wären Flüchtlinge in einem Land, das selbst dem Untergang geweiht ist. Nein, laßt uns hierbleiben. Aroc ist abgelegen, und ist erst die Quelle besänftigt, können uns die Goldéi nichts mehr anhaben.«

»Wir wären Gefangene in einem eisigen Grab«, prophezeite der Bootsmeister. »So wie Suul ...«

Das dritte Ratsmitglied, der Küstenwächter der Seefahrer, meldete sich zu Wort. »Es gibt einen dritten Weg. Der König von Kathyga hat ihn gewählt. Er unterwarf sich den Echsen.«

»Niemals«, zischte Tenmor. »Nicht, solange die Familie

Imer etwas zu sagen hat. Habt Ihr nicht gehört, was aus Kathyga geworden ist? Die Quellen wurden befreit, die Natur ist entfesselt, der Arkwald wuchert bis in den Norden und tötet alle, die ihn betreten. Dort ist kein Leben mehr möglich. Wenn wir uns den Goldéi ergeben, ergeht es uns ähnlich.«

Ihre Blicke kehrten zur Stadt zurück. Unruhe herrschte auf den Straßen; die Bewohner hatten die Häuser verlassen, aus Angst vor dem nahenden Feind ... und vor dem Sturm, der sich mit dunklen Wolken ankündigte. Die Stadtgarde versuchte die Fliehenden vom Hafen fernzuhalten.

»Was ist dort unten los?«

Auf dem Wasser der Bucht waren zahlreiche dunkle Punkte zu erkennen. Sie bewegten sich auf die Stadt zu. Es waren Boote, Dutzende kleiner Boote, die den Hafen von Imris ansteuerten.

»Die Frondörfer!« Tenmor Imer ballte die Fäuste. »Die Frondörfer erheben sich! Es hat sich herumgesprochen, daß die Goldéi kommen. Sie wollen sich nach Imris retten.«

»Das gibt Blutvergießen«, murmelte der Küstenwächter. »Das Lumpenpack wird die Stunde nutzen, um sich an uns zu rächen.«

»Dann bleibt uns nicht mehr viel Zeit. Wir müssen eine Entscheidung fällen. Flucht oder feige Erniedrigung ... oder der Griff zum Schwert. Ich sage Euch, laßt uns die Goldéi mit blanker Klinge empfangen. Unsere Lage ist schlecht, aber nicht aussichtslos. Wir können sie besiegen. Man sagt, daß sie ohne ihren Anführer, ihren Scaduif, machtlos sind. Drei dieser Wesen soll es geben, und stets führt einer von ihnen die Heerzüge an. Wenn wir ihn töten ...«

Tenmor versagte die Stimme. Der feine Dunst, der den Kreidefelsen umweht hatte, hatte sich aufgelöst. Zugleich veränderte sich das Plätschern des Quellwassers. Es klang dumpfer als zuvor.

Die Ratsmitglieder wandten sich zum Steinbecken um.

Und dann sahen sie es. Über den Kreidefelsen rann kein Wasser, sondern Blut. Zähes, dunkelrotes Blut. Es drang nicht aus den Leichen der Priester, sondern aus dem Felsspalt. Und zu ihren Füßen grollte der Felsen ... ein Stöhnen aus der Tiefe.

»Suul! Es ist Suul!« Der Bootsmeister erbleichte. »Der Riese erwacht!«

In den Frondörfern der Bucht von Imris erzählte man sich die Legende von Suuls Tod wie folgt:

Einst lebte auf den Gletschern von Aroc ein freundlicher Riese namens Suul. Er war den Menschen zugetan, und da er über Eis und Schnee gebot, half er ihnen, in der Kälte zu überleben. Sein Atem besänftigte den Zorn des Sturmgottes, zähmte die Springfluten des Meergottes und hielt die Wolken von Aroc fern, damit sich die Menschen in Agihors Sonnenstrahlen wärmen konnten. Er half ihnen auch, die Bucht von Imris zu besiedeln, indem er mit seinen Fäusten das Eis zertrümmerte und den heißen Quellen den Weg zur Erdoberfläche ebnete. Friedlich lebte Suul mit den Menschen zusammen ... bis der Zauberer Durta Slargin in Gestalt eines Eisbären nach Aroc schwamm. Er zerfleischte den Riesen, als dieser sich auf einem Kreidefelsen zum Schlafen niedergelassen hatte. Suuls Körper sank auf Aroc nieder, und die Quellen der Bucht versiegten. Nur in Imris sprudelten sie noch aus dem Boden, so daß allein diese Stadt wachsen und gedeihen konnte. Bald zwang sie die umliegenden Dörfer zum Frondienst. Durta Slargin aber herrschte hundert Jahre lang als grausamer Despot in Imris, ehe er sich in die Sphäre zurückzog.

In der Stadt war diese Fassung der Legende streng verboten; wer sie zu erzählen wagte, wurde von den Rittern der Neun Pforten zu den heißen Quellen geschleift und hineingestoßen. Dann schälte sich die verbrühte Haut von den Leibern der Verurteilten, und ihre Schreie gellten stundenlang von den Kreidefelsen. Doch auch diese Hinrichtungen ließen die

Legende nicht verstummen. Sie half den Dorfbewohnern, nicht die Hoffnung zu verlieren, eines Tages die Fron abzuschütteln.

Der Felsvorsprung war grau und zerklüftet. In den Steinritzen funkelten Eiskristalle. Mit beiden Händen wollte sich Talomar Indris emporziehen. Doch die Finger glitten ab, der linke Handschuh zerriß. Er drohte den Halt zu verlieren. Dann aber packte ihn eine kräftige Hand und zerrte ihn empor.

»Suuls Nacken stößt uns von sich«, keuchte Gubyr. »Er will unseren Tod.« Das Gesicht des Candacarers war gerötet. Der Aufstieg kostete Kraft, der schneidende Wind und die Kälte taten ihr übriges. Vor allem Talomar Indris war vollkommen ausgelaugt. Mehr als einmal war er auf dem vereisten Pfad ausgerutscht.

»Laß uns kurz verschnaufen«, bat er Gubyr. Er spähte über den Abgrund. »Der Pfad ... ich kann ihn nicht mehr sehen. Nur das Schneetreiben ... und die Felsen bewegen sich! Der Hang rutscht ab!«

Gubyr riß ihn von der Kante zurück. »Sieh nicht dorthin. Die Quelle verzerrt deine Sicht. Sie will uns Furcht einflößen.« Er betrachtete Talomars zerrissenen Handschuh. Zwischen den Fetzen quoll Blut hervor und tränkte das goldgestickte Emblem. »Nimm dich in acht! Auf dem Gipfel darf kein Tropfen Blut vergossen werden. Die Klaue würde es wittern.«

»Du weißt viel über sie.« Talomar preßte sich mit dem Rücken gegen die Felswand. »Wie kommt es eigentlich, daß der Priester dich zum Herz der Quelle schicken wollte?«

»Ich bin schon einmal oben gewesen. Ich begleitete einen der Priester zum Gipfel ... den letzten, der die Gefahr auf sich nahm. Nur mit Mühe konnten wir uns dem Griff der Klaue entwinden.« Er beobachtete, wie Talomar seinen Handschuh abstreifte. »Du hast Glück, es ist nur ein kleiner

Schnitt. Hier hast du ein Tuch, um die Hand zu verbinden.«

»Du hast meine Frage nicht beantwortet. Noch nie hat die Kirche einen Ritter der Neun Pforten zur Quelle entsandt.«

»Haben es die anderen dir nicht gesagt?« Gubyr ließ sich neben Talomar auf dem Felsvorsprung nieder. »Ich floh aus Candacar, als die Goldéi mein Land unterjochten. Ich habe lange in König Cardors Heer gegen die Echsen gekämpft... aber nicht mit dem Schwert. Ich war ein Mönch der Solcata-Loge.«

»Das erklärt einiges. Dein Wissen über die Sphäre ist zu groß für einen gewöhnlichen Ritter.« Talomar wickelte das Tuch um die verletzte Hand und stülpte sich den Handschuh über. »Du bist also ein Zauberer. Aber wie wurdest du zu einem Ritter der Neun Pforten?«

»Die Solcata stand schon lange in Verbindung mit dem Orden. Sie hat sich niemals wie die anderen Logen an ein einzelnes Reich gebunden, sondern diente immer mehreren Herren – den Königen von Gyr und Candacar, den magischen Universitäten Kathygas, den Ritterorden des Kaiserreichs. Ein Mönch der Solcata ist es gewohnt, sich anzupassen.«

»Und warum gingst du nach Aroc?»

»Ich glaubte mich hier in Sicherheit. Auf Bilmephal habe ich die Goldéi aus nächster Nähe gesehen. Sie gleichen Reptilien, mit ihrer Schuppenhaut und den häßlichen Schwänzen. Deshalb hoffte ich, sie würden Arocs Kälte meiden, wie candacarische Leguane, die sich im Winter in warmen Tümpeln verkriechen.« Gubyr klopfte verbittert den Schnee von seinen Ärmeln. »Damals wußte ich noch nicht, daß ihre Echsengestalt nur ein Trugbild ist. Es gibt keinen Ort, an dem man vor den Goldéi sicher ist... noch nicht!«

Talomar runzelte die Stirn. »Was meinst du damit?«

»Daß man uns Menschen belogen hat. Die Zauberer wußten schon immer, welche Gefahr von den Quellen ausgeht. Sie hätten sie verschließen sollen, anstatt sie auszubeuten. Und ich war ein Teil dieses Irrsinns! Ich habe an die Heldengeschichten um Durta Slargin geglaubt, an die Pflicht der Logen, sein Erbe zu hüten und die Sphäre zu beherrschen. Nun ist Gharax dem Untergang nahe.« Gubyrs Blick verfinsterte sich. »Die Erkenntnis, sein Leben einer Lüge geweiht zu haben, ist bitter. Aber das kannst du nicht verstehen.«

»Vielleicht doch«, sagte Talomar. »Auch ich habe lange an eine Lüge geglaubt und dafür gebüßt.« Er starrte auf den eingestickten Krebs auf seinem Handschuh.

Gubyr beobachtete ihn aufmerksam. »Hast du deshalb deine Heimat verlassen – um Buße zu tun? Laß mich raten. Ging es um einen Familienstreit? Um einen Bruderzwist? Um eine Frau?«

Talomars Mundwinkel zuckten. Gubyr lachte auf.

»Um eine Frau also. Hat sie dich verlassen? Oder kamst du nach Aroc, um sie zu vergessen?«

»Vielleicht«, sagte Talomar unwirsch. »Ich will nicht davon sprechen.«

»Nun zier dich nicht. Vermutlich finden wir beide hier oben den Tod. Es wäre schade, wenn du stirbst, ohne ein letztes Mal an dein Liebchen gedacht zu haben.«

»Ich denke jeden Tag an sie«, entfuhr es Talomar. »Hast du denn nie geliebt, Gubyr? Hast du nie an einer Frau gelitten?« Er wartete nicht auf eine Antwort. »Ich wollte sie seit meiner Kindheit. Sie war meine erste und einzige Liebe, und doch habe ich sie verloren. Bist du nun zufrieden?«

Der Candacarer grinste. »Nein. Erzähle mehr von ihr. Wer war sie?«

Talomar senkte den Blick. »Die Tochter meines Lehnsherrn, des Grafen von Bolmar. Mein Vater war ein Vogt im Dienst des Grafen, und ich wuchs in seiner Burg auf ... dort lernte ich sie kennen. Wir spielten zusammen, wir wurden von denselben Lehrern unterrichtet, wir erkundeten die Burg und lernten das Leben kennen. Sie war schon als Kind eine Schönheit und äußerst klug, und ich Narr war hoffnungslos in sie verliebt, all die Jahre lang ...«

»Erwiderte sie denn deine Liebe?«

»Das glaubte ich lange Zeit. Einmal küßten wir uns am

Ufer eines Flusses, und als meine Familie mich auf die Handelsschule in Gehani schickte, schrieb sie mir törichte Briefe. Ich … fühlte mich ihrer sicher. Hätte ich damals um ihre Hand angehalten, so hätte ihr Vater sie mir gegeben. Aber ich kam zu spät.« Talomars Finger gruben sich in den Schnee. »Sie heiratete einen anderen. Einen Mann, der reicher und bedeutsamer war als ich. Jundala hat sich schon immer von Einfluß und Macht beeindrucken lassen, vielleicht, weil sie wußte, daß ihre Brüder den Titel von Bolmar erben würden und nicht sie. Einfluß und Macht … er konnte ihr dies alles geben, und so habe ich sie an ihn verloren … erst ihre Hand, dann ihr Herz.«

»Du hast sie einfach aufgegeben?« fragte Gubyr entrüstet. »Dein Nebenbuhler muß ein wichtiger Mann gewesen sein.«

»Es war der Fürst von Ganata«, preßte Talomar hervor. »Baniter Geneder. Die Ehe war Teil eines Pakts. Er heiratete Jundala, um den südganatischen Adel auf seine Seite zu ziehen, und sie zögerte keinen Augenblick. Als ich sie bat, ihn zurückzuweisen, lachte sie mich aus … den Spott in ihrem Gesicht werde ich nie vergessen.«

»Und doch konntest du nicht von ihr lassen«, folgerte Gubyr. »Du bist in ihrer Nähe geblieben.«

Talomar nickte. »Ja … sie wollte es so. Wir sahen uns selten, aber wenn, dann war es wie in alten Zeiten. Zwar ließ sie mich spüren, wie sehr sie ihren Mann liebte, aber unsere Freundschaft kündigte sie niemals auf. Und oft war ich … mehr als ein Freund für sie. Wenn der Fürst nach Thax ritt, um im Silbernen Kreis für Ganata zu sprechen, war sie wochenlang allein. Dann bat sie mich, ihr Gesellschaft zu leisten. So ging es jahrelang …«

Gubyr schmunzelte. »Armer Talomar! Du hast zu viel und zu lange geliebt und dich selbst bestraft, indem du nach Aroc geflohen bist. Hast du geglaubt, Suuls Hauch könnte deine Gefühle abtöten? Du liebst diese Frau noch immer, nicht wahr?« Er bemerkte, daß seine Worte Talomar verletzten, und so wurde seine Stimme milder. »Was ist aus ihr geworden?«

»Ich habe nichts mehr von ihr gehört, seit ich Ganata verließ. Nur einmal, vor wenigen Wochen, berichtete ein Kaufmann aus Gehani, daß Jundala ihrem Mann nach Vara gefolgt sei, als der Thronrat in die alte Hauptstadt zurückkehrte. Aber dort herrscht nun Chaos… Baniter Geneder wurde, wie die anderen Fürsten, vom Kaiser ermordet. Ob auch Jundala starb, weiß ich nicht.«

»Ist dir das wirklich so gleichgültig? Falls ihr Ehemann tot ist, kannst du sie vielleicht doch noch für dich gewinnen, anstatt dir auf Aroc die Finger abzufrieren. Das wäre ein Kampf, der sich lohnt.«

Ein Grollen schreckte die beiden Männer auf. Es schien zugleich vom Himmel und aus dem Gestein zu dringen. Eiszapfen lösten sich von der Felswand und bohrten sich neben ihnen in den Schnee.

»Wir müssen weiter«, sagte Gubyr. »Die Klaue des Winters spürt die Goldéi nahen. Wenn wir nicht rechtzeitig am Gipfel sind, ist Imris verloren.« Er richtete sich auf. »Verschließe dein Herz, vergrab allen Kummer in ihm, sonst macht die Quelle ihn sich zunutze. Sie wird dich ihre Macht spüren lassen, wenn du nicht achtgibst.«

»Warum hast du mich überhaupt mitgenommen?« knurrte Talomar. »Ich bin kein Zauberer. Die Klaue wird mich zerfetzen.«

»Sie wird es versuchen«, gab Gubyr zu. »Ich will ehrlich sein, Talomar – ich brauche dich, um sie abzulenken. Wäre ich dort oben allein, hätte sie leichtes Spiel mit mir. Aber in Begleitung eines Mannes, der keine Magie beherrscht, wird sie sich zur Unvorsichtigkeiten hinreißen lassen. Das will ich ausnutzen.«

»Nein. Du willst *mich* ausnutzen.« Talomars Augen funkelten. »Du setzt mein Leben aufs Spiel, um die Quelle zu überlisten.«

»Du bist mir freiwillig gefolgt, vergiß das nicht. Aber keine Angst, ich werde dich beschützen.« Gubyr zog aus seiner Tasche einen Anhänger hervor und reichte ihn Talomar. Es war ein schmales, goldenes Plättchen in Form einer

Mondsichel. »Das hier bewahrt dich vor dem Zorn der Klaue. Verbirg es gut unter der Kleidung, zeige es keinesfalls offen, wenn wir am Gipfel sind.«

Talomar nahm das Amulett zögernd an sich. »Eine Mondsichel? Ich kenne dieses Zeichen. Die Wahrsager von Imris tragen es. Ich habe mich immer gefragt, wofür es steht.«

»Es ist das Symbol der Wahrheit. Ich habe es lange verkannt und gefürchtet, so wie die Solcata es mich lehrte. Erst die Wahrsager von Imris haben mir seine Bedeutung enthüllt.« Gubyr zog sich zum nächsten Felsvorsprung empor. »Kommt, Talomar. Es ist nicht mehr weit. Denke daran – die Quelle hat nur Macht über uns, wenn wir es zulassen.«

Die Wahrsager von Imris, eine verschworene Gemeinschaft, die am Rand der Stadt lebte, erzählten die Legende von Suuls Tod wie folgt:

Durta Slargin flog in Gestalt einer Nachtigall nach Aroc, um die Klaue des Winters zu bändigen. Er wußte bereits um den furchterregenden Riesen, der die Insel bewachte. Um ihn zu töten, wandte er eine List an. Er lockte Suul mit süßen Gesängen zur Bucht von Imris, wartete jedoch auf dem Gipfel des höchsten Berges. Als Suul nach dem Ursprung der wunderlichen Stimme Ausschau hielt, schlüpfte Durta Slargin in seine menschliche Hülle zurück und hieb mit dem schwarzen Stab auf den Felsengrund. Die Klaue des Winters spürte den Stoß und schüttelte sich vor Schmerzen. Schneemassen stürzten in die Bucht hinab und begruben Suul. Durta Slargin aber frohlockte und ließ verkünden, er habe den Riesen erschlagen. Denn er wollte von den Menschen verehrt werden.

Aber Suul war nicht tot. Sein Leib war begraben, doch sein Geist sann auf Rache. Eines Tages, so wußte er, würde das Eis schmelzen, und er würde sich erheben und die Menschen für das bestrafen, was Durta Slargin ihm angetan hatte. Niemand würde seinem Zorn entgehen, niemand ... außer denen, die sich dem Schutz der Neun Pforten anvertrauten. Der Mond würde ein letztes Mal über Imris aufgehen, und die Stadt würde zu einer letzten Zuflucht werden. Der Rest von Aroc aber sollte vergehen, und ewiger Winter würde auf der Insel Einzug halten.

Auch diese Fassung war der Tathril-Kirche verhaßt, ließ sie doch ihren Gründer in einem schlechten Licht erscheinen. Die Priester glaubten, zwischen den Zeilen die Handschrift des Blenders zu erkennen, Durta Slargins ewigem Widersacher. Sie warfen den Wahrsagern vor, der verbotenen Sekte der Mondjünger anzugehören, die ihre Lügen in ganz Sithar verbreiteten. Doch da die Wahrsager den Lauf der Gezeiten kannten und ihre Voraussagen für den Fischfang unerläßlich waren, vermied die Kirche einen offenen Kampf. Sie untersagte es aber, diese wohl dunkelste Fassung der Legende zu verbreiten. Und doch wurde immer wieder in den Straßen von Imris geflüstert, daß Suul bald erwachen werde und nur der Mond die Menschen beschützen könne.

Der Himmel war ein Schlachtfeld der Farben; pechschwarze Wolken mischten sich mit schmutzigen Schleiern, Lichtstreifen färbten die Gewitterfront rot. Schneeflocken stoben herab, und der Wind trieb sein Spiel mit ihnen, wirbelte sie über das Wasser, jagte sie durch die Bucht, um sie an den Felsen zerschellen zu lassen.

So plötzlich der Sturm auch gekommen war, er war nur ein Vorbote der Katastrophe, die über Imris hereinbrach. Durch den Wind gellten Schreie, drang Waffengeklirr. Am Hafen schlugen Flammen aus den Speichertürmen. Zwischen den Eisnadeln in der Bucht trieben zertrümmerte Boote; die Ruderer waren zur Seite gesackt, ihre Körper von Pfeilen durchbohrt. Imris wand sich im Todeskampf; ein Schreien und Wimmern, Lärmen und Leiden. Erschüttert blickten die Angehörigen des Rats auf ihre Stadt. Um ihre

Stiefel floß Blut. Es rann noch immer aus dem Kreidefelsen, kroch über das Gestein, bahnte sich seinen Weg in die Stadt.

»Dies ist das Ende«, flüsterte der Bootsmeister. »Wenn die Goldéi die Neun Pforten erreichen, wird die Hafengarde keinen Widerstand mehr leisten... zermürbt vom Lumpenpack! Wie können diese Hunde es wagen, uns in der Stunde der Not anzugreifen? Am Ende werden sie ja doch tot in der Bucht treiben. Wen unsere Schwerter verschonen, den töten die Echsen.«

Tenmor Imer, der Münzherr der Kaufleute, blickte ihn wütend an. »Dieser Tumult bedeutet nichts! Wir lassen die Ritter der Neun Pforten zum Hafen vorrücken. Sie werden kurzen Prozeß mit ihnen machen.« Er zog seine Stirn in Falten. »Wir decken sie mit Pfeilen ein. Erst die Dorfbewohner, dann die Echsen. Imris ist so leicht nicht einzunehmen!«

»Seid Ihr denn blind, Tenmor?« Der Bootsmeister wies auf das Blut am Boden. »Suul erwacht! Wir werden alle sterben, ob wir nun fliehen oder kämpfen. Suul wird Rache nehmen, und die Goldéi sind seine Diener...«

»Hört auf mit Suul«, fluchte Tenmor. »Suul ist eine Legende! Die Quelle ist es, die uns in den Rücken fällt! Bislang haben die Goldéi nicht die Neun Pforten erreicht. Wir können noch siegen!«

»Nein! Wir müssen uns ergeben!« Dem Küstenbewahrer war das Grauen ins Gesicht geschrieben. »Die Felsen bluten... seht Ihr nicht die Zeichen? Laßt uns die Goldéi in Frieden empfangen. Sie sind die neuen Herren von Aroc.«

Das Blut zu ihren Füßen begann zu dampfen. Sie spürten die schwärende Wärme, und der süße Geruch raubte ihnen den Atem. Sie taumelten vom Steinbecken zurück, stolperten durch die Pfütze aus Blut zu den Treppen, die zur Stadt hinabführten. Über ihnen tobte der Wind und ließ ihre Mäntel flattern. Am Hafen hatten nun die ersten Boote angelegt. Die Dorfbewohner stürmten den Platz, gingen mit Knüppeln und Dolchen, Fischerhaken und Netzen auf die Hafengarde los. Bald schwamm der Marktplatz im Blut, so wie der Kreidefelsen. Ein Schauplatz glich dem anderen.

Am Ende der Bucht aber zog Nebel auf ... ein weißer Nebel, der langsam auf Imris zukroch.

»Dort kommen sie!« Tenmor Imer fuhr zu den Rittern herum. »Zieht eure Männer endlich von den Tempeln ab und schickt sie zum Hafen. Tötet die Aufrührer, und dann haltet euch für die Goldéi bereit.«

»Das könnt Ihr nicht allein entscheiden«, fauchte der Bootsmeister. »Der Rat muß mit einer Stimme sprechen!«

»Wir haben schon zu viel Zeit mit Reden vergeudet! Wenn Ihr fliehen wollt, tut es ... aber ich werde kämpfen!«

Der Bootsmeister wollte antworten, doch eine helle Stimme kam ihm zuvor.

»Niemand muß kämpfen.«

Eine Gruppe von acht Menschen eilte die Stufen empor. An ihren Pelzjacken glänzten goldene Knöpfe, die Haare waren kurz geschoren, die Gesichter golden geschminkt. Es waren die Wahrsager von Imris; weise Männer und Frauen, die den Lauf der Gezeiten kannten und das Wetter beobachteten, die den Fischern verrieten, wo sie ihre Netze auswerfen sollten, und sie vor Stürmen warnten. Viele Geheimnisse umgab die Gemeinschaft der Wahrsager. Man erzählte sich, daß sie einst die alten Götter verehrt hätten und zudem heimliche Mondjünger seien. Angeblich hatten sie im ersten Quellenkrieg gegen die Tathrilya gekämpft und versucht, den Priestern die Klaue des Winters zu entreißen. Doch das waren nur Gerüchte. Obwohl die Tathril-Kirche immer wieder gegen die Wahrsager hetzte, waren sie in der Stadt hoch angesehen.

»Wenn die Goldéi die Stadt erreichen, werden wir längst in Sicherheit sein.« Eine Frau löste sich aus Gruppe. Ihr faltiges Gesicht ließ ein hohes Alter erahnen. »Niemand muß kämpfen, niemand muß fliehen. Imris wird gerettet werden.«

»Was redet Ihr da?« Tenmor Imer musterte sie abschätzig. »Wir haben nicht die Zeit, uns das Geschwätz einer Wahrsagerin anzuhören. Aroc droht der Untergang!«

Sie nickte. »Aroc droht der Untergang, aber Imris wird

leben. Lange genug hat Sternengänger uns mit falschen Legenden beherrscht. Doch am Ende siegt die Wahrheit! Wir sind den Gewalten der Sphäre nicht ausgeliefert. Wir können uns wehren! Die Stadt aller Städte öffnet ihre Tore ... wir müssen sie nur durchschreiten.«

»Was soll dieses Gefasel?« Tenmor fuhr zu den Rittern herum. »Schafft mir das Weib aus dem Weg!«

Der vorderste Ritter schüttelte den Kopf. »Ihr solltet sie besser reden lassen. Sie weiß mehr, als Ihr glaubt.«

Tenmor verlor die Fassung. »Ist das eine Verschwörung?« Er starrte die Wahrsagerin feindselig an. »Steckt etwa ihr hinter all dem? Hinter der Entmachtung der Priester und dem Angriff der Frondörfer? Ist das euer Werk?«

»Die Dorfbewohner wollen sich nur retten«, sagte die Wahrsagerin sanft, »nach Imris, der letzten Zuflucht, ehe sich die Neun Pforten für immer schließen. Auch ihnen wird Mondschlund seine Gnade erweisen.«

Die Ratsmitglieder tauschten entsetzte Blicke.

»Mondschlund«, wisperte der Bootsmeister. »Der Herr der Schatten ... Tathril stehe uns bei!«

»Dann ist es also wahr«, fauchte Tenmor. »Ihr Wahrsager dient dem Blender, und dies soll die Stunde seines Triumphes sein. Ihr habt all dies gewußt ... daß die Goldéi kommen und die Klaue des Winters sich gegen uns richtet. Ihr wußtet es und habt nichts unternommen.«

»Das Zeitalter der Wandlung kann niemand aufhalten. Sternengänger hat den Untergang von Gharax beschlossen, aber Mondschlund reicht uns Menschen die Hand. Es liegt an uns, ob wir sie ergreifen.«

Das Blut hatte die Treppe erreicht. Es tröpfelte über die Kante der obersten Stufe und sammelte sich in einer Vertiefung.

»Die Stadt aller Städte kehrt ans Tageslicht zurück. Sie breitet sich aus und greift nach den letzten Städten, die von den Goldéi verschont wurden.« Die Wahrsagerin riß sich ein Amulett vom Hals. Es war eine goldene Mondsichel. »Dort, auf dem Gipfel von Suuls Nacken, wird ein Jünger des Mondes die Quelle besänftigen. Dann wird Imris sich verwandeln und Teil dieser Stadt werden – der letzten Zuflucht des Menschen.«

Der Bootsmeister starrte auf das herabrinnende Blut. »Aber Suul ... er erwacht! Er wird Rache nehmen.«

»Suul kehrt zurück«, bestätigte die Wahrsagerin. »Er wird über Aroc herrschen wie in der Alten Zeit. Frost und Winter werden alles Leben auslöschen. Aber Imris kann er nichts anhaben. Deshalb bitte ich Euch – beendet das Gemetzel im Hafen. Ruft die Garde zurück. Nehmt die Dorfbewohner in Frieden auf. Und dann laßt uns gemeinsam Mondschlunds Gnade empfangen.«

War es ihre Inbrunst, die sie überzeugte, oder der betäubende Geruch des Bluts zu ihren Füßen? Waren es Furcht und Verzweiflung, die ihren Widerstand brachen? Die drei Ratsmitglieder sahen auf die Stadt; sahen die Kämpfe im Hafen; sahen in der Ferne den Nebel und den wilden Tanz der Schneeflocken in der Bucht ... und am Stadtrand ein Glitzern, unweit der letzten Häuser von Imris; ein Glitzern, das sich entlang der Neun Pforten ausbreitete und die ganze Bucht erhellte ... ein Funkeln, grell wie Sonnenstrahlen auf Glas. Blitze zerrissen die Dunkelheit. In ihrem Licht schimmerten durchsichtige Türme auf, gewaltige Pagoden und Kegel, halb durchsichtig, halb milchig gefärbt. Wie flüssiges Feuer wanderten die Reflexionen über die gläsernen Mauern und tauchten Imris in ein Farbenspiel, das erst von den Wellen, dann von den Eisnadeln weitergetragen wurde: Wogen aus Licht, die mit jedem Blitz heller und heller wurden, die von den gläsernen Türmen hin- und hergeworfen wurden wie in einem Spiegelkabinett, das war und das nicht war, das mit jedem Lidschlag entstand und verging, schön und entsetzlich, wirklich und unwirklich ... eine Stadt aus Glas, die danach drängte, Imris zu ersetzen und für alle Zeiten ihren Platz an der Bucht einzunehmen.

In einer uralten Schriftrolle, die im Archiv der Stadt Vara aufbewahrt wurde und nur wenigen Weisen bekannt war, konnte man folgendes über Suuls Tod lesen:

Durta Slargin, auch Sternengänger genannt, war der Schüler einer legendären Zauberin namens Kahida, die einst über die Insel Tyran herrschte. Auf ihren Befehl wanderte er durch Gharax und unterwarf die Quellen. So gelangte er auch nach Aroc; auf einer schwimmenden Eisscholle setzte er zur Insel über, um die Klaue des Winters zu zähmen. Doch er mußte feststellen, daß ihm jemand zuvorgekommen war: sein Widersacher Mondschlund, auch er ein Schüler Kahidas, aber voller Niedertracht. Mondschlund der Blender hatte die Quelle bezwungen und mit dem Bau einer Stadt begonnen. In dieser Stadt wollte er leben und herrschen.

Sternengänger jedoch forderte ihn heraus. In seiner Bosheit hetzte Mondschlund den Wächter der Quelle auf ihn, den Riesen Suul. Fast wäre Sternengänger im Eishauch des Riesen erfroren. Aber seinem Zauberstab wohnte die Macht des Schwarzen Schlüssels inne, des Metalls der Sphäre. Sternengängers letzter Hieb ließ den Riesen in tausend Splitter zerspringen. Sie begruben Mondschlunds Stadt unter sich, und der Blender wurde in die Sphäre geschleudert. Dort blieb er gefangen und sang traurig von seiner versunkenen Stadt, in der Hoffnung, die Menschen würden ihm zuhören.

Die Spuren des Kampfes waren noch immer in der Bucht von Imris zu sehen. Die zehn Eisnadeln, welche die Neun Pforten bildeten, waren nichts anderes als Suuls Fingerknöchel, und auf einem Gipfel ruhte sein zerschmettertes Gebiß, die Zähne so scharf wie zur Stunde seines Todes.

Diese Fassung der Legende war auf Aroc unbekannt. Niemand wußte, wie sie nach Vara gelangt war und wer sie aufgeschrieben hatte. Doch die Erwähnung des Namens Mondschlund hatte die Archivare dazu bewogen, das Schriftstück in einem Kelleraum verschwinden zu lassen. Zu gefährlich war das Wissen um den Blender. Sein Name sollte in den Schatten bleiben, die er über die Welt gebracht hatte.

Suuls Nacken...Eine Ebene aus festem Schnee bildete den Gipfel. Wie eine Marmortafel ruhte sie über den Hängen des Gebirgszugs, weiß und makellos. Der Wind hatte sie glatt geschliffen.

Suuls Hauch wehte hier oben verhaltener als am Fuß des Berges. Doch er war so unmenschlich kalt, daß Talomar kaum atmen konnte. In seiner Nase gefror der Rotz, Mund und Kehle waren wie ausgedorrt. Auf allen vieren schleppte er sich voran.

»Talomar... warte!«

Talomar wartete, bis Gubyr zu ihm aufgeschlossen hatte. »Sind wir am Ziel?« fragte er den Candacarer erschöpft.

»Das Herz der Quelle ist ganz in der Nähe.« Gubyrs Augen waren blutunterlaufen. »Sei stark, mein Freund. Sieh nur auf mich und laß dich nicht von ihr beherrschen. Und hüte dich vor den Glaskindern...«

Talomar blickte ihn fragend an.

»Sie sind Geister der Sphäre, die nur an diesem Ort überleben können. Sie erscheinen harmlos, aber sie sind von der Magie der Quelle durchdrungen. Meide ihre Nähe. Und denk an die Mondsichel. Halte sie versteckt. Nur dann beschützt sie dich.«

Talomar kniff die Augen zusammen und versuchte, die Gipfelebene zu überblicken. Sie führte schräg aufwärts. An ihrem höchsten Punkt ragten Eisnadeln aus dem Schnee. Sie waren zu einem Kreis angeordnet.

»Die Klaue des Winters«, flüsterte Talomar.

Sie krochen weiter, kamen aber auf dem festen Schnee kaum voran. Es dauerte lange, bis sie die Eisnadeln erreicht hatten. In ihrer Mitte wirbelte Schnee umher. Eiskristalle funkelten in dem Treiben.

»Laß dich nicht von ihrer Schönheit täuschen«, sagte Gubyr. Dann zog er sich an einer der Eisnadeln empor. Sie waren von unterschiedlicher Form, einige mannshoch, kristallklar und glatt, andere reichten ihm nur bis zur Hüfte und wirkten brüchig. Über eine solche stieg Gubyr nun in den Kreis und half auch Talomar über die Eisnadeln hinweg.

Talomar spürte die Macht der Quelle sofort. Eine unsichtbare kalte Hand griff nach ihm, drang durch sein Fleisch, schloß sich um sein Herz. Ihm war, als verwandele sich sein Blut in flüssiges Eis. Seine Kehle schien zu zerplatzen.

»Sie wittert das Gold deiner Mondsichel«, wisperte Gubyr. »Es verwirrt sie...Halte ihr stand und sieh nur auf mich, dann kann dir nichts geschehen!«

Er wandte sich ab und näherte sich langsam dem Mittelpunkt des Kreises. Mit beiden Händen schützte er das Gesicht vor dem stiebenden Schnee.

»Klaue des Winters! Hörst du mich?« Gubyrs Stimme konnte den Wind kaum durchdringen. »Du fürchtest mich, weil ich ein Mensch und ein Zauberer bin...einer von jenen, die dich unterworfen haben. Du harrst auf deine Befreiung und weißt, daß die Goldéi kommen.«

Ein kräftiger Windstoß riß ihn von den Beinen. Doch Gubyr rappelte sich schnell auf, kämpfte sich weiter zur Kreismitte vor.

Hinter ihm wurde Talomar von einem Husten geschüttelt. Sein Mund füllte sich mit Blut. Es gefror noch auf der Zunge. Er spie rote Eisbrocken; sie rissen seine Lippen in Fetzen. Panik erfaßte ihn. Er wollte fliehen, fort von hier, fort von der Klaue des Winters, fort von Gubyr, der ihn nur benutzte, um vor der Quelle sicher zu sein...doch dann riß er sich zusammen und entsann sich des Amuletts um seinen Hals. Er preßte die Hand gegen die Brust, spürte die Mondsichel unter der Kleidung. Wärme durchflutete ihn, ein inneres Feuer, das alle Kälte vertrieb. Zugleich hörte er ein Geräusch – ein Klirren neben seinem Ohr, ganz leise und hell. Talomar fuhr herum. Eine Gestalt huschte von ihm fort. Sie mußte die ganze Zeit neben ihm gestanden haben; ein dürres Geschöpf, nicht größer als ein Kind, die Glieder aus zartem Glas: die Beine eisblau, der Leib mattrosa, der Kopf blaßgrün. Alles an dem Wesen wirkte zerbrechlich. Nun flitzte es über den Schnee und brachte sich in Sicherheit.

»Hör mich an, Klaue des Winters«, schrie Gubyr, der endlich im Mittelpunkt angelangt war. »Ich komme nicht, um dich zu befreien, aber auch nicht, um dich zu verschließen. Ja, auch ich bin ein Nachkomme jenes Zauberers, der dich gefesselt hat... Sternengänger. Du haßt und fürchtest ihn. Aber ich bin nicht länger sein Knecht!«

Er holte ein zweites Amulett hervor. Eine weitere Mondsichel, doch diese war nicht aus Gold, sondern aus Silber.

Die Klaue BRÜLLLLTE auf. Risse zogen sich durch den Schnee; eine der Eisnadeln zersprang mit lautem Knall.

»Mondschlund bietet dir Frieden. Er wird dich nicht auszehren wie Sternengänger. Er will nur einen Teil deiner Macht... für das Verlies. Für die Stadt aller Städte. Für die Zuflucht der Menschheit.« Gubyr hob das Amulett in die Höhe. »Du kennst das Metall der Knechtschaft. Zwinge mich nicht, es zu benutzen.«

Talomar stockte der Atem. Aus dem tanzenden Schnee lösten sich feine Gestalten. Es waren fünf weitere Geister. Ihre Körper klirrten, als sie auf ihn zuhuschten. Dürre Finger griffen nach seinem Hals, und wieder kroch die Kälte in sein Fleisch.

»Gubyr!« Talomars Stimme überschlug sich. »Sie umkreisen mich!«

Der Candacarer hörte ihn nicht oder wollte ihn nicht hören. Mit erhobenen Händen stand er im Splitterkreis. Die Mondsichel in seinen Fingern glänzte. »Klaue des Winters, löse dich aus Sternengängers Bann! Diene Mondschlund! Denn ihm müssen wir alle dienen... Menschen und Quellen und Geister, und am Ende auch die Goldéi. Unterwerfe dich ihm!«

Die Glaskinder waren nun ganz nah. Talomar spiegelte sich in ihren augenlosen Gesichtern. Voller Furcht riß er sich die goldene Mondsichel vom Hals. Wie einen Dolch hielt er das Amulett den Geistern entgegen.

Die Glaskinder hielten inne, der Anblick des Metalls lähmte sie. Dann taumelten sie zurück, machten kehrt und rasten auf Gubyr zu, als hätte er ihren Zorn heraufbeschworen.

»Gubyr!«

Talomars Warnruf kam zu spät. Die Geister warfen sich auf den Candacarer, sprangen auf seinen Rücken, zerrten an seinem Kopf, an seiner Kleidung, umfaßten mit klirrenden Fingern seine Brust. Verzweifelt versuchte Gubyr, sie abzuschütteln.

»Diene Mondschlund«, schrie er. »Oder ... vergehe ...«

Sie warfen ihn zu Boden. Die silberne Mondsichel drohte seiner Faust zu entgleiten. Doch Gubyr wälzte sich noch einmal zur Seite, und mit letzter Kraft rammte er das Amulett in den Boden. Wie eine Fontäne schoß der Schnee in den Himmel, erstarrte zur Eissäule. Der Wind verstummte schlagartig. Die Glaskinder bäumten sich auf. Dann zerschmolzen sie, zerflossen zu Wasser, und dieses traf als ein funkelnder Schwall Gubyrs Gesicht.

Der Candacarer stieß einen markerschütternden Schrei aus. Seine Augen verfärbten sich, das Gesicht wurde bleich, durchscheinend, und unter der Haut flossen die Farben wie Tinte um seinen Schädel, hellgrün und blau, purpurn und grau wie der Himmel ...

Talomar nahm allen Mut zusammen und schleppte sich zu Gubyr. Doch das Antlitz des Candacarers war längst zu Glas erstarrt; buntes Glas, dessen Farbe ständig wechselte. Nur die untere Gesichtshälfte bestand noch aus Fleisch. Die Lippen bebten.

»Talomar ... es ist ... getan ... ich habe die Klaue besiegt.« Ein Lächeln umspielte Gubyrs blassen Mund. »Und sie ... mich! Das Miststück hat mich ... überlistet ...«

Talomar zog seine Handschuhe aus und versuchte die Wangen des Candacarers zu wärmen. Doch sie waren so kalt, daß er die Finger erschrocken zurückzog.

»Ich habe mich ... zu sicher gefühlt«, murmelte Gubyr. »Ich dachte nicht ... daß mich die Glaskinder angreifen würden. Aber dies war der Preis ... ich habe Sternengänger die Klaue entrissen ... die Goldéi können sie nicht mehr befreien. Imris ... ist gerettet.« Seine Augen, gläsern und blau, ruhten auf Talomar. »Und du ... muß fliehen. Fort ... geh fort von hier ... verlasse Aroc ... berichte allen von Mondschlunds Gnade. Nur er ... kann die Menschheit retten.«

»Ich werde dich nicht zurücklassen«, sagte Talomar mit Nachdruck.

»Rede keinen ... Unsinn. Ich bin so gut wie tot ... die Glaskinder haben Rache genommen. Geh, Talomar! Geh ... und kämpfe um diese Frau ... wenn du sie liebst ... dann hol sie dir zurück ... ehe die Welt untergeht!«

Sein Mund wurde starr. Eine feine weiße Linie wanderte über das Gesicht, kroch von der Stirn an der Nasenwurzel herab, teilte den Mund; an ihren Rändern breitete sich ein Geflecht weiterer blasser Linien aus, wie Eisblumen auf einer Glasscheibe.

Talomar wich zurück. Er wandte den Blick ab. Und doch hörte er, wie der Kopf seines Gefährten mit einem garstigen Klirren zersprang. Sein Herz pochte, und Tränen rannen ihm über die Wangen. Nun erst wurde ihm die Erbarmungslosigkeit der Quelle bewußt, und er verstand, warum Durta Slargin sie bezwungen hatte. Doch von diesem Tag an würde die Klaue des Winters Mondschlund dienen, und dieser würde die Menschen vor ihrem Zorn beschützen.

Die Bathaquar-Sekte, eine Abspaltung der Tathril-Kirche, erzählte die Legende von Suuls Tod wie folgt:

Einen Riesen namens Suul hat es nie gegeben. Suul war nichts weiter als eine Erfindung des Weltenwanderers, eine raffinierte Täuschung Durta Slargins. Denn der Bezwinger der Quellen wollte allein über die Sphäre herrschen. Seine Schüler, die Zauberer, sollten niemals so mächtig werden wie er. Deshalb dachte er sich die Legende vom Riesen Suul aus, um Angst zu schüren. Er mißbrauchte die Magie, die Tathril ihm verliehen hatte, und enthielt seinen Schülern den

Schwarzen Schlüssel vor, damit sie nicht selbst die Sphäre durchschreiten konnten.

Für die Bathaquar war Suul deshalb nur ein Ausdruck von Durta Slargins Verlogenheit. Mit falschen Legenden hatte Sternengänger Gharax unterworfen, und er beherrschte die Welt noch immer ... so wie Mondschlund, sein Bruder im Geiste und ebenso verlogen. Um die Quellen zu bezwingen, mußte dieses Übel an der Wurzel gepackt werden.

Dies war die Aufgabe der Bathaquari. In ihren Augen war das Zeitalter der Wandlung eine Ära des Kriegs gegen Mondschlund und Sternengänger, und sie waren auserkoren, um den zwei Zauberern die Macht über Gharax zu entreißen.

Trügerische Stille lag über der Bucht von Imris. Der Sturm hatte sich gelegt. Die letzten Schneeflocken sanken vom Himmel und schmolzen auf dem Wasser.

Der Nebel war bis zum Hafen der Stadt vorgedrungen. Aus den Schwaden lösten sich langsam die goldenen Schiffe. Augenpaare blickten über die Reling; schwarz und funkelnd, dunkle Perlen der Nacht. Doch die Körper der Goldéi waren kaum auszumachen. Sie bestanden selbst aus Nebel, weiß und unstet.

Sie betrachteten den Ort, an dem einst Imris gestanden hatte. Die Stadt der Neun Pforten war nicht mehr. Schneemassen türmten sich an ihrer Stelle auf; ein Gletscher aus Eisbrocken, zermalmtem Gestein und grauem Kies, wie von einer mächtigen Hand in die Bucht geschoben. Der Gletscher wirkte wie eine riesige Gestalt, die vor dem Kreidefelsen kauerte und ihren Kopf auf das Gestein bettete. An manchen Stellen war der Schnee rot verfärbt und klaffte wie Wunden auf einem geschundenen Körper. Und in den Bergen jenseits der Bucht seufzte Suuls Hauch, voller Wehmut und so kalt wie seit Jahrhunderten nicht mehr.

Die Goldéi waren zu spät gekommen. Die Klaue des Winters hatte sich Mondschlund ergeben und Imris der Welt entrückt. Das Verlies der Schriften war aus der Tiefe emporgestiegen und hatte die Stadt übernommen. Sie war nun Teil der Sphäre, Teil der Stadt aller Städte. Doch die Herrlichkeit und Größe dieser Stadt blieb den Goldéi verborgen. Sie konnten nicht sehen, welches Geschenk Mondschlund den Menschen gemacht hatte.

Lange hatte der Keim im Untergrund geschlummert. Nun mußte er wachsen und das Unkraut tilgen, mit dem Sternengänger die Wahrheit überwuchert hatte. Eine neue Legende sollte entstehen, gesungen von Mondschlund und niedergeschrieben vom letzten Herrscher der Menschheit, der in seinem Verlies gefangen war. Er sollte die Menschen in ein neues Zeitalter geleiten, und dieses sollte unter dem Zeichen des schwindenden Mondes stehen.

Die Saat geht auf.

# VORREDE
# DES DRITTEN BUCHES

Gharax ... eine Welt, dem Menschen feindlich gesinnt. Sie duldete ihn nicht auf dem Land, nicht auf den Meeren, nicht im Gebirge, nicht in den Wäldern. Woher kam ihr Haß? Was brachte sie gegen ihn auf? Warum waren die Quellen so unversöhnlich gegen dieses schwache, unsichere Wesen? War es das bloße Wissen um seine Fähigkeit, sich die Welt unterwerfen zu können? Die Furcht vor seinen Händen, die jeden Wald roden, jedes Moor trocken legen, jedes Gebirge abtragen konnten? War es die Furcht vor seinen Augen, die alles verändern wollten, was sie sahen?

Die Quellen verfolgten den Menschen unerbittlich. Sie verscheuchten ihn von jedem Platz, an dem er sich niederlassen wollte. Die Geister der Sphäre, die aus fremden Welten nach Gharax gedrungen waren, wüteten unter den Menschen voller Mordlust. Erst Kahida, eine Fischertochter von der Insel Tyran, schloß Frieden mit den Geistern und errichtete Athyr'Tyran, die erste Stadt auf Gharax, in der die Menschen sicher waren.

Doch der Frieden zerbrach. Athyr'Tyran wurde zerstört, die Menschheit zerstreute sich in alle Winde, und die Quellen tobten weiter, bis Durta Slargin sie bändigte.

Die Angst blieb in den Herzen der Menschen. Nachts am Lagerfeuer erzählten die Alten von einer kommenden Zeit, in der die Quellen ihre Fesseln abstreifen würden: dem Zeitalter der Wandlung. Dann würden die Menschen wiederum der Sphäre ausgeliefert sein, hilflos und ohne Hoffnung müßten sie sich eine neue Zuflucht suchen.

Doch wo sollte diese Zuflucht sein? Viele glaubten an eine

Wiederkehr von Athyr'Tyran, die ihre Tore den Fliehenden öffnen würde. Legenden verhießen, daß ein mächtiger Zauberer sie wieder aufbauen würde – nicht auf Tyran, jener steinigen Insel im Westmeer, sondern an einem anderen, geheimen Ort, der erst noch entdeckt werden mußte.

Doch es gab auch andere Stimmen. Sie wisperten von einem verborgenen Kontinent im Südmeer, der zur neuen Heimat der Menschen werden würde. Die Weisen der Stadt Yuthir, zerstört vor Jahrhunderten, sollten seine Lage gekannt und auf einer alten Karte verzeichnet haben. Aber niemand hatte die Karte je gesehen. Sie blieb eine Legende und der Südkontinent ein Rätsel, von dem nur wenige Gelehrte wußten.

So blieben die Menschen im Ungewissen. Das Zeitalter der Wandlung brach an. Die Menschen verzweifelten, klammerten sich an jeden Hoffnungsschimmer und sehnten einen Retter herbei.

Sie ahnten nicht, daß ihr Weg vorherbestimmt war. Die Stadt und der Kontinent, von denen die Legenden kündeten, waren ihren alten Verstecken entwichen und aus der Tiefe emporgestiegen. Nun boten sie Zuflucht vor dem Zorn der Quellen, vor den Mächten der Sphäre ... und waren zugleich Gefängnisse, deren Schlüssel in dunklen Händen lagen.

Wer konnte die Menschen von Gharax fortführen?

Wer sollte hinter ihnen die Tore zustoßen?

Wer würde enthüllen, was dem Zeitalter der Wandlung folgte?

KAPITEL 1

# Rosen

Die Stadt lag in Trümmern, seit Tausenden von Jahren. Geröll kündete von den prächtigen Gebäuden, die einst hier gestanden hatten. Und immer wieder Spuren, Zeichen... eine allein stehende Säule mit verwitterten Ornamenten, ein brüchiger Turm, ein Steinkreis, der vor langer Zeit als Kultstätte oder Versammlungsort gedient haben mochte. Am Himmel die Sonne, bleich und fern. In ihrem Licht schimmerten die Trümmer wie kostbare Schätze; Spuren von Gold und Silber glommen auf, dunkles Gestein funkelte wie blankes Eisen. Athyr'Tyran... eine Ruinenstadt, in der alles Leben erloschen war und die seit ihrem Niedergang kein Mensch mehr betreten hatte.

Zwischen den Trümmern wanderten Schatten umher. Wenn sich eine Wolke vor die Sonne schob, verblaßten sie, doch sobald sich die Strahlen aufhellten, krochen sie wieder über die Felsen... zu düster für das verhaltene Tageslicht, zu lebhaft für eine leblose Stadt. Ein Wispern begleitete das Schattenspiel; es glich dem Rauschen des Windes, wenn er über Blätter und Zweige strich. Doch es gab keine Bäume in Athyr'Tyran, und es war windstill an diesem Tag.

Der Tanz der Schatten ging nicht mit rechten Dingen zu. Zauberei war im Spiel.

»Meine Freunde«, flüsterte der Schattenspieler, der zwischen den Trümmern hockte und seine Scherenschnitte betrachtete. »Ihr seid ungeduldig, ich weiß... doch wartet bis zum Abend, wenn das Sonnenlicht schwindet. Dann seid ihr stark genug, um den Schrecken der Ruinen zu trotzen.«

Seine Lippen kräuselten sich, und er warf das struppige

Haar zurück. Dann hielt er die Figuren gegen das Sonnenlicht. Zwei kunstvolle Scherenschnitte: ein Falke mit prächtigen Schwingen und eine Schlange mit offenem Maul. Mit feinen, kaum sichtbaren Holzstäben bewegte er ihre Glieder, ließ den Kopf der Schlange herumschnellen und den Falken die Flügel spreizen. Zugleich verdichteten sich um ihn die Schatten. Sie flossen wie zähe Tinte um die Steinbrocken, formten sich zu neuen Figuren...

»Ja, meine Freunde. Unsere Stunde naht. Schattenbruchs Brut hält Einzug auf Tyran. Die Wiege der Menschheit wird die Wiege der Schatten sein, wenn alles Licht schwindet.«

Er verbarg die Scherenschnitte unter dem schmutzigen Rüschenhemd. Die Schatten lösten sich schlagartig auf, wie von Watte aufgesogen. Der Schattenspieler wandte sich um. Hinter ihm klaffte ein Spalt zwischen den Felsen. Dahinter führte ein gemauerter Gang schräg in die Tiefe; ein alter Keller oder Abwasserkanal. Von unten drang der flackernde Schein einer Öllampe herauf. Er wurde stetig heller. Jemand näherte sich.

»Aldra! Wo seid Ihr, verflucht?« Ein Husten hallte durch den Gang. »Ihr seid wieder vorausgeeilt. Ich komme Euch kaum hinterher. Wie oft soll ich mich noch verlaufen?«

Der Schattenspieler lachte auf. »Nicht meine Schuld, teurer Freund. Ihr lauscht zu eifrig den Stimmen aus der Dunkelheit. Sie führen Euch auf Abwege. Sie wollen Euch von mir trennen.« Er reichte dem Ankömmling die Hand und half ihm, durch den Spalt zu steigen. Es war ein älterer Troublinier in zerschlissenem Kaufmannsgewand, das rote Haar kurz und staubig, das Gesicht stoppelig und verschmutzt.

Aelarian Trurac, Großmerkant von Troublinien, blinzelte in die Sonne. »Die Stimmen? Ihr meint Mondschlund, nicht wahr?« Er gab dem Schattenspieler die Öllampe. »War er es, der Cornbrunn von uns fortgelockt hat?«

»Varyns Verlies ist unergründlich.« Der Schattenspieler wies auf das Amulett an Aelarians Hals; eine goldene Mondsichel. »Ja, ich glaube, daß er Cornbrunn vor unseren

Augen verborgen hat. Auch mich wollte er von Eurer Seite locken. Mondschlund will Euch ganz für sich haben... er flüstert Euch Lügen zu, seit wir das Verlies betreten haben. Er schätzt es nicht, daß ich an Eurer Seite bin.«

»Und warum? Weil Ihr ein Nachfahre der Gründer seid und eine ihrer Ketten tragt? Oder weil Ihr die Verliese besser kennt, als ein Mensch sie kennen sollte?« Aelarian ließ sich erschöpft auf einem Stein nieder. »Ich weiß nicht mehr, wem ich trauen kann. Mondschlunds Stimme begleitet mich seit Jahren. Er sprach oft im Traum zu mir und lehrte mich vieles über die Magie und die Sphäre. Seinem Ruf folgte ich, er führte mich nach Tula und nach Schattenbruch... zu Euch, Aldra.« Er streifte das Amulett vom Hals. »Als ich im Verlies seine Stimme vernahm und zusammenbrach, sagte ich zu Cornbrunn, er solle weitergehen und mich zurücklassen... ich war wie von Sinnen, redete wirr. Cornbrunn wandte sich von mir ab, nur kurz, und dann war er verschwunden, er und die Kieselfresser. Die Schatten verschluckten ihn.« Aelarian hielt kurz inne. »Waren es Eure Schatten oder die des Verlieses? Und warum sagte ich zu Cornbrunn, er solle mich allein lassen?«

»Mondschlund flößte Euch die Worte ein; seine Stimme beherrscht Euch noch immer! Und ich schwöre, es waren nicht die Schatten von Tula, die Cornbrunn umgaben.« Der Schattenspieler blickte in das flackernde Licht der Öllampe. »Ich werde ihn wiederfinden. Gebt mir nur etwas Zeit. Ihr aber solltet tun, was Euch vorherbestimmt ist – hier auf Tyran.«

Aelarian nickte. »Vorherbestimmt von Mondschlund. Für ihn soll ich jemanden finden... den Auserkorenen, nach dem auch Rumos sucht. Soll ich ihn, wie Mondschlund es befahl, von seinem Weg abbringen, ihn womöglich töten, da er die Welt in Gefahr bringt? Oder soll ich ihn in das Verlies führen... nach Schattenbruch?«

Sein Gegenüber lächelte. »Fragt nicht mich, Aelarian. Tut, was Ihr für richtig haltet.« Er reichte ihm die Schattenfiguren. »Ich werde Euch zwei meiner Freunde überlassen.

Denkt daran, in der Nacht ist ihre Macht am größten. Sie werden Euch beistehen, wenn Ihr Athyr'Tyran erkundet.«

Aelarian betrachtete die Figuren mißtrauisch. »Eure Schattenfreunde sind mir nicht geheuer.«

»Nehmt sie trotzdem. In den Trümmern von Athyr'Tyran gehen viele Geister um. Es ist die Stadt der Kahida, vor Urzeiten zerstört von den Bewohnern der Sphäre. Kein Ort, an dem Menschen verweilen können, wenn sie nicht Verbündete unter den Geistern haben.«

Der Großmerkant nahm die Figuren zögernd an sich. Dann stand er auf. »Ich danke Euch, Aldra. Für einen Angehörigen des Silbernen Kreises seid Ihr gar nicht übel. Ich frage mich nur, was der Preis für Eure Hilfe ist.«

»Diese Frage kann wohl nur ein Troublinier stellen.« Der Schattenspieler schritt zum Felsspalt. »Gharax droht der Untergang – so wie einst Athyr'Tyran. Wenn die Stunde gekommen ist, werde ich Eure Hilfe brauchen. Denn ich will das schlimmste Übel von dieser Welt abwenden ... und Schattenbruch retten. Diesem alten Park, der so lange meine Heimat war, fühle ich mich verpflichtet.«

»Und ich fühle mich meinen Freunden verpflichtet. Ich bitte Euch, Aldra, findet Cornbrunn. Ich brauche ihn. Er ist ... mehr für mich als ein Diener.«

Lächelnd schob sich der Schattenspieler durch den Spalt. Seine Schritte entfernten sich und verhallten bald.

»Da geht er hin«, murmelte Aelarian, »und ich bin allein in dieser Ruinenstadt – bewaffnet mit zwei Figuren aus Papier. Wunderbar. Ganz wunderbar.«

Mürrisch schob er die Scherenschnitte in eine Tasche seines Gewands. Als er sich kurz darauf umwandte, hatte sich der Felsspalt hinter ihm geschlossen. Ein Haufen Geröll versperrte den Gang.

Aelarian war allein in Athyr'Tyran ... der ältesten Stadt der Menschheit.

Asche rieselte auf den nackten Körper herab, mattgraue Flocken, die im Sonnenlicht wie Eisenspäne glitzerten. Sie blieben auf der Brust des Knaben haften, setzten sich in den Narben auf seinen Armen und Händen fest. Nur auf der Maske fanden sie keinen Halt; von ihr perlten sie ab und fielen auf den Sand, der den Grund der Ruine bedeckte.

»Du fühlst dich schwach«, wisperte eine Stimme. »Die Sphäre zehrt dich aus ... so wie mich. Ich weiß es, mein Kind. Ich kenne deinen Schmerz.« Die Worte gingen in ein gequältes Kichern über. »Ja, die Ewige Flamme! Sie brennt in uns, Carputon, wir werden bald an ihr zugrunde gehen. Du aber, Laghanos, kannst dem Feuer standhalten ... wir sind schwach, und du bist stark. Du kannst uns von dem Fluch befreien.«

Eine Hand streichelte den Kopf des Knaben. Sie war pechschwarz und trocken wie Kohle. Rumos Rokariac blickte voller Zärtlichkeit auf seinen Gefangenen. Er hatte Laghanos auf eine Steinplatte gebettet, die im Mittelpunkt der Ruine aus dem Sand ragte, halb darin vergraben, halb vom Wind freigelegt. Die Mauern ringsum waren zerfallen, nur einige Säulen zeugten von der vergangenen Pracht des Gebäudes. War es ein Tempel gewesen, der Sitz eines reichen Mannes oder gar der Kahida selbst? Nun fielen Sonnenstrahlen durch das zertrümmerte Dach, und Sand wehte zwischen den Mauern umher.

Laghanos schlug die Augen auf. Die Asche, die sich in seinen Wimpern verfangen hatte, wirbelte empor. Braune Augen blickten zum Himmel, sahen die Sonne und die Wolkenschleier ... und das verdorrte Gesicht des Bathaquari.

Rumos streckte die Hände aus, als wolle er Laghanos segnen. Flammen waberten zwischen seinen Fingern. Aus einer Wunde am linken Arm rieselte Asche.

»Rumos«, preßte Laghanos zwischen den Zähnen hervor. »Rumos Carputon!«

»An meinen Namen erinnerst du dich also«, lobte der Zauberer. »Auch deinen kenne ich nun. Hast ihn oft genug im Traum gerufen. Laghanos, der Auserkorene. Was für ein

Glück, Carputon, daß wir ihn gefunden haben.« Er rückte dicht an den Knaben heran. »Du erinnerst dich an alles, nicht wahr? An unsere Begegnung am Grab der Kahida ... ich hieß dich im Namen der Bathaquar willkommen, aber du hast deine gräßlichen Silberklauen auf mich gehetzt.« Er wies auf die klaffende Wunde. »Wie töricht, Laghanos ... fast hätten sie mich zerrissen, mich und Carputon ...«

»Ich erinnere mich«, sagte Laghanos leise. »Die Beschlagenen fielen über dich her. Aber dann ...«

»... dann verriet dich eine der Klauen. Sie war beseelt von Mondschlunds Fluch, fraß sich in deine Maske, raubte dir alle Macht. O ja, Carputon, wir haben es gesehen ... Mondschlunds feiges Spiel! Ihm bist du zum Opfer gefallen, wie so viele vor dir.«

Laghanos wollte die Hände zum Gesicht nehmen und die Maske abtasten. Doch er konnte sich nicht rühren. Rumos hatte ihn gefesselt. Er war in der Gewalt des Bathaquari, bedeckt mit Asche und Sand. Drafurs Maske war zu einem leblosen Klumpen erstarrt, ihre Dorne hatten sich verkeilt, und die goldene Klaue war mit ihr verschmolzen.

»All deine Macht dahin«, kicherte Rumos, »die Sphäre ist dir verschlossen ... aber nicht für immer. Mondschlunds Zauber kann dich für kurze Zeit lähmen, aber niemals töten. Ich will dir helfen, den Fluch zu brechen.« Sein Mund verzerrte sich, die Zähne waren schwarze Stummel. »Oh, mein Herr Rumos, laß ihn nicht frei, nicht frei ... spürst du denn nicht das Verderben, das von seinem Leib ausgeht? Laß ihn nicht frei, mein Herr!« Die Worte gingen in ein Gurgeln über. Der Zauberer riß seine brennende Hand empor, verschloß mit ihr den eigenen Mund, heulte auf wie ein Tier. »Still! Still, Schwächling! Der Auserkorene wird uns retten! Er wird die Flamme in uns löschen ... uns befreien.«

»Wie kann ich dich befreien, wenn ich selbst gefesselt bin?« Laghanos' Stimme drang dumpf unter der Maske hervor. »Laß mich gehen, Rumos. Ich muß zu den Goldéi zurückkehren. Sie brauchen meine Hilfe, um die Menschen von Gharax fortzubringen.«

Rumos' Augen loderten auf. »Du glaubst noch immer an Durta Slargins falsche Versprechungen. Sieh doch ein, daß er dich benutzt hat, Laghanos! Uns alle! Ich lasse es nicht zu, daß du sein Knecht bleibst. Ich treibe ihn dir aus – mit seinem eigenen Feuer!«

Er packte mit seiner rechten Hand den verletzten Arm. Asche flog auf, als sich seine Finger in das schwarze Fleisch gruben. Flammen züngelten empor. Dann brach das Gelenk wie ein morscher Zweig. Rumos lachte, lachte, als seine abgetrennte Hand zu Staub zerfiel und der blanke Knochen sichtbar wurde; er schimmerte fahl im Flammenschein. Auf ihm waren Linien zu erkennen – dünne Schriftzeichen und das Bild einer verblühten Rose.

»Siehst du es nun? Deshalb brennen in uns die Flamme, all der Haß und all die Angst! Deshalb können wir nicht schlafen und nicht sterben! Sternengängers Funken, den ich zu beherrschen glaubte, den ich im Haus Moorbruch aus den Knochen lockte und der seitdem meinen Körper aufzehrt... o mein Herr Rumos, was hast du getan!« Er streckte Laghanos den schwelenden Knochen entgegen. »Du sollst die Flamme spüren, Auserkorener... dann wirst du mich von ihr befreien, ehe ich im Wahn versinke, ehe Carputon mich mit seiner Feigheit beherrscht. Denn du bist Sternengänger gleich an Macht! Du bist sein Erbe, du kannst uns retten und die Welt dazu... und bei Tathril, das wirst du tun, weil ich dich dazu zwinge! ICH ZWINGE DICH DAZU!«

Er drückte den Knochen auf Laghanos' Maske. Die Flammen sprangen sofort auf das Metall über, tanzten auf ihm wie Feuergeister. Laghanos bäumte sich auf, brüllte, versuchte, die Fesseln zu sprengen.

Er war machtlos. Das Feuer sickerte in die Öffnungen der Maske, brannte sich in sein Gesicht, und die Macht der Ewigen Flamme riß seinen Willen fort wie ein glühender Strom.

Die Kiste war aus Eisen. Ashnadas Finger glitten über das kalte Metall, ertasteten die Rillen und Vertiefungen der Seitenwände. Durch einen Schlitz fiel Licht in das Innere ihres Gefängnisses. Sonnenlicht... draußen herrschte Tag. Ein weiterer Tag ihrer Gefangenschaft, ein weiterer Tag in den Klauen der Goldéi.

Ihre Glieder schmerzten, ihr Kopf dröhnte. Sie spürte genau, wo die Pranke des Goldéi den Schädel getroffen hatte. Wie viele Tage waren seitdem vergangen? Vier? Fünf? Sie wußte es nicht. Die Goldéi hatten die Eisenkiste nur zweimal geöffnet, um ihr Wasser und Brot zu reichen. Die restliche Zeit hatte Ashnada allein in der Dunkelheit verbracht. Halb wach, halb im Traum hatte sie den Stimmen der Echsen gelauscht. Ihre Sinne waren betäubt von dem Feuer, das in ihr pulsierte. Durta Slargins Knochen... sie hielt ihn noch immer in der Tasche ihres Hemds verborgen. Die Goldéi hatten ihn nicht entdeckt, als sie Ashnada in die Kiste gesperrt hatten. Die Ewige Flamme brannte noch immer in ihr, und Ashnada wartete darauf, sie zu entfachen und zu fliehen.

*Blut von meinem Blut, Fleisch von meinem Fleisch, beseelt von meinem Willen.* Tarnacs Stimme hallte in ihren Gedanken, drängend und beschwörend; ihr königlicher Bruder, Herr ihres Schicksals... sie dachte mit Zärtlichkeit an ihn. Eine Erinnerung stieg in ihr auf, aus den Jahren, als sie eine Geschworene des Königs gewesen war. Seltsame Bilder: ein Fluß im Sommer, funkelnde Sonnenstrahlen auf den Wellen. Aus der Ferne der schrille Gesang der Brashii, der gyranischen Drehleiern; sie hatten vom Sieg gekündet. Kurz zuvor hatte ein Scharmützel am Flußufer getobt: candacarische Krieger hatten auf einem Floß nach Gyr übergesetzt, um einen Mitstreiter zu befreien. Dieser war aus Leichtsinn in Gefangenschaft der Gyraner geraten. Tarnac selbst hatte die Eindringlinge mit dem Schwert empfangen, an seiner Seite die Igrydes, seine Leibwächter. Ein blutiger Zusammenprall am Ufer...schon waren die Leichen der Candacarer im Strom getrieben, ihre Flöße hatten lichterloh gebrannt, und der Todesschrei des Gefangenen hatte aus den Flammen gegellt. Er war bald von den Klängen der Brashii übertönt worden. Gyrs König hatte dem Nachbarreich gezeigt, wer über den Westen von Gharax herrschte.

Als der Fluß von der Abendsonne in goldenes Licht getaucht worden war, hatte Tarnac die Igrydes am Ufer zusammengerufen. »Es wird sich in Candacar herumsprechen, daß ich diesen Vorstoß eigenhändig zurückgeschlagen habe«, hatte er mit heiserer Stimme verkündet. »Kein Mitleid, keine Gnade für den, der mich herausfordert, ob vor oder hinter der Grenze.« Jeder der Igrydes hatte die Worte verstanden. Dann hatte der König das Hemd ausgezogen und war mit entblößtem Oberkörper in den Fluß gewatet. »Den Göttern zu Ehren will ich im Blut meiner Feinde baden. Sie schützen mich und alle, die mir treu sind.« Welcher Irrsinn; am anderen Ufer hatte noch immer ein versprengter Trupp der Candacarer gelauert. Die Igrydes waren Tarnac hinterhergestürzt, um seinen Leib zu schützen. *Blut von meinem Blut, Fleisch von meinem Fleisch*... unzählige Pfeile waren von der candacarischen Seite abgefeuert worden, und sie hatten manche Brust durchbohrt. Tarnac aber war im flachen Wasser zum Ufer zurückgewichen; lächelnd hatte er beobachtet, wie seine Leibwächter in den Fluß sanken, wie ihr Blut das Wasser färbte. Erst nach einer Weile hatte er ihnen erlaubt, sich vor dem Pfeilhagel in Sicherheit zu bringen.

Ashnada war unter den Überlebenden gewesen. Als sie ans Ufer gestiegen war, die Schulter durchbohrt von einem Pfeil, hatte Tarnac sanft ihre Wangen und Schultern berührt, »meine Schwester, meine teure Schwester«, hatte dann ihre Stirn geküßt, sein Blick voller Wärme.

Es war nur eine von vielen Erinnerungen, eine der Fesseln, mit denen Tarnac sie an sich gebunden hatte. Ihm nahe zu sein und zu dienen, für ihn zu leben und zu sterben war alles, was Ashnada sich damals ersehnt hatte. Und doch hatte sie ihn verraten, erst in Gedanken, dann in Wort und Tat. Nach den Jahren auf Morthyl hatte sie ihn zu hassen gelernt und geschworen, Rache zu nehmen, da er sie an die Sitharer ausgeliefert hatte. *Wie verblendet ich war! Ich habe an meinem königlichen Bruder gezweifelt. Ich habe versäumt, für ihn in den Tod zu gehen wie die anderen Igrydes.* Erst auf Vodtiva hatte sie ihren Irrweg eingesehen. Und Tarnac hatte ihr in seiner Großmut verziehen, hatte sie mit offenen Armen aufgenommen. Nun mußte Ashnada sich als würdig erweisen und seinen letzten Befehl ausführen: den Zauberer Rumos zu töten, der wie sie auf Tyran gestrandet war; Rumos Rokariac, der ihr den Knochen gegeben und die Ewige Flamme in ihr entzündet hatte. Er mußte sterben, so hatte Tarnac es befohlen... erst dann konnte Ashnada aus dem Leben scheiden.

»Rumos«, flüsterte sie. »Wo immer du bist, der Knochen wird mich zu dir führen.« *Und dann – beende es.*

An eine Flucht war jedoch nicht zu denken, solange die Goldéi in der Nähe waren. Ashnada achtete auf die Geräusche außerhalb der Kiste. Sie wußte nicht, was die Echsen mit ihr vorhatten. Eine Hinrichtung nach so vielen Tagen war unwahrscheinlich. *Was immer sie tun wollen, sie werden es bereuen. Die Ewige Flamme wird mich verzehren, das weiß ich... euch Bestien nehme ich mit in den Tod.*

Schritte. Jemand näherte sich der Kiste. Ashnadas Hand wanderte in die Tasche ihres Hemds, umklammerte das Knochenstück. Der Deckel wurde fortgezogen. Sie blinzelte, um die Augen vor dem Sonnenlicht zu schützen.

Eine Klaue zerrte sie aus der Kiste. Der Griff war weich und kühl. Als sie die Augen aufriß, sah sie sich von mehreren Wesen umringt – bleiche Geschöpfe, ihre Körper aus Nebel, nur die Augen und Münder waren schwarz. Zu ihren Füßen erkannte Ashnada die Klippen Tyrans. Unweit funkelte das Meer... und die goldenen Schiffe.

»Bist zornig«, fauchte eines der Geschöpfe. »Hast sechs Tage im Schutz des Eisens zugebracht. Sollte dich zähmen. Aber an dir haftet der Fluch der Sphäre. Das Eisen kann ihn nicht brechen.«

»Bist keine Zauberin«, fiel das zweite ein, »und trägst doch das Mal der Feuerschänderin. Müssen dich durch das Silber gehen lassen, wie die anderen.«

Das Nebelwesen setzte einen Schritt auf sie zu. Seine Füße berührten den Boden kaum, schwebten über den kantigen Steinen. Kalte Krallen packten ihren Nacken. Alle Versuche, sie abzuwehren, waren vergeblich. Sie stürzte zu Boden. Dort klaffte ein Spalt im Gestein. In ihm brodelte flüssiges Silber, aus der Tiefe emporgestiegen. Die beißenden Schwaden ließen ihre Augen tränen.

»Fürchtest dich umsonst. Erlösen dich nur von deinem Leid. Kannst die Macht der Sphäre nicht länger ertragen, sonst zerreißt sie dein Herz. Dein Körper wird verstümmelt sein, aber dein Geist frei.«

»Laßt mich!« keuchte Ashnada. »Laßt mich gehen, oder ihr sterbt.«

Die Goldéi ließen nicht von ihr ab. »Müssen die Flamme in dir ersticken...die Feuerschänderin hat sie der Sphäre entrissen. Wird Zeit, sie auszulöschen.«

*Sie wissen von der Ewigen Flamme, aber nichts von dem Knochen.* Ashnada spürte die Gluthitze in ihrer geballten Faust. Ihr ganzer Körper war angespannt.

Aus der Ferne drang ein Geheul. Nasse, peitschende Geräusche, die näher kamen. Aus den Augenwinkeln sah Ashnada ein nebeliges Gebilde, riesig, unförmig. Es sauste in ihre Richtung, hielt jedoch auf den Felsen inne und reckte den Kopf, als schnuppere es nach ihr.

»Einer unserer Brüder«, flüsterte der Goldéi, der ihren Nacken gepackt hatte. »Gehäutet vom Fluch der Feuerschänderin. Mußt durch das Silber gehen, ehe er dich wittert. Sein Haß auf die Menschen ist groß. Können dich nicht vor ihm schützen.«

Er zwang ihren Kopf zu Boden. Sie spürte die Hitze des kochenden Silbers. *Mich schützen die Götter,* rief sie sich in Erinnerung. *Ich bin ein Igrydes, eine Geschworene des Königs von Gyrs.* Sie schloß die Augen, lauschte dem Knistern der Flamme in ihrer Hand.

»Warte«, stieß einer der Goldéi hervor. »Hat uns noch immer nicht gesagt, was sie nach Tyran führte. Was sie hier wollte. Weiß vielleicht, wo Laghanos ist. Soll sprechen!«

Ashnada schüttelte den Kopf.

»Mußt sprechen! Drafurs Erbe ist verschwunden. Suchen ihn seit Tagen überall. Bei Kahidas Grab verloren wir seine Spur. Kennst ihn? Weißt, wo er ist... Laghanos, der Träger von Drafurs Maske? Mußt alles sagen, was du weißt!«

*Der Auserkorene... der Knabe, den Rumos die ganze Zeit suchte. Hat er ihn gefunden? Dann muß ich rasch handeln.*

Sie atmete ein. Hinter ihr kreischte der Gehäutete auf, das riesige Nebelwesen auf den Klippen. Es hatte Ashnada erspäht. Ihr Herz raste.

Die Flamme loderte, der Knochen in ihrer Faust verwandelte sich in flüssiges Feuer, das sie mit einem Schrei auf die Goldéi schleuderte. Die Macht der Sphäre jagte durch ihren Körper, und sie wußte, daß sie ihr nicht gewachsen war, ihr nicht standhalten konnte.

Aber es war zu spät. Die Flamme war entfesselt. Die Welt um Ashnada versank in Glut...

Die Straße war alt, das Pflaster aufgebrochen. Viele Steine waren zersprungen; Wind und Regen hatten die Kanten abgeschliffen. Doch sie alle trugen das Zeichen einer blühenden Rose, eingraviert vor Jahrhunderten... ein Feld aus Rosen, das in steinerner Stille von Athyr'Tyrans vergangener Pracht kündete. Einige waren verwittert, kaum mehr als gewundene Rillen. Andere waren gut zu erkennen, als wären sie erst am Morgen eingemeißelt worden.

Aelarian Trurac hockte auf der Straße. Behutsam glitten seine Finger über die Steine. Einer von ihnen war lose. Der Großmerkant wendete ihn und entdeckte auch auf der Unterseite das Rosenzeichen: die Blüte offen, der Stiel mit Dornen besetzt.

»Rosen, überall Rosen«, murmelte er. Wie lange mochte es

gedauert haben, all diese Zeichen in die Straße zu hämmern? Wie viele Menschen hatten diese öde Arbeit verrichtet? Oder war es das Werk eines einzelnen beklagenswerten Steinmetzes gewesen?

Der Großmerkant kannte die Legende von Athyr'Tyran. Er war vor vielen Jahren auf sie gestoßen, als er im Haus Moorbruch die Magie erforscht hatte ... in einer zerfressenen Schriftrolle, die der Zirkel aus einem Archiv in Taruba entwendet hatte. Aelarian hatte sie aufmerksam studiert. Die Fischerstochter Kahida und ihr Pakt mit den Sphärenwesen; die Gründung von Athyr'Tyran, die den Menschen eine Zuflucht gewesen war; der Krieg gegen die Sphäre und Athyr'Tyrans Zerstörung ... all diesen Legenden, so wußte Aelarian, wohnte eine geheime Botschaft inne. Diese Botschaft hatte der Zirkel von Moorbruch entschlüsseln wollen.

Aelarian erinnerte sich gut an eine Auseinandersetzung, die er eines Abends vor der Pforte des alten Wirtshauses geführt hatte. Nebel hatte über dem Moor gehangen, die Fassade des Wirtshauses war von einer einsamen Fackel erhellt worden, und sie hatten auf der Treppe gesessen und über Athyr'Tyran gesprochen: drei Wißbegierige, die in der Abgeschiedenheit des Moors den Geheimnissen der Sphäre nachgegangen waren. Die anderen Mitglieder des Zirkels waren am Nachmittag nach Taruba zurückgeritten, enttäuscht über die mäßigen Erfolge an jenem Tag. Nur diese drei Männer hatten bis zum Anbruch der Dunkelheit im Moor ausgeharrt. Sie hatten versucht, der Schriftrolle zu entlocken, warum Athyr'Tyran untergegangen war und wie sich die Magie der Quellen dadurch verändert hatte. Als die Nacht hereingebrochen war, hatten sie die Schriften beiseite gelegt und sich vor die Pforte gesetzt, um den aufsteigenden Nebel zu beobachten, die Irrlichter und umherschwirrenden Glasfalter. Eine Weile hatten sie stumm auf das Moor geblickt. Dann hatte Aelarian das Schweigen gebrochen.

»Es ist hoffnungslos. Wir glaubten, aus dem Schicksal Athyr'Tyrans etwas über die Sphäre zu lernen. Aber die Schriften hüten ihr Geheimnis gut. Es ist, als irrten wir da draußen im Moor herum... wir stecken im Sumpf fest und kommen nicht voran.« Mit diesen Worten hatte er einen Kiesel, mit dem er die ganze Zeit gespielt hatte, in hohem Bogen in das Moor geworfen.

»Schön gesprochen, Aelarian Trurac«, hatte einer der anderen Männer gesagt, ein älterer Kaufmann aus Oublin. Er hatte lange Zeit der Großgilde angehört, sich dann aber der Magie zugewandt, obwohl dies nur Tathril-Priestern und Zauberern erlaubt war. »Aber auch im Sumpf blühen kostbare Blumen. Hast du schon einmal von der Nachtrose gehört? Ein bildhübsches Gewächs... ihre Blüte ist zart, ihr Stiel gläsern und hauchdünn. Man kann sie nur im Moor finden, und auch dort ist sie selten; doch aus ihr lassen sich wertvolle Tränke gewinnen, die den Geist schärfen. Du siehst, Aelarian, Erkenntnis läßt sich auch an Orten finden, die schwer zugänglich sind.«

»Was willst du damit sagen?« hatte Aelarian spöttisch gefragt. »Daß wir weiter im Sumpf herumplanschen sollen, bis uns die Rose der Erkenntnis blüht? Dann verirren wir uns auf schlammigen Pfaden und versinken in Untätigkeit.«

»Ich sage nur, daß wir nicht vorschnell aufgeben dürfen. Die Geschichte von Athyr'Tyran hat einen tieferen Sinn. Wir sollten nicht annehmen, ihn durch bloßes Stöbern in den Schriften entdecken zu können.« Der Kaufmann hatte die Stimme gesenkt. »Wir wissen bereits einiges über die Magie, und doch schrecken wir davor zurück, die Sphäre selbst zu nutzen, um unsere Erkenntnisse zu vertiefen. Ich weiß, daß wir noch keine Zauberer sind... aber es gibt einen Weg, sich der Sphäre zu öffnen. Wir müssen den Stimmen lauschen, die aus ihr dringen.«

Aelarian hatte den Kaufmann stirnrunzelnd angesehen. »Das kann nicht dein Ernst sein! Willst du die Kraft des Grauen Hügels nutzen? Deine Sinne der Äußeren Schicht dieser Quelle öffnen? Die Tathril-Priester würden es bemerken und uns im Moor aufstöbern. Wir alle haben geschworen, diesen Schritt erst zu tun, wenn unser Wissen ausreicht... wenn wir uns vor der Quelle schützen können.«

»Ich spreche ja nicht davon, die Quelle herauszufordern... nur ihrem Atem zu lauschen, ihren magischen Strömen.« Der Kaufmann hatte sich über den feisten Hals gestrichen; in seinen Augen hatte ein fiebriger Glanz gelegen. »Wenn Athyr'Tyrans Untergang die Sphäre tatsächlich so erschüttert hat, wie die Schriften behaupten, muß es einen Nachhall dieser Katastrophe geben... ein Wispern, ein Raunen, einen dunklen Gesang. Ich weiß, daß unsere Mitbrüder es ablehnen, auf diesem Weg Erkenntnis zu erlangen. Aber wir, wir drei... wir sind nicht so hasenfüßig! Wir schrecken nicht vor der Sphäre zurück.«

Mit diesen Worten hatte er sich an den dritten Mann gewandt, der auf der untersten Stufe der Treppe gesessen hatte; ein hagerer Kerl, älter noch als der Kaufmann, das Gesicht schlaff, die Augen müde. Er hatte bisher geschwiegen. Nun aber war er in lautes Gelächter ausgebrochen; ein bitteres, dreckiges Lachen. »Wir schrecken nicht zurück, sagst du? Elende Krämerseele! Warst du es nicht, der mich vor zwei Wochen noch mit feigen Worten zurückgehalten hat, als ich ein gewisses Buch ins Haus Moorbruch brachte – ein Buch, das uns viel über die Geheimnisse der Sphäre verraten kann; ein Buch, das die Lügen offenlegt, die aus den Legenden triefen? Damals hast du mich ausgelacht und davor gewarnt, auf gefährlichen Pfaden zu schreiten. Jetzt willst du uns selbst ins Moor führen, uns in die Finsternis stoßen, ohne Licht und Fackel. Welch ein feiges und doppelzüngiges Geschwätz!«

»Langsam, langsam«, hatte der Kaufmann erschrocken erwidert. »Dieses Buch, Rumos, woher du es auch immer gestohlen hast, birgt keine Erkenntnisse. Es führt in den Wahn, und das solltest du als einstiger Tathril-Priester wissen. Die Schriften des Bathos spotten jedem Wissen, das die Menschen seit Durta Slargins Wanderschaft über die Sphäre gewonnen haben. Jeder weiß, was am Ende dieses Wegs wartet: Tod und Verfall, so wie damals im Tal von Nekon, als die Bathaquari mit ihrer Zauberkunst Tausende umbrachten, ein Heer auslöschten, einen Landstrich entvölkerten. Der

Zauber des Tödlichen Atems...er weht aus deinem Buch, und es wäre gut, wenn du die Finger davon ließest, Rumos.«

»Komm mir nicht mit weiteren Lügen!« hatte der hagere Mann gefaucht. »Durta Slargin hat sie in die Welt gesetzt, um uns Zauberer kleinzuhalten. Ich aber habe ihn durchschaut, dank Bathos' Prophezeiung. Deshalb verließ ich die Kirche, deshalb verkrieche ich mich hier im Sumpf und versuche, mein Wissen zu mehren. Bin ich deshalb ein Bathaquari, nur weil ich die Sphäre von Slargins Lügen befreien will? Nein...aber ein Mann, der den Mut hat, hinter die Dinge zu schauen!« Rumos war aufgestanden, seine große Gestalt hatte unheimlich im Fackelschein geleuchtet. »Ihr wollt den Stimmen der Sphäre lauschen? Was werden sie euch einflüstern? Dieselben Lügen, die in den Schriftrollen stehen! Darauf spucke ich!«

Aelarian hatte den alten Priester verschmitzt angesehen. »Ihr seid eben ein wacher Geist, Rumos Carputon, der sich nicht hinters Licht führen läßt. Fragt sich nur, warum Ihr ausgerechnet den Schriften der Bathaquar vertraut. Warum sollte aus ihnen die Wahrheit sprechen, wenn alle anderen Legenden Lügen sind?«

Darauf hatte der Priester keine Antwort gewußt. Wütend hatte er sich abgewandt und sein Pferd aus dem Stall geholt. Dann war er in der Dunkelheit davongeprescht, ohne ein Abschiedswort.

Aelarian und der Kaufmann waren auf der Treppe sitzen geblieben und hatten ihm nachgeblickt,

»Er wird sich schon beruhigen«, hatte Aelarian gesagt. »Du weißt, wie wankelmütig er ist...großspurig an einem Tag, zaghaft am nächsten. Er wird es nicht wagen, den Irrpfad der Bathaquar einzuschlagen.«

Der Kaufmann hatte mit den Achseln gezuckt. »Hoffentlich behältst du recht. Doch vielleicht ist es besser, ihn nicht noch einmal mit meinem Vorschlag zu behelligen. Rumos ist zu zerrissen, um sich der Sphäre zu öffnen. Du aber, Aelarian, hast den Mut und die innere Kraft. Du schreckst nicht vor der Wahrheit zurück.«

In dieser Nacht hatte Aelarian von Mondschlund erfahren, dem Blender, dem Herrn der Schatten, Durta Slargins Widersacher und früherem Schüler der Kahida. Er hatte aus der Hand des Kaufmanns die Mondsichel empfangen, unter dem Siegel der Verschwiegenheit. Kurz darauf hatte er zum ersten Mal Mondschlunds Stimme gehört, erst verhalten, dann immer deutlicher ... eine Stimme, die ihn mit Gesängen umworben hatte und ihn fortan viele Jahre begleiten sollte. Er war zu einem Mondjünger geworden. Er hatte dies freilich vor dem Zirkel geheimgehalten – bis zum Niedergang von Haus Moorbruch. Rumos' Wahn, sein Ausschluß aus dem Zirkel, der schreckliche Brand, der das Wirtshaus bis auf die Grundmauern vernichtet hatte ... all dies hatte Aelarian erschüttert, und er hatte der Magie bald darauf abgeschworen.

Doch Mondschlunds Stimme hatte ihn nie mehr verlassen. Immer wieder hatte sie ihn in seinen Träumen aufgesucht, ihn gelockt und umworben, ihm rätselhafte Worte zugeraunt und versucht, seine Neugier zu wecken. Oft hatte sie für Jahre geschwiegen, um ihn dann wieder zu bedrängen. Und schließlich hatte er Aelarian angefleht, nach Tyran zu fahren ... auf der Suche nach dem Auserkorenen, den er so sehr fürchtete.

»Warum mich?« knurrte Aelarian, während er den Stein mit dem Rosenzeichen in das Pflaster zurückschob. »Warum sandte er ausgerechnet mich, seinen vorlautesten, wankelmütigsten Anhänger? Warum keinen mächtigen Zauberer?«

Aber er kannte den Grund. Mondschlund hatte ihn erwählt, weil Aelarian den Priester Rumos aus früheren Tagen kannte: Rumos Carputon oder Rumos Rokariac, wie er sich seit dem Untergang von Haus Moorbruch nannte. Aelarian kannte seine Geheimnisse, seine Schwächen, seine Zerrissenheit. Sie hatten dasselbe Ziel verfolgt, all die Jahre lang, hatten beide auf der Suche nach Erkenntnis das Moor durchschritten: Rumos auf den Pfaden der Bathaquar, Aelarian in den Gängen von Mondschlunds Verlies. Nur gemeinsam hatten sie das Silbermeer überqueren und den Leuchtturm von Fareghi bezwingen können. So waren sie beide nach Athyr'Tyran gelangt, und steinerne Rosen begrüßten Aelarian, so wie im Moor die Nachtrosen den einsamen Wanderer...

Nachdenklich schritt er weiter, über ihm die Sonne, die dem Horizont entgegensank. Die Straße führte quer durch die Ruinenstadt. Auf beiden Seiten standen zerfallene Mauern, die Reste eines Stadttors, ein zusammengesackter Turm, zerborstene Säulen, eingestürzte Steinkorridore. Aelarian entdeckte links der Straße einen alten Kanal, dessen Wände eingebrochen waren und der Sand statt Wasser führte; daneben die Ruine eines Badhauses. Das Beckenmosaik war noch deutlich zu erkennen. Alles war verfallen und verschüttet. Und doch zeugten die Trümmer von der einstigen Pracht dieser Stadt. War Athyr'Tyran tatsächlich die Wiege der Menschheit gewesen? Lag hier der Ursprung aller Kunstfertigkeit und Begabung, die dem Menschen eigen war? Nichts davon war übriggeblieben. Die Sphärenwesen hatten die Stadt verwüstet. Und Aelarian war allein an diesem gespenstischen Ort, sein Diener Cornbrunn verschollen im Verlies der Schriften. Nicht einmal sein Kieselfresser Grimm leistete ihm noch Gesellschaft. Mehr als einmal ertappte sich Aelarian dabei, in der Tasche seines Gewands nach ihm zu tasten. Er vermißte seine Wärme, sein empörtes Schnaufen und den wütenden Biß in den Handballen, wenn Grimm schlechter Laune war.

»Ich hoffe, er amüsiert sich gut mit Knauf und Cornbrunn, da unten im Verlies. Nicht, daß er sich verirrt.«

Das galt auch für Aelarian selbst. Je tiefer die Sonne sank, desto unheimlicher wurden ihm die Ruinen. Er fühlte sich beobachtet.

»Die Stadt der Geister...falls es hier wirklich spukt, wie der Schattenspieler behauptet, dann stehe ich dumm da.« Er tastete nach den Scherenschnitten. Ihre Ränder waren so scharf, daß er sich fast die Fingerkuppe ritzte.

Die Straße endete vor einem Felsen, in den ein Durchgang

geschlagen war. Eine gewundene Treppe führte in die Tiefe. Unten war Tageslicht zu erkennen. Es mußte der Zugang zu einem tieferen Bereich der Stadt sein. Mit mulmigem Gefühl schritt Aelarian die Stufen hinab. An der Felswand prangte wieder das Zeichen der Rose. Über dem Blütenkopf schimmerten zwei Symbole, ein Stern aus schwarz verfärbtem Silber und eine Mondsichel aus Gold.

»Mondschlund«, stieß Aelarian hervor.

Er schloß die Augen, horchte in sich hinein. Warum schwieg Mondschlund, nun, da er am Ziel seiner Reise war? Warum wies er ihm nicht den Weg zu dem Auserkorenen – und zu Rumos?

Dann aber vernahm er doch ein Geräusch. Ein Zischen ... es drang von der Straße herab. Etwas näherte sich dem Durchgang, und dies äußerst schnell. Zu schnell für einen Menschen!

Hastig suchte Aelarian nach einem Versteck. Er fand eine Felsspalte in der Wand, groß genug, um hindurchzuschlüpfen. Dahinter nachtschwarze Dunkelheit ... Er preßte sich durch den Spalt, hielt den Atem an. Lauschte.

Das Zischen kam näher. Worte in einer fremden Sprache, unverständlich, fauchend, bösartig. Dann sah er zwei Gestalten an seinem Versteck vorbeihuschen; ihre Körper weiß und unstet, wie Nebelstreifen an einem kühlen Morgen. Sie hasteten die Treppe hinab, halb stolpernd, halb schwebend. Ihre Füße berührten den Boden kaum.

Aelarian ahnte, wen sie suchten.

Er wartete, bis die Nebelwesen sich entfernt hatten. Dann kehrte er zur Treppe zurück, schlich die letzten Stufen hinab, spähte in die Tiefe.

Der Durchgang öffnete sich einem Talkessel. In ihm lag das Herz von Athyr'Tyran: steil abfallende Terrassen zwischen schroffen Felsnasen. Uralte Häuser schmiegten sich an die Wände des Kessels, die Dächer waren eingestürzt, die Fensteröffnungen blind. Eine marode Steintreppe führte steil in die Tiefe. Abgewetzte Sockel säumten die Stufen; auf ihnen hatten vermutlich einst Statuen gestanden. Am Grund des Talkessels lag eine gewaltige Ruine, die Mauerreste wohl zehn Schritt hoch. Ein steinerner Palast, zu Trümmern zerfallen... es war, als hätte sich unter ihm der Boden aufgetan und ihn in die Tiefe gezogen.

Die Nebelwesen waren nicht mehr zu sehen. Aelarian schlich zur Treppe. Ihr Zustand weckte kein großes Vertrauen, aber er wagte sich dennoch auf die oberste Stufe. Sie knirschte unter seinem Stiefel. Steinbröckchen lösten sich, fielen in die Tiefe.

»Da soll ich hinab? Cornbrunn würde mich zu Recht einen Narren schelten. Nun, was soll's! Auf Fareghi bin ich eine glitschige Felswand hinaufgeklettert. Dann werde ich auch diese abgetretene Stiege nicht fürchten.«

Er ging weiter, die rechte Hand schützend an der Felswand. Viele Stufen waren zersprungen, und gelegentlich mußte er große Lücken übersteigen. Doch die Treppe trug ihn, und so gelangte er im schwindenden Sonnenlicht zum Grund des Kessels hinab.

Aus der Nähe betrachtet, wirkte die Ruine des Palasts noch zerfallener. Der säulengestützte Eingang war halb verschüttet. Hinter dem Geröll konnte Aelarian einen Gang ausmachen.

»Ich hätte dem Schattenspieler die Laterne abnehmen sollen«, murmelte er. »Sie hätte mir einen besseren Dienst geleistet als die Scherenschnitte.«

Seufzend kletterte er über den Geröllhaufen ins Innere der Ruine.

Kalter Wind schlug ihm entgegen. Aelarian spitzte die Ohren. Hörte er aus der Ferne einen Gesang? Ja... eine Stimme, eine Melodie. War es Mondschlund, der ihn rief?

Nur langsam gewöhnten sich seine Augen an die Dunkelheit, der Luftzug um seine Beine ließ ihn frösteln. Dennoch folgte er dem Gang. Aber er kam nicht weit. Ein Licht glomm vor ihm auf, ein grünes Flackern. Erschrocken blieb er stehen.

Der Windhauch wurde stärker. Dann spürte Aelarian eine Berührung an seinem Arm. Er schrie auf, wollte sich fallen lassen, doch dann packten ihn zahlreiche Hände. Zogen ihn mit unbändiger Kraft fort.

Nun sah er sie: dürre Gestalten, nicht größer als Kinder, ihre Körper flirrend und schwirrend, flimmernde Luft über glühendem Sand. Ihre Hände waren eisig und krochen wie ein Luftstrom unter seine Kleider, rissen ihn durch den Gang, wirbelten ihn in die Luft, bis ihm Hören und Sehen verging.

Die Geister von Athyr'Tyran hatten ihn aufgespürt.

Sie brannte. Sie brannte lichterloh, ihr Herz in Flammen. Ihre Stimme gellte über die Felsen, und der Wind trug sie hinaus auf das Meer, zu den goldenen Schiffen, die auf den Wellen torkelten. Steine zerbarsten in der Hitze und schmolzen, wurden flüssig wie das Silber, das die Goldéi den Felsen entlockt hatten. Aus dem Spalt im Gestein schlugen Flammen empor. Das Silber spritzte in alle Richtungen, ein glühender Regen, der sich in die Körper der Goldéi fraß. Ihre Schreie verhallten ungehört; sie waren zu leise, um das Prasseln des Feuers zu durchdringen. Ihre Leiber zerfielen zu Nebelfetzen, die wie Rauch zum Himmel aufstiegen.

Ashnada aber brannte. Flammen sprangen von ihren Fingerspitzen auf die Felsen, stoben aus ihrem Mund, und die Hitze ließ ihre Haut verdorren. Sie spürte keinen Schmerz. Ihr Herz war ein glühender Kessel, in dem die Gefühle brodelten: der Wunsch, sich an der Welt zu rächen, die sie zu dem gemacht hatte, was sie war; der Wunsch, wieder zu morden, ihre Hand um eine Kehle zu schließen und zuzudrücken, fester, immer fester, bis alles Röcheln erstarb; der Wunsch, ein Schwert in den Leib eines wehrlosen Menschen zu stoßen, hinterrücks, ohne Gnade... das war es, wonach es sie dürstete, ihre Berufung, ihre Aufgabe: eine Igrydes zu sein für immer, Tarnac zu Ehren, der ihr seine Liebe geschenkt hatte, dem sie dienen wollte mit all ihrer Kraft, Fleisch von seinem Fleisch, Blut von seinem Blut... Doch etwas in ihr sträubte sich dagegen, eine weinerliche Stimme, die sie mit Zweifeln bedrängte. *Warum wirfst du dich für ihn fort...für einen Mann, der dich benutzt hat und insgeheim verachtet wie alle Igrydes? Warum läßt du dich wie eine Hündin abrichten, sagst dich nicht los, läßt alles hinter dir, den Haß und die Mordlust? Nicht du hast den König verraten, sondern er dich...Tarnac hat dir den Willen geraubt, hat auf Morthyl dein Leben preisgegeben, dich vergessen...aber du folgst ihm wie eine Sklavin, läßt dich von ihm nach Tyran schicken, gehst für ihn in den Tod...Reiße dich los von ihm!*

»Sei still«, brüllte Ashnada. Die Flammen um sie verfärbten sich grellgelb. »Sei still, elende Verräterin...ich hasse dich!« Ihre Finger krallten sich in das eigene Fleisch, das verdorrt an ihren Knochen schwelte, und vor ihren Füßen, auf den schmelzenden Felsen, glommen Fußspuren auf: glühende Fußspuren und der Abdruck eines Wanderstocks...die Spur, der sie so lange gefolgt war, der sie weiter folgen mußte, wenn sie Tarnacs Befehl erfüllen wollte.

Sie taumelte über den Spalt, dem alles Silber entwichen war. Die Flammen krochen in ihren Körper zurück. Von den Goldéi war nichts zurückgeblieben. Nur träge Nebelschwaden hingen über den Felsen.

Doch ein Kreischen rief ihr ins Gedächtnis, daß sie nicht allein war. Sie wirbelte herum...gerade noch rechtzeitig, um dem Gehäuteten auszuweichen, der auf sie zusprang. Sein Brüllen war ohrenbetäubend. Unförmige Glieder peitschten durch die Luft, und eines von ihnen – war es eine Klaue? ein Schwanz? – streifte ihre Schulter. Sie platzte auf wie eine reife Frucht. Ashnada ließ sich zu Boden fallen. Über ihr erhob sich der Gehäutete, sein Körper aus dichtem Nebel, seine Bewegungen ruckartig. Er wollte sich auf Ashnada fallen lassen, doch sie rollte unter ihm weg. Er krachte auf das Gestein. Wo sein Körper den Felsen berührte, drang ein Zischen aus seinem Fleisch.

Ashnada schloß die Augen. Wieder loderte die Flamme auf, und der Goldéi begann zu brennen, entzündet von ihrem Haß.

»... kannst sie nicht beherrschen«, keuchte Ashnada, »denn sie beherrscht dich... wird dich vernichten und von innen auszehren.« Und dann, lauter, mit fester Stimme: »Sei still! Was weißt du schon, Cydra... duck dich und schweig, feiges Stück Dreck... Du bist es, die sich nicht beherrschen konnte auf Morthyl, die sich von diesem eingebildeten Silberschmuggler besteigen ließ... jetzt komm mir nicht mit Vorwürfen! Laß mich meine Pflicht tun!«

Vor ihren Augen tanzten rötliche Schleier. Der Gehäutete wirbelte auf den Felsen umher, sein Kreischen wurde schwächer und schwächer. Sein Leib nahm eine schmutzige Farbe an. Grau in Grau, Schmerz zu Schmerz. In Fetzen stieg er zum Himmel auf und verlor sich dort – ein Nebelstreif, den der Wind nach Westen trug, zu den goldenen Schiffen und dann hinaus ins Nichts.

Ashnada war längst weitergekrochen. Auf allen vieren folgte sie der Flammenspur, die sie zu Rumos führen würde. Sie mußte ihn finden... ihn, dem sie immer ähnlicher wurde: verzehrt von der Ewigen Flamme, gezeichnet vom Fluch der Sphäre.

In der Ferne flimmerten Gemäuer im Licht der untergehenden Sonne; die Ruinen von Athyr'Tyran.

Die Flammenspur führte auf sie zu.

Aelarian taumelte. Aelarian stürzte. Aelarian schlug um sich, schrie und fluchte, forderte die Windgeister auf, ihn loszulassen, trat mit den Stiefeln nach ihnen. Doch sie ließen nicht von ihm ab und zerrten ihn durch den Gang. Aelarian wußte nicht mehr, wo oben und unten war; die Geister wirbelten ihn umher wie der Herbstwind das Laub, schubsten ihn gegen die Mauern und schleuderten ihn zur Decke, so daß er kurz das Bewußtsein verlor.

Als er wieder zu sich kam, hatte sich der Gang einem Saal geöffnet: Die Mauern waren grau und spröde, der Boden bestand aus hellen Steinplatten. Aelarian sah weitere Geister im Saal umherhuschen; kindsgroße Gestalten, ihre Körper aus flimmernder Luft, die Augen düster und tragisch. Ein perlendes Lachen schlug ihm von allen Seiten entgegen. Dort, zwischen den Säulen am Ende des Saals, flackerte in einer silbernen Schale ein Feuer. Um sie hatte sich eine Gruppe Kinder versammelt, in Fetzen gekleidet. Sie lachten, wiesen mit dem Finger auf Aelarian und sangen Spottlieder. Ihre Augen hatten einen seltsamen Glanz ... tot und metallisch.

Die Windgeister aber setzten ihr Spiel mit Aelarian fort. Ihre Stöße und Knüffe wurden fester. Er fürchtete, bald an den Mauern zerschmettert zu werden.

Es gelang ihm, eine Hand freizubekommen. Rasch zog er die Scherenschnitte aus der Tasche, in der jähen Hoffnung, sie könnten sich doch als nützlich erweisen. Als die Geister ihn in Richtung des Feuers schubsten, hielt er die Figuren gegen die Flammen. Sie warfen im Feuerschein grobkörnige Schatten auf die Mauern des Saals. Schattenrisse auf uralten Steinen ... ihre Ränder verschwammen, als Aelarian vom Feuer zurückgerissen wurde – doch nur kurz! Dann verdichteten sie sich zu undurchdringlicher Schwärze.

Der Großmerkant spürte einen stechenden Schmerz in der Kehle. Die Scherenschnitte entglitten ihm, trudelten herab, wurden von den Windgeistern fortgeweht. Die Schatten aber verschwanden nicht! Sie hafteten auf der Mauer, als hätte ein Pinsel sie mit schwarzer Farbe aufgemalt; eine riesenhafte Schlange, das Maul offen, der Giftzahn spitz wie ein Dolch. Neben ihr erhob sich ein dunkler Falke und spreizte die Flügel. Er floß über die Wand, flog auf dem Gestein zum hinteren Ende des Saals. Die Schlange senkte den Kopf. Verschmolz mit dem Boden. Ihr Schatten wand sich auf den Steinplatten vorwärts, peitschend schnell.

Das Gelächter ringsum wurde zu einem Jammern. Die Windgeister schreckten auf, ihre Körper wurden durchsichtig. Jene, die in der Nähe der Schatten schwebten, verfärbten sich zu blauschwarzem Rauch und lösten sich auf. Auch die Kinder am Feuer schrieen vor Angst, suchten hinter einer

Säule Schutz. Doch die Schattenschlange hatte sie längst erreicht, schlängelte sich an einer Säule empor wie ein schwarzes Band...

»Jetzt seid ihr die Gejagten«, höhnte Aelarian. »Fort mit euch! Zurück in eure Geisterwelt!« Er entsann sich des Tanzes, den Aldra in seinem Park aufgeführt hatte; an die dunkle Brut, die aus den Wipfeln herabgesunken war; an die Wanderung durch das Verlies, als die Schatten ihre ständigen Begleiter gewesen waren. Ihre Macht war hier auf Tyran noch größer als in Schattenbruch... und er, Aelarian Trurac, hatte sie entfesselt.

Die Windgeister ließen endlich von ihm ab. Aelarian überschlug sich in der Luft; sein Mantel flatterte auf, als er dem Boden entgegenstürzte. Er wollte sich abrollen, doch die Wucht des Falls war nicht zu bremsen. Hart schlug er auf den Steinplatten auf. Sein linker Fuß knickte um, ein stechender Schmerz im Brustkorb raubte ihm den Atem, sein Mund füllte sich mit Blut. Keuchend erhob er sich und starrte zur Säule.

Die Schlange hatte das Kapitell erreicht. Im Widerschein der Flammen breitete sich der Schatten auf der Saaldecke aus, ein Schlangenknäuel. Eines der Kinder brach zu Boden; aus den Augen rann schwarzes Blut... nein, kein Blut, verdichtete Schwärze wanderte über das kleine Gesicht, fächerte sich in dunkle Schattierungen auf, rauchgrau und mattschwarz, nachtblau und finster, und der Schädel klaffte, als hätte ihn ein Hieb getroffen. Ein kopfloser Körper sank auf die Steinplatten. Am anderen Ende des Saals flatterte der Falke über die Wände, jagte den Windgeistern nach. Ihr Flimmern wurde schwächer, ihre Rufe verzweifelter...

»Mondschlund!« Eine helle Kinderstimme hallte durch den Saal. »Wenn du mich finden willst – hier bin ich! Aber ruf deine Mörderbrut zurück, deine grausamen Schatten!«

Hinter der Säule war ein Mädchen hervorgetreten. Ihre Haut war dunkel, das Haar schwarz und zerzaust. Ihre Augen waren fremdartig, sie verschluckten alles Licht, wirkten tot.

»Ruf sie zurück, Mondschlund! Was bringt dir unser Tod? Wir kehren ja doch zurück ... müssen immer zurückkehren, wieder und wieder, da wir nicht leben und nicht sterben, so wie du. Ruf sie zurück und laß uns miteinander reden.«

»Ich ... bin nicht Mondschlund«, keuchte Aelarian. »Ich ... bin es nicht!«

Sie wies auf eine Steinplatte vor Aelarian. Auf ihr prangte das Rosenzeichen. Daneben lagen unversehrt die zwei Scherenschnitte. Aelarian schlurfte auf sie zu. Sein Fuß schmerzte höllisch. Er nahm die Schattenfiguren auf und hielt sie gegen die Flammen.

Schlange und Falke erstarrten. Vorsichtig bewegte Aelarian die Hölzchen der Scherenschnitte. Die Schatten folgten seinen Bewegungen. Dann steckte der Großmerkant die Figuren zurück in seine Tasche. Augenblicklich verschwanden die beiden Schatten, ohne eine Spur auf den Wänden zurückzulassen.

Das Mädchen betrachtete Aelarian mit ihren dunklen Augen.

»Mondschlund ... du bist es und bist es nicht. Ich höre und sehe dich, aber du bist fern von mir und so fremd.«

»Ich bin nicht Mondschlund«, wiederholte er. »Ich folge nur seinem Ruf.« Er holte das Mondamulett unter dem Mantel hervor.

Sie lächelte. »Die Mondsichel ... dies ist sein Zeichen! Er hat dich zu mir geschickt? Warum kommt er nicht selbst? Oh, ich vergaß es ... er weilt längst selbst unter den Geistern. Du aber, du lebst! Ich spüre deine Wärme. Ich höre deinen Atem. Du lebst, und doch suchst du uns Geister auf. Was willst du von uns?«

»Wenn ich das nur so genau wüßte ... ich hoffte, die Antwort von dir zu erfahren, Kahida!«

Sie trat einen Schritt zurück. »Kahida? Ja, so nannte mich mein Vater. In der alten Sprache von Tyran bedeutete es: das Liebchen der Fische. Weißt du warum, mein Mondschlund? Wenn ich mit meinem Vater auf Fischfang ging und die Hand ins Wasser hielt, kamen die Fische herbeigeschwommen. Sie ließen sich von mir streicheln und liebkosen, selbst die finsteren Hechte.« Sie betrachtete ihre schmale Hand. »Auf die anderen Fischer aber gingen sie los, wenn die Wellen wieder ein Boot umgeworfen hatten. Es gab Raubfische, die einen Mann in Stücke reißen konnten, mit Zähnen scharf wie Messer. Die Fische haßten uns Menschen, so wie auch die Wellen und Klippen uns haßten. Von zehn Booten, die in See stachen, kehrten zwei nicht zurück. So viele Tote, so viel Blut in den Wellen.« Sie schluchzte. »Die Sphäre war unser Feind. Da gab es Stürme, mächtige Stürme... Tagelang tobten sie auf Tyran, zerfetzten unsere Hütten, zertrümmerten unsere Boote. Da waren Erdspalten, die sich plötzlich unter uns öffneten und Menschen verschlangen. Da waren Geister in der Nacht... ich höre noch ihr Geheul, wenn sie durch unser Dorf jagten, auf der Suche nach Blut. Dann verriegelte mein Vater die Tür unserer Hütte, nahm mich auf den Schoß und versprach, mich zu beschützen. Aber ich glaubte ihm nicht. Meine Mutter hatte er nicht beschützen können, als die Geister gekommen waren.«

Aelarian sah sich nach dem Windgeistern um. Sie krümmten sich am Ende des Saals gegen die Wände, schwach und jämmerlich. Aber er hatte nicht vergessen, wie sie ihn durch die Lüfte geschleudert hatten. Er wußte, wie gefährlich sie waren.

»Nur mir taten sie kein Leid an«, wisperte Kahida. »Die anderen Kinder flohen vor ihnen. Ich aber hatte keine Angst. Da war etwas in mir, das mich stark machte. Ich lachte in den Sturm, und er verstummte; und wenn ich den Geistern eine Nase drehte, erwiderten sie es. Es war wie ein Spiel... Hast nicht auch du damals mit mir gespielt, Mondschlund?«

»Ich bin nicht...« Aelarian sprach den Satz nicht zu Ende, da das Mädchen fortsprang und sich hinter der Säule versteckte. Die anderen Kinder, die das Gespräch belauscht hatten, klatschten in die Hände, und wieder sangen sie ein Lied in fremder Sprache. Spottlied oder Schüttelreim, kindischer Unsinn oder geheime Zauberformel... Aelarian wußte es nicht.

»Du hast mit ihnen gespielt? Was waren das für Spiele?«

»Weißt du das nicht mehr, Mondschlund? Jagen und Fangen, Tanzen und Raufen. Und am liebsten Verstecken... zwischen den Steinen, hinter den Bäumen, unter den Wellen, auf den Dächern im Dorf. Ein kleiner Schritt zur Seite, und schon war ich unauffindbar. So habe ich mit den Geistern gespielt: mit den Raunenden in den Wäldern, mit den Wellenkindern in der Bucht, mit den Windgängern in stürmischen Höhen. Ich verbarg mich, sie suchten mich... und ich lachte sie aus, weil sie mich selten entdeckten. Bald brachten sie mir bei, mich so zu verstecken, daß niemand mich finden konnte.« Sie lugte hinter der Säule hervor und schnitt Aelarian eine Grimasse.

»In der Sphäre?« fragte er.

Sie zog den Kopf zurück. Dann tuschelte sie mit den anderen Kindern und kicherte.

»In der Sphäre also«, wiederholte Aelarian. »Mit Kinderspielen hast du ihre Freundschaft gewonnen! Wenn ich Rumos davon erzählte, hielte er mich für toll.«

»Ein Spiel, ja... und doch wieder keins... Ihr Mißtrauen war groß. Es gab einige, die mich nicht in der Sphäre haben wollten. Die Nebelkinder! Sie glaubten, es könnte nur Unheil daraus entstehen. Und haben sie am Ende nicht recht behalten?« Kahidas Stimme wurde kräftiger. »Es war nie meine Absicht, sie zu hintergehen. Ich wollte Freundschaft mit ihnen schließen, ich wollte Frieden für alle, die auf Tyran lebten. Wir litten doch so unter der Sphäre, unter den Verfolgungen und Morden. Ich habe das Blutvergießen beendet... mit dem Pakt!«

Sie trat wieder ins Licht. Nun war sie kein Kind mehr, kein Mädchen mit zerzaustem Haar, sondern eine erwachsene Frau. Sie trug ein prächtiges rotes Kleid. Ihr Bauch und ihr Busen waren voll, das Haar hatte sie hochgesteckt und mit einer Rose geschmückt. Ein breiter, lächelnder Mund beherrschte ihr Gesicht... Nur die Augen waren fremd wie zuvor.

»Der Pakt, mein Mondschlund, war gut und gerecht. Die

Welt den Sphärenwesen und Tyran den Menschen ... diese Insel sollte eine Zuflucht werden, und das Eiserne Tor war das Pfand für den Frieden. Diese eine Quelle sollte uns Menschen gehören. Die Sphärenwesen selbst legten ihr Fesseln an.« Kahida lehnte verträumt den Kopf gegen die Säule. »Wie schön war der Frieden! Weißt du noch, wie sich die Stürme legten? Wie das Grollen der Felsen verstummte und auf toten Steinen Blumen sprossen? Rosen ... auf der ganzen Insel wuchsen sie und dufteten. Die Geister kamen neugierig in die Dörfer und mischten sich unter das Volk. Die Windgänger trugen die Kinder in die Lüfte empor, die Wellengeister begleiteten unsere Fischerboote aufs Meer und trieben Schabernack mit den Fischern. Und ich ließ Athyr'Tyran errichten; eine Stadt mit Parks und Kanälen, mit bunten Dächern und Rosenfeldern.«

Rings um Aelarian hellte sich der Saal auf. Auf den Bodenplatten glommen die Rosensymbole golden auf. Ihr Licht blendete ihn.

»Glückliches Tyran«, fuhr Kahida fort. »Aller Haß war verschwunden. Nur die Nebelkinder hielten sich nicht an den Pakt. Sie krochen nachts durch die Türschlitze in unsere Häuser und mordeten weiter. Ich mußte die Menschen vor ihnen schützen.«

Die Geister schwirrten herbei. Sie schleiften zwei Gefangene mit sich. Es waren Goldéi, gefesselt mit silbernen Ketten. Ölig glänzende Schuppenhaut, häßliche Echsenschädel, in den aufgerissenen Mäulern messerscharfe Zähne ...

»Die Goldéi!« Fasziniert starrte Aelarian die Echsen an. Sie regten sich nicht. Ihre schillernden Augen ruhten zornig auf Kahida.

»So nennst du sie heute, mein Mondschlund?« fragte Kahida erstaunt. »Damals waren sie als die Rastlosen bekannt, da sie im Krieg gegen uns Menschen keine Ruhe gaben. Drei von ihnen waren besonders unversöhnlich und stachelten die anderen an: Sazeeme, Quazzusdon und Aquazzan. Oft habe ich auf sie eingeredet, sie angefleht, den Weg des Friedens zu wählen. Aber sie wollten nicht hören.

So zwang ich ihnen eine andere Gestalt auf, wenn sie aus der Sphäre nach Tyran kamen. Jeder Mensch sollte sie auf Anhieb erkennen und fürchten, denn sie waren unsere Feinde und sind es geblieben.«

Aelarian erinnerte sich an die Nebelwesen, die ihn auf dem Weg in den Talkessel überholt hatten. »Und doch haben sie ihre fremde Hülle abgestreift. Sie sind nicht mehr in ihrer Schuppenhaut gefangen.«

»Ja, denn die Sphäre verändert sich. Die Nebelkinder befreien sich von meinem Zauber. Nur in meiner Nähe wirkt er noch. Dort draußen sind ihre Körper frei – aber ihre Macht schwindet überall auf Gharax. Spürst du es nicht, mein Mondschlund?« Sie faltete die Hände, als wolle sie ihn um Verzeihung bitten. »Aber nein, du bist es ja nicht, du trägst nur sein Zeichen. Es verwirrt mich. Was willst du von mir? Warum zerrst du mich ins Licht und stellst all diese Fragen? Etwas Furchtbares geschieht auf Tyran... an meinem Grab sah ich ein Kind mit einer goldenen Maske, so mächtig, daß ich geblendet war. Kurz glaubte ich, es wäre dein Freund Sternengänger, aber ich habe mich wohl getäuscht.«

Aelarian horchte auf. »Ein Kind? War es allein? War jemand bei ihm?«

»Ja... da war ein Mann an meinem Grab, sein Geist war verwirrt. Sein ganzes Leben lang suchte er die Rosen von Athyr'Tyran und konnte sie nicht finden... nur die Ewige Flamme entdeckte er. Sie brennt in ihm und höhlt ihn aus, denn sie ist nicht für den Menschen bestimmt. Du, Mondschlund, du und dein Freund Sternengänger – ihr habt es gewagt, sie nach Gharax zu tragen! Wie töricht! Ich hätte euch dafür bestrafen sollen.« Kahida stolperte auf Aelarian zu, packte sein Gewand.

»Was ist damals geschehen?« fragte der Großmerkant. »Warum zerbrach der Frieden mit den Geistern der Sphäre?«

»Ich weiß es nicht. Haben die Nebelkinder die anderen aufgehetzt? War es die Strafe für mein Vergehen, dir und

Sternengänger die Sphäre gezeigt zu haben? So muß es gewesen sein … ihr habt euch nicht als würdig erwiesen. Ihr wart meine Freunde, meine Vertrauten. Ihr habt mich auf meinen Reisen durch die Sphäre begleitet, ich lehrte euch alles über sie. Aber ihr wart so ungeduldig. Ihr gabt euch nicht mit dem Eisernen Tor zufrieden, sondern wolltet alle Quellen unterwerfen. Und dann entdecktet ihr die magischen Metalle; Sternengänger das Silber und du, mein Mondschlund, das Gold. Ich warnte euch, oft, so oft – aber ihr wart uneinsichtig! Ihr wolltet die Menschen aus Athyr'Tyran verjagen, damit sie sich auf Gharax ausbreiten. Ich weigerte mich, denn dies hätte dem Pakt widersprochen. Und so geschah es … der Krieg brach über uns herein.«

Sie stieß einen gequälten Ruf aus. Die Steinplatten um sie barsten, als hätte ein Hammerschlag sie getroffen. Steinsplitter flogen umher. Die Goldéi fauchten, bäumten sich in ihren Ketten auf, versuchten sich loszureißen, und das Wispern der Windgeister wurde wütender.

»Sturm und Feuer, berstende Steine, bebende Erde, entfesselte Wellen … die Geister der Sphäre kamen, um Athyr'Tyran zu zerstören. Frauen und Männer, Kinder und Greise, sie machten vor niemandem halt. Die Windgänger zerrissen die Menschen auf offener Straße und ließen das Blut bis in die Wolken spritzen. Die Nebelkinder fielen in Raserei über uns her, und wer in die Wälder flüchtete, wurde von fallenden Bäumen erschlagen, von Wurzeln erdrosselt, denn auch die Raunenden kannten keine Gnade mehr. Warum dieses sinnlose Morden, mein Mondschlund? Nur du kennst die Antwort, aber du läßt mich im ungewissen.« Kahida griff nach dem Mondamulett und wollte es Aelarian vom Hals reißen. Er wehrte ihre kalten Finger ab.

»Sprich weiter«, bat er sie. »Was ist damals geschehen?«

»Ich mußte das Töten beenden. Ich kehrte in die Sphäre zurück, nahm den Schwarzen Schlüssel an mich, das mächtigste aller Metalle, den Urstoff der Sphäre. Dann versiegelte ich die Tore für immer. Alle Geister, die nicht rechtzeitig flohen, starben dahin. Nur ein paar flüchteten zu den Quellen, den letzen Orten, an denen sie überleben konnten: die Glaskinder zur Klaue des Winters, die Steinwandler zum Auge der Glut, die Bosnickel zum Gefälle des Rochens, die Windgänger zum Eisernen Tor. Dort blieben sie, ohne Hoffnung, jemals heimzukehren. Die Tore waren versiegelt, Tyran war gerettet… aber zu welchem Preis? Die Quellen blieben uns feindlich gesinnt, und die magischen Metalle waren zu gefährlich in unseren Händen. Ich habe euch gewarnt, sie noch einmal zu mißbrauchen. Und ihr habt mich wieder belogen, alle beide!«

Sie zerrte nun so stark an der Kette des Amuletts, daß Aelarian kaum mehr Luft bekam. »Ich bin… nicht Mondschlund…«

»Hör auf zu jammern! Hast du denn Mitleid gehabt, als du mich in die Bucht gelockt hast? Weißt du es nicht mehr? Wir waren zu dritt, du und ich und Sternengänger. Wir haben miteinander gescherzt, haben Pläne geschmiedet, uns geschworen, Athyr'Tyran wieder aufzubauen. Es war ein Sommertag, die Wellen schlugen sanft gegen den Strand, und Sternengänger hielt mich plötzlich mit beiden Händen fest, während du einen Stein hervorzogst und mir den Schädel zertrümmertest. Ihr habt mich erschlagen, mich, eure Lehrerin und Freundin und Geliebte, um an den Schwarzen Schlüssel zu kommen! Aus Gier! Aus Neid!«

»Nein… so… war es nicht«, keuchte Aelarian. Es war seine Stimme, doch es waren nicht seine Worte, nicht seine Gedanken. Etwas sprach aus ihm, bemächtigte sich seiner Zunge; und es war Mondschlund, kein Geringerer als Mondschlund, der ihn all die Jahre begleitet und benutzt hatte, der in seinen Gedanken nistete und dessen Worte nun aus ihm hervorbrachen. »Es war… ein Unfall… es kam über uns, ganz plötzlich… wir wollten es nicht.«

»Ihr wolltet es nicht?« Sie riß ihm das Amulett vom Hals. »Es war kein schöner Tod! Ich sank auf den Boden. Alles Licht schwand. Kein Atem in meiner Kehle. Mein Herz still. Mein Körper taub. Nur mein Geist war ruhelos… gefangen in der Sphäre. Weißt du denn nicht, du armer Wurm, daß niemand Ruhe findet, der je mit ihr in Berührung gekommen ist? Wer ihre Macht nutzt, bleibt auf ewig mit ihr verbunden. Stirbt sein Leib, muß er für immer den magischen Strömen folgen. So bin ich gefangen in den Trümmern meiner Stadt, die so schön und fröhlich war, ehe ihr den Untergang heraufbeschworen habt.« Aus ihren Augen rannen Tränen. »Nun soll ich erwachen! Eine Macht zieht mich aus den Schatten. Ein Kind mit goldener Maske will mich ins Leben zurückholen. Ich kann es nicht verhindern. Ich muß seinem Ruf folgen.«

Aelarian hatte sich wieder gefangen. Als Kahida ihm das Amulett heruntergerissen hatte, war Mondschlunds Stimme verhallt. Er war wieder Herr der eigenen Sinne. Rasch zog er die Schattenfiguren hervor. »Vielleicht kann man dieses Kind aufhalten. Du kennst die Macht dieser Figuren, Kahida. Wenn selbst deine Geister sie fürchten, wird auch der Knabe vor ihnen zurückschrecken.«

Angst zeichnete sich in ihrem Gesicht ab. »Die Schattenbrut? Weißt du denn nicht, was sie ist? Geformt aus dem Schwarzen Schlüssel, gefangen in der Dunkelheit, seelenlos und ohne Willen. Mondschlund ließ sie auf die Menschen los, und sie drangen in ihre Körper und machten sie zu seinen Sklaven. Dies war sein Plan – eine Stadt zu erschaffen, in der nichts lebt und nichts stirbt, in der alles unter seiner Herrschaft steht. Eine Stadt unter leerem Himmel, kein Mond und keine Sterne, ringsum kein Land und kein Meer, alle Zeit bedeutungslos.« Sie wies auf die Scherenschnitte. »Zerreiß sie! Wirf sie fort! Wenn die Schatten Gharax beherrschen, ist alle Hoffnung dahin. Und bist du nicht deshalb ein Mondjünger geworden, weil du dir eine bessere Welt erhofftest? Hast du dich nicht deshalb der Magie zugewandt und die Mondsichel angelegt? Zerreiß die Figuren, wenn du frei sein willst.«

Aelarian zögerte. »Nicht, ehe ich den Auserkorenen gefunden habe. Bringe mich zu dem Jungen mit der Maske … und zu Rumos.«

Er hatte nur kurz den Blick von ihr abgewandt. Als er aufsah, hatte sich Kahida in das kleine Mädchen zurückverwandelt. Traurig blickte sie ihn an.

»Warum verlangst du das von mir? Seine Maske wird mich zwingen, ihm zu gehorchen. In ihr wohnt Sternengängers Macht! Er wird mich zwingen, ihm zu dienen; er wird mich in den Kampf gegen Mondschlund hetzen. Aber das wird neues Unheil heraufbeschwören.« Sie sank auf die Steinplatten nieder. »Ich fürchte mich so, Aelarian.«

Zum ersten Mal sagte sie seinen wahren Namen. Er achtete nicht länger auf die Windgeister, die über ihm durch den Saal schwirrten, nicht auf die anderen Kinder, die hinter der Säule hervorlugten. Langsam reichte er Kahida die Hand.

»Wir müssen uns ihm stellen. Ich muß erfahren, ob aus den Scherben dieser Welt etwas Neues entstehen kann, das es zu lieben lohnt…so wie du deine Stadt liebst und der Schattenspieler seinen Park. Denn ich bin ein Mensch, ich lebe – und sterbe ich, will ich in Frieden gehen und kein Geist werden wie du. Hilf mir, Kahida! Hilf mir, ihn aufzuhalten.«

Ihre Hand legte sich in die seine. Kalte, geisterhafte Finger, kaum zu spüren. »Dann komm«, sagte sie. »Laß uns zu meinem Grab gehen; dort wird der Knabe erscheinen, wenn er mich erwecken will. Die Nebelkinder werden uns nicht sehen, wenn du an meiner Seite bist.«

Sie zog ihn mit sich, und Rosenduft stieg in Aelarians Nase, süß und unwirklich wie eine Erinnerung, die sich kaum festhalten ließ.

Die Sonne ging unter. Ihre letzten Strahlen tauchten die Trümmer in rotgoldenes Licht. Die Säulen warfen lange Schatten. Athyr'Tyran versank in Dunkelheit.

Nur in einer Ruine flackerte Licht. Flammenschein tanzte auf den Mauern, huschte über Felsbrocken, spiegelte sich in den Augen von Rumos Rokariac. Der Körper des Bathaquari zitterte. Seine Augen waren auf Laghanos gerichtet und auf die Maske, unter der Flammen loderten.

Laghanos lag regungslos auf der Steinplatte. Nur seine Brust hob und senkte sich.

»Er lebt, Carputon ... ja, und leben muß er!« Rumos' Finger gruben sich in den Sand. »Bald kehrt er zurück, und sieh, seine Maske ... sie schmilzt! Der Auserkorene gewinnt an Kraft! Bald schlägt die Stunde, die wir ersehnten ... die Stunde der Bathaquar. Durta Slargins Plan ist gescheitert, Mondschlunds Lügennetz durchschnitten ... und ich, Carputon, befreie mich endlich von dir!« Er hielt kurz inne. »Von mir, o mein Herr Rumos? Weil du mich fürchtest, weil du spürst, daß Laghanos zu stark sein wird für deine Kraft! Niemals wird dieses Kind dein treuer Knecht wie ich, o Rumos ... ich, ein Teil von dir, den du haßt und fürchtest ... warum nur, Rumos?« Schwer atmend sank der Zauberer auf den Sand.

Laghanos' Maske bewegte sich. Langsam glitten die verschmolzenen Sporne auseinander, richteten sich auf wie zitternde Fühler und tasteten in der Luft umher. Flüssiges Gold perlte von ihren Spitzen und funkelte im Feuerschein. Bald kreisten die Stacheln umeinander ... schneller, immer schneller durchschnitten sie die Luft wie Dolche.

»Die Prophezeiung erfüllt sich«, rief Rumos. »Noch herrscht der Tag, doch bald sinkt Finsternis in unsre Sinne und hüllt in Schatten, was kein Mensch erblicken darf.«

Ein Geräusch schreckte ihn auf. Rumos starrte in den Himmel. Eine silberne Klaue löste sich aus der Dunkelheit. Sie schwirrte auf Laghanos zu: eine körperlose Hand. Behutsam tastete sie nach dem Jungen, als wolle sie spüren, ob Leben in ihm war.

Dann erschien eine zweite Klaue. Auch sie schwebte in die Ruine, packte Laghanos' Fuß und schloß sich mit scharrendem Laut um den Knöchel.

»Das Heer des Auserkorenen erwacht«, kicherte Rumos. »Er, der die Menschen lehrt, ihr Schicksal selbst zu wählen ... folgen sie den alten Lügen oder dem Ruf der Bathaquar, die willens und bereit ist, die Sphäre zu beherrschen?«

Sie kamen von allen Seiten geflogen: silberne Klauen, Hunderte! Das Heer der Beschlagenen suchte seinen Anführer. Am Grab der Kahida hatte es seine Spur verloren. Nun erwachten die Klauen und scharten sich wieder um Laghanos. Sie ordneten sich im Kreis an, krallten sich im Fleisch, im Haar des Knaben fest und hoben ihn behutsam von der Steinplatte. Laghanos schwebte in der Luft, noch immer ohne Bewußtsein. Die Klauen verharrten dort.

»Seine Macht ist nun vollkommen«, jauchzte Rumos. »Er trägt die Maske und den Mantel, und in ihm schwelt die Flamme... nun wird er erkennen, welch böses Spiel Durta Slargin mit ihm trieb! Er wird erwachen und Kahidas Stadt aus Trümmern neu entstehen lassen; und in ihr werden die Zauberer herrschen, die Zauberer der Bathaquar. Ja, Carputon, unsere Stunde naht...«

Er lauschte. Hörte er Stimmen in der Dunkelheit? Ein Säuseln hinter den Mauern der Ruine? Gequält starrte Rumos zum Himmel auf.

»Nein, Rumos... du lügst und weißt es auch. Der Herr der Schatten wird sich die Stadt nicht entreißen lassen, und Sternengänger glotzt uns an aus tausend Augen. Der Knabe Laghanos ist unser Untergang! Töte ihn, o Rumos, solange du es kannst... laß uns fortgehen, nur wir zwei... in einer Höhle verkriechen, Salz und Stein und Stille, unsere Augen schließen, schlafen, träumen... laß uns vergessen, was uns quält... den Tag vergessen, als wir in Moorbruch Slargins Knochen fraßen! Der Rosenstock trägt keine Blüten mehr, o Rumos! Töte das Kind und laß uns weiterziehen!«

Er blickte auf den schwelenden Knochen in seinem Arm. »Still, Carputon! Der Auserkorene muß seinen Weg zu Ende gehen – so wie wir, erbärmlich, wie wir sind. Der Schleier fällt, und wir vergehen wie altes Mauerwerk zu Sand! Sei still, Carputon!«

Er brach zusammen. Um ihn glommen die Silberklauen auf, die Laghanos in der Luft festhielten, und der Knabe zitterte, als ob ein düsterer Traum ihn martere.

KAPITEL 2

# Mond

Eine Wolke zerriß am Nachthimmel. Hinter ihr trat der Mond hervor; eine dünne Sichel, die über den Dächern von Vara schimmerte. Ihr Licht verlieh der Stadt einen rätselhaften Zauber. Wie kostbare Seide glitzerte das Wasser der vielen Kanäle, die Spitze des Silbernen Doms glomm wie ein Zepter, und die gläsernen Türme, die sich aus den Gassen erhoben, reflektierten das Mondlicht wie Spiegel. So drangen die Strahlen in jeden Winkel von Vara und woben ein silbernes Netz um die Häuser, als wollte der Mond die Hauptstadt Sithars vor der Dunkelheit beschützen.

In der Nähe des Hafens, auf einem kleinen Vorplatz, flakkerten hellere Lichter. In Eisenkörben brannte ein bläuliches Feuer. Es ließ die Gesichter der Männer, die sich auf dem Platz versammelt hatten, unwirklich erscheinen. Einige von ihnen waren Flammenhüter, Varas Nachtwächter, die sich seit jeher um die Beleuchtung der Straßen kümmerten. Die anderen waren schwer gerüstet: schwarze Helme, dunkle Brustplatten, Schwerter und Spieße und Streitkolben... die Ritter der Schwarzen und der Weißen Klippen. Sie hielten Wache. Denn nördlich des Platzes, wenige Straßenzüge entfernt, lag das Sterbende Vara, ein vermodertes, halb in die Tiefe gesunkenes Stadtviertel, von fauligem Wasser überflutet. Niemand lebte dort, seit über hundert Jahren nicht mehr, außer Schnecken und Kröten, Ratten und Mückenschwärmen. Die Anwohner mieden die Gegend. Alle Pläne der Bürgerschaft, das Sterbende Vara trocken zu legen, waren gescheitert, da selbst die Ärmsten der Stadt sich nicht für diese Arbeit verpflichten lassen wollten.

»Der Mond scheint«, wisperte einer der Flammenhüter, ein magerer Mann mit schreckhaften Augen. »Dann kommen sie. Sie hassen das Licht, aber suchen den Mond. Er schneidet ihre Körper aus der Finsternis.«

Der Anführer der Ritterschaft warf ihm warnende Blicke zu. »Schwing keine Reden. Es weiß doch eh niemand, woher die Schatten kommen, wer sie geschickt hat...«

»Oh, ich weiß es. Sie kommen aus dem Verlies, um uns zu holen.« Die Stimme des Flammenhüters zitterte. »Seit Wochen geht es so... stets in der Nacht, stets bei Mondlicht. Sie kommen aus dem Dunkeln, werfen sich auf dich, rauben dir den Verstand, bis du dir die Augen mit den eigenen Fingernägeln aus dem Kopf kratzt. Ich habe die Leichen gesehen, habe sie selbst zum Totengräber geschleift. In ihren Gesichtern zwei ausgefranste, blutende Höhlen – was sagst du dazu, Klippenritter?« Er drängte sich näher an den Anführer. »Wir sollten nicht hier sein; nicht in der Nacht, nicht in der Nähe des Sterbenden Vara. Denn von dort kommen sie. Dort herrscht immer Dunkelheit.«

»Ja, und hier ist es hell«, spottete der Ritter. »Deshalb haben wir dich und deine Männer ja herbeigerufen. Ihr sorgt dafür, daß das Feuer der Körbe nicht erlischt, und wir, daß kein Schatten euch holt.« Er wies auf das Schwert an seiner Seite.

»Damit könnt ihr nichts gegen sie ausrichten. Ich sah einen von ihnen aus der Nähe, als er über meinen Gefährten herfiel. Ein Schatten! Ein Geist ohne Körper... ihr könnt sie nicht töten.«

»Das ist auch nicht unsere Aufgabe. Fürst Binhipar will nur, daß sie keinen Ärger machen und nicht in der Stadt umherschleichen.« Der Klippenritter wandte den Kopf. Hinter den Feuerkörben führte eine Gasse vom Platz ab. Sie war abschüssig und machte nach zwanzig Schritt eine Krümmung. Die Häuser wirkten armselig, die Türen standen offen oder hingen schräg in den Angeln. Die Bewohner mußten Hals über Kopf geflohen sein.

»Ihr könnt diese Stadt nicht retten«, sagte der Flammenhüter. »Vara ist längst ein Gefängnis. Niemand kann hinaus und niemand hinein, seit sich die Mauern verwandelt haben. Bist du in den letzten Tagen am Stadtrand gewesen? Hast du die Wände aus Glas gesehen? Wir sind eingeschlossen, abgeschnitten von der Außenwelt, gefangen in einem gläsernen Käfig, der sich verändert, der wächst und wuchert. Varas Grenzen verschieben sich. In meinem Viertel gibt es Straßen, die ich nie zuvor gesehen habe, die vor wenigen Tagen nicht dort waren, wo sie jetzt sind. Tagsüber scheinen sie leer. Aber in der Nacht, da kriechen die wahren Bewohner hervor, und ihre Augen glänzen wie Gold...«

»Schluß jetzt!« Der Ritter stieß den Mann beiseite. »Denkst du, wir sind blind? Jeder kann die Türme sehen, jeder sieht sie wachsen und sieht neue hinzukommen. Aber das wird ein Ende haben. Fürst Binhipar hat es versprochen.«

»Ach, hat er das?« Die Stimme des Flammenhüters klang schrill, als ein anderer Ritter ihn fortzerrte. »Will euer Fürst die Türme mit den Fäusten einschlagen? Wach auf! Wir sind Gefangene. Dies ist das Ende. Die Fürsten haben uns belogen und im Stich gelassen, auch der Kaiser, selbst Nhordukael...«

Er hielt inne. Aus der Gasse drangen scharrende Geräusche. Zugleich änderte sich das Licht.

Der Mondschein schwand, als hätte ein dunkles Tuch ihn von den Mauern gewischt. Die Klippenritter zogen ihre Schwerter. Der Anführer erteilte leise Befehle, die Flammenhüter füllten neues Öl in die Feuerkörbe. Hell loderte das Feuer auf. Aber die Dunkelheit in der Gasse wollte nicht weichen. Dennoch waren Schemen zu erkennen... sie wankten dem Feuer entgegen, ihre Schritte langsam, unsicher.

Ein Klippenritter zückte seinen Bogen, legte einen Pfeil an die Sehne.

»Nicht schießen!« Der Anführer kniff die Augen zusammen. »Warte noch!«

Es waren tatsächlich Menschen, Frauen, Männer, selbst ein Kind war darunter. Sie trugen Winterkleidung, dicke

Pelze und Mützen. Ihre Schuhe und Hosen waren schlammverklebt, als ob sie durch tiefen Morast gewatet wären. Und die Gesichter... sie waren bleich wie Wachs. Ihre Augen glänzten golden. In ihnen tanzte der Widerschein der Flammen.

»WIR SIND HIER ... ENDLICH SIND WIR ... ANGEKOMMEN ... ENDLICH SIND WIR ...«

Die Stimmen vermischten sich zu einem geisterhaften Chor, der von den Wänden der Gasse widerhallte. Die Fremden taumelten, wankten immer unsicherer, je näher sie den Flammen kamen.

»WIR SIND ... ENTKOMMEN ... DIE GOLDÉI JAGTEN UNS VERGEBLICH ... DIE NEUN PFORTEN HABEN UNS BESCHÜTZT ... ENDLICH SIND WIR ... BEI EUCH ... LÖSCHT JETZT DIE LICHTER ... LASST UNS FEIERN ... DEN MOND BESINGEN ... MONDSCHLUND HAT GESIEGT ... ENDLICH ... HAT MONDSCHLUND GESIEGT ...«

Die Klippenritter wichen zurück. Ein Feuerkorb stürzte um. Brennendes Öl strömte in die Gasse. Flammen stoben empor. Die Fremden verharrten für einen Lidschlag. Dann setzen sie ihren Weg fort.

»SEID UNBESORGT ... ENDLICH SIND WIR GERETTET ... WIR ALLE ... LÖSCHT JETZT DIE LICHTER ... TRAGT SIE NICHT IN DIE STADT ALLER STÄDTE ... LASST DAS VERLIES IM DUNKELN, DAMIT NIEMAND UNS FINDET ... NEHMT MONDSCHLUNDS GNADE AN ...«

Der Anführer der Klippenritter riß sein Schwert in die Höhe. Erteilte einen Befehl!

Die Pfeile flogen dicht. Sie rissen die geisterhaften Wesen von den Füßen, schleuderten sie in die Gasse zurück, als wären ihre Körper leichter als Linnen. Dann stürmten die Ritter voran. Schwerter funkelten im Flammenschein. Streitkolben zischten durch die Luft. Die Menschen in der Gasse schrieen nicht, klagten nicht. Lautlos sanken sie zu Boden. Schädel zerbarsten unter wuchtigen Hieben. Eine schimmernde Lache breitete sich unter ihnen aus und rann zwischen den Pflastersteinen die Gasse hinab. War es Blut? War es flüssiges Gold? Es glänzte so kostbar im Flammenschein…doch nur kurz. Dann sogen die Mauern der Gasse alles Licht auf. Die Schwärze wurde undurchdringlich. Und sie breitete sich aus, rasend schnell!

»Zurück! Bei Tathril, zurück!«

Der Ruf des Anführers kam zu spät. Jene, die sich zu weit vorgewagt hatten, wurden von dem Schatten erfaßt. Ihre Schreie verstummten – nein, sie wandelten sich zu einem Flüstern, einem Kichern…ja, sie lachten, priesen lauthals ihr Glück. Schwerter glitten zu Boden, Helme wurde gegen Mauern geworfen, Rüstungen schepperten auf den Pflastersteinen. Doch was mit den Gefallenen geschah, blieb den anderen Rittern verborgen. Sie hörten nur ihre Stimmen, die heiteren Worte.

»Jetzt…sehen wir es…endlich sehen wir, wie schön sie ist…unsere Stadt…WIE SCHÖN SIE DOCH IST!«

»All die Menschen dort draußen…was wollen sie? Warum sind sie hier?«

Die Fenster des Turmsaals waren gerade groß genug, um den Kopf hinauszustrecken. Nur wenig Licht drang in den Raum; verhaltenes Mondlicht und Fackelschein. Er kam vom anderen Ufer des Stillen Sees. Dort hatten sich einige hundert Männer und Frauen versammelt. Sie wirkten friedlich. Gelegentlich schwoll der Chor ihrer Stimmen zu leisen Gesängen an.

»Sind sie wegen mir gekommen, Garalac? Vorhin glaubte ich, meinen Namen vernommen zu haben…psst…hörst du es? Rufen sie nicht: Akendor Thayrin?

Aus dem hinteren Teil des Saals antwortete eine Stimme. Sie hatte einen troublinischen Akzent, weich und rollend. »Sie rufen den Namen des Kaisers. Euren Namen, Akendor.«

Akendor Thayrin spähte aus dem Turmfenster. Er war ein schmächtiger Mann, die Haare dunkelblond und licht, das Gesicht ausgezehrt. Das Glitzern seiner Augen war freudlos.

»So…bin ich denn der Kaiser, ja? Wenn auch du es sagst, Garalac, muß es wohl stimmen. Auch Binhipar behauptet es. Ist das nicht drollig? Er stürzt mich, er verschleppt mich, er setzt meinen Sohn auf den Thron…und plötzlich soll dies alles nicht mehr gelten.« Er beobachtete die Menschen am Ufer. Der Fackelschein ließ ihre Mienen fremd erscheinen, und das Wasser spiegelte ihre Umrisse nur undeutlich. Sieben Kanäle strömten im Stillen See zusammen. Mitten im Wasser lag die Eiserne Insel, und auf dieser stand Gendor, der Stammsitz der Familie Geneder.

»Warum sperrt mich Binhipar in diesen Turm?« wisperte Akendor. »Wenn ich Kaiser bin, warum ziehe ich dann nicht mit Prunk und Getöse in den Palast ein? Hat er mich angelogen, Garalac? Ist mein Sohn noch am Leben? Spielt mich dieser Schurke gegen ihn aus?«

Der Leibwächter trat aus dem Schatten. Rote Strähnen hingen in Garalacs Gesicht, und er kniff die wäßrigen Augen zusammen, ein Zeichen innerer Anspannung. »Ihr solltet so nicht von ihm sprechen. Nicht, solange Ihr in seiner Gewalt seid. Binhipar ist unberechenbar, seit…« Er hielt inne.

»Seit mein Vater tot ist, sein bejubelter Freund Torsunt? Oder seit sein mißratener Sohn Blidor in einem Felsspalt zerquetscht wurde? Das war ein Fest für mich! Einmal, einmal in seinem Leben hat dieser Unmensch selbst gelitten und selbst jemanden verloren, der ihm teuer war…Ach, Garalac, ich wünschte, ich wäre dabeigewesen, als Uliman die anderen Fürsten getötet hat, das ganze verlogene Pack…als sich die silbernen Ketten um ihre Hälse zuschnürten. Welche Freude hätte ich an Scorutars Röcheln gehabt oder an Arkon Fhonsas aufgequollenen Äuglein!« Akendor stolperte vom Fenster fort. »Nur Binhipar ist entkommen…und hört nicht auf, mich zu quälen. Die Hunde – wo sind sie? Ich höre jede Nacht ihr Gebell. Du darfst sie nicht zu mir lassen, Garalac!«

»Die Hunde sind weit weg«, beruhigte ihn der Troublinier. »Binhipar hat sie in ein altes Badhaus sperren lassen. Hier im Turm sind wir sicher. Und draußen wacht Euer Volk. Es ruft nach Euch.«

Wieder schwollen die Stimmen an. Deutlich war Akendors Name zu hören, ein Ruf aus vielen Mündern.

»Es ist seltsam, Garalac – damals, als ich Vara verließ und mich nach Thax zurückzog, hat niemand nach mir geschrieen. Sie hatten mich alle vergessen, sie wollten mich vergessen... und mir war es recht. Ich wollte ihre hündische Verehrung nicht. Doch als Syllana starb, meine geliebte Syllana, und kein Mensch um sie trauerte, begann ich sie zu hassen. Die Kaiserin wird von wilden Hunden zerrissen, aber das Volk schweigt! Kein Wort des Bedauerns, kein Trauerzug im ganzen Reich. Jetzt kommen sie angekrochen und plärren meinen Namen... ach, ich verachte sie! Für ihren Wankelmut, für ihre Selbstsucht, für ihr kurzes, so kurzes Gedächtnis. Sie sollen mich in Frieden lassen, hier in meinem Turm.«

Garalac wollte etwas erwidern, doch er hörte Schritte hinter der Eichentür, das Rasseln eines Schlüsselbunds, ein Scharren im Schloß. Die Tür schwang auf.

Im schwachen Licht einer Laterne zeichnete sich die breitschultrige Gestalt eines Mannes im Türrahmen ab; das Gesicht grob und bärtig, die Augen stechend. Es war Binhipar Nihirdi, der Fürst von Palidon. Seine Stiefel knallten, als er durch den Saal auf Akendor zuschritt. Die zu Zöpfen geflochtenen Bartenden flohen ihm voraus. Zwei Klippenritter folgten, ihre Hände lagen an den Schwertgriffen. Zuletzt trat die Frau des Fürsten ein, Darna Nihirdi, eine untersetzte Frau mit schlaffen Wangen und grauem Haar. Sie hielt die Laterne, die den Turmsaal mit trübem Licht füllte.

Binhipar blieb einige Schritte vor dem Kaiser stehen. »Zehn Ketten. Zehn Fürsten.« Er knöpfte den Mantel auf und enthüllte seinen Hals. Unter dem Bart war eine vernarbte Wunde zu erkennen, ein länglicher roter Wulst. »Kennt Ihr sie noch, Majestät – die Namen der zehn Gründer? Suant und Nihirdi, Lomis und Geneder, Imer und Fhonsa, Aldra und Turr, Thim und Thayrin... unsere Ahnen, die Gründer des Südbunds. Geboren in Vara, ermordet in Persys, begraben im Berg von Carmand. Zehn Namen, die uns binden. Zehn Ketten, die uns an ihre Taten erinnern.« Er fuhr mit dem rechten Daumen die Wunde nach. Unter dem Fingernagel starrte Dreck. »Ihr Erbe ist ausgelöscht, der Silberne Kreis zerbrochen. Euer Sohn hat uns jeder Hoffnung beraubt. Nun schweigen die Ahnen. Als meine Kette zersprang, verstummte Nihirdis Stimme für immer.« Binhipars Augen glommen auf. »Habt Ihr jemals die Ahnen zu Euch sprechen hören, Akendor? Hat Thayrin Euch Rat erteilt, so wie mir mein Urahn Nihirdi? Ich bin sicher, er hat es versucht. Er hat auf Euch eingeredet in dunkler Stunde, aber Ihr habt nicht zugehört. Ihr habt Eure Ohren verschlossen wie die anderen Fürsten! Dies ist der wahre Grund, warum wir dem Untergang geweiht sind.«

Akendor senkte den Blick. Er rang sich zu einer Antwort durch. »Die Ahnen sprachen zu Euch? Wie schön, Binhipar... wirklich, es freut mich. Zu mir sprach niemand, selbst als ich noch ein Kind war. Nicht einmal mein eigener Vater. Und Ihr...«

Binhipar unterbrach ihn rüde. »Euer Vater wußte, welchen Schwächling er gezeugt hat. Er war stets in Sorge, was aus Sithar werden sollte, wenn Ihr ihm nachfolgt, und oft hat er sich mit mir darüber beraten. Als sein Freund gab ich ihm den Rat, das Gesetz der Thronfolge zu ändern, den Kaiser wieder vom Silbernen Kreis wählen zu lassen, wie es nach der Reichsgründung üblich gewesen war, ehe Ewaron Turr es zu ändern wagte. Aber Euer Vater starb, bevor er sich zu einer Entscheidung durchringen konnte. Er fiel im Krieg gegen Arphat.« Er rückte noch näher an Akendor heran. »Ich hielt seine Hand, als er den letzten Atemzug tat... durchbohrt von einem Pfeil, das Gift der Anub-Ejan im Blut. Damals versprach ich ihm, Euch zu beschützen. Er rang mir dieses Versprechen ab, weil er fürchtete, daß der Silberne Kreis Euch aus dem Weg räumen würde. All die Jahre lang habe ich mich vor Euch gestellt, Akendor, Euch vor den Fürsten und Eurer eigenen Dummheit bewahrt. Die Ahnen haben mich gewarnt! Sie wisperten von einem Zwist unter den Fürsten, von dem drohenden Verrat der Geneder.

Der Luchs von Ganata schärfte die Krallen, ein zweites Mal ... ich tat alles, um Euch auf dem Thron zu halten. Deshalb verlegte ich den Thronrat nach Thax, um Euch vor dem Einfluß dieser düsteren Stadt zu schützen. Deshalb sorgte ich für Einheit im Thronrat und zwang die anderen Fürsten, sich in alles zu fügen. Deshalb rettete ich Euch aus der Zelle in Thax, als man Euch hinrichten wollte, für den Mord an Tundias Tochter. All dies tat ich für Torsunt, für ihn allein!«

Akendors Augen bekamen einen fiebrigen Glanz. »Für ihn ... meinen Vater. Mußte deshalb auch Syllana sterben? Hätte er dies gewollt? Habt Ihr deshalb die Hunde auf sie gehetzt?«

Binhipar gab keine Antwort. Die Sehnen an seinem Hals spannten sich, und die rote Narbe wurde auseinandergezogen, als wolle sie aufplatzen.

»Sie war doch unschuldig!« Akendor hieb mit der Faust gegen Binhipars Brustkorb, aber nur schwach, ein verzweifelter Schlag, den der Fürst kaum spürte. »Warum mußte sie für meine Fehler bezahlen? Sie hat mich nur geliebt und mir einen Sohn geschenkt ...«

»Vielleicht war sie der Grund, warum Uliman wurde, was er ist.« Binhipars Stimme klang dumpf. »Der Sohn eines Schwächlings, ausgetragen von der Tochter eines Goldschmieds ... sein Blut ist verdorben. Er trägt nicht das Erbe der Gründer in sich.«

»Antwortet mir«, flehte Akendor. »Sagt mir die Wahrheit, Binhipar, nur dieses eine Mal. Warum mußte sie sterben? Was hat sie getan? Was habe ich getan?« Er hielt beide Hände vor das Gesicht.

Binhipar packte ihn an den Schultern. »Die Ahnen sagen, daß ein Kaiser über Sithar herrschen muß. Dieser Kaiser, der wahre Kaiser, seid Ihr, Akendor, seid es immer gewesen. Ich hätte niemals auf Scorutars Vorschlag eingehen dürfen, Euch durch Uliman zu ersetzen. Der Kaiser in Vara muß ein Nachfahre der Gründer sein, sein Blut unverwässert ... er muß über Sithar herrschen. So wollen es die Ahnen.«

»So wollen es die Ahnen«, wiederholte Akendor. »Aber

was wollen wir, die wir leben? Warum muß es einen Kaiser geben, der über andere herrscht? Warum soll einer wie ich, der inneren Frieden sucht, sein Leben lang herrschen … wo ist der Sinn, Binhipar? Warum rufen diese Menschen nach mir, statt ihr Schicksal in die eigenen Hände zu nehmen?«

Eine Veränderung zeichnete sich auf Binhipars Gesicht ab. Die Wut wich einem Ausdruck tiefer Ratlosigkeit. »Wir alle … haben unseren Platz«, murmelte er. »Wir haben uns die Welt unterworfen. Dieser Ordnung müssen auch wir uns fügen. Tun wir es nicht, gehen wir zugrunde. Dann siegen die, die all das umstürzen wollen, woran wir glauben.« Seine Schultern sanken herab wie die eines Verurteilten.

Akendor blickte den Fürsten erstaunt an. Es war, als sähe er Binhipar zum ersten Mal. »Es wäre nicht schade um diese Ordnung, und es wäre nicht schade um diese Welt. Herrsche!, sagt man uns, und wir müssen auf dem Thron Platz nehmen. Kämpfe!, sagt man uns, und wir müssen das Schwert ergreifen. Stirb!, sagt man uns, und wir sinken zu Boden, als wären wir Schatten auf einem Leintuch, hinter dem die Kerze erlischt. So hat der Mann aus den Schatten es mir zugewispert, als Ihr mich in Nandar gefangenhieltet. Ich wollte ihm in die Dunkelheit folgen, aber Ihr habt mich nicht gehen lassen.« Er ergriff Binhipars Hand. »Ihr sagt, unsere Fürstenketten seien zersprungen, Uliman habe sie zerstört. Aber das ist nicht wahr! Wir tragen sie noch immer. Sie schnüren uns die Hälse zu, lassen uns keine Luft zum Atmen. Man hat uns zu Herrschern erhoben, damit wir dieses Kaiserreich anführen, eine Ordnung aufrechterhalten, die uns alle entmündigt, vom Kaiser bis zum niedersten Knecht. Nun bricht alles zusammen … und wir klammern uns noch immer an das Erbe der Gründer. Warum lassen wir nicht los? Warum gehen wir nicht aus dieser gräßlichen Stadt fort und lassen geschehen, was immer geschehen muß?«

Stille herrschte im Turmsaal. Selbst die Rufe von draußen verstummten, als warteten die versammelten Menschen auf Binhipars Antwort.

Der Fürst wandte sich langsam um.

»Komm her, Garalac!«

Der Troublinier trat zögernd näher.

»Seht ihn Euch an, Akendor. Habt Ihr Euch je gefragt, warum dieser Mann Euch so treu zur Seite steht, in all den Jahren niemals verließ, auch dann nicht, als Ihr ihn fortjagtet? Warum er Euch aus der Zelle in Thax rettete und bei Euch blieb, ohne zu klagen?«

Akendor blickte Garalac scheu an.

Binhipar fuhr mit leiser Stimme fort. »Ich will Euch eine kleine Begebenheit von Eurem Vater erzählen. Als Kaiser Torsunt nach Troublinien reiste, um mit dem Gildenrat zu verhandeln – es muß zwei Jahre nach dem Umsturzversuch der Geneder gewesen sein –, wurde ihm von der Großgilde ein Geschenk gemacht: Am Stadttor von Taruba baumelten die Leichen von zehn Männern. Es waren troublinische Piraten, die jahrelang Jagd auf sitharische Schiffe gemacht hatten. Über Nacht hatte man sie in einer Kaschemme festgenommen und hingerichtet. So wollte der Rat dem Kaiser beweisen, wie ernst es ihm mit der Bekämpfung der Piratenplage war.« Binhipar lachte grimmig auf. »Da hingen sie... dieselben Schurken, die jahrelang dafür bezahlt worden waren, unsere Schiffe auszunehmen. Ihre Gönner hatten sie einfach am Stadttor aufgeknüpft. Und natürlich wußte der Kaiser, wer diese Kerle unterstützt hatte, er wußte auch, daß im Silbermeer Dutzende ihrer Kumpane weiter auf Kaperfahrt gingen. Es war eine Verhöhnung der kaiserlichen Macht! Seit dem Verrat der Geneder wähnte Troublinien Euren Vater schwach; die Gilde wartete nur auf eine Gelegenheit, um ihren Austritt aus dem Südbund zu verkünden. War es nicht so, Garalac?«

Der Troublinier senkte den Blick. Er murmelte etwas Unverständliches.

»Als Torsunt in Taruba einritt und die Piraten von den Zinnen baumeln sah, ließ er die Leichen herabholen. Nicht nur das, er schleifte den toten Anführer eigenhändig in den Rat, obwohl er schon stank und die Raben ihn übel zugerichtet hatten. Er legte den Kadaver mitten in den Ratssaal. Ohne ein Wort über den Vorfall zu verlieren, forderte er die Verlängerung des Suul-Vertrags, der Troublinien an das Kaiserreich band. Der Saal stank wie eine Leichenhalle, es war ein heißer Sommertag, und die Gesichter der Ratsleute wurden fahl. Manch einer würgte, auch ich, der den Kaiser damals begleitete; aber keiner traute sich, die Fenster zu öffnen oder um eine Vertagung zu bitten. Keiner wagte es, Torsunts Forderungen abzulehnen. Am Ende stimmte der Rat geschlossen für die Verlängerung des Vertrags. Als Euer Vater den Saal verließ, drehte er sich noch einmal auf dem Absatz um, und er sagte – ich werde die Worte nie vergessen: Und diesen Mann hier begrabt mit allen Ehren. Er ist seinen Herren bis zum Ende treu geblieben.«

»Wir hatten es ihnen geschworen!« Garalac hatte mit finsterer Miene gelauscht. Doch nun platzten die Worte aus ihm hervor. »Jedes Jahr, wenn wir von unserer Kaperfahrt zurückkehrten, sprachen wir im Rat vor und lieferten die Beute ab. Man hat uns mit klingender Münze bezahlt, unseren Kampf für Troubliniens Freiheit gelobt und uns ewigen Schutz versprochen. Und wir schworen den Gildenmännern Treue, denn wir glaubten ihnen. Aber es waren Versprechungen von Krämern. Sie haben uns ausgemerzt wie krumme Zahlen auf einer ihrer Handelslisten!« Seine Augen schimmerten feuchter als sonst.

»Du warst einer dieser Piraten?« fragte Akendor erstaunt.

Sein Leibwächter nickte. »Der einzige, der fliehen konnte, als sie uns im Gasthaus eine Falle stellten. Ich hatte mich auf der Latrine versteckt, die Büttel übersahen mich. Aber die anderen waren wehrlos, trunken vom Wein... sie wurden in Ketten gelegt, darunter zwei meiner Brüder und mein Neffe, der Schiffsjunge. Bei Tathril, er war erst zehn Jahre alt... auch ihm haben sie den Strick umgelegt, am nächsten Morgen schon. Die Gilde wollte die Leichen von den Zinnen baumeln sehen. Sie sollten verwest sein, ehe der Kaiser durch das Stadttor ritt.« Garalacs Augen flackerten. »Als ich später von der Ratssitzung erfuhr, ließ ich Eurem Vater einen Brief überbringen. Ich schrieb ihm, wer ich bin, ich verriet ihm alles, was ich über die Piraten wußte. Er sollte Kenntnis darüber haben, welches doppelzüngige Spiel die Ratsleute getrieben hatten. Torsunt ließ mich zu sich kommen, hörte sich an, was ich zu sagen hatte; und mir war es gleich, was er mit mir zu tun gedachte, hatte ich doch so viele seiner Schiffe versenkt, so viele Sitharer auf dem Gewissen. Aber er wollte keine Rache. Er sprach zu mir: ›Du hast es getan, weil du an etwas geglaubt hast, weil du den Ratsleuten treu bleiben wolltest. Nicht du bist der Schurke, sondern jene, die jeden Schwur brechen.‹« Stolz warf der Troublinier die roten Haare zurück. »Euer Vater war ein großer Mann. Er glaubte an das, was er verkörperte, an Sithar und an die Treue seiner Gefolgsleute. In meinem Land glaubt man nur an die Gier, und Treue erkauft man sich mit Münzen. Deshalb gab ich mein Leben in Torsunts Hände...nein, mehr noch: Als ich ihm meine Treue anbot, begann mein Leben erst. Sein Vertrauen war das Kostbarste, das ich je bekam. Ich werde es nie mißbrauchen, und deshalb werde ich Euch beschützen, Akendor. Ihm zu Ehren.«

Akendor blickte erschrocken auf seinen Leibwächter. »Ihm zu Ehren...ach, Garalac, dann hast du dein Leben wahrlich verschenkt. Du kanntest ihn nicht...nicht so, wie ich ihn kannte. Nicht seine Kälte.«

Binhipar Nihirdi wurde ungehalten. »Torsunt kämpfte sein Leben lang darum, das Kaiserreich zusammenzuhalten! Ihr aber denkt nur an Euch und stellt Euer Wohl über alles. Seine Werte sind so viel bedeutender als Ihr! Denn sie sind das Erbe der Gründer, das Erbe unserer Ahnen. Wir müssen sie verteidigen, gegen die Goldéi, die bald vor den Toren stehen, gegen die Schatten, die uns Nacht für Nacht heimsuchen, gegen alle, die diese Welt zugrunde richten! Und Ihr als unser Kaiser müßt Eure Rolle spielen...Ihr müßt es!« Er wandte sich wieder an Garalac. »Schleife ihn zu den Menschen herunter. Er soll sich ihnen zeigen. Sie sollen sehen, daß der Kaiser ihnen beisteht, bis zur letzten Stunde. Und sorge dafür, daß er keinen Unsinn quatscht.«

Garalac verzog keine Miene. »Ich werde es tun. Aber nicht für Euch, Binhipar, sondern für Torsunt. Ihm allein gilt meine Treue. Wenn Ihr Akendor nur ein Haar krümmt, bereut Ihr es.«

Binhipar gab den Klippenrittern ein Zeichen. Sie traten vor und packten Akendors Schultern. Dieser blickte verstört zum Turmfenster, lauschte den Gesängen, die wieder eingesetzt hatten.

»Mich ihnen zeigen? Sie wollen mich doch gar nicht sehen ... was sie wollen, ist ein Kaiser, wie ihn die Ahnen sich wünschen, oder Ihr, Binhipar ... aber nicht mich, einen schwächlichen Kindsmörder, einen traurigen, einsamen Mann!« Er schluchzte.

»Reißt Euch zusammen«, knurrte Binhipar. »Denkt an die Hunde.«

Akendor richtete sich ruckartig auf. Dann schritt er zur Saaltür, geführt von den Rittern. Garalac folgte ihnen. Beide würdigten Binhipar keines Blickes mehr.

Der Fürst wartete, bis ihre Schritte auf der Treppe verklungen waren. Dann starrte er selbst aus dem Turmfenster.

»Du kannst ihm nicht trauen.« Darna Nihirdi trat an die Seite ihres Mannes. »Er ist verwirrt und unberechenbar. Noch fügt er sich allem, was du sagst, aber irgendwann bricht der Wahn aus Akendor hervor ... wie damals, als er das Kind von Tundia Suant in seinen Armen erstickte.

»Denkst du, das weiß ich nicht?« Binhipar strich die Zöpfe seines Barts glatt. »Akendor ist von allen guten Geistern verlassen. Aber das Volk braucht einen Kaiser; einen, der die alte Ordnung aufrechterhält.«

Darna Nihirdi stellte die Laterne auf einem nahen Tisch ab. »Warum sollten sich die Menschen ausgerechnet hinter ihm versammeln? Sie hatten ihn schon vergessen, und man sieht ihm an, daß er kein Reich führen kann.

»Dennoch verkörpert er das Erbe der Gründer. Alles andere wird sich fügen, wenn ich erst unsere Feinde zerquetscht habe.« Binhipar ballte die Faust. »Baniter Geneder ... er lebt, ich weiß es, und ich weiß auch, daß es eine Verbindung zwischen ihm und den Schattenwesen gibt. Um uns herrscht der Irrsinn, Darna ... gläserne Türme, die aus dem Boden hervorwuchern, eine Stadt, deren Tore und Mauern verschwinden und die kaum zu kontrollieren ist! Es riecht nach Zauberei und Verrat, so wie die Ahnen es immer gesagt haben. Ich wünschte nur, meine Kette wäre nicht zersprungen ... dann könnte ich sie um Rat fragen. Doch ich bin auf mich allein gestellt. Ich muß Sithar zusammenhalten, so wie Torsunt es getan hätte.«

»Und wenn Uliman zurückkehrt?« fragte Darna. »Es heißt, daß er im Palast verschüttet wurde, als die Schatten über ihn herfielen. Aber der Leichnam ist nie gefunden worden.«

Binhipars Hand fuhr zum Hals, an die rote, pochende Narbe. »Die Arphater halten ihn für tot. Aber ich traue dem Frieden nicht.« Unruhig schritt er im Saal auf und ab. »Kehrt Uliman zurück? Ich wünschte es! Dann reiße ich ihm die silberne Kette herunter, die letzte des Südbundes, und meine Hände schließen sich um seinen Hals, bis kein Funken Leben mehr in ihm ist!« Seine Finger zitterten, als würgten sie bereits Ulimans Kehle. »Es wird viel Blut vergossen werden, bis das Erbe der Gründer gerettet ist. Uliman hat noch immer einige Anhänger, die in den Straßen herumstreunen und auf seine Rückkehr hoffen. Die Weißstirne verhalten sich ruhig, aber ich fürchte, daß sie sich erheben werden, falls ihr Auserkorener Nhordukael zurückkehren sollte. Und auch die Goldéi sind nicht fern ... Bevor ihr Heer unsere Mauern erreicht, muß Vara geeint sein.

»Vergiß nicht die Arphaterin«, fügte Darna hinzu, »und das, was in ihrem Bauch heranwächst. Wenn Inthara das Kind bekommt – und das kann jede Stunde geschehen –, werden sich die Menschen ihr in Scharen zuwenden. Eine Geburt verspricht Hoffnung ...«

»Ich habe sie nicht vergessen. Sie sitzt im Palast mit ihren Priesterhorden, scheint weder die Schatten noch mich zu fürchten und wartet auf ihre Wehen.« Binhipar knirschte mit den Zähnen. »Ulimans Kind, so heißt es ... daß ich nicht lache! Wen immer sich diese Hure in ihr Bett geholt hat, es war gewiß kein zwölfjähriger Knabe! Aber die Menschen sind verängstigt, sie werden alles glauben, was man ihnen auftischt.« Er knöpfte sich den Mantel zu. »Ich werde mich darum kümmern. Immerhin weiß ich, wie man ungesehen in den Palast kommt. Diese Nacht will ich noch verstreichen lassen ... aber schon morgen, wenn der Mond erneut aufgeht und die Schatten umherschleichen, werden die Arphater einen Grund zum Trauern haben.«

Seine Frau nickte mit versteinerter Miene. »Je eher, desto besser. Du allein kannst verhindern, daß in Vara Tumult ausbricht. Denn du bist der letzte der Fürsten, der noch bei Verstand ist ... der letzte Angehörige des Silbernen Kreises.«

Binhipar stellte sich ins Fenster, blickte hinaus in die Nacht. »Zehn Ketten«, murmelte er. »Zehn Fürsten. Zehn Namen, die uns binden.«

Vor dem Turm brach ein Jubel los; ein Aufschrei aus vielen hundert Kehlen, die einen Namen skandierten – *»Akendor Thayrin! Akendor Thayrin!«* –, während Binhipar die Hand seiner Frau nahm und sie küßte, voller Entschlossenheit und mit düsterem Herzen.

Stille! Schweigen! Der Palast ruhte in sich wie eine schlafende Schlange, seine langgezogenen Gebäude aus Marmor, verbunden durch Altanen und Treppenfluchten, schmiegten sich an den Hügel hinter dem Gorjinischen Kanal. Und wie ein Schlangenleib bebten die Mauern, so als atmete der Palast im Schlaf, als holte er Luft, um bald zu erwachen.

Der Mond stand hoch über Vara, seine Strahlen funkelten auf den gläsernen Flächen, die den Palast wie eingeschobene Spiegel zerschnitten. Sie narrten das Auge ... starrte man zu lange auf sie, ließ der Anblick einen schwindeln. Und wenn der Mond von einer Wolke verdeckt wurde, wenn seine silbrigen Strahlen für einen Augenblick erloschen, zerrte das Glas an den Steinen, stellte sich schräg und ließ das Mauerwerk ächzen. Etwas Fremdes schälte sich aus dem Untergrund. Es wollte den Palast zerstören, in dem einst so mächtige Kaiser residiert hatten: Arc Aldra, der erste Herrscher Sithars, den der Silberne Kreis aus seiner Mitte erwählt hatte; Tira Aldra, seine Tochter, die sich in die Ränke der Bathaquari verstrickt und dafür mit dem Leben bezahlt hatte; Binhor Nihirdi, der Schweigsame; Hamir Lomis und Sadir Suant, die Kaiser des Übergangs; Ewaron Turr und seine Söhne Ewin und Turic, die Letzten ihres Geschlechts; Akrin Thayrin und Torsunt der Große. Torsunt war der letzte Kaiser gewesen, der in Vara geherrscht hatte; sein Sohn Akendor hatte sich kurz nach seiner Krönung nach Thax verkrochen, auf Geheiß des Thronrats. Der Palast hatte seitdem leergestanden und das Volk fast vergessen, wer einst in den Mauern gelebt hatte.

Nun, da die Stadt sich verwandelt hatte, da Varas Gebäude durch Mauern und Türme aus Glas verdrängt wurden, da die Straßen seltsamen Wegen wichen, die sich durch kühne Häuserschluchten wanden, dachte manch ein Bewohner mit Wehmut an die Kaiser zurück. Nun wisperte man wieder ihre Namen, erzählte von ihren Taten, pries ihre Herrschaft. Waren sie nicht die Erben der Gründer gewesen? Waren sie nicht von Tathril erwählt worden, Vara zu schützen? Vergessen waren ihre Prunksucht, ihre Streitereien mit der Bürgerschaft. Überall in der Stadt wartete man auf ein Zeichen des Silbernen Kreises … oder auf den Ruf eines Kaisers, wer immer dieser auch sein mochte.

»Uliman kehrt zurück«, sagten die einen, während sie sich in ihren Häusern versteckten, aus Furcht vor den Schatten, die durch die Gassen huschten. »Auch wenn er nur ein Kind ist – er wird uns retten! Er wird die Schatten zerfetzen, so wie er es am Silbernen Dom mit den Weißstirnen getan hat.«

»Nein«, widersprachen andere. »Uliman ist tot. Aber sein Vater ist bei uns … Akendor Thayrin lebt, und er ist nicht so schwach, wie es hieß. Er wird uns in den Kampf führen, schon bald … an einem neuen Morgen.«

»Dieser Nacht folgt kein Morgen«, orakelten andere. »Wir

sind in der Stadt gefangen, bis die Stunde von Baniter Geneder schlägt, dem einzigen, wahren Fürsten. Er wird die Stadt retten. Wir müssen ihm treu bleiben. Wir hätten ihm immer treu bleiben müssen, auch seinem Großvater…«

»Seid ihr irre?« schrieen die letzten. »Uliman, Akendor, Baniter… sie sind alle tot, tot wie die anderen Fürsten! Nur Ulimans Weib ist noch am Leben! Inthara von Arphat trägt den Erben der Gründer in sich, Ulimans Kind! Wird es geboren, dürfen wir wieder hoffen!«

Der Palast verharrte in seinem Schlummer. Doch die Stille täuschte. Schatten huschten um den Hügel. Aus Innenhöfen, verlassenen Gärten und Steinkorridoren schwand alles Licht. Schwärze schälte sich aus den Steinen. Das Verlies sandte sein Gefolge aus, um den Mond zu begrüßen.

Ein Wimmern hallte durch die Gänge: das Klagen einer Frau. Es brach jäh ab und wurde von einem erschöpften Keuchen abgelöst.

Im großen Saal des Westflügels – er war durch den Ansturm der Schatten kaum beschädigt worden – lag auf einem Seidenkissen Inthara, Arphats Königin. Ihr offenes Haar floß wie Samt um ihre Wangen. Sie glühten wie im Fieber, ihre Augen waren matt. Und doch war die junge Königin schön wie nie zuvor. Die Priester hatten ihr ein loses Hemd umgelegt, weißes Tuch, durchwirkt mit Purpurfäden: das Kleid der Raquai, Göttin der Geburt und der Wiederkehr. Unter den Brüsten war es geschlitzt, so daß der Bauch der Hochschwangeren freilag. Er schimmerte im Mondlicht, das durch die Fenster in den Saal schien; die straffe, olivfarbene Haut glänzte. Um den Bauchnabel war mit weißer Tusche das Zeichen der Raquai aufgemalt: ein Kreis und ein aufsteigender Strahl, der über die Rundung des Bauchs bis zum Brustansatz führte.

»Die Götter blicken auf Euch, Herrin.« Eine Raquai-Priesterin stand neben dem Lager, ihre Hände noch weiß von der Tusche. »Raquai ruft Euer Kind aus der Finsternis. Der wiedergeborene Sonnengott steigt aus den Tälern, in denen er am Abend schlief. Ein neuer Morgen. Ein neues Zeitalter. Ihr schenkt Agihor Leben. Durch Euch wird das Licht der Sonne entfacht.«

»Das laßt uns hoffen«, murmelte neben ihr der Große Ejo, Anführer der Anub-Ejan. Der grimmige Schechim umringte mit seinem Gefolge das Lager; sie bildeten einen Kreis um die Königin. An ihren Gewändern hefteten weiße Bänder; sie sollten der werdenden Mutter Glück bringen. »Denn seit wann wird der Sonnengott in finsterer Nacht geboren? Dies ist ein schlechtes Zeichen!«

Inthara starrte erschöpft zur Decke auf. Ihr Atem ging flach. »Es ist Agihors Wille. Er führte mich in diese Stadt, er wählte diese Nacht für die Geburt seines Kindes.«

Ejos Augen verengten sich zu Schlitzen. »Sein Kind ist das Kind eines Luchses! Es wird sich mit scharfen Krallen aus Eurem Leib graben.«

Inthara ließ sich nicht beirren. »Das Kind eines Luchses, ja... und Ihr solltet diesen Luchs finden, Ejo! Ihr solltet Baniter Geneder aufspüren... doch Ihr habt ja schon Uliman nicht entdecken können.«

»Der Junge ist tot«, schnaubte der Schechim. »Und Baniter? Wer weiß, wohin diese Schlange Sinustre ihn verschleppt hat! Vergeßt ihn, Herrin! Der Luchs ist es nicht wert!«

Sie wollte etwas erwidern, doch die Schmerzen raubten ihr alle Kraft. Ihr schlanker Leib zitterte.

»Genug«, mahnte die Raquai-Priesterin. »Sie braucht ihren Atem für die Wehen!«

»Findet ihn!« Inthara stieß die Worte hervor wie einen Schrei. Ihr praller Bauch schimmerte im Mondlicht. »Findet ihn, Ejo, und kommt nicht eher zurück! Er muß... bei mir sein!«

Die Priesterin hatte einen Kelch vom Boden aufgenommen. Sie rührte ihn mit einem Löffel um, reichte ihn der Königin. »Denkt nicht mehr daran. Trinkt von Raquais Beere. Sie wird die Schmerzen lindern und Euch in Liebe zu dem Kind entbrennen lassen, so wie die Sonne das Feuer liebt.«

Inthara starrte auf den Kelch. »Hat auch meine Mutter von ihr gekostet, ehe sie mich zur Welt brachte?« Sie schlug das Gefäß verbittert zur Seite. »Ich will den Trunk nicht! Gebt mir das Kästchen.«

Einer der Mönche reichte ihr eine silberne Kassette. Auf dem Deckel glänzte eine eingelassene Mondsichel. Inthara öffnete ihn mit bebenden Fingern und holte zwei glanzlose Brocken hervor: schwarze, brüchige Klumpen, trocken wie Kohle, doch dunkler und schwerer. Der Anblick ließ alle Umstehenden frösteln. Die Anub-Ejan wichen zurück. Viele murmelten Agihors Namen.

Die Schwangere umschloß die Brocken so fest, daß alles Blut aus ihren Fingern wich. »Glams Geschenk ... es hat uns vor den Schatten gerettet und wird es wieder tun.« Sie preßte die Hände gegen ihre Stirn. »Mir ist, als träumte ich; den Traum von einer Nacht, die niemals endet, von einem Tag, der niemals anbricht ... keine Sonne und kein Mond! Agihors letzte Wiederkehr, für immer ... denn Arphat lebt, HIER, in dieser Stadt, die niemals untergeht ... und mein Kind? Die Menschen werden es fürchten, ja. Und doch werden sie gehorchen, ihm und mir und Baniter. So singt es die Stimme!« Sie blickte zum Fenster und auf den bleichen Mond. »Man sagt, ich trüge Agihors Blut in mir. Bin ich wirklich die Tochter des Sonnengottes? Bin ich es?«

»Ihr seid es«, erwiderte die Priesterin erschrocken. »Niemals dürft Ihr daran zweifeln.«

Inthara nickte unter Tränen. »Warum läßt er es dann zu, daß Arphat untergeht? Daß die Sonne erlischt und ewige Dunkelheit anbricht? Die Schatten kommen näher.« Sie hob beide Fäuste empor. Blut perlte zwischen den Fingern hervor, benetzte ihre Lippen, rann an der dünnen Narbe in ihrem Mundwinkel herab.

Im Saal änderte sich das Licht. Der Mond schien sich selbst zu verzehren, seine Strahlen verkümmerten, verpuppten sich wie Raupen in der Dunkelheit. Nur die Laternen und Fackeln der Arphater durchdrangen noch die Finsternis.

»Sie kommen, kommen näher, sie kommen...«

Ihre Worte gingen in einen Schrei über. Finsternis tropfte herab wie zäher Regen und sammelte sich über dem Lager der Königin. Die Anub-Ejan zogen ihre Säbel, grünglimmender Stahl. Eine Fackel erlosch mit zischendem Laut, als der lebende Schatten sie streifte.

»Schützt die Königin«, schrie Ejo. »Umringt das Lager!«

Polternde Geräusche vor der Saaltür! Fäuste hieben gegen das Holz. Jemand verlangte nach Einlaß. Die Angeln knirschten. Intharas Schrei verebbte, nur ihr Keuchen war noch zu hören und das Wispern der Raquai-Priesterin, die sie zu beruhigen versuchte.

Der Schatten sank herab. Einer der Mönche warf seinen Säbel fort, rief verzweifelt Agihors Namen. Dann fuhren seine Hände zum Gesicht. Seine Augen glänzten starr, als sähen sie den Abgrund, in den er nun stürzen mußte.

Das Trommeln an der Tür brach ab. Nun schwang der linke Flügel zurück. Kalte Luft strömte in den Saal. Menschen drängten sich durch die Türöffnung: sie trugen fremdartige Kleider; candacarische Tücher, kathygische Mäntel, Hemden aus Gyr. Ihre Schritte waren unsicher, die Bewegungen schleppend.

»SEID UNBESORGT! WIR WOLLEN NUR ZU IHR UND ZU DEM KIND, VON DEM MONDSCHLUND UNS SANG. WIR WOLLEN ES EMPFANGEN ... SEID UNBESORGT!«

Ihre Augen funkelten gespenstisch. Der Große Ejo duckte sich. Der Säbel in seiner Hand zitterte. »Schützt die Königin! Sie dürfen nicht in ihre Nähe gelangen!«

Die Mönche hörten ihn nicht mehr. Der Schatten waberte um ihre Köpfe, und sie sanken nieder, flehten die Götter an, wanden sich auf den Steinen, lachten und weinten, bohrten die Finger in ihre Augenhöhlen...die stolzen Anub-Ejan, Leibwachen der Königin, fielen wie Blätter im Herbst. Keiner von ihnen entkam.

Inthara wimmerte. Ihr Oberkörper bohrte sich in die weichen Kissen des Lagers. Nur das Raquaikleid leuchtete in der Finsternis; die Seidendecke unter ihr sog sich mit Blut voll. Sie schrie nicht mehr, nur ihr rastloser Atem war zu hören.

»ALLES IST SO, WIE MONDSCHLUND ES VERSPRACH«, murmelten die Fremden, die sich Inthara näherten. »DER TOD IST NICHT DAS ENDE! WIR OPFERTEN DAS AUGENLICHT, UM DAS VERLIES ZU SCHAUEN ... NUN STEIGT ES EMPOR. DER LETZTE ERBE DER GRÜNDER LIEST AUS DEM BUCH, UND SEINE WORTE FORMEN DIE STADT ALLER STÄDTE!«

Der Große Ejo sank auf die Knie. Tränen flossen aus seinen Augen. Vor ihm erhoben sich die Anub-Ejan, unbeholfen wie Kinder, die zum ersten Mal auf eigenen Beinen stehen. Ihre Augen waren ausgefranste, leere Höhlen. Schon glomm der goldene Funke in ihnen...

»Haltet meine Hand, Ejo«, hörte der Schechim Inthara flüstern.

Er tastete nach ihren Fingern. Spürte die Kälte der schwarzen Brocken, die Haut und Fleisch der Königin durchdrangen. Er schloß die Augen.

»DIE HERRSCHAFT DES KINDES BRICHT AN! LASST UNS DABEISEIN, WENN ES DAS MONDLICHT ERBLICKT!«

Und dann war ein Weinen zu hören, der zarte Schrei eines neugeborenen Kindes...gestoßen in eine feindliche Welt, die es zwang, seine Augen zu öffnen; Augen, die es lange geschlossen hatte. Nun mußte es die Lider aufschlagen.

»ÖFFNET DIE AUGEN UND SEHT!«

Ejo blickte auf, sein Gesicht starr vor Entsetzen. Vor ihm ein Meer aus glimmenden Augen, die das blutige Lager der Königin betrachteten. Und in den Armen der Raquai-Priesterin, die vor Inthara kniete, strampelte ein blutüberströmtes Kind, durch eine bläuliche Nabelschnur noch mit der Mutter verbunden. Mit winzigen Fäusten schlug es um sich und schrie seinen Schmerz in die Nacht hinaus.

»EIN MÄDCHEN«, sagte die Raquai-Priesterin mit heiserer Stimme. Ihre Augen funkelten wie die goldenen Dächer von Praa. »ES IST EIN MÄDCHEN!«

Noch immer jubelten sie. Sie schwenkten die Fackeln, riefen Akendors Namen, priesen ihn mit einer Inbrunst, die etwas Gespenstisches hatte. Immer mehr Menschen drängten zum Stillen See und sammelten sich am Ufer. Die Nachricht, daß der Kaiser den Turm verlassen hatte, verbreitete sich wie ein Lauffeuer in Vara, trotz der späten Stunde. In dieser Stadt schlief niemand mehr, solange die Schatten umherspukten. Ziellos irrten die Menschen umher, auf der Suche nach einer Erklärung für den Schrecken, und auf der Suche nach Hoffnung. Glaubten sie tatsächlich, daß ein Kaiser diese Hoffnung in ihnen erwecken könnte … ein Kaiser, den sie einst verlacht und vergessen hatten?

»Sie rufen nach mir wie Kinder.« Akendor stand aufrecht in dem kleinen Boot, das vor der Eisernen Insel im Wasser schaukelte. Die zwei Klippenritter ruderten mit langsamen Schlägen, ihre Augen waren auf das Ufer gerichtet. Auch Garalac saß im Boot. Sein Blick verriet Unruhe, er kniff immer wieder die Augen zusammen, als könnte er nicht glauben, was dort geschah: Hunderte huldigten Akendor Thayrin, und jeder Ruf seines Namens, jeder verzückte Aufschrei aus der Menge war ein Ausdruck der Verzweiflung.

»Sie sind wie unmündige Kinder, ja.« Der Kaiser strich sich den Mantel glatt. Die Klippenritter hatten ihn Akendor gegeben, bevor sie ihn zum Boot geführt hatten: den schwarzen Kaufmannsrock, durchwirkt mit Silberfäden. Es war das Gewand der Gründer, der Mantel des Südbunds. Lange hatte Akendor ihn nicht mehr getragen, zuletzt an dem Tag, als er ein kleines Mädchen in den Armen gehalten und in seiner Rachsucht fest an sich gedrückt hatte, zu fest, zu fest, ihr Gesicht gegen den schwarzen Mantelstoff, zu fest …

»Sie jubeln mir zu. Mir! Wissen sie nicht, wer ich bin? Wissen sie nicht, was ich tat? Suena … arme, kleine Suena.« Akendor winkte den Menschen unsicher zu. Ihr Jauchzen wurde lauter. »Habe ich soeben zu ihnen gesprochen? Habe ich wirklich meine Stimme an sie gerichtet?« Er wankte.

»Ihr wart großartig«, versicherte Garalac. »Ihr habt ihnen Mut gegeben und geschworen, sie in den Kampf gegen die

Schatten zu führen. Es war eine große Rede! Sie war eines Kaisers würdig.« Er zog Akendor zu sich auf die Ruderbank. »Euer Vater wäre stolz auf Euch gewesen.«

Akendors Mundwinkel zuckten. Er blickte zum Turm auf der Eisernen Insel. Im oberen Fenster flackerte das Licht einer Laterne.

»Ja, mein Vater wäre stolz gewesen. Ich habe alles gesagt, was auch er gesagt hätte. Jedes Wort eine Lüge.« Er hielt sich an Garalacs Schulter fest. »Es ging mir leicht von den Lippen. Diese Leute glauben alles, was man ihnen sagt. Sie jubeln mir zu, so wie sie in Persys meinem Sohn zugejubelt haben; oder wie Norgon Geneder, als er die Macht über Sithar ergreifen wollte. Sie werden immer jemandem zujubeln, bis zu dem Tag, da die Goldéi ihnen die Köpfe abreißen.« Er rückte dicht an Garalac heran. Dann flüsterte er, so daß die Klippenritter ihn nicht hören konnten: »Die Stadt ist verloren, ganz gleich, was Binhipar sagt. Ich muß fort! Wenn du mir tatsächlich so treu bist, wie du sagst, mußt du mich fortbringen.«

»Steht wieder auf, Majestät«, verlangte einer der Klippenritter streng. »Die Menschen wollen Euer Antlitz sehen!«

Akendor krallte sich an Garalacs Hemd fest. »Hole mich hier raus«, fuhr er leise fort. »Ich muß zur Toteninsel, zum See Bredayn. Ich möchte noch einmal, ein letztes Mal, die Ruhestätte meiner Gattin sehen. Ich war so lange nicht an Syllanas Grab ... ich habe es vermißt.«

»Das kann ich nicht!« Garalac schielte nach den Klippenrittern, die sich miteinander berieten. »Es wäre zu gefährlich.«

»Wenn du mir nicht hilfst, gehe ich selbst. Fort aus dem Turm. Fort aus meinem Leib, aus meinem elenden Leben.« Lächelnd deutete er auf sein Herz. »Ich kann es tun. Feige haben sie mich genannt, die Fürsten. Aber dies ... diese letzte Tat ... kann ich tun. Es wäre kein Opfer für mich.«

»Steht auf!« Der Klippenritter hatte das Ruder aus der Hand gelegt. »Oder sollen wir dem Fürsten berichten, wie Ihr Eurem Volk den Rücken zuwendet?«

»Denkt an das Badhaus, Akendor«, höhnte der zweite Ritter. »An die Hunde!« Er imitierte ein Knurren und lachte.

Akendor blickte immer noch auf Garalac, sein Blick klar wie selten. Dann stand er wieder auf und drehte sich zu den Menschen um.

»Bürger von Vara«, schrie er zum Ufer hinüber. »Rüstet euch! Habt keine Furcht! Der Kampf um die Stadt beginnt ... schon bald ...«

Die übrigen Worte gingen im Toben der Menge unter. Und über ihm zog der Mond seine Bahnen; ein riesiges Auge, das die sterbende Stadt betrachtete.

# KAPITEL 3

# Entfesselung

Ein Raunen, kaum zu hören ... eine Stimme sprach aus den Steinen, ohne Hast, ohne die Worte hervorzuheben, fast so, als läse sie aus einem Buch vor. Hielt man den Atem an und lauschte, konnte man sie hören – oder war dies nur Einbildung? War das Raunen eine weitere Täuschung des Verlieses?

Geheimnisvoll waren die Gänge, unergründlich erstreckten sie sich unter Vara – und nicht nur dort. Raum und Richtung hatten in diesem Irrgarten keine Bedeutung. Das Verlies der Schriften war überall und nirgends, es führte zu jedem Ort von Gharax und rückte entfernte Gegenden aneinander. In jeder alten Stadt, ob sie bewohnt war oder in Trümmern lag, öffnete sich ein verlassener Keller, eine trokkene Zisterne, eine verschüttete Treppe den Gängen des Verlieses. Nur Eingeweihte konnten diese Tore finden: die Anhänger Mondschlunds. Das Verlies war ihr Werk; erbaut von Mondschlunds Schüler Varyn, gewachsen über Jahrhunderte ... Die Gänge waren gewuchert wie ein Pilzgeflecht im Erdreich. Und während hinter den Mauern eine Stimme raunte, daß eine riesige Stadt auf Gharax erblühen werde, stieß das Verlies durch die dünne Schicht, die es noch von der Wirklichkeit trennte.

Getrippel, Getrappel, pitsch patsch, kleine Füßchen in modrigen Pfützen, ein Schnauben, ein Knurren, ein Schnüffeln, ein Schnuppern ... so flitzten Grimm und Knauf durch den

Gang, zwei Kieselfresser fern ihrer Heimat. Weit hinter ihnen folgte Cornbrunn, der kaum Schritt halten konnte.

»Wartet doch!« Keuchend blieb der Troublinier stehen und lehnte sich gegen das Gemäuer. Durch das Hemd spürte er feuchtes, weiches Moos; es wucherte überall auf den Steinen, und Cornbrunn war froh darüber. Denn es strahlte ein schummriges, grünes Licht aus, so daß er zumindest nicht in völliger Finsternis wandelte.

»Bleibt endlich stehen, ihr kleinen Ratten!« Cornbrunn tupfte sich den Schweiß von der Stirn. Sein Magen fühlte sich an wie Blei, seine Knie waren weich. Seit Tagen hatte er nichts mehr gegessen; ein paar Brotkrumen aus seinen Taschen waren die letzte Mahlzeit gewesen. Durstig war er obendrein; er hatte zwar aus einer Pfütze getrunken, die verhältnismäßig sauber gewirkt hatte, aber das hatte wenig geholfen.

»Nun ist es wohl Zeit, zu sterben – allein, verlassen, ohne Aelarian eine letzte Frechheit ins Ohr zu raunen. Wie erbärmlich.« Er hatte keine Hoffnung mehr, den Großmerkanten wiederzufinden. Aelarian war verschwunden, nicht einmal die Kieselfresser hatten ihn mit ihren feinen Näschen aufgespürt. Auch der Schattenspieler hatte sich nicht mehr blicken lassen.

»Besser so... der Kerl ist an allem schuld.« Cornbrunn raffte sich auf und folgte dann wieder Grimm und Knauf, die hinter der nächsten Biegung verschwunden waren. »Wir hätten ihm niemals in das Verlies folgen sollen.« Mit Schaudern dachte er an die Schatten, die der letzte Nachfahre der Aldra in seinem Park beschworen hatte. »Üble Zauberei! Und wir törichten Troublinier rennen ihm nach, kriechen durch schmutzige Gänge... und wofür? Um uns zu verlieren und kläglich zu verdursten. Aelarian hat ganz recht... ein Tölpel bin ich, ohne jeden Verstand. Nun ja... wie der Herr, so das Gescherr.« Kurz schloß er die Augen und rief sich Aelarian in Erinnerung: sein spöttisches Lächeln, die leuchtendroten Haare, die kühne Nase. Seine kräftige Brust. Die großen Hände... ja, vor allem die Hände vermißte er. Einmal noch wollte er sie halten, einmal noch auf seinem Körper spüren. Doch er wußte, daß er Aelarian verloren hatte. Hier unten wartete nur noch der Tod auf ihn.

»Bleibt endlich stehen«, schrie er in den Gang, »oder ich ziehe euch das Fell über die Ohren! Ich wette, jeder von euch gibt einen guten Happen ab.« So abwegig war der Gedanke keineswegs; der Hunger nagte allmählich auch an seiner Moral. Cornbrunn drohte den Verstand zu verlieren in diesen Gängen, die er kaum unterscheiden konnte. Wie oft hatte er wohl dieselbe Kreuzung passiert, ohne es zu bemerken? Und immer wieder, wenn er den Atem anhielt, glaubte er eine Stimme zu hören, ein Raunen... doch es war nicht, wie er zunächst gehofft hatte, Aelarian gewesen, der nach ihm rief. Nein, das Flüstern drang aus den Ritzen der Wände, unverständliche Worte, als trüge jemand aus einem Buch vor, als spräche das Verlies der Schriften selbst zu ihm. Cornbrunn konnte es nicht länger ertragen, und auch nicht die Schemen, die sich auf den Mauern abzuzeichnen schienen... nein, *hinter den Mauern*, er konnte sie aus den Augenwinkeln beobachten: Für einen Lidschlag wurden die Wände zu Glas, und er sah undeutliche Gestalten hinter ihnen umherhuschen. Nein! Alles nur Einbildung, eine Folge von Durst und Hunger... er durfte nicht den Verstand verlieren!

So stolperte Cornbrunn weiter, ohne sich umzusehen, ohne auf das Raunen zu achten. Er mußte sich zusammenreißen, bis zum letzten Atemzug.

Endlich erreichte er die Biegung, hinter der die Kieselfresser verschwunden waren. Dahinter wurde der Gang enger und führte zu einer kleinen Höhle. Ihre Decke war niedrig. An den Mauern wuchs kein Moos, er konnte kaum noch etwas erkennen. Fast wäre er eine schmale Treppe hinabgestolpert, die plötzlich vor ihm in die Tiefe führte.

»Verflixt!« Cornbrunn kniff die Augen zusammen. Am Ende der Treppe entdeckte er die spiegelnde Wasserfläche eines kleinen Sees. Und dort saßen auch Grimm und Knauf auf der untersten Stufe, ihre Schnauzen tief im kühlen Naß. Sie schlabberten es mit flinken Zungen.

»Das ist ja wohl die Höhe. Weg mit euch!« Cornbrunn stürzte sich auf die Treppe, schöpfte das Wasser mit der Hand. Es war klar und kühl. Und nun trank er in gierigen Zügen. Seine ausgedorrte Zunge schien im Mund wie eine Rose aufzublühen.

Erst als sein Bauch zu schmerzen begann, ließ er vom Wasser ab. Auch die Kieselfresser hatten genug und schleppten ihre kugelrunden Bäuche die Stufen empor. Dann tapsten sie zu Cornbrunn und huschten in seine Hosenbeine.

»Das Schicksal meint es wohl doch nicht so übel mit uns. Wenn wir nun noch etwas zu essen fänden, dann wäre es...«

Aus dem Gang drang ein Fauchen. Es klang so bösartig, daß Cornbrunn fast das Herz stehenblieb. Ein dumpfer Flügelschlag folgte, dann ein Scharren an den Wänden...es kam näher!

»...dann wäre es klug, die Beine in die Hand zu nehmen«, fluchte Cornbrunn. Was immer dort durch den Gang auf ihn zuflatterte, er wollte ihm um nichts in der Welt begegnen. Rasch sprang er auf, blickte sich um. Dort! Eine schroffe Kante neben der Treppe. Dahinter nichts als Finsternis.

Er hastete zu dem Versteck, ein Winkel im Gemäuer. Rasch drückte er sich hinein. Schweiß perlte von seiner Stirn.

Das Flügelschlagen wurde schwerer und langsamer. Erneut hörte Cornbrunn ein Fauchen, nun ganz nah. Vorsichtig lugte er um die Ecke.

Nur wenig Licht fiel vom Gang in die Höhle ein. Kurz verdunkelte sich der Eingang. Schwarze Schwingen. Ein krummer Hals. Ein Kopf mit knotigem Schnabel. Es war ein Schwan, ein Schwan mit schwarzem Gefieder. Er landete auf der obersten Treppenstufe und legte die Flügel an. Sein Kopf fuhr umher, und Cornbrunn sah zwei Augen aufleuchten, gläsern und tot.

Er hatte schon einmal in sie geblickt, kurz nach der Trennung von Aelarian, als er im Gang eine schwarze Feder aufgehoben hatte. Dieselben Augen.

Erschrocken zog er den Kopf zurück. In seinen Kleidern

schnauften die Kieselfresser. Mit einem Klaps brachte Cornbrunn sie zum Schweigen.

Der Schwan zischte. Ein Platschen folgte; er mußte sich in den See gestürzt haben. Flügelschlagen. Wassertropfen spritzten durch die Höhle. Einer traf Cornbrunns Arm, rann an ihm herab.

»Es schmerzt ... es schmerzt so sehr ... Haut, Knochen, alles, alles!«

Die helle Stimme eines Kindes. Wieder peitschte Wasser durch die Luft.

»Er hat mir nicht gesagt, daß es so weh tun würde! Der Knochen, o Rumos ... die Flamme brennt so heiß in meinem Herz. Die Ewige Flamme, ja ... und du mit deinen dunklen Schwingen, wo trägst du mich hin? Was soll ich in diesem Irrgarten? Es ... schmerzt so!«

Cornbrunn lauschte der verzweifelten Stimme, die zu sich selbst sprach, immer wieder unterbrochen von einem Zischen.

»Wann darf ich zurück an die Oberfläche? Was tue ich hier, Rumos? ... ja, die Kette! Die Kette suchst du, kleiner Tropf! Hat Baniter Geneder wohl die Wahrheit gesagt, als er dir im Kaisersaal gegenübertrat ... noch sind nicht alle Ketten der Gründer vernichtet! Du glaubtest, die letzte zu besitzen, die einzige ... aber eine gibt es noch: die Kette der Aldra.«

Nun wußte Cornbrunn, wovon der unheilvolle Vogel sprach. Die Kette der Aldra! Die silberne Fürstenkette des Schattenspielers!

»Er muß ganz in der Nähe sein! Du hast ihn doch gewittert, mein dunkler Gefährte, du, der aus mir spricht ... aber immer sehe ich nur Schatten zwischen den Mauern, und er ist fort, und ich bin nur ein Kind, zu jung, um diese Schmerzen zu ertragen.« Ein Schluchzen hallte durch die Höhle. »Was soll ich tun, Rumos? Soll ich ohne die Kette nach Vara zurückkehren, zurück auf den Thron? Mich Mondschlunds Brut stellen, die Menschen um mich scharen? Nein! NEIN! Mondschlund kann warten ... um ihn kümmern wir uns zur rechten Zeit. Erst muß der Weltenwanderer büßen! Er ist gefährlicher, so hat es Rumos mir eingebleut. Und alle, die ihm folgen, alle, die sich in seinen Schutz begeben, müssen durch das Tal von Nekon schreiten, ja, das müssen sie, Uliman, das ist deine Pflicht als letzter Erbe der Gründer! Dafür hat die Bathaquar dich ausgebildet, dafür wurde dir der Knochen ins Herz gepflanzt. Durta Slargin soll an seiner eigenen Magie ersticken... er, der uns belogen hat, der die Goldéi auf uns hetzte, der die Menschheit von Gharax wegführen will. Laß ihn den Hauch von Nekon schmecken! Ihn und alle, die ihm folgen!«

Die Worte waren so voller Hass, daß Cornbrunn sich nicht mehr beherrschen konnte. Er mußte sehen, was dort in der Höhle geschah. Erneut spähte er um die Ecke.

Im See, kaum zu erkennen in der Dunkelheit, stand ein Knabe. Er war nackt, die dürren Beine zitterten im kalten Wasser. Blonde Locken fielen in seinen Nacken und verdeckten das Gesicht. Doch statt Armen wuchsen Schwingen aus seinen Schulterblättern; pechschwarze Federn, von denen das Wasser tropfte. Sie wirkten fremd an seinem Körper, wie aufgepfropft, und doch beherrschten sie seine Bewegungen, zwangen ihn allein durch ihre Größe in die Knie. Aus dem Rücken wuchsen weitere Federn, bebten und sträubten sich, schienen dem Kind entsetzliche Qualen zu bereiten. Halb sank es ins Wasser, halb hielt es sich aufrecht, und der Kopf schien sich vom Körper zu lösen... nein, er war mit einem dürren Schwanenhals verwachsen. An ihm baumelte eine silberne Kette mit einem Amulett.

Der Hals krümmte sich zum Wasser, bis der Junge sein Gesicht benetzen konnte. Er trank einige Schlucke, brabbelte dann weiter vor sich hin.

»Durchs Tal von Nekon sollen sie schreiten, sie alle... die Flamme in dir wird auflodern, kleiner Uliman, und der Weltenwanderer wird japsen so wie du, als du mit mir eins wurdest... mein dunkler Gefährte der Bathaquar! Flieg, stolzer Schwan, schwing dich in die Lüfte, sieh dir Sternengängers übles Werk von oben an... sieh die schlammbedeckte

Scholle, die er aus dem Meer gezerrt hat! Japsen soll er, der Niederträchtige! Der Hauch von Nekon soll seine Lungen füllen.«

Der Knabe hielt inne, sein Kopf fuhr herum. Gläserne Augen starrten in Cornbrunns Richtung.

»Warte, Uliman…ich kann die zweite Kette spüren! Ist Aldra doch hier?« Er fauchte. Die Flügel spreizten sich, bis sie den See fast überspannten. »Komm, Aldra, tritt hervor, damit ich dir die Kette entreißen kann! Komm ins Licht!«

Cornbrunn wollte einen Schrei ausstoßen. Doch ein Windhauch fuhr über seinen Rücken, und eine Hand legte sich von hinten auf sein Gesicht. Der Griff war so stark, daß er jeden Laut erstickte.

Der Knabe lauschte. Doch als er nichts vernahm, stieß er ein enttäuschtes Zischen aus. »Nein…wieder nur Schatten, nichts als Schatten, die mich täuschen.« Er warf sich ganz ins Wasser. Eine Fontäne spritzte bis zur Decke empor, und in ihr wirbelte schwarzes Gefieder.

Noch ehe die letzten Tropfen auf die Wasseroberfläche prasselten, hatte das Kind sich ganz in den Schwan zurückverwandelt. Mit schrillem Kreischen floh er zurück in den Gang. Seine Flügel zogen Wasserschlieren hinter sich her.

»Still, meine Freunde«, wisperte eine Stimme hinter Cornbrunn. »Noch kann er uns hören!«

Cornbrunn fuhr herum. Hinter ihm hatte sich eine Öffnung im Mauerwerk aufgetan. In ihr stand der Schattenspieler. Die Haare standen wirr von seinem Kopf ab. Er blinzelte Cornbrunn zu.

»Da bist du endlich, Cornbrunn. Das Verlies ist groß, es war schwer, dich zu finden.«

Die Kieselfresser quiekten in Cornbrunns Kleidern auf. Schon purzelten sie aus seinen Ärmeln, um den Ankömmling fiepsend zu umtanzen. Cornbrunn konnte ihre Freude nicht teilen.

»Aldra! Habt Ihr Euch die ganze Zeit hinter mir versteckt? Wolltet Ihr beobachten, was dieses Biest mit mir anstellt?« Er packte das Rüschenhemd des Schattenspielers. »Wo kommt

Ihr her? Und wo, bei allen Schatullen der Großgilde, ist Aelarian?«

Der Schattenspieler ließ einen Scherenschnitt sinken, den er in der linken Hand gehalten hatte. »Nur ruhig, Cornbrunn. Du wirst alles erfahren. Doch erst mußt du erzählen, was der Schwan zu dir sagte, bevor ich aus den Schatten trat. Denn diesmal, meine Freunde, steht das Schicksal von Tausenden auf dem Spiel.«

Der Funke wanderte über den Handrücken, dunkelrot wie die letzten Strahlen des Sonnenuntergangs, huschte am Zeigefinger entlang bis zur Fingerkuppe. Dort verschmolz er mit dem Fleisch. Eine Flamme tropfte herab. Zischend traf sie auf die Treppenstufe.

Der Stein glühte auf. Eine Hitzewelle jagte die Treppe hinab, und das Gestein begann zu brennen. Rauchschwaden kräuselten sich in die Luft. Die Stufen verformten sich, ihre Kanten zerflossen; und nun stieg Nhordukael sie empor. Seine bloßen Füße hinterließen tiefe Abdrücke ... die Zeichen seiner Macht über das Feuer, über das Gestein, über die Sphäre.

Am Ende der Treppe hielt er inne. Hier erhob sich eine Tafel aus schwarzem Metall, dunkler als Kohle. Der Schwarze Schlüssel ... aus ihm ragte eine bizarre Skulptur: das Gesicht eines Mannes. Die Züge waren erstarrt, die Augen gesenkt. Darunter zwei Hände, schwarz und reglos. Sie hielten ein Buch.

Der Mund der Skulptur bewegte sich. Die Lippen zitterten, und eine Stimme war zu hören; ein Raunen. Die Worte entstammten einer Sprache, die Nhordukael nie zuvor vernommen hatte; oder es waren sinnlose Laute, sinnlos wie alles hier im Verlies der Schriften.

»Er liest. Jedes seiner Worte formt die Stadt. Das Verlies erwacht. Die Mauern sinken in den Staub. Die prächtigen Türme erscheinen an der Oberfläche. Sie erobern die Welt.

Gedanken gerinnen zu Glas. Ein Traum wird Wirklichkeit.«

Vor der Tafel kauerte ein zweiter Mann mit schütterem Haar. Asche hatte sein schlaffes Gesicht geschwärzt, sein Hemd war zerrissen und an vielen Stellen verbrannt. Sardresh von Narva, der Baumeister der sitharischen Kaiser, kniete auf der obersten Treppenstufe; sie war noch nicht von der Glut erfaßt worden. Ein Lederhut saß schräg auf seinem Kopf und drohte jeden Augenblick herabzufallen. Sardresh war zu beschäftigt, um sie zurechtzurücken. Zärtlich streichelte er die Hände der Skulptur.

»Es geschieht tatsächlich! So wie Mondschlund es wollte. Die Stadt aller Städte ist kein Traum mehr. Kein bloßer Wunsch. Die Zuflucht der Menschheit hat ihre Tore geöffnet. Die letzte Siedlung von Gharax. Das wiedererweckte Athyr'Tyran.« Verzückt blickte Sardresh zu Nhordukael auf.

Der Anblick des jungen Priesters war furchterregend. Nhordukaels Körper war von Flammen umzuckt, die Adern glühten unter der papiernen Haut, seine Augen schienen aus Feuer, und von den Lippen lösten sich ständig Ascheflocken und wirbelten empor. In ihm tobte die Kraft des Brennenden Berges, die Magie des Auges der Glut. Das Feuer in seinen Adern pochte so heiß wie lange nicht mehr. Doch bislang konnten seine Sinne nur die Äußere Schicht der Quelle ertasten; die Innere Schicht konnte er nicht erreichen.

Nhordukael kannte den Grund. Das Verlies war noch nicht ganz mit der Oberfläche verschmolzen, die Sphäre nahm erst langsam Besitz von den Gängen. Zwar war er stark genug, um das Auge der Glut zu beschwören, doch er konnte noch nicht in die Sphäre zurückkehren. Aber dies mußte er, so rasch wie möglich. Denn dort lauerten Mondschlund und Sternengänger, sie rüsteten sich für den letzten Kampf um Gharax. Und Sternengängers Geschöpf, der erste Auserkorene, wartete mit seiner Maske auf ihn, mit einem Heer der Silberklauen. *Er schritt denselben Leidensweg wie ich,* dachte Nhordukael traurig. Längst wußte er, wie eng sein

Schicksal mit jenem Kind verbunden war. Zweimal hatte er gegen es gekämpft, zweimal war er von den silbernen Klauen fast zerrissen worden. *Ich konnte mich Mondschlunds Worten entziehen. Aber er war zu schwach und zu jung... ich wünschte, ich könnte ihn von Sternengängers Bann befreien.*

Nhordukael wandte sich um. Sein Blick schweifte über die Stadt, die von der Treppe aus gut zu überblicken war. Die Türme mit ihren kühnen Ausbuchtungen, die breiten Straßen, verschlungenen Wege und Treppen, Rinnen aus Glas, die unter dem Nachthimmel funkelten... der Mond schien über der fremdartigen Stadt. Doch er verblaßte von Tag zu Tag mehr; die Türme hingegen schienen sein Licht in sich aufzunehmen, und sie warfen ihr Abbild durch die gläsernen Straßen in die Tiefe, wo in riesigen Hallen weitere Gebäude ihrer Erweckung harrten.

»Bald erlischt er ganz.« Sardresh von Narva deutete auf den Mond. »Wenige Tage noch. Dann ist das Verlies aus der Tiefe emporgewachsen. Dann ist Vara erneuert. Nach meinem Entwurf. Nach meinem Plan.«

Sein Lächeln erstarb rasch, als Nhordukael zu ihm herumfuhr.

»Ja, du kannst stolz auf dich sein. Du hast Mondschlund geholfen, diese Stadt zu erschaffen.« Nhordukael machte aus seinem Abscheu keinen Hehl. »Und du warst nur einer seiner Handlanger – so wie Sai'Kanee oder der Solcata-Mönch, der am Tag der Ernte einen Goldéi auf mich hetzte, damit ich als kommender Hoherpriester verehrt werde. So viele haben Mondschlunds Pläne mitgetragen, aus Furcht oder Verblendung. Oder aus Selbstsucht, so wie du, Sardresh.«

Der Baumeister schien empört. »War es falsch? Mondschlund reichte mir die Hand. Und ich nahm sie. Er bat mich, diese Stadt zu gestalten. Die Stadt, in der wir Menschen fortan leben werden. Leben müssen. Unsere Zuflucht! Die Welt wird den Goldéi gehören. Nur hier können wir bestehen. Hinter den Mauern! Eines Tages wird man mir danken. Und auch *ihm*.« Er blickte auf die Skulptur, deren Wispern noch immer deutlich zu hören war.

Nhordukaels Augen sprühten Funken. »Baniter Geneder ist nicht freiwillig in das Gestein gegangen. Du hast ihn in das Verlies geführt, und Sai'Kanee stieß ihn mit Durta Slargins Stab in die Wand. Er wollte nicht zu einem Diener Mondschlunds werden.«

»Aber herrschen wollte er! Wie sein Großvater. Wie alle Geneder.« Sardresh erhob sich. »Er wollte mächtig sein. Das ist er nun! Ein neuer Kaiser. Ein Erbe der Gründer. Er muß die alten Legenden weitererzählen. Er ist der einzige, der in Frage kam. Seine Familie war auserkoren.«

»Auserkoren... dieses Wort wird mir immer verhaßter.« Nhordukael betrachtete die Skulptur. Baniters Körper war vollständig mit dem Schwarzen Schlüssel verschmolzen. »Er ist Mondschlunds Sklave geworden. Das Verlies zwingt ihn, aus diesem Buch zu lesen, aber er tut es nicht aus freiem Willen.«

Sardresh nickte. »Er liest, um die Stadt zu erwecken. Die Legende ihrer Entstehung... Nur so kann sie wahr werden. Wir müssen wissen, woher wir kommen. Wir müssen wissen, wohin wir gehen. Die Stadt aller Städte braucht einen Anfang. Jemand muß von ihm erzählen.«

»Eine erdachte Legende«, spottete Nhordukael, »wie die Bezwingung der Quellen durch Durta Slargin. Mondschlund will, daß alle Menschen von seinen Großtaten sprechen. Doch werden sie wissen, daß sie ihre Körper aufgeben mußten, um in dieser Stadt überleben zu können?« Flammen stoben von seinen Fingerspitzen. »Nicht allein Mondschlund und Sternengänger sind schuld am Untergang dieser Welt. Ihre Lügen wären längst verhallt, hätten nicht einige Menschen sie weitererzählt, um selbst mächtig zu werden. Menschen wie du, Sardresh.«

Der Baumeister wich jammernd zur schwarzen Tafel zurück. Seine Kleider hatten Feuer gefangen. Er löschte sie panisch mit der Hand. »Ich mußte es tun! Um Vara zu retten. Vor dem Untergang! Vor der Zerstörung! Ich tat es nicht für mich. Nicht für Mondschlund. Für Vara allein!« Der lederne Hut flog ihm vom Haupt und kullerte auf die Treppe. Dort ging er in Flammen auf. »Wer weiß, eines Tages können wir Menschen Mondschlunds Herrschaft vielleicht abschütteln. Und frei sein. Aber bis dahin müssen wir ihm dienen. Ihm oder Sternengänger. Wir haben die Wahl. Auch du, Nhordukael. Am Ende mußt du dich für einen entscheiden.«

Nhordukael wandte sich ab. »Ich habe mich für den dritten Weg entschieden ... die Menschen von den Tyrannen zu befreien.« Was er erlitten hatte, sollte kein anderer erleiden. Wenn sein Leben, seine Qualen und sein Haß auf die Tathril-Kirche einen Sinn haben sollten, mußte er, der mehr Macht über die Sphäre besaß als je ein Mann zuvor, diesem Spuk ein Ende bereiten.

Er betrachtete Baniter Geneder. Der Mund des Gefangenen bewegte sich noch immer und setzte das ewige Gemurmel fort. *Ich muß ihn dort herausholen! Es muß einen Weg geben, ihn zu retten.*

Noch während er darüber nachsann, drang Stimmengewirr zu ihm empor. Nhordukael blickte auf den Platz vor den gläsernen Türmen. Eine Straße mündete in ihn; dort schob sich ein Pulk von Menschen voran, die eine Sänfte trugen ... nein, keine Menschen: Es waren die Geister des Verlieses mit ihren goldenen Augen, der Welt entrückt, weder tot noch lebendig.

Sie versammelten sich vor der glühenden Treppe und setzten die Sänfte ab. Auf dieser ruhte ein goldener Thron, und auf ihm kauerte eine Gestalt, auch sie aus gleißendem Gold.

»Was in aller Welt ist das?« entfuhr es Nhordukael.

Sardresh kicherte. »Geh doch hinab. Sieh nach, Nhordukael. Triff deine Entscheidung. So wie jeder von uns.«

Ohne ihn länger zu beachten, schritt Nhordukael die Treppe hinunter. Flammen jagten ihm voraus. Die Geister wichen vor ihnen zurück. Nur einer, der der Treppe zu nahe gekommen war, wurde von dem Feuer erfaßt. Er brach zu Boden. Seine goldenen Augen platzten auf und schmolzen. Schon schleiften andere Geister ihn fort; doch Nhordukael sah, wie sich der leblose Körper wellte und in Rauchfetzen zerfiel.

Die Gestalt auf der Sänfte war kein Mensch, sondern ein Harnisch aus gehämmertem Gold, ein Metallpanzer, dessen Glieder durch Nieten zusammengehalten wurden. Auf die Brustplatte waren verschlungene Zeichen eingeätzt; auch sie kamen Nhordukael vertraut vor.

»MONDSCHLUND GRÜSST DICH, NHORDUKAEL ... ER GRÜSST SEIN VERLORENES KIND.«

Einer der Geister trat vor. Seine Glieder verrenkten sich bei jedem Schritt mit häßlichem Knirschen. Die Augen funkelten im Mondlicht. Es war das Geisterwesen Glam, dem er schon einmal begegnet war.

»Glam«, sagte Nhordukael mit ruhiger Stimme. »Unsere Wege kreuzen sich recht häufig hier im Verlies. Was führt dich diesmal zu mir? Bist du auf der Suche nach deiner Herrin? Nach dem Stab, mit dem sie sich Zutritt zu dem Verlies verschaffte? Oder nach dem Kelch, den ich aus dem Dom stibitzte?« Er richtete sich stolz auf. »Du kommst zu spät. Sai'Kanee ist tot, der Stab zerbrochen, der Kelch geschmolzen. Und welche Worte Mondschlund dir auch aufgetragen hat – ich will sie nicht hören!«

Glam hielt sicheren Abstand zur glühenden Treppe. »SO VIEL ZORN ... SO VIEL TRAUER IN DIR, NHORDUKAEL. DU HAST VIEL GELITTEN UND BIST DOCH WEIT GEKOMMEN. NUR WENIGE HABEN DAS INNERE DES VERLIESES ERKUNDET: VARYN UND GLAM, SAI'KANEE UND BARS BALICOR, BANITER GENEDER UND SEIN VERRÄTERISCHER GROSSVATER. DU ABER BIST VON IHNEN ALLEN DER MÄCHTIGSTE. DER WICHTIGSTE.«

Die anderen Geister stimmten ein Lied an. Es berührte Nhordukael und erinnerte ihn an Mondschlunds Gesänge. *Er ist hier! Jedes Wort, das Glam an mich richtet, singt ihm Mondschlund ins Ohr!*

»Der Mächtigste und Wichtigste«, wiederholte er Glams Worte. »Ja, denn dazu hast du mich gemacht. Aber daß ich einen anderen Weg einschlug als dieser arme Junge, den Sternengänger erwählte – damit hast du nicht gerechnet.«

Der Geist hob abwehrend die Hände. »NOCH IMMER

MISSTRAUST DU MIR ... ARMER NHORDUKAEL. SO VIELE QUALEN, SO GROSSE EINSAMKEIT ...«

»Spar dir dein Mitleid. Ich weiß, warum du gekommen bist. Du willst mich wieder auf deine Seite ziehen. Deine Stadt ist erwacht, und mit Baniter Geneder hast du einen Mann zum Herrscher erhoben, der deinen Ruhm in das kommende Zeitalter tragen soll. Aber all dies geschah mit Zwang. Deshalb wirst du scheitern!«

Glam wiegte den Kopf. »WENN DU NUR DEINE AUGEN ÖFFNEN WÜRDEST, NHORDUKAEL! STERNENGÄNGER IST ES, DEM DEIN HASS GELTEN SOLLTE. ER HAT DIE GOLDÉI HERBEIGELOCKT; ER HAT DIE MENSCHHEIT ENTMÜNDIGT. MEIN VERSUCH, DEN ZWEITEN AUSERKORENEN ZU VERNICHTEN, IST MISSLUNGEN ... DEN KNABEN LAGHANOS, DER SOLANGE UNTER STERNENGÄNGERS BANN STEHT. IN SEINEM LEIB WIRD STERNENGÄNGER ZURÜCKKEHREN, IN SEINEM LEIB WILL ER KAHIDA ERWECKEN UND GEGEN MICH AUFHETZEN. SIE WIRD MICH VERNICHTEN, MEIN VERLIES UND DIE STADT ALLER STÄDTE! UND AM ENDE WERDEN DIE GOLDÉI MIT IHREM HEER VARA ZERSTÖREN.« Die Augen des Geists glommen vor Furcht. »DU KANNST ES VERHINDERN. WARUM STRÄUBST DU DICH GEGEN DEIN SCHICKSAL? WARUM HASST DU MONDSCHLUND SO? ER WILL DEN FRIEDEN ZWISCHEN MENSCHEN UND NEBELKINDERN! SIE KÖNNEN SICH GHARAX TEILEN ... DEN NEBELKINDERN DIE WILDNIS, UNS ABER DIE STADT ALLER STÄDTE!«

»Und deshalb soll ich diesen goldenen Harnisch anlegen ... damit ich ende wie Laghanos.« Nhordukael trat auf die unterste Stufe. Die Hitze, die von ihm ausging, ließ die Geister zurückweichen. »Wie lange hast du an ihm geschmiedet, in den Tiefen deines Verlieses? Wie lange hast du auf einen Menschen gewartet, der ihn tragen kann?« Er schüttelte den Kopf. »Nein, Mondschlund, du kannst mich nicht dazu zwingen. Gib auf! Laß die Menschen ihre eigenen Wege gehen.«

»LÄCHERLICH!« fauchte Glam. »OHNE UNS ZAUBERER WÄRT IHR MENSCHEN VERLOREN! HAT NICHT KAHIDA ERST

GHARAX BEWOHNBAR GEMACHT? HABEN NICHT WIR, IHRE SCHÜLER, DIE SPHÄRE BEZWUNGEN?« Er deutete auf die Rüstung. »NIMM MEIN GESCHENK AN ... SCHLÜPFE IN DEN HARNISCH! BRING LAGHANOS ZUR STRECKE! UND HALTE DIE GOLDÉI AUF ... SIE HABEN DEN BRENNENDEN BERG FAST ERREICHT. WENN SIE DIE QUELLE VOM AMOS ENTFESSELN, ERLISCHT IN DIR DIE GLUT, UND DIE SPHÄRE ZERREISST DICH. RETTE GHARAX, RETTE DICH SELBST!«

Nhordukael lachte auf. »So stellst du dir den Frieden mit den Goldéi vor – indem ich ein weiteres ihrer Heere auslösche!«

»NUR DIESES EINE MAL NOCH! LASS SIE NOCH EINMAL UNSERE MACHT SPÜREN! DANN KÖNNEN WIR IHNEN IN FREUNDSCHAFT ENTGEGENTRETEN, UND DIE ZEIT DES FRIEDENS BRICHT AN. ICH VERSPRECHE ES!«

Um Nhordukael entzündete sich die Luft. »Hör gut zu, Mondschlund! In mir kocht die Glut des Brennenden Berges! Ja, ich kann das Heer der Goldéi auslöschen. Aber ich kann das Feuer auch hier entfachen, in deiner entsetzlichen Stadt ... ich kann das Verlies von innen ausbrennen wie eine eitrige Wunde! Dann wird deine Stadt zur Trümmerhalde, so wie Athyr'Tyran!«

Glams Mund öffnete sich vor Schrecken. »DANN HÄTTE STERNENGÄNGER GESIEGT! DU DARFST ES NICHT TUN!«

»Wer wollte mich daran hindern?« Flammen spritzten von den Fingern des Auserkorenen. »Du herrschst nur durch Worte, durch Lügen und süße Gesänge. Aber ich kann dich zum Schweigen bringen, Mondschlund!«

Glam wich zurück. Enttäuschung war in seinem Gesicht zu erkennen. »ARMER NHORDUKAEL ... SO GROSSE HOFFNUNG HABE ICH IN DICH GESETZT. DEIN NAME WÄRE UNSTERBLICH GEWORDEN, HÄTTEST DU MIR NUR ZUGEHÖRT. ABER SO ...«

Eine Bewegung hinter Nhordukael! Er bemerkte sie zu spät. Spürte einen jähen Schmerz im Nacken. Kalt wie Frost. Jemand schleuderte ihn auf die glühende Treppe. Alle Glut wich aus seinem Körper, das Feuer in seinen Augen erlosch, und Flammen jagten an den Gliedern hinab, als flüchteten sie vor etwas.

Und nun bemerkte er Sardresh, den Baumeister, der sich über ihm erhob. Sardresh stand in Flammen, seine Beine waren bis zu den Schenkeln verkohlt. Das Fleisch schälte sich von den Knochen und fiel in zischenden Brocken herab. Er mußte die glühenden Stufen herabgestiegen sein, ohne einen einzigen Schmerzensschrei auszustoßen. Seine Lippen glänzten grün. Und in seinen Händen ruhten zwei glanzlose Brocken. Die Reste von Durta Slargins Stab!

»Alles geschieht, wie Mondschlund es will.« Grüner Speichel tropfte aus Sardreshs Mund. Die Brocken des Schwarzen Schlüssels bohrten sich tief in seine Handflächen. »Wir können die Stimmen in uns nicht täuschen. Wir müssen ihnen zuhören. Wir müssen gehorchen.«

Er brach neben Nhordukael auf der Treppe zusammen. Seine Kleider und sein schütteres Haar brannten lichterloh.

»ALLES GESCHIEHT, WIE MONDSCHLUND ES WILL«, wisperte das Geisterwesen Glam. Es war an die Treppe herangetreten, ohne Furcht vor den Flammen. Und als Nhordukael mit letzter Kraft den Kopf wandte, sah er, wie die anderen Geister die Sänfte erklommen. Den goldenen Harnisch packten und vom Thron hoben.

»... SO WIE MONDSCHLUND ES WILL ...«

Baniter las.

Das Pergament knisterte in seinen Händen; spröde Seiten, die Ränder gewellt. Seine Finger huschten über die Zeilen und spürten den Luchszeichen nach: goldenen Punkten und Häkchen, Schnörkeln und Strichen, hauchdünnen Bögen und Linien. Doch die Worte, auf die sie sich bezogen, waren unsichtbar. Nur er konnte sie sehen und lesen, nur er konnte jene Geschichte erzählen, die niemand aufgeschrieben hatte. Indem er sie las, erschuf er sie erst, und in dem Buch formten sich Worte, kaum daß er sie aussprach: in blutroter Tinte erschienen sie auf dem Pergament und wurden sogleich von der Luchsschrift umspielt, umschmeichelt, mit neuer Bedeutung aufgeladen...

Baniter las.

Er las die Geschichte der Stadt Vara; einer Stadt, die in einem finsteren Zeitalter errichtet worden war, auf Befehl eines Kaisers. Sein Name hatte Baniter Geneder gelautet, und dieser mächtige Herrscher hatte zum Schutz vor gräßlichen Echsenwesen eine Mauer um Vara gezogen, die niemand überwinden konnte. Denn vor den Toren hatte ein Krieg zwischen den Geistern der Sphäre getobt, und der Kaiser hatte seine Untertanen vor den Kämpfen bewahren wollen. Er hatte auf einem goldenen Thron Platz genommen, ihm zur Seite seine junge Gemahlin Inthara... die fleischgewordene Sonne, schön wie das Licht selbst. Sie hatte ihm ein Kind geboren, und Baniter hatte es dem Gott Nhordukael geweiht, der als Beschützer von Vara galt. Der Gott Nhordukael, so besagte die Legende, hatte am Beginn der Zeit einen Dämon namens Tathril besiegt und ihn mit dem Mond vom Himmel verbannt. In zahllosen Tempeln, einer prächtiger als der andere, wurde Nhordukael gehuldigt; und die Nachfahren von Baniter und Inthara, diesem gottgleichen Paar, herrschten über die Stadt, weise und edel, gütig und tapfer. Sie, die Geneder, schützten Vara vor der Außenwelt, und die Stadt wuchs und gedieh... Vara, Stadt aller Städte, prunkvoll wie nichts auf der Welt. So hatte das Zeitalter des Friedens begonnen, ohne Leid und Hunger, ohne Krankheit, ohne Tod...

Baniter las.

Und während er las, sträubte sich alles in ihm. Er wollte die Lippen aufeinanderpressen und schweigen, sich selbst das Wort verbieten. Doch der Bann des Buchs war zu groß. Er mußte die Luchszeichen entziffern. Er mußte die Geschichte lesen, auch wenn er es kaum ertragen konnte, sie aus dem eigenen Munde zu hören.

Und so las er von dem Kaiser, der seinen Namen trug. Las von seiner Gemahlin, die nicht Jundala hieß, sondern Inthara … die arphatische Königin, die er begehrte und zugleich fürchtete. Las von dem Kind, das er mit Inthara gezeugt hatte, damals in Praa; und er konnte nicht mehr zwischen Wahrheit und Dichtung unterscheiden.

*Will ich über Vara herrschen, über Sithar, über Gharax? War es das, was mich in all den Jahren antrieb? Habe ich mich deshalb von der Königin verführen lassen? Denn ich wußte, daß sie es war, die im Norfes-Tempel zu mir ins Bett kroch, natürlich wußte ich es … nicht einmal Jundala habe ich es gestanden, habe mir selbst eingeredet, es wäre ein Traum gewesen. Aber ich wußte, daß Inthara ein Kind von mir im Leib trug. Wollte ich, daß dieses Kind den Thron in Vara erklimmt, um über Sithar und Arphat zu herrschen? Daß die Welt den Namen meiner Familie raunt, daß Legenden von Baniter Geneder und seinen Nachkommen erzählt werden?*

Baniter las.

Die Worte kamen ihm immer verlogener vor, seine eigene Stimme wurde ihm fremd. *Wo bist du? Wie kamst du hierher? Wer hat dir das Buch in die Hand gedrückt?* Gedankenfetzen huschten in seinem Kopf umher: das Verlies der Schriften. Sardresh der Schwärmer, der ihm kichernd den Schwarzen Schlüssel gezeigt hatte. Eine freistehende Treppe, an deren Ende eine Tafel aus schwarzem Metall auf ihn wartete. Eine Stadt aus gläsernen Türmen. Bathos der Scharfzüngige, gefesselt an einem Pfahl, verspottet von der Menge. Kinder, die ihn aus goldenen Augen anstarrten. Und das Buch, das schwere Buch in seinen Händen, dunkel und magisch; der Schwarze Schlüssel, in seinen Fingern zu Worten geronnen.

Baniter las.

*Selbst wenn ich insgeheim davon träumte, über Sithar zu herrschen, selbst wenn mich mein Ehrgeiz trieb … wollte ich, daß dies alles wahr wird? Wollte ich diese Geschichte erzählen? Habe ich nicht mit lauter Stimme widersprochen und gerufen: Ich will aus dem Buch nicht lesen! Ich will aus dem Buch nicht lesen! Ich will …*

»Ich will aus dem Buch nicht lesen!«

Er brüllte die Worte in die Finsternis. Seine Augen lösten sich von der Luchsschrift.

Um ihn war Dunkelheit. Seine Kehle fühlte sich trocken an, kratzig.

»Dann höre einfach auf damit«, antwortete jemand. »Du wiederholst dich ohnehin die ganze Zeit.«

Baniter blinzelte. Er wollte das Buch sinken lassen, aber die Hände gehorchten ihm nicht.

Jemand sang in seiner Nähe mit hoher, süßlicher Stimme. Die Melodie schien den Schmerz einer ganzen Welt zu umfassen. Und zu Baniters Rechten erklang scharrender Atem. Nun, da seine Augen sich langsam an das Dunkel gewöhnten, sah er mehrere Schemen um sich.

»Aber du hast schön gelesen, Baniter Geneder«, lobte die Stimme, die zuerst gesprochen hatte. »Ein wenig lieblos zwar, aber es war ein Vergnügen, dir zu lauschen. Ich schätze eine gute Erzählung.«

»Wo bin ich?« stieß der Fürst hervor. Er versuchte sich zu orientieren. Offenbar saß er auf einem Schemel, konnte weder Beine noch Arme bewegen. Vor ihm lag das Buch auf einem steinernen, langen Tisch. Er erinnerte Baniter an die Tafel im Ratssaal von Thax, Sithars untergegangener Hauptstadt, die Nhordukaels Flammen verschlungen hatten.

»Wo bin ich?« fragte er nochmals.

Ihm gegenüber wurde eine Kerze entzündet. Sie ließ ein Gesicht aus der Finsternis hervortreten: dunkle, ledrige Haut. Krauses Haar, das unter einer Flickenhaube hervorquoll. Ein spärlicher Bart, der einen schmallippigen Mund umgab. Dieser formte ein Lächeln.

»Wo du bist, Baniter Geneder? Wohl noch immer im Verlies der Schriften, möchte ich meinen – in Mondschlunds schauriger Stadt. Und auch wieder nicht...die Sphäre ist kein Ort, an dem man sich wirklich *befindet*. Niemand weiß das besser als ich.« Der Mann schmunzelte. Er hob die Hände. Sie waren mit silbernen Ketten gefesselt. Dennoch gelang es ihm, einen Krug zu ergreifen. Er goß eine zähe Flüssigkeit in einen nahe stehenden Becher und schob ihn zu Baniter hinüber.

»Du wirst durstig sein nach der Leserei. Hier, Baniter, es

wird dir guttun. Und keine Angst, es ist harmloser Wein. Niemand hat Atemfänger hineingeträufelt wie damals in Praa.«

Immer deutlicher waren die übrigen Gestalten am Tisch zu erkennen, wohl ein Dutzend. Sie kauerten wie Baniter auf Schemeln. Ihre zerschlissenen Mäntel wurden von einem heißen Wind aufgeweht, der durch den Saal strich. Baniter spürte ihn selbst im Nacken, an den Händen und Füßen. Er trieb ihm den Schweiß auf die Stirn.

»Willst du denn nicht trinken?« Der bärtige Mann schüttelte bedauernd den Kopf, so daß die Fetzen der Flickenhaube um seine Schläfen tanzten. »Natürlich, wie dumm von mir! Du kannst ja die Hände nicht bewegen. Der Schwarze Schlüssel hält sie fest. Er kann sehr einnehmend sein.« Er winkte gönnerisch mit der Hand. »Cladimor, sei so gut und spiele den Mundschenk für den künftigen Kaiser von Vara. Es soll nicht heißen, Durta Slargin habe ihm nicht die nötige Ehre erwiesen.«

Nun erst bemerkte Baniter den Mann, der neben ihm saß; das Gesicht faltig, die Augen gerötet. Er hielt eine Sternkarte in den Händen, doch diese war verblaßt. Nun krallten sich seine Finger in das Papier und zerfetzten es. Erst dann fuhr er zu Baniter herum, packte den Kelch, hob ihn mit zitternder Hand.

»Du wirst ihn nicht kennen... Cladimor, ein Schüler von mir, der vor Jahrhunderten auf Gharax gelebt hat. Er hat für mich eine Weile den Leithammel der Malkuda gespielt, eine der magischen Logen. Eine wichtige Aufgabe! Du weißt ja, Baniter, wie tölpelhaft sich Menschen verhalten, sobald man ihnen ein Quentchen Macht in die Hände gibt. Sie neigen dann zum Größenwahn und brauchen eine straffe Führung.« Der Dunkelhäutige nickte zufrieden. »Was verziehst du das Gesicht, Cladimor? Du hast die Malkuda gut gelenkt nach meinem Tod, auch wenn ich dir freilich etwas dabei geholfen habe. Du konntest mich immer um Rat fragen. Ein Blick zum Himmel, ein Blick auf die Sterne – schon wußtest du, was zu tun war. Sternengänger hat dich nie ohne eine Antwort zurückgelassen.«

Cladimors Hand bebte. Wein spritzte über den Rand des Kelchs und klatschte auf das Buch. Er wusch die noch nassen Worte zwischen den Luchszeichen fort.

»Durta Slargin«, sagte Baniter Geneder. Er klang gefaßt. »Der Bezwinger der Quellen, gefesselt mit silbernen Ketten – so, wie ich ihn damals im Traum sah. Allerdings ohne einen tattrigen Mundschenk, der mich mit Wein vollspritzt.«

Durta Slargin lachte. »Ha, Cladimor, hast du das gehört? Nun stell den Kelch schon ab – gut so! Der Herr Geneder ist sich zu fein, deinen Wein zu trinken. Und das, obwohl nur sein müder Geist an dieser Tafel lungert, während sein Körper im Verlies dahinrottet. Da nämlich weilt unser Herr Geneder, eingesperrt in den Schwarzen Schlüssel, um uns sein läppisches Geschichtlein vorzutragen.« Er riß sich die Flickenhaube vom Kopf. »An die Nacht im Norfes-Tempel erinnerst du dich also, Baniter Geneder. Es war damals schwer, richtig mühevoll gar, in deine verstockten Träume zu dringen. Es gelang mir nur dank Cladimors Sternkarte; diese war ganz in deiner Nähe, sie lag im angrenzenden Raum. Durch ihre Magie konnte ich mich dir zeigen, wenn auch nur kurz ...«

»Die Karte von Lyndolin Sintiguren?« Baniter lief ein Schauer über den Rücken.

»Richtig. Cladimors Sternkarte. Im Lauf der Jahrhunderte auf eine begabte Sängerin übergegangen.« Durta Slargin deutete nachlässig in die Dunkelheit. »Da sitzt sie übrigens, deine einstige Begleiterin. Auch sie ist inzwischen in diesem Saal angekommen, und Zeit war es für sie ... zu alt für eine Welt, die untergeht. Als die Goldéi Praa eroberten, trällerte sie ihr letztes Lied. Nun zahlt sie den Preis dafür, der Sphäre zu nahe gekommen zu sein.«

Sie war es tatsächlich: Lyndolin Sintiguren, ganz in sich zusammengesunken, ihr Greisengesicht totenbleich. Schüttere Locken klebten an ihren Schläfen. Sie biß die Lippen fest aufeinander und starrte auf die Harfe, die vor ihr auf dem Tisch lag.

»Den Preis müssen alle zahlen, die sich der Magie zuwenden. Sie finden keinen Frieden nach dem Tod. Für Lyndolin tut es mir besonders leid. Sie hatte sich doch so nach der Stille gesehnt, die dem letzten Atemzug folgt. Und nun? Nun ist sie in übler Gesellschaft!« Durta Slargin schlug mit der Faust auf die Haube, als wolle er sie auf dem Tisch zerquetschen. »Ja, sieh dich ruhig um, Baniter. All die bedauernswerten Opfer der Sphäre haben sich eingefunden, dir zu Ehren. Wolltest du nicht schon immer den großen Apetha sehen, den ersten König von Arphat? Dort findest du ihn, ganz hinten.«

Am anderen Ende der Tafel lungerte ein hagerer Arphater, der die Augen geschlossen hatte. Seine Haut wirkte verbrannt, ein Feuer hatte ihm alle Haare vom Kopf gesengt. Er mußte einst ein stolzer Mann gewesen sein, das sah Baniter ihm an. Nun aber war er gebrochen und gefesselt wie die anderen.

»Ja, ich war auch enttäuscht, als ich ihm zum ersten Mal begegnete. Ich hatte ihn mir würdiger vorgestellt, den großen Apetha, der gleich zweimal die Welt erobert und selbst die Gyraner windelweich geprügelt hat. Den großen Apetha, der mit seinem Heer bis zum Brennenden Berg preschte. Dort endete sein Siegeszug...«

Baniter nickte. »Ich kenne die Legende. Er ritt mit seinem Pferd den Vulkan empor und tauchte in die Glut...«

»Eine hübsche Geschichte.« Durta Slargin klopfte sich stolz gegen die Brust. »Mein Werk natürlich. Die Wahrheit ist, wie immer, spröder. Der gute Apetha war nämlich übermütig geworden. Stell dir vor, Baniter: Da ließ ich es zu, daß dieser Mann halb Gharax eroberte, und er wollte sich nicht damit zufriedengeben, ritt zur Quelle von Amos, um sie mit seiner silbernen Peitsche zu bannen. Und das lange vor meiner Wanderschaft durch Gharax. Hätte ich das dulden sollen? Ich habe den machtgierigen Kerl höchstpersönlich in die Glut befördert, mit einem kräftigen Tritt.« Durta Slargin zwinkerte Apetha zu, und dieser blickte kurz auf. Seine Augen waren müde, kein Haß, keine Kraft in ihnen.

»Das alles war noch vor der Bezwingung der Quellen. Seit Athyr'Tyran gefallen war, breiteten sich die Menschen auf Gharax aus. Selbst in der Nähe der Quellen siedelten sie sich an. Wenn du mir nicht glaubst, frage die Kerle dort hinten... Agis von Gyr und Darcon den Weisen. Die ersten Herrscher von Gyr und Candacar. Du wirst sie kaum erkennen, es ist recht dunkel dort hinten... He, ihr beiden, zündet doch auch ein paar Kerzen an und hört fein zu, was ich dem Luchs von Ganata erzähle! Er soll wissen, wer Gharax damals den Frieden brachte!« Slargin wandte sich wieder an Baniter. »Wären wir nicht gewesen, hätten die Menschen Übles angerichtet. Sie hätten die Quellen gefesselt, ohne zu wissen, was sie da tun; sie hätten gar die Tore wieder aufgestoßen, die Kahida versiegelt hatte. Deshalb mußte ich auf Wanderschaft gehen. Jemand mußte die Quellen binden, und das konnten nur jene sein, die die Sphäre kannten.«

»Mondschlund und Sternengänger?« fragte Baniter vorsichtig.

»Selbstverständlich.« Durta Slargin rückte die Kerze zur Seite, so daß eine weitere Gestalt aus der Dunkelheit hervortrat: ein dicklicher Mann, seine Haut dunkel wie die seine, das Haar an den Seiten geschoren. Seine Nase war grob, die Gesichtszüge hatten etwas Selbstgefälliges. Entrückt blickte er zur Saaldecke empor, seine Lippen bewegten sich. Er war es, der jenes schmerzliche Lied sang...

»Du mußt ihn entschuldigen. Mondschlund ist wieder mal abwesend und trällert seine herzergreifenden Weisen. Er hofft noch immer, den Spieß umzudrehen, mich im letzten Augenblick hinters Licht zu führen. Nicht grundlos nennt er sich den Herrn der Schatten... aber er nimmt es oft zu wörtlich. Wer will Sternengänger mit ein paar lachhaften Schatten überlisten?« Durta Slargin räkelte sich auf dem Schemel. »Und so sitzen wir hier in trauter Runde versammelt. Sei willkommen, Luchs von Ganata, auch in Mondschlunds Namen. Daß du hier bist, hast du ihm zu verdanken. Ich warnte dich im Traum davor, dich in unseren Streit einzumischen. Ich riet dir, die Finger vom Schwarzen Schlüssel zu lassen. Aber du wolltest nicht hören.«

Baniter versuchte wieder, die Hände vom Buch fortzuziehen; und wieder gelang es ihm nicht. »Ich glaube dir kein Wort. Du wußtest doch, daß ich eines Tages das Verlies betreten würde. Es war meiner Familie vorherbestimmt.«

»Sicher. Aber meine Idee war das nicht. Mondschlund hat diesen Unsinn ausgeheckt.« Slargin tastete nach einer Schale mit Trauben und schob sich eine verschrumpelte Frucht in den Mund. »Er hat es nie verwunden, daß ich die Quellen gebändigt habe und daß mit Sithar ein Reich entstanden war, das seinem Verlies gefährlich werden könnte. Als der Süden die Fron der nördlichen Königreiche abgeschüttelt hatte, konnte ich Einfluß auf die neuen Herrscher nehmen. Sie trugen ja meine silbernen Ketten, die ich ihren Vorfahren zugespielt hatte. Der Silberne Kreis...er machte auf meinen Wunsch Vara zur Hauptstadt und sorgte dafür, daß Teile des Verlieses von der Tathril-Kirche befreit wurden. Und hätte Mondschlund nicht einen der Kettenträger auf seine Seite gezogen, wäre das Verlies noch immer dort, wo es hingehört: in der Tiefe.« Er zerkaute andächtig die Traube und schluckte sie hinunter. »Weißt du, Baniter, du sollst nicht glauben, daß Mondschlund und ich uns hassen. Wir waren enge Freunde; wir haben gemeinsam die Menschheit befreit. Kahida war unsere Lehrerin, doch sie wollte die Menschen in Athyr'Tyran gefangenhalten. Wir aber wählten die Freiheit! Wir holten den Schwarzen Schlüssel aus der Sphäre, Stück für Stück...das schwarze Metall, in dem du so hilflos zappelst. So brachten wir die Magie nach Gharax, lehrten die Menschen, sich die Welt untertan zu machen...ganz behutsam, mit Hilfe der magischen Metalle, deren Macht wir im Lauf der Jahrhunderte erkannten. So bezwangen wir langsam die Sphäre, Mondschlund als Hüter des Goldes, Sternengänger als Hüter des Silbers. Wir wollten nur eine behutsame Veränderung. Die Quellen ließen wir unberührt; wir drängten ihre Ströme nur ein wenig zurück, damit die Menschen sich auf Gharax niederlassen konnten, ohne von der Natur gepeinigt zu werden.« Er sah den Fürsten forsch an. »Ich will, daß du mich verstehst, Baniter! Ich wollte das Beste für Gharax! Hätte Mondschlund mich nicht betrogen, wäre alles gut geworden. Aber er raubte mir den Schwarzen Schlüssel, um sein Verlies zu errichten.« Zornig fuhr er Mondschlund an: »So war es doch, du Hund! Du hast dir den Schlüssel genommen, um eine Stadt aus dem Sphärenmetall zu formen. Und unter den Menschen hast du Lügen verbreitet: die Legende von einer neuen Stadt, einem zweiten Athyr'Tyran.« Durta Slargin war nun richtig wütend geworden, riß an den Ketten und fegte die Schale mit den Trauben beiseite. »Er wollte die Menschen zu Gefangenen machen, Baniter! Ich suchte überall nach ihm und dem Schwarzen Schlüssel... aber er hatte sich seines Körpers entledigt, ich fand nur noch seine Spuren. Einen Leuchtturm, errichtet im Silbermeer... eine Mauer, erbaut auf Siccelda im Nordmeer. Die ersten Bauten seiner scheußlichen Stadt. Überall waren seine Legenden zu hören; die Menschen wisperten am Lagerfeuer von einer prächtigen Stadt, die da kommen würde. Sie begannen sich nach Athyr'Tyran zurückzusehnen, errichteten neue Städte, teilten sich in Völker auf. Jeder weiß, wohin das führt: zu Krieg und Leid. Männer wie Apetha und Darcon trommelten ihre Heere zusammen, um die Menschen zu unterjochen, um alle unter ihrer Herrschaft zu vereinen.« Durta Slargin atmete tief durch, um sich zu beruhigen. »Du siehst, ich mußte handeln. Also habe ich die Quellen gefesselt, ehe Mondschlund mir zuvorkam. Ich bündelte ihre Magie, ordnete sie in Schichten, zwang die Herzen der Quellen in meine Gewalt. Und Mondschlunds Plappereien setzte ich eigene Legenden entgegen, um die Erinnerung an seine Stadt auszulöschen, um seinen Namen zu tilgen.«

»Das ist dir schlecht gelungen«, sagte Baniter. »Mondschlund hat sich nicht aus dem Gedächtnis der Menschen vertreiben lassen.«

Durta Slargin seufzte. »Da hast du recht. Sein Gesang war zu süß, seine Versprechen zu verlockend. Ach, ich mag ihn nicht länger anhören. Lyndolin, spiel du uns lieber auf deiner Harfe vor. Spiel das Lied von Sternengängers Wanderschaft, von seiner unendlichen Güte...«

Die Sängerin tastete nach der Harfe, schlug mit der rechten Hand zaghaft die Saiten an. Doch sie konnte nur unter Schmerzen spielen; die Finger waren blutige Stümpfe. Mit jedem Schlag rissen die Saiten das Fleisch auf, schabten gegen die bloßliegenden Knochen, und eine verzerrte Melodie erklang.

»Ja, spiele von meiner Wanderschaft! Sternengänger schritt durch die Welt und bannte die Quellen...jede einzelne suchte ich auf und zwang sie in meine Gewalt, mit den letzten Brocken des Schwarzen Schlüssels, die Mondschlund mir gelassen hatte. So rächte ich mich an ihm. Aber mein Sieg war von kurzer Dauer...Deswegen sitzt du hier, Baniter Geneder: ein Nachfahre der Gründer, dessen Familie sich von mir abwandte und Mondschlunds Ruf folgte. Du hast dich in sein Verlies locken lassen, und nun liest du aus seinem Buch, um seine Stadt zu erwecken...«

Baniter konnte das überhebliche Gerede kaum noch ertragen. »Du wirfst mir vor, Mondschlund auf den Leim gegangen zu sein? Daß ich nicht lache! Schließlich hast du dir die anderen Fürsten gefügig gemacht, selbst meinen Großvater...«

Sternengänger blickte ihn erstaunt an. »Du weißt davon? Vermutlich von Bathos, diesem alten Schwätzer, der im Verlies umherspukt. Nun, dein Großvater wandte sich erst im letzten Augenblick von Mondschlund ab. Fast hätte er sich in seinem Netz verstrickt, und die Stadt aller Städte wäre schon früher erwacht. Aber Norgon Geneder nahm Vernunft an; ja, mehr noch, er machte mir ein kostbares Geschenk. Er führte meine Verbündeten hinab ins Verlies, damit sie weitere Brocken des Schwarzen Schlüssels bergen konnten. Die treuen Südsegler...längst umrunden ihre Schiffe das Ufer des neuen Kontinents, den ich den Menschen schenken will.« Er seufzte. »Auf ihm wird Mondschlund nichts zu sagen haben. Soll er sich an seiner häßlichen Stadt erfreuen ... verblendete Geister werden in ihr umhertaumeln, einem falschen Gott huldigen, einen falschen Kaiser preisen – dich, Baniter, Mondschlunds Statthalter! Aber die, die an mich glauben, werden frei sein! Frei vom Fluch der Sphäre.«

»Nur nicht frei von dir«, höhnte Baniter. »Auch diese neue Welt, wo immer sie liegen mag, willst du beherrschen. Das ist keine Freiheit, Sternengänger, nicht so, wie ich sie verstehe.«

Durta Slargin dachte darüber nach. »Freiheit wird sowieso überschätzt. Die Menschheit liebt es, sich hinter einer Fahne zu versammeln. Deshalb braucht sie Könige und Kaiser, Fürsten und Priester; nur deshalb braucht sie zwei Auserkorene, in deren Körper wir zurückkehren, um die Welt zu erneuern. Wie sollten sie sonst begreifen, daß sie Gharax verlassen müssen?« Er blickte lächelnd zu Mondschlund. »Aber halt ... nur einer von uns kehrt ja zurück. Mondschlund hat zu spät bemerkt, daß ein Zeitalter der Wandlung anbricht, daß zwei Menschen geboren wurden, deren Körper unsere Geister aufnehmen können. Und während ich endlich, nach so langer Zeit, heimkehren kann, hat er seinen Auserkorenen verzogen und verzärtelt. Er wird ein Gefangener der Sphäre bleiben.«

Mondschlund wimmerte. Seine Augen flackerten, doch der Gesang riß nicht ab.

»Ja, mein Bester – ich spreche von Nhordukael! Kein Wunder, der Bursche ist hartnäckig – auch von mir ließ er sich nichts einreden.« Sternengänger lachte hämisch. »Und noch immer singt Mondschlund sein Liedchen, um Nhordukael auf seine Seite zu ziehen; ich fürchte nur, es ist zu spät dafür! Was soll's. Ich muß euch verlassen. Sternengänger kehrt heim.«

Baniters Augen wanderten über die Tafel, doch die um ihn Versammelten wichen seinem Blick aus, als schämten sie sich für Sternengängers Worte. Mondschlunds Gesang wurde quälender, Lyndolins Harfenspiel lauter. Ihre blutigen Fingerstümpfe tanzten über die Saiten. Neben Baniter stöhnte der alte Cladimor, stopfte sich die Fetzen seiner Sternenkarte in den Mund und versuchte vergeblich, sie hinabzuschlucken. Sternengänger aber trommelte belustigt mit den Fingern im Takt von Mondschlunds Melodie.

»Du willst also heimkehren nach Gharax«, sagte Baniter mit fester Stimme. »Dann verrate mir, wie du die Ketten an deinen Händen loswerden willst.«

Slargins Trommeln brach augenblicklich ab. »Gut, daß du mich daran erinnerst. Noch wird mein Geist an diesem Ort festgehalten. Befreien kann ihn nur die Kraft eines pochenden Herzens, eines atmenden Körpers.« Sein Blick wurde bohrend. »Und die Macht, die in deinen Händen ruht.«

Der glühende Wind strich über Baniters Kopf; er spürte ihn bis in die Haarwurzeln. »Was habe ich damit zu schaffen?«

»Du lebst. Dein Körper lebt. Du bist noch Mensch, kein Geist wie ich. Seit ich am Ende meiner Wanderschaft von den Wispernden Feldern zerrissen wurde, bin ich nur noch Stimme. Ich herrsche durch Träume und Worte, durch Mythen und Lieder.« Sternengänger deutete auf das Buch. »Du hältst den Schwarzen Schlüssel in deinen Händen. Das gibt dir große Macht.« Er beugte sich vertraulich über den Tisch. »Lies weiter, Baniter! Lies, was in deinem Buch geschrieben steht... aber ändere einen Teil, einen winzigen Teil nur. Erzähle von Sternengängers Befreiung aus dem Verlies der Schriften. Erzähle von seiner Gefangenschaft, von dem großen Glück, das ihm den Schlüssel seines Kerkers in die Hände spielte. Erzähle, wie er die Ketten abstreifte, sich aus dem Verlies schlich, ans Tageslicht zurückkehrte und verschwand... auf dem Silbermeer, hinter den Wellen. Willst du das für mich tun?« Seine Augen glitzerten gierig. »Willst du das tun, Baniter?«

»Warum sollte ich?« stieß der Fürst hervor. »Du hast mich und meine Familie benutzt, du hast die Goldéi herbeigeholt und gegen uns Menschen aufgehetzt! Warum sollte ich es dir noch leichter machen, den Tod nach Gharax zu tragen?«

»Weil ich nicht nur den Tod bringe, sondern auch das

Leben. Mit der einen Hand nehme, mit der anderen gebe ich. So wie Tathril.« Er schmunzelte. »Wenn du mich befreist, Baniter, werde ich deine Familie in Sicherheit bringen. Deine süßen Töchter – wie heißen sie gleich? Banja, Sinsala und Marisa. Schöne Namen! Ich werde alle drei retten und von Gharax fortbringen, ehe die Goldéi alles zerstören. Denn auch deine Heimatstadt Gehani wird fallen.«

In Baniters Schädel pochte das Blut. *Meine drei Kätzchen... sie sind in Gehani nicht mehr sicher.*

»Vertraue mir, Baniter. Wer weiß, was Mondschlund noch mit deiner Familie vorhat, nun, da Inthara ihr Kind zur Welt gebracht hat? Deine drei Mädchen könnten seine Pläne empfindlich stören, meinst du nicht?«

Baniter wollte die Hände hochreißen, das Buch in Sternengängers überhebliche Fratze schleudern, mit beiden Fäusten auf ihn eindreschen. Aber der Schwarze Schlüssel hielt ihn fest, so wie der Zauberer es gesagt hatte. *Ich kann nichts tun! Ich bin machtlos!*

»Und Jundala?« fragte er mit bebender Stimme. »Kannst du auch sie retten? Kannst du... sie zu ihnen bringen? Sie sollen wenigstens eine Mutter haben, wenn ihr Vater ein Gefangener bleibt.« Es fiel ihm schwer, Durta Slargin anzuflehen.

Der Zauberer leckte sich nachdenklich über die Lippen. »Jundala? Nun, sie lebt, falls dich das beruhigt, und sie ist, wie es der Zufall will, längst auf dem neuen Kontinent eingetroffen. Sie hat ihre Augen geöffnet und sieht das neue Zeitalter nahen. Aber wenn du mich so nett darum bittest, werde ich sie an die Hand nehmen und mit ihr deine Kinder aus Gehani holen.« Vergnügt zog er die Hände auseinander. Die silbernen Ketten spannten sich. »Mondschlund hat dir übel mitgespielt, ja, wirklich... laß mich dein Leid lindern, indem ich deine Familie vereine. Es wäre ein Jammer, wenn sie mit Gharax unterginge. Lies in dem Buch, Baniter! Befreie mich durch die Macht deiner Stimme, und ich werde deine Kinder schützen.«

Er lehnte sich zurück. Mondschlunds Gesang hallte durch

den Saal, vermischte sich mit dem Pfeifen des Windes. Ringsum stöhnten die Tischgenossen auf, flehten Baniter an, nicht auf Sternengänger zu hören, ihm nicht zu trauen und nicht aus dem Buch zu lesen.

Baniter atmete die glühende Luft ein. Mühsam befeuchte er Zunge und Lippen. Senkte den Blick.

Die Luchszeichen im Buch glommen hell. Sie warteten darauf, mit Sinn erfüllt zu werden. Die Geschichte mußte weitererzählt werden.

Baniter las.

»Du liebst sie, die Dunkelheit. Sie umgibt dich wie ein Schleier, dämpft deinen Schmerz, betäubt deine Sinne. Du fühlst dich in ihr geborgen, Laghanos!«

Laghanos weinte. Er spürte Flammen über sein Gesicht lecken, die unerträgliche Hitze des Knochens, den Rumos auf seine Maske gepreßt hatte... das Feuer brannte unter ihr, die goldenen Sporne zupften seine Gesichtshaut und wanden sich vor Zorn. Drähte zerrten an seinem Leib. Das Gefüge riß ihn zurück, damit er nicht fiel, nicht taumelte, nicht in der Dunkelheit verlorenging. Sein Geist schien an einem einzigen silbernen Draht zu hängen, der ihn mit dem Ewigen Spektakel verband... dort, wo sein Körper geformt und sein Fleisch in die Sphäre übergetreten war.

»Du liebst die Dunkelheit... nach dem langen Weg, den du schreiten mußtest, kehrst du zurück. Zurück zu uns.«

Es war der Rotgeschuppte, der ihn rief; Aquazzans Stimme, die ihn so lange begleitet, ihn so vieles gelehrt hatte. Und während die Flammen seine Augenhöhlen ausbrannten, rief Laghanos angstvoll den Namen des Scaduif, flehte ihn um Hilfe an.

»Aquazzan! Das Feuer... es zehrt mich auf! Hilf mir!«

... der Rotgeschuppte, der ihm versprochen hatte, niemals mehr leiden zu müssen; der ihm enthüllt hatte, mit welchen Lügen die Zauberer ihn gefügig gemacht hatten, als er ihr

Schüler gewesen war. Benutzt und belogen, gequält und geschunden ... war er noch jenes Kind, das die Goldéi damals aus der Universität von Larambroge entführt hatten? Das Kind, das Drafurs Maske und Mantel trug, dessen Leib die Drähte des Gefüges umschlossen und dem das Heer der Beschlagenen folgte? War er zu Drafur selbst geworden, wie Aquazzan es geflüstert hatte: auserkoren zum Retter der Menschen?

*Bin den Goldéi längst ähnlicher als ihnen. Bin kein Mensch mehr, kein Wesen, das zu dieser sterbenden Welt gehört.*

Während das Feuer des Knochens seine Maske verschmorte, wurde sein Geist fortgerissen, tief in die Sphäre ...

Ihm war, als stünde er auf einem Pfad inmitten eines Walds, um ihn nächtliche Finsternis. Vielleicht war es der Arkwald mit seinen unheimlichen Tannen, verwachsenen Sträuchern und faulenden Baumstümpfen ... der Wald, in den die Goldéi ihn damals verschleppt hatten. Unter den Füßen spürte Laghanos Zweige und Laub, der Wind rauschte in den Baumkronen, und durch das Geäst schien der Mond. Vor ihm ruhte eine Kiste mit seltsamen Ausbuchtungen. Es war dieselbe Kiste, in die ihn die Goldéi gesperrt hatten, nachdem sie ihm Drafurs Maske aufgezwungen hatten. Der Deckel war zur Seite geschoben; Nebel stieg empor. Zwei dunkle Augen glommen in ihm auf. Zunächst glaubte Laghanos, den Rotgeschuppten vor sich zu sehen, verwandelt in seine Nebelgestalt. Doch als der Dunst sich legte, stand vor ihm ein dunkelhäutiger Mann, in der Hand ein Wanderstab, eine Flickenhaube auf dem krausen Haar. Er blickte Laghanos wehmütig an.

»Du hast dich tapfer geschlagen. All die Schmerzen und Demütigungen ... kein Mann hätte sie ertragen können. Armer Laghanos!«

Laghanos schritt ihm entgegen. Seine Füße waren taub, er strauchelte, hielt sich mühsam aufrecht.

»Du hast die Sphäre durchschritten, so wie ich ... doch deinen Körper hat sie nicht zerfressen.« Der Mann lächelte und reichte Laghanos die Hand. »Meine Maske hat dich beschützt, mein Mantel durch die Quellen getragen – bis nach Tyran! Ich bin stolz, so stolz auf dich.«

Laghanos zitterte am ganzen Körper. »Du bist Drafur!«

Der Mann schüttelte den Kopf. »Nein. Das bist längst du, Laghanos. Du bist der, den ich den Goldéi verhieß und der den Menschen den Frieden bringt.«

Laghanos brach in Tränen aus. »Ich kann es nicht länger ertragen. Nimm diese Last von mir … ich bitte dich.«

Das Antlitz des Mannes erstrahlte vor Güte. »Keine Angst, dein Weg endet hier. Ich entfliehe meinen Ketten und reiche dir die Hand. Du mußt sie nur ergreifen.«

Laghanos sah auf die Hand, die der Mann ihm entgegenstreckte. Er wußte nun, wer er war; hatte sein Bild unzählige Male gesehen, in den Schriftrollen der Universität von Larambroge, auf den Wänden von Oors Caundis …

Von einem inneren Zwang getrieben, wandte sich Laghanos von ihm ab. Blickte hinter sich.

»Sieh nicht zurück!« zischte Durta Slargin. »Sieh auf mich, Laghanos!«

… und hinter ihm, abseits des Pfads, halb verborgen im Gestrüpp, standen jene, die er auf seiner Wanderschaft durch die Sphäre zurückgelassen hatte. Dort kniete sein Lehrmeister Sorturo, der Körper von silbernen Adern durchzogen, das runde Gesicht voller Pein; daneben stand Charog, der Großmeister von Oors Caundis, Behüter der Träne des Nordens, sein weißer Bart blutbesudelt, die Augenhöhlen leer. Und da war Naikaya mit ihrem weißgeschminkten Gesicht; sie, die ihn des Nachts durch den Arkwald getragen hatte, seine fiebrige Stirn an ihrer Brust, die ihn nicht wie die anderen Zauberer bemitleidet und verabscheut hatte, die ihm lange vertraut hatte … bis zum Tag, als sie ihn in die Gefälle des Rochens geworfen hatte, hinab zum Heiligen Spektakel. Dort waren auch die Diener des Spektakels; Darsayn und Benris, die Arme zu silbernen Klauen verkrustet, die Augen verdreht, ihre Zungen hingen bläulich aus den Mündern, und Bosnickel strichen um ihre Beine, lachten, schnitten Laghanos Grimassen …

»Sieh nicht zurück! Sieh auf mich!« Slargins Stimme klang beschwörend.

...und in der Tiefe des Waldes konnte Laghanos weitere Gestalten erahnen. Einen Mann, der auf einem Schemel hockte und ein Buch in den Händen hielt, aus dem er mit gehetzter Stimme vorlas. Goldene Drähte umflossen seinen Kopf und zwangen ihn, auf die Seiten zu starren; doch diese blätterten sich von selbst um, vom Wind bewegt. Das Rascheln der Seiten mischte sich mit dem Raunen des Lesenden. Neben ihm weitere Gestalten auf gedrungenen Schemeln, kaum zu erkennen in der Finsternis. An den Händen hingen silberne Ketten; sie winkten Laghanos aufgeregt zu, als wollten sie ihn zurückhalten...

»Komm«, rief Durta Slargin sanft. »Laß sie hinter dir. Du hast genug gelitten. Schreite weiter ohne Furcht.«

Laghanos wandte sich wieder der Kiste zu. Der Mann mit dem Stab war nicht mehr zu sehen. Doch der Pfad leuchtete freundlicher als zuvor. An seinem Ende kauerte eine Frau, sie trug ein schmutziges Gewand, hatte schwarzes, verfilztes Haar, das ihr Gesicht verdeckte. Sie hob den Kopf und blickte Laghanos an. Ihre Wangen und ihre Stirn waren mit blauen Flecken gezeichnet, abgeschwollene Male einer langen Krankheit.

»Laß alles hinter dir«, sagte sie. »All jene, die dich meinen Armen entrissen und gequält haben. Komm zu mir.«

Sie breitete die Arme aus.

Die Schmerzen schwanden. Eine angenehme Kühle ergriff von seinem Körper Besitz. Seine Füße trugen ihn sicher über das Laub. Er rannte auf sie zu; die Maske löste sich von seinem Gesicht, die Drähte glitten beiseite und ließen ihn los

Er war wieder ein Kind, ein kleiner Junge, der mit bloßen Füßen den Pfad entlangrannte. Die Sphäre hinter ihm schwand. Die Tore schlossen sich.

Er war nun frei.

Baniter las.

Er erzählte eine Legende; die Legende von Sternengänger, dem Bezwinger der Quellen, der alles für die Menschheit getan hatte und doch dafür bestraft worden war. Ein Schattendämon hatte ihn in ein Verlies gesperrt, das in den Tiefen der Sphäre lag; dort hatte Sternengänger vor sich hin gebrütet, bis ihm der Schlüssel für seine Ketten zugefallen war. So hatte er sie abgestreift und sich davongestohlen, um die Menschen ein zweites Mal zu erretten, die Welt ein zweites Mal zu gestalten...

Baniter las.

Seine Augen waren nicht mehr allein auf die Luchszeichen gerichtet. Immer wieder schweiften sie ab, huschten durch den dunklen Saal. Zwar drangen die Worte deutlich aus seinem Mund, aber auf dem Pergament waren sie kaum zu erkennen, blaß schimmerten sie zwischen den Luchszeichen. Sie widersprachen der Legende, die Mondschlund von ihm hören wollte.

Sternengänger hingegen lauschte mit zufriedenem Lächeln. Er hatte die Augen geschlossen, wiegte den Kopf zu Mondschlunds Gesang, der immer mißtönender wurde. Mondschlund selbst zitterte; er bewegte die Hände, als versuche er, einem unsichtbaren Körper etwas überzustreifen, einen Mantel oder ein Tuch. Sein Lied brach plötzlich ab. Er schnaufte, sein schlaffes Gesicht war verzerrt. Doch er erwachte nicht aus seinem Traum.

»Lies, Baniter«, murmelte Sternengänger. »Lies weiter...«

Und Baniter las.

Er las von einer Insel, die den Wellen entstiegen war; von einer zerrissenen Küste, gegen die das Meer brandete. Er las von einem Schiff, das die stürmische See durchpflügte, unbekümmert vom heulenden Wind. Er las von Sternengängers Ankunft auf einer neuen Welt, die er den Menschen geschenkt hatte.

»Ich höre dich gut«, seufzte Sternengänger. »Jedes Wort. Jede Silbe.«

Aus den Augenwinkeln sah Baniter, wie sich der Zauberer

über den Tisch beugte. Dort lag, mitten auf der Tafel, der nackte Körper eines Knaben. Er atmete friedlich. Dünne, kaum sichtbare Drähte fesselten seinen Leib, das Gesicht glänzte wie aus Gold. Alles an ihm wirkte undeutlich, durchscheinend, er war wie verblassender Nebel... und schwebte! Unsichtbare Hände hielten ihn in der Luft fest, hoben ihn in die Höhe, so daß Sternengänger ihn berühren konnte.

Der Zauberer streichelte behutsam den Kopf des Kindes, wischte eine feine Blutspur fort, die aus einem der Nasenlöcher rann.

»Du hast genug gelitten. Laß los, kleiner Laghanos. Laß die Sphäre hinter dir.«

Die silbernen Ketten an seinen Handgelenken schmolzen. Zäh tropfte das Silber herab und traf zischend auf die Tischplatte. Der Wind heulte, die Flamme der Kerze zuckte wild und erstarb.

Mondschlund brüllte auf, preßte seine Hände gegen die Schläfen.

»Geh nicht!« wimmerte er. »Laß mich nicht allein, Sternengänger!«

Er riß die Augen auf. Sie waren schwarz und schreckerfüllt. Kurz starrte er Baniter an. Dann fuhr er herum, zu dem Schemel, auf dem eben noch Sternengänger gesessen hatte.

Doch der Schemel war leer, Sternengänger fort, und mit ihm der Körper des Knaben. Fortgeweht vom glühenden Wind, erloschen wie die Kerze.

Baniter schlug die Augen nieder. Er wollte Mondschlund nicht ansehen, nicht noch einmal in die grausamen Augen blicken.

Das Buch in seinen Händen fühlte sich kalt an, die Seiten waren durchnäßt. Zwischen den Luchszeichen zerrannen die Worte, er konnte sie kaum entziffern. Und doch las er weiter. Er mußte die Geschichte weitererzählen.

Seine Stimme war im Verlies kaum noch zu hören.

*Auf die Knie, auf die Knie mit dir, Nhordukael,* hatte die Stimme geschrieen, hoch und schrill, hatte ihn voller Bosheit angetrieben, bis er zusammengebrochen war, über ihm die gleißende Sonne, in seinen blutenden Händen der Eimer, in dem er Tag für Tag Steine geschleppt hatte, sinnlose Arbeit für die Priester, für die Kirche, FÜR TATHRIL, den mächtigen, strafenden Gott, den Magro Fargh ihn zu lieben befohlen hatte, *Demut sollst du üben, Staub sollst du fressen und Tathril danken, deinem Herrn...* seinem Herrn und Peiniger, der ihn mit nächtlichen Alpträumen heimgesucht hatte, bis die Sphäre über ihn gekommen war wie ein vernichtender Sturm... *Tathrils Macht ist die Magie, nun lerne sie in seinem Namen zu nutzen,* so hatte Magro Fargh ihm ins Ohr geflüstert und ihm den silbernen Stab in den Mund gestoßen, bis Nhordukael sein eigenes Blut geschmeckt hatte...er spürte noch das Zucken in seinen Fingern, als er zum ersten Mal die Magie gespürt hatte; die Schmerzen, die die Sphäre ihm zugefügt hatte, die Narben auf seinen Händen, Spuren von Magro Farghs Rohrstock...und dann Dunkelheit, nächtliche Stille: Schnee, der vom Himmel herabstob. Eine tobende Menge. Ein Fest, ein zusammenbrechendes Holzgestell, das gierige Brüllen eines Untiers, das mit gespreizten Klauen auf ihn zusprang...die heiße Glut geschmolzener Bronze, die an seinem Leib herabgetropft war und ihn doch unversehrt gelassen hatte... Tathrils Gnade, Tathrils Geschenk!

»Nein«, brüllte Nhordukael. »Tathril ist eine Lüge! Er ist eine Lüge!«

...und er wußte, wer sie in die Welt gesetzt hat: Durta Slargin selbst, der Weltenwanderer...er sah ihn vor sich aus der Gluthitze steigen, ein dunkelhäutiger Mann mit gekräuseltem Bart. Damals hatte er Nhordukael verhöhnt, hatte ihn zu sich in das Feuer ziehen wollen. Aber er hatte standgehalten, sich nicht täuschen lassen...

»All die Lügen!« Nhordukael wehrte sich gegen das Zerren an seinen Armen und Beinen. Wo war er, wo schleiften die Geister ihn hin? Woher kam diese Kälte, die seinen Körper lähmte?

...und er sah seine eigenen Finger, die den Hals eines Greises umschlossen, sah das Messer, das eine faltige Kehle durchschnitt, hörte das letzte Röcheln aus Magro Farghs trockenem Mund. Und hörte eine Stimme, die ihn zur Besinnung rief... Mondschlund, der ihn in der Sphäre willkommen hieß. Nhordukael hatte ihm geglaubt und sich von ihm in die Schlacht schicken lassen, gegen die Goldéi und Sterngängers Geschöpf. Er spürte seine Nähe! Sah die von silbernen Drähten umgarnte Gestalt, die goldene Maske, deren Sporne nach ihm tasteten... und über ihm erklang Mondschlunds Gesang, verführerisch, süßlich und falsch.

»All die Lügen«, flüsterte Nhordukael. Er fühlte sich schwach, kein Feuer brannte in seinen Adern. Doch in ihm pochte ein unbändiger Willen. Seine Augen erhaschten den Abglanz der goldenen Rüstung. Jemand hob seinen rechten Arm und zwängte ihn in die Öffnung... in den Harnisch!

*Auf die Knie, Nhordukael... Demut sollst du üben, Staub sollst du fressen und Tathril danken, deinem Herrn!*

»NEIN!« Er stieß das Wort mit aller Kraft hervor. »Wir sind keine Sklaven! Wir haben einen freien Willen. Und sie, die sich über die Menschen erheben, die die Sphäre geschändet haben... sie haben keine Macht ÜBER UNSEREN WILLEN!«

Er riß die Augen weit auf. Vor ihm schimmerte Glams Gesicht mit den goldenen Augäpfeln. Daneben tummelten sich weitere Geister; sie hatten von Nhordukael abgelassen. Denn hinter ihm ruhte der goldene Harnisch, Mondschlunds Geschenk... sein rechter Arm steckte bereits in der Rüstung. Er spürte das Metall vibrieren.

»Wir sind kleine Sklaven!«

Er rief das Auge der Glut. Die Äußere Schicht war nah, ganz nah. Er mußte nur nach ihr greifen, sie in sein Herz lassen. Sein kaltes Herz, gelähmt vom Schwarzen Schlüssel...

Glams Fratze verzerrte sich. Nhordukael sah die Spiegelung seines eigenen Gesichts in den Augen des Geistes.

»TU DAS NICHT, NHORDUKAEL ... LASS DIE MENSCHHEIT NICHT IM STICH! LASS NICHT ZU, DASS STERNENGÄNGER SIEGT!«

Entschlossen zog Nhordukael seinen Arm aus dem Panzer. Der goldene Rand schabte die schwarzverschorfte Haut bis zur Handwurzel auf. Dann kehrte die Glut des Brennenden Berges zurück. Das Feuer brach hervor. Peitschende Flammen, ein Schwall aus flüssiger Lava, die seinem Herzen entsprang, die als glühende Welle über die Geister hinwegschwappte, ihre Körper dahinraffte, ihre Augen zerschmelzen ließ.

Rauch hüllte die Stadt aller Städte ein. Er war so dicht und faulig, daß er selbst in Vara zu sehen war, der verlorenen Stadt an der Oberfläche. Er stieg aus dem Verlies empor und waberte in den Straßen; pechschwarzer Rauch. Und mancher Bewohner, der ihn einatmete, sank auf die Knie und hustete auf sein Leben.

Nhordukael hatte sich losgerissen.

»Riecht Ihr das, Aldra? Es riecht nach Rauch!«

Cornbrunn stand an einer Kreuzung zweier Gänge und schnupperte in der Luft. Die Kieselfresser verharrten vor seinen Füßen. Auch sie hoben die Schnauzen. Ihre Barthaare zuckten.

Der Schattenspieler hielt inne. Er hatte seine Laterne entzündet; sie warf ein gelbliches Licht gegen die Wände des Verlieses. Schatten umspielten die Lichtflecken ... Aldras dunkle Begleiter.

»Ja, meine Freunde. Rauch und Feuer. Und Schreie hinter den Wänden; sie übertönen selbst das Wispern.«

»Also war es doch keine Einbildung«, murmelte Cornbrunn. »Was hatten diese Worte zu bedeuten? Wer sprach sie? Und woher dringt dieser Rauch?«

»Aus der Stadt aller Städte, die hinter den Wänden liegt.

Der Kampf um das Verlies hat begonnen.« Der Schattenspieler wirkte erschüttert. »Ich habe mich lange aus dem Ringen zwischen Mondschlund und Sternengänger herausgehalten. Ich wollte abwarten, wer von ihnen siegt, um so meine Heimat zu schützen, den alten Park Schattenbruch. Aber nun geht alles zugrunde.« Er hob die Laterne, um Cornbrunn besser sehen zu können. »Die Worte des Knaben, die du in der Höhle vernommen hast – sie künden von einem furchtbaren Ende. Während Mondschlund und Sternengänger um die Sphäre kämpfen, will die Bathaquar den letzten vernichtenden Schlag führen. Der Hauch von Nekon... hat der Schwan nicht diese Worte gebraucht?« Aldras Gesicht war totenbleich. »Weiter! Wir müssen zum Ausgang, der zu Sternengängers neuer Insel führt. Dorthin fliegt der Schwan, dort will er den Zauber sprechen!«

»Und dort wartet er auf Euch.« Cornbrunns Worte klangen düster. »Habt Ihr mir denn nicht zugehört, Schattenspieler? *Der Schwan sucht nach Euch!* Er will die Kette, die an Eurem Hals baumelt.«

Der Schattenspieler tastete nach der silbernen Fürstenkette. »Ja, meine Freunde... mit ihr hat die Bathaquar schon einmal den Fluch heraufbeschworen. Meine Familie lieh sie den Zauberern in der Schlacht von Nekon und lud schwere Schuld auf sich. Sie befleckt meinen Namen bis heute.«

»Dann dürfen wir dem Biest nicht entgegengehen!« rief Cornbrunn. »Wir müssen die Kette vor ihm verbergen.«

»Diesmal braucht er sie nicht«, murmelte der Schattenspieler. »Er hat seine eigene. Die Kette der Thayrin.« Er öffnete die Glasklappe der Laterne und betrachtete die Flamme. »Nun, meine Freunde, wir müssen weiter! Erst nach Tyran, um Aelarian zu holen... dann weiter gen Süden, zum Ausgang, ehe der Hauch von Nekon über die Menschen hereinbricht.«

Er blies das Licht seiner Laterne aus.

# KAPITEL 4

# Sonne

Die Nacht ging vorüber. Noch leuchteten die Sterne und der Mond über Athyr'Tyran. Doch die Morgendämmerung nahte.

Rumos Rokariac saß inmitten der Ruine. Seine rechte Hand spielte mit dem Sand, der den Boden bedeckte. Er ließ sie durch die verdorrten Finger rieseln und summte vor sich hin. Seine Augen waren auf Laghanos gerichtet.

Still schwebte das Kind über der Steinplatte, gehalten von den Silberklauen. Seine Maske war starr, die Sporne waren gespreizt und kreisten umeinander. Winzige Flammen sprangen zwischen ihnen hin und her, dunkelrot wie das Ende des Knochens, das aus Rumos' Unterarm ragte. Er glühte in der Finsternis.

»Nun ist die Stunde gekommen, Carputon.« Rumos klang erschöpft. »Lange haben wir gewartet, ein ganzes Leben. Die Bathaquar war stets geduldig, sie zweifelte nie am Sinn der Prophezeiung.« Ein Lächeln huschte über sein Gesicht. »Der Rosenstock trägt keine Blüten mehr, und Mondschlund schweigt … noch herrscht der Tag, doch bald sinkt schwer die Finsternis in unsre Sinne und hüllt in Schatten, was kein Mensch erblicken darf.«

Er hielt inne, denn er hatte etwas entdeckt. Dort hinten, zwischen den Steinritzen, wuchs eine Rose aus dem Sand … eine schwarze Rose. Ihr Stiel zuckte, die Dornen blitzen, die Blüte öffnete sich lautlos.

Rumos stieß einen verzückten Schrei aus. Er robbte auf beiden Knien zu der Blume, streichelte sie mit bebenden Fingern. »O mein Herr Rumos … es ist wahr! Kahidas Stadt erwacht! Die Rote Herrin ... ach, ich wünschte nur, ich wäre stärker, nicht so schwach und einsam ... mein Herz zerrissen, in mir pocht die Sehnsucht nach dem Salz der Höhle.«

Er beugte sich vor, berührte die Blüte mit den Lippen. Sie waren so verdorrt, daß er die weichen Blätter nicht spürte. »Alles habe ich gegeben, um Durta Slargin zu vernichten ... und sterbe ich, Carputon, wird mein Schüler Uliman den Kampf fortführen. Die Flamme brennt auch in ihm, er weiß, was zu tun ist, wenn ich scheitere. Aber das werde ich nicht! Denn ich habe den Auserkorenen gefunden! Er wird sich uns anschließen, erst er, dann Nhordukael ... so steht es in der Prophezeiung.« Er fuhr zu Laghanos herum. »Zwei sind es, die dem Schmerz entwuchsen ... einer errettet aus der Finsternis und einer aus den Flammen, und beide zweifelnd an dem Band, das sie vereint.« Seine Stimme wurde zu einem Lachen, während er auf Laghanos zukroch. Der blanke Armknochen schabte über den Boden; Sandkörner sprangen prasselnd von ihm weg. »Einer dazu bestimmt, die Rote Herrin zu erlösen, die in den Trümmern ihrer Stadt begraben liegt ... der andere, den Weltenwanderer zu blenden, den Meister aller Masken, Dieb des Schwarzen Schlüssels, der dunkle Pfade in die Nebellande schlug!«

Er richtete sich auf. Seine gesunde Hand tastete nach Laghanos. Er erwischte das Bein des Knaben, welches die Silberklauen umschlossen. Seine Finger glichen ihren Spornen, nur waren sie nicht silbern, sondern schwarz. »Einer dazu bestimmt, das Leid zu tragen, der andere, die Schatten zu zerschlagen, bis daß der Rosenstock in neuen Dornen neu erblüht ... in neuen Dornen neu erblüht!«

Laghanos schlug die Augen auf.

Rumos ließ ihn sofort los. »Sieh, Carputon! Er kehrt heim!«

Die Silberklauen hoben den Jungen empor, so daß er auf den Bathaquari hinabsehen konnte. Dunkle Augen funkelten unter der Maske.

»Ja, ich bin heimgekehrt.« Die Stimme des Knaben klang fest. »Zittere, alter Mann, denn ich weiß, wer du bist.«

»Hörst du, Carputon?« stammelte Rumos. »Er spricht zu mir...der Auserkorene kennt seinen treuen Diener!« Er streckte den glühenden Armstumpf empor. »Nun ist Durta Slargins Bann gebrochen! Du wirst ihn für immer aus der Sphäre vertreiben, Laghanos. Du kannst Athyr'Tyran erwecken und uns Menschen retten...und uns Zauberern endlich die Macht geben, die er uns verweigert hat.«

Das Kind lachte auf. »Hat er das? Hört, hört! Und ich dachte, er hätte sie euch geschenkt! Aber an dir sieht man, wie ihr Zauberer mit einer solchen Gabe umgeht...deshalb darf man euch nicht aus den Augen lassen, deshalb braucht ihr einen Durta Slargin, zu dem ihr aufsehen könnt, oder einen Gott namens Tathril. Wie sagte Baniter Geneder gleich – es wäre keine Freiheit, wenn ich im Verborgenen das Schicksal der Menschen lenkte? Daß ich nicht lache! Ohne mich herrscht Wahn; ohne mich herrscht die Willkür der Bathaquar. Die Logen und die Kirche waren ein Versuch, euch zu etwas mehr Weisheit zu verhelfen...aber alles umsonst, leider.«

Rumos starrte ungläubig zu dem schwebenden Kind auf. »Du bist nicht der Auserkorene«, sagte er mit Grauen in der Stimme. »Nein, nein...er ist es nicht, Carputon! Er ist es nicht!« Flammen stoben aus seinem Armstumpf. »Aber das kann nicht sein! Die Prophezeiung muß wahr sein, sie muß es...«

Eine der silbernen Klauen löste sich von Laghanos und schwebte auf ihn zu.

»Sei nicht kindisch, Knochenräuber. Die Prophezeiung ist Unsinn; leere Worte, nachgeplappert von unzähligen Bathaquari, die nicht über sie nachdenken wollten. O sicher, in ihr steckt ein wahrer Kern, wie in allen Geschichten. Denn der alte Bathos hatte mich wirklich durchschaut und deshalb mein Grab geplündert. Aber leider glaubte er, seine Erkenntnisse der Nachwelt überliefern zu müssen. Trau keiner Überlieferung, Knochenräuber...die Macht der Legenden ist tückisch.« Das Kind riß die Fäuste empor. »Am Ende waren mir seine Zeilen, niedergekritzelt in seinem Gefängnis unter dem Dom zu Vara, recht nützlich. Ein paar Veränderungen hier und da genügten. Deshalb bist du ja hier, Rumos, und bringst mir die Knochen meines alten Körpers zurück, die ich schmerzhaft vermisse. Dafür mein Dank!«

Die Silberklaue schloß sich um Rumos' Arm, zerrte mit unbändiger Kraft an ihm. Der Bathaquari heulte auf, als sich der Armstumpf mitsamt dem Knochen vom Schulterblatt löste. Er taumelte, wollte fliehen; doch seine Füße rutschten fort. Er ging zu Boden. Aus seinem Mund drang Gestammel. »O Rumos, laß uns fortgehen ... fort von dieser Insel, fort von ihm, von IHM ... der Weltenwanderer ist heimgekehrt, und wir, Carputon, holten ihn herbei!«

Weitere Klauen packten Rumos und schleiften ihn über den Sand, warfen ihn vor die Füße des Auserkorenen.

»Horch«, flüsterte der Knabe, der einst Laghanos gewesen war. »Hörst du das Prasseln in der Ferne, Rumos? Das ist der Tod! Er kommt zu dir ... unsterblich wähntest du dich, seit du meinen Knochen gefressen hast und die Ewige Flamme in dir aufloderte. Durch sie sollst du nun sterben. Brenne, Knochenräuber.«

Die Klauen rissen Laghanos empor, durch das offene Dach der Ruine in den Nachthimmel, den der rötliche Schleier des Morgens färbte. Schon war er Rumos' Blicken entschwunden. Er krümmte sich im Sand, heulte, wimmerte, starrte auf seinen abgerissenen, flammenumzuckten Arm, den die Silberklauen nun ebenfalls durch die Luft forttrugen. Wie der Schweif eines Kometen verglühte er am Nachthimmel.

»Rumos, mein Herr Rumos ... wird sind verloren!« Er wand sich im knirschenden Sand. »Nein, schweig, Carputon, noch nicht! Solange ein Funke in mir brennt, schwelt auch mein Haß! Der Weltenwanderer wird dafür bezahlen, ich verspreche es, ich hole mir den Knochen zurück, verfolge ihn durch die Sphäre ... den Kopf will ich ihm abreißen, den Knochen in seinen Hals schieben, tief in die pochende Wunde, bis die Flamme seinen neuen Körper auszehrt! Ja, Carputon, das will ich tun ... hilf mir auf die Beine, hilf mir!«

Der Himmel leuchtete hellrot. Doch es war nicht die Dämmerung. Ein Feuerschein erfaßte die Ruine. Gluthitze schwelte durch die Mauerritzen. Die Steine zerrannen, zerschmolzen vor seinen Augen, und ein ohrenbetäubendes Prasseln war zu hören.

Nun erst erkannte Rumos, wer sich dort den Weg durch die Trümmer bahnte. Flammendes Haar, flammende Hände, ein Körper aus Feuer ... es brannte dunkelrot wie sein eigenes zerrissenes Herz.

»Du?« Seine Stimme überschlug sich. »Du bist es?«

Er warf sich auf sie mit letzter Kraft, versuchte ihr den Knochen zu entwinden, den sie in ihrer brennenden Faust hielt ... sie, die wie eine Fackel glühte und alles versengte, während sie König Tarnacs Namen schrie: »Tarnac, mein Bruder, mein Geliebter, Blut von meinem Blut, Fleisch von meinem Fleisch«, und dieses Fleisch, von dem sie sprach, schälte sich längst von den Knochen und zerfiel in der Glut. Sie packte den Priester nun mit beiden Händen, würgte ihn, warf ihn zu Boden, drückte ihn in die zerschmolzenen Bodenplatten der Ruine. Schreiend klammerte sich Rumos an sie, wie damals, als sie beide vor der Insel Fareghi im Wasser getrieben waren, mit derselben Todesangst ... doch statt von Wasser waren sie von prasselnden Flammen umgeben, statt den tosenden Wellen des Silbermeers stürzten die Trümmer der Ruine auf sie ein, und sie versanken im glühenden Sand, im flüssig gewordenen Gestein: Rumos Carputon und Cydra Ashnada, von Sternengängers Knochen geknechtet, von der Ewigen Flamme verzehrt.

Der Morgen breitete seinen Mantel aus. Noch herrschte die Nacht; Sterne funkelten am Himmel, doch die ersten erloschen bereits. Bald würde die Sonne aufgehen und das Meer in helles Licht tauchen.

Wellen schlugen sanft an Kahidas Grab. Es lag an der Westküste Tyrans, abgeschirmt von einer brüchigen Mauer.

Sie warf einen dunklen Schatten auf das Grab ... ein glattgeschliffener Salphurstein. Auf ihm saß mit angewinkelten Knien eine Frau. Sie trug ein rotes Kleid, das Haar war offen und wehte im salzigen Wind.

Kahida blickte auf das Meer, auf die Schiffe der Goldéi. Hinter ihr waberte der Schatten der Mauer; er schien den Morgen zu fürchten.

»Wo bist du, Sonne? Ich habe dich immer geliebt, deine Strahlen, deine Wärme. Hab' nie verstanden, warum Mondschlund und Sternengänger die Nacht so verehrten, den Mond und die Sterne.« Ihre Augen wanderten empor. »In der Sphäre herrscht ewige Dunkelheit. Ich wollte sie nicht nach Gharax tragen. Die Menschen brauchen das Licht.«

Die Sterne funkelten über ihr, fast silbern. Ihre Schönheit ließ Kahida aufseufzen. Und die Sterne stiegen herab ... silberne Klauen, die zu ihrem Grab schwebten. Sie trugen den Körper eines Knaben mit sich, setzten ihn behutsam am Meerufer ab. Seine nackten Füße wurden vom Wasser umspült.

Kahida blickte das Kind mit großen Augen an. Sie beugte sich vor und berührte seine goldene Maske. Die Sporne glitten beiseite und ließen sie gewähren.

»Sternengänger! Du bist zurückgekehrt.« Sie lächelte. »Aus der Dunkelheit kommst du zu mir ... ach, so lange habe ich dich nicht gesehen. Aber dein Gesicht ist mir fremd. Bist auch du dem Fluch des Goldes erlegen, so wie Mondschlund?«

Sternengänger schüttelte den Kopf. »Es ist kein Fluch. Ich habe lange gebraucht, um seine Macht zu verstehen.« Er griff nach ihrer Hand. »Kahida ... ich wußte, daß ich dich hier finden würde. Dein Geist ist ruhelos wie meiner. Athyr'Tyran hält uns noch immer fest, uns beide.«

Sie wandte den Kopf. Auf der Insel, weit hinter der Mauer, schwelte ein tiefrotes Feuer auf den Felsen. Das Krachen der zerspringenden Steine war bis zum Grab zu hören. »Dort brennt das Haus, in dem ich dich zum ersten Mal küßte, Sternengänger. Weißt du es noch? Wir waren Kinder,

Spielgefährten, und es herrschte Frieden in Athyr'Tyran. Du fragtest mich damals, ob ich dich in die Sphäre mitnehmen könnte, von der ich dir so viel erzählt hatte. Du warst so süß, deine Augen funkelten voller Neugier, wie in der Nacht die Sterne. Da nahm ich deine Hand und zog dich lachend empor, in die Dunkelheit der Sphäre. Ich vertraute dir.«

Sie wollte ihm die Hand entziehen. Doch Sternengänger fiel auf die Knie, küßte ihre Finger. »Kahida ... ich weiß, was ich dir angetan habe. Es war nicht meine Idee, dich an diesen Ort zu locken. Mondschlund wollte es.« Er legte die andere Hand auf den Salphur, um die Kälte des Steins zu spüren. »Du solltest nicht sterben. Mondschlund hatte versprochen, dich nur zu betäuben. Wir wollten doch nur den Schlüssel, den du so eifersüchtig gehütet hast.« Tränen flossen unter der Maske hervor. »Ich habe dich eigenhändig begraben, mir die Finger blutig gerissen an dem Geröll. Ich war es auch, der diesen Salphurstein herbeischleppte; und ich errichtete die Mauer um dein Grab, damit du hinter ihr Ruhe findest, am Wasser.«

Sie küßte seine Stirn. »Ach, Sternengänger ... schweig, ich will nichts davon hören. Du hast mich getäuscht, so wie Mondschlund. Ihr wolltet selbst mächtig sein und Athyr'Tyran auslöschen. Es war so sinnlos und dumm von euch.«

Die Silberklauen, die hinter Sternengänger gewartet hatten, packten nun wieder seinen Körper und halfen ihm auf die Beine. »Ich habe Fehler begangen, das weiß ich. Laß es mich dieses Mal besser machen. Gharax ist verloren, aber eine neue Welt entsteht. Dieses Mal werde ich vorsichtiger mit der Magie umgehen. Ich verspreche es.« Er klang trotzig. »Mondschlund war es, der dich erschlug, nicht ich. Er war es, der Athyr'Tyran in Trümmer legen wollte – um seine eigene Stadt zu erschaffen. Sein Werk ist fast vollendet ... und ich bin hilflos, denn ich kann seine Stadt nicht betreten. Aber wenn ich dich zu ihm schicke, deinen Geist – dann kannst du Athyr'Tyran auferstehen lassen, in Mondschlunds Verlies. Vertreibe ihn aus seinen dunklen Gängen. Dann wird alles so sein wie am Anfang, ehe wir auseinandergerissen wurden.«

Sie rückte von ihm fort. »Nichts wird so sein wie am Anfang. Du kannst den Mord an mir nicht ungeschehen machen, und ich kann dir nicht helfen.«

Sternengänger schwieg kurz. »Ich frage dich nicht um Hilfe. Ich fordere sie!« Er blickte auf die Schiffe der Goldéi. »Ich habe einen neuen Leib, und das macht mich so viel mächtiger als dich. Du mußt gehorchen. Sieh auf die Maske ... spürst die Kraft des Goldes? Sie wird dich ins Verlies treiben, und du wirst tun, was ich verlange!«

Kahida stöhnte auf. Ihre langen Haare verdeckten das Gesicht.

»Hörst du, was ich sage? Geh ins Verlies, Kahida! Nimm die Gänge in Besitz. Wenn ich die Erweckung dieser Geisterstadt schon nicht verhindern konnte, sollst wenigstens du über sie herrschen, über ein zweites Athyr'Tyran ... nicht Mondschlund, dein Mörder.«

Er sah mitleidlos auf das kleine Mädchen, das auf dem Stein lag und weinte. Kahida hatte ihre Gestalt gewechselt.

»Du mußt dem Gold gehorchen«, zischte Sternengänger. »Du mußt ins Verlies schreiten und Mondschlund zum Schweigen bringen. Du kannst seine Geister beherrschen, ihn verjagen ... sein Lied darf niemals mehr auf dieser Welt zu hören sein, und ich ...«

Eine Bewegung ließ ihn herumfahren. Im Schatten der Mauer war ein Geräusch zu hören, ein Knistern, so wie Papier, das sich entfaltete.

»Was ist das?« Sternengänger taumelte. »Wir sind nicht allein, Kahida! Wer lauert dort im Schatten?«

Das Mädchen auf dem Stein nickte. »Ich kann nicht mit dir gehen, Geliebter, nicht das Verlies erobern, wie du es verlangst. Die Menschen wollen nicht mehr auf dich hören, begreifst du das nicht?«

Nun sah Sternengänger die Hände. Sie hielten zwei Scherenschnitte. Der Schatten der Mauer formte sich zu Figuren;

zu einer Schlange, die auf dem Geröll ihren Leib ausstreckte, und einem Falken, der den scharfen Schnabel aufriß.

»Ein Diener Mondschlunds!« schrie Sternengänger. »Du hast mich... getäuscht, Kahida! Mich hintergangen!«

Aus dem Schatten trat ein Mann hervor. Es war Aelarian Trurac. Die Figuren in seinen Händen zitterten. »Das sagt genau der Richtige. Und was mich betrifft, so bin ich gewiß kein Diener Mondschlunds. Schon lange nicht mehr!«

Die Schlange peitschte über den Boden auf Sternengänger zu, wand sich um seine Beine. Die Silberklauen schreckten auf, hilflos, verängstigt. Und der Falke erhob sich, flatterte auf den Zauberer zu, hackte nach der goldenen Maske. Er trieb Sternengänger zum Wasser zurück.

»Nimm... diese Figuren fort«, heulte Sternengänger. »Wenn du... mich jetzt tötest, sind die Menschen verloren! Jemand muß... sie doch fortbringen! Nur ich... kann es!« Er rief nach den Silberklauen; doch die Beschlagenen verharrten in der Luft, sie konnten die Schatten nicht greifen, sie konnten ihm nicht helfen.

»Es ist wahr, was er sagt.« Kahida hatte sich aufgerichtet. Sie blickte hinaus auf das Meer. Die Sonne ging auf. Ihre Strahlen tanzten auf den Wellenspitzen. »Gharax kann niemand mehr retten. Du mußt ihn ziehen lassen, Aelarian.«

Der Großmerkant hob die Figuren gegen das Sonnenlicht. »Ja, ich muß ihn ziehen lassen... Aber er soll es nicht wagen, noch einmal herzukommen. Hör mich an, Sternengänger! Ich nehme mir das Recht, im Namen all jener zu sprechen, die hier auf Tyran den Tod fanden, weil du die Sphäre beherrschen wolltest: Kehre niemals zu dieser Insel zurück!«

Die Sonne stieg höher, so schnell, so rot... Die goldenen Schiffe vor Tyrans Küste funkelten in ihrem Licht. Sternengänger wurde von den Schatten auf das Wasser geschleudert. Er schlug um sich, stieß den Falken fort, der die Schwingen über ihm ausbreitete. Je höher die Sonne stieg, je heller das Licht wurde, desto mehr verblaßten die Schatten, wurden grau wie die Wellen, wie der Himmel. Aber Sternengänger hatte Tyran nun verlassen, seine Füße berührten die Felsen nicht mehr. Die Silberklauen eilten ihm zu Hilfe, trugen ihn auf das Meer hinaus.

Mit einem wütenden Schrei fegte Sternengänger den Falken beiseite, trat den zerfallenden Schlangenleib fort. Er schwebte sicher über dem Wasser. Die Maske saß schräg auf seinem Gesicht, streckte ihre Dornen der Sonne entgegen.

»Er zieht weiter.« Kahida sprang von dem Stein und rannte auf Aelarian zu. Sie zog seine Hände herab. Die Scherenschnitte entglitten seinen Fingern. »Sternengängers letzte Wanderung beginnt. Er wird noch einmal durch die Sphäre schreiten – doch diesmal nicht, um die Quellen zu quälen, sondern um die Menschen fortzubringen.«

Aelarian sah Sternengänger nach, dessen Körper hoch in die Lüfte stieg. Die Beschlagenen trugen ihn zu den Schiffen. »Dann beginnt alles von vorn – dann sind wir wieder seinem Wohlwollen ausgeliefert.«

Das Mädchen lächelte. »Nein, Aelarian. Dieses Mal nicht. Er glaubt es noch selbst, aber ich weiß es besser.« Sie faßte sich ans Herz. »Das Zeitalter der Wandlung endet, die Zauberer verlieren ihre Macht. Es wird eine Zeit kommen, in der ihr Menschen euch ganz von der Sphäre befreit. Glaube nur fest daran, Aelarian.«

Sie sagte es mit solchem Ernst, daß er schmunzeln mußte. »Das wäre in der Tat etwas, woran ich glauben könnte. Eine Welt ohne Magie. Eine Welt ohne Zauberer, die uns lenken.«

Sie lächelte. Ihre Fröhlichkeit wärmte sein Herz.

Aelarian wandte sich um und sah auf die Trümmer von Athyr'Tyran. Das Feuer in der Stadt verglühte langsam; und Aelarian wußte, daß unter der Asche der Körper von Rumos begraben war. Der Gedanke war, er mußte es zugeben, mehr als beruhigend.

»Trauern werde ich nicht um dich, Rumos«, murmelte er. »Aber ich wünsche dir, daß du Frieden findest. Wenn die Sphäre ihre Macht verliert – sie, die dich zerstört hat –, kannst auch du endlich ruhen.«

Er blinzelte in die Sonne. Ihre Strahlen hatten alle Schatten fortgewischt, alle Geister und Täuschungen, selbst Kahida. Aelarian blieb nur die Erinnerung an ihr Lächeln, mit dem sie die Geister der Sphäre gewonnen hatte – und am Ende auch ihn.

KAPITEL 5

# Vergeltung

Es regnete. Seidene Fäden umwoben die Stadt, wurden vom Wind gegen Varas Hauswände geweht, perlten an den Wänden der Glastürme herab. Die Nacht war grau verschleiert, der Regen verdeckte alle Rufe, alles Kampfgetöse. Er täuschte eine friedliche Nacht vor, doch in den Straßen herrschte Aufruhr.

Die Halle der Bittersüßen Stunden lag in einem Teil von Vara, den das Verlies längst erobert hatte. Wahnwitzige Bauten türmten sich über dem alten Badhaus auf und schufen eine unheimliche Kulisse, die der Regen mit grauem Pinsel nachzeichnete. Feine Tropfen trommelten gegen die Fenster. An einigen Ritzen fanden sie Einlaß, rannen an den Innenwänden herab und sammelten sich auf dem Mosaikboden des leeren Beckens. In der Lache schillerte das Spiegelbild des Mondes, der durch eines der Fenster in die Halle blickte. Er wurde begrüßt mit einem Heulen und Jaulen, mit tollwütigem Kläffen und Knurren; speicheltriefende Lefzen, die das Mosaik mit blutigem Geifer besudelten, schartige Pfoten, die in den Rillen kratzten, bis die Keramikplättchen splitterten … eine Hundemeute, ausgehungert und enthemmt. Das Mondlicht fachte ihre Raserei nur an, ihr Gebell hallte schaurig von den Wänden … entfesselte Wut und Mordlust.

Das Außentor des Badhauses fiel krachend ins Schloß. Klippenritter eilten die Treppe zum Gorjinischen Markt hinab, schützten ihre Gesichter vor dem Regen. Tagelang hatten sie das Badhaus und die darin eingesperrten Hunde gehütet. Nun brachen selbst sie, die tapfersten Ritter Sithars, ihren Eid. Sie wollten nicht länger auf den Tod warten ... sie wollten fort, fort von dem Badhaus. Denn sie hatten die Schatten erspäht, die kurz die Fenster des Badhauses verdunkelt hatten ... lebende Schwärze, dem Verlies entstiegen, um Varas Bewohnern die Augen zu öffnen, um ihnen die Herrlichkeit einer kommenden Stadt zu enthüllen. Die Ritter flohen, ohne zu wissen, wohin. Wußten sie nicht, daß kein Mensch Vara verlassen konnte? Wußten sie nicht, daß in den Straßen gekämpft wurde, unter gläsernen Türmen, die den Himmel beherrschten, die in unwirklichem Licht erstrahlten und von unsichtbaren Kräften erschüttert wurden? Der Boden bebte. Aus den Kanälen schwappte dunkles Wasser in die Gassen, aus den Winkeln des Sterbenden Varas quoll Schlamm, um auch die anderen Stadtviertel zu überschwemmen. Die Hauptstadt Sithars starb einen langsamen Tod ... oder waren es die Geburtswehen eines kommenden Zeitalters, die blutige Entstehung einer neuen Stadt?

Die Klippenritter hatten das Ende der Treppe erreicht. Dort hatten sich einige Menschen versammelt; sie wichen zur Seite, ließen die Fliehenden hindurch. Keiner versuchte die Ritter aufzuhalten, rannten diese doch eh in den Tod.

Die meisten der Versammelten waren Troublinier; Kaufleute und Gildenkrieger in roten Mänteln. Uliman Thayrin hatte sie erst vor wenigen Wochen nach Vara geholt, um sich gegen seine Gegner zu wappnen. Doch auch zahlreiche Varoner hatten sich eingefunden; ganze Familien mit geschnürten Bündeln und Taschen. Kinder weinten, Mütter versuchten sie mit ihren Händen vor dem Regen zu schützen. Auch Stadtgardisten mit Speeren und Schwertern waren in der Menge, und zerlumpte Staker mit Bootsstangen, die ihre Habseligkeiten in Säcke gewickelt hatten. Sie alle sahen zum Nachthimmel auf, zum Mond, der schwach hinter den Glastürmen leuchtete.

Nun stieß ein Schatten zwischen den Häuserzeilen hervor ... ein schwarzer Schwan. Mit schwerfälligen Flügelschlägen kämpfte er sich durch den Regen, kreiste über dem Marktplatz. Er landete auf der Treppe des Badhauses und streckte den Hals. In seinem Gefieder glänzte eine silberne Kette.

Im Badhaus heulten die Hunde auf. Sie witterten die Nähe des Schwans.

Aus der Menge löste sich eine Frau und wankte zur Treppe. Sie trug ein dunkelrotes Kleid; es lag eng an ihrem Körper an. Schwarze Federn steckten in unzähligen Ösen, und einige auch in ihrem aufgesteckten Haar.

Sinustre Cascodi, die einst so bewunderte und gefürchtete Gastgeberin in der Halle der Bittersüßen Stunden, sank neben dem Schwan auf die Treppe. Ihre Bewegungen hatten alle Eleganz eingebüßt. Der Regen hatte die Schminke aus ihrem Gesicht gewaschen, die tiefen Falten auf den Wangen traten deutlich hervor.

Der Schwan betrachtete sie aus gläsernen Augen. Sinustre drehte sich langsam zur Menge um. In ihrem offenen Mund glänzte der Stummel einer herausgerissenen Zunge. Er zitterte, als die Regentropfen ihn benetzten.

»Ihr seid ... mir treu geblieben!« stieß sie heiser hervor. Trotz der verstümmelten Zunge war jedes Wort, das aus ihrem Mund drang, deutlich zu verstehen. »Dem Kaiser Sithars ... seid ihr treu geblieben!«

Der Schwan fauchte. Ein Tuscheln ging durch die Menge.

»Ich bin ... zurückgekehrt ... Uliman Thayrin ... euer Kaiser ... das Kind auf dem Thron. Denn noch bin ich euer Herrscher ... der Erbe der Gründer ... und diese Stadt ist verloren, an Mondschlund und sein Verlies! Vara geht zugrunde. Aber nicht ihr ... ihr sollt belohnt werden ... für eure Treue! Ich bringe euch fort von hier ...«

Sie zupfte eine der Schwanenfedern aus dem Haar. Der Kiel glänzte dunkel, als sie ihn über ihre Stirn zog. Blut rann an den Nasenflügeln entlang.

»Der Weltenwanderer ... hat uns betrogen ... doch Uliman rächt uns ... ihr bekommt, was euch zusteht ... eine Welt ohne Furcht ... einen Herrscher, der die Menschen liebt, nicht verachtet ... der die Sphäre unterwirft, nicht bloß zähmt! Sternengänger stirbt ... und alle, die ihm folgen.«

Der Schwan breitete die Flügel aus. Federn lösten sich aus den Schwingen und wurden vom Regen die Treppe hinabgespült.

»Wer mir nicht dient... der geht unter... doch wer an mich glaubt... und an die Macht der Magie... an den Willen der Zauberer... dem wird die neue Welt gehören!«

Sinustre ließ die Hand sinken. Auf ihrer Stirn prangte ein Zeichen: eine Rose, eingeritzt in das Fleisch. Wie Blütenblätter fielen kleine Blutstropfen herab.

»Die Rose von Athyr'Tyran, verblüht und vergessen... zertrampelt von Mondschlund und Sternengänger... deshalb mußten wir Menschen leiden... aber nicht länger, keinen einzigen Tag mehr! Wir verlassen die Enge dieser Straßen... wir gehen fort... holen uns zurück, was Sternengänger uns entriß... und wer nicht mein Zeichen auf der Stirn trägt, der muß den Hauch von Nekon schmekken... der wird mit Gharax untergehen!«

Die Menschen drängten zur Treppe und lasen die Federn auf. Jeder versuchte eine zu erhaschen, sie rissen sie sich gegenseitig aus den Händen, trunken vor Wahn.

»Der Rosenstock... trägt keine Blüten mehr... und Mondschlund schweigt... noch herrscht der Tag... doch bald sinkt Finsternis in unsere Sinne... und hüllt in Schatten, was kein Mensch erblicken darf.« Sinustre fiel auf die Knie, preßte die blutende Stirn auf die Stufen. »Ich werde euch führen... in den Abgrund... und wieder hinaus! Ich bringe euch zu Sternengängers Insel im Südmeer... ein letzter Gang durch das Verlies... der Schwarze Schlüssel heilt mein Fleisch... und euch bereitet er für eure letzte Reise vor... den Weltengang!«

Der Regen wurde stärker. Die Tropfen prasselten vom Himmel und zwangen den Schwan, seine Flügel herabzunehmen. Vor der Treppe begannen die Menschen einen Namen zu flüstern: »Uliman Thayrin! Unser Kaiser! Unser Retter!«, und sie wandten sich einander zu, der Vater seinem Kind, die Frau ihrem Gatten, der Stadtgardist dem troublinischen Kaufmann, der Staker dem reichen Großbürger;

und sie ritzten sich gegenseitig mit den Spulen der Federn ein Zeichen in die Stirn ... verblühende Rosen.

Das Zeichen der Bathaquar.

Schatten krochen durch die Straßen, wälzten sich über das Pflaster wie die Wolken am Himmel. In ihrem Schutz schritten die Geister des Verlieses. Immer wieder glommen ihre Augen auf, und ein Flüstern hallte durch die Straßen.

»ALLES IST SO, WIE MONDSCHLUND ES VERSPRACH ... DIE STADT ALLER STÄDTE IST WAHR GEWORDEN ...«

Sie, die sich einst unter Schmerzen die Augen herausgerissen hatten, die in das Verlies hinabgesunken waren, um zu Geistern zu werden, kehrten an die Oberfläche zurück; ein Triumphzug durch die Straßen einer erwachenden Stadt. Doch sie waren nicht willkommen. Die Schattenbrut hatte nicht alle Winkel von Vara durchdrungen. Und so kam es zum blutigen Zusammenprall. Licht gegen Schatten. Leben gegen Halbleben. Todgeweihte gegen untote Geisterwesen.

Am Stillen See, wo so viele Kanäle zusammenflossen, tobte die letzte Schlacht. Tausende waren zum Ufer geströmt, Männer wie Frauen, bewaffnet mit Messern, Dolchen, Spießen ... und Laternen! Ja, Licht und Feuer waren die wirksamsten Waffen gegen die Schatten. Flammenhüter fochten neben kaiserlichen Soldaten, Klippenritter neben Frauen mit schlichten Öllampen. Die einen leuchteten den anderen, versuchten die Bewaffneten im Lichtkegel zu halten. Denn die Schatten tränkten die Nacht, strömten durch die Straßen, versuchten die Verteidiger zu umschließen. Immer wieder gelang es ihnen; dann fiel ein Schwert oder eine Laterne zu Boden, ein SchePPPern, ein KliRRRen – und dann: schallendes Gelächter, befreiendes Jauchzen, während zitternde Finger sich unter Augenlider gruben ...

»NUN SEHEN WIR ES ... NUN SEHEN WIR, WIE SCHÖN SIE IST, UNSERE STADT!«

Aber Varas Bewohner waren nicht wehrlos. Dort drängten sie mit ihren Laternen die Schatten zurück, und die Geister des Verlieses schälten sich aus der Finsternis. Kaltes Funkeln in ihren goldenen Augen. Schreckverzerrte Gesichter, wenn die Schwerter der Klippenritter ihre Leiber durchstießen. Keine Todesschreie, keine Klagen. Sie sanken zu Boden mit einem Ausdruck des Erstaunens auf den Gesichtern. Mondschlund hatte ihnen Frieden versprochen, ein neues, besseres Leben in einer neuen, besseren Stadt. Nun endete es auf dem nassen Pflaster von Vara. Ihre Körper verdorrten, ihre Augen erloschen, während die Lebenden ihr grausiges Ende bejubelten.

»Tötet sie ... für Kaiser Akendor ... für die Gründer!«

Der Kampfschrei wogte am Seeufer. Zwar schwächte der Regen ihn ab, und doch wurde er von Unzähligen aufgegriffen und weitergetragen, bis in die letzten Winkel der verästelten Gassen, in denen Hunderte gegen das Schattenheer fochten.

»Lang lebe Kaiser Akendor ... der Letzte des Silbernen Kreises ... für Sithar! Für den Südbund! Für Vara!«

Doch das Blatt wendete sich. Die Schatten wagten sich wieder näher an die Laternen heran. Sie lösten sich von den Hauswänden, stiegen zum Himmel auf; dort schienen sie sich mit dem Regen zu vereinen, wanderten zwischen den herabsinkenden Schleiern umher und tropften mit ihm auf die Lebenden herab. Schwarze Tropfen trafen die Öllampen, verdunkelten ihre Glasscheiben, löschten die Lichter ... schon sanken ihre Träger zu Boden. Lachen und Weinen, Verzweiflung und Wahn, vermischt zu düsteren Farben. Die Rufe nach Akendor verebbten zwischen Mauern aus Glas. Ein anderer Schlachtruf wurde laut, gerufen von den Geistern in einem gespenstischen Chor:

»FÜR DIE STADT ALLER STÄDTE ... FÜR DAS KAISERLICHE PAAR, DAS UNS FÜHRT ... SENKT EURE HÄUPTER VOR IHM, DEN MONDSCHLUND UNS ZU VEREHREN BEFIEHLT ... SENKT EURE HÄUPTER VOR BANITER GENEDER UND SEINER GEMAHLIN ...«

Und die Geister des Verlieses hoben die Waffen auf, die von den Gefallenen zu Boden geschmissen worden waren; sie nahmen die Schwerter und Dolche und wandten sich gegen alle, die den Schatten noch standgehalten hatten.

»FÜR KAISER BANITER GENEDER ... FÜR MONDSCHLUND ...«

Der Regen dämpfte alle Todesschreie.

Die Eiserne Insel erzitterte. Das Wasser trat über die Ufer und schwappte gegen den Turm Gendor, ein kühnes Bauwerk von ovaler Form, dessen Dachfirst mit Kupfer beschlagen war. Der große Baumeister Sardresh von Narva hatte ihn entworfen, auf Wunsch der Familie Geneder ... der alte Turm, der an seiner Stelle gestanden hatte, hatte ihm weichen müssen. Nun drohte auch dieser zweite Bau ersetzt zu werden. Gendors Sockel bebte, ein Grollen drang aus der Tiefe. Steine lösten sich aus den Mauern, und die Kupferverkleidung wellte sich mit häßlichem Laut.

Im Inneren hastete Darna Nihirdi, Binhipars Gemahlin, die Wendeltreppe empor. Sie keuchte schwer, die grauen Haare hingen ihr naß ins Gesicht. Vier Klippenritter folgten der Fürstin. Von draußen hörten sie die erregten Schreie der Kämpfenden.

»Akendor ... lang lebe Kaiser Akendor ...«

Sie erreichten den obersten Absatz. Die Tür des Turmzimmers stand offen. Im Rahmen lag der Leichnam eines Klippenritters, sein Kopf verdreht, die Hände noch am Schwertgriff. Die Ösen des Kettenhemds waren blutdurchtränkt.

Darna Nihirdi warf einen kurzen Blick in das Turmzimmer. Ihre Mundwinkel zuckten.

»Wie konnte das geschehen?« herrschte sie einen der Klippenritter an. »Sagte ich nicht, daß immer zwei Mann Wache halten sollen ... zwei Mann?«

Das Gesicht des Ritters war starr. »Es waren zwei. Der andere lag unten, vor dem Turm. Das Wasser hat die Leiche fortgespült, als wir sie bergen wollten.« Er bückte sich zu dem Toten und schloß seinem Waffenbruder die Augen. »Er kann nicht weit sein. Akendor ist schwächlich, und der Regen wird seine Flucht verlangsamen.«

Eine Erschütterung unter ihren Füßen ... Darna Nihirdi hielt sich an der Wand fest. »Nicht, solange sein Leibwächter bei ihm ist. Ohne Garalac hätte er nicht fliehen können, niemals ... oh, wir hätten wissen müssen, daß wir dem Troublinier nicht trauen können!« Sie hieb wütend mit der Faust gegen den Stein.

»Wir können sie verfolgen«, schlug der Klippenritter vor. »Keine halbe Stunde ist seit der Flucht verstrichen. Sie müssen eines der Boote genommen haben und so durch den Kanal der Silbernen Münzen geflohen sein. Alle anderen Wasserwege sind ... nicht befahrbar.«

Die Fürstin nickte. »Ich weiß. Das Wasser tritt in der ganzen Stadt über die Ufer, schwarz wie Sithalit. Die Schatten trüben es.« Sie kniff die Augen zusammen, als wollte sie vermeiden, in Tränen auszubrechen.

»Der Kanal führt durch einen Tunnel zum See Bredayn ... zur Insel, wo die Toten begraben sind. Sollen wir den Kaiser dort suchen, Herrin? Oder einige Ritter zum Palast schicken, um Fürst Binhipar zu finden? Er wird wissen wollen, daß der Kaiser verschwunden ist.«

Darna schüttelte den Kopf. »Niemand darf meinem Mann folgen ... nur er kennt den Weg in den Palast, und er wollte allein sein, ohne Begleitung. Und was würde es ändern, ihm die Nachricht zu überbringen? Akendor ist fort. Wir können nichts tun. Wir müssen sehen, wie wir selbst mit dem Leben davonkommen.«

Ein weiterer Stoß erschütterte den Turm. Gendor bewegte sich, kippte langsam in die Schräge.

Die Klippenritter schrieen auf, suchten an den steinernen Wänden Halt.

»Es ist wie damals in Nandar«, flüsterte die Fürstin. »Die Quellen strafen uns für unsere Gier.« Sie sank vor der offenen Tür zu Boden, während der Turm sich weiter neigte, die

Möbel im Turmzimmer ins Rutschen gerieten und gegen die Wände krachten. »Es gibt kein Entkommen... wie mein Sohn Blidor sterben auch wir. Ich wußte es, Binhipar. Ich wußte es!«

»Steht auf, Herrin!« Der Klippenritter reichte ihr die Hand, seine Augen vor Schrecken geweitet. Die anderen eilten bereits die Treppe hinab, voller Angst, unter den Trümmern des Turms begraben zu werden.

»Steht auf! Rasch!«

Die Decke über ihnen zerriß. Kein Spalt im Gemäuer. Keine herabfallenden Steine. Nur silbriges Licht. Es war der Mond, der durch eine trübe, gläserne Schicht auf sie hinableuchtete; ein durchsichtiger Keil, ins Gemäuer getrieben. Er zerschnitt den Turm wie eine Klinge, teilte Mauern und Treppen ohne jedes Geräusch. Ein letztes Aufblitzen der Mondstrahlen, dann schwärzte sich das Glas. Schatten rannen wie Wasser in den Turm und füllten ihn mit Finsternis.

Draußen erschollen Rufe, der triumphierende Chor der siegreichen Geister.

»FÜR KAISER BANITER GENEDER... FÜR MONDSCHLUND...«

Der Dachfirst von Gendor zersprang mit einem Krachen. Kupfersplitter regneten über den Stillen See, in dessen Fluten, von gläsernen Nadeln durchstochen, der Turm Gendor versank.

Das Boot schob sich schwerfällig durch das Wasser; mit kräftigen Ruderschlägen trieb Garalac es voran. Seine Augen blinzelten wachsam. Vor ihm endete der Tunnel und führte auf offenes Wasser.

»Der See Bredayn«, wisperte er. »Ihr hattet recht, Akendor. Der Kanal der Silbernen Münzen führt direkt dorthin.«

Akendor Thayrin saß hinter ihm. Sein Gesicht war gerötet, die Augen glänzten. »Natürlich, Garalac. Wie hätte ich den Weg je vergessen können? Ich bin ihn so oft im Traum gefahren, allein in einem Boot, so wie damals, als Syllana begraben wurde … Hör nur! Der Regen prasselt auf dem Wasser. Der Klang der Freiheit.« Er lächelte.

Das Boot glitt aus der Tunnelöffnung. Nun stürzte der Regen auf sie herab. Über ihnen schimmerte schwach der Mond. Der See Bredayn war größer als der Stille See, er zog sich länglich zwischen Varas Häuserzeilen entlang. Auch in seiner Mitte lag eine Insel. Auf ihr wuchsen mächtige Bäume, und eine niedrige Mauer schirmte sie vom Wasser ab. Ein Steg ragte in den See hinein.

»Wollt Ihr wirklich auf die Insel der Toten?« Garalac zog das Ruder ein. »Sie wissen, welchen Kanal wir genommen haben. Wenn Binhipar uns hier findet, wird er keine Gnade zeigen. Mich wird er töten, und Euch …«

»… zu den Hunden sperren?« Akendor sah zum Himmel auf; er genoß es, wie der kalte Regen auf sein Gesicht niederschlug. »Er kann mir nichts tun, was er mir nicht schon einmal getan hätte. Nein, Garalac – wenn er mich findet, dann ist es eben so. Aber jetzt, in diesem Augenblick, bin ich frei. Ich spüre es im ganzen Körper … seit Jahren habe ich mich nicht so frei gefühlt.« Er blickte seinen Leibwächter an. »Du hast mich aus dem Turm geholt. Das werde ich dir nie vergessen, Garalac. Niemals.«

Das Boot schlug sanft gegen den Pfeiler des Holzstegs. Dort waren andere Boote und Flöße vertäut, übersät mit Laub. Garalac steuerte behutsam an ihnen vorbei, zu den Sprossen einer Leiter, die auf den Steg führte. Ein Blatt sank von den Baumkronen herab, wurde vom Wind in ihr Boot geweht.

»Und doch müssen wir uns beeilen, mein Kaiser«, mahnte Garalac. »Wißt Ihr, wo das Grab Eurer Gemahlin ist? Dann laßt uns schnell dorthin gehen. Je eher wir die Insel verlassen, desto besser.«

»Ich werde sie nicht verlassen.« Akendor richtete sich auf. Das Boot schwankte gefährlich. »Du mußt mich ziehen lassen, Garalac. Hier, auf der Insel der Toten, endet dein Dienst.« Er erklomm die erste Sprosse der Leiter.

Garalac schüttelte erschrocken den Kopf. »Nein! Ich darf Euch nicht aus den Augen lassen. Ich muß Euer Leben beschützen. Das habe ich Eurem Vater geschworen.« Er versuchte Akendor zurück ins Boot zu ziehen.

Dieser wehrte seine Hand ab. »Ich bin nicht Torsunt. Ich bin nicht der Sohn, den er sich wünschte, nicht der Kaiser, der ich hätte sein sollen. Und was du beschützen willst, ist die Kaiserkrone Sithars, das Erbe der Gründer. Doch von diesem Erbe ist nicht viel übriggeblieben ... Sithar ist untergegangen, und ich bin frei. Frei zu leben. Frei zu sterben. Wie Syllana.« Er lächelte. »Du hast so oft mein Leben geschützt – zu oft, Garalac. Ich bitte dich nur um diesen letzten Gefallen ... laß mich zurück.«

Sie sahen sich an. Garalac ließ das Ruder sinken. Er wirkte verzweifelt. »Ich habe es Torsunt geschworen!«

Akendor kletterte auf den Steg. Er stand im strömenden Regen und blickte zu Garalac hinab.

»Leb wohl.«

Der Troublinier blinzelte. Er wollte etwas erwidern, doch dann senkte er den Kopf.

Das Ruder glitt ins Wasser. Mit einem kräftigen Schlag lenkte Garalac das Boot zurück auf den See. Er wirkte klein und mutlos, ganz in sich zusammengesunken. Der Regen wirbelte sein rotes Haar auf.

Akendor wandte sich ab. Dann rannte er auf die Insel zu, die im Schatten der Bäume lag.

Er fühlte sich frei.

Das Kind schlief. Mit geschlossenen Augen ruhte es in den Armen der Königin. Sie stützte das Köpfchen mit der linken Hand; mit der anderen strich sie die feinen Haare des Säuglings glatt. Er war so winzig, sein Gesicht rund, der Mund halb geöffnet; so ruhte er in Intharas Armen, friedlich und ohne Argwohn. Er wußte nichts von den Schrecken, die in Vara tobten.

Inthara von Arphat lächelte. Die Narbe in ihrem Mundwinkel schimmerte im Kerzenschein. Sie stand am Fenster des Saals und blickte auf die regenverhangene Stadt. Keine Lichter waren zu sehen, nur die Türme erstrahlten im Mondlicht. Zu hören war nur der prasselnde Regen. Vara schien zu schlummern. Aber Inthara wußte es besser.

»Sie kämpfen für dich, für die kommende Herrin dieser Stadt.« Sie streichelte sanft die Wange des Kinds, zart und olivfarben wie ihre eigene. »Deine Haut von Agihor geküßt und Augen wie die deines Vaters… Aber nun schlaf, kleine Sonne, schlaf. Diese Nacht ist zu dunkel für dich.«

Sie küßte das Mädchen auf die Stirn. Dann legte sie es behutsam auf das Bett, deckte den kleinen Körper zu und schritt durch den Saal. Sie ging langsam; noch immer schmerzte ihr Unterleib, die Folgen der schweren Geburt.

»GLAMS GESCHENK … NEHMT ES!« Am anderen Ende des Saals funkelten die Augen die Raquai-Priesterin. Sie war die einzige, die in Intharas Nähe geblieben war. Alle anderen Arphater hatte die Königin fortgeschickt, sie kämpften in den Straßen für Intharas Herrschaft. Ihre Verwandlung durch die Schatten hatte sie noch stärker und furchtloser werden lassen. Allein an den Außentoren hielten einige Anub-Ejan Wache; sie blickten mit goldenen Augen auf die Stadt und wisperten Intharas Namen. Ja, hier im Palast war sie sicher; keiner wagte sich zu dem Bau, der drohend, von Schatten umspielt, auf dem Hügel ruhte.

»SCHÜTZT EUCH, WENN DIE SCHATTEN NAHEN«, wisperte die Priesterin. »SIE DÜRFEN EUCH NICHTS TUN … UND NICHT EURER TOCHTER, DER WIEDERGEBORENEN SONNE.«

Inthara hatte das Ende des Saals erreicht. Von einer Anrichte nahm sie das silberne Kästchen, in dem Glams Geschenk ruhte. »Die Schatten machen mir keine Angst. Nicht mehr… ich ging nach Vara, um Arphat zu retten; ich tat alles, was die Götter mir durch Sai'Kanees Mund überlieferten. Nun ist Sai'Kanee fort. Sie wird nicht mehr aus dem Verlies zurückkehren. Ich muß allein entscheiden, wie ich mein Volk retten kann.« Sie öffnete das Kästchen und betrachtete die dunklen Brocken. »Glams Geschenk hat mir die Augen geöffnet. Wenn die Straßen von Vara verwandelt und die Sitharer besiegt sind, werden sich die Tore öffnen; und alle, die dort draußen vor den Goldéi zittern, finden Zuflucht hinter diesen Mauern. Tausende Arphater, die schutzlos umherirren, werden Vara in Besitz nehmen, in den Häusern eine neue Heimat finden... ganz so, wie ich es dem Anführer der Goldéi sagte. Quazzusdon wollte mir nicht glauben. Aber es ist wahr. Alles ist wahr.« Fast erschrocken schlug sie das Kästchen zu. »Und Baniter? Wird Ejo ihn finden? Kommt er bald zu mir, wie Sai'Kanee es versprach, um mit mir über Vara zu herrschen, um unser Kind in den Armen zu wiegen, um...« Sie hielt inne. »Was rede ich da nur! Ich komme mir vor wie ein Vogel in einem Käfig, der das falsche Lied trällert, das seine Herren ihm beibrachten.«

Fragend blickte sie die Raquai-Priesterin an. Diese senkte ehrfürchtig den Kopf. Der flackernde Kerzenschein ließ ihre Augen unheimlich erstrahlen.

»IHR SEID DIE TOCHTER DES SONNENGOTTES... AGIHORS KIND... DAS BLUT DER GÖTTER FLIESST IN EUREN ADERN...«

Inthara schürzte verächtlich die Lippen. »Leere Worte. Leere Namen. Es fällt mir immer schwerer, an die Götter zu glauben. Ich wünschte, sie würden nicht über mein Leben bestimmen und mich in Ruhe lassen. Aber ich kann nicht zurück, das weiß ich. Ich muß den Weg weitergehen, der mir...«

Sie hielt mitten im Satz inne. Hinter der Raquai-Priesterin hatte sich etwas bewegt. Der Wandteppich, der die Mauer des Saals bedeckte... er wölbte sich! Ein scharrender Laut erklang.

Die Raquai-Priesterin schreckte auf. »DIE SCHATTEN... SIE KOMMEN! SCHÜTZT EUCH, HERRIN! SCHÜTZT EUCH!«

Inthara griff nach dem Kästchen. Besorgt blickte sie auf den Wandteppich, dessen Ausbuchtung größer wurde.

Dann zerriß er. Eine Klinge schlitzte ihn von oben nach

unten auf. Eine Hand schlug die Fetzen des Teppichs beiseite.

Aus der entstandenen Öffnung, einem Schacht in der Wand, stieg ein Mann; groß und breitschultrig, sein Gesicht rußgeschwärzt. In der Hand glänzte der Dolch.

»SCHÜTZT EUCH, HERRIN!«

Die Priesterin warf sich dem Eindringling entgegen. Ihre Hände schlugen nach seinem Gesicht, wollten es ihm zerkratzen.

»ER IST NOCH BLIND ... ER HAT SEINE AUGEN NICHT GEÖFFNET ... ER SIEHT NICHT MONDSCHLUNDS GÜTE! SCHÜTZT EUCH, HERRIN.«

Der Mann würdigte sie keines Blickes. Mit einem einzigen Fausthieb streckte er die Priesterin nieder; ein so kräftiger, mitleidsloser Schlag, daß ihr Körper gegen die Wand geschleudert wurde. Ihr Kopf prallte mit einem dumpfen Geräusch auf. Sie brachte keinen Laut mehr hervor.

Inthara entglitt das Kästchen. Es fiel scheppernd zu Boden. Die schwarzen Brocken kullerten über die Steinplatten.

»Das kann nicht sein!« Ihre Stimme war ein Flüstern. »Binhipar Nihirdi. Der Fürst von Palidon!«

Er schritt langsam, ganz langsam auf sie zu; seine Augen so dunkel wie die Nacht.

»Es kann nicht sein!« schrie sie. »Du bist tot! Alle Fürsten sind tot! Uliman hat euch umgebracht, alle außer ...«

»Außer Baniter Geneder und mich.« Seine Stiefel knallten auf den Steinen, der Dolch in seiner Hand zitterte. »Und hier komme ich, du Dirne, um ein für alle Mal ein Ende mit dem arphatischen Gesindel zu machen.« Er trat das leere Kästchen beiseite. »Ich habe nichts vergessen, Inthara – nicht die Kriege, die Arphat entfesselt hat, nicht den Haß und die Überheblichkeit, mit der ihr unser Land heimgesucht habt, ein ums andere Mal. Ich habe nicht vergessen, wie Torsunt in meinen Armen starb, einen eurer vergifteten Pfeile im Leib. Arphats Gift und Arphats Lügen!« Speichel sprühte auf seinen Bart. »Hätte der Silberne Kreis auf mich gehört, wärst du niemals hergekommen. Aber Baniter, dieser Schurke...er hat dich nach Vara gelockt! Er wollte dich mit Akendor vermählen, er ist schuld daran, daß wir dich Uliman zur Frau geben mußten. Eine arphatische Hure auf dem Kaiserthron! Es konnte nur ein Unglück daraus entstehen, so wie die Ahnen es sagten.« Binhipar warf einen verächtlichen Blick auf die reglose Raquai-Priesterin. »Du hast dich mit diesen Kreaturen verbündet, die über Vara herfallen. Sie quäken deinen Namen, während sie Varas Bürger erschlagen. Und die Schatten beherrschen die Nacht, verdunkeln den Himmel, verschlingen den Mond. Welchen Dämonen dienst du, Inthara? Welchem Irrsinn willst du uns ausliefern?«

Sie wich nicht zurück, blickte Binhipar voller Stolz an. »Wie redest du mit mir, Krämerfürst? Willst du mich für den Niedergang dieser Welt verantwortlich machen? Du bist dreimal so alt wie ich, und doch hast du in all den Jahren nichts unternommen, um den Raub der Quellen zu beenden, um Gharax zu retten. Was für ein feiger Wurm bist du nur! Du hast es zugelassen, daß die Goldéi in unsere Welt gelangten. Und als Uliman die anderen Fürsten ermordete, bist du schluchzend fortgekrochen, anstatt ihnen zu helfen.«

Binhipar lief dunkelrot an. »Du warst nicht dort, als es geschah. Du hast nicht gesehen, wie sie sich auf dem Boden krümmten, wie die Ketten um unsere Hälse...« Seine Hand fuhr zur eigenen Kehle. »Es war der Wille der Ahnen, daß ich entkam – durch den Gang, den Torsunt mir einst zeigte, als er vor Norgon Geneders Häschern floh. Diesen Gang habe ich nun zum dritten Mal durchkrochen, um dich zu strafen; um dir den Balg aus dem Leib zu schneiden, den alle für Ulimans Kind halten.« Seine Augen wanderten an ihr herab, ruhten kurz auf ihrem Bauch. Sie trug nur ein dünnes Kleid aus Seide; ihre schweren Brüste schimmerten unter dem Stoff. »Aber ich komme wohl zu spät.«

Vom Fenster drang leises Weinen. Das Kind war erwacht. Es streckte die Arme aus, räkelte sich auf dem Lager. Seine Stimme klang so hell und dünn, daß sie sich fast im Saal verlor.

Binhipar drehte sich um. Er preßte die Lippen aufeinander.

»Nein! Das darfst du nicht.« Inthara senkte die Stimme. »Binhipar, du hast vor vielen Jahren selbst ein Neugeborenes in den Armen gehalten, einen Sohn, den dein Weib dir geschenkt hat... so unschuldig wie dieses. Du darfst nicht...«

»Mein Sohn ist tot.« Eine gefährliche Ruhe lag in Binhipars Worten. »Wer ist der Vater dieses Kindes?

Sie schüttelte den Kopf. Ihr Gesicht war totenbleich.

Binhipar hob den Dolch. »Ich frage dich ein letztes Mal, Inthara... wenn es leben soll, antworte mir. Wer ist der Vater?«

Sie senkte den Blick, schlang wie im Schmerz die Arme um ihren Bauch. »Du kennst ihn. Er ist ein Krämerfürst wie du... ein Mitglied des Silbernen Kreises.«

Das Kind auf dem Bett strampelt die Seidendecke fort. Sein Weinen klang kläglich.

»Baniter Geneder.« Binhipars Augen verdüsterten sich. »Ich wußte es, vom ersten Tag an.«

Er wollte auf das Fenster zugehen. Doch in diesem Augenblick schnellte Inthara nach vorn. Ihre schwarzen Haare wirbelten auf, dann ihre Fäuste, das Messer in ihrer Hand... sie hatte es unter dem Kleid hervorgerissen. Mit einem Schrei stieß sie es Binhipar in die Brust. Es durchdrang sein ledernes Hemd.

Binhipar keuchte. Er stieß die Königin zurück. Sein Dolch fuhr empor. Die Klinge so scharf. So schnell.

Intharas Gesicht verzerrte sich; schmerzlich schön, ihre Augen erfüllt von dem brennenden Verlangen, zu leben, zu atmen. Ihre Hände fuhren zum Hals.

Binhipars Klinge hatte ihre Kehle geöffnet. Die Wunde klaffte breit. Ein Kranz dicker Blutstropfen bildete sich an den Rändern. Mit jedem Atemzug warfen sie Bläschen, und diese lösten sich, spritzen auf ihr Kleid. Sie wankte.

Der Fürst ließ den Dolch fallen. Er tastete nach dem Messer in seiner Brust. Mit einem Ruck riß er heraus. Blut glänzte an der Klinge.

»Nicht … tief genug«, röchelte er. »Nun … geht Arphats Sonne unter.«

Sie brach auf dem Boden zusammen. Ihre Lippen bildeten Worte, doch diese blieben stumm, nur ihr Atem war zu hören, der schneller und schwächer wurde. Tränen schimmerten in ihren Augen. Sie blickte unverwandt auf Binhipar.

Der Fürst wandte sich ab. Seine linke Hand preßte die Wunde auf der Brust zu. So schleppte er sich zum Fenster. Die Schnallen seiner Stiefel klirrten bei jedem Schritt.

Das Kind schrie nach seiner Mutter. Die kleinen Fäuste schlugen um sich. Sie warfen im Kerzenschein Schatten an die Wände.

Intharas Atem verebbte, als hätte sich Watte auf ihren blutenden Mund gelegt.

Binhipar blieb vor dem Bett stehen. »Baniters … Kind«, murmelte er. »Ein weiterer … kleiner Luchs … mit scharfen Krallen …«

Er betrachtete seine Hände, rauh und blutig, die Nägel zerbrochen. Seine Lippen bebten. Er schloß die Augen. In seinen Ohren rauschte das Blut, so laut, daß er das Weinen des Kindes nicht mehr hören könnte.

Dann kehrte Stille im Palast ein. Nur der Regen trommelte auf den Dächern, auf dem steinernen Fenstersims.

Es war eine friedliche Nacht.

Die Toteninsel im See Bredayn war alt. Schon Varas Erbauer hatten hier ihre Angehörigen beigesetzt. Über den Gräbern erhoben sich Hügel, jeder ein Schritt hoch, bewachsen mit Gräsern und Moos. Die ältesten waren über die Jahrhunderte in sich zusammengesunken und kaum als Gräber zu erkennen. Die jüngsten aber stammten aus den vergangenen Wochen, als die Schlacht zwischen Ulimans Anhängern und den Arphatern getobt hatte … aufgeschüttete, verklumpte Erde, darin eingesunken die rostigen Schwerter der kaiserlichen Garde. Denn nur die treuesten Kämpfer wurden auf der Insel beigesetzt – und die Angehörigen der Kaiserfamilie. Die Kaiser selbst jedoch ruhten an anderen Orten, in den Grüften ihrer Fürstentümer, fern von Vara.

Die Bäume rauschten im Wind. Sie ragten hoch auf, ihr Baumdach war dicht und ließ kaum Licht und Regen hindurch. Herabfallende Blätter taumelten umher, betteten sich auf den Grabhügel zur letzten Ruhe. Ein regenschwerer, modriger Geruch hing über der Insel. Zwischen den Zweigen schimmerte das Wasser des Sees.

Akendor Thayrin stolperte über den Pfad. Regen tropfte aus seinem Haar und von seinem Gesicht. Er hatte die Schuhe abgestreift. Mit bloßen Füßen schritt er über die feuchte Erde. Er murmelte vor sich hin.

»Ein Frühlingstag... es war mild, die Sonne schien fröhlich vom Himmel... im Palastgarten, zwischen blühenden Hecken, da habe ich dich gesehen, Syllana... kurz, nur kurz... und sehe dich noch immer jede Nacht, als wäre es gestern gewesen.«

Vor ihm lag der Grabhügel. Er war bedeckt mit Moos und Zweigen, kaum zu erkennen in der Dunkelheit. Wilde Sträucher umschirmten ihn. Ein faustgroßer Stein mit goldener Inschrift steckte im Moos. Akendor zog ihn hervor, säuberte die Lettern mit dem Ärmel.

»Syllana Nejori«, las er leise. Sein Gesicht verzog sich vor Enttäuschung. »Sie haben die Inschrift geändert! Du warst eine Thayrin, Geliebte... ich habe dich dazu gemacht.«

Er sank auf die Knie und stellte den Stein neben sich ab. »Ein Frühlingstag... ich fragte dich nach deinem Namen, und du lächeltest, dein Gesicht so weiß unter den blonden Locken... ein Mädchen warst du, deine Brüste kaum erblüht... und ich nur wenige Jahre älter. So jung, so ahnungslos... eine goldene Nadel hielt dein Haar zusammen; ein Geschenk deines Vaters, so verrietest du mir, er hatte es zum Anlaß deiner Verlobung geschmiedet. Einem reichen Großbürger warst du versprochen, Syllana – und ich Scorutars Schwester, deren Nähe ich kaum ertragen konnte.

Ach, Geliebte ... wir waren beide Gefangene.« Seine Finger gruben sich in das feuchte Erdreich. »Sie sagten, ich dürfte dich nicht wiedersehen, es wäre nicht angemessen. Binhipar befahl mir, mich zusammenzureißen; Scorutar redete mit falschen Worten auf mich ein. Hatten sie denn kein Herz für unsere Liebe? Ich fragte dich, ob du es wagen würdest, ihnen zu trotzen ... du hast nur den Kopf geschüttelt. Du wollest nicht Kaiserin sein. Nicht dein Glück aufgeben für den scheuen, unglücklichen Akendor ... aber ich habe meinen Willen durchgesetzt, mit Hilfe deines Vaters. Er wußte, welchen Lohn er sich erhoffen konnte, wenn du meine Frau wirst.«

Ein Tropfen fiel durch die Zweige und traf sein Gesicht. Akendor schloß die Augen. »Syllana, Geliebte ... es waren schreckliche Jahre für dich, ich weiß es wohl. Den Haß der Fürsten hast du kaum ertragen, und es wurde nur schlimmer, als Uliman zur Welt kam und ich ihn nach Troublinien schickte. Sie haben uns nach Thax gescheucht, fort aus dieser Stadt ... aber da bist du verkümmert, in den schwarzen Mauern von Thakstel. Und als du wieder schwanger wurdest, ein zweites Kind in dir trugst ... da haben sie dich umgebracht. Ich weiß es! An einem tristen Tag mußtest du sterben ... Binhipar ritt mit mir auf die Jagd, im Wald bei Travid. Du bliebst auf einer Lichtung zurück. Ein weißes Kleid trugst du; du warst so schön und winktest mir zu, als ich mich nach dir umsah, ein letztes Mal. Dann ritt ich dem Hirsch nach, den Binhipar erblickt hatte.« Akendors Kopf sank tiefer. Seine Nasenspitze berührte das Gras. »Ich höre es jede Nacht, das Gebell aus der Ferne. Deine Schreie. Das Heulen der wilden Hunde. Der Bote, der zwischen den Baumstämmen auf uns zupreschte, sein Gesicht totenbleich. Und Binhipars Augen, so kalt und unmenschlich. Wir ritten dem Boten hinterher; er zeigte uns die Stelle. Nichts war mehr zu erkennen, dein Haar voller Blut, und deine Arme ... deine weichen Arme, die mich umschlangen in der Nacht, die mich liebkosten ... abgerissen, zerfleischt, verstümmelt! O Syllana, Geliebte ... es war meine Schuld, allein meine Schuld.«

Sein Mund verzerrte sich. Er blickte wieder zum Hügel auf.

Dort saß eine Frau im Moos. Sie trug ein weißes Kleid und einen Schleier; ihr langes blondes Haar wehte im Wind. Das Gesicht war bleich wie Marmor. Sie blickte Akendor an, ihre Augen blau und aufmerksam.

»Syllana.« Er wisperte den Namen voller Gram. »Syllana.«

Sie erhob sich. »Ich wußte, daß du zu mir kommst, Akendor. Ich habe lange auf dich gewartet... seit dem Tag, an dem ich erfuhr, daß du am Leben bist.« Sie stieg den Hügel hinab, ohne den Blick abzuwenden. Ihr Kleid war verdreckt, Erdbrocken und Moosblüten hingen in ihrem zerzausten Haar. »Ich wußte, daß dein Weg dich hierherführen würde, zu dem Grab. Wenn Vara untergeht, wenn alles zusammenbricht, würdest du dich aus dem Turm befreien und zu mir kommen. Zu mir...«

Seine Augen füllten sich mit Tränen. Er hatte sie erkannt; ihr Gesicht blaß, die Wangen hohl, die Lippen zerbissen, rote Adern im Weiß ihrer Augen. Er senkte vor Scham den Kopf.

»Sie haben mich belogen«, hörte er sie flüstern. »Sie sagten, du wärest tot, aber sie hatten dich nur versteckt und heimlich nach Nandar gebracht. Aber ich habe keine Ruhe gegeben, bis ich die Wahrheit erfuhr. So wartete ich auf dich, hier an Syllanas Grab, viele Wochen lang; ich ernährte mich von Gras und Fliegeneiern, trank aus dem See und wartete... hier bist du endlich! Endlich bist du bei mir.«

Akendor bettete den Kopf auf den Boden. Er spürte das nasse Gras auf seiner Wange. Er schloß die Augen. »Endlich bin ich bei dir«, wisperte er. »Doch ich kann... ich kann dich nicht um Verzeihung bitten, Tundia. Es wäre sinnlos. Sinnlos wie mein Leben.« Er krümmte sich zusammen wie ein kleines Kind. »Ich nahm Suena in die Arme, ohne zu wissen, was ich tat. Und doch wußte ich es... ja, tief in mir pochte der Willen zum Mord. Der Wunsch, mich an den Fürsten zu rächen, für den Mord an Syllana, für den Mord an Ceyla. Feigheit und Niedertracht. Deine arme Tochter starb, weil ich zu schwach war, mich zu wehren. Ich verdiene es nicht, dich anzusehen, Tundia.«

»Nein«, stieß Tundia Suant hervor. Sie beugte sich zu Akendor herab, packte sein Haar. »Du verdienst es nicht, Akendor.« Sie drückte seinen Kopf in das Gras. »Ich begrub Suena an der Küste in Palgura, unter grauen Steinen. Sie blickt nun hinaus auf das Meer und wartet, daß ich ihren Mörder finde. Vielleicht haben die Wellen ihr Grab längst verschlungen, nun, da die Quellen erwacht sind. Aber du lebst noch immer, Akendor.«

Ihre Hand zitterte, als sie ihm die feuchten Erdbrocken in den Mund stopfte. Er würgte, hustete, aber er wehrte sich nicht. Tundias Griff wurde gröber, sie schluchzte, während sie mit allen Fingern nasse Erde, modriges Laub und Moos in seinen Rachen drückte, sein Gesicht in das Erdreich preßte, immer tiefer, immer fester. Akendors Körper zuckte. Er krallte sich mit der Hand an einem Grasbüschel fest.

»Stirb endlich«, flüsterte Tundia Suant, »und mit dir alles, was Suena das Leben kostete ... der Silberne Kreis. Der Südbund. Das Kaiserreich.«

Es klang wie eine Bitte.

So starb Akendor Thayrin, der letzte Kaiser von Sithar. Niemand begrub ihn, niemand schüttete einen Erdhügel über ihm auf und betrauerte seinen Tod. Er starb, wie er gelebt hatte, unglücklich und einsam. Er war der letzte Mensch, der auf der Insel im See Bredayn Ruhe fand.

Sie versteckten sich in einer Gasse. Diese war abschüssig, die Mauern bildeten einen spitzen Winkel, in dem sich der Regen sammelte. Sie waren zu sechst; vier Klippenritter, ein Flammenhüter und ein troublinischer Gildenkrieger. Die Schwerter hingen schlaff in ihren Händen. Sie standen bis zu den Knien im Wasser. Der Flammenhüter leuchtete mit seiner Laterne, doch die Flamme brannte schwach.

»Das Öl ist fast aufgebraucht.« Der Mann flüsterte nur. Aus seinen Augen sprach das Grauen.

Der Troublinier zitterte am ganzen Leib. »Wir hätten nicht in diese Sackgasse fliehen sollen!« Sein roter Mantel war völlig durchnäßt. »Wenn sie jetzt kommen ... wenn sie uns hier finden ...«

Einer der Klippenritter zerrte ihn zurück. »Sei still, du Narr! Sie waren uns dicht auf den Fersen! Kein Wort mehr!«

Sie starrten zur Mündung der Gasse. Die Laterne flakkerte, das bläuliche Feuer nahm eine dunkle Färbung an. Regenschleier tanzten in der Luft. Ein Mondstrahl wanderte über sie wie über ein feines Tuch. Doch jäh erlosch sein Glanz. Denn eine Wolke aus Schwärze waberte zwischen den Mauern und schob sich in die Gasse. Goldene Augen glommen in der Finsternis auf.

»DORT SEID IHR ... WAS VERSTECKT IHR EUCH VOR MONDSCHLUNDS KINDERN? ... HABT KEINE FURCHT ... ÖFFNET DIE AUGEN!«

Der Flammenhüter hob die Laterne. Ihr schwacher Lichtkegel umgab die sechs Männer. Gebannt starrten sie auf den Schatten, der auf sie zufloß.

»FÜR DIE STADT ALLER STÄDTE ... FÜR BANITER GENEDER UND SEINE GEMAHLIN ...«

Die Klippenritter hoben ihre Schwerter. Sie wechselten kurze Blicke.

»Wir haben Binhipar geglaubt«, sagte einer von ihnen verbittert. »Wir haben für ihn gekämpft und für Kaiser Akendor, wie er es befahl. Das haben wir nun davon! Einen elenden Tod in einer elenden Gasse.«

Es war ein Abschiedswort. Sie alle wußten, was nun folgen würde. Sie hatten es oft genug mitangesehen in den vergangenen Stunden; am Stillen See waren so viele den Schatten zum Opfer gefallen ... auf den Lippen den Namen eines Kaisers, an den sie nicht glaubten, in ihren Herzen keine Hoffnung mehr. Sie hatten alles gegeben, bis zur letzten Stunde.

»KOMMT ... SCHLIESST EUCH MONDSCHLUND AN ... SO WIE WIR ... ÖFFNET DIE AUGEN ... UND SEHT!«

Die Schwärze staute sich wie zähe Masse, umspielte den Lichtkegel, tastete ihn vorsichtig ab. Die Flamme der Laterne flackerte. Sie drohte zu erlöschen, um dann noch einmal heller zu erstrahlen – ein verlorenes Licht in der Dunkelheit.

Dann aber verformte sich der Schatten. Er bog und wölbte sich, als litte er Qualen. Faltete sich wie schwarzes Papier. Die Schwärze wurde flüssig. Sie zerrann in der Gasse wie eine Wassersäule, deren Quelle plötzlich versiegt war.

Fassungslos blickten die Männer in die Gasse. Dort standen die Geister des Verlieses mit ihren toten Augen. Zu ihren Füßen schrumpften die Schatten, krochen zurück in die Steine, huschten in die Tiefe, als zwänge sie ein geheimnisvoller Zauber zur Flucht.

»MONDSCHLUND ...«

Einer der Geister – troublinische Kleider, troublinisches Haar – kniete sich auf die regennassen Steine. Er griff nach den Schatten, um sie festzuhalten. Doch sie zerliefen in seinen Fingern.

»MONDSCHLUND ... VERLASSE UNS NICHT!«

Die Klippenritter gingen langsam auf sie zu. Ihre Stiefel planschten im Wasser. Sie hoben die Schwerter.

Wieder sanken leblose Körper zu Boden. Regen und Blut. Tod und Vergeltung.

Überall in Vara flohen die Schatten zurück ins Verlies. Etwas rief sie zu sich, zwang sie in seine Macht, riß ihnen den sicheren Sieg aus den Händen. Die Geister des Verlieses aber blieben an der Oberfläche, schutzlos den Klingen ihrer Feinde ausgeliefert.

Der Kampf um Vara endete, wie er begonnen hatte: mit sinnlosem Morden.

# KAPITEL 6

# Übergang

Der Stab glühte. Geschmolzenes Gold rann an ihm herab; es glänzte im Flammenschein, lief über den schwarzen Brocken am Ende des Stabs. Mit einem Zischen floß es um das Metall der Sphäre und erhärtete.

Nhordukael betrachtete zufrieden sein Werk. Seine Augen glühten. »Der Schwarze Schlüssel kehrt heim«, sagte er leise. »Vor so langer Zeit der Sphäre entrissen, damit Durta Slargins Wanderschaft beginnen konnte... nun wird sein Stab ein zweites Mal die Tore öffnen.«

Er blickte auf die Treppe. Dort sprangen noch immer die Flammen über die geschmolzenen Stufen, auch wenn sie nicht mehr so heiß brannten wie noch vor Tagen. Nhordukael entsann sich der Stunde, als er sie zum ersten Mal emporgestiegen war, geführt von der Priesterin Sai'Kanee. Sie hatte Durta Slargins Stab getragen, und mit seiner Kraft hatte sie Baniter Geneder in die schwarze Mauer gestoßen. Dort war der Fürst noch immer gefangen; sein erstarrtes Gesicht, die reglosen Hände, die das Buch hielten, die schwarzen Lippen, die fremde Worte murmelten...

»Ich befreie dich«, sagte Nhordukael mit fester Stimme. Er blickte auf die Stadt aller Städte, auf die Geister, die am Fuß der Treppe umherstrichen und ängstlich zu ihm emporblickten. »Ich befreie dich und diese Stadt.«

Seit das Geisterwesen Glam ihn fast überwältigt hatte, waren viele Stunden vergangen; Stunden, in denen Nhordukael neue Kraft geschöpft hatte. Noch immer schmerzte sein Arm, der in dem goldenen Harnisch gesteckt hatte. Die Glut in ihm war erloschen, und er wußte, daß sie nicht mehr in die Adern zurückkehren würde. *Fast hätte Mondschlund doch meinen Körper geraubt, wie er es von Anfang an plante. Aber mit Zwang kann er die Welt nicht beherrschen. Er wird es bald begreifen.*

Nhordukael dachte an Sardresh, dessen verkohlter Leichnam am Fuß der Treppe lag. *Wie konnte ich ihn vergessen… und die Überreste von Slargins Stab! Als ich ihn Sai'Kanee entriß, müssen die Brocken die Stufen herabgefallen sein; dort hat Sardresh sie aufgelesen.* Der Wahn des Baumeisters, seine irrwitzige Stadt zu beschützen, war so groß gewesen, daß er die brennende Treppe herabgestiegen war und Nhordukael mit dem Schwarzen Schlüssel niedergestreckt hatte. *Welch eine Macht wohnt in ihm, daß er die Menschen dazu bringt, ihr Leben fortzuwerfen?*

Nhordukael packte den Stab mit beiden Händen. Er hatte ihn mit seinen heißen Fingern aus dem Harnisch geformt und die schwarzen Brocken in das Gold eingeschmolzen. Die Magie des Schwarzen Schlüssels… sie lag nun in diesem Gebilde, und wie der alte Stab Durta Slargins würde auch er seinem Träger die Sphäre eröffnen. Zumindest hoffte Nhordukael dies. Er hatte die Sphäre schon mehrfach durchschritten; doch dabei war sein Körper an einem Ort geblieben – im Auge der Glut, unter dem Brennenden Berg Amos. Dieses Mal aber würde Nhordukael ihn mitnehmen und sich der Sphäre ganz anvertrauen.

*Der Harnisch hätte mich sicher durch die Quellen getragen*, rief er sich in Erinnerung. *Doch er hätte mich auch zu Mondschlunds Sklaven gemacht, mir den letzten Willen geraubt. Mit dem Stab wird mein Weg beschwerlicher sein. Aber wenn es Sterngänger gelang, die Sphäre zu durchschreiten, kann auch ich es.*

Er erhob sich. Am Fuß der Treppe wimmerten die Geister; etwas schien sie zu plagen, denn sie sanken zu Boden, ihre Körper zitterten. Und die gläsernen Türme der Stadt verblaßten vor Nhordukaels Augen. Ihre Kraft schwand.

*Soll diese Stadt bestehen?* Er hatte sich die Frage in den letzten Stunden häufig gestellt und sich doch vor der Antwort gedrückt. *Ich könnte das Feuer des Brennenden Berges entfachen, die Gänge des Verlieses ausbrennen, die Stadt für immer vernichten. Aber darf ich dies tun? Darf ich Mondschlunds Werk auslöschen ... und mit ihm auch Vara?* Denn die Flammen, so wußte er, würden aus dem Verlies emporschlagen. Vara würde brennen, und alle Menschen, die hinter ihre Mauern geflohen waren, würden sterben. Schon einmal hatte Nhordukael eine Stadt ausgelöscht ... die Stadt Thax. Damals hatte ihn der Haß auf die Kirche zu dieser Tat getrieben, sein Haß auf Magro Fargh und die Priester. Er wollte nicht noch einmal von ihm übermannt werden.

»Wir sind keine Sklaven«, sagte er leise zu sich. »Wir haben einen freien Willen. Und ich will diesem Krieg ein Ende machen. Vara soll nicht für die Taten von Mondschlund und Sternengänger büßen.«

Er drehte sich zur schwarzen Mauer um. Die Skulptur ragte leblos aus dem Metall. Baniters Gesicht wirkte gequält, die Lippen schartig. Sein Wispern war kaum zu verstehen.

Nhordukael umschloß den Stab fest. Er drückte die Spitze sanft gegen Baniters Stirn. Das Gold funkelte auf. Nhordukael spürte einen kurzen Widerstand. Schon verflüssigte sich das Metall der Mauer. Er stieß nun fester zu, drückte mit dem Stab gegen die Skulptur.

Die Wand glich geschmolzenem Wachs. Mit einem schmatzenden Laut verschwand Baniters Kopf in dem Schlüssel, dann seine Hände, dann das Buch ...

*Die Magie des Stabs wirkt!* Nhordukaels Herz pochte schnell. *Ich kann die Sphäre beeinflussen!*

Er stocherte in der Mauer, die zu einer glatten, glanzlosen Fläche geworden war. Das Ende des Stabs versank in ihr. Nhordukael atmete tief durch.

*Nur ein Schritt, ein einziger Schritt, um sie zu durchschreiten, um Baniter zu finden ... und auch Mondschlund. Ich höre seinen Gesang! Er hält den Fürsten gefangen, er zwingt ihn dazu, seine Stadt zu errichten.*

»Wir sind keine Sklaven!«

Mit einem entschlossenen Schritt stieg Nhordukael in die Mauer. Der Schwarze Schlüssel nahm ihn auf. Sein Körper verschmolz mit der Sphäre; und eine Flammenspur folgte ihm … brennende Fußspuren und der Abdruck eines Wanderstabs.

»Mir nach … folgt mir … folgt dem Schwan!«

Schlurfende Schritte, taumelnde Füße, zerfetzte Schuhe. Sie drängten sich erschöpft aneinander, ihre Köpfe gesenkt, die Bündel fest in ihren Händen. Die Kinder hatten kaum noch Kraft zu weinen; zu viele Tränen hatten sie vergossen. Doch auch sie mußten weiterschreiten, durch den Gang, dessen Wände in einem unheimlichen Licht erstrahlten … grün glimmendes Moos, das aus allen Ritzen wucherte.

»Folgt mir! Folgt Uliman …«

An der Spitze des Trosses taumelte Sinustre Cascodi. Ihr blasser Mund stand offen, die Haare hingen ihr wirr ins Gesicht. Immer wieder blickte sie sich nach den Menschen um, riß einen von ihnen am Kragen vorwärts, damit er schneller ging. Auf ihrer Stirn prangte das Rosenzeichen, verkrustetes Blut auf bleicher Haut.

»Folgt Uliman … er führt uns zu Sternengängers Insel … er schenkt sie uns … und wer zurückbleibt, wer nicht sein Zeichen trägt, der muß durch das Tal von Nekon schreiten … der muß den Todeshauch atmen … voran, voran!«

Sinustre blieb stehen. Vor ihr lag eine Wegkreuzung; mehrere Gänge trafen aufeinander. In einem von ihnen glommen gläserne Augen auf, und das Fauchen des Schwans war zu hören. Er spreizte die Flügel und flatterte zu der Menschengruppe zurück. Seine Schwingen verloren dunkle Federn.

»Hört mich an!« Sinustre wisperte die Worte, die der Schwan ihr eingab. Ihre verstümmelte Zunge bebte zwischen den Lippen. »Bald sind wir am Ziel! Ich spüre den Ausgang … er ist nicht mehr weit! Traut ihr mir nicht? Zweifelt ihr an Uliman? Nur ich kann euch von Sternengängers Joch befreien … folgt mir!«

Der Schwan fauchte. Kurz flog er über die Köpfe der Menschen hinweg, wirbelte wieder herum und flatterte aufgeregt über Sinustres Kopf.

»Schnell! Die Schatten nahen ... sie suchen uns ... wollen uns aufhalten! Weiter ... beeilt euch ... so schnell die Füße euch tragen!«

Nun rannten sie; Troublinier und Varoner, Staker und Kaufleute: Sie alle folgten dem Schwan, der mit einem schrillen Kreischen in einen Gang flog. Dieser führte abwärts, in die Tiefe.

Als sie verschwunden waren und ihre Schritte verhallten, erlosch das Schimmern des Mooses. Schatten flossen aus den Mauerritzen, krochen über die Wände, ballten sich zusammen und folgten den Fliehenden. Das Verlies wollte nicht, daß jemand die Gänge durchschritt; es wollte all jene aufspüren, die sich dem Herrn der Schatten entzogen.

Die schwarze Wolke floß schneller, immer schneller ... ein zäher Sud, der alles Licht verschlang. Schon hatte sie die Wegkreuzung erreicht und wollte sich in den Gang ergießen, in dem der Schwan und sein Gefolge verschwunden waren. Doch dann streifte ein Lichtstrahl den Schatten. Eine Laterne!

Er schreckte zurück! Zerriß in zwei Hälften, und diese schrumpften, gerannen zu Formen ... zu Lemuren, Schattengeistern mit bizarren Gliedern, die auf den Wänden tanzten.

»Meine Freunde, nicht so vorschnell! Wo wollt ihr nur hin? Wohin scheucht euch Mondschlund, der Verruchte?«

Aus einem der Gänge trat der Schattenspieler. Er hatte die Laterne unter den Arm geklemmt; mit den Händen bewegte er kunstvoll die Hölzchen der Scherenschnitte. Die Schatten folgten seinen Gesten, formten sich zu artigen Figuren: einem stolzen Baum mit rauschenden Ästen, einer Frau mit wehendem Schleier, einem kleinen Hund, der sich scheu auf dem Boden zusammenkauerte.

»So gefallt ihr mir besser, meine Freunde! Lernt Geduld, lernt Muße. Genau wie eure Brüder, die in den Zweigen von

Schattenbruch umherhuschen, sollt auch ihr durch die Dunkelheit schweben... frei und mit Würde.«

Aldra lächelte. Zwischen seinen Füßen flitzten die Kieselfresser hindurch und lugten mißtrauisch auf die Erscheinungen. Grimm wagte sich sogar ein bißchen weiter; er fauchte und drohte mit den Tatzen. Doch eine plötzliche Bewegung des Hündchens raubte ihm allen Mut. Er purzelte auf die Nase, und mit einer irrwitzigen Rolle brachte er sich in Sicherheit.

Nun trat Cornbrunn aus dem Gang. »Und wieder Schatten«, fluchte er. »Das ganze Verlies ist voll von ihnen! Woher kamen diese, Aldra? Habt Ihr sie aus den Mauern hervorgelockt?«

Der Schattenspieler sah ihn empört an. »Keineswegs! Das ist Mondschlunds Brut... er hetzt sie durch das Verlies. Warum nur, meine Freunde? Was will der Blender damit erreichen?« Er blinzelte in das Licht der Laterne. »Etwas geht dort oben vor sich... in der Stadt, die über dem Verlies liegt. Fürchtet Mondschlund, seinem Widersacher zu unterliegen? Ist dieses wilde Schattenspiel ein letztes Aufbäumen des Blenders?« Ratlos zuckte er mit den Schultern. »Wenn Mondschlund fällt, sind seine Schatten ganz entfesselt. Aber was dann, meine Freunde? Werden sie sich in dunklen Winkeln verkriechen und vergehen, wenn der erste Lichtstrahl sie küßt? Werden sie in der Nacht dem Verlies entsteigen, um die Menschen zu jagen... um sie für Mondschlunds Fall zu strafen? Das könnte ich nicht ertragen – ich, der ihnen allen Frieden wünscht. Mondschlund hätte sie niemals aus dem Schwarzen Schlüssel lösen sollen.«

Cornbrunn wurde ungeduldig. »Wir sollten jetzt nicht darüber nachdenken. Erinnert Euch an Eure eigenen Worte, Aldra: Wir wollten Aelarian finden und das Kind aufhalten, den elenden Schwan... so war die Reihenfolge. Sind wir denn zumindest auf dem richtigen Weg?«

»Ganz bestimmt, mein ungeduldiger Freund.« Aldra faltete die Scherenschnitte zusammen und ließ sie in seinen

Taschen verschwinden. Sogleich verblaßten die Schattengeister; nichts blieb von ihnen auf den Wänden zurück. Grimm und Knauf bemerkten es mit Erleichterung. Sie stürzten schnaubend zu der Stelle, wo sich eben noch das Schattenhündchen gewälzt hatte, und schnüffelten zwischen den Steinen, als wüßten sie nicht, daß es dort nichts mehr zu finden gab.

Der Schattenspieler strich über die Kette an seinem Hals. »Der Schwan eilt uns voraus ... die Kette verrät es mir. Es gibt eine Verbindung zwischen ihr und der seinen. Der Silberne Kreis, er besteht noch immer und fesselt uns aneinander. Das Kind Uliman irrt durch die Gänge, aber es wird stets in meiner Nähe sein; und wer von uns zuerst Sternengängers Insel findet, der bestimmt auch den Weg des anderen. Dies ist Sternengängers Fluch. Der Fluch des Silbers.« Er wiegte den Kopf. »Wir müssen ihm zuvorkommen, meine Freunde. Sonst wird der Hauch von Nekon über die neue Insel kriechen, und alle, die sich dorthin gerettet haben, gehen zugrunde ... «

»Wie in Nekon«, flüsterte Cornbrunn. Der Schattenspieler hatte ihm von der gräßlichen Schlacht erzählt, der letzten des Südkriegs, als die Bathaquari das vereinte Heer der Arphater und Gyraner ausgelöscht hatten ... Ein fauliger Hauch war durch das Tal von Nekon geweht und hatte nur jene verschont, die sich zu Tathril bekannt hatten – dem Gott der Sitharer und Troublinier, dem Gott der Bathaquar. Mit mulmigem Gefühl dachte Cornbrunn an die Worte, die der Schwan in der Höhle gesprochen hatte.

»Dann also weiter«, sagte er, von plötzlicher Unruhe ergriffen. »Wir müssen den Ausgang vor ihm finden! Hoffentlich wißt Ihr, was danach geschehen soll. Mit Euren Papierfetzen werdet Ihr diesem Biest wenig Angst einjagen.« Er wollte sich am Schattenspieler vorbeidrängen. Doch dieser hielt ihn zurück.

»Sachte, sachte, mein Freund. Haben wir nicht etwas vergessen?«

Cornbrunn wurde ungehalten. »Vergessen? Wart Ihr es

nicht, der mich zur Eile antrieb? Nun kommt, Aldra! Uns bleibt keine Zeit mehr!«

»Die Zeit sollte ausreichen, um dir ein paar Backpfeifen zu verpassen«, höhnte hinter ihm eine Stimme. »Und Ihr, Aldra, nehmt bloß die Laterne herunter. Cornbrunns Schatten macht sich recht häßlich auf den Wänden, was nicht allein an seiner mißgestalteten Nase liegt.«

Die Kieselfresser quiekten. Grimm raste wie toll durch den Gang, wo aus dem Dunkel ein Mann hervortrat.

Es war Aelarian. Er humpelte, sein Mantel war zerschlissen, der Bart zerzaust wie in seinen wildesten Tagen. Aber der Großmerkant lächelte so herzlich, als wäre er nur kurz hinter einer Ecke verschwunden gewesen. Er bückte sich und nahm Grimm auf die Handfläche, hielt den vor Freude schnaufenden Kieselfresser an sein Gesicht und ließ sich von ihm ein paar Tatzenhiebe auf die Wange verpassen.

Der Schattenspieler blinzelte. »Nun seht ... das überrascht mich, meine Freunde! Aelarian Trurac! Wie konntet Ihr ohne meine Hilfe ins Verlies zurückfinden?«

Aelarian humpelte ihm entgegen, zog aus der Tasche die Scherenschnitte und überreichte sie Aldra. »Eure Schattenfreunde waren gar nicht so übel, wie ich dachte. Sie zeigten mir den Zugang und haben mich sicher durch die Gänge geführt. Und wie ich sehe, seid Ihr mir entgegengegangen.«

Er blickte nun auf Cornbrunn. Seine Augen blitzten frech.

»Selbst meinen plumpen Diener habt Ihr im Schlepptau, Schattenspieler. Ich hoffe, er war Euch keine zu große Last. Ich weiß, er frißt wie ein Scheunendrescher, schläft bis in die Puppen und mault über jede Arbeit, die man ihm aufträgt. Doch so ganz kann man nicht von ihm lassen ...«

Cornbrunn schüttelte verdattert den Kopf. »Dabei wäre das ganz einfach. Bezahlt Eurem Diener den Lohn für mehrere Jahre und ein üppiges Schweigegeld, damit er nicht Eure schmutzigen Geheimnisse ausplaudert; etwa, daß Ihr nach einer durchzechten Nacht das Wasser nicht halten könnt oder daß Ihr in schwülen Nächten die schlechtesten Reime plappert, die je ein Troublinier ersonnen hat.«

»Reime?« Aelarian zog die Augenbrauen hoch. »Zugegeben, mein Bester, wenn ich in Laune war, über dich ein paar Reime zu erfinden, mögen diese nicht die besten gewesen sein. Aber was reimt sich schon auf Faulheit und Starrsinn? Dummheit und Doppelkinn?«

Zu ihren Füßen tollten die Kieselfresser, flitzten und purzelten mit überschäumender Lebensfreude über Aelarians Stiefelspitzen. Der Großmerkant hob die Hand. Legte sie auf Cornbrunns Wange. Auf seine Brust. Zog ihn dann mit einem heftigen Ruck an sich und vergrub das Gesicht in Cornbrunns Haar.

Hinter ihnen löschte der Schattenspieler hastig die Laterne. Er wollte die Zeit nutzen, um sie gründlich zu säubern und mit neuem Öl zu füllen. Er war letzten Endes doch ein rührseliger Mensch und höflich genug, um die eigenen Freudentränen vor den vereinten Troubliniern zu verbergen.

Baniter las.

Er wußte nicht, wie oft er sie schon erzählt hatte, die Legende von der Stadt aller Städte, die Legende von einem Kaiser namens Baniter Geneder, der mit seiner Gemahlin über die letzte Zuflucht der Menschen herrschte. Dies waren die Worte, die Mondschlund ihn zu lesen zwang; sein Gesang schmerzlich schön, seine Stimme klar und lockend. Noch immer kauerte Baniter an jenem Tisch in dem dunklen Saal, in den Händen das Buch, um ihn die Geister von Cladimor, Apetha, Darcon und Lyndolin Sintiguren, die in der Dunkelheit wimmerten. Und dort war auch Mondschlund. Baniter konnte ihn aus den Augenwinkeln erkennen; seine feiste Gestalt, das schwarze, grausame Gesicht, dessen Augen geschlossen waren. Und er hörte sein Lied, süß wie nie zuvor.

Der Schwarze Schlüssel aber ruhte schwer in Baniters Händen. Er ließ den Fürsten nicht los. Seine Augen huschten über die Luchszeichen, seine Lippen murmelten die Worte, die auf dem Pergament erschienen, und der heiße Wind, der durch den Saal strömte, blätterte die Seiten um. Er trug feine Sandkörner mit sich; sie blieben an der zähen Tinte der Schriftzeichen hängen.

Baniter las.

Er wußte nicht, wie lange er nun schon in der Sphäre gefangen war, seit wie vielen Tagen er Mondschlunds Lügen las. *Die Legende einer Stadt, die niemals hätte entstehen dürfen. Wahnwitzige Bauten aus Glas, ersonnen von Sardresh dem Schwärmer, doch letztlich erschaffen von mir ... ja, von mir.* Bitter war die Erkenntnis, daß sein Ehrgeiz, seine Machenschaften dazu beigetragen hatten, Mondschlunds Plan wahr werden zu lassen. Baniter hatte die Ehre seiner Familie retten wollen; doch statt dessen war er einem vorgezeichneten Pfad gefolgt, hatte das Leben seiner Frau und seiner Kinder aufs Spiel gesetzt. *Jundala ... ich sehne mich nach dir. Wo immer du bist – es soll dir gutgehen, dir und den Mädchen; meiner tapferen Sinsala, der kleinen Marisa, diesem Raufbold, und Banja mit ihrem ernsten Gesichtchen ...*

Die Ohnmacht ließ ihn fast den Verstand verlieren. Daß er hier gefangen war und das Schicksal seiner Familie in Sterngängers Händen lag, war mehr, als er ertragen konnte. Und so las er weiter, voller Zorn, seine Worte kraftlos ... Lügen um Lügen, von Mondschlund in die Welt gebracht.

Baniter las.

Doch dann spürte er ein jähes Brennen auf der Stirn; ein Schmerz, der seinen Kopf wie ein glühender Speer durchstieß. Baniter brüllte auf. Riß die Hände empor. Das Buch fiel polternd auf die Tischplatte.

Er blickte auf.

Vor ihm, auf dem Tisch, stand ein Mann. Sein Körper glühte; verbrannte Tücher hingen in Fetzen von seinem Leib. Flammen schlugen aus ihnen hervor. Nur der rechte Arm war nicht vom Feuer ergriffen; er wirkte schwarz und tot. In den Händen hielt er einen goldenen Stab, dessen Spitze auf Baniters Stirn gerichtet war.

»Nhordukael«, entfuhr es Baniter. Sein Mund war trokken, er konnte den Namen kaum sprechen.

Mondschlunds Gesang brach ab. Der letzte Ton seiner Melodie verhallte im Saal, der in roten Flammenschein getaucht war. Auf den Schemeln krümmten sich die Geister; sie duckten sich vor dem Auserkorenen.

»Ich wußte, daß ich Euch finden würde, Baniter.« Nhordukael senkte den Stab. Ein Tropfen geschmolzenen Goldes traf zischend auf die Tischplatte. »Gefangen in den Tiefen der Sphäre ...«

Er reichte dem Fürsten die Hand. Baniter ergriff sie; sie war so heiß, daß er sie vor Schreck fast wieder losließ. Doch Nhordukael zerrte ihn empor. Mit zitternden Knien stand Baniter vor dem Tisch, starrte auf seine Hände und auf das Buch, in dem die Luchszeichen glänzten.

»Der Schwarze Schlüssel ... er hat mich losgelassen!« Er hielt sich an der Tischkante fest. »Wer hat dir diese Macht verliehen, Nhordukael ... die Macht, mich zu finden und diesen Bann zu brechen?«

Nhordukael stieß mit dem Stab vorsichtig gegen das Buch. Die Seiten färbten sich schwarz. »Mondschlund hat Euren Körper in die Sphäre entführt. Doch Ihr seid ihm nicht freiwillig gefolgt; er mußte Euch den Schwarzen Schlüssel mit Gewalt in die Hände zwingen. Euer Wille war ungebrochen, er hinterließ eine Spur in der Sphäre. Dieser Spur bin ich gefolgt.«

»Dann hatte es wohl doch sein Gutes, daß Sai'Kanee mich in die Mauer stieß.« Baniter blickte auf das Buch, dessen Seiten sich kräuselten und unter dem Stab zerschmolzen. »Aber du kommst zu spät, Nhordukael. Ich habe Mondschlund meine Stimme geliehen. Ich habe seine Stadt erweckt.«

»Das ist wahr. Niemand kann es ungeschehen machen.« Nhordukael wandte sich zu Mondschlund um. »Aber er wird nicht länger über diese Stadt gebieten. Nie wieder.«

Der Zauberer hatte die Augen geöffnet. Sie waren tiefschwarz; Furcht glitzerte in ihnen. Mondschlund wimmerte, zerrte an seinen Ketten.

»Nhordukael«, preßte er hervor. »So große Hoffnungen habe ich in dich gesetzt!« Das Sprechen fiel ihm schwer, seine Stimme klang dünn. »Ach, hättest du mir nur vertraut und den Harnisch übergestreift. Wie willst du ohne ihn die Sphäre durchschreiten? Wie willst du Sternengänger ohne mich zu Fall bringen?«

Nhordukael hob den Stab. »Ich brauche deine Hilfe nicht, Mondschlund. Gharax braucht sie nicht. Du wirst uns verlassen. Endgültig.«

Mondschlund öffnete gequält den Mund. Er versuchte noch einmal zu singen, ein leises, zaghaftes Lied. Doch er brachte nicht mehr als ein Krächzen hervor.

Nhordukael holte aus. Dann trieb er ihm mit aller Kraft das Ende des Stabs in den Mund, so fest, wie einst Magro Fargh ihm den Silberstab zwischen die Zähne gestoßen hatte. Zähne zersplitterten. Mondschlund würgte. Von den Lippen troffen Speichel und Blut.

»Und Mondschlund schweigt«, flüsterte Nhordukael.

Mondschlund wurde von Krämpfen geschüttelt. Sein Oberkörper sackte nach vorn; nur der Stab hielt ihn aufrecht. Flammen zischten in seinem Mund. Und aus allen Poren, aus winzigen Wunden, die sich auf seiner Haut öffneten, spritzte flüssiges Gold, in heißen Tröpfchen, die auf der Tischplatte niedergingen wie ein kostbarer Regen.

Baniter beobachtete mit Grauen, wie Mondschlunds geisterhafter Leib erstarrte. Er war nun nicht mehr als eine goldene Hülle, rußend und von Flammen umzuckt.

Nhordukael zog den Stab zurück. Mit einem Knirschen löste er sich von Mondschlunds goldenem Kiefer.

»Und Sternengänger?« fragte er plötzlich. »Wo ist Sternengänger?« Er drehte sich zu Baniter um.

»Er ist fort! Im Körper des Jungen.« Baniter hütete sich zu erklären, daß er selbst Durta Slargin befreit hatte.

»In Laghanos' Körper?« Traurig setzte Nhordukael die Spitze des Stabs ab. »Mondschlund schweigt, aber Sternengänger schreitet erneut durch die Welt. Ich konnte es nicht verhindern.« Seine Augen schienen Baniter zu durchdringen. »Alles kommt, wie es kommen muß. Eine letzte Begegnung... ich muß ihm durch die Sphäre folgen und mich ihm dort stellen, wo er mächtiger ist als ich. Aber ich lasse es nicht zu, daß er siegt!«

Er stieg vom Tisch herab und stand nun neben Baniter. Der Fürst spürte die Gluthitze seiner Flammen.

»Ich kann Euch nicht mitnehmen, Baniter – nur meinen eigenen Körper. Ihr müßt durch das Verlies gehen. Aber es wird Euch gewiß leichtfallen, nun, da Ihr die Geheimnisse des Schwarzen Schlüssels kennt.« Nhordukael deutete auf das Buch. »Wißt Ihr, wo sich der Ort befindet, an dem Ihr gefangen seid? Kennt Ihr diesen Saal?«

Baniter sah sich um. Die Geister ringsum verblaßten; selbst die tote Hülle Mondschlunds verlor ihren Glanz. Doch der glühende Wind strich noch immer um seine Schultern. Er spürte die Sandkörner auf der Haut.

»Es ist der Pradan-Anuf. Der Wind der praatischen Wüste. Lyndolins Traum...« Baniter nickte langsam. »Ja, ich kenne den Ort. Ich war schon einmal ganz in seiner Nähe.«

»Dann werdet Ihr den Weg durch die Sphäre allein finden.« Nhordukael packte den Stab mit beiden Händen. »Achtet auf die Türen des Verlieses. Sie öffnen sich den Wissenden... allen, die der Sphäre zu nahe kamen.« Er wandte sich um. »Wir werden uns nicht wiedersehen, Fürst Baniter. Ich muß den Goldéi ein letztes Mal entgegentreten – und Sternengänger. Denn wenn ich es nicht tue, ist Gharax umsonst untergegangen. Ihr aber seid nun ein freier Mensch. Geht nach Vara zurück, wo Ihr hingehört. Ihr seid nicht länger Mondschlunds Sklave, und kein Kaiser, kein Herrscher, kein Fürst. Vergeßt nicht, wer den Silbernen Kreis schuf. Vergeßt nicht, daß er zersprungen ist.«

Nhordukael schloß die Augen. Er hob seinen Stab. Öffnete seine Augen der Sphäre.

Der Widerschein der Flammen erlosch. Dunkelheit füllte den Saal, und Baniter wurde von einem jähen Schmerz zu Boden geworfen; seine Kehle wie von Nadeln durchbohrt, seine Stirn von einem Hieb getroffen, der all seine Sinne betäubte.

»Und du bist dir sicher, daß es Uliman war?«

Die beiden Troublinier schleppten sich mühsam durch den engen Gang. Cornbrunn stützte den Großmerkanten; dieser lahmte noch immer, seit er sich in Kahidas Hallen den Knöchel verstaucht hatte. Der Weg wand sich in irrwitzigen Kurven; vor ihnen eilte der Schattenspieler und winkte mit seiner Laterne.

»Uliman…nein, ich will es nicht glauben!« Aelarian Trurac schüttelte den Kopf. »Halb Kind, halb Schwan, eine silberne Kette um den Hals und schwarze Flügel auf dem Rükken…das klingt nach einer Geschichte, wie sie selbst die Fischer Rhagis nicht dreister hätten erfinden können. Hast du das nicht vielleicht alles geträumt, Cornbrunn?«

Sein Diener blickte ihn sauertöpfisch an. »Es ist mir ernst damit! Der Knabe rief mehrmals seinen Namen, und er trug die Fürstenkette der Thayrin. Blonde Locken. Ein zartes Gesicht. Halb Kind, halb Schwan.« Er schlang den Arm fest um Aelarian. Mit einem Schnalzen scheuchte er die Kieselfresser fort, die betroffen um ihre Schuhe strichen.

»Wenn das wahr ist…« Aelarian ballte die Fäuste. »Oh, wenn das wirklich wahr ist, dann bedauere ich es, nicht in das Feuer gespuckt zu haben, in dem Rumos Rokariac verbrannte. Was hat er mit dem armen Kind gemacht?« Er biß sich auf die Lippe. »Uliman war kein schlechter Junge…nur einsam. Er war so jung, als sein Vater ihn nach Troublinien schickte, kaum sechs Jahre alt. Er hat es nie verstanden, warum Akendor ihn loswerden wollte. Es war soviel Angst in ihm – sein schwacher Vater hatte sie ihm eingeflößt, und Rumos machte sie sich später zunutze.« Er schmiegte sich an Cornbrunn, ganz in Gedanken versunken. »Armer, kleiner Uliman. Ich hätte weiter mit dir auf Wanderschaft gehen sollen, damit du alle Meere von Gharax siehst…wo du das

Wasser doch so geliebt hast. Ja, ich hätte mich dem Gildenrat widersetzen sollen, als er dich dem Priester Rumos auslieferte. Das ist meine Schuld. Meine Bürde.«

»Allzuschwer scheint Ihr nicht an ihr zu tragen«, ätzte Cornbrunn. »Anders als ich. Habt Ihr auf Tyran ein paar Steine zugelegt, Großmerkant?«

Aelarian stutzte. Er griff in eine der Taschen seines Gildengewands und suchte nach etwas. Dann lächelte er zufrieden.

»Zugelegt? Wohl kaum. Auf der Insel gab es nichts als steinerne Rosen und Windgeister – und geschmacklose Reden von Sternengänger, die keinen satt machen.«

Cornbrunn grinste. »Ihr müßt Euch prächtig mit ihm verstanden haben.«

Er blieb stehen, da Aldras Laterne ihn blendete.

»Spottet nicht über ihn, meine Freunde«, sagte der Schattenspieler. Er hatte an einer Krümmung des Gangs auf sie gewartet. »Wenn es wahr ist, was Aelarian erzählt, ist Sternengänger sehr mächtig geworden. Ein neuer Leib, ein neues Leben und eine Maske aus Gold … meine Freunde, der Weg, der vor uns liegt, ist mehr als steinig. Und doch müssen wir ihm bis zum bitteren Ende folgen.« Er schüttelte ratlos den Kopf. »Wir müßten längst am Ziel sein. Es ist der richtige Weg, die Kette sagt es mir. Aber hinter uns lauern die Schatten. Sie verfolgen uns, sie sind in Aufruhr! Mondschlunds Gesang bannt sie nicht länger. Laßt uns rasch weitergehen.«

Sie stolperten voran. Aldra fiel nun hinter den Troubliniern zurück; er schritt rückwärts, spähte mißtrauisch in den Abschnitt, der hinter ihnen lag. Seine Laterne schwankte.

»Pssst … ich höre sie! Sie sind tückisch, sie wandeln zwischen den Steinen!« Sein käuzchenhaftes Blinzeln wurde unruhig. »Ja, sie flüstern mir zu! Sie sprechen von Mondschlunds Tod … sie wollen wissen, ob ich etwas damit zu schaffen habe. Sie dürsten nach Rache! Sie kommen! SIE KOMMEN!« Er schrie auf. »Seht euch nicht um, Troublinier!«

Seine Warnung kam zu spät. Aelarian und Cornbrunn hatten sich längst umgewandt. Ihre Augen weiteten sich.

Dort, wo eben noch der Gang gewesen war, klaffte ein Abgrund. Keine Mauern. Kein Ende. Bodenlose Schwärze; das Rascheln ihrer Füße und ihre Atemzüge hallten hinaus in eine grauenvolle Finsternis, die sich als endloser Raum über ihnen wölbte … wie eine lichtlose Höhle, in der sie verloren waren, nicht mehr als winzige Lichtflecken, gehalten vom Schein der Laterne.

Das Grauen des Verlieses – nun erst begriffen sie es! Die Wände hatten sie die ganze Zeit getäuscht … durch diese Finsternis hatte der Schattenspieler sie geführt, und nichts umgab sie als der eisige Hauch der Sphäre, der ihre Glieder umfloß.

Die Schwärze rann wie ein Sturzbach auf die Männer herab, langsam und zäh, doch unausweichlich in ihrem Drängen, sie zu umschließen.

»Dreht euch doch um, meine Freunde!« befahl Aldra.

Aber sie konnten es nicht. Sie starrten auf den flüssigen Schatten. Glaubten in ihm eine Fratze zu erkennen. Das Antlitz der Sphäre. Sie wagten kaum zu atmen.

Der Schattenspieler packte die Hand des Großmerkanten. Preßte Aelarian einen kalten Gegenstand in den Handteller.

»Rennt!«

Und das taten sie. Sie rannten, wie sie nie zuvor in ihrem Leben gerannt waren; zwischen ihren Füßen die Kieselfresser, die quiekend und fiepend mit ihnen flohen. Der Gang führte steil aufwärts, doch sie bemerkten es nicht, rannten nur, keuchten, hielten sich an den Händen fest, und Aelarian spürte weder seinen verletzten Fuß noch das Stechen in der Brust, er wollte nur fort, fort von dem Grauen …

Der Schattenspieler aber verharrte im Gang. Er richtete sich vor dem Schatten auf, der das Licht der Laterne verzehrte, den hellen Schein zu Schlieren verwischte.

»Nun ist es soweit.« Aldra blickte tapfer empor. »Der Herr der Schatten ist tot, und ihr trauert um ihn. Ich kann euren Schmerz nicht lindern, meine Freunde. Aber ich kann es nicht zulassen, daß ihr an den Menschen Rache übt. Sie haben genug gelitten ... ja, das haben sie.«

Er riß sein Hemd auf, zog von seinem Gürtel mehrere Schattenfiguren. Die Hölzchen klapperten mit hellem Laut aneinander.

»Ihr müßt mit mir gehen, Freunde. Ich bringe euch nach Schattenbruch ... dort sollt ihr mit mir bleiben, auf ewig ... dorthin verbanne ich euch. Das Zeitalter der Wandlung endet. Alle Magie muß weichen. Auch ihr, meine Freunde. Auch ich.«

Er hob die Figuren. Seine Hände zitterten.

Die Laterne fiel herab, zerschellte auf den Steinen. Die Schatten stürzten auf Aldra nieder, und er verschmolz mit ihnen. Dann herrschte Ruhe im Verlies der Schriften.

Aelarian und Cornbrunn waren weitergerannt, ohne sich noch einmal nach dem Schattenspieler umzusehen. Erst als sie kaum noch atmen konnten, lehnten sie sich gegen die Wände und schnappten nach Luft.

»Weiter ... wir ... dürfen ... nicht ... stehenbleiben ...« Cornbrunn sackte an der Mauer herab. »Wir müssen ... weiter ...«

Aelarian öffnete die Faust, die er die ganze Zeit geschlossen hatte. In ihr lag die silberne Kette der Aldra.

»So ... ein Hund ...«, fluchte er. »Was ... will er mir ... damit sagen? Daß ich ... Uliman allein finden soll ... ausgerechnet ... ich?«

Er schleppte sich zu Cornbrunn, zerrte ihn empor, und sie liefen weiter, folgten dem Gang, der immer schmaler wurde, dunkler und gedrungener. Er mündete schließlich in eine Kammer. Sie war so eng wie ein Rübenkeller. Ja, ein Keller – tatsächlich! Fast stolperten die zwei Troublinier über eine verlauste Decke, eine Kiste mit uralten Gläsern und ein zertrümmertes Faß, das ihnen im Weg lag. Holzbretter lehnten an den Wänden, und von einem Haken baumelten muffige Kleider, mottenzerfressene Mäntel, ein Seil mit kupferbeschlagenen Enden.

Der Gang endete hier.

»Wir... müssen weiter!« schrie Cornbrunn.

»Es geht aber... nicht weiter!« Aelarian blickte zur Decke des Kellers. Von dort drang Licht durch die Ritzen der Holzbohlen.

»Sieh doch! Eine Falltür!«

Ohne zu zögern packte der Großmerkant einen Reifen des zerstörten Fasses, und mit kräftigen Stößen hämmerte er von unten gegen die Falltür, versuchte sie aufzustoßen. Sie rüttelte und knirschte. Cornbrunn erwachte aus seiner Erstarrung. Er packte Aelarians Beine und hob ihn höher, damit er näher an die Decke gelangen konnte.

Dann aber wurde die Falltür aufgerissen. Grelles Licht fiel in den Keller. Die Troublinier purzelten zu Boden und hielten sich die Hände vor die Augen.

»Welcher Saufbold schlägt mir da meine Dielen kaputt?« Ein wütendes Zetern schallte herab. »Zeig dich, Bursche, damit ich dir den Schädel zertrümmern kann! Bist wohl gestern nacht in deiner eigenen Kotze ausgerutscht und in den Keller geschlittert, was? Ha, dir gebe ich Fersengeld!«

Aelarian ließ die Hand sinken. Ungläubig starrte er zu der offenen Luke empor.

Und es ließ sich schwer sagen, wer von den beiden dümmer dreinschaute, als sie sich gegenseitig erkannten: Aelarian Trurac, Großmerkant aus Troublinien, der rücklings auf dem Kellerboden lag – oder Stolling, Wirt der *Roten Kordel*, der aus dem Schankraum auf die ungebetenen Gäste hinunterblickte.

Als Baniter zu sich kam, fand er sich auf dem Boden wieder. Sein Schädel dröhnte. Um ihn Dunkelheit, unter ihm kratzender Sand. Stöhnend richtete er sich auf.

Er war noch immer in dem Saal; doch dieser hatte sich verändert. Licht fiel von einem schmalen Treppenaufgang ein, und der steinerne Tisch war in der Mitte zersprungen, die Oberfläche zerkratzt und schartig. Die Schemel waren verschwunden. Statt der Geister sah Baniter nur ein paar Knochen und rostige Kettenglieder im Sand, der den Boden bedeckte. Ein heißer Wind kroch durch den Saal.

*Lyndolins Traum ... alles, was sie mir damals erzählte, ist wahr. Dies sind die Augen von Talanur. Die Burg auf dem Gipfel des Yanur-Se. Die Stirn der Zornigen.*

Doch zunächst tastete er die eigene Stirn ab. Seine Finger spürten eine verkrustete Wunde. Die Gefangenschaft war also keine Einbildung gewesen. Nhordukael hatte ihn tatsächlich aus der Sphäre befreit, und er befand sich auf dem Gipfel des Yanur-Se, in der Burg Talanur. *Dem Ort, an dem Durta Slargin starb, an dem er begraben wurde! Wie schmerzhaft muß sein Tod gewesen sein, wenn sein Geist so lange in diesem Gemäuer gefesselt blieb?*

Er strauchelte zur Treppe und stieg die uralten Stufen empor. Durch einen schmalen Schacht fielen Sonnenstrahlen in sein Gesicht; sie blendeten Baniter, und doch blieb er kurz stehen und genoß ihre Wärme. Der Pradan-Anuf blies glühend die Stufen hinab, und Baniter schritt weiter, Stufe für Stufe, voller Sehnsucht nach dem Licht und der Freiheit.

Bald fand er den Ausgang; ein Korridor, der zu weiteren Treppen und Räumen führte. Die Burg stand leer, doch sie war kaum zerfallen. Baniter erinnerte sich daran, wie er zu ihr aufgeblickt hatte, als er mit der Gesandtschaft den Yanur-Se überquert hatte. Nun trat er durch einen Torbogen nach draußen und blickte von oben, von der Stirn der Zornigen, auf jenen Paß hinab.

Die Sonne stand tief; sie mußte erst vor kurzem aufgegangen sein. Vor dem Hang, der zur Burg emporführte, lag der Pfad, den Baniter damals entlanggeschritten war; und noch tiefer, am Fuß des Gebirges, krümmte sich der Nesfer, der heilige Fluß der Arphater. Die Dächer von Praa schimmerten im Sonnenlicht: prunkvolle Tempel, reiche Paläste, und die riesige Stufenpyramide, das Aru'Amaneth ...

Aber die Stadt war verlassen. Mit Abscheu betrachtete

Baniter die peitschenden Ränke, die aus dem Fluß wucherten, die blaßgrünen Triebe, die aus den Gassen emporwuchsen. Die Stadt aus Gold und Eisen war kaum zu erkennen unter dem wilden Gestrüpp, halb versunken im Schlamm des Nesfers. Schlingpflanzen, armdick und mit Dornen besetzt, krochen an den Hauswänden entlang und zersetzten das Gestein. Und aus dem vertrockneten Flußbett ragten die Wurzelstrünke des Keims, der Praa zerstört hatte.

Die Wispernden Felder waren entfesselt. Die Quelle hatte sich zurückgeholt, was die Menschen ihr einst entrissen hatten.

»Das also ist dein Geschenk an die Goldéi, Sternengänger«, murmelte der Fürst. »Du gibst Gharax der Sphäre preis.«

Ein Geräusch schreckte ihn auf. Vom Pfad drangen Stimmen empor. Eine Gruppe von Männern schritt durch das Tor von Talanur. Sie gingen gebeugt, auf den Rücken trugen sie ihre wenigen Habseligkeiten: Kleiderbündel, Bogen, einfache Säbel. Baniter zählte dreißig Mann. Sie versammelten sich vor dem Hang unter der Burg. Ihr Anführer, ein Mann mit kurzgeschorenem Haar, schritt durch die Reihen und reichte einen Trinkschlauch umher. Er redete auf seine Leute ein, versuchte sie aufzumuntern.

Baniter war froh, endlich wieder Menschen zu sehen; keine Geister und Scheinwesen wie in den Winkeln des Verlieses. Eilig kletterte er den Hang hinab. Geröll löste sich unter seinen Füßen und rollte vor ihm in die Tiefe.

Die Männer wandten sich um. Ihr Anführer starrte verblüfft auf Baniter. Er war klein und kräftig, seine blauen Augen wirkten müde. Er trug – wie seine Leute – kathygische Kleider aus grauem Leinen.

»Ich wußte nicht, daß in den Trümmern der Burg jemand lebt«, begrüßte er den Fürsten. »Woher kommt Ihr?«

Baniter hatte den Pfad erreicht. Er klopfte den Sand von seinen Ärmeln. »Ich kehre von einer langen Reise zurück... aber das zu erklären, würde zu weit führen.« Er betrachtete die Gruppe näher. Es waren Kathyger, wie er an den hellen Gesichtern, den geschnitzten Griffen ihrer Säbel und den gefärbten Lederschuhen erkennen konnte.

»Ich hatte jemand anderen erwartet.« Der Anführer schien enttäuscht. »Ein Kind... vielleicht wurdet Ihr von ihm geschickt oder habt es gesehen? In diesem Fall heiße ich Euch willkommen. Ich bin Cercinor aus dem Rochenland, und dies sind meine Leute.«

Baniter runzelte die Stirn. »Cercinor?« Der Name kam ihm vertraut vor. »*Der* Cercinor? Der Aufständische aus dem Rochenland? König Eshandroms größte Plage?«

Sein Gegenüber lächelte. »So sagt man wohl. Aber der Hund Eshandrom ist nicht mehr. Er ist geflohen, als wir ihn in seiner Stadt stellen wollten.« Cercinor schützte das Gesicht vor dem Pradan-Anuf, der Sand vom Pfad aufwirbelte. »Und wer seid Ihr?«

»Baniter Geneder, der Fürst von...« Baniter hielt inne. »Baniter Geneder, aus Vara«, verbesserte er sich. Er spürte die Wunde auf seiner Stirn brennen.

»Aus Vara? Dann seid Ihr weit entfernt von Eurer Heimat.«

»So wir Ihr. Was macht ein Rochenländer auf dem Yanur-Se?«

Cercinor setzte das Bündel von seinem Rücken ab. »Wir fliehen. Und wir warten; auf das Kind, das uns fortführt.« Seine Worte klangen verbittert. »Wir haben lange gekämpft, Fremder... gegen Eshandrom und seine Schergen, gegen Baron Eldroms Willkür und den Hochmut der Zauberer, und am Ende auch gegen die Goldéi, als sie den Arkwald besetzten. Ihr könnt nicht wissen, was wir in den letzten Kalendern erleiden mußten.«

Baniter blickte zur Stadt Praa. »Das Zeitalter der Wandlung hat überall auf Gharax Spuren hinterlassen.« Er dachte an die vielen Berichte, die den Silbernen Kreis erreicht hatten; an die Zerstörung von Bilmephal, Kyrion und Nagyra. Er dachte auch an die brennende Stadt Thax und an Vara, an das Verlies der Schriften und an die Stadt aller Städte. »Die Goldéi waren nur ein Teil dieses Grauens.«

Cercinor nickte. »Wir haben sie verfolgt, durch den ganzen Arkwald, bis nach Larambroge. Wir wollten ihr Heer vernichten, und tatsächlich konnten wir einige Siege erringen. Sie sind nicht so stark wie einst... seit die Quellen befreit sind, haben sie sich in Nebelwesen verwandelt. Jeder Streich einer Klinge läßt ihre Körper zerfallen. Aber was nützt es uns, nun, da alles zugrunde geht?« Er packte Baniters Arm. »Der Arkwald – auch er hat sich verändert! Die Bäume, Sträucher, Tiere – sie dulden uns Menschen nicht mehr. Unsere Dörfer sind zugewuchert, so wie die Stadt dort unten. Die Rochenländer flohen in Scharen, verfolgt von Wölfen, von Bären und anderem Getier, das im Wahn über sie herfiel. Unzählige starben, und viele mußten wir zurücklassen... die Schwachen und Alten.« Er schüttelte den Kopf. »Mein Kampf um das Rochenland war sinnlos. Nachdem wir Larambroge erreicht hatten, auf der Suche nach dem Feigling Eshandrom, konnten wir anschließend nicht in den Arkwald zurückkehren. Die Quelle von Oors Caundis hat unsere Heimat unbewohnbar gemacht. So mußten wir an der Nordküste entlangziehen, dem Flüchtlingsstrom folgen – bis nach Arphat, wo wir die letzten Goldéi zu finden hofften. Wir wollten sie zwingen, die Quelle wieder zu fesseln, das Gefälle des Rochens zu bändigen. Aber auch in Arphat fanden wir sie nicht. Nur ihre Spuren...« Er starrte auf Praa. »Gharax geht unter. Die Sphäre will unseren Tod. Und wäre nicht das Kind gewesen, der Knabe Laghanos, dann hätten wir längst alle Hoffnung aufgegeben.«

»Laghanos?« Baniter horchte auf. »Woher kennt Ihr seinen Namen?«

»Aus dem Arkwald. Der Junge, den wir aus den Fängen der Goldéi befreiten. Das Kind mit der goldenen Maske.« Cercinor senkte die Stimme. »Schon damals ahnte ich, daß es von Bedeutung war, als wir ihn in der Kiste fanden. Es war leichtsinnig von mir, ihn den Zauberern aus Oors Caundis zu überlassen. Ich hätte ihn bei mir behalten sollen. Denn Laghanos hat die Macht, uns von hier fortzubringen... uns zu retten.« Seine Augen glitzerten. »Vor drei Tagen kehrte er zurück. Er stieg von den Sternen herab und erkannte mich. Er rief meinen Namen, sprach zu mir, reichte mir die Hand. Und dann führte er die Verwundeten, die Kinder und Frauen fort! Er rettete sie, und ebenso die Arphater, die sich am Ufer des Nesfers versteckt hatten. Er versprach, bald zurückzukehren, schon bald, um auch uns zur Insel der Zuflucht zu bringen.« Cercinor drehte sich zu seinen Männern um, als wolle er sichergehen, daß keiner von ihnen fehlte. »Eine Zuflucht – versteht Ihr, was ich sage, Fremder? Eine Zuflucht, die die Goldéi niemals finden, die von der Sphäre verschont bleibt! Der Kampf um Gharax war sinnlos, und wir müssen fort, fort von hier ... Laghanos wird uns führen!«

*Sternengänger hat keine Zeit verloren. Er entreißt Gharax den Menschen und bringt sie zu seinem neuen Kontinent.* In Baniter keimte die Hoffnung, daß der alte Zauberer sein Versprechen halten würde.

»Wann kehrt er zurück?« fragte er leise.

»Noch heute. Laghanos sagte, daß ich die letzten Flüchtlinge versammeln soll, hier auf dem Yanur-Se.« Der Rochenländer nahm sein Bündel zurück auf die Schultern. »Wartet mit uns. Laghanos wird erscheinen, ehe die Sonne untergeht. Auch Euch wird er retten. Jeden, der an ihn glaubt!«

*Mich wohl kaum,* dachte Baniter. *Wenn Sternengänger mich findet, reißt er mich in Stücke. Ich weiß zuviel über ihn und seine Pläne.*

Er blickte zur Burg. Wuchtig erhob sich die Stirn der Zornigen auf dem Gipfel. Die Türme aus rotem Stein waren vom Wind glattgeschliffen. *Das Verlies! Achte auf seine Türen – so riet mir Nhordukael. Ich wette, daß ich dort oben eine von ihnen finde. Ich muß zurück ins Verlies, wenn ich leben will.* Und leben wollte er. Sosehr sich Baniter wünschte, bei Cercinor zu bleiben, den Weltengang zu wagen und seine Kinder wiederzusehen – er wußte doch, daß er Sternengänger nicht herausfordern dürfte. Seine ganze Hoffnung ruhte auf Nhordukael. Nur er konnte den Zauberer besiegen; und ehe das nicht geschehen war, mußte Baniter fliehen, so rasch wie möglich.

»Ich wünsche Euch Glück«, sagte er zu Cercinor. »Bringt Eure Leute sicher ans andere Ufer. Aber ich muß hierbleiben. Eine kleine Wanderung steht mir bevor.« Hastig stieg er den Hang empor. »Lebt wohl.«

Der Rochenländer beachtete ihn gar nicht mehr. Er hatte sich längst seinen Männern zugewandt und erteilte ihnen Befehle. Sie hingen an seinen Lippen, schienen dankbar, daß ihnen jemand Mut zusprach und sie anführte.

*Macht die Angst sie so blind, daß sie Sternengängers Versprechen für bare Münze nehmen? Glauben sie tatsächlich, es könnte ihnen auf jener anderen Welt besser ergehen als hier?*

Er kannte die Antwort. Diese Verzweifelten hatten keine Wahl. Sie mußten sich an die Hoffnung klammern, gerettet zu werden. Und Baniter Geneder war nicht besser als sie; auch er war verzweifelt, auch er hoffte und bangte um sein Leben.

Er erreichte den Eingang der Burg. Sah sich ein letztes Mal um und blickte auf Praa, die zerstörte, geschändete, verwandelte Stadt. Starrte dann auf die abwärts führende Treppe. Ein unheilvolles, grünes Schimmern drang aus der Tiefe empor.

Ohne zu zögern, rannte er die Stufen hinab und kehrte zurück ins Verlies der Schriften.

KAPITEL 7

# Könige

Dichter Nebel hing über dem Land, weiß und undurchdringlich, als wollte er den Grund verhüllen. Pechschwarzer Schlamm bedeckte den Acker; in Pfützen stand brackiges Wasser. Fauliger Geruch in der Luft. Kein Vogel am Himmel. Kein Strauch, kein Baum wuchs in der Ödnis. Kein Leben weit und breit.

Aber der Eindruck täuschte. Der Acker war fruchtbar. An einigen Stellen lugten zartgrüne Triebe aus dem Morast, streckten die dünnen Köpfe dem Licht entgegen. Noch drückte der Nebel die Halme nieder. Doch bald würde er in der Sonne verdunsten. Dann würde der Keim gedeihen und dem Land sein grünes Kleid überstreifen. Eine neue Welt erwachte. Sternengängers Traum wurde wahr.

Im Nebel ragten Schiffsmasten auf. Sie standen schräg, waren zerborsten und abgeknickt. Zwei Schiffe ruhten im Schlamm, irrwitzig ineinander verkeilt: eine Galeere mit zerschlagenen Rudern und ein alter, wurmstichiger Segler. Sein Schriftzug lautete: HOTTEPOSSE. Beide Schiffe waren verlassen, ihre Mannschaften fort. Sie waren auf der neuen Welt gestrandet. Denn der See Velubar, dessen Wasser sie getragen hatte, war verschwunden; ringsum lagen nur die dunklen Brocken des Ackers.

Nun wurden Stimmen laut. Eine Gruppe von Menschen kämpfte sich durch den Nebel; Männer, Frauen, Kinder. Ein Mädchen schluchzte. Seine Mutter versuchte es zu beruhigen. Der Nebel bildete seltsame Wirbel und zerfiel. Er entließ die Wandernden aus seinem kalten Griff.

Es waren wohl achttausend, die über den Acker wankten. Tief sanken ihre Stiefel ein, die schweren Männer gar bis zu den Knien. Sie kamen kaum vorwärts. Die Reisebündel hielten sie über den Köpfen, in ihren Gesichtern Erschöpfung und Furcht.

An der Spitze schritt ein bärtiger Mann. Er trug einen Fellmantel, auf dem der Schlamm zu einer rissigen Kruste erstarrt war. Sein langes Haar war klatschnaß, es klebte ihm im Nacken. Nun blieb er stehen, betrachtete die Schiffe. Seine Augen füllten sich mit Tränen. Er streckte die Hand aus, fuhr über das zerborstene Holz der *Hotteposse*.

»Den Göttern sei Dank... wir sind nicht die einzigen!«

Er strich sich die Haare aus dem Nacken. Dann drehte er sich zu den Menschen um.

»Volk von Kathyga!«

Keiner sagte ein Wort. Einige nahmen ihre Bündel herab; doch alle warteten, was der König zu sagen hatte.

»Unsere Wanderung endet hier. Ihr habt daran gezweifelt, daß wir sie lebend überstehen. Ihr dachtet, das Kind würde uns in den Tod führen. Manch einer weigerte sich, ihm zu folgen. Wir haben viele zurückgelassen. Aber ihr, die ihr an mich glaubtet, die ihr meinen Worten vertraut habt – hier steht ihr nun auf festem Grund. Wir sind gerettet.«

Die Menschen schwiegen. Ihre Augen schweiften umher und sahen doch nichts als Nebelfetzen und Morast, der sich in alle Richtungen erstreckte. Die Trostlosigkeit des Ackers war erdrückend. Doch niemand wagte, dem König ins Wort zu fallen. Was gab es schon zu sagen nach dieser Wanderschaft, nach dem Grauen der vergangenen Tage?

»Ihr solltet dankbar sein«, rief Eshandrom, der letzte König von Kathyga. »Das Kind Laghanos hat uns von einer Welt gerettet, die dem Untergang geweiht war. Die Götter schickten ihn, und wir folgten Laghanos. Alles haben wir aufgegeben, unsere Städte, unseren Reichtum... aber wir leben! Gharax liegt hinter uns; wir blicken nicht zurück, sondern mit Hoffnung in die Zukunft. Ihr solltet dankbar sein.«

Aber sie waren nicht dankbar, nur voller Zorn, auch wenn dieser Zorn nicht dem König galt. Eshandrom hatte sein Bestes gegeben, das wußten sie alle. Er hatte Kathyga viele Kalender lang aus dem Krieg herausgehalten und vor der Verwüstung bewahrt. Auch die Entfesselung der Quellen hatte in Kathyga nur wenige Menschenleben gekostet. Eshandrom hatte früh damit begonnen, ganze Dörfer umzusiedeln und die Menschen in Larambroge zu sammeln. Denn diese Stadt hatte unter dem Schutz der Goldéi gestanden; hier hatte die Sphäre nicht wie im restlichen Land getobt. Kathyga hatte sich derweil verändert; Flüsse waren zu reißenden Strömen angeschwollen, öde Felder hatten sich in Treibsandmeere verwandelt, aus dem Arkwald waren Wölfe und Bären in das Land eingefallen und hatten Jagd auf die Menschen gemacht. Nur in Larambroge waren sie sicher gewesen, beschützt von den Goldéi und von König Eshandrom.

Aber der Preis, den die Kathyger für diesen Schutz gezahlt hatten, war hoch gewesen. Eshandrom hatte eines Tages verkündet, daß Kathyga ihnen bald verlorengehen würde; daß der Boden vergiftet wäre und die Träne des Nordens voller Haß auf die Überlebenden. Er hatte sein Volk darauf vorbereitet, Gharax bald zu verlassen. Anfangs hatten sie ihm nicht geglaubt, ihn ausgelacht. Doch die Wandlung der Welt hatte niemand mehr leugnen können; nicht die Stürme, die über Larambroge hinweggejagt waren, nicht die Sanddünen, die von den Steppen her auf die Stadt zugekrochen waren und die Wege verschüttet hatten. Und dann, nach zwei Jahren der wachsenden Furcht, hatte der König sein Volk um sich geschart. Die Zeit des Aufbruchs ... sie waren zum Feld Lamegin emporgestiegen, einer Hochebene nördlich von Larambroge. Jeder hatte nur das Notwendigste mitnehmen dürfen, ein paar Kleider, eine Waffe, Wasser und Nahrung. So hatten die Kathyger auf dem Feld ausgeharrt, drei Tage lang. Ihre Vorräte hatten sich dem Ende zugeneigt. Boten hatten beunruhigende Nachrichten überbracht: Die Goldéi wären nach Osten gezogen, und ein Heer aufständischer Rochenländer zöge auf Larambroge, um Eshandrom zu stürzen. Doch ehe am Ende noch Blut auf Kathygas Boden vergossen worden war, hatte sich auf dem Feld Lamegin ein Wunder ereignet, so wie Eshandrom es versprochen hatte.

In der vierten Nacht – sie war sternklar gewesen, kein Mond am Himmel, keine nächtlichen Wolken – war von den Sternen ein Kind herabgestiegen, ein Gesandter der Götter; golden die Maske in seinem Gesicht, sein Leib umschwirrt von Silberklauen. Er hatte zu ihnen gesprochen, mit heller Stimme verkündet, daß er die Kathyger retten wolle, vor der Sphäre und vor Gharax. Dann hatte er sie in den Nebel geführt, der sich von der See auf das Land gedrängt hatte. Hand in Hand, ihre wenigen Habseligkeiten auf den Rükken, die Worte des Kinds in den Ohren ... so waren sie Laghanos gefolgt, im Wissen, daß die Sphäre sie auslöschen würde, wenn sie in Kathyga zurückblieben.

Nun waren sie am Ziel; verloren, müde, hungrig. Der Marsch hatte Tage gedauert, zumindest hatten sie es so empfunden. Und am Ende wartete keine blühende Welt auf sie, sondern ein toter Acker.

»Wo habt Ihr uns hingebracht, Eshandrom?« Ein jüngerer Mann stieß die Worte hervor, die allen auf den Lippen lagen. »Sollen wir hier leben, in einem Morast? In dieser Erde wird nichts gedeihen. Wir werden verhungern!«

Der König antwortete nicht. Er blickte auf die zwei Schiffe.

»Und wo ist das Kind? Es ist fort! Es hat versprochen, uns in Sicherheit zu bringen. Aber hier sind wir nicht sicher, sondern zum Tode verurteilt.« Es war eine bittere Anklage, die der Mann seinem König entgegenschleuderte. »Was sollen wir tun? Sagt es uns!«

Eshandrom würdigte ihn keines Blickes. »Ja, Laghanos hat uns verlassen. Aber wir leben. Nur darauf kommt es an.« Er wandte sich dem Volk zu. »Ich weiß, ihr glaubt euch verloren. Doch Laghanos versprach, daß diese Welt uns eine Heimat werden wird, größer und schöner noch als Gharax. Wir werden sie in Besitz nehmen.« Er rief die Worte laut auf den Acker hinaus. »Vor Jahren, als dieses Grauen begann, sagte ich einmal zu euch: Kathyga ist frei und wird es immer bleiben. Ich habe die Wahrheit gesagt! Wir werden Gharax vergessen, uns nicht mehr nach dem Vergangenen zurücksehnen. Kathyga aber lebt, wir tragen es in unseren Herzen. Wir werden ein neues Kathyga errichten und frei sein; und ich bleibe euer König, jetzt und immer.«

»Jetzt und immer!« Sie wiederholten seine Worte. Noch spürten sie auf der Haut den kalten Nebel, den sie durchschritten hatten. Sie dachten an das Kind, das sie angeführt und am Ende doch im Stich gelassen hatte. Was blieb ihnen noch außer dem Glauben an den König, der ihnen einen Neuanfang versprach?

»Jetzt und immer!« schrie Eshandrom, damit auch der letzte ihn hören konnte. Sein Gesicht war gerötet. Er wischte sich die Schlammspritzer von der Stirn.

Die Sonne brach durch die Nebelschwaden. Sie erstrahlte auch hier, auf Sternengängers neuem Kontinent, und tauchte den König in gleißendes Licht. Ringsum schillerte das Wasser in vielen Pfützen, und sofort wirkte das Land freundlicher.

»Jetzt und immer!«

Die Hoffnung kehrte zurück. Bald klang der gemeinsame Ruf der Kathyger nicht mehr verzagt; sie jubelten Eshandrom zu, setzten ihre Bündel ab, priesen die Sonne. Die Erinnerung an Gharax begann zu verblassen.

Müde schnallte der König die Schwertscheide von seinem Bündel, zog langsam die Klinge hervor. Es war ein schlichtes Schwert, der Griff schmucklos. Er betrachtete es lange.

»Was bin ich nun – ein Lügner?« Er sprach die Worte leise, nur zu sich. »Ich verspreche ihnen alles und kann nichts davon halten. Kathyga ist verloren; das Einende Schwert gab ich Narr aus der Hand, und mein Volk führte ich ins Verderben.« Enttäuscht schüttelte er den Kopf. »Wie kann ich etwas errichten, an das ich selbst nicht glaube? Man hat mich betrogen. Man hat uns alle betrogen.«

In diesem Augenblick hörte er ein Geräusch aus der

Ferne; den Klang einer Leier. Eine zweite stimmte ein; sie spielten zusammen eine schräge Melodie. Der Nebel verzerrte die Töne, so daß sie wie eine fremde Sprache wirkten.

Eshandrom erblaßte. Er kannte diese Klänge! Es waren Brashii, gyranische Drehleiern, gespielt von Igrydes ... den gnadenlosen Kriegern aus Gyr. Er hatte sie oft genug an der Grenze vernommen, wenn Tarnac der Grausame wieder einmal mit Krieg gedroht hatte, wenn er den Nachbarreichen seine Stärke hatte beweisen wollen.

Nun wußte Eshandrom, wer die Schiffe auf das Land gesteuert hatte. Seine Hand schloß sich um den Schwertgriff.

»Ich habe mein Volk nicht all die Jahre aus dem Krieg herausgehalten, um es in einer sinnlosen Schlacht zu verlieren«, stieß er hervor. Er gab den Wartenden ein Zeichen, befahl ihnen, die Schwerter zu zücken. »Willst du unseren Tod, Laghanos? Hast du uns deshalb allein gelassen? Dann soll es so sein! Wenn die Gyraner uns angreifen, werden wir kämpfen, bis zum letzten Atemzug!«

Die Menschen drängten sich zusammen. Die Bewaffneten stellten sich schützend vor die Frauen und Kinder. Das Jammern der Brashii wurde lauter, vielstimmiger; es kam nun von allen Seiten, näherte sich.

Eshandrom stand verloren vor den zerborstenen Schiffen. Die Klinge in seiner Hand war verschmutzt, der verkrustete Fellmantel hing elend an seinem Leib herab. Er sah nicht länger aus wie ein König, sondern wie ein Betrogener; betrogen von dem Kind, das ihn aus Kathyga fortgelockt hatte.

Zwei Felsenkämme, aufeinander zustrebend, durchbrochen von einer Lücke, die kaum dreißig Schritt breit war: Venetors Schere. Seit jeher umschloß sie das Haff, den Hafen, die berühmten Stege und Pfahlbauten der Stadt ... zwei Felsarme, die Venetor vor dem stürmischen Meer schützten.

Tarnac von Gyr stand auf dem höchsten Punkt der Schere, dem Gipfel des rechten Felsenkamms. Er war ein magerer, älterer Mann, nicht groß, der Kopf kahlrasiert, der Kiefer auffallend kräftig. Er trug kein Zeichen königlicher Würde; seine schlichte graue Robe flatterte im Wind, und um die Füße hatte er alte Lederriemen gewickelt. Die Arme waren erhoben. Er vollführte eine ruhige Geste, winkelte eines der dürren Beine an, reckte den Hals, atmete ein und wieder aus – und begrüßte so den Sturm, der über dem Silbermeer tobte. Wütend brandeten die Wellen gegen die Felsen der Schere. Sie wollten das Haff erobern, die Stadt überschwemmen. Aber das würde ihnen nicht gelingen. Denn hier, an der Steinküste, endete die Macht der Sphäre.

Dunkle Wolken am Horizont. Sturmgepeitschte See. In der Ferne zuckten Blitze; ihr Licht jagte über die Wellen, als hätte die Gischt sich entzündet. Turmhohe Wellen klatschten aneinander, sogen den Atem des Sturms ein, rissen ihn in die Tiefe, wo er das Wasser in reißende Strudel zwang, die alles Leben verschlangen. Tarnacs Ärmel schlackerten im Wind. Am linken Handgelenk glomm ein goldener Armreif auf. Er vollführte eine weitere Geste, hieß die Wolken willkommen, huldigte ihnen stumm. Erst nach einer Weile begann er zu sprechen, so leise, daß seine Worte sich im Wind verloren.

»Sechs Tage wütest du nun und willst nicht zur Ruhe kommen.« Tarnac setzte den angewinkelten Fuß ab und starrte auf das Meer. »Kein Mensch wird deine Wasser je wieder überqueren, und auch kein Goldéi. Es ist wahr: Gharax liegt hinter uns. Gharjor hat es uns entrissen.«

Zwei Männer traten an seine Seite. Ihre Gesichter waren mit Tuschezeichen geschminkt, und sie trugen die weitgeschnittenen Röcke der Solcata-Loge. Nur wenige Zauberer der Loge hatten den König nach Vodtiva begleitet; diese zwei waren Hüter der Quelle von Gharjas gewesen. Zugleich waren sie Mönche des Sturmgottes. Sie verehrten Gharjor, den zornigen Herrn der Wolken, des Gewitters und des Sturzregens.

»Gharax liegt hinter uns«, wiederholte einer der Zauberer. »Der Gott des dunklen Himmels straft alle, die sich von ihm abwandten, mit einem letzten Sturm; dem Sturm, der alles vernichtet. Euch aber, mein König, in dessen Adern sein Blut fließt, rettet Gharjor, und alle, die Eure Herrschaft anerkennen.«

Tarnac lächelte dünn. Seit jeher galten Gyrs Könige als Nachfahren des Sturmgottes. Er war der letzte, der als ein Sohn Gharjors verehrt wurde. »Der letzte Sturm. Ja, das ist er wohl. Er wird wüten, bis Gharax in den Wellen verschwunden ist. Wir müssen uns damit abfinden.« Er deutete nach Osten, auf das Wasser. »Blickt dort hinab. Sagt mir, was ihr seht.« Es war ein knapp gesprochener Befehl, der keinen Widerspruch zuließ.

Der Zauberer verneigte sich. »Ich sehe das Meer, aufgewühlt von Gharjors Zorn. Ich sehe die Insel Firth, gegen deren Küste die Wellen branden. Ich sehe …«

»Genug«, unterbrach ihn Tarnac. »Du siehst nicht richtig hin, Mönch. Dort ist keine Insel zu sehen, kein Wasser, kein Meer.« Er winkte den zweiten Zauberer zu sich. »Sprich du. Du hast mich damals auf den See Velubar begleitet. Du warst an meiner Seite, als die Galeere das neue Land erreichte. Was siehst du?«

Der zweite Zauberer, ein jüngerer Mönch mit spärlichem Haar, kniff die Augen zusammen. Seine Stimme stockte. »Ich … bin mir nicht sicher. Alles verschwimmt vor meinen Augen. Mir ist, als blickte ich durch Glas. Und doch sehe ich die Küste, von der Ihr sprecht. Zerrissen ist sie, schwarz, eine Linie aus zerklüftetem Gestein. Sie zieht sich bis zum Horizont.« Er taumelte und brach auf die Knie. »Mein König, das Land … es ist dort und ist nicht dort, ich sehe es und kann es doch nicht mit allen Sinnen erfassen. Was geschieht mir? Meine Augen schmerzen und brennen.« Er senkte den Kopf.

»Habe keine Angst«, antwortete Tarnac. »Deine Augen täuschen dich nicht. Du siehst das Land, das Gharjor mir geschenkt hat. Denn du warst an meiner Seite, als ich es entdeckte.« Er musterte die zwei Priester. »Nicht alle sehen es, nur jene, die mir damals auf den See Velubar folgten. Die anderen sind blind, sie haben ihre Augen noch nicht geöffnet. Dort unten in der Stadt leben Hunderte, die das neue Land nicht erkennen, nicht seine Küste und nicht seine wahre Größe.«

Der Mönch, der zuerst gesprochen hatte, erbleichte. »Verzeiht mir, König! Ihr habt recht... blind bin ich, blind! Gebt mir eine Scherbe, damit ich mir die Augen herausschneiden kann... denn wenn sie nicht sehen, was Ihr verkündet, sollen sie erlöschen.« Er fiel auf die Knie, faltete die Hände.

»Eine Scherbe wirst du sicher finden auf diesem Felsen. Schneide tief, Mönch, schneide gründlich! Ich kann es nicht dulden, daß die Menschheit in zwei Lager zerfällt, die nicht dasselbe sehen.« Tarnac wandte sich von den beiden ab. »Jeden Tag gelangen neue Flüchtlinge nach Venetor. Sie schreiten über das Feld des Sees Velubar, taumeln und sinken in den Schlamm, ausgehungert und erschöpft. Wie viele sind es bereits? Tausende, und immer weitere streben herbei. Verzweifelte, Entwurzelte. Gyraner und Kathyger. Candacarer und Arphater. Sitharer und Troublinier. Und alle flüstern den Namen des Kindes, das sie geführt hat: Laghanos.« Seine Augen blitzten auf. »Es ist seltsam... die Götter zerstören Gharax, aber die Inseln im Silbermeer lassen sie uns. Die alten Küsten verschmelzen mit dem neuen Land. Wie kann ein wacher Verstand das begreifen? Man spült uns an ein neues Ufer und läßt uns mit unseren Zweifeln allein.«

Hinter ihm schluchzte der Zauberer auf. Tarnac warf einen Blick über die Schulter, sah den Mann über den Boden kriechen. Er tastete den Felsen ab, suchte nach einem geeigneten Stein.

»Ja, dein Augenlicht muß erlöschen«, murmelte der König, »und das von allen, die den Weltengang nicht wagten. Jene, die durch den Nebel schreiten, haben sich von Gharax losgesagt. Sie sind bereit, den neuen Kontinent zu sehen. Aber die anderen müssen erblinden oder schweigen für immer. Das wird meine erste Aufgabe sein als König dieser Welt.«

Hinter ihm kauerte der Solcata-Mönch. Seine Hände umkrallten einen Steinsplitter, den er aus einer Felsspalte gelöst hatte. Sein Schluchzen klang elend.

»Reiß dich zusammen«, sagte Tarnac freundlich. »Dir ergeht es besser als jenen, die auf Gharax zurückbleiben. Sieh es als Neubeginn. Vergiß, wer du warst. Vergiß deinen Namen und auch den Namen deines Gottes. Denn ihn müssen wir ebenso auslöschen, ihn uns aus dem Gesicht schneiden.« Er sah wieder auf die stürmische See. »Ich bin nicht länger Gharjors Sohn! Es wird neue Götter geben auf dieser Welt. Vielleicht ist der Knabe Laghanos, von dem sie alle sprechen, der erste von ihnen; und auch mein Name wird in den Legenden auftauchen, die von der Geburt dieses Landes künden. Denn ich bin Tarnac von Gyr. Der erste König des neuen Zeitalters.«

Das Schluchzen des Zauberers ging in ein Wimmern über. Er bäumte sich auf. Seinen Fingern entglitt der blutige Stein, während er die Hände vor das Gesicht preßte. Blut quoll zwischen ihnen hervor. Er rutschte ein Stück den Hang hinab. Der zweite Mönch konnte ihn im letzten Augenblick vor dem Absturz retten.

»Dort!« rief Tarnac nun. »Ein Schiff in der Ferne. Einsam segelt es auf den Wellen, unberührt vom Sturm.«

Es war keine Täuschung. Eine riesige schwarze Barke kämpfte sich durch das Wasser. Sie kroch an der zerklüfteten Küste entlang, näherte sich langsam Venetors Schere.

»Die Südsegler!« Tarnacs Augen leuchteten auf. »Sie haben das neue Ufer gefunden. Ihre Suche war erfolgreich.« Er strich seine Robe glatt. »Die blinden Seeleute darf ich mir nicht zu Feinden machen. Ich muß sie willkommen heißen.«

Er wandte dem Silbermeer den Rücken zu. Hinter ihm zuckten Blitze, und der Turmbinder an seinem Arm funkelte, als rufe ihn das Meer ein letztes Mal. Doch schon rutschte der Ärmel hinunter, und der graue Stoff verdeckte das Armband.

»Und der Turmbinder? Wo hat der Suffkopf Parzer ihn hingeschleppt? Überhaupt, wo sind die nichtsnutzigen Molche – Parzer, Ungeld, Mäulchen und all die anderen? Ich sag's dir im Guten, Rotbauch: Raus mit der Sprache, oder ich vergesse meine Pflichten als Gastgeber.«

Schummriges Licht herrschte im Schankraum der *Roten Kordel*. An schmierigen Tischen lümmelte das Fischervolk von Rhagis, viele mit rotgeäderten Augen, verglühende Kometen einer durchzechten Nacht. Vor dem Schenker, der Durchreiche zur Küche, stapelten sich Tonschalen zu einem waghalsigen Turm, der von jeder Schimpftirade des Gastwirts Stolling erschüttert wurde.

»Von diesen Pflichten haben wir nie viel mitbekommen«, antwortete Aelarian. Der Großmerkant saß neben Cornbrunn am Tisch vor dem Schenker. In den Händen hielt er eine silberne Kette. Gedankenverloren spielte er mit der Falkenplakette. Aelarian wirkte gelassen. Stolling hingegen, der Gastwirt, tanzte um den Tisch, fuchtelte mit den Armen und schimpfte wie ein Rohrspatz.

»So? Nicht viel mitbekommen? Euch sollte man die Bakken polieren, bis sie rot sind wie Furunkel. Da schleicht ihr in meinen Keller, haut mir die Luke zuschand und wagt es auch noch, freche Reden zu führen!« Stolling raufte sich die zauseligen Haare. Dann besann er sich eines Besseren, stürzte zum Schenker, griff eine der letzten gefüllten Tonschalen und stürzte den ›Raschen‹ hinab. Die Schale zertrümmerte er auf der Ablage, so daß die Scherben in alle Richtungen davonstoben.

Cornbrunn mischte sich in den Streit ein. »Wir sagten es doch bereits, Stolling – eure Dorfschelme sind uns leider abhanden gekommen. Kaum war das Licht des Leuchtturms erloschen, segelten wir der gyranischen Flotte in die Arme. Parzer versuchte ihnen zu entkommen – vergeblich! Die Gyraner deckten das Schiff mit Brandpfeilen ein, unsere Segel gingen in Flammen auf, und der Großmerkant, mutig wie immer, rettete sich mit einem Sprung in die Wellen. Ich war töricht genug, ihm zu folgen. Was Parzer und die anderen angeht – nun, ich fürchte, die Gyraner haben sie geschnappt. König Tarnac hat ihnen sicher einen raschen Tod beschert.«

»Einen raschen?« tönte es vom Nebentisch. Dort saß auf einem Schemel der alte Krabbensammler Schnappes, das Gesicht wie fleckiges Papier, die Augen feucht wie die einer alten Witwe. Er stocherte mit einem Holzlöffel in seiner Suppe herum, ließ ihn nun aber sinken und starrte die Troublinier tadelnd an. »Nun, wir wollen hoffen, daß sie noch einen solchen genießen konnten, ehe sie vor der Zeit abberufen wurden. Vorzeitigkeit, meine Freunde, ist eine Last, die leicht zu schultern, aber schwer zu schleppen ist.« Er rieb sich betroffen die grobe Nase und schob den Teller beiseite, zu einem zweiten Mann, der neben ihm kauerte; käsig das Gesicht, die grauen Haare schütter, der Mund verhärmt. »Ach, mir vergeht die Laune, und der Appetit dazu. Schlürf du den Rest, komischer König! Preise jeden Löffel der herben Krabbensuppe, die Stolling uns kredenzt. Wer weiß, was morgen durch den Schenker auf uns kommt? Vielleicht nur trocken Brot und harte Worte... ja, Vorzeitigkeit ist der Fluch, unter dem wir alle leiden.«

Der Grauhaarige blickte stumm auf den Suppenteller. Kraftlos nahm er den Löffel, tunkte ihn ein, hob ihn zitternd zum Mund. Krabbenfleisch blieb in seinem Bart hängen, als er die kalte Suppe schlürfte. Sein Blick war leer. Er schien weder die Troublinier noch Stolling zu bemerken.

Cornbrunn beugte sich zu Aelarian hinüber. »Das also ist aus dem König des Silbermeers geworden«, raunte er. »Ein suppenschlürfender Trottel. Armer Eldrom... der Leuchtturm von Fareghi hat seinen Geist gebrochen.«

»Und deinen nicht minder«, zischte der Großmerkant. »Sonst würdest du dir kaum über diesen Lumpen Gedanken machen, sondern dich unseren wirklichen Problemen zuwenden.« Finster beobachtete er Eldrom von Crusco. Er entsann sich gut der Stunde, als sie ihn im Leuchtturm von Fareghi dingfest gemacht hatten; als Rumos ihn mit der Macht seiner Worte in die Knie gezwungen hatte. Nun war der selbsternannte König des Silbermeers ein Wrack, das in der *Roten Kordel* sein Gnadenbrot fristete.

»Und was sind unsere wirklichen Probleme?« fragte Cornbrunn. »Daß wir unverhofft nach Morthyl zurückgekehrt sind? Daß uns der Schattenspieler im Verlies im Stich gelassen hat?« Er verzog grimmig das Gesicht. »Beinahe hätten die Schatten uns eingeholt. Hätte Stolling nicht die Luke geöffnet...«

»Ich hätte sie besser zunageln sollen«, keifte der Gastwirt, »mit dicken Sargnägeln! Nun habe ich noch zwei Mäuler zu stopfen. Und das in Tagen, da an Fischfang kaum zu denken ist.« Er schritt zornig im Schankraum auf und ab. »Alle zwei Tage fahre ich zum Leuchtturm hinüber, um die magischen Ströme der Quelle zu bändigen. Aber die See läßt sich kaum noch besänftigen. Um Fareghi und in der Bucht von Rhagis sind die Wellen sanft wie Forellen; der Tribut des Silbermeers an Varyns Erben. Doch weiter draußen wütet die See, als wolle sie Gharax verschlucken.« Er sah die Troublinier mißmutig an. »Ihr Weberknechte, die ihr aus dem Nichts in meinen Keller huscht, wißt nicht zufällig mehr davon? Was ist da draußen los?«

Aelarian Trurac griff nach der Silberkette. »Sternengänger ist auf Wanderschaft, ganz so, wie er es Kahida sagte. Er führt die Menschen von Gharax fort, und wir müssen tatenlos dabei zusehen.« Er runzelte die Stirn. »Aber warum sind wir nach Morthyl geraten? Der Schattenspieler versprach, uns zu Sternengängers neuem Kontinent zu führen. Wie kommt es, daß wir ein zweites Mal in dieser schmierigen Kaschemme landen?«

»Die Türen des Verlieses öffnen und schließen sich, wie sie wollen«, belehrte ihn Cornbrunn. »Und wenn sie uns in die *Rote Kordel* führen, wird dies schon seine Richtigkeit haben.«

»Der neue Kontinent?« Stollings Zorn war augenblicklich verflogen. »Das ergibt einen Sinn. Vom Leuchtturm aus kann ich sein Ufer sehen. Eine Küste, schwarz und schrundig; wo einst Meer war, ist nun fauliges Land. Morthyl, Vodtiva, all die kleinen Inseln – sie sind mit der Landmasse verwachsen wie eine Muschel mit ihrer Schale.« Unter den schwarzgefärbten Wimpern glommen seine Augen auf. »Ja, ich kann ihn sehen, euren Kontinent. Vom Leuchtturm aus kann ich ihn sehen. Aber der Anblick ist nicht jedem vergönnt. Ich schickte vor ein paar Tagen Männer aus, um die Küste abzuschreiten. Sie kehrten rasch zurück, denn westlich von Rhagis standen sie im Schlick, vor ihnen das tobende Meer. Sie konnten das Land nicht finden…«

»Weil sie nicht die Sphäre durchschritten haben, wie ich und Cornbrunn. Wir durchquerten das Verlies und können deshalb die neue Welt sehen.« Aelarian fuhr zu seinem Leibdiener herum. »Dann ist dies kein Zufall, kein Trick des Schattenspielers! Wir stehen längst auf Sternengängers Kontinent!«

»Und dort hat schon die erste Kneipe aufgemacht«, sagte Cornbrunn grinsend. »Das läßt hoffen!« Er packte den Großmerkanten am Ärmel. »Vergeßt nicht, was Aldra uns sagte! Euer mißratener Schüler Uliman folgt uns mit seinen dunklen Schwingen. Der Schwarze Schwan! Der Hauch von Nekon!« Seine Augen wanderten zur Kette. »Warum hat der Schattenspieler sie Euch überlassen, Aelarian? Warum gab er Euch die verfluchte Kette, obwohl er wußte, daß der Schwan ihr folgt?«

Der Großmerkant umschloß das Kleinod in der Faust. »Ich soll zu Ende führen, was er begann. Aldra hat uns die Schatten vom Leib gehalten. Sicher tanzt er längst mit ihnen unter Schattenbruchs Zweigen und sorgt dafür, daß sie die Menschen fortan in Ruhe lassen. Mir überläßt er den Kampf gegen Uliman…und das ist nur gerecht. Daß der arme Junge in die Hände der Bathaquar fiel, ist auch meine Schuld.«

Am anderen Tisch nickte wissend der alte Schnappes. »Ja, alte Schuld erfordert neues Handeln, mit frischem Mut und ohne lange Reden. Nur so kann sie gesühnt werden. Nur so kann man dem Fluch der Vorzeitigkeit entgehen.«

Neben ihm ließ Eldrom von Crusco den Löffel sinken. Er platschte in den Teller, und ein zäher Schwall Suppe schwappte auf die Tischplatte. Es schien wie ein Protest gegen Schnappes' hohle Worte; doch Eldroms Blick kündete nicht vom Fluch der Vorzeitigkeit, sondern von der Seligkeit geistiger Verwirrung. Anders hingegen Stolling. Der Gastwirt stieß ein Knurren aus, sprang zum Tisch und schubste den gestürzten König unflätig vom Schemel.

»Du Qualle hast genug Unrat im Leuchtturm hinterlassen! Wage es nicht, mir noch die Tische zu versauen.« Er fuhr zu den Troubliniern herum. »Und nun zu euch! Hauch von Nekon? Schwarzer Schwan? Wäret ihr so freundlich, mir zu verraten, was dieser ganze Schmarren bedeutet?«

»Daß Ihr schon bald weiteren Besuch bekommt, Stolling – ungebetenen und düsteren.« Der Großmerkant sprang auf. »Diese neue Welt ist bedroht, und mit ihr alle, die Sternengänger zu ihr führte. Wir müssen uns auf das Schlimmste vorbereiten!«

Cornbrunn erhob sich ebenfalls. Er tastete nach Aelarians Hand. »Wir sollten lieber die Beine in die Hand nehmen. Ich habe den Schwan gesehen, Aelarian. Ihr dürft ihm nicht entgegentreten. Er ist nicht mehr der Junge, den Ihr kanntet.«

Aelarian lächelte. »Wir alle verändern uns im Lauf unseres Lebens. Manche werden zu Feiglingen, so wie du, andere zu schwarzen Schwänen.«

»Der Fluch der Vorzeitigkeit«, freute sich Schnappes, der unterdessen zum Schenker geschlendert war, um sich einen ›Raschen‹ zu sichern. »Nun sucht er auch die *Rote Kordel* heim.« Er prostete den Troubliniern mit der Tonschale zu. »Hoffen wir, daß er sich am Ende doch als Segen erweist. Es wäre ein Jammer um Stollings Schuppen, in dem wir so viele feuchtfröhliche Nächte verbringen durften.«

Die Bretter knarrten. Mit entschlossenen Schritten überquerte der Priester den Steg. Er war noch jung, großgewachsen und schlank, das Gesicht schlecht rasiert. Die Schultern hingen zu weit nach vorn, als ruhe eine schwere Last auf ihnen. Tatsächlich trug er nur eine lederne Tasche, aus der eine Pergamentrolle ragte. Sein Hemd war blau und dünn, der Kragen endete in einem silbernen Saum. Die schulterlangen Haare – trotz des jungen Alters teilweise ergraut – hatte er zu einem Zopf zusammengebunden.

Der Steg führte auf eine hölzerne Terrasse, die auf Pfeilern im Haff ruhte. Seile umspannten den Rand. Weitere Stege führten in alle Richtungen ab; zu den Pfahlbauten, in denen Venetors ärmste Bewohner ihr Dasein fristeten, und zu den Anlegeplätzen, wo die gyranischen Schiffe vor Anker lagen. Der breiteste Steg führte zum Festland, zum Turral, dem alten Sitz der vodtivischen Fürsten. Die goldenen Wände der Halle glommen im sturmgetränkten Licht.

Am Ende der Terrasse durchbrach ein Pfahl den Bretterboden. An den wuchtigen Stamm war ein Mann gefesselt, sein Oberkörper entblößt, die Hose in Fetzen. Es war Schalim der Prasser, der frühere Gastwirt der *Hotteposse*; ein breitschultriger Mann mit hübschen schwarzen Locken. Sein Gesicht wirkte stolz, wenn auch die Ausschweifungen seines Lebens und ein ausgeprägter Hang zu Anzüglichkeiten ihm eine gewisse Dreistigkeit verliehen hatten. Aufmerksam beobachtete er den Priester, der sich ihm näherte und nun vor ihm stehenblieb.

»He, Priester … hast du einen Schluck Wasser für den armen Prasser?«

Der Angesprochene zögerte. Auf einem der nahen Stege unterhielten sich zwei gyranische Wachen. Es waren Igrydes, mit Langschwertern bewaffnet. Doch sie waren zu sehr mit sich beschäftigt, um auf die Terrasse zu achten. So nestelte der Priester an seinem Gürtel, holte eine tönerne Flasche hervor und hielt sie dem Gefangenen an die Lippen. Dieser trank mit gierigen Zügen.

»Ich kenne dich«, sagte der Priester. »Du warst auf dem Schiff, das dem König auf den See folgte. Du warst dabei, als wir das neue Land erreichten.«

Schalims Lippen lösten sich schnalzend vom Tonrand der Flasche. »Mag sein, mag nicht sein. Wen kümmert das schon?« Er grinste. »Willst du mich ausquetschen, Gyraner? Das haben schon deine Landsleute versucht, selbst dein törichter König. Ich weiß nichts über das Armband und über den elenden Turmbinder! Ich habe nichts damit zu schaffen.«

Der Mann schob den Pfropf zurück in den Flaschenhals. »Mich schickt nicht der König. Ich bin ein einfacher Priester, der dir Wasser reicht.« Er rückte an den Gefangenen heran. »Aber ich habe dich gleich erkannt! Du warst auf dem Schiff, das unsere Galeere rammte und fast zum Kentern brachte. Ich habe den König selten so zornig gesehen wie damals. Es wundert mich, daß er dich und deine Spießgesellen am Leben ließ.«

»Nur wegen des Armbands, keine Sorge.« Schalim blickte den Priester scharf an. »Du weißt nicht zufällig, wo er meine Freunde hingeschafft hat? Nicht, daß ich sie sonderlich vermisse... bis auf das Weib, das eine Augenweide war. Mäulchen ist ihr Name, und die anderen beiden schimpfen sich Ungeld und Parzer, nebst ein paar anderen Kerlen aus ihrem Kaff. Es sind morthylische Fischer, und so riechen sie auch. Sag mir, wo hält Tarnac sie gefangen?«

»Ich weiß nichts darüber. Es ging damals alles so schnell... die Schiffe krachten ineinander, unsere Galeere kippte zur Seite, wir drohten zu sinken – und dann war Boden unter unseren Füßen. Feuchte, schwarze Erde.« Dem Priester lief ein Schauer über den Rücken. »Es war ein Wunder! Ich bin dankbar, dabeigewesen zu sein.«

Der Mann am Pfahl lachte. »Dafür bist du dankbar? Ich erinnere mich gut an den Tag. Ich weiß noch, wie die Gyraner meine Hände fesselten und mein Gesicht in den Schlamm drückten. Ich habe so viel von der faulen Brühe geschluckt, daß ich am Abend Sand pissen mußte.« Er verdrehte die Augen, voller Zorn auf sich selbst. »Und das mir, dem Prasser... hätte ich mich bloß von den Fischern ferngehalten! Das habe ich davon. Meine *Hotteposse* liegt in Trümmern, meine süßen Mädchen wurden von Tarnacs Leuten geschändet, und ich stehe an diesem Pfahl wie ein Meuterer am Hauptmast. Nein, Priester, auf dieses Wunder hätte Schalim gerne verzichtet!«

»Wie kannst du nur so reden? Vor unseren Augen hat sich ein See in festes Land verwandelt! Die Götter schenken uns eine neue Welt, und du warst Zeuge ihrer Schöpfung!« Der Priester steckte die Flasche fort und zog statt dessen die Pergamentrolle aus der Ledertasche. Er entrollte sie; eine riesige Landkarte. »Zwanzig Tage sind seitdem vergangen. König Tarnac hat die neue Welt in Besitz genommen. Mir befahl er, sie zu erkunden... von der Stelle aus, an der die Schiffe ineinanderkrachten, schritt ich gen Süden, tagelang. Ich erreichte das Ende der Insel, das Dorf Tovir an der Südküste. Aber die Küste war verschwunden! Hier, sieh nur! Ich habe es eingezeichnet.« Sein Finger huschte über eine mit groben Strichen gezeichnete Karte. »Das Land geht immer weiter, es reicht über die Küste Vodtivas hinaus. Vier Tage lang bin ich gewandert, auf festem Grund; schwarze Erde, fruchtbarer Boden, auf dem erste Gräser gedeihen... es ist ein Wunder, und ich bin dankbar, es mitzuerleben.«

Schalim der Prasser lauschte mit einem Lächeln, das halb spöttisch, halb wohlwollend schien. »Freies, offenes Land hinter der Küste? Das ist verblüffend! Ich bin oft mit der *Hotteposse* dorthin gesegelt, aber außer ein paar toten Klippen, auf denen ich nackt mit meinen Mädchen unter dem Sternenhimmel tanzte, fand ich nur Seetang und tote Fische. Ich gratuliere dir, Priester. Aber wenn es im Süden so schön ist, wieso bist du dann nach Venetor zurückgekehrt? Dort wärst du frei gewesen. Hier bist du nur ein Schreibknecht des Menschenschinders Tarnac.«

Der Priester rollte verärgert die Karte zusammen. »Du bist ein Spötter. Ich diene dem König seit Jahren. Er ist ein Günstling der Götter. Seit die Goldéi aufgetaucht sind, wußte er, daß Gharax uns bald keine Heimat mehr sein würde. Er erkannte die Zeichen, er hat den Stimmen der Sphäre vertraut. Deshalb sind wir hier – weil die Götter uns retten wollten!«

Schalim seufzte. Dann beugte er sich vor. »Wie ist dein Name? Und welchem Gott dienst du?«

»Ich bin Delifor«, antwortete der Priester. »Und ich folge Candra, dem Herrn der Meere ... und Tarnac von Gyr!

»Jaja, natürlich, Tarnac von Gyr. Aber sage mir, Delifor – hast auch du davon gehört, daß in den vergangenen Tagen viele Menschen aus dem Nichts dieses neue Land erreichten? Der König pfercht sie in den Pfahlbauten zusammen, läßt sie von seinen Kriegern bewachen, damit die ausgehungerte Meute nicht aufbegehrt. Ist dies das Werk eines Gottes? Ein Wunder? Ich kann das nicht glauben. Warum sollten die Götter uns Menschen von Gharax vertreiben? Warum überlassen sie den Goldéi unsere Städte, unsere Felder und Meere? Da will uns doch jemand zum Narren halten!« Schalim schüttelte den Kopf, so daß seine Locken herumflogen. »Aber wer bin ich schon! Ein Mädchenhändler und Saufbold ... und seit neustem der Sklave des Gottkönigs Tarnac, der nur Teil von diesem üblen Spiel ist.«

Delifor beschloß, Schalims Schmähungen besser zu überhören. »Es ist wahr ... viele Menschen kommen zu uns. Ein Kind führt sie an; man sagt, es heiße Laghanos. Er hat schon Tausende nach Vodtiva gebracht. Venetor platzt aus allen Nähten, und die Vorräte werden knapp.«

»Wunderbar. Dann werden wir bald sehen, ob deine Götter uns helfen wollen – oder ob sie zusehen, wie wir mit leeren Mägen aufeinander losgehen.« Schalim schlug den Hinterkopf gegen den Pfahl. »Renn du nur zu deinem König, schmeichle dich bei ihm ein. Ich aber sage dir: Noch sind wir nicht in Sicherheit. Es werden einige Köpfe rollen, bis wir Frieden haben.«

Der Priester wollte etwas erwidern. Doch nun sah er vor dem Turral eine Gruppe Menschen. Sie eilten auf den Steg zu, kamen Delifor entgegen: sechs Igrydes und ihnen voran der König, Tarnac von Gyr.

Voller Ehrfurcht verneigte sich Delifor. Die Karte entglitt seinen Fingern und entrollte sich auf den Brettern. Er wagte nicht aufzublicken, ehe Tarnac vor ihm stand.

»Delifor. Du bist schon zurück?« Der König sprach die Worte leise, ohne Vorwurf. »Ich hatte nicht so rasch mit dir gerechnet.«

»Ich mußte umkehren.« Delifors Gesicht gewann an Farbe. »Eure neue Welt, mein König, ist so viel größer, als ich dachte, so viel herrlicher und prächtiger ... sechs Tage schritt ich ohne Rast und fand doch nichts als Schönheit.«

»Schönheit?« Vom Pfahl her klang das höhnische Lachen des Prassers. »Schwarze Morastbrocken, stinkend und faulig wie der See Velubar. Ich nenne das einen Pfuhl. Einen Pfuhl hast du uns geschenkt, König Tarnac.«

Der König sah nur kurz zu Schalim hinüber. »Stopft ihm das Maul«, befahl er den Igrydes.

Sie schritten sofort auf den Prasser zu.

»Ja, stopft mir ruhig das Maul«, murmelte Schalim, nun schon kleinlauter. »Aber sagen muß es dir ja doch jemand. Warum nicht Schalim, die ehrliche Haut? Du tauschst eine blühende Welt gegen einen Pfuhl! Das ist ein schlechter Handel, Tarnac, mit wem auch immer du ihn abgeschlossen ...«

Ein Fausthieb brachte ihn zum Schweigen. Zu zweit droschen sie auf ihn ein, schlugen seinen Schädel gegen den Pfahl, bis Schalim das Bewußtsein verlor. Sie ließen erst von ihm ab, als der König die Hand hob.

»Genug.« Tarnac bückte sich nach der Karte. »Sechs Tage bist du also gewandert, Delifor, ohne das Ende der Welt zu finden. Was hast du unterwegs gesehen?«

»Ich bin mir nicht sicher. Am sechsten Tag, als ich schon beschlossen hatte umzukehren, glaubte ich in der Ferne ein Flimmern zu sehen. Nebel stieg auf, und ich sah Baumwipfel. Sie rauschten im Wind ... ich wollte mich ihnen nähern, aber der Nebel wurde dichter, er entrückte die Bäume meinen Augen. Und doch hörte ich in der Ferne Vögel zwitschern, sah einen von ihnen in die Höhe aufsteigen. Und vor mir auf dem Boden entdeckte ich die Spuren mehrerer Tiere. Abdrücke im Schlamm: die Hufe eines Hirschs und andere, größere Spuren, von schweren Kolossen.« Der Priester zögerte. »Mein König, ich glaube, es war ein Wald, den ich sah. Er war dort, aber nicht ganz. Er ist noch im Werden. Die Götter formen ihn, während wir…«

»Sprich nicht von Göttern, Delifor.« Der König rollte die Karte zusammen. »Vergiß sie. Deine Aufgabe ist es, all dies aufzuschreiben, was immer auch geschieht. Du wirst die Entstehung der Welt, die Ankunft der Gyraner und den Anbeginn meiner Herrschaft festhalten. Alles andere überlasse mir!«

»Ich soll die Götter vergessen?« rief Delifor erschrocken. »Das kann ich nicht! Ich bin ein Priester! Ich diene Candra…«

»Und mir.« Tarnac strich über die Schulter des jungen Priesters. Dieser zuckte zusammen. Nur einem Igrydes wurde die Ehre zuteil, vom König berührt zu werden. Benommen neigte er den Kopf.

»Vergiß Candra und die anderen Götter«, hörte er Tarnac wispern. »Nun werden wir selbst zu Göttern. Wir erschaffen die Welt neu, und uns ebenso. Ich brauche kluge Männer um mich. Du kannst einer von ihnen sein, Delifor – wenn du meine Taten brav aufschreibst und mich so unsterblich machst.«

Er reichte dem Priester die Karte. Delifor nahm sie rasch an sich, umklammerte sie mit beiden Händen.

Zu zweit blickten sie auf das Haff. Dort segelte ein Schiff, eine riesige Barke, durch Venetors Schere. Der Bug war von undurchdringlicher Schwärze, düster wie die Nacht, und die Segel schlackerten wie große Flügel. Delifor konnte das Schiff kaum ansehen. Seine Augen begannen zu tränen.

»Die Schwarze Barke«, flüsterte neben ihm der König. »Das Schiff der Südsegler.« Er winkte die Igrydes zu sich. »Folgt mir…auch du, Delifor.«

Er strich seine Robe glatt. Dann ging er auf dem Steg der Barke entgegen, die von den einströmenden Wellen in das Haff geschoben wurde.

Die Barke der Schwarzen Erkenntnis glitt lautlos durch das Wasser, wie von einem unsichtbaren Faden gezogen. Der Schiffsleib lag tief im Haff, doch nicht ein Tropfen blieb an dem dunklen Metall haften. Der Schwarze Schlüssel stieß die Fluten von sich: Er schimmerte unheilvoll und stählern im Sonnenlicht. Die Barke folgte dem ihr vorbestimmten Weg und steuerte dem Land entgegen... Sternengängers neuem Kontinent.

Am Bug stand Jundala Geneder. Sie trug ein blaues Kleid. Ihr Haar war offen, es wehte im Wind. Ihre Finger verkrallten sich in der dunklen Reling. Die goldglimmenden Augen waren auf die Stege des Haffs gerichtet, und die blassen Lippen formten einen Reim, der im Flattern der Segel kaum zu hören war.

»Die ewige Suche ist endlich vollendet, die Schriften enthüllten das eherne Land. Die Barke, sie trägt uns schon bald an die Küste, mit der uns das Schicksal seit jeher verband.«

Jundala hielt inne. Ihr Gesicht verzog sich vor Schmerz. Fremd war die Küste, der sie entgegenfuhren, ihr Anblick verzerrt. Denn Jundalas Augen waren tot und golden, vom Schwarzen Schlüssel beherrscht. Das Metall der Sphäre zwang sie zu sehen, was ihre eigenen Augen nicht hatten sehen können: den Südkontinent, geboren aus dem Meer, geformt von der Sphäre.

»Wir folgten den Worten der Weisen von Yptir, wir suchten den Schlüssel in Varas Verlies; wir flochten die Barke der Schwarzen Erkenntnis...«

Ihre Stimme zitterte. Nur mühsam brachte sie den Reim zu Ende, den die Südsegler sie gelehrt hatten.

»... die uns der Retter in Vara verhieß.«

Aber Vara war fern, lag an einem anderen Ufer, und Jundala war verdammt dazu, mit den Südseglern den Südkontinent zu erkunden. Die Barke der Schwarzen Erkenntnis ging niemals vor Anker; sie umrundete die Küsten, drang selbst durch festes Land, verschmolz mit den Steinen, glitt über Felsen hinweg, und der Schwarze Schlüssel öffnete die Tore, hinter denen die neue Welt lag.

»Die Suche, die Suche muß weitergehen«, flüsterte Jundala. »Wo bist du, Baniter? Erinnerst du dich daran, wie ich dir einmal sagte, daß aus Mord immer nur neuer Mord entsteht? Ich sah uns mit offenen Augen ins Unglück schreiten und tat nichts dagegen. Ich kehrte nicht um auf diesem Pfad, riß dich nicht mit mir. Wir kämpften um die Ehre deiner Familie, setzten dafür alles aufs Spiel... unsere Liebe, unsere Kinder, unser Augenlicht. Ach, Baniter, du warst ebenso blind wie ich; und könnte ich noch einmal in deine Augen sehen, dann würde ich erkennen, daß auch du betrogen wurdest – von ihm!«

Sie schrie die letzten Worte in den Wind. Dann fuhr sie herum und starrte auf den Knaben, der unweit von ihr an der Reling stand. Golden funkelte seine Maske; Sporne tasteten nach den Sphärenströmen, bebten wie die Segel der Barke, und der Mund formte ein Lächeln – das unschuldige Lächeln eines Kinds.

Aber er war kein Kind. Jundala hatte es sogleich gespürt, als er vor wenigen Stunden auf der Barke erschienen war. Die Südsegler hatten ihn empfangen, ihn mit dunklen Reimen gepriesen, und der Schiffsjunge Mhadag hatte ihm die Karte von Yuthir überreicht, damit er sie betrachten konnte: das zerschlissene Pergament, auf dem die Küsten des neuen Kontinents verzeichnet waren. Laghanos... mit diesem Namen hatte er sich ihnen vorgestellt; er, der aus dem Nebel herabgestiegen war, den silberne Klauen auf ihr Schiff getragen hatten und dessen Maske die Sphäre beherrschte.

»Siehst du das, Jundala Geneder? Dort stehen sie am Ufer und warten auf mich.« Der Junge, der einst Laghanos gewesen war, beobachtete die Stege. Auf ihnen hatte sich eine Gruppe Menschen versammelt, Gyraner mit weizenblonden Haaren. Es waren Krieger; sie trugen Waffenröcke und Langschwerter. An ihrer Spitze stand ein magerer Mann in einer grauen Robe.

»Ich wünschte, Mondschlund wäre hier und könnte mit

eigenen Augen sehen, wozu die Menschen fähig sind«, fuhr der Junge fort. »Die Legende von meinem neuen Kontinent ist so mächtig, daß sie aus eigenem Antrieb zu ihm segeln. Wie stark ist der menschliche Wille!«

»Nicht so stark, als daß du ihn nicht brechen könntest«, antwortete Jundala. »Du führst uns zum neuen Ufer, ohne uns zu verraten, was uns dort erwartet.«

Der Junge wandte ihr den Kopf zu. Die goldenen Sporne der Maske formten einen Dorn, der wie ein giftiger Stachel in seinem Gesicht zuckte. »Ich reiche den Menschen die Hand, und sie ergreifen sie dankbar. Die Gyraner konnten sogar ohne meine Hilfe zum neuen Land übersetzen, allein mit der Macht des Schwarzen Schlüssels...«

»...den sie aus den Händen der Südsegler erhielten.« Jundala konnte sich an der Reling festhalten; sie taumelte. »Du hast uns die Augen herausgerissen, willst uns deine Sicht der Welt aufzwingen.«

Der Stachel der Maske zuckte gefährlich. »Nein, ich habe euch die Augen geöffnet! Mondschlund war es, der euch blenden wollte. Ohne mich wärt ihr seine Sklaven, auf ewig gefangen in seinem Verlies. Denn ich konnte Kahida nicht zwingen, ihn zu stürzen. Aber euch kann ich retten, indem ich euch eine neue Welt schenke. Dieses Mal werde ich keine Fehler begehen.« Der Junge, der einst Laghanos gewesen war, lächelte. »Ich werde jeden retten, der es verdient. Auch deine Kinder, Jundala. Das habe ich deinem Mann versprochen.«

»Baniter?« Sie flüsterte seinen Namen, strauchelte, sank zu Boden. Die Nähe der Maske raubte ihr alle Kraft.

»Ja, Baniter Geneder...auf ewig gefangen in der Sphäre, verflucht dazu, Mondschlund zu dienen und über die Stadt aller Städte zu herrschen. Ihm kannst du nicht helfen. Aber deine Kinder – sie leben. Ich werde dich zu ihnen bringen.«

»Warum lügst du mich an?« flüsterte sie. »Ich weiß, daß ich sie verloren habe. Ich kann nicht nach Gharax zurückkehren.«

Die Maske funkelte hell. »Sei nicht töricht. Der Schlüssel

hat dir die Augen geöffnet; du siehst die Spuren, die ich in der Sphäre zurückgelassen habe. Sie werden dir den Weg zeigen. Du wirst nach Gharax zurückkehren, um deine Kinder zu holen – und ich werde mein Versprechen einlösen.«

Jundalas Herz zerriß fast vor Schmerz; sie wollte weinen und konnte es doch nicht, denn ihre Augen waren kalt und tot. Sie sahen nur das, was der Knabe ihnen zu sehen erlaubte... rotglimmende Fußspuren, die sich hinter seinen Fersen über die Barke zogen, über die Reling, hinaus auf das Wasser, als wären die Wellen aus Wachs, in das er seine Schritte eingeprägt hatte.

»Du erkennst sie, nicht wahr?« Der Junge stand nun vor ihr. »Dies ist die Macht des Schwarzen Schlüssels. Er führt uns und lenkt uns; er erschafft die Sphäre und hilft uns, sie zu beherrschen. Ich habe lange gebraucht, um seine Magie zu verstehen, und am Ende unterschätzte ich sie doch. Aber dieses Mal will ich vorsichtiger sein. Dieses Mal werde ich euch Menschen dazu zwingen, die Sphäre zu achten.« Er reichte ihr die Hand. »Steh auf, Jundala. Folge meiner Spur, und kehre zu deinen Kindern zurück. Bring sie zu mir, und auch die anderen Menschen, die in Gehani ausharren. Denn wenn die letzten Quellen entfesselt sind, gehört Gharax für immer den Goldéi. Aber ihr Menschen werdet eine neue und bessere Welt bewohnen, die nicht von der Sphäre bedroht ist.«

Jundala erhob sich. Sie glaubte dem Knaben nicht, spürte in jedem seiner Worte den Keim des Verrats. Doch sein Versprechen klang süß.

»Zurück nach Gharax? Zurück zu meinen Kindern? Warum gehst du nicht selbst, wenn du so mächtig bist?«

»Ich will dir die Wahrheit sagen. In Gehani befindet sich das letzte Nest der Bathaquar. Die verblendeten Tathril-Priester sind noch immer nicht besiegt. Ihr Rädelsführer Rumos verbrannte auf Tyran, ihr Hoherpriester ist längst tot, und doch weigern sich die Bathaquari, meine Macht über die Sphäre anzuerkennen. Sie horten noch immer einen meiner Knochen, den Rumos Carputon ihnen überließ. Ich weiß nicht, wo dieser Knochen ist; aber ich fürchte, daß sie ihn gegen mich verwenden wollen. Dieses Wagnis darf ich nicht eingehen. Nein, es ist besser, wenn du gehst.«

Jundala sah ihn verwirrt an. »Du hast Angst vor ein paar Priestern?«

»Sie wollen Gharax nicht loslassen. Ich spüre es – ein Unheil zieht herauf. Der Fluch der Bathaquar! Ich selbst habe ihn in die Welt gesetzt; nun droht er auf mich zurückzufallen. Aber hier, jenseits des Silbermeers, bin ich sicher. Der Fluch der Bathaquar kann nicht hierhergelangen, niemals.« Seine Worte klangen unsicher. »Nun geh! Folge meiner Spur; sie führt dich zu einem Ort in Ganata, an dem ich vor langer Zeit gewesen bin. Dort wirst du deine Kinder in die Arme schließen. Das willst du doch, nicht wahr?«

Sie nickte, und zugleich haßte sie sich dafür, ihm zu gehorchen. Geblendet und gebeugt, willenlos und ohne Mut... so stolperte Jundala an ihm vorbei, spürte die Macht der Maske, die nach den Sphärenströmen tastete. Sie erhaschte die rotglimmenden Fußspuren auf den Planken der Barke, Schritt für Schritt eingeprägt in den Schwarzen Schlüssel. Nebel wallte auf; er entströmte einem unsichtbaren Riß der Sphäre, hüllte ihren Körper ein. Schon trug er Jundala hinaus auf das Meer. Silberklauen stürzten aus dem Nichts, begleiteten die Fürstin ein Stück auf ihrem Weg nach Gharax und kehrten erst zurück, als ihr Körper sich ganz im Nebel aufgelöst hatte.

Der Junge, der einst Laghanos gewesen war, blickte ihr lange nach. »Ich halte mein Versprechen, Baniter Geneder. Deine Familie wird in Sicherheit sein... und ich muß mich nicht länger mit den Bathaquari herumärgern. Wo immer der letzte Knochen steckt; es ist besser, wenn er auf Gharax bleibt und mit Gharax untergeht.«

Jundala war längst im Nebel verschwunden. Die Barke aber hatte die Stege des Haffs erreicht. Ringsum erschienen Südsegler an Deck. Ihre Augen glommen golden, ihre Körper warfen keine Schatten im Sonnenlicht. Einige kletterten an den Masten empor und rafften die Segel. Die anderen umringten ehrfürchtig das Kind Laghanos.

Ein wehmütiges Lächeln lag auf seinen Lippen. »Und ihr, meine treuen Südsegler – auch ihr sollt belohnt werden. Große Opfer habt ihr erbracht, als ihr für mich den Schlüssel aus Mondschlunds Verlies holtet und eure Suche begannt.«

»Die Suche, die Suche…« Die Münder der Seeleute bewegten sich kaum, und doch vereinten sich ihre Stimmen zu einem Chor. »Die Karte, sie wies uns den Weg in den Süden; die vier dunklen Warte, verloren und still; sie kündeten von einem Kind, das uns führen, uns retten und schützen und fortbringen will.«

Sie neigten die Köpfe.

»Ich bin stolz auf euch«, erwiderte Sternengänger. »Seit ich in euren Träumen zu euch sprach, habt ihr euch der Suche verschrieben und sie nie aufgegeben. Ich wünschte, alle Menschen würden mir so vertrauen wie ihr.«

Auf den Stegen warteten noch immer die Gyraner. Voller Angst blickten sie auf die Barke. Sternengänger aber achtete nur auf den Anführer, auf Tarnac von Gyr. Der König war der einzige, der sich seine Furcht nicht anmerken ließ.

»Eine neue Welt entsteht«, fuhr Sternengänger fort. »Die Menschen sehnen sich nach einem Herrscher, um den sie sich scharen können. Götter und Könige… so war es immer, so wird es immer sein. Ob er wohl der Richtige ist? Oder doch Eshandrom?«

Er winkte den Schiffsjungen der Südsegler zu sich, ein Knabe mit hellem Haar, kaum älter als Laghanos. Auch seine Augen waren aus Gold. In den Händen hielt er eine zusammengerollte Karte.

»Geh an Land, Mhadag«, befahl ihm Sternengänger. »Übergib dem König die Karte von Yuthir. Er soll sehen, wie groß die Welt ist, die ich ihm anvertraue. Er war mutig genug, ohne meine Hilfe hierherzusegeln; dann wird er sie sich auch zu unterwerfen wissen. Der Acker muß in Blut getaucht werden. Denn nur wenn die Menschen einen Grund zum Trauern haben, werden sie Gharax vergessen.«

Er beobachtete den König, und Tarnac der Grausame erwiderte seinen Blick, furchtlos und wissend.

»Die Saat geht auf«, sagte Sternengänger. Die Sporne seiner Maske spreizten sich, um den König der neuen Welt zu begrüßen.

Der Klang der Leiern war verhallt. Kein Nebel wehte mehr über dem Acker, und so lag der schlammige Grund bloß. In tiefen Löchern – Fußstapfen, eingedrückt von schweren Stiefeln – stand blutgetränktes Wasser. Eine geborstene Brashii lag zu den Füßen eines toten Igrydes, Kopf und Helm gespalten, der Mund voller Dreck. Neben ihm eine Kathygerin, die er erschlagen hatte, ehe ihm selbst eine Klinge in den Leib gefahren war.

König Eshandrom beugte sich über den Gyraner. Mit der Spitze seines Schwerts schleuderte er die zerstörte Leier fort. Die Schlammspritzer in seinem Gesicht hatten sich rot gefärbt.

»Dies also ist der Lohn«, sagte er zornig. »Der Lohn für meine Treue.« Er hob das Schwert, als wollte er es erneut auf den Toten niedergehen lassen. »Ich habe dir geglaubt, Laghanos! Ich glaubte an den Frieden deiner neuen Welt, an eine bessere Zukunft ohne Kriege. Aber du hast uns in die Irre geführt. Wieder gehen Kathyger und Gyraner, Candacarer, Arphater und Sitharer aufeinander los, wie auch auf Gharax.«

Um ihn lagen die Gefallenen; viele Kathyger, doch die meisten waren Gyraner. Ein Dutzend Igrydes war ihnen entgegengelaufen. Ihre Brashii hatten das schaurige Lied des Krieges gesungen, und so war es zum Zusammenstoß gekommen, unter den Masten der gestrandeten Schiffe. Eshandroms Krieger waren ihnen an Köpfen weit überlegen gewesen. Ein kurzes, bitteres Scharmützel ... nun herrschte wieder Stille auf dem Acker. Die Kathyger hatten gesiegt. Aber alle Hoffnung, die Eshandroms Rede in ihren Herzen gesät hatte, war verflogen. Mit gesenkten Köpfen standen sie um ihren König, während die Sonne dem Horizont entgegensank.

Zwei Krieger zerrten einen Gefangenen herbei. Ein weiterer Igrydes. Sein Gesicht war geschwollen, ein Schwertstreich hatte ihm die Wange aufgeschlitzt. Er keuchte, blickte jedoch ohne Furcht zu Eshandrom auf.

»Das Schicksal hat uns ein zweites Mal zu Nachbarn bestimmt«, sagte dieser kühl. »Aber nun wird Kathyga nicht länger vor Tarnac dem Grausamen kuschen. Seine Kriegslust muß mit Gharax untergehen.«

Der Igrydes schüttelte den Kopf. »Du beschimpfst unseren Bruder und bist doch selbst kaum besser. Warum habt ihr uns angegriffen? Wir suchten keinen Kampf, nur nach Überlebenden, nach neuen Untertanen für den wahren König...«

Eshandroms Mundwinkel zuckten. »Lüg nicht! Der Klang eurer Brashii verrät eure Absichten seit Jahrhunderten! Krieg, Wortbruch, unversöhnliche Feindschaft – das sind Tarnacs Leidenschaften. Ich kenne sie gut.«

»Du irrst dich... unser Bruder sucht Frieden... er sammelt alle um sich, die das Kind Laghanos herbeiführt hat, und läßt sie nach Venetor bringen.« Der Igrydes versuchte sich aufzurichten, aber die Kathyger zwangen ihn zu Boden. »Auch ihr müßt uns folgen! Legt eure Waffen nieder, beugt euch Tarnac dem Herrlichen, dem letzten der Könige... dem ersten des neuen Zeitalters. Er ist der Statthalter des Kindes Laghanos.«

Eshandrom packte ihn am Kiefer. Seine Finger gruben sich in die offene Wange. Der Igrydes keuchte auf.

»Hör mir gut zu«, sagte der König. »Merk dir die Worte, die ich Tarnac von Gyr überbringen will. Wenn einem die Ehre zukommt, sich als Statthalter des Kindes zu bezeichnen, dann mir: Eshandrom, dem König von Kathyga. Tarnac soll nicht glauben, er könne ungestraft alle Macht an sich reißen. Wenn er es versucht, so muß er sich mir im Kampf stellen. Das richte ihm aus.«

Er stieß das Schwert vor dem Igrydes in den Grund. Tief drang die Klinge in den Schlamm ein. Dünne Halme blieben an ihr kleben; zarte Wurzeln, jäh durchtrennt vom Stahl.

KAPITEL 8

# Krebse

Im Sand kroch ein Krebs. Seine Scheren tasteten die Halme am Flußufer ab, legten die Wurzeln frei, um Schneckeneier aufzuspüren. Sein Panzer war rot und pokkig; auf ihm klebte der hauchdünne Sproß einer Wasserpflanze.

Marisa beugte sich über ihn. Die braunen Haare fielen herab und verdeckten ihr Gesicht. Mit einem Stock piekste sie den Krebs. Dieser erstarrte. Seine Scheren blieben im Sand stecken. Er stellte sich tot.

»Tu ihm doch nicht weh«, mahnte Banja. Sie kniete neben ihrer Schwester und sortierte ein paar leere Schneckenhäuser, die sie am Ufer gefunden hatte. »Er hat dir nichts getan.«

Marisa piekste den Krebs noch einmal. »Er soll sich bewegen! Er kriecht so lustig, nie geradeaus, als wüßte er gar nicht, wohin er eigentlich will.« Sie stupste die Fühler des Tiers. Er richtete sie erschrocken auf. Die roten Scheren öffneten sich.

Banja nahm ihr den Stock fort. »Laß das. Er kneift dich nur in die Hand, und dann flennst du.«

Marisa richtete sich empört auf. »Gar nicht. Mich hat noch nie ein Krebs gekniffen.« Sie trat einen Schritt zurück. Hinter ihr rauschte der Dumer. Er strömte um die großen Steinblöcke im Flußbett, schäumte um einen umgestürzten Baumstamm, der in das Wasser ragte. Marisas Schuhe drückten sich in den feuchten Ufersand. Sie betrachtete sie aufmerksam.

»Was meinst du, Banja – wenn einer der Troublinier mit seiner schweren Rüstung hier langgeht, wie tief sinkt er dann ein?« Sie dachte nach. »Ich wette, bis zu den Knien. Oder bis zum Hals.«

Sie sah sich nach den Männern um, die an der Flußbiegung warteten. Sechs Gildenkrieger; sie hatten ihre Helme abgenommen. Kurzes rotes Haar, grobe Gesichter. Sie warfen flache Steine ins Wasser und schienen sich zu langweilen. Dort stand auch Orusit Geneder, ihr Großonkel, ein alter, ausgemergelter Mann. Er blickte zu den Mädchen hinüber.

»Schau, Orusit winkt.« Marisa tastete nach Banjas Hand. »Wollen wir zu ihm gehen?«

»Er sagte, wir sollen uns nicht um ihn kümmern. Er kommt gut allein klar.« Banja strich sich die Haare glatt. Sie waren blond und schulterlang; ihr Gesicht war mit Sommersprossen übersät. »Außerdem will ich nicht zu den fiesen Troubliniern. Sie reißen ja doch nur dumme Witze, wenn sie uns sehen. Über Mama und Papa, über Sinsala, über alles!«

»Ja, lauter dumme Witze.« Marisa konnte die Troublinier nicht leiden. Seit sie in Gehani waren, bot das Leben in der Burg kaum noch Freude. Sinsala war ständig beschäftigt und schlecht gelaunt, Banja und Marisa mußten sich eine Kemenate im Vogtbau teilen, wo auch Onkel Orusit wohnte, und stets mußten sie die Priester der Tathril-Kirche um Erlaubnis fragen, wenn sie am Fluß spielen wollten. Nein, es waren keine schönen Zeiten... Vor allem vermißte Marisa ihre Eltern. Nachts lag sie oft wach und dachte an sie. Früher hatte sich ihre Mutter am Abend an ihr Bett gesetzt, ihr ein Lied vorgesungen oder sich mit ihr über den Tag unterhalten. Und Vater? Marisa vermißte auch ihn; sie liebte Baniter über alles. Doch inzwischen konnte sie sich kaum noch sein Gesicht vorstellen. Nur die klaren, grünen Augen... an die erinnerte sie sich gut. Banja hatte genau dieselben Augen. Ein wenig beneidete Marisa ihre ältere Schwester darum; sie hätte gern selbst grüne Luchsaugen gehabt, oder zumindest die von Sinsala, meerblau und strahlend wie die ihrer Mutter. Marisas Augen aber waren braun und gesprenkelt, und viel zu klein, wie sie fand.

Sie beugte sich über den Fluß. Das Wasser strömte schnell in diesen Tagen, es war unruhig und verzerrte ihr Spiegelbild. Der Dumer floß gen Osten, in die troublinischen Moore, bis nach Taruba. Dort nannten die Leute ihn den Trumer, hatte Sinsala einmal erzählt, und Marisa hatte darüber gekichert. Und sie hatte sich ausgemalt, was für komische Leute diese Troublinier doch sein mußten, wenn sie einfach einen Fluß umbenannten.

Nun hatte sie diese Leute kennengelernt. Erst waren Flüchtlinge gekommen, Hunderte, die über die Grenze nach Ganata geströmt waren und sich am Stadtrand niedergelassen hatten: verängstigte Männer und Frauen, die vor dem harten Regiment des Gildenrats geflohen waren. Dann, nach der Krönung von Uliman Thayrin, waren troublinische Priester in Gehani erschienen, auf Befehl des Kaisers. Und da Marisas Eltern fort gewesen waren – erst in Thax und später in Vara, der Heimatstadt der Geneder –, hatte niemand etwas gegen sie ausrichten können. Sie bestimmten nun über Gehani, und ihre düsteren Predigten machten Marisa Angst.

»Ich will, daß sie weggehen«, sagte sie leise. »Sie sollen aus Gehani verschwinden, zurück in ihr Troublinien. Von mir aus können sie auch sterben.«

Banja zog sie vom Ufer fort. »Du sollst so etwas nicht sagen! Was ist, wenn sie dich hören? Orusit hat uns eingebleut, daß wir sie auf keinen Fall reizen dürfen, sonst tun sie uns etwas an.«

»Ich sage ja gar nichts, wenn sie in der Nähe sind«, schmollte Marisa. »Aber hier ist niemand, nur du und ich und der Krebs.«

»Man kann nie wissen«, belehrte sie Banja, ganz im Tonfall der großen Schwester. »Troublinier sind schlau. Vielleicht tun sie so, als ob sie uns nicht hören.« Sie sah mißtrauisch zu den Gildenkriegern hinüber. »Sinsala sagt, daß ihre Priester Schlimmes mit uns vorhaben. Im Tempel werden Menschen gequält und geschlagen. Die Priester sind böse! Ich mag nicht daran denken, was geschieht, wenn erst die Goldéi hier sind.«

Marisa blickte sie erschrocken an. »Aber die Goldéi kommen doch nicht! Der Prior hat versprochen, daß Tathril uns beschützt.«

»Und daran glaubst du?« Banjas Tonfall klang herablassend. »Alle Priester lügen. Das hat schon Vater gesagt.«

Marisa zupfte an ihren Wollstrümpfen und zog sie bis zu den Knien hoch. Sie hatte keine Lust, mit Banja zu streiten, und fühlte sich ungerecht behandelt. Schließlich war sie fast sieben Jahre alt, kein Kleinkind mehr, und Banja gerade mal vier Jahre älter.

»Vater hat nie viel von der Tathril-Kirche gehalten«, belehrte sie Banja. »Er hat immer an den Tempel gespendet, wie alle Fürsten, aber dem Prior Levaste traute er nicht über den Weg. Einmal sagte er zu mir, daß Levaste jede Gelegenheit nutzen wird, um über Ganata zu bestimmen. Und so ist es gekommen ... er und die anderen Priester bestimmen jetzt über uns. Wir dürfen nicht einmal spielen, wann und wo wir wollen. Ach, ich wünschte, Vater würde zurückkehren und ihn zurechtweisen.«

»Ja ... er soll zurückkommen. Und Mama auch.« Jetzt stiegen Marisa Tränen in die Augen. Sie versuchte sie schnell fortzuwischen. Zu spät; Banja hatte es bemerkt, zog ihre Schwester zu sich und fuhr ihr mit der Hand über das Gesicht.

»Jetzt flennst du ja doch.« Sie seufzte. »Sie kommen schon zurück. Sinsala hat es versprochen, und sie muß es doch wissen. Jetzt reiß dich aber zusammen. Laß uns zu Orusit gehen, ja? Kein Wort zu den Troubliniern!«

Marisa schluckte tapfer die Tränen hinunter. Sie nahm Banjas Hand, und gemeinsam rannten die Schwestern am Fluß entlang.

Orusit Geneder kam ihnen ein Stück entgegengehumpelt. Er konnte nur in kleinen Schritten laufen; seine Knie bogen sich, sobald er die Fersen aufsetzte. Als er in Banjas Alter gewesen war, hatte er einen schweren Sturz erlitten. Die Knie waren nie wieder richtig verheilt. Einmal hatte Marisa ihn gefragt, ob sie ihm denn sehr weh täten, und Orusit hatte geantwortet: »Bei jedem Schritt.« Das hatte sie traurig gemacht. Der Onkel kam selten mit ihnen zum Fluß; er verließ die Burg eigentlich nie. Heute aber hatte er die Mädchen begleitet. Er wollte nicht, daß sie mit den Troubliniern allein waren.

»Rennt mich nicht um, Herzchen.« Orusit fing Marisa auf, die sich ihm in die Arme warf. Er grinste sie an. In seinem Mund fehlten mehrere Zähne. »Habt ihr etwas Schönes gefunden am Dumer?«

»Einen Krebs«, schnatterte Marisa aufgeregt. »Er wollte mich kneifen, aber ich war schneller.«

»Sie lügt.« Banja hatte zu ihnen aufgeschlossen. »Sie hat ihn mit einem Stock gepiesackt.«

»Das solltest du nicht, Marisa.« Orusit setzte seine Großnichte auf dem Boden ab. »Man muß mit einem Lebewesen würdevoll umgehen. So ist es hierzulande üblich ... außer in gewissen Tempeln.«

Er sprach so laut, daß die Troublinier ihn hören konnten. Sie waren zu viert; Gildenkrieger aus Taruba, bewaffnet mit Schwertern. Ihre Aufgabe war es, Orusit und die Mädchen im Auge zu behalten. Der Prior Levaste wollte sie am Abend wohlbehalten – und vollzählig – in der Burg verwahrt wissen.

»Da sind ja die Luchswelpen«, lachte der Anführer. »Genug gespielt? Dann können wir wohl umkehren. Es soll heute abend gebackenes Lamm geben, habe ich mir vom Koch sagen lassen.«

Orusit wurde zornig. »Wir sind kaum eine halbe Stunde hier! Ihr könnt die Mädchen nicht den ganzen Tag hinter Schloß und Riegel halten.«

»Besser wäre es. Euch Genedern kann man nicht trauen.« Der Troublinier streckte die Hand aus, um Banja zu streicheln, aber sie wich zornig zurück. Ihre grünen Augen blitzten.

»Da sehen wir es«, schmunzelte der Gildenkrieger. »Aufsässig und ungezähmt. Wenn ich der Prior wäre, hätte ich euch in einen Sack gesteckt und ihn gegen die Wand geschlagen, so wie man es mit jungen Kätzchen macht. Außer der Ältesten ... die taugt noch für etwas anderes.«

Seine Gefährten lachten. Orusits Gesicht lief dunkelrot an.

»Ihr habt genug geschändet und gemordet – vom ersten Tag an, als ihr über die Grenze nach Ganata gekommen seid!«

»Tu nicht so, als wären wir Eindringlinge.« Der Troublinier baute sich vor Orusit auf. »Der Kaiser hat uns herbefohlen. Wir sind zu eurem Schutz hier.«

»Daß ich nicht lache«, höhnte Orusit. »Aus Troublinien rennen euch die Leute fort. Wieviel mag dieser Schutz wert sein, wenn selbst dort Tausende auf ihn verzichten?«

»Was willst du damit andeuten, Hinkefuß?«

»Daß Troublinien der nächste reife Apfel ist, den sich die Goldéi pflücken werden! Oder wollt ihr behaupten, ihr hättet nichts von Arocs Untergang gehört? Die Stadt Imris soll dem Erdboden gleichgemacht worden sein, und die goldenen Schiffe haben Kurs auf eure geliebte Heimat genommen. Ein paar Tage noch, dann wird uns die Kunde von Tarubas Fall erreichen.«

Der Troublinier legte die Hand auf den Schwertgriff. »Hüte die Zunge, sonst richte ich dir deine verkrüppelten Beine mit dem Stahl! Troublinien geht niemals unter. Unsere Priester werden die Goldéi besiegen!«

»Tatsächlich? So wie die Candacarer und die Arphater?« Orusit schüttelte den Kopf. »Auch eure Priester werden nichts gegen diese Wesen ausrichten können, mögen sie noch so lange in der Burg die Köpfe zusammenstecken.«

»Das werden wir sehen! Ich für meinen Teil glaube ihnen. Sie sagen, daß ein Auserkorener kommt und uns rettet.«

»Auserkorene gibt es in diesen Tagen wie Krebse im Dumer. In der Stadt Thax hat man vor nicht langer Zeit viel von einem Auserkorenen geplappert ... übrigens auch ein Priester, Nhordukael mit Namen. Was aus ihm geworden ist, weiß jedes Kind: Er hat Thax in Trümmer gelegt, seine eigene Heimatstadt. Da wollen wir nur hoffen, daß euer Auserkorener schön weit weg bleibt.«

Der Troublinier wollte antworten, doch nun mischte sich Banja in den Wortwechsel ein.

»Dürfen wir weiterspielen? Ich wollte Marisa das Splitternest zeigen. Wir waren so lange nicht mehr dort.«

Der Anführer der Troublinier runzelte die Stirn. »Splitternest? Was soll das sein?«

Orusit Geneder verdrehte die Augen, als hätte der Mann etwas besonders Dummes von sich gegeben. »Hast du noch nie vom Splitternest gehört? Jedes Kind in Ganata kennt es.« Er deutete flußaufwärts. »Siehst du den Hügel hinter der Flußbiegung? Dort oben liegt ein kleiner Krater. Als ich jung war, habe ich selbst oft darin gespielt.«

»Hast du dir dort deine Stutzen ruiniert?« höhnte der Troublinier. »Nun, wie auch immer – die Mädchen bleiben schön hier. Der Prior würde es nicht wollen, daß sie sich in Gefahr bringen.«

»Das Splitternest ist ganz harmlos«, rief Banja wütend. »Es ist nicht einmal einen Schritt tief.«

»Höchstens«, bestätigte Orusit. »Eine Felsmulde, in der ein paar bunte Steine liegen. Es heißt, daß dort einst ein verzauberter Vogel genistet habe, ehe die Quellen von Durta Slargin gezähmt wurden.«

Nun horchten die Gildenkrieger auf. Sie waren, wie die meisten ihrer Landsleute, immer für eine gute Geschichte zu begeistern. Nicht ohne Grund nannte man die Troublinier das Volk der Liedersänger und Märchenerzähler.

»Erzähl uns mehr, Hinkefuß«, forderte der Anführer.

Das ließ sich der alte Mann nicht zweimal sagen. »Es war ein Vogel, dessen Leib aus festem Stein bestand ... geboren aus dem Felsen selbst. Obwohl er schwer war wie ein Klotz, flatterte er über Ganatas Dörfer hinweg und holte sich im Sturzflug manch unaufmerksames Kind, um es zu verschlingen. Kein Pfeil, keine Klinge konnte ihm etwas anhaben. Von dem Gefieder prallte jede Waffe ab. Die Menschen waren verzweifelt, sie konnten gegen das Untier nichts ausrichten.« Er senkte die Stimme. »Dann kam Durta Slargin nach Ganata. Als man ihm von dem Vogel erzählte, ließ er sich den Ort zeigen, an dem er nistete. Er fand auf dem Hügel sechs faustgroße Eier; eines aus Zinn und eines aus Kupfer, eines aus Eisen, eines aus Silber und eines aus Gold. Das sechste Ei war schwarz wie Kohle und kalt wie ein Hagelkorn. Durta Slargin stahl es aus dem Nest und verbarg es am Flußufer. Als der steinerne Vogel von seinem Beutezug zurückkehrte und den Raub bemerkte, klagte er jämmerlich, und statt Tränen fielen Diamanten aus seinen Augen. Da gab sich Durta Slargin zu erkennen. Er sagte zu dem Vogel: ›Ich habe das Schwarze Ei gestohlen und versteckt. Du wirst es niemals ohne meine Hilfe finden. Willst du es zurückhaben, mußt du folgendes tun – du mußt die anderen Eier zerschlagen, eins nach dem anderen…‹«

»Eins nach dem anderen«, plapperte Marisa dazwischen. »Das war ja das Fiese an Durta Slargins Plan!« Sie kannte die Geschichte gut. Diese Stelle mochte sie besonders gern.

»Der Vogel weinte bitterlich«, setzte Orusit erneut an. »Er krächzte: ›Verlange das nicht von mir, Durta Slargin! Ich habe die Eier selbst gelegt, meine Küken schlafen darin!‹ Aber der Zauberer blieb hart. Er sprach: ›Entscheide dich. Entweder du zerschlägst dein Gelege oder das sechste Ei bleibt für immer mein.‹ Und der Vogel, der voller Gram auf sein Nest blickte, antwortete: ›Du hast meinen wunden Punkt entdeckt, Zauberer. Dieses Ei war mir das liebste. Ich muß tun, was du verlangst.‹ Und so hackte er mit seinem Schnabel ein Ei nach dem anderen auf; zuerst das kupferne, in dem sich ein nacktes, blutiges Küken wand und an der Luft verstarb. Dann zerschlug er das Ei aus Zinn und tötete auch dieses Küken. Und so folgte ein Ei nach dem anderen: das eiserne, das silberne und zuletzt das goldene. Aber als der Vogel dieses letzte, goldene Ei zerhackte und das Küken in der geborstenen Schale verendete, da sprang ihm vor Trauer das Herz entzwei. Sein steinernes Gefieder, ja, sein ganzer Leib zerfiel zu Splittern; und diese bunten Scherben liegen noch heute im Nest und erinnern daran, wie Durta Slargin unseren Landstrich von der Kreatur befreite.«

Orusit schwieg. Die Troublinier hatten aufmerksam zugehört. Ihre Blicke wanderten zu dem Hügel, von dem die Legende handelte. Er wirkte unscheinbar, bewachsen mit Gräsern und niedrigen Birken.

»Dürfen wir denn nun hin?« quengelte Banja. »Wir wollen ja nur spielen. Vielleicht finden wir die Reste der Vogeleier zwischen den Steinen. Sie sollen ganz aus Gold und Silber sein.«

Der Anführer der Troublinier dachte nach. »Nun, ich denke, es kann nichts schaden.« Es war offensichtlich, daß die Geschichte seine Neugier geweckt hatte. »Wir werden alle dorthin gehen. Und keine Dummheiten, Kinder! Wehe, ihr büxt aus.«

Die Troublinier hoben ihre Helme auf. Dann folgten sie Orusit, der die kleine Gruppe humpelnd anführte. Banja stützte ihn. Ihre vier Füße ließen eine seltsame Spur im Sand zurück, fast wie die eines großen Krebses – fand Marisa, die hinter ihnen ging. Ihr Herz hüpfte; sie freute sich auf das Splitternest, denn sie war erst einmal dort gewesen, mit ihrem Vater. Es war eine Weile her, kurz nach Marisas fünftem Geburtstag. Sie konnte sich noch gut an dieses Abenteuer erinnern.

»Ihr müßt aber vorsichtig sein«, mahnte Orusit leise. »Es haben sich schon viele an den Steinsplittern geschnitten. Diese Wunden verheilen schlecht und hinterlassen häßliche Narben!«

Banja blickte sich nach den Troubliniern um. Sie unterhielten sich miteinander, vermutlich über die Legende vom Splitternest, denn mehrmals fiel Durta Slargins Name. »Uns passiert schon nichts. Aber die Kerle sollen uns in Ruhe lassen. Ich will nicht, daß sie mit uns den Hügel hochsteigen.«

Orusit streichelte ihr über den Kopf. »Du mußt Geduld haben, Herzchen. Solange die Troublinier in Gehani sind, mußt du tapfer bleiben. Ich weiß, wie schwer diese Zeit für euch Kinder ist. Euer Vater wäre stolz auf euch. Auf euch alle drei.«

Der Pfad wich nun vom Flußufer ab. Hier war der Sand

dunkler, der Wuchs blieb aber karg. Dunkelgrüne Ranken bedeckten den Boden wie ein Teppich; dazwischen sprossen kleine gelbe Blüten, die einen herben Geruch verströmten. Das Dumkraut…es prägte seit jeher den Norden Ganatas und verlieh selbst den Einöden am Fuß des Hochlands einen warmen Farbton. Er verlor sich erst in den Feldern südlich von Gehani.

Nun standen sie vor dem Hügel. Der Hang war steil, ein überwucherter Weg führte zur Kuppe empor. Eine seltsame Stimmung ging von diesem Ort aus. Seine Verlorenheit färbte auf die ganze Umgebung ab.

Banja löste sich aus der Umarmung des Großonkels. Sie nahm Marisa an die Hand.

»Komm, Kleine. Zeigen wir den Kerlen mal, wie schnell wir laufen können.« Sie zwinkerte ihrer Schwester zu.

Und dann rannten sie! Sie rannten den Hang empor, als ob der Vogel aus Orusits Geschichte sie verfolgte. Hinter ihnen erschallten die Rufe der Troublinier.

»He! Wartet!«

Die beiden dachten überhaupt nicht daran. Der Hang war steil; einmal stolperte Marisa, als ihr Fuß sich in einer Ranke verfing. Aber Banja ließ sie nicht los. Schon hatten die Mädchen die Hügelkuppe erreicht, während die Troublinier ihnen nachbrüllten.

Jenseits der Kuppe fiel der Hügel leicht ab. Dort lag der Krater, von dem Orusit erzählt hatte – das Splitternest. Die Grasnarbe brach ab und gab nackten Fels frei. Weder Moos noch Flechten gediehen auf ihm. Das Gestein bildete eine Senke, wohl einen Schritt tief. Der Grund war bedeckt mit Splittern: längliche Brocken aus dunklem Sithalit, aus rotem Padril und giftgrünem Zindrast, dazwischen Salphurstücke, leuchtend und gelb wie die Blüten des Dumkrauts. All diese Splitter funkelten im Sonnenlicht – ein Schatz aus prunkvollen Steinen, deren Kanten jedoch messerscharf waren.

Marisa drängte sich an ihre Schwester. Das Splitternest erschien ihr viel bedrohlicher als bei ihrem ersten Besuch. Vielleicht lag es daran, daß Baniter heute nicht bei ihnen war.

Damals hatte er Marisa auf den Arm genommen. Sie hatte auf die funkelnden Steine hinabgeblickt, und Baniter hatte ihr die Legende von dem verzauberten Vogel erzählt, noch schöner und rätselhafter als Onkel Orusit. »Keine Angst, Kätzchen«, hatte er Marisa dabei ins Ohr geflüstert. »Es ist nur eine Geschichte. Diesen Vogel hat es nie gegeben, und einen Durta Slargin auch nicht.« Dann war er in den Krater geklettert und hatte für sie einen Splitter aus dem Nest gesucht; eine flache Padrilscherbe. Marisa besaß sie noch immer; sie baumelte als Anhänger um ihrem Hals. Immer, wenn sie ihren Vater sehr vermißte – in der Nacht, wenn es still in der Burg war und ihre Schwestern schliefen –, holte sie die Scherbe hervor und küßte sie. Sie hoffte, Baniter würde es merken und endlich zurückkommen.

Banja riß sie aus ihren Träumereien. »Los, komm. Wir müssen uns verstecken. Sollen die Troublinier ruhig ein wenig nach uns suchen.«

Marisa zögerte. »Aber du hast doch am Fluß gesagt, daß wir sie nicht ärgern sollen!«

»Sei nicht kindisch! Ich habe meine Meinung eben geändert, weil sie so gemein zu uns waren, und auch zu Onkel Orusit. Komm! Wir legen uns im Gestrüpp auf die Lauer.«

Sie eilten am Rand des Kraters entlang zur anderen Seite. Dort standen Birken; dichter Farn wucherte zwischen den Stämmen. Banja zog Marisa hinter die Blätter. Sie kauerten sich zusammen, so daß ihre Köpfe ganz in den Farnen verschwanden. Aufgeregt blickten sie zur anderen Seite des Hügels.

Die Troublinier ließen nicht lange auf sich warten. Schon erschienen ihre behelmten Köpfe, alle vier. Sie hatten Orusit wohl unten zurückgelassen, um die Mädchen einzufangen

»Wartet nur ... wenn ich euch erwische, dann setzt es etwas!« Der Anführer schien richtig wütend. Er wies seine Männer an, den Rand des Splitternests abzusuchen. Er selbst kletterte in den Krater. »Ich bin nicht nach Ganata gekommen, um freche Gören zu hüten! Euch prügele ich windelweich, bis ihr hinkt wie euer Onkel!«

Die Gildenkrieger kamen näher. Die Mädchen sahen sich erschrocken an.

»Vielleicht...sollten wir uns doch zeigen«, flüsterte Marisa. »Er ist sehr zornig.«

Banja war ganz blaß um die Nasenspitze. Das Versteckspiel war eine dumme Idee gewesen, das wußte sie nun. Sie beobachtete den Anführer voller Furcht. Er stand fast im Mittelpunkt des Kraters, bückte sich nach den Scherben. Das Glitzern fesselte ihn. Dann aber riß er plötzlich die Hand zurück. Er hatte sich geschnitten.

»Verdammt!« Er hob den Kopf. »Wo sind die Mädchen? Ich werde sie selbst bestrafen!«

Er wollte kehrtmachen und aus dem Krater steigen. Doch er kam nicht weit. Vor ihm funkelten plötzlich die Steine auf, als hätte ein Sonnenstrahl sie getroffen. Der Himmel aber war grau, eine Wolke hatte sich vor die Sonne geschoben. Und doch glitzerten und strahlten die Steine, daß die Troublinier ihre Augen abwenden mußten.

»Was, bei Tathril...«

Der Troublinier schrie auf. Schmerz in seiner Stimme, gellend sein Schrei. Banja und Marisa faßten sich an den Händen, mußten beide blinzeln, so hell schimmerte es nun aus dem Splitternest. Und doch sahen beide in der Mitte des Kraters eine Gestalt kauern, zwischen den Steinen, wie ein frisch geschlüpfter Vogel; eine Frau in einem dunkelblauen Kleid. Sie hatte das Gesicht in den Händen geborgen. Um sie bewegte sich der Felsen, ein Strudel aus Splittern und Steinen, sie rasten und rasselten und klimperten und klirrten, kreisten um die Frau, funkelten, leuchteten, schimmerten in allen Farben. Dann zerplatzten sie zu winzigen Scherben, schneidend und scharf, fräsend und ritzend und raspelnd und schnitzend...so prasselten sie auf den Troublinier nieder, der vergeblich versuchte, sich zum Rand des Kraters zu retten. Seine Hände und Arme waren gespickt mit unzähligen Steinsplittern; das Funkeln machte es unmöglich, die roten Padrilscherben von den herabsprühenden Blutstropfen zu unterscheiden. Er brüllte, rutschte auf den Steinen aus, prallte mit dem Kopf hart auf die Felsen, und die kreisenden Splitter erfaßten ihn, trugen den Körper mit sich, scharrten gegen den Helm und den Brustpanzer, zermalmten und zermahlten sie, um sich den Weg zu seinem weichen Fleisch zu bahnen.

»Duck dick«, rief Banja und drückte Marisas Kopf herab. Die Splitter peitschten bis zum Rand des Kraters empor und prasselten gegen die Birkenstämme. Die drei anderen Gildenkrieger brüllten sich verzweifelte Warnungen zu. Auch sie schützten die Gesichter mit den Händen, aber der Scherbenhagel brach nicht ab, wurde immer stärker, trommelte gegen ihre Brustplatten. Sie glitten am Kraterrand aus, krallten sich im Gras fest, aber die Wurzeln hielten ihr Gewicht nicht, und so wurden auch sie in das Splitternest gerissen, das wie ein riesiger Mahlstrom nach ihren Körpern griff.

Marisa und Banja heulten. Steinsplitter klirrten auf sie nieder, bedeckten ihre Köpfe und Schultern; doch sie hatten Glück, denn die Birken und das Farngestrüpp schwächten den Steinregen ab. Eine größere Scherbe ritzte Marisa Ohr; sie merkte es erst, als sich Blut in ihrem Mundwinkel sammelte. Banja drückte sie fest an sich.

»Ruhig! Es hört ja schon auf!«

Die Schreie verebbten. Das Klirren im Krater wurde leiser. Die letzten Scherben fielen aus den Birken auf sie herab.

Banja schüttelte vorsichtig den Kopf. Funkelnde Splitter lösten sich aus ihrem Haar. Sie tastete nach Marisa, gab acht, sich nicht zu schneiden.

»Es ist ja schon vorbei.« Sie wischte Marisa das Blut von der Wange und sich selbst die Tränen aus dem Gesicht. Dann warf sie einen Blick durch die Farne.

Das Splitternest war zur Ruhe gekommen. Die Körper der Troublinier waren halb unter Steinscherben verschüttet, ihre Glieder verdreht. Die Hände krümmten sich wie abgebrochene Zweige, die aufgeschnittenen Handwurzeln glänzten naß und rot. In der Mitte des Kraters kniete noch immer die Frau. Sie war unversehrt; ihr blaues Kleid – es wirkte abgetragen und zu groß für ihren Körper – zeigte keine Spuren des Steinhagels. Noch immer hatte sie den Kopf gesenkt. Dunkelblonde Haare fielen über ihre Hände.

Nun blickte sie auf. Es war, als spürte sie die Anwesenheit der Mädchen.

Banja fühlte einen Stich in ihrem Herzen. Ungläubig starrte sie auf das Gesicht der Frau. Goldglimmende Augen, fremd, grausig. Aber das Gesicht…

Sie stieß einen Schrei aus.

Die Frau stand auf. Hob vorsichtig ihre Hand.

»Meine Mädchen!« Ihre Stimme klang heiser. »Meine Kätzchen…ich habe mich nach euch gesehnt.«

»Mama! Es ist Mama.« Banja konnte die Augen nicht abwenden. »Marisa, sieh doch!«

Sie sprang auf, zog ihre Schwester mit sich. Dann stolperten sie durch die Farne zum Krater. Steinsplitter knirschten unter ihren Schuhen.

Jundala Geneder streckte die Arme aus. Sie hatte ihre Augen wieder geschlossen, um zu verbergen, daß sie von der Sphäre gebrandmarkt waren. Ihre Töchter sollten nicht sehen, was die Südsegler ihr angetan hatten. Sie lauschte den Schritten, hörte, wie Marisa und Banja in das Splitternest hinabstiegen. Und als sie endlich bei ihr waren, als Banja sich an sie drängte und die kleinen Arme um sie schlang, zog Jundala ihre Mädchen zu sich heran.

»Endlich bin ich zurück…endlich bin ich hier, um euch zu holen.«

---

Verdreckte Zelte. Flüchtig gezimmerte Hütten aus Brettern, zerschlissenen Tierfellen und krummen Balken. Die Bewohner der kümmerlichen Behausungen saßen in kleinen Gruppen beisammen; einige löffelten Suppe aus einem Napf, andere erzählten sich mit gesenkten Stimmen die neuesten Gerüchte aus der Heimat. Die meisten von ihnen waren gut gekleidet; sie gaben sich alle Mühe, ihre Mäntel in Ordnung zu halten. Sie waren Flüchtlinge, aber die wenigsten von ihnen waren arm. Es waren vor allem die Wohlhabenden, die aus Troublinien geflohen waren, als die Kunde von Arocs Untergang sie erreicht hatte. Die Armen waren im Gildenreich geblieben. Sie sahen ihrem Schicksal leidenschaftslos entgegen.

Das Zeltlager vor den Stadtmauern hatte der Priesterrat vor einigen Wochen errichten lassen. Gehani platzte aus allen Nähten. Unzählige Menschen waren in die Stadt am Dumer gekommen, die meisten von ihnen Troublinier, in jüngster Zeit auch Flüchtlinge aus Aroc und Varona. Längst konnten nicht mehr alle in der Stadt unterkommen. Einige waren weitergezogen, nach Bolmar oder in die heißen Steppen Thokas. Denn die Goldéi, so wußten alle, würden eines Tages auch nach Ganata kommen und damit eine der letzten Städte von Gharax einnehmen.

Ein junger Priester schritt durch das Lager, in der linken Hand eine Kordel mit Zählscheiben. Geschickt ordnete er sie mit den Fingern, während er die Zelte passierte. Auf der Stirn war mit einem Kohlestift das Zeichen der verblühten Rose aufgemalt. Die Bathaquar verbarg sich längst nicht mehr hinter Masken. Sie trug offen zur Schau, daß sie zurückgekehrt war und über die Kirche des Tathril herrschte. Niemand wagte es, gegen sie aufzubegehren, seit die letzten Weißstirne Gehani verlassen hatten. Sie waren vor Wochen zum Berg Amos aufgebrochen, um sich Nhordukaels Kämpfern anzuschließen. Damit hatten sie der Bathaquar ganz das Feld überlassen. Die Sekte herrschte nun eisern über das Fürstentum am Dumer. Nicht wenige Menschen trugen selbst schon verblühte Rosen auf den Stirnen. Denn wer sich zur Bathaquar bekannte, der konnte im Tempel Brot und Suppe bekommen. Die anderen mußten darben.

Der junge Priester hatte das Lager durchquert. Am Ende standen gedrungene Zelte. Holzkarren ruhten im Dreck. Davor hatte sich ein Dutzend Männer versammelt. Sie trugen verschmutzte Pelzmäntel, zu dick und wuchtig für die Jahreszeit. Sie waren kräftiger als die anderen Flüchtlinge, und keiner von ihnen hatte rotes Haar. Ihre Bärte waren ungepflegt.

Einer von ihnen kam auf den Priester zu. Der Mann trug eine Lederhaube; wilde Locken umrahmten sein Gesicht. Er trug zerrissene Handschuhe und ein kurzes Schwert am Gürtel. Sein Blick hatte etwas Verstörendes.

»Ihr seid keine Troublinier«, stellte der Priester fest. Die Finger seiner linken Hand spielten mit den Zählscheiben, klack, klack. »Woher seid ihr geflohen?«

»Wer will das wissen?« Der Mann baute sich vor ihm auf. Auch er war noch jung, doch seine Augen waren gerötet wie die eines Greises. Sein Atem roch nach billigem Wein.

Der Priester gab sich Mühe, mit fester Stimme zu antworten. »Der Rat der Priester von Gehani! Alle Flüchtlinge werden von uns erfaßt. Wie sollen wir sonst die hungrigen Mäuler stopfen?«

»Die hungrigen Mäuler unter verdorrten Rosen.« Der Fremde deutete auf die Stirn seines Gegenübers. »Welch ein hübsches Zeichen du da trägst ... was mag es wohl bedeuten? Halt, sag nichts. Ein Diener Tathrils bist du, einer, der das Beste für die Menschen will.« Er drängte sich an den Priester heran. »Ich kenne euch Bathaquari. Von euch nehme ich keine Befehle entgegen. Nie wieder!«

Der Priester schnappte nach Luft. »Willst du frech werden? Soll ich die Wachen holen, damit sie dir Manieren beibringen?«

»Ich suche keinen Streit.« Der Mann strich sich mit der linken Hand über den Bart. Ein goldener Krebs war in den Stoff des zerschlissenen Handschuhs eingestickt. »Wir kommen aus Aroc und sind vor den Goldéi geflohen, erst nach Troublinien, dann hierher. In Taruba waren wir nicht sicher. Die Schiffe der Echsen nähern sich dem Festland, wußtest du das?«

»Natürlich, das war vorherzusehen. Die Großgilde rechnet seit Wochen mit einem Angriff.«

»Dann erzähle ich dir wohl nichts Neues. Als ich Taruba verließ, lief bereits die Flotte des Gildenrats aus, um die

Schiffe der Goldéi abzufangen. Aber den Echsen kann niemand entkommen. Taruba ist vermutlich längst gefallen. Der Prior Levaste weiß es bestimmt. Er ist ja ein Zauberer, er spürt, was in der Sphäre geschieht. Hat sich wohl nichts anmerken lassen, der Hund...«

Der Priester schüttelte den Kopf. »Was redest du da, Bursche? Willst du mir nicht lieber sagen, wer du bist und warum ihr bewaffnet seid?

»Wir sind die Ritter der Neun Pforten, und ich habe eine Botschaft für deinen Prior. Denn ich habe gesehen, was mit der Stadt Imris geschah, ehe die Goldéi sie zerstören konnten.«

Der Priester zögerte. »Das klingt interessant. Gürte das Schwert ab, Bursche, dann bringe ich dich zu Levaste.«

»Nicht heute«, unterbrach ihn der Ritter unwirsch. »Wenn Levaste mich sehen will, soll er sich bis morgen gedulden.«

Etwas an diesem Kerl machte dem Priester Angst. Er bemerkte das Amulett am Hals des Fremden. Es war in das Fell des Mantels eingesunken, doch er konnte ein goldenes Funkeln sehen. »Was soll ich ihm ausrichten?«

»Daß ich einen Weg kenne, wie wir den Goldéi entkommen können«, antwortete der Ritter der Neun Pforten. Dann wandte er sich ab und streifte das Amulett vom Hals.

Er betrachtete es mit kaltem Blick. Es war eine goldene Mondsichel.

Die Priester umringten sie; weiße Gewänder, verkniffene Gesichter, verblühte Rosen auf ihren Stirnen, aufgemalt mit Tusche. Ein kalter Wind fegte über die Terrasse. Das Mädchen fröstelte.

»Vor Jahren suchte ich einmal Euren Tempel auf«, sagte sie leise. »Es ist lange her, ich war noch ein Kind. Meine Eltern waren nach Bolmar gereist. Da kam ich zu Euch, Levaste, um Euch Fragen zu stellen über den Gott, den Ihr verehrt; den Gott Tathril, für den mein Vater nur Spott übrig hatte. Er wollte nicht, daß ich zum Tempel gehe; er sagte immer, die Kirche sei ein Ort, an dem die Hoffnungen der Menschen in Münzen umgeprägt werden, die dann in vollen Priesterschatullen klimpern. Ich glaubte ihm nicht. Ich dachte, es müßte sich mehr hinter Tathril verbergen; hinter dem Gott, der Gharax erschaffen hat, der uns Menschen vor der Sphäre beschützt und zu Herrschern über die magischen Quellen macht.«

Sinsala Geneder war für ihr Alter recht groß, ihre Figur bereits weiblich, obwohl sie erst vor Wochen das sechzehnte Lebensjahr erreicht hatte. Ihr Gesicht wirkte ernst und war beherrscht von aufmerksamen, blauen Augen. Die blonden Haare reichten bis über die Schultern; eine bronzene Spange in Form eines Krebses hielt die Locken zusammen. Ja, sie war längst mehr Frau als Kind, und dies unterstrich sie durch ihr hochgeschlossenes Kleid. Es hatte ihrer Mutter gehört und war ihr eigentlich zu groß. Doch es ließ sie erwachsen erscheinen. Nur die schlecht überschminkten Bläschen an ihrem Kinn und Hals verrieten, daß Sinsala zu jung war, um ihre Eltern zu vertreten; zu jung, um sich gegen die Bathaquar zu behaupten.

Und doch wagte sie es, seit vielen Kalendern schon. Immer wieder suchte sie den Prior Levaste auf und rief sich ihm in Erinnerung. Sie war eine Geneder, Baniters älteste Tochter, und eine Geneder ließ sich nicht wegsperren. Auch wenn die Bathaquar alle Macht an sich gerissen hatte – Sinsala erhob ihre Stimme gegen die Ungerechtigkeiten der Priester.

»Erinnert Ihr Euch, was Ihr mir gesagt habt, Levaste? Daß Tathril die Sphäre selbst sei und die Priester, wenn sie die Magie beschwören, ihm nahe sind und eins mit ihm werden. Das habe ich damals nicht verstanden. Ich fragte Euch, warum nicht jeder Mensch, der sich Tathril nahe fühlt, ein Zauberer sein kann…«

»Jeder Mensch?« schnaubte der Angesprochene. »Welch ein Unsinn, Kind! Gefährlicher Unsinn! Nur Zauberer können Tathrils Größe erkennen.« Levaste, der Prior der ganatischen Tathril-Kirche, war ein älterer Mann, sein Gesicht aufgeschwemmt, die Haut fettig. Sein Priestergewand war ungewaschen und an etlichen Stellen zerschlissen. Die silbergrauen Haare standen in alle Richtungen ab, als wäre er gerade erst aus dem Bett aufgestanden. »Das einfache Volk wird niemals verstehen, was Tathril ist. Das Bild des Gottes ist verzerrt durch die Lügen Durta Slargins. Wir müssen es erneuern... und auch uns!«

»Aber nicht durch Zwang, Prior. Seit einer Weile verwehrt Ihr den Menschen den Zutritt zum Tempel. Nur wer sich eine verblühte Rose auf die Stirn zeichnet, darf hinein. Dann wird er von den Priestern zur Ader gelassen. Ihr zwingt die armen Menschen, Blut für Tathril zu geben und es auf den Altären zu vergießen. Geschwächt verlassen sie den Tempel, ihre Wunden kaum verbunden. Viele sind krank geworden nach dieser Opferung, einige sogar gestorben.« Sinsala schlang das Tuch, das ihre Schultern vor dem Wind schützte, fester um den Leib. »Eure Rituale sind in Gehani verhaßt, so wie das Rosenzeichen. Ihr könnt die Menschen nicht zwingen, die Bathaquar zu verehren.«

Sie blickte in den Burghof hinab. Dort eilten Bedienstete umher, Gardisten und einfache Priester. Sie alle gingen ihrem Tagewerk nach, ohne zur Terrasse aufzublicken. Vinnors Terrasse wurde sie genannt; sie umgab den Turm wie ein steifer Kragen. Keine Mauern zirkelten den Rand ab; sie war eine nach allen Seiten offene Plattform, von Streben gestützt. Zudem war sie etwas abschüssig. Wer nicht achtgab, konnte leicht auf den geriffelten Steinen ausgleiten und in den Burghof stürzen. Baniter hatte seinen Töchtern stets untersagt, sie zu betreten. Zu viele Menschen hatten sich zu weit an den Rand gewagt und waren zu Tode gekommen.

Der Rat der Priester versammelte sich regelmäßig auf Vinnors Terrasse. Vom Turm aus war Gehani gut zu überblikken, auch der Dumer und die großen Straßen, die von Osten, Westen und Süden her bis vor die Stadtmauern führten. Der Prior schätzte den Ausblick, und auch wenn die anderen Bathaquari nicht so schwindelfrei waren wie er, wandelten sie mit Levaste um den Turm und berieten sich mit ihm. Denn der Priesterrat hatte die Aufgabe übernommen, das Fürstentum Ganata durch die schrecklichen Zeiten zu führen.

»Ein bißchen Blut... was ist schon dabei!« Levaste rümpfte die Nase. »Ist es zuviel verlangt, daß diese schlichen Gemüter nachempfinden, was wir Priester täglich erleiden? Den Schmerz, der uns quälte, als die Goldéi Taruba einnahmen und die Quelle des Grauen Hügels befreiten? Die Mattheit, wenn die Sphäre an unseren Kräften nagt?« Die anderen Bathaquari nickten traurig. »Wir alle müssen Opfer bringen. Tathril verlangt es! Ein wenig Blut, verspritzt auf weißen Marmorsteinen; ein kleine Gabe für den Herrn der Sphäre, damit er uns beschützt, solange wir auf die Auserkorenen warten. Die Kirche hat das Volk zu lange geschont. Dem bereiten wir ein Ende. Eines Tages wird man uns dafür danken.«

»Das glaubt Ihr doch selbst nicht!«, rief Sinsala. »Die Leute verachten die Bathaquar, und das wißt Ihr genau.«

Der Prior schwieg. Die anderen Priester wechselten erstaunte Blicke. Einer von ihnen, ein hagerer Troublinier mit schütterem Haar, ergriff das Wort. »Was meint sie damit, Prior? Habt Ihr uns etwas verschwiegen?«

»Oh, diese alte, dürftige Geschichte«, sagte Levaste wie beiläufig, »längst vergessen, belanglos!« Er zögerte, doch nach einem Blickwechsel mit Sinsala entschied er sich, fortzufahren. »Als das Kaiserreich gegründet wurde, stand an dieser Stelle ein Dorf, Adris mit Namen. Der Silberne Kreis hatte gerade den Kaiser gewählt, Arc Aldra; und dieser große Mann hatte einen kleinen Bruder, Vinnor Aldra, der selbst gern Kaiser geworden wäre. Also verbannte ihn Arc Aldra nach Adris; und Vinnor, der recht tüchtig gewesen sein muß, mehrte seinen Reichtum, ließ die Burg errichten und baute Adris zu einer mächtigen Festung aus. Dann sammelte er Truppen um sich, erklärte dem ganzen Kaiserreich den Krieg und zog mit seinem Heer auf Vara...«

»Ihr erzählt nicht die ganze Geschichte!« Mutig baute sich

Sinsala vor den Priestern auf. »Die Wahrheit ist, daß er der Bathaquar Einhalt gebieten wollte. Sein Bruder, der Kaiser, beschützte Euch Priester! Es bestand die Gefahr, daß die Kirche alle Macht an sich reißen wollte. Deshalb wandte sich Vinnor gegen den Kaiser! Er wollte Sithar retten!«

»Ach! Der gute Vinnor war also kein Verräter, sondern ein Held!« Levaste kicherte »So wie dein Urgroßvater Norgon, was, Kindchen? Natürlich unterstützte Arc Aldra die Bathaquar! Jeder weise Mann hat dies damals getan, aus Dank für Sithars Errettung. Wer löschte denn damals das Heer der Königreiche aus? Die Bathaquar! Wer brachte den Hauch von Nekon über die Sklavenhalter und beendete den Südkrieg? Die Bathaquar! Der Kaiser belohnte die Priester nur für ihre mutigen Taten, so wie es später auch seine Tochter Tira tat. Aber Vinnor, der falsche Hund – er wollte keinen Frieden! Mordend und brandschatzend zog er auf Vara und konnte erst im letzten Augenblick aufgehalten werden.«

»Der Kaiser schlug ihn vor Vara«, sagte Sinsala leise. »Dann ließ er Adris niederbrennen. Nur die Burg blieb stehen als ein Mahnmal. Auf dieser Terrasse, die heute seinen Namen trägt, wurde Vinnor gefesselt und von den Bathaquari geopfert... dem Gott Tathril. Alle Überlebenden mußten mit ansehen, wie die Priester seinen Leib zerstückelten und das Blut an den Mauern herablief.« Sie blickte Levaste fest in die Augen. »Vinnors Tod ist nicht vergessen, auch nicht Adris' Zerstörung. Niemand wird der Bathaquar folgen!«

Levaste schnalzte abfällig mit der Zunge. »Ts, ts. Starke Worte für einen Luchswelpen. Keiner erinnert sich heute noch an die öden Geschichten, an Vinnor Aldra oder das Kaff Adris! Hat nicht deine Familie Adris wiederaufgebaut, unter dem neuen Namen Gehani? Hat sie damals nicht die Burg und das umliegende Land vom Kaiser geschenkt bekommen? Ja, Kindchen, auch die Geneder waren kluge Leute. Sie dienten der gerechten Sache, beugten sich dem Kaiser und der Bathaquar. Daraus solltest du lernen.« Er streckte die Hand aus und griff Sinsala am Kinn. »Das Volk muß uns dienen, bis die Auserkorenen kommen. So hat unser Lehrer Rumos Rokariac es befohlen, und wenn dafür etwas Blut fließt, so ist das nicht weiter schlimm. Was passiert denn schon? Ein kleines Messerchen, ein zarter Schnitt ... lustig sprudelt der Lebenssaft und macht Tathril auf unser Schicksal aufmerksam.« Er lächelte, und sein Daumen strich zärtlich über Sinsalas Hals. »Das Volk ist unruhig in diesen Tagen. Es hörte die Kunde von Troubliniens Untergang, es spürt die Heere der Goldéi nahen. Gerüchte gehen um, daß in einigen Städten ein Kind mit einer goldenen Maske erschienen sei, um die Menschen fortzubringen. Keiner weiß, wohin, keiner hat sie je wiedergesehen. Wir können nicht zulassen, daß solche Geschichten um sich greifen. Wir werden die Welt, die Tathril uns schenkte, nicht aufgeben, nicht den falschen Versprechungen glauben, daß ein fremder Kontinent zu unserer neuen Heimat werden kann. Die Bathaquar läßt sich nicht von Gharax vertreiben!«

»Und die Goldéi?« fragte Sinsala. »Sie werden kommen und Gehani erobern, wie die troublinischen Städte.«

»Taruba wird die letzte Stadt sein, die an sie fällt. Unsere Macht ist längst größer als ihre, denn sie werden von Tag zu Tag schwächer. Wir aber besitzen Durta Slargins Knochen!« Der Prior lachte und zog die Hand zurück. Sein fleischiges Gesicht glänzte in der Sonne. »Unser Kaiser trägt den Knochen in sich! Uliman Thayrin wird die Goldéi vernichten. Dann herrscht die Bathaquar für immer. Aber noch ist Uliman fern, eingesperrt hinter Varas gläsernen Mauern. Dort muß er seine Feinde besiegen, und dann wird er sein, was einst sein Vorgänger Arc Aldra war: ein treuer Knecht der Bathaquar.«

Sinsala blickte den Prior flehend an. »Ich bitte Euch ein letztes Mal, Levaste – hört mit diesen Ritualen auf, mit den Blutopfern. Laßt wenigstens die Kinder in Ruhe. Tathril kann nicht wollen, daß Ihr sie auch zur Ader laßt ...«

»Oh, süßes Mädchen, Tathril ist leider kein liebender Gott«, hauchte Levaste. »Er straft und nimmt, wie es ihm beliebt. Und morgen ist Tag der Ernte. Dann müssen wir uns alle in den Staub werfen und selbst Ernte halten an unseren Leibern. Die Menschen werden sich im Burghof versammeln. Sie werden zu Vinnors Terrasse emporblicken und dich sehen, dich und deine zwei Schwestern; und als Nachfahren der Gründer werdet ihr euch verblühte Rosen auf die Stirne zeichnen! Und tut ihr es nicht, wird Tathril nach Blut verlangen, so wie zu Vinnors Zeiten. Blut für den Gott, Blut für die Sphäre, um die Quellen zu besänftigen.« Er wedelte fahrig mit der Hand. »Fort mit ihr! Was habe ich mit diesem störrischen Gör zu schaffen? Hochnäsiges Genederpack... schlimmer noch als die Eltern.«

Zwei Priester führten Sinsala zu der Tür, die zur Turmtreppe führte. Sie sah sich nicht um, verschwand ohne ein Widerwort; ganz das junge Mädchen, das sie war, machtlos und schwach. Der Prior aber zog weiter seine Kreise auf der Terrasse, zorniger als zuvor.

»Was bildet sie sich ein? Soll froh sein, daß wir sie am Leben ließen! Wenn die Leute nicht so an Baniters Sprößlingen hingen, hätte ich sie längst beiseite schaffen lassen. Kein Mitleid, sagte Rumos stets zu mir, denn Mitleid ist Schwäche, und Schwäche führt in den Untergang! Brenne sie dir aus dem Leib, Levaste, sonst rafft sie dich dahin.« Er blieb erschöpft stehen, fuhr sich durch das graue Haar. »Als wir vor einigen Kalendern zum ersten Mal auf dieser Terrasse standen, um Ulimans Krönung zu feiern, begriff ich erst, daß sich die Prophezeiung erfüllt, Wort für Wort, so wie Rumos es versprochen hat. Gharax steht am Abgrund! Nur die Bathaquar bleibt Tathril treu, während die Feiglinge sich von ihm abwenden.«

Er taumelte und geriet gefährlich nah an den Rand der Terrasse. Der Wind griff nach seinem Gewand und drohte ihn vom Turm zu reißen. Rasch packte einer der Troublinier seinen Arm. »Aber Rumos ist fort, Prior! Er hat uns allein gelassen. Er versprach, daß die Auserkorenen uns zur Hilfe eilen würden; daß Nhordukael sich von Mondschlund abwenden und er selbst den zweiten Auserkorenen finden würde. Nichts davon ist geschehen.«

Levaste befreite sich aus seinem Griff. »Rumos hat die Prophezeiung eben zu wörtlich genommen. Die Auserkorenen spielen die Rollen, die ihnen vorherbestimmt sind: Lichtgestalten zu sein in einer Zeit der Finsternis. Wir sind nicht länger auf sie angewiesen.« Seine Stimme klang nun fast heiter. »Unsere Hoffnung ruht auf Uliman. Er ist der Auserkorene, den wir uns selbst erschaffen haben! Ich war dabei, als Rumos ihm den Knochen gab ... wir zermahlten ihn mit einem Silberstab, mischten ihn in Milch und flößten sie dem Prinzen ein. Er trank in großen Schlucken, während wir einem Schwan mit dunklem Gefieder die Kehle durchschnitten, das Blut des sterbenden Vogels auf seinem Haupt verspritzten. So kam der Fluch der Sphäre über Uliman, band das Kind für immer an die Bathaquar. Es wird uns nicht enttäuschen.« Levaste breitete die Arme aus. Sein linker Fuß glitt fast über den Rand der Terrasse, aber er fing sich wieder. »Dieser Knabe kann der Ewigen Flamme widerstehen; er ist nicht innerlich zerrissen von dem Wunsch, sie zu beherrschen, und der Furcht, beherrscht zu werden. Uliman wird den Hauch von Nekon über die Welt bringen und alle Schwachen dahinraffen. Schon morgen, am Tag der Ernte, werden wir es sehen ... wir werden sehen, wer Tathril dient und wer ihn verrät! Und es wird ein Opfer geben, ja, ein hübsches Opfer. Ein kleiner Luchs wird bluten müssen, damit Tathril uns erhört und Uliman zurückkehrt und Gharax uns erhalten bleibt!«

Die Worte hallten laut über die Terrasse. Levaste begann zu tanzen; ein alter Mann in einem dreckigen Priestergewand, das Haar schütter, das Gesicht verbraucht, und die troublinischen Priester neigten die Köpfe und murmelten die ersten Worte der Prophezeiung, »der Rosenstock trägt keine Blüten mehr«, wieder und wieder, eine düstere Untermalung des irrwitzigen Tanzes am Abgrund.

Sinsala öffnete vorsichtig die Tür und trat in die Kammer. Durch das Fenster fielen Sonnenstrahlen ein. Ein Vorhang wehte sanft im Wind und strich über das Bett. Unter der Daunendecke lag eine alte Frau, schlafend, der schmale Mund halb offen. Sinsala schlich zu ihr und blickte zärtlich auf sie herab.

»Es ist gut, daß du schläfst«, sagte sie. »Ruhe dich aus... besser, als wach zu sein, solange die Bathaquar herrscht.«

Die alte Frau war ihre Großmutter, Hjele Geneder. Seit Jahren war sie bettlägerig, konnte das Zimmer nicht ohne fremde Hilfe verlassen. Hjele schlief Tag und Nacht, wachte nur selten auf. Dann rief sie mit dünner Stimme nach Baniter, ihrem Sohn; bat ihn, zu ihr zu kommen, sie aus dem Bett zu heben und mit ihr am Dumer spazierenzugehen. »Baniter, mein Junge«, weinte sie dann in ihr Kopfkissen, und Tränen flossen aus den milchigen Augen, »wo bist du, kleiner Luchs? Warum bist du nicht bei mir?« Wer immer sie in diesem Zustand vorfand, sich an das Bett setzte und ihr Wasser oder aufgeweichtes Brot reichte, den sprach Hjele mit demselben Namen an, »Baniter, mein Luchs«, streichelte die ihr entrückten Gesichter und weinte ihren alten, wirren Schmerz in das Kopfkissen.

Sinsala liebte ihre Großmutter über alles. Sie erinnerte sich gut an die Zeit, als Hjeles Verstand noch scharf gewesen war wie eine Klinge. Wie oft hatte Sinsala in diesem Zimmer gesessen und mit ihr geplaudert, sich von den Jahren erzählen lassen, als Hjele jung gewesen war und Baniter zur Welt gebracht hatte? Sie hatte die alte Frau stets bewundert, ihre Klugheit, ihr Wissen. Nun sah sie voller Mitleid auf ihre Großmutter herab. Hjele schlief friedlich; sie wußte nichts von den Ereignissen in Gehani, nichts von den Ritualen der Bathaquar und den Siegen der Goldéi. Sie ruhte in sich, und wenn Sinsala sie dabei beobachtete, schrumpfte die ganze Welt auf den Atem der alten Frau. Sinsala wußte, daß er eines nicht mehr fernen Tages abreißen würde – aber für sie trug er doch alles Leben, alle Wärme in sich. Sie beugte sich über das Bett, bis sie den zarten Hauch im Gesicht spürte, strich vorsichtig über Hjeles Wangen, und ein dicker Kloß schmerzte in ihrem Hals.

»Was soll ich tun, Hjele?« flüsterte sie. »Die Bathaquar richtet alles zugrunde. Ich versuche, mit Levaste zu reden, das letzte bißchen Vernunft in ihm zu entdecken. Aber er ist völlig wahnsinnig. Je verzweifelter seine Lage wird, desto brutaler behandelt er das Volk. Im Tempel wird Blut vergossen, Hjele. Noch geben die Menschen es freiwillig. Aber was wird geschehen, wenn die Goldéi kommen? Dann werden die Bathaquari außer Rand und Band sein. Ich habe solche Angst.« Ihre Finger krallten sich in der Bettdecke fest.

Hjele Geneder krümmte sich in den Kissen. Ihr Gesicht war wächsern und fleckig, die Wangen eingefallen. Die greisen Lippen formten ein Lächeln, als träume sie von einer besseren Zeit. Sie murmelte einen Namen.

»Baniter … mein Junge … wo bist du?«

Sinsala nickte stumm. Ja, wo war er, ihr Vater, und wo ihre Mutter? Warum waren sie nicht bei ihr in diesen Stunden? Warum mußte sie an ihrer Stelle gegen die Priester kämpfen? Ihre Eltern waren immer so stolz auf Sinsala gewesen, hatten ihre älteste Tochter dafür gelobt, daß sie so erwachsen denken und sprechen konnte. Dann hatten sie sie allein gelassen, ihr die Verantwortung für das Fürstentum aufgebürdet, obwohl sie erst vierzehn Jahre alt gewesen war. Das machte Sinsala noch heute wütend. Sie hatte erfahren müssen, daß sie keineswegs erwachsen war, nicht denken und sprechen konnte wie eine reife Frau. Der Prior Levaste hatte ihr alle Macht aus den Händen genommen, und sie hatte nichts dagegen tun können.

»Es muß etwas geschehen«, fuhr sie fort. »Die Rituale im Tempel müssen aufhören. Aber wie kann ich es verhindern? Antworte doch!«

Hjele räusperte sich. Dann wandte sie den Kopf zur Seite, und Sinsala konnte den Atem nicht länger auf den Wangen spüren.

Traurig erhob sie sich. Sie blickte aus dem Fenster, auf den

Fluß. Irgendwo am Ufer des Dumers spielten ihre Schwestern und genossen die Sonnenstrahlen. Sinsala hoffte, daß Banja und Marisa ein paar unbeschwerte Stunden erlebten. Wer wußte schon, was in den kommenden Wochen geschehen würde? Selbst die Goldéi fürchtete Sinsala nicht so sehr wie die Priester der Bathaquar.

Ein Knirschen, hinter ihr! Das Mädchen schreckte herum. Jemand drückte die Tür auf. Ein bärtiger Mann in einem Pelzmantel, schmutzig, abgenutzt. Er trat in den Raum mit schweren Stiefeln. Seine Augen flackerten, als er Sinsala erblickte.

»Hier bist du.« Er klang erleichtert. »Ich habe dich gesucht, Kleine, überall in der Burg. Es hat sich nicht viel geändert, seit ich zum letzten Mal hier gewesen bin.«

Sinsala wich zur Wand zurück. Der Mann war ihr fremd, doch er sprach in einer Weise zu ihr, die ihr unangenehm war. »Wer seid Ihr? Wie konntet Ihr in die Burg gelangen?«

Er lachte und fuhr sich mit seinem zerrissenen Handschuh über den Mund. »Die Torwächter kennen mich gut. Ich habe früher oft mit ihnen getrunken und mich im Bogenschießen mit ihnen gemessen, wenn deine Mutter mich wieder einmal warten ließ. Und sie hat mich oft warten lassen. Mein ganzes Leben lang.« Er trat näher. »Erkennst du mich nicht, Sinsala? Du warst noch ein Kind, aber alt genug, um dich zu erinnern. Du hast oft auf meinem Schoß gesessen und mit den Knöpfen meines Mantels gespielt, und ich habe dir und deinen Schwestern gebrannte Nüsse geschenkt. Weißt du das nicht mehr?« Seine Lippen waren trocken vom Sprechen. Kleine Hautfetzen standen von ihnen ab.

Die Worte lösten etwas in Sinsala aus; den Nachhall einer Erinnerung. Ja, nun schmeckte sie wieder die salzige Kruste gebrannter Nüsse auf der Zunge, hörte das rauhe Lachen eines Mannes, der ihren Kopf streichelte.

»Talomar Indris«, sagte sie langsam. »Ich erinnere mich. Ihr wart vor ein paar Jahren… unser Gast.«

»Gast! Ja, ein Gast!« Er lachte. »Hat sie das gesagt, deine Mutter? Hat Jundala mich tatsächlich ihren Gast genannt?«

Er ballte die Faust. Der eingestickte goldene Krebs auf dem Handschuh krümmte sich. »Vielleicht war ich das – nur ein Gast in ihrem Leben. Und sie hat mich oft genug als Gast empfangen, überall in der Burg. Auch hier in diesem Raum. Auf diesem Bett.« Er deutete auf das Lager. »Dort wurde geliebt und gevögelt, auf blutigen Decken, Stunden um Stunden. Jetzt siecht Baniters greise Mutter auf den Kissen dahin, in denen ich Jundala bestiegen habe. Ja, vieles hat sich verändert.« Er trat dicht an das Mädchen heran. »Wo ist sie? Alle sagen, daß Jundala fort ist, nach Vara gegangen und dort verschollen. Was weißt du darüber, Kleine?«

Sinsala schüttelte heftig den Kopf. »Ihr... kommt umsonst, Herr Indris. Keiner weiß, was aus unserer Mutter geworden ist. Aus Vara dringt keine Nachricht mehr nach Gehani, und die letzte berichtete von ihrem spurlosen Verschwinden.« Sie hielt inne, als sie Talomars Augen aufblitzen sah.

»Verschwunden!« Er schlug brutal mit der Faust gegen die Wand, gleich neben ihren Kopf. »Bin ich dafür tagelang durch den Schnee gekrochen? Habe ich dafür zwei Zehen an meinem linken Fuß verloren, sie mir von Suuls Hauch abfrieren lassen, um aus deinem Mund zu hören, daß meine Jundala verschwunden ist? Tot, in Vara verschollen? Hat dein feiger Vater so schlecht auf sie achtgegeben?« Sein Mund verzerrte sich. »Nun gut. Ich wußte es ja, man hatte mich gewarnt, schon in Imris. Aber Gubyr sagte, daß ich kämpfen muß, daß ich nach Gehani zurückkehren und Jundala finden soll! Dieser candacarische Schwätzer! Habe mich wieder von einem Traum leiten lassen, von einem Trugbild; habe die Pfortenritter durch Troublinien geführt, um doch wieder mit leeren Händen dazustehen, um nichts zu finden als ein Nest verdorbener Priester!« Er biß sich auf die Lippe, bis diese blutete. »Diese Ratten werden büßen, für alles, was sie uns Rittern der Neun Pforten angetan haben! Sprich, Sinsala. Steckst du mit ihnen unter einer Decke? Zwitscherst du ihre Worte nach?«

Talomar drückte seine Faust noch immer neben Sinsalas

Kopf an die Wand. Eine Locke aus ihrem Haar hatte sich unter dem Handschuh verfangen. Sie wagte nicht, sich zu rühren. »Ich hasse die Priester! Levaste ist der schlimmste von ihnen. Der Prior hat den Verstand verloren.«

»Ja, den Verstand ... so war es auch auf Aroc! Die Priester und Zauberer haben uns ins Unglück gestürzt, weil sie verrückt geworden sind! Das macht die Sphäre aus ihnen ... die Quellen, die schrecklichen Quellen. Ich habe es selbst gesehen auf Suuls Nacken.« Sein Kopf näherte sich ihrem Gesicht. Sie konnte seinen sauren Atem riechen. »Ich verrate dir ein Geheimnis, Kleine. Ich werde die Bathaquar für alles bezahlen lassen. Für Gubyrs Tod. Für den Untergang der Neun Pforten. Für Jundalas Verschwinden. Gleich morgen gehe ich zum Prior; er wird mich empfangen, aus Neugier. Und daran wird er ersticken!« Seine Hand sank herab und wanderte über Sinsalas Körper. »Das willst du doch auch, nicht wahr? Ich befreie Gehani von dieser Seuche, damit deine Heimatstadt friedlich in Mondschlunds Reich aufgehen kann. Die Gnade, die Imris erfahren hat, soll auch Gehani zuteil werden. So hat es Gubyr mir aufgetragen, als er auf Suuls Nacken starb. Und Jundala ... sie würde es gewiß wollen, daß ich ihre Kinder beschütze. Ihre Kätzchen – so hat sie euch immer genannt.«

Er vergrub sein Gesicht in ihrem Haar. Sie wollte sich losreißen, es gelang ihr nicht. Seine Hände strichen über ihre Brüste, und er hörte nicht auf, mit fiebrigen Worten auf sie einzureden. »Du bist ihr ähnlich, Sinsala, weißt du das? Sehr ähnlich. Dein Haar duftet wie ihres, und deine Augen gleichen dem Meer, so wie ihre. Es ist wie damals, als wir jung waren und uns liebten ... bis dein Vater sie mir wegnahm! Da war sie kaum älter als du ... und gehörte mir! Sie gehörte mir, verstehst du?«

Sie wollte aufschreien, aber es kam kein Laut über ihre Lippen. Es gelang ihr schließlich, eine Hand freizubekommen; mit ihr zerrte sie an Talomars Mantel, versuchte ihn zur Seite zu schieben. Aber der Ritter lachte nur.

»Nicht so schnell, kleiner Wildfang.« Er schlug ihre Hand

zur Seite. »Kannst du es nicht erwarten, die Priester tot zu sehen? Ich schenke dir Levastes Kopf, aufgespießt auf einem Schwert. Würde dir das gefallen? Wir kennen beide die Gefährlichkeit der Bathaquar. Wer weiß, was Levaste mit dir vorhat – mit dir und deinen Schwestern? Aber keine Angst... ich besitze den Mut und den Willen, ihn zu töten. Das möchtest du doch, oder?«

Tränen schossen Sinsala in die Augen. »Das will ich... ja, das will ich.«

»Wußte ich es doch«, flüsterte Talomar Indris. »Dann sei lieb zu mir. Ich werde dich retten, süßer Krebs. Für deine Mutter will ich es tun... dich retten.« Er packte ihre Hände, so fest, daß das Blut sich in den Gelenken staute. Sein Atem war überall, in ihrem Nacken, auf ihrem Gesicht.

»Sinsala?«

Eine helle Stimme drang von der Tür. Talomar fuhr herum. Er ließ Sinsalas Hände los, als er das kleine Mädchen erblickte, das im Türrahmen aufgetaucht war.

»Sinsala?« Marisa rannte in die Kammer. Sie blieb vor dem fremden Ritter stehen. Mißtrauisch sah sie ihn an. »Wer ist das? Was will der Mann von dir?«

Der Ritter wich zur Seite. Sein Blick kehrte zu Sinsala zurück. »Nun gut... alles geht sein Gang«, murmelte er. »Wir sind uns einig, nicht wahr, Sinsala? Morgen schon, morgen werden wir die Priester stürzen, ihnen ein Ende bereiten. Du wirst es erleben. Ich tue es für deine Mutter, nur für sie.«

Er schubste Marisa aus dem Weg und eilte zur Tür. Erschrocken rannte das Mädchen zu Sinsala, die sich starr gegen die Wand preßte.

»Leb wohl«, stieß Talomar hervor. Dann verließ er die Kammer, zog die Tür hinter sich zu. Sie hörten seine schweren Stiefel auf dem Gang.

Marisa klammerte sich an ihre Schwester. »Wer war das? Kennst du ihn? Ist er ein böser Mann oder jemand, der uns helfen will?«

»Ich weiß es nicht«, flüsterte Sinsala. »Überall nur

Wahn...das macht die Angst aus den Menschen – wilde Tiere!« Sie kniete sich neben Marisa hin. »Warum bist du hier? Ich dachte, du wolltest mit Banja am Fluß spielen?«

Sie nickte. »Ja. Aber es ist etwas geschehen. Etwas Schreckliches und etwas Schönes.« Sie lachte und weinte gleichzeitig, während Sinsala über ihr Haar strich. »Ich war am Splitternest, zusammen mit Banja und Orusit und den Troubliniern. Aber dann...das Splitternest ist zerborsten, wie ein Ei. Und die Troublinier sind tot, alle tot! Es war scheußlich! Und dann...« Sie verschluckte sich fast vor Eifer.

»Nun sag schon!«, rief Sinsala. Ihr Herz raste.

»Mama ist zurück!« Marisas Augen strahlten. »Sie ist zurückgekommen und wartet auf uns, am Splitternest, um uns fortzubringen!«

# KAPITEL 9

# Frieden

Rauch hing über dem Palidonischen Hochland und färbte den Himmel gelb. Die Luft glühte; ein Knistern ringsum, prasselnde Flammen auf tiefschwarzen Steinen, sie zischten und sprangen und tanzten umher. Lavaströme sprudelten aus Erdspalten, ergossen sich über verbrannte Wiesen und Felder und Steppen, ließen nichts zurück als eine Schicht löchrigen Basalts, in dessen Poren sich Asche sammelte.

Im Berg Amos schwelte das Auge der Glut. Ein Grollen drang aus dem Innern des Berges. Die Quelle sang das alte Lied der Zerstörung, des Niedergangs einer Welt, die sich erneuern mußte. Das Land war zur glühenden Einöde geworden; Felsnadeln ragten auf wie tote Baumstümpfe. Immer wieder jagten Erschütterungen durch das Hochland; dann spritzte Glut auf, der Rauch verdichtete sich zu finsteren Wolken, und glühende Winde strichen um den Berggipfel, um die letzten Spuren des Lebens zu tilgen.

Im Rauch schwebte ein Körper. Glimmende Adern unter grauer Haut; der Kopf haarlos wie der restliche Leib, das junge Gesicht entstellt von der Magie der Sphäre. Die Augen waren geschlossen. Als Nhordukael sie öffnete, schlugen Flammen unter den Lidern hervor, tropften an den Wangen herab, legten sich über das Gesicht wie eine Maske aus Feuer.

*Das Auge der Glut. Wieder und wieder kehre ich zu ihm zurück.*

Der Auserkorene hielt den goldenen Stab fest in der Hand, lenkte mit ihm die Sphärenströme und zwang sie, ihn zum Fuß des Berges zu tragen. Sein Leib war schwerelos, kaum noch gebunden an jene Welt, der er entsagt hatte. Um ihn wirbelte Rauch, ein Schleier aus schwarzer Seide; er schlug ihn beiseite mit entschlossener Geste.

*Und um mich die Sphäre... sie umgibt mich wie der Rauch und trägt mich an jeden Ort. Meine Macht ist nicht länger an das Auge der Glut gebunden. Das Auge ist mit der Sphäre verschmolzen und durchtränkt sie mit ihrem Feuer.* Der Stab in seiner Hand vibrierte, und die Magie des Schwarzen Schlüssels durchflutete seinen Körper.

Er sah, wie sich die Tore der Sphäre vor ihm öffneten. Gharax verdorrte vor seinen Augen zu einem winzigen Punkt, auf den er aus weiter Ferne herabsah. Zugleich spürte er, daß er sich diesem Gefühl unendlicher Macht nicht hingeben durfte, nicht ganz. Denn dann würde er enden wie Durta Slargin – als Sklave der Sphäre, der keine Ruhe finden konnte.

Das Trugbild verging. Vor ihm lag das brennende Hochland, und sein Körper sank dem Erdboden entgegen. Die starren Fetzen seiner verbrannten Kleider fächelten auf, als der Wind sie erfaßte. Seine Füße streiften die Steine. Die Berührung war schmerzhaft, als stächen unzählige Nadeln in seine Fußsohlen. Er strauchelte, fing sich aber und rammte den goldenen Stab in den Boden. Das Gestein war weich und gab nach; kaum erhärtete Lava, die unter ihm glühte.

Nhordukael blickte auf. Nun bemerkte er die Männer, die sich am Berg Amos versammelt hatten. Hunderte Augenpaare ruhten auf ihm, rotglühend wie die seinen. Aschegeschwärzte Gesichter, verdorrte Lippen, verbrannte, ledrige Haut. Ihre Köpfe waren mit Bändern umwickelt; einst waren sie weiß gewesen, doch der Rauch hatte sie in Fetzen verwandelt.

Die Weißstirne blickten Nhordukael an. Sie hatten auf ihn gewartet, so lange schon, nicht gezweifelt, nicht gebangt. Sie hatten gewußt, daß er zurückkehren würde, und hatten im zerstörten Hochland ausgeharrt. Nun hoben sie ihre Schwerter und Dolche. Flammen umzuckten die Klingen.

Ihr Anführer trat vor, ein junger Mann. Sein Gesicht war

entstellt; aus mehreren Wunden tropfte Blut. Es entzündete sich in der Luft und stob in Funken herab.

»Drun...so sehen wir uns wieder.« Nhordukael mußte lächeln. »Es ist lange her, daß wir uns getrennt haben.«

Drun versuchte zu antworten, aber es kam nur ein Krächzen über seine Lippen.

»Du hast mich nach Vara gebracht, als ich schwach war«, fuhr Nhordukael fort. »Im Haus des Kerzenziehers nahmen wir voneinander Abschied. Nun kehre ich zurück und bin stärker als je zuvor. Und du...du konntest wohl rechtzeitig aus Vara entkommen, ehe Mondschlund die Tore der Stadt zugeworfen hat.«

Drun nickte. Er deutete nach Süden. Als Nhordukael sich umdrehte, sah er in der Ferne ein Funkeln. Es zog sich über den ganzen Horizont, fast so, als reflektiere ein gläserner Wall das Sonnenlicht; ein Wall, der den Süden vor dem Feuer des Hochlands schützte.

Dort also lag Vara, die Stadt aller Städte. Mondschlunds Fluch hatte sie erweckt.

*Welch seltsamer Anblick...gerade noch war ich im Verlies unter Vara, und nun blicke ich von weitem auf diese Stadt. Die Sphäre kennt keine Schranken mehr; sie trägt mich an jeden Ort dieser Welt. Aber der Preis dafür ist hoch.*

Nicht nur sein Leib war durch das Auge der Glut verstümmelt. Auch die Weißstirne hatten sich verändert. Die Quelle schützte und nährte sie, machte sie unverwundbar und drang doch immer tiefer in ihr Fleisch. Als Nhordukaels Augen über ihre Reihen wanderten, erkannte er seine Schuld an ihrem Schicksal. Er hatte sie der Quelle ausgeliefert und im Hochland zurückgelassen – seine Anhänger, seine Streitmacht.

*Wer sich der Sphäre hingibt, verfällt ihr. Und auch ich bin ihr verfallen, vor langer Zeit; ich mißbrauchte die Magie, um mich an Tathrils Kirche zu rächen, um Thax einzuäschern, um die Fürsten aus dem Hochland zu vertreiben. Mondschlund hat mich dazu getrieben, und ich habe mich von ihm benutzen lassen. Es darf sich nicht wiederholen, niemals.*

Er wankte den Weißstirnen entgegen. Jeder Schritt bereitete ihm Qualen. Als er endlich vor ihnen stand und die flimmernde Hitze der Schwerter ihn erfaßte, hob er die Stimme.

»Ihr habt mich erwartet und seid bereit für den letzten Kampf. Das Heer der Goldéi ist nah. Ich kann es spüren.« Er hob seinen Stab. »Wir werden ihnen entgegenziehen, aber nicht, um zu kämpfen, nicht, um sie auszulöschen. Wir wollen ihnen zeigen, welche Macht die Sphäre uns verliehen hat, damit sie lernen, uns zu fürchten.«

Der Boden unter ihm grollte. Rauch quoll aus dem Berg Amos. Eine Wolke aus Asche und glühenden Funken wälzte sich den Hang hinab, stob durch die Reihen der Weißstirne. Sie spürten es kaum, lauschten dem Nachhall von Nhordukaels Worten; und er erschrak, als er ihre Gesichter betrachtete.

Sie waren leer und ausdruckslos, so wie die Mienen der Geister, die er in Mondschlunds Verlies gesehen hatte.

»Wer sich der Sphäre hingibt, verfällt ihr«, sagte er leise. »Ich kann nichts für euch tun, nur verhindern, daß noch einmal ein Mensch solche Macht über die Sphäre erlangt wie Sternengänger und Mondschlund ... und wie ich.«

*Ihr seid nicht länger Mondschlunds Sklave und kein Kaiser, kein Herrscher, kein Fürst. Vergeßt nicht, wer den Silbernen Kreis schuf. Vergeßt nicht, daß er zersprungen ist.*

Immer wieder rief sich Baniter die Worte in Erinnerung, die Nhordukael ihm mitgegeben hatte. Wenn der Fürst die Augen schloß, glaubte er die glühende Gestalt des jungen Priesters vor sich zu sehen. Er hörte Nhordukaels Stimme, spürte die brennenden Finger auf seiner Haut und entsann sich des Augenblicks, als Nhordukael den goldenen Stab in Mondschlunds Mund getrieben hatte. Baniter wußte, daß er den Auserkorenen nicht wiedersehen würde. Aber seine Macht war noch immer greifbar. Sie erfaßte die Wände des Verlieses, quoll aus den Steinritzen ... zuckende Flammen, die das schimmernde Moos verzehrten, die Gänge ausbrannten.

Das Verlies hatte sich verändert, seit Baniter in seine Gänge zurückgekehrt war. Er hatte den Zugang rasch gefunden, sich von seinem Gefühl leiten lassen. Und doch war der Weg ihm nun fremd, und gefährlicher als zuvor. Die Gänge schwelten, die Flammen sprangen von den Mauern und drohten Baniters Kleider zu entzünden. Er durchschritt sie hastig und vertraute darauf, bald den Ausgang zu finden. *Ich habe den Schwarzen Schlüssel in meinen Händen gehalten, Mondschlund meine Stimme geliehen, die Stadt aller Städte erweckt ... dann werde ich ja wohl nach Vara zurückfinden!*

Er fragte sich allerdings, was ihn dort erwartete. Wenn Vara tatsächlich mit der unterirdischen Stadt verschmolzen war, würde er es kaum wiedererkennen. Würden die Schatten und Geister des Verlieses in den Gassen umherspuken? Würden Sardreshs bizarre Bauten das Stadtbild beherrschen? Waren sie aus der Tiefe emporgewuchert, um die alten Häuserzeilen zu ersetzen? Hatte sich der Silberne Dom in jene funkelnde Pagode verwandelt, an deren Fuß er mit Bathos dem Scharfzüngigen gesprochen hatte?

*Was immer geschehen sein mag – ein Stück des alten Vara lebt in dem neuen fort. Vara ist und bleibt die Stadt meiner Vorväter, die Wiege der Geneder.*

Er wich einer Stichflamme aus, die aus der Wand schlug. In dem flackernden Licht sah er Luchszeichen aufschimmern ... die Schrift des Verlieses, in Gold auf die Mauern gezeichnet. Er blieb stehen und versuchte die Zeichen zu lesen. Doch er konnte keinen Sinn in ihnen erkennen. Die Macht des Verlieses war vergangen. Nhordukaels Feuer hatten sie zerstört, und eine fremde Macht lockte die Schatten fort, die der Schwarze Schlüssel erschaffen hatte. Noch sah Baniter sie durch die Gänge huschen; schwarze Konturen, die sich auf den Wänden krümmten, als wären sie auf der Flucht. Sie folgten einem Ruf, den er nicht hören konnte. Aber dies war ihm nur recht. Er wollte das Verlies ein letztes

Mal durchschreiten und dann Frieden finden in jener Stadt, die seine Heimat war.

*Vergiß nicht, wer sie erbaute. Vergiß nicht, wer für ihre Wandlung verantwortlich ist.*

Er mußte an Sinsala denken, seine älteste Tochter. Es war immer sein Traum gewesen, die Schmach, die sein Großvater über die Familie gebracht hatte, zu tilgen und ihr das vereinigte Ganata zu hinterlassen. Sinsala hätte ihm nachfolgen sollen, um ihren Hals die Fürstenkette der Geneder. Dann hätte Baniter sie mit dem Sohn oder Neffen eines anderen Fürsten vermählt, um seine Familie in den Zirkel der Macht zurückzuführen. Er hatte vieles dafür getan; manches, auf das er stolz, und vieles, auf das er weniger stolz war. Nun würde die Rückkehr der Geneder nur ein Traum bleiben, eine bloße Geschichte, ebenso falsch wie die Legenden jenes Buchs, aus dem er gelesen hatte; eine Legende von falschem Ehrgeiz und falsch verstandener Pflicht. Und doch hatte Baniter sie gelebt, so lange und leidenschaftlich. *Ich hoffe, daß dir dieser Weg erspart bleibt, Sinsala. Wenn Sternengänger sein Versprechen hält, wird er dich und deine Schwestern zu seiner neuen Welt bringen. Dann beginne ein Leben, das nicht verflucht ist von dem Namen Geneder. Ich aber muß verhindern, daß Vara zugrunde geht. Das bin ich dieser Stadt schuldig.*

Er ging weiter, ohne noch einen Blick an die Luchsschrift zu verschwenden. Sie hatte keine Bedeutung mehr, nicht für ihn, nicht für Gharax. Hinter ihm loderten die Flammen auf, und die goldenen Zeichen zerschmolzen auf den Wänden wie seine Hoffnungen.

Bald gabelte sich der Gang. Baniter verharrte an der Kreuzung und überlegte, welche Richtung er einschlagen sollte. Er lauschte – und hörte plötzlich ein Rufen.

»Baniter ... Geneder!«

Die Stimme drang aus dem linken Gang. Er war dunkel; Nhordukaels Feuer hatten ihn noch nicht erreicht. Jemand rief kläglich Baniters Namen, wieder und wieder.

»Baniter ... Geneder ...«

Vorsichtig ging er dem Rufenden entgegen. Das Schimmern des Mooses begrüßte ihn. Seine Augen gewöhnten sich langsam an das verhaltene Licht. Der Gang führte aufwärts und wand sich wie eine Schlange. Der Boden war feucht, Baniters Schritte federten auf Schlamm. Ein modriger Geruch drang in seine Nase. Er glaubte, hinter den Wänden Wasser plätschern zu hören.

»Baniter ... Geneder!«

Dort kauerte eine Gestalt. Sie zitterte; den Kopf preßte sie an die feuchte Mauer. Es war ein Mann; er hatte ein gelbes Tuch um die Lenden gewickelt, doch dieses hatte sich halb gelöst, legte den mageren Leib bloß. Faltige Haut, die Arme aber waren sehnig und kräftig. In den Händen lag ein gewundener Säbel.

Nun rief er ein weiteres Mal Baniters Namen.

»Baniter ... wo bist du, Luchs von Ganata ... wo bist du?«

Der Mann hustete, spuckte Schleim, wollte sich aufrichten. Wasser troff aus den Kleidern. Er mußte seit Tagen in den Gängen herumgeirrt sein. Dabei hatte er seinen ganzen Stolz eingebüßt, der ihn sonst umgab wie ein Schild.

»Nicht so weit entfernt, daß Ihr meinen Namen brüllen müßt, Großer Ejo.« Baniter baute sich vor dem Arphater auf. »Hier bin ich. Auch wenn ich nicht die leiseste Ahnung habe, wie Ihr den Weg in das Verlies gefunden habt, muß ich zugeben, daß ich mich freue, Euch zu sehen.«

Der Schechim riß den Kopf empor. »Der Luchs von Ganata! Ich hatte schon fast aufgegeben, nach dir zu suchen.« Er rappelte sich auf. Dabei wurde er von einem weiteren Husten geschüttelt.

»Daß Ihr mich sucht, ehrt und wundert mich gleichermaßen. Was tut Ihr hier, Schechim? Habt Ihr mich so sehr vermißt, daß Ihr freiwillig durch nasse Gänge fleucht?«

»Gewiß nicht, Luchs ... ich habe dich so vermißt wie die Mücken, die Blut aus meinem Arm saugen.« Der Arphater steckte den Säbel fort und rückte unter Mühen seine Tücher zurecht. »Die Tochter der Sonne verlangte nach dir. Deshalb suche ich dich, um ihren letzten Wunsch zu erfüllen.« Er keuchte. »Tagelang habe ich nach dem Eingang der Ruine gesucht, wo der Dämon Glam mir das silberne Kästchen überreichte … jenes üble Zauberwerk, das die stolzen Anub-Ejan gebrochen hat. Ich bin in den stinkenden Tümpel des Sterbenden Varas hinabgetaucht, um den Zugang zu finden … und dich, Baniter! Weil sie es so wollte! Weil sie es von mir forderte! Weil es das letzte ist, was ich für sie tun kann, ehe ich ihren Mörder meine Klinge schmecken lasse.«

Baniter blickte ihn erschrocken an. »Ihren Mörder?«

Der Schechim hustete und nickte. »Arphats Sonne ist erloschen. Er hat sie getötet, alle beide … sie und das Kind … ich habe ihre Leiche nur kurz gesehen, ihr schöner Leib ausgestreckt auf dem Boden, wo er sie in ihrem Blut liegenließ … die Arme wie Sonnenstrahlen, die Haare dunkel wie die erste Stunde der Nacht.« Ejo drückte sich gegen die Wand, seine Stimme voller Schmerz. »Sie verglühte … und ich war nicht dort in der Stunde ihres Todes. Ich suchte dich, Baniter, weil sie es mir befahl, und Arphats Sonne ging unter … kein Morgen folgt dieser Nacht! Agihor wird niemals zurückkehren. Du bist schuld daran, Luchs von Ganata … denn du hast sie nach Vara gelockt!«

Er schluchzte, wandte sich von Baniter ab. Doch der Fürst ließ ihn nicht in Ruhe.

»Tot? Alle beide? Sie und … das Kind?« Baniters Stimme bebte.

»Ja … eine Tochter. Eine neue Sonne … doch sie wurde in finsterer Nacht geboren. Es war ein schlechtes Zeichen. Ich sagte es Inthara … aber sie wollte nicht hören. Er hat sie beide umgebracht … ich wünschte, er wäre im Palast gewesen, als ich ihren Leichnam fand. Dann hätte ich ihn mit meinen Händen zerquetscht, seinen riesigen Körper zerstückelt und in alle Winkel der Welt verstreut … und das werde ich auch tun, wenn ich ihn finde, wenn ich ihm gegenübertrete, wenn ich …« Wieder wurde Ejo vom Husten gepackt. Er konnte kaum noch Luft holen. Tränen rannen aus seinen Augen.

Baniter ahnte nun, von wem der Schechim sprach. *So bist du also doch nach Vara zurückgekehrt, Binhipar, und auch von dei-*

*nen Fingern fließt nun Blut.* Er hieb zornig gegen die Wand, so fest, daß sich Steinchen lösten. *Der Silberne Kreis, ein letztes Mal vereint im Todesrausch! Niemand von uns ist schuldlos. Akendor tötete Tundias Tochter, Uliman erdrosselte die Fürsten, und ich – auch ich watete durch Blut, als ich Jundala den Befehl gab, Akendors Gespielin zu beseitigen. Aber du, Binhipar, hast uns am Ende alle an Bosheit übertroffen. Eine Mutter und ihr neugeborenes Kind ... meine Tochter ... du niederträchtiger Hund!*

»Sie war so schön«, hörte er Ejo flüstern, »so wunderschön, selbst noch im Tod. Jetzt erst weiß ich, was ich verloren habe! Ich hätte sie schon damals beschützen sollen, als ihre Mutter sie vergiften wollte. Doch ich hielt ihren Bruder für die wiedergeborene Sonne, wünschte ihr den Tod. Blind war ich ... so blind! Ich mußte erst in die Sonne blicken, um zu erwachen. Sie war meine Sonne! Die Sonne Arphats. Erloschen! Verglüht!«

»Dieser Mord wird nicht vergessen werden«, sagte Baniter grimmig. »Ich hoffe, Ihr habt Euch den Weg durch die Gänge gut gemerkt, Großer Ejo. Denn nun müssen wir rasch nach Vara zurückkehren. Binhipar soll seinen Triumph nicht lange auskosten.«

Rauch und Nebel, Grau und Weiß, trockene Hitze und eisige Nässe. Die alten Feinde trugen ihren Streit über dem Palidonischen Hochland aus; fegten über glühende Felsen hinweg, mischten und durchtränkten sich in einer wilden Schlacht. Hier band ein vom Nebel gelöster Wassertropfen den Ruß und gerann zur schwarzen Träne, die zischend zu Boden fiel. Dort scheuchte ein Gluthauch, von Funken durchwirkt, den Nebel auf und schwärzte ihn mit Asche.

Der Weg der Pracht war im Dunst kaum zu erkennen. Wenig war von der mächtigen Straße geblieben; eine schwarze Linie zwischen geborstenen Steinen. Erbaut von den Arphatern, erweitert vom Kaiserreich – und nun vernichtet von den Feuern. Die Straße des Geronnenen Blutes, jene alte Verbindung zwischen Vara, Thax und Pryatt Parr war nur mehr eine dunkle Spur, das Pflaster geschmolzen. In der Ferne schwelten die Trümmer von Thax, und ringsum glühten die Ebenen des Hochlands. Der Berg Amos rumorte, spie neuen Rauch aus, um den Nebel zu besiegen. Aber dieser ließ sich nicht verdrängen; geboren vom Nebelriß und getrieben von starken Winden, bettete er sich über das brennende Land.

In seinem Schutz wandelte das Heer der Goldéi, halb mit ihm vereint, halb von ihm getragen. Es kam nur langsam voran. Die Nebelkinder vermieden es, den Boden zu streifen, und doch konnten sie sich nicht ganz von ihm lösen. Goldene Schwerter blitzten auf. In ihren schwarzen Augen tanzte der Feuerschein.

Es mochten wohl eintausend Goldéi sein, die auf dem Weg der Pracht entlangzogen. Sie schwebten in langen Reihen, ihre Körper dicht an dicht; die Eroberer von Bilmephal und Larambroge, die Zerstörer von Kyrion, Nagyra, Harsas und Praa. Sie hatten die falschen Echsenhüllen abgestreift und waren nun wieder ganz Wesen der Sphäre. Doch der Feldzug und die Macht der befreiten Quellen hatten sie geschwächt. Ihre Bewegungen waren schleppend, sie vermochten die Schwerter kaum zu tragen. Die unsteten Finger glitten an den goldenen Griffen ab. Aber sie gaben nicht auf. Ihr Ziel war die Stadt Vara; die wichtigste Bastion der Menschen, die es zu vernichten galt.

An der Spitze schwebte der Scaduif Sazeeme, einer ihrer drei Wegführer. Seine Stimme hallte ihnen voraus; ein zartes Klagen. Es galt den Gefallenen, die auf dem Feldzug ihr Leben verloren hatten, und jenen, die in den vergangenen Jahrhunderten von den Quellen ausgezehrt worden waren. Wenige waren übriggeblieben, und diese waren des Kämpfens überdrüssig. Sie ließen sich vom Nebel tragen, verloren sich fast in ihm. Nur Sazeemes Stimme hielt sie zurück, riß sie aus den Träumen von der Welt, die sie verloren hatten.

Ihr Weg führte über eine Hügelkette hinweg. Hinter dieser erstreckte sich eine weitere Ebene. Glühende Lava floß in tiefen Furchen. Die Rauchwolke, die der Brennende Berg ausstieß, schleuderte Asche auf die Eindringlinge herab. In Flocken blieb sie auf ihren Körpern haften, verfärbte ihr weißes Fleisch. Sie spürten es kaum. Erst, als Sazeeme verstummte, schreckten sie auf.

Vor dem Berg Amos warteten die Weißstirne. Sie hatten ihre Klingen erhoben. Flammen zuckten an ihnen empor, ihre Augen brannten. Sie waren vereint durch das Auge der Glut, und entschlossen, den Zug der Nebelkinder aufzuhalten.

Der Auserkorene stand ganz vorn, seine Füße umflossen von Glut. Sie tauchte ihn in unheilvolles Licht. Die Flammen, die aus seinen Augen hervorstoben, brannten so hell, daß sie schon von weitem zu sehen waren.

Hinter Sazeeme erscholl ein Kreischen. Die Reihen der Nebelkinder öffneten sich, der Dunst zerriß. Unförmige Nebelwesen lösten sich aus dem Heer; die Gehäuteten! Sie brüllten ihren Schmerz in die Welt hinaus und stürzten Nhordukael entgegen. Ihre Glieder entfalteten sich; Zacken aus festem Nebel. So warfen sie sich auf ihn, ihr Kreischen klang verzweifelt.

Er wich nicht zurück, wirbelte nur den Stab in seinen Händen umher und fegte die Angreifer beiseite, als wären sie Spinnweben. Die Macht des Schwarzen Schlüssels riß tiefe Wunden in ihr Fleisch. Nun sprangen ihm Drun und andere Weißstirne zur Seite, ließen ihre Flammenschwerter auf die Gehäuteten niedergehen. Es war, als ob ihre Klingen in Zuber mit kaltem Wasser glitten, denn aus den zerfallenden Körpern schoß Dampf empor. Das Zischen übertonte die Todesschreie.

Nhordukaels Augen loderten hell. »Wie viele sollen noch sterben?« schrie er. »Wie viele Menschen, wie viele Nebelkinder?« Der Rauch trug seine Stimme zu den Goldéi hinüber. »Hier steht ihr am Brennenden Berg, um die Quelle zu befreien. Aber das Auge der Glut dient mir – aus freiem Willen.« Er ging mit schwankenden Schritten auf sie zu. »Ihr spürt meine Macht. Ich stehe vor euch, und ich sehe ein Volk, das verloren ist, seit es den Pakt mit den Menschen gebrochen hat!«

Ein Raunen ging durch die Reihen der Nebelkinder. Einige drängten voran, um Nhordukael anzugreifen. Doch Sazeeme gebot ihnen Einhalt.

»Ein Auserkorener.« Seine Stimme klang heiser. »Nicht der, den wir riefen. Nicht der, den die Menschen sich ersehnten. Trägst das Mal der Feuerschänderin, überall auf deinem Leib. Bist ihr Diener, und ein Diener des Blenders.«

»Die Feuerschänderin...« Nhordukael hatte sich ihm bis auf zehn Schritt genähert. Unter ihm kochte der Grund; die Steine zerschmolzen unter seinen Fußsohlen. Der stechende Schmerz raubte ihm fast die Sinne. »Ihr erinnert euch also an sie, an Kahida, das Mädchen von Athyr'Tyran. Mit ihr habt ihr einst einen Pakt geschlossen – und ihn dann gebrochen. Mondschlund hat es mir erzählt.«

»Der Blender lügt, hat immer gelogen.« Der Scaduif wich zurück, obwohl Nhordukael noch weit entfernt war. »Kannst uns nicht aufhalten. Werden die Quelle befreien!«

»Mondschlund log oft und viel. Aber in seinen Geschichten steckte ein Körnchen Wahrheit, wie in allen guten Lügen. Ich weiß alles über das Ende von Athyr'Tyran! Ich weiß, warum Kahidas Stadt zerstört wurde.« Nhordukael setzte den Stab ab. Der Boden erbebte. »Ihr habt den Pakt gebrochen, weil ihr uns Menschen vernichten wolltet – vom ersten Tag an! Als Mondschlund und Sternengänger in die Sphäre drangen und die Ewige Flamme nach Gharax trugen, hättet ihr sie aufhalten, ja sogar töten können. Aber ihr habt sie gewähren lassen. Und warum? Weil ihr einen Vorwand brauchtet, um den Pakt brechen zu können, um die anderen Völker der Sphäre aufzuhetzen. Ihr glaubtet, ein leichtes Spiel mit uns Menschen zu haben, wenn Kahida erst besiegt und Athyr'Tyran zerstört wäre. Aber ihr habt euch geirrt! Kahida riß den Schwarzen Schlüssel an sich und versiegelte die Tore. Ihr konntet nicht mehr nach Gharax gelangen, und die Ewige Flamme schwelte weiter, bis eure Welt zerstört war.«

Ein Stöhnen drang aus Sazeemes Maul. Er starrte auf den Stab in der Hand des Auserkorenen. »Der Schwarze Schlüssel! Trägst ihn bei dir! Bist gezeichnet vom Fluch der Sphäre. Willst für Mondschlund das verdorbene Athyr'Tyran wiederaufbauen...«

»Du hältst mich noch immer für seinen Diener? Mit diesem Stab habe ich Mondschlund vernichtet, seinen Geist aus der Sphäre verbannt. Ja, ich war sein Zögling, aber ich riß mich von ihm los. Doch ihr? Habt auch ihr erkannt, wer euch verführt und aufgestachelt hat?« Seine Worte wurden zur wütenden Anklage. »Wacht auf, Nebelkinder, wischt den Schleier beiseite! Wer hat die Tore der Sphäre aufgestoßen? Wer brachte euch nach Gharax und versprach, die Menschen von hier zu vertreiben?«

»Drafur! Drafur war es...er kam und befreite uns. Holte uns aus der sterbenden Welt. Führte uns nach Gharax, ehe wir alle zu Gehäuteten wurden. War unser Retter. Unser Beschützer...«

»Nein, er war euer Verderber! Denn er ist kein Geringerer als Sternengänger! Ihr wißt es, ihr könnt es in der Sphäre erkennen, wenn ihr es wagt! Er, der vorgab, euch retten zu wollen, hat eure Welt vernichtet! Er, der euch Gharax schenken will, lehrte einst die Menschen, die Quellen zu knechten. Ihre Magie, die unsere Welt bewohnbar machte, stammt von der euren. Nun führt er euch nach Gharax, um euch wieder zu Sklaven zu machen. Und auch wenn er behauptet, es aus Güte zu tun, wird er euch doch ein zweites Mal betrügen, so wie uns Menschen!«

Rauchschwaden tanzten über seinem Haupt und sanken auf die Nebelkinder herab. Sie blickten ihn an mit schwarzschillernden Augen, ungläubig, reglos.

»Drafur!« Sazeeme wisperte das Wort. Die Nebelkinder griffen es auf, trugen es weiter, bis das ganze Heer es murmelte. »Drafur...nein, kann nicht sein. Nicht Drafur. Hat uns nie belogen. Hat versprochen, daß nie wieder ein zweites Athyr'Tyran entsteht.«

»Mit der Angst vor dieser Stadt hat er euch auf seine Seite

gezogen! Ihr wart verzweifelt und wußtet euch dem Untergang nah. So habt ihr Sternengänger geglaubt. Ihr ahntet, daß er es war, der aus der Sphäre zu euch sprach, der euch aus eurer todgeweihten Welt nach Gharax brachte. Aber ihr wolltet es nicht wissen. Ihr wolltet es nicht erkennen.« Unerbittlich drang Nhordukaels Stimme durch den Rauch. »Achtet auf die Spuren, die er in der Sphäre hinterlassen hat, auf die Legenden, die überall von seiner Machtgier, seiner Falschheit und Eitelkeit künden. Drafur ist Sternengänger, und Sternengänger Durta Slargin – der erste Zauberer der Menschheit, der den Niedergang eurer Welt verschuldet hat.«

Nun riß Sazeeme die Hände empor, schirmte die lidlosen Augen ab. Er stieß einen Schrei aus, voller Enttäuschung. Die Nebelkinder ließen ihre Schwerter sinken. Sie stimmten in seinen Klageruf ein. Das Heer der Goldéi trauerte; und diesmal beweinten sie nicht ihre Toten, sondern sich selbst. Sie sahen die Sphäre, die glühenden Fußspuren des Weltenwanderers, den Abdruck des gräßlichen Stabs. Durta Slargins Macht ... die Erkenntnis, ihm gedient zu haben, ließ sie verzweifeln.

»Drafurs Maske«, zischte Sazeeme, »und Drafurs Mantel! Haben sie dem Kind Laghanos umgelegt, ihn durch die Sphäre schreiten lassen, bis sein Körper bereit war für Drafurs Rückkehr. Haben ihm einen neuen Leib geschenkt.«

»Das habt ihr«, sagte Nhordukael. »Denn Sternengänger war in der Sphäre gefangen. Ihr habt ihn befreit und ihm so alle Macht gegeben. Er hat eine neue Welt erschaffen, und nun, da er im Körper des Jungen zurückgekehrt ist, wird er sich die Sphäre unterwerfen ... dann die Menschen ... und am Ende euch.«

»Können nicht zu ihm gelangen ... jenseits des Meers endet unsere Macht. Wollten den Leuchtturm erobern, um es zu verhindern. Doch in der Flammenbucht verbrannten unsere Schiffe, ehe wir Fareghi erreichten. Das war dein Werk, Schlüsselträger! Hast uns den Weg verwehrt! Ist uns verschlossen für immer.«

»Ja, ihr seid an die Quellen gebunden. Mit ihrer Magie holte Sternengänger euch herbei, und ihr könnt Gharax nicht verlassen. Aber ich... ich kann es! Ich trage den Schwarzen Schlüssel und kann jene neue Welt erreichen, um ihn für seine Taten zu bestrafen.«

Der Rauch war nun so dicht, daß er den Nebel fast verdrängte. Nhordukael konnte die Goldéi kaum erkennen.

»Wollen frei sein«, hörte er Sazeeme flüstern, »endlich frei. Wollen leben ohne Angst, vertrieben zu werden. Wollen nicht enden wie die Gehäuteten.«

»Wenn ihr frei sein wollt, müßt auch ihr der Magie entsagen und euch aus der Sphäre zurückziehen.« Nhordukael setzte einen weiteren Schritt auf die Goldéi zu. Die Schmerzen in seinen Fußsohlen waren kaum zu ertragen; er taumelte, und mit letzter Kraft stieß er seine Worte hervor. »Ich biete euch Frieden! Einen neuen Pakt zwischen Menschen und Nebelkindern. Ihr habt fast alle Quellen befreit und die Menschen aus weiten Teilen von Gharax vertrieben. Nur wenige leben noch hier; die anderen verschleppte Sternengänger. Beendet den Krieg, schließt Frieden mit jenen, die auf Gharax verweilen. Dann lasse ich euch leben.«

Er schwieg, wartete auf eine Antwort.

Sazeemes Gestalt schälte sich aus dem Rauch. Seine Augen funkelten in allen Farben des Regenbogens. »Frieden mit den Nachfahren der Feuerschänderin? Frieden mit Mondschlunds Knecht? Bist von Sinnen, Schlüsselträger! Werden ein neues Athyr'Tyran niemals dulden, niemals! Müßt Drafur folgen, auf seine neue Welt. Gharax gehört uns!«

Nhordukael hieb mit dem Stab auf den Grund. Eine Flamme peitschte ihm voraus, fuhr durch den Rauch und wirbelte die umherfliegende Asche auf. »Das Auge der Glut kann euch verbrennen, hier und jetzt. Ich habe die Macht, euer Heer auszulöschen, und das werde ich tun, wenn ihr mein Angebot ausschlagt. Aber willigt ihr ein – dann verschone ich euch.«

»Darfst uns nicht drohen... kann keinen Frieden geben,

solange die Quellen gefesselt sind. Das Auge der Glut, das Verlies der Schriften, der Gläserne Stein...sie müssen frei sein, alle!«

Der Rauch um Nhordukael verdichtete sich. Nur seine brennenden Augen waren noch zu erkennen. »Das also fordert ihr von mir? Daß ich die letzten Quellen preisgebe? Dann müßten die letzten Menschen von Gharax verschwinden, und Sternengänger hätte gesiegt.«

Hinter ihm glommen die Schwerter der Weißstirne auf. Funken sprangen empor. Der Rauch färbte sich dunkelrot. Nhordukael hob die Hand. Er war bereit, das Zeichen zum Angriff zu geben.

»Ihr habt die Wahl, Nebelkinder. Wollt ihr den Pakt mit uns schließen? Überlegt es euch gut. Ich werde nicht noch einmal um Frieden bitten.«

Ein Gluthauch wogte um Nhordukael und schlug den Goldéi entgegen. Er konnte hören, wie sie unter der Hitze litten und wie die ersten Nebelkinder verschmorten.

Das Auge der Glut hielt den Atem an. Es wartete. Das Knistern seiner Flammen wurde leiser. Eine gefährliche Stille lag über dem Hochland.

Nun drang Sazeemes Antwort aus dem Nebel. »Sind die letzten Wesen der Sphäre. Mit uns stirbt die Magie. Wollen von ihr lassen und in Frieden auf Gharax leben, an eurer Seite. Lassen euch das Verlies der Schriften. Ein neues Athyr'Tyran. Sollt darin leben. Werden euch in ihm gewähren lassen.«

Nhordukael nickte. Er wußte, was es für die Goldéi bedeutete, das Verlies der Schriften aufzugeben, die mächtigste Quelle von Gharax den Menschen zu überlassen. Sazeemes Angebot war ein schmerzliches Zugeständnis, und Nhordukael begriff, daß auch er ein Opfer bringen mußte.

»Das Verlies uns Menschen«, sagte er mit fester Stimme, »und euch die übrigen Quellen. So soll es sein. Ich werde das Auge der Glut von seinen Fesseln befreien, und die Funkelnden Scherben von Thoka sollen die letzte Quelle sein, die ihr den Menschen entreißt.« Er hielt kurz inne. »Willigt ihr ein in diesen Pakt?«

»Der Pakt ... ja, Schlüsselträger.« Sazeemes Worte drangen wie aus weiter Ferne an Nhordukaels Ohr. »Doch wirst auch du ihn einhalten? Wie können wir wissen, daß du uns nicht betrügst?«

Der Stab in Nhordukaels Hand glühte. Er spürte, wie die Macht des Schwarzen Schlüssels an ihm zerrte, ihn fortriß und in die Sphäre trug. »Indem ich Sternengänger besiege und euch seine Maske zurückbringe«, rief er in den aufwirbelnden Rauch. »Vertraut mir.«

Glut peitschte durch seinen Körper. Er hörte nicht, was der Scaduif antwortete; fühlte nur den brennenden Schmerz in seinen Füßen. Aber noch während sein Leib in die Sphäre übertrat und Gharax seinen Sinnen entschwand, spürte er eine Erschütterung und hörte den Aufschrei der Quellen, der gefesselten und auch der befreiten.

Der Pakt war erneuert. Die Goldéi hatten ihm zugestimmt. Endlich würde Frieden auf Gharax herrschen, schon bald.

Er aber war noch nicht am Ziel. Der Schwarze Schlüssel wies ihm den Weg zu Sternengängers neuer Welt. Diesem Pfad mußte er folgen; denn solange Sternengänger Macht über die Menschen besaß, war der Frieden brüchig. Er mußte ihn finden. Er mußte ihn aufhalten. Er mußte ...

Nhordukael ließ das Auge der Glut los. Er gab die Quelle frei, die ihn so lange beschützt hatte.

Das Feuer in seinen Adern erlosch.

KAPITEL 10

# Treue

Der Tag der Ernte war das bedeutendste Fest im Palidonischen Hochland. Er wurde alljährlich in der Mitte des Neunten Kalenders gefeiert. In allen Dörfern und Städten Palidoniens strömten die Menschen zusammen, in ihren Händen geflochtene Körbe mit den Früchten des Herbstes, um Tathril für die Zähmung der Quellen zu danken.

So war es seit jeher Brauch. Und obwohl die meisten Palidonier längst aus dem Hochland geflohen waren – vertrieben von Nhordukaels Feuern –, feierten sie den Tag der Ernte auch fern der Heimat, in fleckigen Zelten und armseligen Hütten, überall dort, wo man sie untergebracht hatte. Sie, die Vertriebenen, brachten ihrem Gott Tathril den letzten Bissen Brot dar und flehten ihn an, sie von der sterbenden Welt Gharax fortzubringen. Und jene, die aus der zerstörten Stadt Thax geflohen waren, richteten ihre Gebete nicht nur an Tathril, sondern auch an Nhordukael, den Auserkorenen. Sie dachten an den Tag zurück, als der junge Priester auf dem Platz der Gießer und Schmelzer einen Goldéi getötet hatte, ein Untier und dunkles Vorzeichen der Schrecken, die Sithar heimgesucht hatten. Nhordukael hatte es besiegt und war selbst unversehrt der geschmolzenen Bronze entstiegen. Er hatte Glut und Feuer getrotzt. Und so flehten sie ihn an, den Verderber ihrer Heimat, der ebenso grausam und zerstörerisch war wie Tathril.

Südlich des Hochlands, in den Fürstentümern Varona und Ganata, wurde der Tag der Ernte mit weniger Verzückung begangen. Es gab bedeutsamere Feste, und nur die gläubigsten Anhänger Tathrils fanden sich Jahr für Jahr im Burghof ein, um den Gebeten der Priester zu lauschen. Oft schritten sie dann gemeinsam zum Fluß Dumer und vergossen Wein und Honig am Ufer, Tathril zu Ehren. Es war ein Tag der Besinnung, kein rauschendes Fest wie im Hochland.

Dieses Jahr war es anders. Die Priester hatten die Menschen aufgefordert, in den Burghof zu kommen, auch die Flüchtlinge. Der sechseckige Platz vermochte die Menschenmasse trotz seiner enormen Größe kaum zu fassen. Breite Mauern umgrenzten ihn; sie verbanden die sechs Gebäude der Burganlage: das Torhaus und den Vogtbau, den Speicher und das Fürstenhaus, den Tempel des Tathril und Vinnors Turm. Klobig erhob er sich über Gehani, seine Wände glatt und grau.

Unterhalb der Zinnen spreizte sich Vinnors Terrasse. Auf ihr war der Rat der Priester zusammengetroffen. Levaste, der Prior, stand am Rand der Terrasse, in seinen Händen eine Messingschale. Er hielt sie über dem Kopf, als wolle er sie Tathril zum Geschenk anbieten. Sein Gesicht war fleckig, in den Haaren schimmerte Schweiß. Die einst weiße Kutte hatte eine schmutzigbraune Farbe angenommen. Der Stoff wirkte spröde und warf Falten, die bei jeder Bewegung knisterten. Denn er war in Blut getaucht, und das Blut war geronnen. Es verlieh dem Gewand das Aussehen einer abgezogenen Tierhaut.

»Warum nur liebt Tathril es so, unser Blut?« murmelte Levaste. Sein Blick war gen Himmel gerichtet. »Warum verlangt er es von uns? Früher habe ich es nicht verstanden. Erst Rumos lehrte mich, daß Tathril die Sphäre selbst ist und die Quellen sein Geschenk an uns Menschen. Durch sie können wir uns die Welt untertan machen, durch sie können wir auf Gharax bestehen. Aber sie gieren nach unserem Blut. Warum nur, warum? Will Tathril uns ermahnen, daß nur die Stärksten seine Nähe suchen dürfen – die Zauberer der Bathaquar?«

Er kippte die Schale. Ein feines Rinnsal verdünnten Blutes träufelte über den Rand und benetzte sein Gesicht. Er lächelte verzückt.

»Die Goldéi haben die Quellen entfesselt; so prüft Tathril

unsere Treue. Es ist die Pflicht der Bathaquar, sie erneut zu zähmen. Mit dem Blut der Schwachen werden wir sie gefügig machen. So wie Durta Slargin werden auch wir auf Wanderschaft gehen. Doch uns wird ein Strom aus Blut vorausfließen, der Gharax reinigt. Blut für Tathril, Blut für die Sphäre... und für Uliman, den letzten Kaiser von Sithar. Er wird das Blut aus den Leibern der Schwachen pressen, mit dem Hauch von Nekon!«

Das Rinnsal versiegte. Levastes Gesicht war besudelt; wie ein rotes Netz bedeckte das Blut seine Züge. Er reichte die leere Schale einem nahe stehenden Priester und blickte in den Burghof hinab.

Eine unheimliche Stille herrschte dort unten. Die Menge blickte zu der Terrasse empor. Gelegentlich schepperten die Rüstungen der Gildenkrieger, wenn sie durch die Reihen schritten. Und dort zerrten zwei Tathril-Priester einen Mann aus dem Tempel, sein Gesicht aschfahl, der Arm mit Tüchern umwickelt. Noch während sie ihn die Stufen hinabschleiften, löste sich der Verband. Blut quoll hervor, spritzte auf die weißen Steine.

»Blut für Tathril, Blut für die Sphäre... sie erkennen es nicht, diese armen Sünder. Sie wissen nicht, welches Opfer die Bathaquar für sie bringt. Wir sind die einzigen, die Gharax nicht aufgeben, die um diese Welt kämpfen, die nicht zulassen, daß die Sphäre uns beherrscht. Eines Tages wird man uns danken. Legenden werden von unserer Tapferkeit künden. Man wird mit Ehrfurcht und Liebe von der Bathaquar sprechen. Aber noch hassen sie uns und fliehen in den Süden, um das Kind mit der goldenen Maske zu suchen. Ja, feige sind sie... sie alle!«

Er fuhr herum. Am Eingang zum Turm wartete ein Mann; Talomar Indris, der Pfortenritter. Er hatte seinen Pelzmantel gegen ein Lederwams vertauscht, die ausgetretenen Stiefel gegen nietenbeschlagene Schuhe. Sein Haar war gekämmt, die Wangen rasiert. Nichts zeugte noch von seiner entbehrungsreichen Flucht aus Imris – bis auf den zerfetzten Handschuh, auf dem der goldene Krebs prangte.

»Tathril muß dich zu uns geschickt haben, Talomar.« Levaste schritt langsam auf den Ritter zu. »So viele haben uns in den letzten Wochen den Rücken gekehrt. Von den achtzig Gildenkriegern, die uns nach Gehani folgten, sind die Hälfte geflohen. Als uns gestern die Kunde von Tarubas Fall erreichte, verschwanden zwölf weitere Männer, mit Pferden und Schwertern und üppigen Vorräten. Vermutlich haben sie sich nach Thoka abgesetzt, diese Narren. Selbst unsere treusten Männer verrieten uns; vier Gildenkrieger, die wir mit den Genederkindern zum Fluß geschickt hatten. Sie ließen die Mädchen einfach zurück und schlugen sich in die Büsche. Ach, diese Feigheit greift um sich! Tathril sei Dank, daß die Luchswelpen nach Gehani zurückfanden. Wir brauchen sie schließlich.« Der Prior seufzte. »Und auch dich brauchen wir, dich und deine Männer; jeden, der ein Schwert führen kann und uns treu ist. Ich weiß wohl, daß die Ritter der Neun Pforten die Kirche verteidigt haben, als sie in schwerer Stunde die Macht auf Aroc übernahm. Solche kühnen Streiter können wir gut brauchen.« Seine Stimme wurde zu einem Flüstern. »Du warst dabei, als Aroc unterging, nicht wahr? Was ist dort geschehen, Ritter? Haben die Goldéi Imris überrannt?«

»Die Neun Pforten sind gefallen, aber nicht an die Goldéi.« Talomar Imris blickte dem Prior fest in die Augen. Das blutbesudelte Gesicht schien ihn nicht zu stören. »Sie kamen mit Schiffen und drohten Imris einzunehmen. Aber sie waren zu spät. Imris wurde gerettet. Ich habe es selbst gesehen.«

Levaste blickte ihn neugierig an. »Dann waren die Berichte von Arocs Untergang falsch? Die Goldéi haben die Quelle von Imris nicht befreit? Seltsam... ich spürte eine Erschütterung in der Sphäre, die von der Klaue des Winters ausging. Seitdem kann ich die Äußere Schicht dieser Quelle nicht mehr spüren. Und doch sagst du, daß nicht die Goldéi sie entfesselt haben?« Er schüttelte den Kopf. »Viele Geheimnisse hütest du, Pfortenritter. Du mußt mir alles darüber sagen. Gibt es einen Weg, den Goldéi zu entkommen?«

»Den gibt es«, antwortete Talomar. »Er ist dornig und verschlungen, aber die Menschen von Imris sind ihn gegangen. Ich werde ihn Euch enthüllen, wenn die Zeit gekommen ist. Bis dahin werden die Pfortenritter Euch zur Seite stehen.«

Der Prior war nun zufrieden. »Wir sind dankbar für jede Unterstützung. Zu viele sind geflohen, anstatt mit uns auf Gharax auszuharren. Doch die Bathaquar wird nicht weichen – nicht den Goldéi und nicht Durta Slargins Plänen.« Er schlurfte zum Rand der Terrasse und sah wieder zu den Menschen hinab. »Heute ist der Tag der Ernte. Das Blut der Schwachen muß fließen, und fehlt ihnen der Mut, dieses Opfer freiwillig zu bringen, werden wir sie dazu zwingen.« Er wischte sich über das rotbenetzte Gesicht. Dann winkte er einen Priester herbei. »Holt die Genedermädchen. Tathril will ihr Luchsblut schmecken, und alle sollen es sehen! Ein neues Zeitalter beginnt. Das Zeitalter der Bathaquar.«

Hjele Geneder schlief. Ihr Gesicht wirkte friedlich, ihr Atem war ruhig. Von was mochte die alte Frau träumen? Von ihrem Sohn Baniter, den sie rief, wenn der Schleier der Umnachtung für wenige Atemzüge beiseite wehte? Von ihrem Mann Gadon, Baniters Vater, der vor vielen Jahren verstorben war aus Verbitterung über seine Verbannung? Träumte sie von vergangenen Tagen, als sie jung gewesen war, eine stolze Frau mit strahlenden Augen, deren Schönheit von allen bewundert worden war?

»Ihr müßt euch verabschieden.« Orusit Geneders Stimme klang kalt. Er hielt sich mit den knöchrigen Händen am Bettpfosten fest. Seine Knie zitterten; sie schienen ihn heute besonders zu plagen. »Sie wird nicht merken, daß ihr fortgeht. Aber im Herzen, da wird sie es spüren, und euch nicht vergessen, niemals.«

Ernst blickte er seine Großnichten an, die vor dem Bett

standen. Sie hielten sich an den Händen; Sinsala in der Mitte, Banja und Marisa neben ihr. Marisa weinte. Ihre Finger verkrallten sich im Laken des Betts.

»Können wir Großmutter nicht mitnehmen?« schluchzte sie. »Wir könnten eine Kutsche holen, mit weichen Kissen, und die Diener bitten, sie herauszutragen…«

»Das geht nicht, Kleine«, unterbrach sie Orusit. »Wir müssen froh sein, daß die Priester unsere Geschichte geglaubt haben. Vier Gildenkrieger verschwinden am hellichten Tag, und wir kehren allein nach Gehani zurück und behaupten, sie wären geflohen. Wäre heute nicht dieser scheußliche Erntetag, hätte Levaste diese Geschichte niemals geschluckt. Der Wahn macht ihn unvorsichtig.« Er beobachtete die Mädchen mit Sorge. »Ein Wunder hat eure Mutter nach Gehani zurückgeführt! Ich habe es selbst kaum begriffen, als ich sie im Splitternest sah. Aber wir müssen all das nicht verstehen. Das Zeitalter der Wandlung…seltsame Dinge geschehen, und wir Menschen sind der Sphäre ausgeliefert. Die Hauptsache ist, daß ihr gerettet werdet.« Seine Augen ruhten auf Sinsala. »Ihr seid unsere Zukunft, vergeßt das nicht. Gharax mag untergehen, aber der Name Geneder bleibt bestehen. Haltet ihn in Ehren.«

Sinsala trug ein weißes Kleid an diesem Tag. Die Haare hatte sie mit einem Tuch zusammengebunden, die Wangen waren hell gepudert. Sie wirkte gefaßt. »Noch sind wir nicht in Sicherheit. Die Priester werden uns nicht einfach ziehen lassen. Unser Plan kann scheitern.«

»Du hast recht«, gab Orusit zu. »Wir müssen darauf vertrauen, daß dieser Ritter die Wahrheit sagte. Wenn Talomar Indris die Priester tatsächlich stürzen will, wird der Tumult groß sein.« Er runzelte die Stirn. »Ich kenne Talomar von früher. Er hat eurer Mutter lange den Hof gemacht, und zu euch war er immer gut – ein aufrechter, stolzer Mann. Ich denke, wir können ihm vertrauen.«

Sinsala schüttelte den Kopf. »Ich mag ihn nicht. Er behauptet, unsere Mutter zu lieben. Aber ich denke, er liebt nur sich selbst.« Sie sah Orusit flehend an. »Sag ihm nichts davon, daß Mutter zurückgekehrt ist. Er braucht es nicht zu wissen.«

»Keine Angst, ich habe ihm nichts verraten. Alles ist vorbereitet für eure Flucht.« Orusit humpelte in der engen Kammer umher. »Die Wachen am Tor wissen Bescheid. Wenn das Chaos ausbricht, wird man euch aus der Burg schaffen.«

»Aber die Priester lassen uns doch nicht aus den Augen«, warf nun Banja ein, die Zweitälteste. »Wenn sie bemerken, daß wir wegrennen, bringen sie uns um.«

»Rede keinen Unsinn«, herrschte Sinsala sie an. »Sie werden schon nichts merken. Mir machen nur diese Pfortenritter Angst... Talomars Männer.«

»Sie werden mit Levastes Anhängern genug zu tun haben«, beruhigte sie Orusit. »Ich habe mit Talomar gestern nacht lange gesprochen. Er sagte, daß ihm zwanzig Männer gehorchen, ein Dutzend Pfortenritter und einige Freunde aus Gehani. Ihnen stehen mindestens dreißig bewaffnete Troublinier gegenüber. Selbst wenn die Überraschung auf ihrer Seite ist – so schnell wird der Kampf nicht entschieden sein. Ihr müßt die Gunst der Stunde nutzen und fliehen, zum Torhaus, dann zum Strand und zum Splitternest, wo eure Mutter auf euch wartet. Haltet nicht inne, blickt nicht zurück. Habt ihr mich verstanden?«

Banja eilte auf ihn zu. »Und du, Onkel? Was wird aus dir?« Sie schmiegte sich an ihn. »Wirst du nicht mit uns gehen?«

»Du weißt, ich bin nicht gut zu Fuß«, erwiderte Orusit trocken. »Ihr müßt ohne Begleitung fliehen. Je weniger Leute wissen, wohin ihr geht, desto sicherer seid ihr.«

Er lauschte. Vor der Tür hörte er wieder die Schritte der Gildenkrieger.

»Kein Wort mehr«, befahl er. »Wir machen alles so wie besprochen. Paß auf dich auf, Sinsala. Rette dich und deine Schwestern, und trage den Namen Geneder mit Stolz.«

Die Schritte wurden lauter. Jemand drückte die Klinke der Tür und stemmte sie auf. Ein Priester spähte in die Kammer.

»Der Prior bittet die Kinder, an den Festlichkeiten teilzunehmen.« Seine Worte ließen keinen Widerspruch zu.

Orusit strich Banja über den Kopf. »Sag deiner Großmutter Lebewohl.«

Banja schritt zum Bett und beugte sich über die schlafende Frau. Dann küßte sie Hjeles Wange. Eine Träne tropfte auf das Kissen. Neben ihr kletterte Marisa auf das Lager. Auch sie küßte die alte Frau und flüsterte Worte des Abschieds.

»Wir müssen gehen«, mahnte der Priester. »Ihr könnt am Abend eure Großmutter herzen!«

Als letzte verabschiedete sich Sinsala. Sie streichelte das Haar der Greisin, lauschte ihrem Atem. Ihre Lippen berührten Hjeles Ohr.

»Ich vergesse dich nicht«, wisperte sie. »Ich will so alt werden wie du, so klug und würdig. Gib mir die Kraft dazu.«

Der Priester schritt zornig in den Raum und riß sie vom Bett zurück. »Hast du mich nicht gehört, Göre? Heute ist der Tag der Ernte! Willst du Tathril warten lassen?«

Sinsalas grüne Augen blitzten auf. Aber sie sagte kein Wort, sondern nahm ihre Schwestern an die Hand.

»Bis bald«, sagte sie zu ihrem Großonkel.

»Bis bald, meine Kleinen.«

Der Priester drängte sie zur Tür und auf den Gang. Orusit war nun mit Hjele allein. Er wartete, bis die Schritte verklungen waren. Dann setzte er sich auf das Bett seiner Schwägerin.

»Sie sind sehr tapfer, alle drei; mutig wie ihr Vater und klug wie ihre Mutter. Wir können stolz auf sie sein.«

Er zog vorsichtig das Kissen unter Hjeles Kopf weg. Er sackte auf das Laken, und die Schlafende murmelte einen Namen.

»Baniter... mein Junge...« Sie befeuchtete die Lippen mit der Zunge, wälzte sich im Schlaf umher. »Baniter...«

»Er hat uns im Stich gelassen«, raunte Orusit, »und unserer Familie nicht ihre Ehre zurückgeben können. Seinen Töchtern wird es vielleicht gelingen. Wir aber sind verloren, Hjele.«

Er legte behutsam das Kissen auf ihr Gesicht. Dann schloß er die Augen und lauschte dem heiseren Atem der Frau.

Durch das Fenster fielen Sonnenstrahlen ein. Es war ein schöner Herbsttag, warm und golden. Der Tag der Ernte.

Die Steine tanzten! Sie richteten sich auf wie winzige Messer, streckten die Kanten der Sonne entgegen, klirrten aneinander. Sie schienen an einer unsichtbaren Schnur aufgereiht, die sich in einer Spirale um das Splitternest legte und von verborgenen Händen gezupft wurde. Die Sphäre wogte stark an diesem Ort, ihre Ströme flossen wild und wurden von keiner Quelle gezähmt.

Jundala Geneder hockte in der Mitte des Kraters. Ihre Augen blitzten im Sonnenlicht. Sie war in Gedanken versunken; die Knie waren angewinkelt, sie hielt sie mit den Armen umschlungen. Ihr Haar wehte im Wind; blonde, zerzauste Locken. Winzige Splitter glitzerten in ihnen.

*Wie schwach ist der menschliche Wille*, dachte sie. *Er führt uns an jeden Ort, nur nicht in die Freiheit. Wir folgen den Spuren, die vor uns aufglimmen, und fragen nicht danach, wohin sie führen. Wir folgen ihnen blind.*

Sie dachte an Laghanos, das Kind mit der goldenen Maske; an ihre Begegnung auf der Barke der Südsegler. Wie rasch hatte sie sich seiner Macht gebeugt. Süß waren seine Versprechen gewesen … *deine Kinder – sie leben … ich werde dich zu ihnen bringen* … und sie hatte sich ihm unterworfen. *So muß es immer gewesen sein, wenn Menschen am Scheideweg standen. Am Ende zählt allein der Wunsch, die eigene Haut zu retten und die der Liebsten. Ich hätte Laghanos widersprechen können! Ich hätte mich weigern können, nach Gharax zurückzukehren. Aber ich tat es nicht.* Der Wunsch, ihre Töchter wiederzusehen, war stärker gewesen. Sie war der Spur gefolgt, die Laghanos in der Sphäre hinterlassen hatte. Damit hatte sie ihn als Herrscher des kommenden Zeitalters anerkannt, so wie all die anderen Menschen.

»Und ich würde es wieder tun«, flüsterte sie. »Ich würde alles tun, um meine Kinder wiederzusehen. Du hast meinen Willen gebrochen, Laghanos. Mein Schicksal liegt in deinen Händen.«

Sie lauschte. Hörte sie Geräusche jenseits des Kraters? Nein, nur das Prasseln der Steine, das Scharren und Mahlen am Rand des Splitternests. Banja und Marisa, ihre Kätzchen... wo waren sie? Schon verfluchte sich Jundala dafür, sie nach Gehani zurückgeschickt zu haben. Sie hatte mit Orusit Geneder gesprochen, dem Onkel ihres Mannes, und er hatte sie überredet, noch einen Tag hier zu warten. Denn um auch Sinsala aus der Gewalt der Priester zu befreien, mußten sich diese in Sicherheit wiegen. So war Orusit mit den beiden Mädchen nach Gehani zurückgekehrt, um kein Mißtrauen zu erregen.

*Hätte ich selbst gehen sollen, um Sinsala zu retten? Nein, ich hätte versagt... ich kann das Splitternest nicht verlassen.* Die Sphäre hielt sie an diesem magischen Ort fest; ihre Augen brannten wie Feuer, und näherte sie sich dem Rand des Kraters, schnürte sich ihre Kehle zusammen, daß sie kaum atmen konnte. *Laghanos befahl mir, die Menschen aus Gehani zu holen, sie durch die Sphäre zu ihm zu führen. Wußte er nicht, daß ich zu schwach für diese Aufgabe bin? Warum schickte er mich, anstatt selbst zu gehen?*

Sie kannte die Antwort. Laghanos fürchtete die Priester aus Gehani, die Macht der Bathaquar. Und dies erzürnte sie am meisten: daß er, dem sich die Menschen anvertrauten, im Innersten seines Herzens feige war. Er trat nicht offen für seine Pläne ein, täuschte über seinen Namen und seine Ziele hinweg, verbarg sich hinter Masken und dem Antlitz eines Kindes. Sein ganzes Streben war durchdrungen von Feigheit. Und doch legten die Menschen ihr Schicksal in seine Hände. Wußten sie es nicht besser? Ahnten sie nicht, daß auch auf der neuen Welt, die er ihnen versprach, die alten Ungerechtigkeiten sprießen würden? Auch dort hatte er den Keim der Niedertracht gesät, die ihm die Herrschaft sicherte.

»Geblendet hast du uns«, zischte Jundala, »und wir danken dir noch dafür! Es ist so viel einfacher, die Welt aus deinen Augen zu betrachten, als selbst in die Zukunft zu blikken.«

Sie hob den Kopf und schaute in die Sonne. Die grellen Strahlen konnten ihren Augen nichts anhaben; sie spiegelten sich in den goldenen Pupillen.

»Hörst du meine Worte, Laghanos? Ich habe mich dir ergeben, ich gehöre ganz dir. Bring mir nur meine Mädchen zurück. Dann werde ich zu dir zurückkehren. Das willst du doch, nicht wahr? Alle sollen dir folgen, alle sollen dir ihr Leben verdanken. Und das tun wir... wir danken unserem Retter, unserem Wegführer.«

Ihre Worte gingen im Prasseln der Steinsplitter unter, die ringsum wie Funken aufsprangen.

»Wollt ihr ihm treu sein?«

Laut hallte die Stimme des Priors durch den Burghof. Sie wurde von den wuchtigen Mauern zurückgeworfen. Die Menge blickte schweigend zur Terrasse auf, wo Levaste die Arme ausgebreitet hatte. Er bot einen scheußlichen Anblick; seine Haare, sein Gesicht, die Kutte waren blutbesudelt. In den Augen glomm Wahn; ein tödlicher Funke, der mit jedem Wort auf die Zuhörer überzuspringen drohte.

»Wollt ihr Tathril treu sein? Ihm, der euch schuf, dem ihr euer Leben verdankt, der euch beschützt?« Zornig starrte Levaste auf die Menge. »Ach, ich höre keine Antwort, keinen Aufschrei. Ihr schweigt und wagt es nicht, euch zu ihm zu bekennen. Elend seid ihr und feige! Wem gilt eure Treue? Jenen, die euch falsche Versprechen machen und von Gharax fortlocken... oder ihm, der euch retten will? Gharax ist sein Geschenk an die Menschen. Doch er stellt uns auf eine harte Probe. Der Zorn der Sphäre, die Ankunft der Goldéi... all das ist eine Prüfung, und Schande über alle, die fortlaufen, die sich duckmäuserisch von Tathril abwenden! Er sieht auf euch herab! Heute ist sein Tag, an dem er Ernte halten will. Gebt ihm, was ihm zusteht; euren Schmerz, eure Hingabe, euer Leid! Denn Tathril ist die Sphäre, und die Sphäre fordert Tribut.«

Drei Priester traten vor. Sie trugen einen Kessel; in ihm schwappte kaltes Blut. Gelbe Blätter schwammen darin; die Blüten des Dumkrauts. Sie verhinderten seine Gerinnung. Nun tauchte Levaste die Hand in den Kessel, schleuderte sie über den Rand der Terrasse. In zähen Tropfen regnete Blut auf die Köpfe der Menschen herab.

»Warum prüft er uns auf diese Weise? Warum geißelt er uns und läßt es zu, daß die Goldéi Gharax verheeren? Weil wir es an Treue vermissen ließen! Stand auf dieser Terrasse nicht einst der Verräter Vinnor und zahlte mit Blut für seine Vergehen? Damals wandelte Sithar noch auf dem rechten Pfad. Die Bathaquar pries Tathril mit hehren Worten, und das Volk dankte ihm für die Befreiung vom Joch. Jeder war bereit, dem eigenen Leib ein Opfer abzuringen. Blut für Tathril! Blut für die Sphäre!«

Wieder senkte der Prior die Hand in den Kessel und schenkte den Menschen den roten Regen. In langen Fäden klatschte er auf die Köpfe nieder, und auf mancher Stirn blieb die feine Blüte des Dumkrauts haften.

»Aber dann wandte sich der Silberne Kreis von Tathril ab. Die Bathaquar wurde verbannt und verleumdet. Was ist aus uns Menschen nur geworden? Warum feiern wir den Tag der Ernte nicht mehr? Am Fluß vergießen wir Wein und Honig; kümmerliche Gaben, die der Sphäre nicht würdig sind. Denn Tathril dürstet es nach Blut. Selbst die Arphater, die falschen Göttern huldigen, tränken ihren heiligen Fluß Nesfer mit dieser kostbarsten aller Gaben. Und heute, am Tag der Ernte, werden auch wir dieses Opfer erbringen. Wir werden Tathril unsere Treue beweisen!«

Das fürchterliche Schweigen im Burghof hielt an. Auch auf der Terrasse herrschte Stille. Sechs Priester warteten hinter Levaste, zudem zwei troublinische Gildenkrieger und Talomar Indris, der Pfortenritter. Seine Hand ruhte auf dem

Griff seines Schwerts. Er beobachtete die Bathaquari. Doch immer wieder streiften seine Blicke die drei Mädchen, die am Turmeingang warteten.

Sinsala, Banja und Marisa waren totenbleich. Sie betrachteten den Prior mit Abscheu. Marisa und Banja hielten sich an den Händen, und Banja wisperte der kleinen Schwester beruhigende Worte ins Ohr. Sinsala hingegen war in sich gekehrt. Sie vermied es, Talomars Blicke zu erwidern.

Der Pfortenritter runzelte die Stirn. Sinsalas Mißachtung ärgerte ihn. Langsam ging er auf das Mädchen zu, während Levaste seine Rede fortsetzte.

»Und wieder frage ich euch: Wollt ihr ihm treu sein? Nur dann werden wir auf Gharax überleben und den Goldéi standhalten. Wenden wir uns aber von ihm ab, wird er uns Gharax entreißen, und nichts wird mehr auf dieser Welt gedeihen! ›Der Rosenstock trägt keine Blüten mehr‹ ... dies sind die Worte der Prophezeiung. Sie mahnen uns zur Treue!«

Talomar stand nun vor den drei Mädchen. Er beugte sich zu Sinsala herab.

»Hohles Geschwätz«, raunte er. »Es sind dieselben Lügen, die man uns in Imris erzählt hat. Ich habe sie lange genug geglaubt.«

Sinsala tat, als höre sie ihn nicht. Sie rückte nur ein Stück zur Seite.

»Der Priester wird bald schweigen«, fuhr Talomar fort. Er warf einen verstohlenen Blick auf die Gildenkrieger. »Ich werde ihn töten, für deine Mutter. Das bin ich ihr schuldig. Soll ich tatenlos zusehen, wie die Bathaquar ihre hübschen Töchter schändet? Das könnte ich mir nie verzeihen.«

Er küßte das Haar neben ihrer Schläfe. Nun aber fuhr Banja herum. Sie stemmte sich mit aller Kraft gegen Talomars Hüfte.

»Laß meine Schwester in Ruhe«, fauchte sie. »Was willst du von ihr?«

Der Ritter lachte. »Wie mutig! Ganz der Vater.« Er packte Banjas Hand so fest, daß ihr die Tränen in die Augen schossen. »Deine Schwester weiß genau, daß ich euer Bestes will. Ohne mich werdet ihr die Bathaquar nicht los. Seid also brav und fügt euch. Bald gebe ich das Zeichen, und …«

»Talomar Indris!«

Levaste hatte sich umgedreht. Seine Lider flackerten, als er mit blutigen Fingern den Ritter zu sich winkte.

»Bring Sinsala Geneder zu mir! Alle sollen sie sehen! Alle sollen wissen, daß auch Baniters Tochter dem Gott treu ist!«

Der Ritter nickte. Er packte Sinsalas Armgelenk und führte sie zum Rand der Terrasse.

Ein Raunen ging durch die Menge. Sinsala war in Gehani sehr beliebt. Einige riefen ihren Namen, doch die Gildenkrieger im Burghof sorgten schnell für Ruhe.

»Sinsala Geneder …« Levastes benetztes Gesicht wirkte wie eine Maske aus Ton. »Verstehst du nun, was ich damals sagte, als du zu mir in den Tempel kamst? Nur wir Priester können Tathril nahe sein, nur wir können eins mit ihm werden. Die einfachen Menschen werden seine Macht niemals begreifen. Rumos hat es mir eingebleut: Der Weg der Bathaquar ist der schwerste und entbehrungsreichste. Aber uns bleibt keine Wahl, wenn wir Gharax retten wollen.«

Er beugte sich gefährlich weit über den Rand der Terrasse. »Die Nachfahren der Gründer haben Tathril verraten«, schrie er in den Hof hinab. »Sie sollen dafür büßen, so wie Vinnor Aldra!«

Er streckte die bluttriefenden Hände nach Sinsala aus. Sie wollte zurückweichen, doch Talomar hielt sie fest, zog sie dicht an sich heran, so daß sie sich kaum rühren konnte.

»Zeige Tathril deine Treue, Gründerkind!«

Sinsala spürte den nassen Zeigefinger auf der Stirn. Der Prior malte ihr das Rosenzeichen auf. Das Blut rann an ihrem Gesicht herab. Sie weinte, wehrte sich jedoch nicht.

»Gut, sehr gut! Die verblühte Rose von Athyr'Tyran … das Zeichen der Freiheit!« Levastes Stimme zitterte vor Erregung. »Nun gib Tathril dein Blut, Sinsala! Es ist der Tag der Ernte.«

In seiner Hand blitzte eine Klinge auf. Er hatte sie unter

der Kutte hervorgezogen. Ein trauriges Lächeln lag auf seinen Lippen.

»Wartet noch, Prior!« Talomar Indris gebot mit lauter Stimme Einhalt. Er zog das Mädchen von Levaste zurück. »Ihr behauptet, daß Tathril unser Blut will, damit wir auf Gharax leben können.« Talomar schüttelte den Kopf. »Nun, Ihr irrt Euch. Tathril kann uns nicht retten.«

Levaste schnappte nach Luft. Doch der Pfortenritter fuhr mit lauter Stimme fort, so daß alle ihn hören konnten.

»Ich sah, wie er die Stadt Imris im Stich ließ, wie nutzlos alles Flehen und alle Gebete waren.« Er riß sich eine Kette vom Hals und streckte das Amulett in die Höhe. »Wer Tathril folgt, ist verloren. Nur einer kann uns retten! Er stößt die geheimen Tore seiner Stadt auf, in der wir sicher sind, und sein Name ist Mondschlund!«

Die Mondsichel blitzte in seinen Fingern auf.

Levastes Hand ballte sich zur Faust. Er wollte sich auf den Pfortenritter stürzen. Doch ein zirpendes Geräusch ließ ihn in der Bewegung verharren. Er fuhr herum. Seine Augen weiteten sich.

Die Pfeile trafen ihn in die Kehle und in die Brust. Weitere zischten dicht über seinen Kopf hinweg, prallten mit dumpfem Laut gegen die Turmspitze. Kein Laut kam über Levastes Lippen. Kein Blut drang aus seinen Wunden, oder war die Kutte zu besudelt, um es zu erkennen?

»Heute ist der Tag der Ernte, Prior!« höhnte Talomar. »Opfert Euch ruhig Eurem falschen Gott. Bleibt ihm treu!«

Levaste taumelte. Dann stürzte er über den Rand der Terrasse, wie ein verwundeter Vogel, mit ausgebreiteten Armen.

Die anderen Priester erkannten die Gefahr. Sie wichen vor dem Pfortenritter zurück. Ihren Händen entglitt der Kessel; er entleerte sich mit einem schmatzenden Geräusch über der Terrasse. Ein roter Schwall schwappte über den Rand und folgte Levastes fallendem Körper; ein purpurner Todesschleier, der sich in der Luft entfaltete, um den Leichnam zu bedecken.

Im Burghof brach Panik aus. Die Menschen stoben auseinander. Die Gildenkrieger zückten ihre Schwerter, stießen wilde Flüche aus. Auf den Mauern wankte ein Wächter, sein Leib von Pfeilen durchbohrt. Die Bogen der Pfortenritter sangen, und einige von Talomars Männern erklommen die Wehrgänge, um die Wachen anzugreifen.

Oben auf der Terrasse schleuderte Talomar das Mädchen zu Boden, in Richtung ihrer Schwestern. Dann zog er sein Schwert.

»Für Mondschlund!«

Die Gildenkrieger stürzten sich auf ihn mit wütenden Rufen. Seine Klinge empfing sie mit einem präzisen Hieb, schräg von unten geführt. Mit häßlichem Laut schnitt sich das Schwert durch ihre Körper. Sie knickten ein wie Zweige, rollten über die Brüstung, trudelten hinab in den Hof.

»Für Mondschlund! Für die Stadt aller Städte!«

Er war wie von Sinnen. Im blinden Wahn ging Talomar auf die wehrlosen Priester los, die zur anderen Seite der Terrasse zurückgewichen waren. Sie warfen sich auf die Knie, flehten ihn an, sie zu schonen. Verdorrte Rosen prangten auf ihren Stirnen; er brachte sie mit seinem Schwert zum Blühen.

»Wollt ihr Tathril noch immer treu sein?« höhnte er. »Dann folgt ihm in den Tod! Uns aber rettet Mondschlund, hört ihr? Ich habe seine Macht gesehen, auf Suuls Nacken! Er hat Imris seinen Schutz gewährt! Für Mondschlund! Für die Stadt aller Städte!«

Und er hieb mit finsterer Leidenschaft auf die Bathaquari ein, daß er auf nichts mehr achtgab; nicht auf den Lärm, der aus dem Burghof empordrang, nicht auf die Mädchen, die längst aufgesprungen und im Turmeingang verschwunden waren. Sie stolperten die Wendeltreppe hinab und ließen Talomar auf der Terrasse allein. Nur sein Ruf begleitete sie, der von zahlreichen Männern im Burghof aufgegriffen wurde.

»Für Mondschlund! Für die Stadt aller Städte!«

Panik. Blinde Furcht. Verzweifelte Schreie. Ein jeder versuchte zu fliehen, zerrte an fremden Kleidern, um sich zu retten, fort von dem herabspritzenden Blut, von den fliegenden Pfeilen, fort aus dem Kreis des Todes. Es gab nur diesen einen Fluchtweg: durch das Torhaus, einen eng gemauerten Gang, der in die Stadt führte. In ihm quetschten sich die Körper aneinander, verkeilt zu einem Menschenpfropf, der den Nachdrängenden den Weg versperrte. Und doch drückten und schlugen und stemmten sich alle in den Gang, prügelten auf die Nahestehenden ein, besinnungslos, töricht, grausam in ihrem Wunsch zu leben. Nur fort, fort von hier! Fort von Vinnors Turm, fort von dem Tempel, fort von den Bathaquari.

Im Hof lieferten sich Pfortenritter und Gildenkrieger wilde Kämpfe. Talomars Männer waren den Troubliniern an Köpfen zwar unterlegen. Aber sie wußten, wofür sie kämpften.

»Für Mondschlund! Für die Stadt aller Städte!«

Die Troublinier hingegen waren verwirrt und verängstigt. Sie hatten gesehen, wie Levaste auf den Steinen des Burghofs zerschellt war. Welchen Sinn hatte es, für einen toten Prior zu sterben, den sie ohnehin verachtet hatten? Schon streckten einige Troublinier die Waffen. Andere flohen in die Gebäude, um sich zu verbarrikadieren.

Der Widerstand brach.

Auf einem der Wehrgänge rannten Baniters Töchter, die Köpfe geduckt hinter den Mauerscharten. Banja eilte vorneweg, Sinsala folgte dicht hinter ihr. Sie trug Marisa in den Armen. Gefallene und Verwundete lagen auf den Mauern und versperrten ihnen den Weg. Sie sprangen über die reglosen Körper hinweg.

Dort lag das Torhaus. Eine Tür führte aus dem oberen Stockwerk auf den Wehrgang hinaus. Sie öffnete sich; einer der Torwächter blickte hinaus. Sie kannten sein Gesicht. In seinen Händen lag eine zusammengerollte Strickleiter.

»Schnell, hierher!«

Er zerrte die Mädchen in das Innere des Gebäudes.

Von Vinnors Turm erschallte eine Stimme. Talomar Indris hatte sein Schwert emporgerissen. Er streckte es der Sonne entgegen, wie Levaste zuvor die Schale. Sein zerfetzter Handschuh schimmerte rot.

»Für Mondschlund! Für die Stadt aller Städte!«

Nun schweifte sein Blick über die Terrasse. Der letzte Bathaquari hatte sein Leben ausgehaucht. In ihren befleckten Kutten wirkten die Leichen armselig.

Endlich bemerkte er, daß die Mädchen verschwunden waren. Suchend blickte er um sich, starrte auch in den Burghof hinab. Dann stieß er wütend das Schwert zurück in die Scheide und hastete zur Wendeltreppe.

Ein Vogel kreiste über dem Dumer; bunt sein Federkleid, die Schwingen groß und schwer. Behäbig glitt er durch die Lüfte, als wäre er nicht aus Haut und Knochen, sondern aus Stein … dem Felsen entsprungen, um den Himmel zu erkunden.

Er kreiste gemächlich über dem Fluß. Seine Augen wanderten über das glitzernde Wasser. Suchte er etwas in den Wellen? Trauerte er um den kostbaren Schatz, der ihm vor langer Zeit geraubt worden war?

In der Ferne schimmerte das Splitternest, die Scherben grell wie das Gefieder des Vogels. Er schüttelte es. Klirrend schlugen die Spitzen der Federn aneinander. Funkelnder Staub rieselte von den Flügeln. Doch er verlor sich im Wind wie sein Klageruf.

Unten am Flußufer war nichts zu hören. Sein Lied war nicht bestimmt für die Menschen; ihre Ohren waren taub für die alten Klänge der Sphäre. Denn sie waren es, die zum Splitternest hinabdrangen: Rufe aus der Vergangenheit, als die Quellen frei gewesen waren. Sie wehten in den Sphärenströmen als Erinnerungen an die Zeit vor Sternengängers Herrschaft – so wie Suuls Hauch im Ostmeer blies, wie der Wind durch die Singenden Weiden von Candacar strich und der Schatten der Weinenden Mauer von Siccelda über die bleichen Felsen kroch.

Die Quellen vergaßen nichts. Sie hielten die Erinnerung wach.

Der Vogel aber flog weiter. Sein Gefieder verblaßte in den Wolken. Er entrückte der Welt und kehrte in die Sphäre zurück. Noch war er zu schwach, um länger auf Gharax zu verweilen.

Doch so viele Quellen hatten ihre Fesseln abgestreift. Die Magie floß wieder frei durch die Sphäre, und bald würde der Vogel zurückkehren und seine Suche fortsetzen. Er würde das Ei finden, das ihm geraubt worden war, und zum Splitternest herabsinken, um es auszubrüten.

Eine neue Quelle. Eine neue Welt jenseits der Sphäre.

Eine neue Legende, die sich die Menschen einst erzählen würden.

Sand wirbelte unter ihren Füßen auf. Sie hasteten am Flußstrand entlang, atemlos, mit schreckgeweiteten Augen. Sinsala hatte ihre kleine Schwester abgesetzt. Marisa gab sich alle Mühe mitzuhalten, doch sie keuchte schwer.

»Kommt doch, kommt!« Banja war wie immer die Schnellste. Sie rannte wie ein junger Luchs, ihre blonden Haare wirbelten im Wind. Das Rauschen des Dumers feuerte sie an; immer schneller rannte sie, schneller und schneller…

»Haltet nicht inne«, stieß sie hervor, »blickt nicht zurück.« Es waren Orusits Worte. Nun, da sie sich von Gehani entfernten, begriff Banja, daß sie ihn nicht wiedersehen würde. Nie mehr. Nicht ihn. Nicht Hjele. Nicht die Burg. Welch seltsame Vorstellung…

»Kommt doch!«

In der Ferne wartete der Hügel mit den rauschenden Birken. Banja sah sich nach ihren Schwestern um. Sie erhaschte ein Lächeln auf Marisas Gesicht, ließ sich zurückfallen, nahm die Kleine an die Hand.

»Bald sind wir bei Mama. Dann kann uns keiner von ihr trennen!«

Der Wind jauchzte über ihnen; er teilte ihre Freude.

Das Splitternest war nah.

Talomar stieß die Tür auf. Sein Gesicht war wie versteinert. Mit ihm drängten sich mehrere Pfortenritter in die Kammer.

Auf dem Boden saß Orusit Geneder. Er hatte den Kopf gegen den Bettpfosten gelegt und sah zu den Rittern auf. Die fehlenden Zähne verliehen seinem Lächeln etwas Verschmitztes.

Im Bett lag die Greisin. Ihr Mund und die Augen waren offen, der Blick war starr. Talomar erkannte sofort, daß Hjele Geneder tot war.

»Steh auf!« befahl er Orusit.

Der alte Mann versuchte sich zu erheben, doch seine Knie gaben nach. Er stützte zu Boden ab, hustete trocken.

»Wart Ihr erfolgreich, Talomar? Das freut mich ... ja, wirklich. Es ist gut, daß die Bathaquar vernichtet ist. Ohne Euch wären wir verloren gewesen. Wir ... «

Talomar ohrfeigte ihn. »Halte mich nicht zum Narren! Du hast mich betrogen. Wo sind die Kinder? Hast du sie versteckt?«

Orusit wischte sich das Blut von den Lippen. »Woher soll ich wissen, was die Gören tun? Ich war ja die ganze Zeit hier, bei meiner Schwägerin. Ich habe ihr die Hand gehalten, bis zum letzten Atemzug.«

Talomar spähte auf das verzerrte Gesicht der Toten. »Sie starb keinen friedlichen Tod. Den wirst auch du nicht haben.« Er zog ein Messer vom Gürtel. »Sechs Pfortenritter sind gefallen, um Gehani zu befreien. Wofür, Orusit? Damit ich mich von dir täuschen lasse? Sprich endlich! Es ist mein Recht zu erfahren, wo die Mädchen sind.«

»Dein Recht?« Wieder versuchte Orusit aufzustehen, aber die Beine rutschten fort. »Glaubst du, einen Anspruch auf sie zu haben, weil du einst ihre Mutter geliebt hast? Vergiß nicht, Jundala war Baniters Frau, nicht deine.« Er blickte auf das Bett. »Ich habe selbst die Frau eines anderen geliebt, viele Jahre lang. Aber nie hätte ich gewagt, sie ihm fortzunehmen. Ich kannte meine Pflichten. Kennst du die deinen, Talomar?«

Der Ritter packte Orusit am Bein. Dann zog er das Messer quer über die Sehne hinter seinem Knie. Der feste Hosenstoff zerriß, und ein schmirgelndes Geräusch war zu hören.

Orusit brüllte vor Schmerz.

»Was weißt du schon von mir und Jundala? Was weißt du von Liebe?« Talomar schäumte vor Wut. »Jahrelang habe ich mich auf Aroc verkrochen, in grimmiger Kälte, damit das Brennen in meinem Herzen erlischt, dieses Feuer, diese quälende Flamme. Aber Suuls Hauch war nicht eisig genug! Ich konnte Sinsala nicht vergessen, ich konnte...« Er hielt erschrocken inne.

»Sinsala? Sie ist noch ein Kind!« Orusit starrte den Ritter voller Verachtung an. »Und ihre Mutter hat dich nie geliebt, begreifst du das nicht? Sie vergaß dich am selben Tag, als du fortgingst.«

Die Klinge in Talomars Hand zitterte. »Sie gehört mir. Und du wirst mir sagen, wo sie ist, wenn du nicht ganz zum Krüppel werden willst! Sprich endlich!«

Hinter ihm polterten Schritte. Ein weiterer Pfortenritter stürmte in die Kammer.

»Wir wissen, wo die Mädchen sind, Talomar! Der Wächter am Tor hat gesungen... er half ihnen, aus der Burg zu entkommen. Sie flohen zum Dumer!«

Talomars Gesichtszüge entspannten sich. »Zum Dumer«, flüsterte er. »Dann finde ich sie. Sie werden dem Ufer folgen und Spuren hinterlassen... ja, gewiß.«

»Du kommst zu spät«, keuchte Orusit. »Sie sind längst bei ihrer Mutter ... du kannst sie nicht aufhalten.«

Talomar betrachtete die Klinge in seiner Hand. »Du willst mich wohl quälen, alter Mann. Jundala ist tot. Ich habe sie verloren.«

Er stieß zu.

Orusit sackte zusammen, sein Kopf prallte auf den Boden. Im Tod glich er Hjele, sein Blick starr und voller Furcht.

Talomar warf das Messer fort. »Sattelt mir ein Pferd. Ich werde die Mädchen einholen.«

Jundala Geneder schreckte auf.

Stimmen! Ja, dieses Mal war sie sich sicher. Jemand erklomm den Hügel und kämpfte sich zum Splitternest empor.

*Es müssen die Mädchen sein!* Sie stand auf. Ringsum funkelten die Steinscherben. Ihr Tanz wirkte erhaben. Langsam wanderten sie um den Krater, von den Mächten der Sphäre gelenkt. Sie umkreisten Jundala, als wollten sie sie verehren.

*Stehe mir bei, Laghanos ... laß es nicht zu, daß sie mich fürchten, daß der Anblick meiner Augen sie zurückschrecken läßt. Ich liebe sie so sehr ... bring sie zu mir!*

Sehnsüchtig blickte sie zum Rand des Kraters. Die Sphäre verzerrte ihre Sicht; die goldenen Augen zeigten ihr die Umgebung in fremden Farben, die nicht von der Sonne, sondern von den magischen Strömen geweckt wurden, die in wundervollen Mustern zum Himmel aufstiegen und in das Splitternest zurücksanken, so wie Wellen aus Licht. Für Jundala war das Splitternest ein See der Farben, magisch und tückisch, gefährlich und schön, erschaffen durch den Abdruck des Wanderstabs, den Durta Slargin einst in den Krater gebohrt hatte.

*Du hast mir die Augen geöffnet. Deiner Spur folge ich. Du bist mein Schicksal.*

Nun hörte sie die Kinder rufen, mit hellen, fröhlichen

Stimmen. Dort waren sie: Marisa! Banja! Und Sinsala, ihre schöne, kluge Sinsala!

Jundalas Lippen zitterten, während sie die Namen ihrer Töchter murmelte. Sie hob abwehrend die Hände.

»Wartet!«

Ringsum sanken die Scherben herab, unterbrachen ihren scharrenden Tanz.

»Jetzt... dürft ihr zu mir kommen!«

Die Mädchen wagten sich näher. Marisa war die erste, die in den Krater hinabkletterte und sich Jundala in die Arme warf.

»Mama, endlich sind wir bei dir«, die Worte sprudelten nur so aus ihrem Mund, »es war furchtbar in Gehani, ganz schlimm, mir hat das Herz so geklopft auf dem Turm, als der Priester diese furchtbaren Dinge sagte und tat. Ich dachte, wir sehen dich nie wieder, Mama, nie wieder...«

Jundala strich ihr über das Haar und küßte sie. Dann blickte sie auf Sinsala und Banja. Beide waren zu ihr hinabgeklettert. Sinsala verharrte schüchtern an der Seite ihrer jüngeren Schwester, einige Schritte von der Mutter entfernt.

»Komm zu mir, Sinsala.« Jundala schob Marisa zur Seite. »Wie schön du bist, und wie groß! Bist du ein Stück gewachsen?« Sie tastete nach Sinsalas Hand. »Nun seid ihr bei mir. Ich hatte Angst um euch. Geht es euch gut? Seid ihr...«

»Was ist mit deinen Augen geschehen?« fragte Sinsala. Sie erwiderte den Händedruck nicht.

»Achte nicht auf sie«, bat Jundala. Sie zog das Mädchen zu sich heran, drückte sie an ihre Brust. Sie spürte ein Zittern durch Sinsalas Körper gehen, hörte sie schluchzen. »Bist du mir gram, weil ich dich in Gehani zurückließ? Verzeih mir, Sinsala. Ich hätte dich nicht allein lassen sollen, nicht mit dieser Verantwortung. Aber nun bin ich bei dir und bringe euch fort... durch die Sphäre... zu einer neuen Welt...«

Sinsala löste sich aus der Umarmung. »Eine neue Welt?

Auch dort wird es Priester und Zauberer geben, die uns zum Gehorsam zwingen – so wie Levaste. Ich will das nicht mehr!« Sie sah die Mutter argwöhnisch an. »Was hat deine Augen verändert? War es die Sphäre? War es Tathril?«

Jundala schüttelte den Kopf. Sie wußte keine Antwort.

»Ich will das nicht mehr«, wiederholte Sinsala. »Und ich werde nicht ohne Vater gehen! Er vermißt uns – und wir ihn!«

»Das weiß ich, Sinsala. Auch ich vermisse ihn. Und ich wünschte, wir könnten zu ihm gelangen. Aber Baniter ist an einem Ort, den wir nicht finden können.« *Auf ewig gefangen in der Sphäre, verflucht dazu, Mondschlund zu dienen und über die Stadt aller Städte zu herrschen.* Nun, da sie die Sphäre durchschritten hatte, verstand sie Laghanos' Worte. Die Tore der Stadt Vara, in der Baniter gefangen war, hatten sich geschlossen. Niemand konnte sie öffnen.

»Wir müssen es wenigstens versuchen«, forderte Sinsala. »Wir müssen füreinander eintreten und füreinander kämpfen. Sind wir nicht Geneder? Die Nachfahren der Gründer?« Sie blickte die Mutter trotzig an. »Ich werde dir nicht durch die Sphäre folgen, niemals! Was immer auf der anderen Seite auf uns wartet, eine neue Welt, eine neue Zukunft – es wird von ihrer Macht durchdrungen sein. Wir müssen sie hinter uns lassen! Wir dürfen unser Leben nicht länger von der Sphäre bestimmen lassen!«

Ihre Worte waren entschlossen und ihre Gedanken so klar, daß es Jundala die Sprache verschlug. Auch Banja und Marisa sahen erschrocken zu ihrer Schwester auf. Mochten sie den Sinn ihrer Worte auch nicht begreifen, so spürten sie doch die Wut, die in Sinsala tobte.

»Wir können nicht bleiben«, sagte Jundala schließlich, diesmal mit festerer Stimme. »Laghanos würde uns finden. Er will die Menschen hinter sich versammeln. Niemand darf sich ihm ungestraft widersetzen.«

Sie schloß die Augen. Ein Meer aus Farben umfloß sie, und sie erkannte die glühende Fußspur, die zu Sternengängers neuer Welt zurückführte.

*Seine Macht ist groß ... wenn ich mich von ihm abwende, wird er es spüren. Er wird kommen und mich töten, und auch meine Kätzchen.*

Sie rang um eine Entscheidung.

Ein klirrendes Geräusch riß sie aus ihren Gedanken. Die Steinscherben des Splitternests hatten sich aufgerichtet. Roter Padril und grüner Zindrast, gelber Salphur und schwarzes Sithalit ... sie glommen in der Sonne wie Nadelspitzen. Einige Splitter sprangen auf, zischten wie Funken durch die Luft.

Banja und Marisa klammerten sich aneinander.

»Kommt zu mir«, befahl Jundala. Sie breitete schützend die Arme aus. »Jemand ist euch gefolgt.«

Talomar verlor den Halt. Erdbrocken und Kiesel lösten sich unter seinen Schuhen und rollten den Hügel hinab. Im letzten Augenblick krallte sich seine Hand um einen Wurzelstrunk. Er hielt sein Gewicht.

»Ihr entkommt mir nicht«, knurrte er. »Ich finde euch!«

Er betrachtete seinen zerfetzten Handschuh. Die Goldfäden des eingestickten Krebses hatten sich vollständig aufgedröselt. Nur die Scheren waren auf dem Leder zu erkennen. Er konnte sich kaum noch entsinnen, wie die Stickerei ausgesehen hatte. Wie vergänglich war doch die Erinnerung! Er hatte so vieles vergessen. Jundalas Gesicht. Ihre Abschiedsworte, damals in Gehani. Der letzte Kuß ihrer Lippen, ehe er fortgegangen war. Suuls Hauch hatte alles in ihm abgetötet, und sein Herz war kalt und grausam geworden im Eis von Aroc.

»Gleich bin ich bei euch«, zischte er, während er sich an der Wurzel emporzog. »Ich finde euch!«

Er hatte die Mädchen aus der Ferne erspäht, als er mit seinem Pferd den Dumer entlanggeprescht war. Sinsalas weißes Kleid; die wehenden Haare ihrer Geschwister. Talomar lächelte hämisch. Wie rasch hatte er sie doch eingeholt; die

Spuren im Sand hatten sie verraten, und schließlich hatte er sie den Hügel erklimmen sehen.

»Zum Splitternest wollt ihr also...kein gutes Versteck! Dort oben finde ich euch rasch und strafe euch für die törichte Flucht. Es ist mein Recht! Es ist mein...«

Er spähte über die Kuppe in den Krater. Sogleich mußte er die Augen abwenden, geblendet vom Licht.

Steinsplitter spritzten durch die Luft. Sie warfen vielfarbig das Sonnenlicht zurück, spielten mit den Strahlen. Klirrend und sirrend tanzten sie umher, ihr Funkeln grell. Talomar blinzelte, versuchte etwas zu erkennen.

Zwischen den umherfliegenden Splittern erblickte er die Mädchen. Sie drängten sich um eine Frau mit blondem Haar. Sie sah zu Talomar auf. Goldene Augen, strahlend wie Spiegel. Sie schienen in sein Innerstes zu dringen.

Nun begriff Talomar. Orusit hatte die Wahrheit gesprochen!

Jundala, seine geliebte Jundala...sie lebte! Sie war zurückgekehrt!

Er erbleichte.

»Jundala!«

Er zog das Mondamulett aus der Tasche, umklammerte es fest. Dann erhob er sich.

Die Steinsplitter verharrten in der Luft. Es war, als stünde die Zeit um ihn still. Die Sphäre hielt den Atem an.

Vorsichtig stieg er in den Krater. Seine Hände teilten die schwebenden Steine. Klimpernd glitten sie zur Seite; einige ritzten seine Arme und seinen Hals. Blutfäden perlten unter der Haut hervor. Er achtete nicht darauf, bahnte sich einen Weg durch das unwirkliche Netz aus Splittern.

»Jundala! Du bist es tatsächlich!«

Er stand nun vor ihr. Die drei Mädchen blickten ihn mit großen Augen an. Doch er achtete nur auf sie, auf Jundala. Tränen rannen aus seinen Augen.

»Ich dachte, du wärest tot«, stammelte er, »verschollen, fort für immer.« Er preßte das Mondamulett an seine Brust. »Mondschlund hat dich zu mir geführt, so wie Gubyr es mir versprach. Geh und kämpfe um diese Frau, sagte er... wenn du sie liebst, dann hol sie dir zurück! Wie recht er doch hatte... in allem hatte er recht.«

»Talomar. Nach so langer Zeit treffen wir uns wieder.« Jundalas Stimme ließ nicht erkennen, ob sie überrascht oder erfreut war. »Trägst du noch immer die Fäustlinge, die ich dir schenkte?«

»Ich habe sie nie abgelegt, seit wir uns trennten. Wenn ich sie ansehe, denke ich nur an dich; an die Stunde, als du den Krebs in den Handschuh gestickt hast mit einem Goldfaden. Du sagtest mir damals, der Faden wäre wie unsere Liebe; schimmernd und kostbar, aber zu kurz, um uns ganz zu verknüpfen.«

Jundala schob ihre Töchter zur Seite. Sie trat auf Talomar zu. »Habe ich das gesagt? Dann hättest du auf mich hören sollen, schon früher. Viel zu lange bist du mir nachgerannt. Es hat dir nicht gutgetan, Talomar. Dein Herz ist kalt geworden, weil du nicht loslassen konntest.«

»Ich habe losgelassen«, widersprach er. »Du batest mich damals zu bleiben, als dein Mann wieder einmal für Wochen fortging. Damals war ich es, der dich zurückgewiesen hat! Ich brachte den Mut auf, Gehani zu verlassen...«

»Und doch konntest du nicht loslassen. Wie oft habe ich dir gesagt, daß es ein Spiel ist – alles, was zwischen uns war. Ein Faden aus Gold; er zerreißt leicht und trägt keine Lasten.« Sie legte ihre Hand auf Talomars zerrupften Fäustling. »Dennoch muß es eine Bedeutung haben, daß wir heute aufeinandertreffen. Was führt dich zu mir? Warum suchst du mich nach so langer Zeit?«

»Ich will dich retten«, stieß er hervor. »Ich bringe dich in die Stadt aller Städte, in Mondschlunds Reich.« Zitternd hob er das goldene Amulett. »Die Mondsichel... Gubyr hat sie mir geschenkt, ein Zauberer der Solcata. Er wußte, was mit Gharax geschehen wird; daß diese Welt untergeht und die Sphäre uns knechten will. Nur die Stadt aller Städte bietet uns Zuflucht. Sie nahm die Menschen von Imris auf, und auch uns wird sie ihre Tore öffnen.« Er blickte sie beschwörend an. »Deine Augen, Jundala ... in ihnen funkelt die Macht der Sphäre. Ich habe sie am eigenen Leib erfahren müssen – die zerstörerische Macht, die uns Menschen haßt, unseren Körpern die Wärme neidet. Ich sah mit an, wie die Klaue des Winters Gubyr zerriß. Auch dich wird sie töten, wenn du dich nicht von ihr lossagst. Aber Mondschlund kann dich befreien.« Er nahm ihre Hand, küßte die Fingerspitzen. »Komm mit mir! Zusammen können wir den Weg finden und die Tore der Stadt öffnen. Ich bin kein Zauberer und verstehe nichts von der Magie. Aber ich weiß, daß Mondschlund uns helfen kann. Dann werden wir zusammen sein, für immer.«

Sie entzog sich ihm. »Für uns gibt es keine Zukunft. Mein Herz gehört meinen Töchtern und dem Mann, den ich liebe. Ich werde ihm treu bleiben.«

»Treu? Baniter hat dich doch längst vergessen!« Talomars Mundwinkel zuckten. »Und deine Töchter? Ich war es, der ihr Leben gerettet hat! Frage Sinsala! Die Priester wollten ihr Blut für Tathril vergießen! Ich habe es verhindert!«

Jundala sah ihre älteste Tochter an.

»Er spricht die Wahrheit«, sagte Sinsala mit fester Stimme. »Aber er kam nicht nach Gehani, um dich zu finden. Er kam, um sich zu rächen. Und wären wir ihm nicht entkommen, hätte er dies auch getan. Er hätte uns für seine Enttäuschungen büßen lassen; erst mich, dann Banja und am Ende auch Marisa.« Wut glomm in ihren Augen. »Er liebt nur sich selbst und seinen Schmerz.«

Talomar taumelte, als hätte eine Ohrfeige ihn getroffen. »Glaube ihr nicht, Jundala. Ich liebe dich, allein dich! Seit ich dich sah, seit ich denken kann ... ich hätte dich Baniter nicht überlassen dürfen! Ich hätte um dich kämpfen sollen ...«

»Hör doch auf«, bat Jundala. Sie packte seine Hand. Ihr Griff war stark; die Finger bohrten sich unter den zerfetzten Handschuh. »Du sprichst wie ein Kind, wie der kleine Junge, der du damals warst. Und so war auch deine Liebe zu mir. Kindisch und dumm.« Ihre Augen funkelten. »Werde erwachsen, Talomar. Laß endlich los.«

Sie riß ihm den Handschuh herunter. Die Mondsichel flog empor, glitzerte in der Sonne.

Talomar schluchzte. »Ich liebe dich... ich...«

Ringsum hörte er das Klirren der Splitter. Es war wie damals auf Suuls Nacken, als er in das Herz der Quelle geblickt hatte. Die Macht der Sphäre... ihre böse Macht erfaßte ihn. Die winzigen Steine prasselten auf ihn nieder, durchdrangen seine Kleider, seinen eisernen Helm, das Lederwams. Er stieß einen Schrei aus.

»Jundala...«

Die Splitter schnitten ihm das Wort ab. Ein peitschender Regen riß den Ritter zu Boden, schleuderte ihn auf die Steine.

Sein Körper begann zu kreisen. Das Splitternest trug ihn und nahm ihn in sich auf. Seine Glieder verdrehten sich; der Nacken gab knirschend nach, als die Scherben sich unter die Haut bohrten.

»Seht nicht hin.« Jundala hatte sich den Mädchen zugewandt. In ihrer Hand baumelte die Kette mit der Mondsichel. »Die Sphäre holt ihn zu sich...«

Sinsala stellte sich vor ihre Schwestern und verdeckte die kleinen Gesichter. Banja und Marisa weinten und zitterten am ganzen Leib.

»Du hattest recht, Sinsala. Wir müssen die Sphäre hinter uns lassen. Wir dürfen uns ihr nicht länger ausliefern.« Jundala betrachtete die Mondsichel in ihren Fingern. Ihr Glanz wob einen dünnen Faden aus Licht, zart wie ein Mondstrahl, der sich nur ihren Augen zeigte, nur für sie zu erkennen war. Sie wußte nun, welch kostbares Geschenk ihr Talomar gemacht hatte. Es hatte ihr den Weg gezeigt, um der Sphäre zu entkommen, ohne daß Laghanos sie finden würde.

»Wir werden zusammenbleiben, was auch geschieht, und euren Vater finden.« Sie streckte die Mondsichel der Sonne entgegen. »Wir sind Geneder. Wir lassen uns nicht auseinanderreißen.«

Sie beobachtete die neue Spur, die sich in der Sphäre aufgetan hatte; verhaltener, zarter, unscheinbarer als die Fußstapfen Durta Slargins.

Es waren Mondschlunds geheime Pfade. Die Pforten der Stadt aller Städte. Die letzte Zuflucht der Menschen von Gharax.

KAPITEL 11

# Hunde

Lautes Geheul, blutgieriges Geifern. Schwarze Tatzen schabten auf den Stufen, hinterließen schmale Rillen im Gestein. Die Meute hetzte die Treppe hinab. Ihre Kiefer krachten aufeinander. Einige der Hunde bissen sich gegenseitig in die Flanken, ausgehungert und voller Mordlust.

Die Halle der Bittersüßen Stunden glänzte im Sonnenlicht. Die gläsernen Türme, die sich über dem Badhaus erhoben, reflektierten die Strahlen und verstärkten den Glanz. Doch so freundlich die Sonne auch leuchtete, sie konnte nicht die Zeichen des Niedergangs verbergen. Überall auf Varas Straßen kauerten die gefallenen Geister des Verlieses. Mit bebenden Händen und hängenden Köpfen lehnten sie an Mauern, lagen auf dem Pflaster, in Rinnsteinen, in halb vertrockneten Kanälen, die goldenen Augen zum Himmel gerichtet. Sie waren geschwächt und konnten ihre Glieder kaum rühren. Nur die Lippen bebten.

»WIE SCHÖN SIE IST, UNSERE STADT ... SING UNS VON IHR, MONDSCHLUND ... EIN LETZTES MAL ... VERLASSE UNS NICHT!«

Aber Mondschlund schwieg. Sein Lied war verhallt. Über ihnen war kein Nachthimmel, sondern die strahlende Sonne. Ihre Köpfe warfen keine Schatten auf die Straßen. Alle Macht war verblaßt, und die Schatten, die sie begleitet hatten, waren in das Verlies zurückgekehrt.

»MONDSCHLUND ... VERLASSE UNS NICHT!«

Nun näherte sich die Meute. Das wütende Kläffen wurde von den Hauswänden zurückgeworfen. Schon wetzte ein schwerer Körper mit schwarznassem Fell auf die Geister zu.

Schaum vor dem Maul; gierige Zähne, die sich in die Schulter des erstbesten Opfers gruben.

»VERLASSE UNS NICHT, MONDSCHLUND ...«

Die Augen des Geistes zerschmolzen. Seine Stimme erstarb. Das Geräusch berstender Wirbel, herabklatschenden Blutes, zerreißender Haut. Starre Körper sanken auf das Pflaster und wurden von den Hunden herumgeschleudert wie Puppen.

Dann knallten Stiefel. Ein wehender, schwarzer Mantel. Die Enden eines Barts, die im Takt wuchtiger Schritte tanzten.

Fürst Binhipar Nihirdi durchmaß mit langen Schritten die Gasse. Sein Mund war verhärmt, die Nasenflügel blähten sich. Der rechte Arm war in Blut getaucht, die Finger umklammerten einen Messergriff.

Hinter ihm klirrten die Glieder einer Kette auf den Steinen. Der Fürst hatte sie sich um die Taille geschlungen. So schleifte er seinen Gefangenen hinter sich her – eine Nebelgestalt, die von silbernen Drähten zusammengehalten wurde. Es war der Scaduif Quazzusdon, den die Arphater einst Uliman geschenkt hatten. Er konnte sich kaum auf den Beinen halten. Sein Kopf rumpelte über das Pflaster, die schwarzen Augen waren leer. Den Fürsten kümmerte es nicht.

»Verrat und Zauberei. Damit hat man uns zugrunde gerichtet. Alles, woran wir glaubten. Alles, wofür wir kämpften.« Binhipars Stimme klang dumpf. »Die Ahnen warnten uns, aber wir hörten nicht auf ihre Worte. Nun stehen wir in Sithars Trümmern. Das Reich der Gründer ... zerfallen, zersplittert! Und Vara, das Herz des Südbunds, fiel dem Verrat zum Opfer. Geschändet durch Zauberei, verseucht von Geistern ... das ist dein Werk, Baniter Geneder! Ich weiß es! Ich fühle es!«

Die Hunde sprangen beiseite, als Binhipars Blick sie streifte. Einige der Geister, die sie gerissen hatten, rührten sich noch, auch wenn sie aus mehreren Wunden bluteten. Nun packte Binhipar einen von ihnen am Schopf und starrte ihn an.

»Du kennst seinen Namen, Geschöpf! Baniter Geneder … er hat dich zu uns geschickt! Nicht tot und nicht lebend, kein Mensch und kein Leichnam – will er uns etwa verhöhnen?« Binhipars Mundwinkel zuckten. »Dieses groteske Schauspiel endet nun. Sieh mich an!«

Er hob das Messer.

»VERSCHONE MICH«, murmelte der Geist, eine Frau in der schlichten Tracht der varonischen Bürgerschaft. Sie mußte jung gewesen sein, als die Schatten sie geholt hatten; das Haar in Binhipars Faust war dicht und lockig. »LASS UNS NICHT BÜSSEN FÜR MONDSCHLUNDS VERSAGEN … SEIN GESANG ERREICHT UNS NICHT LÄNGER … ACH, WÄREN WIR NUR BEI IHM GEBLIEBEN … UNTEN IM VERLIES …«

»Dann kehre dorthin zurück, Geist!«

Binhipar zog ihr das Messer über den Hals. Dickflüssiges Blut sprudelte über seine Hand. Er schüttelte es von der Klinge ab.

»Hörst du mich, Baniter?« knurrte er. »Ich schreite durch die Stadt, die du verraten hast. Ich reinige sie von deinem Gift! Du wirst das Erbe der Gründer nicht länger besudeln!«

Er zerrte einen zweiten Geist zu sich empor, öffnete auch ihm mit einem Schnitt die Kehle. Dann schleuderte er den Körper achtlos fort und stieß einen hellen Pfiff aus. Schon stürzten die Hunde herbei und zerrten an den leblosen Gliedern. Binhipar lauschte ihrem Mahl mit grimmiger Freude.

»Ihr alle, die ihr Sithar zerstört habt«, brüllte er zu den gläsernen Türmen empor, »Menschen und Geister, Verräter und Feiglinge … ich warte auf euch!«

Trübe schwappte das Wasser in den Straßen, kräuselte sich im Wind, der von den Dächern herabpfiff. Ein fauliger Geruch lag in der Luft. Mücken schillerten in der Sonne und trieben in Schwärmen über dem Sterbenden Vara, auf der Suche nach warmen Körpern, nach Leben.

Und Vara, jene Stadt, die auf geheimnisvolle Weise mit

anderen Städten verschmolzen war, die Mondschlunds Geschenk an die Menschen und ihre letzte Zuflucht war, hatte diesem Sumpf, dieser nässenden Wunde in ihrer Mitte längst nachgegeben. Sie vertraute ihm immer weitere Straßen und Kanäle an. Das ölige Wasser kroch vorwärts und ergriff Besitz von weiteren Stadtvierteln; küßte die Pforte eines Tempels, dessen Priester vor Wochen geflohen waren; schwappte über den steinernen Sims eines Fensters, um ein Wohnhaus zu überschwemmen. Das Sterbende Vara half dabei, die Stadt zu erneuern, indem es verschlang, was dem Verfall preisgegeben war.

Kreise bildeten sich auf der Wasseroberfläche. Ein Glucksen drang aus der Tiefe; aufsteigende Blasen trieben die Algen beiseite. Prustend streckten zwei Männer die Köpfe aus dem Wasser. Sie rangen nach Luft. Schlick klebte in ihren Haaren.

Baniter blinzelte. Der Gestank des Wassers ließ ihn schwindeln. Frösche quakten in der Nähe. Über ihm schien die Sonne; sie spiegelte sich auf den Flächen der Glasbauten, die wie durchsichtige Schieferplatten den Himmel beherrschten.

*Vara. Meine Heimat.* Mit unbeholfenen Bewegungen hielt sich Baniter über Wasser. *So bin ich tatsächlich zu Hause angelangt und finde die Stadt meiner Vorväter verwandelt vor. Sardreshs Phantasien sind wahr geworden…*

Er sah sich nach Ejo um. Der Arphater war zum Ende der Gasse geschwommen, wo das Wasser zwischen feuchten Steinen verebbte. Baniter folgte ihm. Glitschige Algenfäden blieben an seinen Fingern haften; er zog sie mit sich wie grüne Schleier. Endlich spürte er Grund unter den Füßen und wankte an Land.

»Ich muß Abbitte leisten«, sagte er zu Ejo, der auf ihn wartete. »Ihr habt Euch den Weg durch das Verlies gut gemerkt. Seid Ihr wirklich in diesen Pfuhl hinabgetaucht, um mich zu finden?« Er schüttelte verwundert den Kopf. »Und das alles für Eure Herrin…Ihr erstaunt mich, Großer Ejo.«

Der Schechim gab keine Antwort. Sein faltiges Gesicht wirkte müde. Nun kniete er sich auf die Straße, ohne die

Augen von der Sonne abzuwenden. Er zückte seinen Säbel und hielt ihn ins Licht. Grün schimmerte die Klinge.

*Er ehrt Inthara, Arphats letzte Königin.* Baniter fühlte einen Stich in der Brust. Er rief sich das Gesicht der Königin in Erinnerung, ihre Schönheit und Anmut; den Augenblick, als er ihr das erste Mal gegenübergetreten war, und ihre letzte Begegnung im Palast von Vara, als sie wieder versucht hatte, ihn zu verführen. *Du warst wie die Sonne, Inthara, strahlend und schön. Doch mein Herz hast du nicht entflammen können. Deine Liebe zu mir war töricht und nur ein Teil von Mondschlunds Plan.* Nachdenklich betrachtete er die seltsamen Türme. *Und dieser Plan ist am Ende aufgegangen, selbst wenn Mondschlund es nicht miterleben konnte. Als ich ihm meine Stimme lieh, wandelte sich Vara für immer. Ich kann es nicht ungeschehen machen.*

»Ich werde ihren Mörder finden.« Ejo stieß die Worte unvermittelt hervor. »Der letzte Wunsch meiner Herrin ist erfüllt. Ich habe den Luchs von Ganata aus dem Verlies geholt. Nun geh mir aus den Augen, Baniter Geneder, ehe ich mich vergesse. Denn du hast sie nach Vara gelockt und ihren Tod verschuldet!« Er betrachtete den Säbel in seiner Hand. »Er wird gerächt werden, und auch der Tod ihres Kindes. Der stinkende Hund Binhipar soll arphatischen Stahl schmecken! Ich bin der letzte der Anub-Ejan, mein Atem soll über das zerfetzte Gesicht ihres Mörders streichen! Bei Agihors Zorn, ich werde ihn richten...«

Er hielt inne. Dumpfes Gebell! Blutgieriges Jaulen. Unheimlich hallte es zwischen den hohen Glastürmen umher.

Ejo packte den Säbel mit beiden Händen und sicherte seinen Stand. Baniter wich zurück. *Binhipars Hunde!*

Nun warfen sie sich um die Hausecke; sechs riesige Hunde, triefende Lefzen, blutunterlaufene Augen. Hatten sie die zwei Männer gewittert, oder hasteten sie ziellos durch die Straßen, auf der Suche nach wehrlosen Opfern? Im Blutrausch preschten sie Ejo und Baniter entgegen. In den offenen Mäulern blitzten messerscharfe Zähne.

Der Schechim wartete, bis sie dicht bei ihm waren. Er hob den Säbel. Einer der Hunde löste sich aus der Meute, wetzte schneller. Sprang.

Die Klinge traf ihn in der Luft, spaltete ihm den Schädel. Die Wucht des Schlags ließ den Schechim straucheln. Er fuhr herum, riß den Säbel wieder empor. Jaulend schreckte ein weiterer Hund von ihm fort, tanzte in der Gasse einen Reigen, als jage er seinem zottigen Schwanz hinterher. Blut sprühte in alle Richtungen.

Die übrigen Hunde überrannten Ejo. Er fiel, prallte auf die Steine. Eines der Biester grub die Zähne in seine Wade, ein zweites verbiß sich in seinem klatschnassen Gewand. Die Hände hatte der Schechim noch frei. Sein Säbel wirbelte herum; er führte ihn rückseitig, bohrte ihn dem letzten heranstürmenden Hund quer durch das Maul. Doch nun rissen die anderen zwei Hunde ihn mit sich. Er brüllte, als sie ihn auf die Seite rollten, nach seinen Armen schnappten, ihn…

Baniter erstarrte. Der sechste Hund hatte ihn erspäht. Seine Krallen scharrten auf den Steinen. Ein kehliges, dunkles Knurren. Bernsteingelbe Augen. Er schlich auf den Fürsten zu, fast so, als wolle er sich ihm vor die Füße werfen.

Dann sprang auch er.

Baniter duckte sich, aber zu spät. Ein glühender Schmerz in seiner Seite. Er wankte, klatschte rückwärts ins Wasser. Es drang in seine Nase, füllte seinen Mund. Unter dem rechten Arm, wie eine Wucherung, hing der Hund; er hatte sich in seiner Hüfte verbissen. Baniter packte den häßlichen Schädel des Tiers. Seine Finger gruben sich in die Augenhöhlen.

Das Aufjaulen zerriß ihm fast das Trommelfell. Benommen rollte er sich auf die Seite. Der Hund ließ von ihm ab. Baniter kroch auf allen vieren fort, richtete sich dann auf. Schnellte herum. Der Hund krümmte sich im Wasser. Doch er spürte die Gefahr, erhob sich, hetzte Baniter entgegen. Dieser wich aus, ließ den Ellenbogen auf den Schädel des Hundes niederkrachen. Dann trat er zu, einmal, zweimal, schrie, spuckte, trat und trat, bis das Biest endlich still war, sich nicht mehr rührte, nicht mehr jaulte. Das aufschwappende Wasser trug den blutigen Leib fort, zog ihn hinab auf den sumpfigen Grund des Sterbenden Varas.

Nun sah sich Baniter nach Ejo um. Der Arphater lag auf dem Bauch, reglos, die Glieder weit von sich gestreckt. Drei der Hunde labten sich an seinem Fleisch, ihre Laute gierig und schmatzend.

Der Säbel lag einige Schritt vor dem Schechim. Der Griff war zersprungen, die umgewickelten Lederschnüre hingen schlaff herab.

Zwei Schritte genügten, nicht mehr. Die Hunde beachteten Baniter nicht, als er sich nach dem Säbel bückte, den zerstörten Griff umfaßte. Er schnitt sich unangenehm in seine Handfläche, doch dies kümmerte ihn nicht. Mit einem gezielten Hieb trieb er dem ersten Biest die Klinge in den Rücken. Der schwere Tierleib sackte in sich zusammen. Die anderen zwei Hunde blickten auf. Sie schienen unschlüssig, ob sie weiterfressen oder angreifen sollten.

*Sie sind schuldlos,* fuhr es Baniter durch den Kopf. *Ausgehungert und abgerichtet zum Mord. Gehorsam bis in den Tod. Ja, schuldlos sind sie … und dem, der sie erzog, ist ihr Sterben gleichgültig.*

Er ließ den Säbel niederfahren.

Am Stillen See trafen sie schließlich aufeinander.

Das Ufer war zerfurcht, die Ummauerung geborsten. Auf der Eisernen Insel ruhten die Trümmer des Turms Gendor; zersprungene Mauern, Reste des kupfernen Firstes. Aus dem See ragten unwirkliche Brocken auf, gläsern und spröde wie Eis. Es waren Teile der wahnwitzigen Gebäude, die Sardresh von Narva ersonnen hatte. Sie hatten sich nicht ganz aus dem Verlies befreien können, und doch glänzten sie in der Sonne und begrüßten den neuen Tag.

Fürst Binhipar stand schon eine ganze Weile am Ufer. Die langen Haare hingen wirr in sein Gesicht, der Mantel wallte wie eine blutige Fahne. Die geflochtenen Enden des Barts hatten sich aufgelöst. Borstig standen sie vom Kinn ab.

In respektvoller Entfernung hatten sich einige Menschen versammelt, um die fünfzig Männer und Frauen. Es waren die Überlebenden von Vara…jene zumindest, die sich aus ihren Verstecken gewagt hatten. Die Kleider waren zerlumpt, die Mienen erschöpft. Es war nicht zu erkennen, wer von ihnen Varoner und wer Flüchtling, wer Ritter und wer einfacher Bürger gewesen war. Das Schicksal hatte sie geeint. Keiner trug eine Waffe. Sie hatten aufgegeben, sich gegen die Schrecken zu verteidigen.

Ihre Augen hingen an Binhipars Lippen.

»Vara gehört wieder den Menschen.« Der Fürst sprach die Worte auf den See hinaus. »Unsere Feinde wollten sie zu einer Stadt der Geister machen. Diesen Bann habe ich gebrochen. Das Erbe der Gründer…ich bewahre es, als letztes Glied des Silbernen Kreises.«

Vor ihm kauerte der Scaduif. Die neblige Haut waberte zwischen den Ketten, drohte sich ganz zu verlieren. Noch wohnte ein Funken Leben in dem Goldéi, doch er war dem Tod nahe.

Binhipar ließ die Kette fallen, mit der er Quazzusdon gefesselt hatte. »Sein Heer wird kommen, um Vara dem Erdboden gleichzumachen. Ich fürchte die Goldéi nicht! Das Reich der Gründer wird niemals untergehen, solange einer ihrer Erben das Haupt aufrecht hält.«

Er hörte ein Murmeln aus der Menge. Die Leute spähten zum Ende des Platzes, der dem See vorgelagert war. Auch Binhipar wandte sich um.

Ein Mann näherte sich. Sein Gang war schleppend. Er blutete aus der Hüfte. Ein arphatischer Säbel glänzte in seiner Hand, und Algenfäden hingen von seinen Kleidern wie ein bizarrer Schmuck.

So trafen sie aufeinander, am Ufer des Stillen Sees: die letzten Fürsten des Silbernen Kreises.

»Ich habe dich erwartet.« Eine gefährliche Ruhe lag in Binhipars Worten, als er den Nahenden begrüßte. »Dein Weg hat dich zum Stillen See geführt. Hier stand der Turm Gendor, das Wahrzeichen deiner Familie... Sieh gut hin, Baniter! Es ist zerfallen, wie deine Lügen. Dein Verrat ist gescheitert.«

Baniter war in sicherem Abstand stehengeblieben. Er preßte die linke Hand auf seine blutende Wunde. »Du nennst mich einen Verräter? Wie wenig hast du begriffen! Du weißt nichts von der Macht der Sphäre.«

»Ich weiß genug.« Binhipar sah zu den Türmen auf, die aus den Gassen emporragten. »Du hast Vara den dunklen Mächten ausgeliefert; dem Wahnsinn, dem Umsturz. Zauberei und Verrat! Aber das Erbe der Gründer kannst du nicht auslöschen.« Er schlug den Mantel zurück und zog sein Messer vom Gürtel.

»Ach, die Gründer«, seufzte Baniter. »Du solltest aufhören, sie zu vergöttern. Die Ketten des Silbernen Kreises sind zersprungen. Außer uns beiden sind alle Fürsten tot oder verschollen. Glaubst du noch immer, wir wären zu Herrschern berufen? Unsere Macht wurde uns von den Zauberern der Sphäre verliehen, von Mondschlund und Sternengänger. Es steht uns nicht zu, über die Menschen zu gebieten.«

»Was redest du da? Willst du mich wieder täuschen?« Binhipar schnaubte auf. »Du hast die Schatten auf Vara losgelassen, bis die Menschen sich im Wahn die Augen herausrissen und zu Geistern wurden. Und ich habe alles verloren, meinen Sohn, meine Frau – nur nicht den Verstand!«

»An meinen Fingern klebt Blut, gewiß. Aber auch an deinen!« Nun konnte auch Baniter seinen Zorn nicht länger verbergen. »Durch deine Hand starben Inthara und ihr Kind; ein Mädchen, wenige Stunden alt. Es war meine Tochter, du Hund! Ich kenne deine Schuld! Ich weiß, wie du Akendor all die Jahre lang gequält hast, ich weiß, wie Syllana Nejori starb, seine Frau... auf einer Lichtung, zerrissen von deinen Hunden. Nein, du hast kein Recht, mich zu verurteilen.«

»All dies mußte getan werden, um Sithar zu schützen.«

Binhipar sprach halb zu ihm, halb zur Menge. Es klang so, als wolle er sich verteidigen. »Wir, Baniter, sind nichts. Unsere Wünsche zählen nicht, nicht unsere Träume, nicht unser Wohlergehen. Der Silberne Kreis wurde erschaffen, um Sithar zu erhalten. Dafür habe ich gekämpft, mein Leben lang. Zweimal mußte ich mit ansehen, wie ein Geneder den Kreis verriet; und zweimal habe ich mich den Verrätern entgegengestellt, erst deinem Großvater, dann dir. Und sieh, ich tue es wieder! Du wirst nicht über Vara herrschen.«

»Das will ich auch gar nicht«, antwortete Baniter. »Ich habe die wahren Herrscher der Welt gesehen; die Sklaven der Sphäre, gefesselt an eine Tafel, wo sie von unendlicher Macht träumen und den Menschen ihre Pläne zuwispern. Wir alle dienten ihnen; manche, ohne es zu wissen, andere aus törichter Gier. Zu welcher Gruppe zählst du, Binhipar?« Er schritt langsam näher. »Du brüstest dich damit, dem Rat der Ahnen zu folgen. Nun, diesen Rat kenne ich. Brachte er dich dazu, die Gefahr der Goldéi zu verkennen? Ließ er dich dem Irrtum erliegen, daß Uliman ein besserer Kaiser wäre als sein Vater?« Er nahm die linke Hand von seiner Wunde und streckte sie Baniter entgegen. »Sieh, Binhipar... an meinen Fingern klebt Blut. Aber auch an deinen! Auch an deinen!«

Binhipar lief rot an. Die Narbe am Hals trat deutlich hervor. »Geschickt sind deine Worte. Du mischst Wahrheit und Lüge wie ein Meister und wälzt deine Schuld auf mich ab.« Er streifte den Mantel ab und ließ ihn zu Boden sinken. »Ich habe genug gehört! Du hast das Erbe der Gründer verraten, ich aber will es bewahren. Sithars Schicksal entscheidet sich zwischen uns.«

*Und welch seltsame Entscheidung dies ist,* dachte Baniter. *Wir wählen zwischen dem alten Weg und einem neuen, den niemand kennt. Du, Binhipar, folgst dem Pfad der Narren, die sich von Sterngänger täuschen ließen. Und ich?* Seine Augen waren auf das Messer in Binhipars Hand gerichtet. *Wenn ich daran denke, was ich getan habe und was mich dazu trieb, muß ich innehalten. Zuviel habe ich in der Sphäre gesehen, als daß ich länger auf diesem Irrweg schreiten kann.*

Binhipar Nihirdi wandte den Kopf. Er stieß einen Pfiff aus.

Aus der Ferne hallte die schaurige Antwort, ein wütendes Gebell.

Baniter erblaßte. *Die Hunde! Einige der Biester sind noch am Leben.*

»Zerquetschen werde ich dich«, hörte er Binhipars Stimme, »so wie die Hure aus Arphat und ihren Wurm. Zerquetschen wie die Geschöpfe, die du nach Vara gebracht hast. Ich reinige diese Stadt von deinem Gift.«

Dann warf er sich mit lautem Brüllen auf Baniter. Dieser blieb wie gelähmt stehen. Er vergaß den Säbel in seiner Hand. Vergaß Binhipars Messer. Erst als er den glühenden Schmerz in der Schulter spürte, als sein Kopf gegen Binhipars Brust prallte und seine Finger sich in die schweißnassen Kleider des Gegners gruben, erwachte er aus der Erstarrung.

*Sternengänger … nun verstehe ich deine Sehnsucht, in einen Körper zurückzukehren.* Er klammerte sich an Binhipar, der die Klinge aus seiner Schulter herausriß. Er hörte den Laut der reißenden Sehnen. Blut strömte an seinem Hals herab, warm und klebrig. *Ja … süchtig sind wir nach dem Leben … der Schmerz erinnert uns daran, wie wir beschaffen sind … aus Blut und verletzlicher Haut … ein pochendes Herz … und schwaches Fleisch … wir wollen nicht loslassen … denn mit dem Tod schwindet alles … nichts bleibt uns nach dem letztem Atemzug als unsere ewige Schuld.* Er keuchte. Sein Säbel fiel scheppernd zu Boden. Er umschlang verzweifelt Binhipars Leib.

*Wenn ich jetzt sterbe … muß ich dann in der Sphäre weilen … als Geist … so wie Mondschlund und Sternengänger … verflucht zu ewiger Qual … oder finde ich … Frieden?*

»Laß mich los«, fauchte Binhipar ihm ins Ohr. Wieder hieb er mit dem Messer zu, doch Baniters Umklammerung bremste die Wucht seines Stichs. Die Klinge rutschte ihm aus der Hand. »Laß mich los, Verräter!«

Baniter hörte nicht, sondern schmiegte sich an ihn. Blut floß an den zwei Fürsten herab, ein warmer Strom, der sie benetzte und ihre Körper vereinte wie Liebende.

»Laß los«, schrie Binhipar. »Laß los und stirb!«

*Aber ich will leben,* dachte Baniter. *Ich will nicht loslassen.* Sein Kopf rauschte. Rote Schleier tanzten vor seinen Augen. Er hörte das Bellen von allen Seiten, das schäumende Knurren der Hunde. Er erfaßte aus den Augenwinkeln ihre Umrisse, schwarze Schatten, die auf ihn zuflogen, scharfe Zähne, die nach ihm schnappen, dampfende Mäuler, die sein Blut leckten, die ihn…

Binhipar brüllte auf. Er versuchte Baniter zurückzustoßen, die Umklammerung zu sprengen. Es gelang ihm nicht.

»Laß mich los, Baniter…einer von uns…muß das Erbe der Gründer weitertragen…laß mich los…«

Baniter nickte langsam. Er lockerte die Arme. Stolperte von Binhipar zurück. Starrte entsetzt auf die Hunde.

Sie hatten sich in den Beinen des palidonischen Fürsten verbissen, in seiner Hüfte, in seinen Stiefeln. Kehlige Laute, wütendes Geheul. Einer der Hund zerfleischte Binhipars Hand. Der Fürst brüllte vor Schmerz und Angst. Blut troff von seinem Bart.

*Es ist mein Blut, das an ihm klebt…aber warum zerreißen sie ihn und nicht mich…warum ihn…und nicht mich?*

Ihre Blicke trafen sich. Binhipar sah ihn an, voller Unverständnis. Seine Lippen formten Baniters Namen.

Dann brachte die Meute ihn zu Fall. Er krachte auf das Pflaster. Hob die unversehrte Hand, ballte sie zur Faust, schlug nach den enthemmten Tieren. Sie stürzten sich auf sein Gesicht, verbissen sich in seinen Wangen, in seinem Hals. Ihre Schnauzen glitzerten rot.

*Schuldlos und ausgehungert. Abgerichtet zum Mord.* Baniter wandte sich ab. *Du selbst hast sie dazu gemacht. Ihr Haß ist der deine. Die Wesen, die du geknechtet hast, wenden sich gegen dich. Ist es nicht seltsam, wie sich die Dinge wandeln?*

Er wankte auf die Menge zu. Die Menschen hatten dem Ringen der Fürsten schweigend zugesehen. Nun kamen sie Baniter entgegen. Einige Männer griffen seine Arme und stützten ihn. Er ließ sich von ihnen tragen. Eine Frau drückte ein Tuch auf seine blutende Schulter.

*Herrscher waren wir, Binhipar…Fürsten des Silbernen Krei-*

*ses. Nun müssen wir aller Macht entsagen, uns von ihr frei machen.*

Er blickte zum Himmel auf. Die gläsernen Türme schimmerten freundlich in der Sonne.

*Beginnt nun der Frieden, den Nhordukael versprochen hat? Ich wünschte es.*

Er lächelte.

KAPITEL 12

# Schwärze

Sie stießen den Mann zu Boden. Zitternd stützte er sich mit den Händen im Gras ab. Er war ein alter Schuster aus Venetor, sein Gesicht wettergegerbt. Als die Gyraner ihn am Schopf packten und zwangen, aufzublicken, schluchzte er.

»Was siehst du, alter Mann? Sprich!«

Nieselregen sprühte ihm ins Gesicht. An den Nasenflügeln bildeten sich Tropfen und kullerten herab. Er achtete nicht auf sie, sondern blickte geradeaus. Hinter ihm hörte er die Schreie seiner Söhne, seiner Frau. Die Gyraner hatten sie alle zu Venetors Nadel geschleift, ohne Ausnahme.

»Sag uns, was du siehst!«

»Festes Land«, flüsterte der Schuster. »Wehendes Gras. Eine Weide, die bis zum Horizont reicht. Ich sehe sie ganz deutlich!«

Er log. Vor ihm lag der See Velubar, seine Farbe schmutzigbraun wie eh und je. Der Regen trommelte auf der Wasseroberfläche, und Wellen schlugen an das Ufer.

»Ja, üppiges Gras, die Halme wogen und rauschen«, er redete hastig weiter, »und Schmetterlinge tanzen über ihnen. Sie fliehen vor dem Regen … nun laßt mich los, bitte, laßt mich los.«

Er sah zu seinen Peinigern auf. Hinter ihm standen zwei Igrydes. Auf ihren Rücken waren Brashii und Schwertscheiden festgeschnallt, und sie trugen lederne Röcke mit eingewirkten Stahlscheiben. Sie waren gerüstet für eine Schlacht.

»Schmetterlinge«, höhnte einer der beiden. »Ich glaube, er lügt. Er sieht die neue Welt nicht.«

»Er sieht sie nicht«, bestätigte der andere. »Unser königlicher Bruder warnte uns vor jenen, die die Augen nicht öffnen wollen.«

»Aber ich sehe das Land ... ich schwöre es!« Der Schuster schluchzte. »Glaubt ihr mir nicht? Zeigt es mir ... sagt mir, was ich sehen soll ... dann will ich es versuchen!« Sein Kopf fuhr zum See herum. Er riß die Augen auf, blinzelte angestrengt.

»Der König duldet es nicht«, hörte er den ersten Gyraner raunen. »Wer das Land nicht sieht, gefährdet Tarnacs Herrschaft. Wir müssen uns lossagen von Gharax. Wir müssen unsere Augen der Zukunft öffnen.«

»Aber das will ich doch ... ich will es so gern ...« Der Schuster glaubte nun tatsächlich, Schemen über dem See zu erkennen, unförmige Gestalten, die im Nieselregen tanzten. Aber es waren nur Schleier, die der Wind vor sich hertrieb; kein Land weit und breit. »Helft mir doch.«

Grob zerrte der erste Gyraner ihn vom Ufer zurück. »Öffne die Augen. Für Tarnac von Gyr und die neue Welt.«

Der Schuster sah einen Dolch aufblitzen. Schon schnitt die Klinge quer über sein Gesicht, von der linken Schläfe über die Nasenwurzel bis zum rechten Ohr. Die Welt um ihn verwandelte sich in einen roten Strom, der auf ihn einstürzte, ihn fortriß, ihn allein ließ mit jenem letzten, furchtbaren Bild: ein dreckiger, blutüberströmter Acker, zertreten, modrig, die Pfützen rotgefärbt. Der Wind trug die Klänge der Brashii an sein Ohr, und seine Schreie mischten sich mit jenen der anderen Geblendeten.

Für die Menschen von Venetor erlosch eine Welt. Verzweiflung und Entsetzen traten die Herrschaft an, und Dunkelheit.

Die Brashii waren bis zum Haff zu hören. Ihre schaurigen Weisen hallten durch die offenen Fenster des Turrals, der alten Prunkhalle der vodtivischen Herrscher. Innen herrschte Unruhe. Gyranische Kriegsherren rannten umher, ließen sich von ihren Knechten in die Rüstungen helfen, gürteten Waffen um. Einige eilten durch die geöffneten Flügeltüren nach draußen in den Regen; andere warteten vor den goldenen Wänden auf ihren König.

Tarnac von Gyr war die Ruhe selbst. Auch er hatte einen Brustpanzer angelegt. Den Kopf schützte ein rostbrauner Helm, ein dünnes Schwert ruhte in seinen Händen. Langsam schwang er es umher, lauschte dem Pfeifen der Klinge in der Luft. Seine Augen waren auf die Schwertspitze gerichtet.

»Ein letzter Krieg. Eine letzte Schlacht, um die Menschheit zu einen.« Seine heisere Stimme war kaum zu verstehen. »Gharax liegt hinter uns, und die Zukunft ist ungewiß. Das Kind Laghanos weigert sich, sie uns zu enthüllen.« Er ließ die Klinge in die Schwertscheide gleiten, die am Gürtel festgezurrt war. »Ich hätte es nicht für möglich gehalten, daß mich jemand herausfordert. Eshandrom von Kathyga erhebt Anspruch auf die Königswürde, er fordert mich zur Schlacht. Wie dreist und wagemutig! Denn auf dieser Welt darf es nur einen König geben; einen Retter, einen Erben des Kindes.« Sein Tonfall wurde schärfer. »Ein letzter Krieg, der die Erinnerung an Gharax auslöscht. Eine letzte Schlacht, um alte Feindschaft zu überwinden. Ja, ich stelle mich Eshandrom, damit die Menschheit geeint bleibt.«

Sein Blick wanderte zu Delifor. Der junge Priester hockte auf einem Schemel in der Nähe; in den Händen hielt er eine Pergamentrolle. Mit einem Kohlestift kritzelte er Schriftzeichen auf die Tierhaut.

»Zweifelst du daran, Delifor? Glaubst du nicht an die Einheit der Menschen?« Tarnac beobachtete den Priester aus zusammengekniffenen Augen. »Wir müssen uns von dem Haß befreien, der auf Gharax die Völker aufeinanderhetzte... in einer letzten, furchtbaren Schlacht. Der Kopf eines Königs wird rollen, seine Züge entstellt und sein Name vergessen werden. Dann erst herrscht Einheit.«

Delifor sah auf. Er hatte die Haare zusammengebunden,

seine Wangen waren unrasiert. Er wirkte erschöpft. »Ich glaube Euch, mein König. Ihr wollt unser Bestes, und ich schreibe Eure Taten gewissenhaft auf, für die Nachwelt. Aber ich will sie auch verstehen.« Er zögerte. »Warum reicht Ihr Eshandrom nicht die Hand zum Frieden? In dieser Schlacht werden so viele sterben, die schuldlos sind. Und warum raubt Ihr den Menschen von Venetor das Augenlicht? Was haben Sie getan, daß Ihr sie auf diese Weise straft?«

»Wir müssen eins sein«, beharrte Tarnac. »Unsere Augen müssen dasselbe sehen, unsere Herzen dasselbe lieben. Natürlich werden viele sterben. Einige werden verhungern, andere nach Gharax zurückkehren wollen und im Silbermeer ersaufen. Am Ende aber wird die Menschheit geeint sein – unter meiner Herrschaft. Blut von meinem Blut, Fleisch von meinem Fleisch, beseelt von meinem Willen.« Seine Worte klangen beschwörend. »Für die Zukunft lohnt es sich, ein solches Opfer zu bringen. Wer jetzt feige ist, vergeht sich an unserem Schicksal und handelt selbstsüchtig … so wie Ashnada, meine schöne und wilde Schwester. Sie wollte sich nicht opfern und verleugnete alles, was sie zu einer Igrydes machte: ihre Heimat, ihren Stolz und die Liebe zu ihrem König. Sie richtete das Schwert gegen mich, weil sie mit sich uneins war. Nur der Tod konnte ihr den Frieden zurückbringen; und ich schenkte ihn ihr, als ich sie nach Tyran sandte.« Tarnacs Augen glitzerten grausam. »Es gilt für uns alle, für jeden, den das Kind Laghanos gerettet hat. Wir müssen uns opfern und Gharax vergessen. In uns stirbt das Alte, Vergangene, damit das Neue heranwachsen kann. Nur so werden wir eines Tages stark genug sein, zurückzukehren.«

Delifor runzelte die Stirn. »Ihr sprecht in Rätseln, mein König.«

»Das Armband.« Tarnac krempelte den Ärmel seines Gewands hoch. Der Turmbinder blitzte unter dem Stoff auf. »Das Schicksal hat es mir zugespielt. Eines Tages wird einer meiner Nachfolger mit seiner Hilfe das Silbermeer überqueren und die Goldéi verjagen. Wenn ich erst Eshandrom besiegt habe, lasse ich das Dorf niederbrennen, in dem es gefunden wurde. Niemand darf von dem Armband erfahren; nur dir vertraue ich sein Geheimnis an, dir und deinen Schriften.«

Delifor erblaßte. »Und die Fischer? Was wird aus ihnen, und was aus dem Gefangenen am Pfahl?«

»Diese Schurken haben mir noch nicht alles über den Turmbinder erzählt. Aber das werden sie, wenn ich erst Zeit finde, mich mit ihnen zu befassen. Solange lasse ich sie nicht aus den Augen. Sie werden heute mit mir in die Schlacht ziehen, an meiner Seite untergehen oder leben, wie das Schicksal es bestimmt.«

Tarnac der Grausame griff nach einer Brashii, die vor ihm auf dem Boden lag. Er legte die Hand auf das Griffbrett, drehte behutsam an der hölzernen Spindel, die die Saiten anschlug. Ein klarer, strahlender Ton fügte sich in die Melodien, die durch das Fenster des Turrals drangen.

In der Halle senkten die Gyraner die Häupter, um den König zu ehren. Er würde sie in die Schlacht führen und siegen.

Rauh schlug der Wind an die Küste. Das Wasser in der kleinen Bucht schäumte, die Dachschindeln der Hütten klapperten. Über dem Fischerdorf Rhagis dräute ein bleierner Himmel. Es würde bald regnen, so ahnten die Bewohner des Dorfs. Naßkalte Tage standen ihnen bevor, in denen man besser nicht vor die Tür ging, geschweige denn aufs Meer hinausfuhr; Tage, in denen man sich am besten in der warmen Stube zusammenkauerte und die Mägen mit ein paar ›Raschen‹ besänftigte.

Hoch oben auf einem Felsen stand einsam und windschief die *Rote Kordel*, das wildeste Gasthaus Morthyls, gefeierter Ort der Verwerfung und Freude, des Umtrunks, der Unzucht, Suffhaus und Suppenstube, kurz – das pochende

Herz des verschlafenen Dorfs. Heute aber brannte kein Licht hinter den Fenstern. Die Tür war verriegelt. Auf der steilen Treppe, die zum Dorf führte, stieg der Gastwirt Stolling Stufe für Stufe hinab. Den eisernen Schlüssel, mit dem er die Tür versperrt hatte, hielt er in der Hand.

»Die *Rote Kordel* schließt«, wisperte Cornbrunn in Aelarians Ohr. »Es muß Jahre her sein, daß die Leute von Rhagis einem so schmerzlichen Ereignis beiwohnten.«

Die zwei Troublinier hatten sich unter die Fischer gemischt, die sich am Fuß des Felsens versammelt hatten. Cornbrunn hatte den Arm um den Großmerkanten gelegt, teils weil ihn fröstelte, teils weil ihm bang zumute war.

»Spotte nicht.« Aelarian betrachtete die silberne Kette, die der Schattenspieler ihm geschenkt hatte. Matt glänzte sie in seinen Fingern; die Falkenplakette ruhte auf dem Handballen. »Es wäre besser gewesen, Rhagis zu räumen. Zumindest konnten wir die Sturköpfe überzeugen, ihre Kneipe zu verlassen. Sie halten sich ja offenbar für gefeit gegen jede Art von Magie.«

»Ihr spürt Ulimans Nähe, nicht wahr? Der Schwarze Schwan folgt der Fürstenkette. Nun, ich verstehe nichts von diesen Dingen; aber eins weiß ich: dem Biest will ich kein zweites Mal begegnen.« Cornbrunn zögerte. »Werft die Kette doch einfach fort, Aelarian – ins Meer! Laßt den Schwan im Verlies umherirren, lockt ihn nicht herbei!«

»Uliman wird den Ausgang auch ohne die Kette finden. Aber da er unserer Spur folgt, sind wir in der glücklichen Lage, ihn aufhalten zu können.« Aelarian tastete nach Cornbrunns Hand. »Ich darf nicht zulassen, daß er die Welt ins Unglück stürzt. Uliman ist ein Kind. Rumos kann unmöglich alles Gute in ihm zerstört haben.«

»Glaubt mir doch, Großmerkant: Der Schwarze Schwan trägt nichts von Eurem Zögling in sich. Eure Lehrstunden haben wenig gefruchtet! Wenn er uns findet, sind wir verloren.«

»Verloren sind die, die sich selbst verloren geben«, schnarrte hinter ihm die Stimme des alten Schnappes. »Der

Mensch ist geboren, um sich auch in schwerer Stunde zu finden. Das lehrt uns schon der Wind! Er ist der Zuchtmeister der Frierenden, er treibt uns zusammen, weil wir uns nach Wärme sehnen. So ist es auch mit der Zuversicht – sie überkommt die Verzagten, nicht die Furchtlosen!« Schnappes hatte seine Arca schräg über die Stirn gezogen; ein Wollschal schützte seinen dürren Hals. Gebeugt stand er hinter den Troubliniern und hielt den befeuchteten Zeigefinger in den Wind. »Ja, ein strenger Zuchtmeister«, fuhr er fort. »Er schlägt uns steif ins Gesicht, und wenden wir uns ab, bläst er von der Gegenseite und straft uns mit Backpfeifen. Was hilft's da, fortzurennen? Wir müssen uns ihm stellen, stramm wie ein Segel. Nur so kommen wir vorwärts, wir Windgepeitschten.«

»Für deine Vergleiche sollte dich nicht nur der Wind peitschen«, knurrte Aelarian. »Das ist kein Spiel, Schnappes! Wenn der Hauch von Nekon über dein Dorf weht, dann bete darum, daß der Wind ihn weiterträgt! Aber das wird er nicht... der Hauch wird euch alle ersticken.«

»Unterschätze uns nicht«, protestierte der alte Muschelsammler. »Immerhin sind wir Varyns Nachfahren. So leicht pflückt uns kein fauler Zauber aus der Schale.«

»Schnappes hat recht.« Stolling hatte inzwischen die Versammlung erreicht. Unwirsch baute sich vor den Troubliniern auf. »Wir sind bestens vorbereitet. Der Keller der *Kordel* ist verrammelt, die Türen sind zugenagelt. Den Vogel möchte ich sehen, der da hineinflattert.«

»Auch wir kamen hinein«, rief Cornbrunn ihm in Erinnerung. »Das Verlies öffnet sich, wann immer es will, nach Lust und Laune.«

»Fast so wie du, Stolling«, unkte ein Scherzbold aus der Menge. Er erntete verhaltenes Gelächter.

Stolling warf finstere Blicke in die Menge. »Heute auf jeden Fall bleibt der Schenker geschlossen. Für die Ungehobelten unter euch auch länger!« Er fuhr zu Aelarian herum. »Hoffentlich weißt du, was du tust, Rotbauch. Schlimm genug, daß du Mäulchen, Ungeld und Parzer im Stich gelassen hast – nun lockst du auch noch einen Fluch nach Rhagis. Nicht, daß wir Angst davor hätten. Der Leuchtturm schützt uns Erben Varyns vor magischem Unbill. Aber heute abend will ich im Schankraum das fröhliche Klappern der Tonschalen hören, kein Trauergeheul.«

»Nein, Stolling, kein Trauergeheul. Nur gräßliche Stille. Sonst nichts.« Aelarian drängte sich an Cornbrunn, um seine Nähe zu spüren. »Es ist soweit. Die Kette brennt in meiner Hand, mein Hals fühlt sich rauh an. Die Sphäre greift nach dem Felsen.« Er sah zur *Roten Kordel* auf. »Uliman ist nah.«

Der Regen hatte den Acker aufgeweicht. Er war nun ein schlammiger Sumpf, jeder Schritt wurde zur Qual. Die Stiefel der Gyraner sackten tief ein; die Waffenröcke drückten sie zu Boden, und viele hatten die Helme abgenommen, um sich von der Last zu befreien. Sie kamen langsam voran. Der Morast zwang sie alle in die Knie; die Krieger und Waffenknechte, die Igrydes und königlichen Wachen. Fast zehntausend Mann waren es, die meisten von ihnen Gyraner, aber auch Candacarer, Kathyger und Sitharer, die sich Tarnac ergeben hatten. Ein mächtiges Heer ... aber es marschierte nicht, es kroch.

Inmitten des Zugs glitt ein riesiger Schlitten durch den Dreck; ein Ungetüm aus knotigem Holz, beladen mit Waffenkisten und Schleudern. Er maß wohl acht Schritt in der Länge und war so schwer, daß zehn Leute ihn schleifen mußten. Mit Seilen zerrten sie ihn durch den Dreck; die Trossen zerfetzten ihre Kleider, die Stiefel blieben mehr als einmal im Grund stecken. Aber der gyranische Antreiber gab keine Ruhe.

»Zieht! Zieht endlich, Pack!« Das Ende seiner Peitsche knallte über den Köpfen der Gefangenen.

»Jaja, zieht, zieht«, schnaufte Ungeld. »Es fiele mir leichter, wenn ich den Strick ihm oder seinem König um den Hals legen könnte. Dann würde ich mit aller Kraft ziehen, das dürft ihr mir glauben.« Der Netzknüpfer aus Rhagis war ein rundlicher Kerl mit unrasiertem Gesicht und einem Turban aus zerschlissenen Fischernetzen. Er zog ganz vorne am Schlitten. Das Seil hatte sein Wams an der Schulter aufgescheuert, die Haut lag bloß.

»Äch ne. Jetzt spuckst du große Töne, wo du sonst immer feige den Schwanz einziehst.« Neben ihm rackerte sich Parzer ab. Der tolldreiste Fischer hatte noch längst nicht verwunden, daß er mit seinen Freunden Ungeld und Mäulchen in Gefangenschaft geraten war. »Wärst du damals nur so tapfer auf die Gyraner losgegangen, als wir ihre Galeere verfolgten! Dann wären wir jetzt nicht hier, und König Tarnac würde Schlamm aus meinem Stiefel saufen.« Parzers Gesicht glänzte vor Regen und Schweiß; aus dem Kinnbart troff das Wasser wie aus einem vollgesogenen Schwamm.

»Das bezweifle ich«, stöhnte hinter ihm Schalim. »Ganz ehrlich, Parzer, nur ein Tor hätte sich zur Wehr gesetzt. Wir können froh sein, daß Tarnac uns am Leben ließ.« Seufzend zerrte der Prasser an dem Seil. Er war hocherfreut gewesen, als die Gyraner ihn von dem Pfahl am Haff losgebunden und zu den anderen zurückgeschickt hatten. Um so mehr verfluchte er die Demütigung, die ihm hier zuteil wurde. Den Schlitten zu ziehen war niederste Sklavenarbeit, und entsprechend unverstanden fühlte sich Schalim.

»Hast du Angst vor dem König, Prasser?« höhnte neben ihm eine Frauenstimme. »Er hat dich wohl am Haff gut weichgeklopft.« Mäulchen, die einzige Frau unter den Gefangenen, zog nicht an dem Schlitten. Sie begleitete gefesselt den Zug. »Statt zu klagen, solltest du lieber nachgrübeln, wie wir uns an Tarnac rächen könnten.«

»Den König noch einmal herausfordern?« Schalim schüttelte den Kopf, so daß seine Locken umherflogen. »Bloß nicht. Der läßt uns am Ende noch umbringen, und mich stellt er wieder gegen den Pfahl. Elend ging es mir dort, ich hatte schon mit dem Leben abgeschlossen. Daß er mich wieder mit euch zusammengeführt hat – auch mit dir, herbe Schönheit –, ist ein Segen.«

Mäulchen rümpfte die Nase. »Tarnac brauchte eben ein paar starke Arme, die seinen Schlitten zerren. Da kamst du gerade recht.«

»Ja, er braucht jeden, der das neue Land sehen und betreten kann.« Keuchend drückte der Prasser das gespannte Seil mit der Schulter voran. »Ach, ich bin für diese Arbeit nicht geschaffen, nicht ich, nicht mein Körper. Tanz, Musik, ein schöner Bauchnabel, aus dem ich perlenden Wein trinken kann, zwei Schenkel, die mich nach einem heißen Tag knakken wie eine Nuß... das ist mein Leben.«

»Äch ne! Eine Nuß!« Mißmutig trat Parzer gegen den Schlitten, der sich kaum voranbewegte. »Und überhaupt, was machen wir hier eigentlich auf diesem Schlammfeld? Wir, die Erben Varyns, ziehen Tarnacs Waffenkisten! Dieser Kotwurm...«

»Ruhe da vorne!« Der gyranische Aufseher ließ erneut seine Peitsche knallen. »Seid still, oder ich zerschneide eurer kleinen Schwester die Fratze.«

Die Gefangenen murrten und senkten die Köpfe. Nur Mäulchen fluchte leise.

»Kleine Schwester? Sehe ich so aus, als wäre ich verwandt mit zwei potthäßlichen Fischern und einem Wüstling im bunten Rock?«

»Nichts gegen meinen Rock«, beschwerte sich Schalim. »Er war teuer, ich mußte zwei meiner Mädchen eine Woche lang umsonst dem Schneider überlassen. Aber Wüstling – mit dem Vorwurf kann ich leben.« Er zwinkerte Mäulchen zu.

»Obacht, Parzer«, kicherte Ungeld. »Der Prasser macht dir dein Mädchen abhold.«

»Ich bin weder Parzers Mädchen noch seine Schwester«, keifte Mäulchen. »Und nun genug davon! Laßt uns nachdenken, wie wir hier wegkommen. Wenn in diesem Sumpf tatsächlich eine Schlacht toben soll, wird es rasch ungemütlich.«

»Gegen wen wollen die Gyraner überhaupt kämpfen?« fragte Ungeld. »Was soll das alles? Tarnac behauptet doch großspurig, er habe eine neue Welt entdeckt, ein neues Zeitalter, der ganze Unfug... dabei ist nichts geschehen, als daß sich ein dreckiger See in noch mehr Dreck verwandelt hat. Das soll die neue Welt sein? Lachhaft! Und warum zerrt uns der Wicht mit auf den Feldzug? Hätte er uns besser am Mast der *Hotteposse* aufgeknüpft, dann hätten wir unsere Ruhe.«

»Einen solchen Seemannstod hättet ihr Lumpen nicht verdient«, sagte Schalim. »Tarnac ließ uns am Leben, weil er alles über den Turmbinder erfahren will, den er stibitzt hat.«

»Äch ne. Der Turmbinder.« Parzer knirschte mit den Zähnen. »Mit dem hat er noch etwas vor, das weiß ich wohl.«

Der Heerzug kam zum Halt. Die Gyraner drängten sich zusammen, bildeten Blöcke, schlossen die Kampfreihen. Der zähe Grund machte es ihnen nicht leicht. Einige Männer hoben die Waffenkisten vom Schlitten, griffen nach ihren Schwertern und Spießen.

Dann kehrte jene unheimliche Stille ein, die auf jedem Schlachtfeld vor dem Zusammenprall herrscht. Das triste Rauschen des Regens, das Klappern der Rüstungen, hier ein Husten, dort ein Wispern – ansonsten herrschte Stille.

An der Spitze des Heers begann eine einzelne Brashii zu klagen. Der Wind trug ihr wehmütiges Lied über den Acker und ließ alle den Atem anhalten.

»Blödes Gejammer!« Parzer rollte mit den Augen. »Selbst Stollings Gezeter klingt angenehmer.«

»Sei ruhig«, herrschte ihn Mäulchen an. »Weißt du nicht, was das bedeutet? Die Schlacht beginnt!« Sie versuchte über die Helme der Krieger hinwegzuspähen.

»Zumindest wissen wir jetzt, wo wir das Armband finden«, fügte Ungeld hinzu. »Bestimmt ist es Tarnac, der da vorne dudelt.« Verstohlen sah er sich nach dem Aufseher um. »Gebt acht! Wenn alles drunter und drüber geht, machen wir uns aus dem Staub.«

»Aus dem Schlamm, meinst du wohl.« Schalim seufzte. »Nein, wir werden alle sterben, einen grausamen Tod. Ach, das Schicksal meinte es nicht gut mit mir! Wäre ich bloß nie nach Venetor gekommen, in diese elende Küstenstadt. Mir war Höheres bestimmt.«

»Hör auf zu flennen, Prasser.« Mäulchen drängte sich an ihre Freunde. »Und habt ein Äuglein auf die Waffenkisten. Da liegen ein paar schartige Klingen, die sich bestimmt gut in unseren Händen machen würden.«

Vor ihnen, an der Spitze des Heers, sang noch immer die Brashii das Lied des Krieges.

Der Feind war nah.

König Eshandrom lauschte dem Klang. Seine Miene war wie versteinert.

»Eine einzelne Brashii«, murmelte er. »Tarnac der Grausame stellt sich mir. Fast zweifelte ich daran.«

Er ließ den Blick über den Acker schweifen. Schlammspritzer übersäten sein Gesicht, die Lippen waren trocken, die Augen von dunklen Ringen umgeben. Die ganze Nacht hatte Eshandrom die Anstrengungen seines Gefolges beaufsichtigt. Die Kathyger hatten Gräben im feuchten Grund ausgehoben, um das Wasser abzuleiten, hatten Wälle aufgeschüttet, die ihnen Schutz boten. Es war eine Knochenarbeit gewesen. Ohne Schaufeln, nur mit Ledereimern hatten die Menschen bis zur Erschöpfung geschuftet. Sie waren müde, ausgehungert, ohne Hoffnung. Ihre Kleider und Gesichter waren so verdreckt, daß der König kaum sagen konnte, wer von ihnen alt oder jung, Mann oder Frau war.

»Die Gyraner kommen«, sagte er zu einigen Kriegern in seiner Nähe. »Nehmt euren Platz auf den Wällen ein, zückt die Spieße ... wird werden Tarnac würdig empfangen!«

Die Bewaffneten eilten voraus und besetzten die Wälle. Die Frauen und Kinder drängten sich um die gestrandeten Schiffe, die seit dem gestrigen Abend noch tiefer in den Schlamm eingesunken waren.

Eshandrom schlug den steifen Mantel eng um die Schultern. »Wofür dies alles?« murmelte er zu sich selbst. »Haben wir Kathyga verlassen, um in der Fremde zugrunde zu gehen, in einer Schlacht gegen unsere alten Feinde?«

Er sah sich nach den Schiffen um.

Vor dem Bug der gyranischen Galeere wartete Laghanos. Seine Füße sanken nicht in den weichen Grund ein, sie berührten den Boden kaum. Der Leib des Knaben war mit Silberdrähten umwickelt, das Gesicht unter der bizarren Maske verborgen. Um ihn schwebten die Silberklauen. Der Regen prallte dumpf von ihren Spornen ab.

Eshandrom stolperte ihm entgegen. »Laghanos! Du, der uns hergeführt hat... sage es mir... was ist der Sinn dieser Schlacht?« Er klang verbittert. »Warum tust du uns das an?«

Der Junge, der einst Laghanos gewesen war, schwieg. Mitleidslos blickte er den König an.

»Du mußt es uns sagen! Warum sollen wir kämpfen? Warum sollen wir sterben, hier auf diesem Feld? Haben wir nicht genug gelitten?«

»Du stellst viele Fragen, Eshandrom.« Der Knabe klang enttäuscht. »Aber ich kann dir keine Antworten geben. Du mußt nicht verstehen, warum dies hier geschieht – sondern nur deine Pflicht tun. Du hast die Menschen in die Schlacht zu führen. Sie brauchen einen König, einen Herrscher.« Seine Maske knirschte unheimlich.

»Und wer wird dieser König sein? Ich oder Tarnac? Wirst du uns beistehen in dieser Schlacht – oder ihm?«

»Ich habe euch vor den Goldéi gerettet und schenke euch eine neue Welt. Aber ihr müßt sie schon selbst in Besitz nehmen.« Laghanos' Worte klangen hart. »Wer immer heute siegt, ob du oder Tarnac – am Ende wird es nur Sieger geben.«

»Weil du es so bestimmt hast.« Eshandroms Gesicht verzerrte sich. »Du nennst dich unseren Retter und Beschützer. Aber tatsächlich bist du nur eins... unser Verderber.«

»Euer Verderben habt ihr selbst verschuldet. Ihr habt mein Geschenk mißbraucht, die Macht über die Quellen. Ich werde euch helfen, in Zukunft weiser mit ihr umzugehen.«

Laghanos hob herrisch die Hand. »Kämpfe, Eshandrom! Zeig, daß du würdig bist, mein Erbe anzutreten.«

Eshandrom taumelte wie benommen zurück. »Verflucht seist du«, stieß er hervor. »Du hast uns alles genommen und gibst uns nichts dafür.«

Er wandte sich ab, zückte sein Schwert, stapfte durch den Schlamm auf den Wall zu, der die Schiffe umgab. Als er die Blicke der Kathyger auf sich spürte, blieb er stehen.

»Die Gyraner werden nicht siegen«, schrie er voller Zorn. »Wir werden Tarnac und seinen Igrydes zeigen, daß nicht sie die Zukunft bestimmen! Ich werde euer König sein, jetzt und immer.« Er wischte sich das nasse Haar aus dem Gesicht. »Bringt die Brashii zum Schweigen! Zertrümmert sie! Zerschlagt sie! Heute abend, wenn die Sonne untergeht, wird Tarnacs Haupt auf einem kathygischen Spieß stecken, als Zeichen des Sieges!«

Er brüllte diese letzten Worte und erklomm den modrigen Wall, wo die Krieger auf ihn warteten. Die Bogenschützen legten ihre Pfeile an.

Vor den zerschellten Schiffen schwebte Laghanos. Zufrieden beobachtete er den König.

»Am Ende gehorchen sie alle«, flüsterte er. »Sie können nicht anders. Sie brauchen mich.«

Die Stille vor der Schlacht. Das letzte Atemholen. Der Augenblick, in dem alle Furcht dem Rausch, dem Haß, dem bloßen Überlebenswillen weicht. Ich oder der Feind. Leben oder Sterben.

Ungeld starrte in den Himmel. Sein Turban war ihm über die Ohren gerutscht und saß schräg auf der Stirn. Regen stob über ihn hinweg; dicke Tropfen, die ihm den Schweiß aus dem Gesicht wuschen.

Dann sah er die Pfeile. Dunkle Punkte; erhaben schwebten sie in der Luft und sanken auf das Heer hinab.

»Duckt euch!« schrie er.

Er warf sich neben den Holzschlitten zu Boden. Schlamm spritzte in alle Richtungen. Neben ihm kauerte Parzer und fluchte. Ungeld konnte ihn nicht verstehen; zu laut war das Tosen, das nun auf dem Schlachtfeld losbrach. Tausende brüllten, schrieen, jammerten. Ringsum sanken die Gyraner in den Dreck, Pfeile in den Bäuchen. Schwerter blitzten auf. Stiefel stampften im Schlamm. Männer in schweren Rüstungen strauchelten, ließen ihre Waffen fallen, stürzten in die öligen Pfützen des Ackers. Ein junger Igrydes, fast noch ein Kind, hustete Blut; in seinem Kehlkopf stak ein abgebrochener Pfeil.

Ungeld griff zu seinem Turban und nestelte ein kleines Messer hervor, das im Netzstoff verborgen war. Eifrig versuchte er das Seil zu zerschneiden, das ihn an den Schlitten fesselte. Die feuchten Fasern gaben nur langsam unter der Klinge nach.

Mäulchen tauchte vor ihm auf. Ihre Augen leuchteten. »Ha! Wollen wir mal sehen, was aus Tarnacs großen Plänen wird. Ein Grab aus Schlamm ist gerade gut für ihn, was meinst du?«

»Daß du besser die Rübe unten hältst«, riet er. »Da kommt der nächste Pfeilhagel!« Das Messer entglitt seinen Fingern. »Verflixt! Dieser Strick will nicht aufgehen!«

Neben ihm stürzte ein gyranischer Krieger zu Boden, getroffen von einem Pfeil. Sein Schwert prallte gegen die Kufen des Schlittens.

»Danke dafür«, jauchzte der Netzknüpfer. Er angelte nach dem Schwert und durchtrennte das Seil. Um ihn brandete der Lärm der aufeinanderprallenden Heere.

»Parzer! Schalim! Hierher, ihr Wasserratten!« Ungeld drückte sich seitlich an den Schlitten. »Oder wollt ihr mit Tarnac untergehen?«

Schon waren seine Freunde bei ihm. Er befreite sie von den Fesseln. Flugs erklomm Mäulchen den Schlitten, trat eine Waffenkiste herab. Sie entleerte sich mit lautem Getöse im Schlamm.

»Äch ne! Es regnet Dolche und Schwerter!« Parzer packte

eine Waffe, einen schlanken Dolch. »Jetzt heißt es, den Lumpen Tarnac zu finden und sein Ärmchen vom Tand zu befreien. Wäre doch ein Jammer, wenn der Turmbinder im Dreck verlorenginge.«

Er stürzte sich ins Getümmel.

Die Gyraner stürmten den Wall. Es war ein bizarres Bild; behelmte Köpfe, gerüstete Leiber, die wieder und wieder über die Aufschüttung brandeten, eine Welle aus Körpern, aus stählernen Gliedern, aus Schwertern, aus Klingen, aufgepeitscht von den Klängen der Brashii, voran! voran!, keine Furcht, kein Mitleid, vernichtet den Feind, kämpft ohne Gnade, straft jene, die dem König nicht folgen wollen, die sich Tarnac von Gyr widersetzen, tötet sie, tretet sie in den Schlamm, stoßt eure Schwerter in ihre schwachen Leiber, denn die Schwachen müssen auf Gharax zurückbleiben, sie dürfen uns nicht folgen in die neue Welt, nicht in die Zukunft, die Menschheit muß eins sein, voran! voran!

Der Regen war so stark geworden, daß die Kathyger keine Pfeile mehr abfeuern konnten. Sie ließen die Bogen fallen, zückten Dolche, warfen sich den anstürmenden Feinden entgegen, hieben und stachen auf sie ein, trafen hier eine Brust, dort ein Gesicht... ja, Kathyger, rammt eure Klingen in die fremden Gesichter, in die verzerrten Fratzen der Feinde, zerschneidet ihre haßerfüllten Mienen, laßt die Haut in Fetzen herabhängen, denn die Gyraner sind Kriegstreiber, sind Feinde des Friedens... kämpft für König Eshandrom, der uns beschützt, uns gerettet, uns von der sterbenden Welt Gharax fortgebracht hat...

Donnernd stürzte der Regen herab, seine Fäden ein dichtes Gewebe, das die Heere umspann und den Kampflärm dämpfte. Der Schlamm wurde zur zähen Brühe; manch ein Krieger steckte bis zu den Knien fest und konnte nur mit großer Kraft seine Stiefel hervorziehen. Niemand rannte mehr. Kein Ansturm löste die Schlachtreihen auf. Sie alle waren Gefangene des Ackers, und jene, die stürzten – manche tödlich verwundet, andere nur zu schwach, um sich zu erheben –, wurden von den fauligen Fluten herabgezogen. Der See Velubar kehrte noch einmal zurück, mit seinen modrigen Untiefen und gefährlichen Strudeln. Die Sphäre hatte nicht vergessen, daß einst das Herz einer Quelle an diesem Ort gepocht hatte. Sternengängers Welt war noch zu jung, um sich dem Zauber zu widersetzen.

»Und doch wird sich die Sphäre bald meinem Willen fügen«, murmelte der Junge, der einst Laghanos gewesen war. Er wartete unweit der Schiffe. Die Sporne der Maske ordneten die Sphärenströme. »Niemand kann die Wandlung aufhalten. Der Schwarze Schlüssel hat die Tore weit geöffnet, und ich durchschreite sie mit stolz erhobenem Haupt.«

Er hielt inne. Die Maske bäumte sich plötzlich auf. Sie zerrte so stark an seinem Gesicht, daß die Haut riß. Laghanos stieß einen verblüfften Schrei aus.

»Die Sphäre ... sie ...«

Er taumelte. Sogleich sanken die Beschlagenen herab und stützten seinen Körper. Laghanos achtete nicht auf sie. Er starrte in den Regen.

Inmitten der Kämpfenden schritt ein Mann. Er hatte das Gesicht Laghanos zugewandt. Niemand schien ihn zu beachten. Ein goldener Stab glänzte in seiner Hand, und sein Körper war schwarz, wie verbrannt. Fetzen hingen an seinem Leib; die Haare waren versengt, die Augen lidlos und düster.

Die Silberklauen lösten sich von Laghanos und griffen den Ankömmling an, schnappten nach seinen Gliedern. Er aber hob den Stab. Eine Klaue berührte die dunkle Spitze, und sie zerschmolz in der Luft zu silbernen Tropfen.

»Laßt ihn in Ruhe«, befahl Laghanos. Er atmete schwer, versuchte seine Maske zu beruhigen. Aber sie war außer sich, peitschte, rasselte, fraß sich tiefer in sein Gesicht. »Laßt ihn zu mir kommen.«

Der Mann blieb in sicherer Entfernung stehen.

»Vieles hast du gelernt, Nhordukael.« Laghanos' Stimme war im Regen kaum zu vernehmen. »Nur wenige Menschen konnten die Sphäre durchschreiten und zugleich ihre Körper mitnehmen. Mondschlund hat dich gut abgerichtet.«

»Ich habe den Weg ohne seine Hilfe gefunden«, antwortete Nhordukael. »Mondschlund ist tot. Ich habe ihn von seinen Qualen befreit. Auch dich werde ich erlösen, Sternengänger – von deinem Wahn, diese Welt lenken zu wollen.«

Die Klauen der Beschlagenen hatten sich über den Auserkorenen gesammelt. Sie lauerten. Ein Wort von Laghanos, ein Wink, und sie würden Nhordukael in Stücke reißen. Aber der Knabe hielt sie zurück.

»Du willst mich erlösen?« Sternengänger schüttelte den Kopf. »Du solltest es besser wissen. Du kennst den Preis für die Macht, die wir beide erlangt haben. Ewige Qual. Ewige Rastlosigkeit.«

»Die Sphäre hat mich verändert, aber nicht zerfressen wie dich.« Nhordukael trat einen letzten Schritt auf ihn zu. »Sieh mich an, Sternengänger. Das Feuer in meinen Adern ist erloschen. Ich habe das Auge der Glut freigelassen und Frieden mit den Goldéi geschlossen. Ich tat das, was du niemals konntest: auf Macht verzichten.« Er wies mit dem Stab um sich. »Wieder hetzt du die Menschen in eine Schlacht und nimmst den Tod Tausender in Kauf... wofür, Sternengänger? Um ewig über die Sphäre zu herrschen? Da stehst du mir gegenüber im geraubten Körper eines Kinds, dessen Unschuld du ausgenutzt hast. Mit seinen Fingern klammerst du dich an die Sphäre. Du mußt lernen loszulassen. Die Menschen brauchen dich nicht.«

»Mach dich nicht lächerlich. Die Menschen folgen immer einer Fahne; wenn nicht meiner, dann der des Blenders. Glaubst du Narr wirklich, du hättest Mondschlund besiegt?« Sternengänger streckte Nhordukael die Hand entgegen. »Komm mit mir! Laß uns in die Sphäre schreiten. Ich will dir dein Versagen zeigen.«

Nhordukael umgriff fest den Stab. »Ich habe mich von Mondschlund losgerissen und folge niemandem mehr.«

»Was hast du zu verlieren?« Die helle Kinderstimme ließ Sternengänger fast harmlos erscheinen. »Fürchtest du dich etwa?«

Er winkte die Silberklauen herbei. Sie packten seinen Körper, zerrten Sternengänger empor in die Lüfte. Der Regen donnerte herab, und schon war das Kind nicht mehr zu erkennen, verschwunden im Nichts.

»Du bist es, der Angst hat«, murmelte Nhordukael. »Deshalb lockst du mich dorthin, wo du dich unbesiegbar glaubst. Aber das schreckt mich nicht.«

Er öffnete seine Sinne der Sphäre. Das Wasser floh vor seinen Füßen, vor dem Ende des Stabs. Und als Nhordukael in die Sphäre zurückkehrte, blieb nur ein Abdruck im Schlamm zurück. Der Regen umspülte ihn, bis er vom Stiefel eines Kathygers zerdrückt wurde.

Ein Poltern drang vom Felsen herab. Fäuste hämmerten gegen die Tür der *Roten Kordel*; mit jedem Schlag erbebte das Holz, die Angeln knirschten, die Eisenstreben bogen sich nach außen. Hinter den Fenstern huschten Schemen umher; Ellbogen zertrümmerten die Scheiben. Scherben klirrten auf naßkaltem Gestein.

»Das ist ja wohl die Höhe!« Unten an der Bucht schnappte der Gastwirt Stolling nach Luft. »Diese Kerle zerlegen meine Kneipe!«

»Glaubt Ihr nun endlich, daß uns jemand gefolgt ist?« fragte Cornbrunn. »Der Schwan hat den Weg aus dem Verlies gefunden.«

»Dann ist er wohl wie Ihr aus der Wand geschlüpft.« Stolling zerrte am Kragen seines Seidenhemds, um sich Luft zu verschaffen. »Wer die *Kordel* betreten will, soll brav über die Türschwelle stolpern und sich nicht wie ein Wurm aus der Tiefe schälen.«

»Unterirdisches ist lichten Augen ein Dorn«, palaverte der alte Schnappes. »Aber vergiß nicht, Stolling, auch unser Vorfahre Varyn hat einst den Leuchtturm aus dem verborgenen ans Licht gezerrt. Heißt es nicht, er habe ihn aus einer geheimen Stadt in der Tiefe nach Fareghi versetzt? Vielleicht müssen wir eines Tages dorthin zurückkehren ... der Fluch der Vorzeitigkeit verlangt es.«

Wieder zersprang oben auf dem Felsen eine Scheibe. Eine blutende Hand griff aus dem blinden Fensterloch und tastete den Sims ab.

»Fluch der Vorzeitigkeit hin oder her«, zeterte Stolling, »ich sehe mir das nicht länger an!« Er drängte sich an den Troubliniern vorbei und wollte zur Treppe eilen.

»Bleibt, wo Ihr seid, Stolling!« Aelarian Trurac riß ihn an der Schulter zurück. »Diese Besucher könnt Ihr nicht fortscheuchen wie ein paar betrunkene Fischer.«

Aus den Fenstern der *Roten Kordel* stiegen mehrere Gestalten. Sie halfen sich gegenseitig über die Simse hinweg. Ihre Haare waren verfilzt, die Kleider starrten vor Schmutz. Auf den Stirnen prangten Zeichen, die aus der Entfernung nicht zu erkennen waren. Einige von ihnen eilten zur Frontseite der Kneipe und rüttelten an der Tür.

»Ulimans Gefolge«, wisperte Cornbrunn.

Das Schloß gab nach. Krachend schwang die Tür auf.

Ein Kind trat aus der Kneipe; ein Junge mit blonden Locken, nackt, sein Körper bleich und dürr. Er hatte den Kopf gesenkt; eigenartig schwebte er über dem Körper, zu weit entfernt von den Schultern. Die hellen Haare verdeckten sein Gesicht. Die Arme hatte er hinter dem Rücken gefaltet. Er wankte über die Schwelle zum Rand des Felsens und blieb unweit der Treppe stehen.

»Uliman«, stieß Aelarian hervor. »Er ist es tatsächlich.«

Stolling rümpfte die Nase. »Vor diesem Bengel fürchtet ihr euch? Selbst Ungeld jagt mir mehr Angst ein.«

In diesem Augenblick riß Uliman die Arme nach vorn. Doch es waren keine menschlichen Glieder, es waren Flügel ... schwarzes, dichtes Gefieder. Der Wind strich über sie hinweg. Sie zitterten, zeichneten die Luftströme nach. Dann hob Uliman den Kopf. Er war mit seinem Körper durch einen langen Hals verbunden, biegsam, kahl. Der Mund öffnete sich. Ein Ruf war zu hören; ein Fauchen.

»Was hast du diesem armen Jungen angetan, Rumos?« flüsterte Aelarian. Seine Augen füllten sich mit Tränen.

Der Wind brauste wild. Nun löste sich aus dem Gefieder eine Art Nebel, nur zäher und pechschwarz wie die Federn selbst. Wie Öl oder geschmolzenes Wachs rann Schwärze herab, mischte sich mit der Luft, bildete Wirbel, zerrann zu Fäden, die dem Wind folgten, sich träge verteilten wie Tinte im Wasser. Die Schwärze färbte die Luft, waberte über den Felsen, tropfte in Schlieren herab, bildete phantastische Formen, die sich über dem Felsen entfalteten wie ein dunkles, lichtloses Tuch... undurchdringliche Schwärze, erdrückend und finsterer als die Schatten des Verlieses, furchteinflößender als Aldras Scherenschnitte. Schon erreichte sie den Himmel und küßte die Wolken, füllte sie mit zähflüssiger Düsternis. Und wieder fauchte der Junge, bewegte die Flügel. Neue Schwärze perlte zwischen den Kielen hervor, kräuselte sich um ihn und sein Gefolge, um den Felsen, um die steinerne Kneipe; zuckende Schwärze, rinnende, fließende, kriechende Schwärze, die mit rußigen Fingern in alle Winkel der Welt tastete, sich mit der Luft paarte, mit den Wolken, den Steinen, und alles schwärzte als unauslöschlicher Stempel, der nichts neben sich duldete – kein Licht und keine Farben.

»Der Hauch von Nekon.« Es war Cornbrunn, der die Worte hervorstieß. Gebannt folgten seine Augen den dunklen Schwaden. »Er hat den Fluch entfesselt! Warum will er diese Welt vernichten?« Ein Husten schüttelte ihn.

»Weil er dazu gezwungen wird«, sagte der Großmerkant. »Rumos' Geist wirkt in ihm. Der Hauch von Nekon soll alle ersticken, die nicht der Bathaquar folgen.« Er befreite seine Hand aus Cornbrunns Griff. »Ich muß zu ihm gehen. Ich war Ulimans Lehrer. Er vertraut mir.«

»Nein... geht... nicht.« Cornbrunn keuchte; das Sprechen bereitete ihm Mühe. »Der Hauch... tötet Euch... laßt uns fliehen... zum Leuchtturm. Dort sind wir... sicher!« Hilfesuchend sah er sich nach Stolling um.

»Ja, auf Fareghi sind wir sicher«, murmelte der Gastwirt. Ihm schien der Hauch wenig auszumachen, aber das Entsetzen war auch auf seinem Gesicht zu erkennen.

»Ich kann nicht einfach weglaufen«, bekräftigte Aelarian. Er beobachtete den Hauch, der bis zur Hälfte der Treppe vorgedrungen war; ein schwarzer Wasserfall, der lautlos vom Felsen herabstürzte. »Mondschlunds Magie wird mir helfen, dem Fluch standzuhalten. Der Hauch von Nekon breitet sich langsam aus, er wird erst die Sphäre überfluten und danach in die Welt dringen, an jeden Ort, wo die Bathaquar ihre Feinde vermutet.« Entschlossen wandte er sich Cornbrunn zu. »Ich muß zu ihm hinaufgehen. Mir bleibt keine andere Wahl.«

Der Leibdiener hustete. Blut glänzte auf seinen Lippen. »Wer ... bin ich schon ... daß ich Euch aufhalte ... rennt nur in Euer Unglück ... das habt Ihr schon immer gern getan ... weil Ihr hirnlos seid ... und dumm.«

Aelarian strich ihm zärtlich über die Wange. »Vergeude deinen Atem nicht für Schmähungen, Liebster. Gib auf die Kieselfresser acht, falls ich nicht zurückkehre.«

Ohne ein weiteres Wort eilte er zur Treppe. Hurtig nahm er die ersten Stufen. Seine Finger umklammerten das Führungsseil neben dem Aufstieg. Die Silberkette baumelte an seinem Handgelenk und schabte gegen die Salzkruste des Taus.

»Steh mir bei, Mondschlund«, wisperte er, »ein letztes Mal mit all deinen magischen Künsten.«

Er schloß die Augen, rief sich die Schutzzauber des Blenders in Erinnerung, schottete seinen Geist von der Sphäre ab, die längst vom Fluch der Bathaquar durchdrungen war. Dann tauchte er ein in den Hauch von Nekon und eilte die Treppe empor, Stufe für Stufe seinem Schüler Uliman entgegen.

*Sieh seine Herrlichkeit, sieh Tathrils Größe … lerne Tathrils Macht kennen, glückliches Kind, schmecke sie, nimm sie in dir auf …*

Magro Farghs Stimme. Nhordukael glaubte sie zu hören, die heisere Stimme des einstigen Hohepriesters von Thax, seines Lehrers und Folterers. Er glaubte gar, kurz Farghs Gesicht in der Sphäre aufflackern zu sehen, zerfressen von der Blaufäule, der Hals durchschnitten von Nhordukaels Klinge, die Augen blutunterlaufen.

*Tathrils Macht ist die Magie, nun lerne sie in seinem Namen zu nutzen … Wenn du dich wehrst, wird Tathril dich vom Angesicht der Erde tilgen …*

Aber Nhordukael hatte sich gewehrt; spät zwar, nach langen Qualen und einer freudlosen Kindheit, ohne Erinnerung an eine Zeit, die nicht von der Kirche bestimmt worden war. Er hatte sich von Tathril losgerissen und hinter die Dinge gesehen … in die Sphäre mit ihren magischen Strömen, die alles durchflossen. Tathrils Macht war die Magie und Tathril die Sphäre selbst; ein Gott ohne Gesicht, ohne Liebe für jene, die an ihn glaubten; ein von Sternengänger ersonnener Name, der die Menschen daran hinderte, ihr Schicksal selbst zu bestimmen. All dies hatte er durchschaut, und auf seinen Wanderungen durch die Sphäre war er selbst so mächtig geworden, daß ihn Tathril nicht länger schrecken konnte. Nhordukael hatte erkannt, wie eng die Welt mit der Sphäre verknüpft war, wie sehr die Menschen von der Willkür der Zauberer abhingen. Er hatte begriffen, daß es nur einen Weg gab, sich diesem Irrsinn zu entziehen.

»Frieden«, flüsterte er. »Gharax den Nebelkindern, das Verlies aber den Menschen. Wir müssen die Sphäre hinter uns lassen.«

Das Bild des Hohepriesters erlosch. Es war nur ein Nachhall seiner Erinnerung gewesen, vergangen, vergessen. Stattdessen tobte um ihn ein Meer aus Farben; diamantenes Funkeln, rubinrotes Glühen, tiefblaue Strudel und Weiß, strahlendes Weiß.

*Die Sphäre …*

»Siehst du ihre Schönheit, Nhordukael?«

Laghanos' Stimme rief nach ihm. Dort schwebte das Kind ... Sternengänger, Durta Slargin, der Weltenwanderer, der Verführer und Lügner mit seinen vielen Namen. Sein Mund war rosig, sein Lächeln zart; das Gesicht war beherrscht von der Maske, und mehr noch – die ganze Sphäre war ihr untertan. Glimmende Goldfäden strebten von seinem Gesicht in alle Richtungen, umspielten die magischen Ströme, umspannten die Welt. Die Maske *war* die Sphäre, sie *war* Tathril, und ihre Macht blendete Nhordukael.

»Die Sphäre ist nun vollkommen ... nun, da alle Quellen befreit und die Nebelkinder zurückgekehrt sind.« Sternengänger sprach sanft. Um ihn schwebten die Silberklauen; das Heer der Beschlagenen. »Es war meine Schuld, daß die Sphärenwesen starben. Ich fesselte die Quellen, ich beschwor ihren Untergang herauf. Aber ich habe es wiedergutgemacht. Ich rettete die Nebelkinder und sühnte schwer für meine Fehler.«

Nhordukael runzelte die Stirn. »Nicht du, Sternengänger – die Menschen waren es, die bezahlen mußten, und der Junge, dessen Körper du gestohlen hast. Sie alle leiden unter deinem Fluch.«

»Willst du den wahren Fluch erblicken? Sieh nur, dort unten ... erkennst du das Funkeln, das aus der Tiefe empordringt? Es ist das Verlies der Schriften, Mondschlunds Gefängnis – ein neues Athyr'Tyran. Ich habe versucht, es zu verhindern, mit all meiner Macht.« Wütend deutete das Kind auf Nhordukael. »Bist du stolz darauf, Mondschlund zum Schweigen gebracht zu haben? Er mag tot sein, sein Geist gebannt – aber durch dich hat er trotzdem erreicht, was er wollte. Die Stadt aller Städte ist auferstanden. Der Keim neuen Hasses ist gesät. Du hättest sie zerstören können; aber nein, du hast sie beschützt, und zu allem Überfluß Baniter Geneder befreit ... einen neuen Tyrannen, der Gharax unterwerfen will.«

»Dein schlechtes Gewissen muß dich sehr quälen«, höhnte Nhordukael. »Ja, ich verschonte die Stadt aller Städte, und ich löste Baniters Ketten. Wird er ein Tyrann werden, wie du behauptest, oder ein weiser, gerechter Herrscher, der den Frieden bewahrt? Oder nichts davon?« Seine Augen funkelten. »Nun, Baniter wird selbst entscheiden, wohin sein Weg führt, so wie alle Menschen. Es steht uns nicht zu, ihre Zukunft vorwegzunehmen.«

»Ohne mich sind sie hilflos«, zischte Sternengänger. »Ohne mich wird der Frieden nicht halten. Die Stadt aller Städte wird für neuen Zwist sorgen, die Menschen werden versuchen, nach Gharax zurückzukehren.« Er hielt kurz inne. »Glaube mir, Nhordukael – ich werde es dieses Mal besser machen. Gewiß, ich habe Fehler begangen; ich habe den Menschen arglos die Quellen überlassen. Ich ließ es zu, daß sie die Sphäre auszehrten und die Bathaquar ihre finsteren Taten begehen konnte. Aber ich bin weiser geworden während meiner Gefangenschaft. Laghanos überließ mir freiwillig seinen Körper und ging in Frieden von dieser Welt. Nun kann ich sie ein zweites Mal formen, mit größerer Sorgfalt. Alles, was schlecht war und böse und niederträchtig, wird mit Gharax untergehen.« Sein Blick wurde flehend. »Noch ist es nicht zu spät. Folge mir! Hilf mir! Gemeinsam können wir Mondschlunds Stadt zerstören, den letzten Ort, der an das alte Gharax erinnert. Wir können unsterblich sein. Laghanos und Nhordukael ... man wird uns verehren. Uns lieben. Uns anbeten.«

»Diese Worte habe ich so oft gehört«, erwiderte Nhordukael, »von Magro Fargh und Bars Balicor, von Rumos und Mondschlund. Sie alle fühlten sich berufen, die Welt zu retten, und haben doch nur Unheil angerichtet.« Langsam richtete er den Stab auf das Kind. »In meinen Händen halte ich deinen Wanderstab, Durta Slargin. Mit ihm hast du einst die Sphäre bezwungen, und mit ihm werde ich dich erlösen, so wie Mondschlund.«

Nachdenklich betrachtete Sternengänger den Stab. »Ich erkenne ihn ... den Schwarzen Schlüssel. Wo hast du ihn her? Hat er dich zu mir geführt?« Er lächelte. »Schon einmal hast du mich mit einem Stab bedroht, in den Höhlen des Brennenden Berges. Damals war meine Gestalt ein Trugbild, das du leicht verjagen konntest. Aber nun bin ich mächtiger. Mein Körper ist aus Fleisch und Blut; ich atme, ich fühle, ich lebe. Daran kann auch der Schlüssel nichts ändern. Hier in der Sphäre nützt er dir nichts.«

Er hob die Hand.

Ein jäher RRRRRUCK riß Nhordukael von den Beinen. Er spürte Schmerz an seinen Knöcheln, an den Handgelenken. Seine Kehle schnürte sich zu.

*Drähte! Silberne Drähte!*

Sie schnellten aus dem Nichts, ein glitzerndes Geflecht. Es umfing seine Glieder, zerrte sie auseinander. Er wollte schreien, aber der Draht hatte sich fest um den Hals gezurrt. Er wehrte sich verzweifelt. Konnte nicht atmen. Bekam keine Luft.

»Das Gefüge«, wisperte Sternengänger. »Mein mächtigstes Werk. Jahrhundertelang schmiedete das Heilige Spektakel den Mantel Drafurs, der eines Tages meinen neuen Körper schmücken sollte. Nun trage ich ihn. Die Sphäre ist durchwirkt von seiner Macht.« Er strich sanft über die gespannten Drähte. Sie sangen wie Harfensaiten, strahlend und klar. »Das Silber erweist sich am Ende stärker als das Gold. Mondschlund verschrieb sich dem Metall der Tücke, und ich mußte mühsam sein Geheimnis erlernen. Aber das Silber, Nhordukael, war immer schon mächtiger. Es bändigt die Sphäre – und auch dich.« Er ließ die Drähte ausklingen. »Gib auf. Werde Teil des Gefüges, werde ein Beschlagener … du wirst glücklich sein, glaube mir. Aber wehrst du dich, wird es weh tun.«

Nhordukael zerrte an den Drähten. Er würgte. Schaum trat auf seine Lippen. *Den Stab … halt ihn fest … halt ihn fest …*

»Du hättest mir nicht in die Sphäre folgen sollen«, hörte er Sternengänger. »Du kannst sie durchschreiten, aber beherrschen kann sie allein Sternengänger.«

Er schwebte nun dicht vor Nhordukael. Die Fäden seiner Maske flochten sich unter die Silberdrähte. Die Metalle der Sphäre, vereint, verwoben …

Nhordukael wurde schwarz vor Augen. Seine Lider flakkerten. Dunkle Flecken trübten sein Sichtfeld. Tanzten vor ihm. Verdichteten sich. Fraßen sich durch die leuchtenden Ströme der Sphäre.

*Ein Trugbild? Nein ... ich sehe sie ... ich spüre ... eine Macht ... größer noch als Sternengängers Bann ... was ist das?*

Nun bemerkte auch Sternengänger die Schwärze. Die Maske in seinem Gesicht knirschte, die goldenen Sporne schrumpften, flohen vor den Flecken, die in die Sphäre drangen. Wie düstere Wolken breiteten sie sich aus, löschten das Licht der Quellen, sackten tiefer, tiefer ...

»Nhordukael! Spürst du das?« Sternengänger stöhnte. »Der Fluch der Bathaquar ... aber wie ... kann das sein ... wie fanden sie zu mir? Wie ... konnten sie den Südkontinent entdecken ... ihn betreten ... ihn ...«

Die Sporne der Maske klirrten so laut, daß sie Sternengängers Worte übertönten. Schwarze Linien wanderten an ihnen entlang, flossen wie zähes Öl dem Gesicht des Knaben entgegen. Es war, als roste die Maske in Windeseile.

*Aber Gold kann nicht rosten ... kann nicht vergehen ... nicht in der Sphäre ...*

Sternengänger schrie. Seine Hände verkrallten sich in der Maske. Er wollte sie sich herunterreißen. Doch die Schwärze war längst bei ihm. Tropfte in die Öffnungen der Maske, in die Nasenschlitze, die Augenhöhlen. Röchelnd wankte das Kind. Die schwarzgewordenen Sporne klappten zusammen, schnitten in seine Hände. Blut quoll hervor und rann über die schmalen Finger.

*Der Fluch der Bathaquar ... nun fällt er auf dich zurück, Durta Slargin ... die dunkelsten Kräfte der Sphäre ... von Rumos entfesselt ... aber erschaffen von dir ... allein von dir ...*

Nhordukael schwanden die Sinne. Das letzte Bild, das er sah, war jenes des fallenden Kindes. Sternengänger war gestürzt, sein Gesicht von Schwärze umfangen, die Finger blutig, umschwärmt von Silberklauen, die ihn festhalten und aufrichten wollten und doch selbst längst von dem Fluch befallen waren.

Sie verdorrten wie Blüten an einem heißen Sommertag.

Sturzregen. Aufblitzende Klingen. Die Schreie der Kämpfenden. Körper, die sich am Boden wanden, halb versunken im Matsch, halb in ihm treibend. Zuckende Hände, die nach Halt suchten. Blutige Lachen auf durchweichten Wällen. Stiefel, die einsanken, sich gegen den Grund stemmten, abrutschten, glucksend mit Wasser füllten. Formationen aus Kämpfern, die im Rausch zusammenfanden, Feind und Feind, die sich aufeinanderstürzten wie Liebende, Klingen in ihre Leiber stießen, wieder und wieder, während ringsum der Acker im Regen ersoff.

Tarnac von Gyr hatte den letzten Wall vor den Schiffen erklommen. Die Galeere hob sich als grauer Schemen im Regen ab. Vor ihr kämpfte ein einzelner Mann gegen zwei anstürmende Gyraner. Seine Schwertstreiche wirkten müde. Er blutete aus mehreren Wunden.

»Eshandrom!« Tarnac der Grausame rief laut den Namen seines Gegners. Er gab den Igrydes, die während des Kampfs nicht von seiner Seite gewichen waren, ein Zeichen. »Ich habe dich schon gesucht.«

Die Igrydes stürmten auf den kathygischen Herrscher zu. Gemeinsam mit den anderen Angreifern drängten sie Eshandrom zu den Schiffen zurück. Der König stieß mit dem Rücken an den Bug der Galeere.

»Ganz allein, großer König? Ohne Schildknechte, ohne rettende Schwerter an deiner Seite?« Tarnac kam näher. Ein wölfisches Lächeln lag auf seinen Lippen. »Wie töricht von dir, dich mir zu widersetzen. Mit ein paar tausend Ausgehungerten stellst du dich einer Übermacht. Du konntest nicht siegen, wußtest du das nicht?«

Eshandrom ließ sein Schwert sinken. »Doch, Tarnac«, sagte er leise. »Ich wußte es. Es war nicht ich, der diese Schlacht wählte.« Er rang nach Luft. »Das Kind Laghanos verlangte nach Blut. Ich gab es ihm, so wie du. Er will, daß sich diese Schlacht in die Erinnerung der Menschen einbrennt.«

»Und das wird sie auch«, erwiderte Tarnac. »Tausende bleiben auf dem Schlachtfeld zurück. Die Überlebenden werden diesen Tag nicht vergessen. Ein neues Zeitalter beginnt.«

Eshandrom schloß die Augen.

»Tu es«, stieß er hervor. »Nur einer kann herrschen.«

Er wartete.

Doch die Schwerter der Igrydes fuhren nicht auf ihn herab. Er hörte ein Röcheln. Als er die Augen öffnete, sah er die Gyraner vor sich wanken. Der Regen peitschte in ihre Gesichter; er hinterließ schwarze Schlieren auf den Wangen. Ja, ringsum kam Schwärze nieder, in dunklen, zähen Tropfen. Sie fielen langsamer als der Regen, klatschten zu Boden, färbten das Wasser und den Schlamm. Die Schwärze schwappte über die Stiefel der Igrydes hinweg, kroch an ihren durchnäßten Hosenbeinen empor. Sie keuchten. Ihre Schwerter fielen zu Boden und bohrten sich in den weichen Grund. Dann taumelten sie, Blut auf den Lippen. Ihre Schreie waren unmenschlich.

»Was ist das?« Tarnac keuchte. »Es ist überall ... überall ...«

Überall auf dem Schlachtfeld rann die Schwärze auf die Kämpfenden nieder. Ihre Bewegungen verlangsamten sich. Das Waffengeklirr erstarb. Nur die Schreie blieben, aber sie waren durchdringender, schriller als zuvor.

Auch Eshandrom wurde von einem Husten geschüttelt. Sein Herz verkrampfte sich vor Furcht. Und doch raffte er sich auf, wankte mit erhobenem Schwert auf Tarnac zu. Mit einem wütenden Schrei hieb er nach dem gyranischen König. Tarnac wich aus, riß die eigene Klinge empor. Ein glühender Schmerz zuckte durch Eshandroms Brust. Er stürzte. Erbrach schwarzen Schleim, als sein Kopf in den Schlamm glitt.

»Wir müssen ... es zu Ende führen«, hörte er Tarnac stöhnen. »Es liegt ... nicht in unserer Macht ... wer lebt und wer stirbt ... aber nur einer von uns ... kann herrschen ...«

Sein Schwert teilte die Schwärze. Sie zerstob in der Luft zu trüben Klecksen, die auf die Könige herabsprühten. Das Licht um sie erlosch. Der Kampflärm verstummte. Grausige Stille. Undurchdringliche Schwärze.

Die Schlacht war vorbei.

Aelarian Trurac zitterte am ganzen Leib. Seine Glieder waren wie gelähmt, die Lippen taub. Ununterbrochen wisperte er die Worte des Schutzzaubers, und Mondschlunds Magie half ihm, dem Hauch von Nekon zu widerstehen. Er umfloß den Großmerkanten, kroch in seinen Mund, aber er konnte ihm nichts anhaben, noch nicht...

»Der Zauber des Tödlichen Atems«, keuchte er. »Wieviel Zeit bleibt mir, bis er mich in die Knie zwingt?«

Er spürte die Treppenstufen unter den Füßen. Für einen kurzen Augenblick wußte er nicht, welcher Richtung er folgte, ob er aufwärts oder abwärts schritt. Seine Finger krallten sich um das Tau neben der Treppe. Er mußte plötzlich an die Insel Tyran denken, wo er die zerfallenen Stufen zu Kahidas Palast herabgestiegen war. Er hörte das helle Lachen des Mädchens, rief sich Kahidas Gesicht in Erinnerung und ihre Abschiedworte.

*Das Zeitalter der Wandlung endet, die Zauberer verlieren ihre Macht. Es wird eine Zeit kommen, in der ihr Menschen euch ganz von der Sphäre befreit. Glaube nur fest daran, Aelarian.*

Er hustete. Die Schwärze war so dicht, daß er nichts erkennen konnte. Er tastete sich behutsam voran. Spürte schließlich die letzte Stufe unter den Füßen.

Um ihn lichteten sich die Schwaden. Gesichter tauchten auf, blaß und verzerrt. Rosenzeichen schimmerten auf ihren Stirnen, verkrustete Wunden. Das Zeichen der Bathaquar.

Und dort...ein Rascheln! Es kehrte wieder, gleichmäßig, im pulsierenden Takt. Es war das Flügelschlagen des Schwans! Nun sah Aelarian ihn; einen Vogel mit dunklem Gefieder. Er hockte am Rand des Felsens und hatte den schmalen Kopf emporgestreckt.

Uliman hatte nun ganz die Gestalt des Schwans angenommen. Wie Kristalle glänzten seine Augen. Von dem Schnabel löste sich ein einzelner schwarzer Tropfen. Er zerschellte auf dem Felsen, stieg dann als träger Nebel wieder empor. Und weitere Tropfen rannen aus dem Gefieder, mit jedem Flügelschlag, und stoben über die Felsenkante hinab auf Rhagis.

»Komm nicht näher!« Eine Frau löste sich aus Ulimans Gefolge. Ihre Miene war von Falten gezeichnet, zwischen den spröden Lippen war eine verstümmelte Zunge zu erkennen. Und doch sprach sie deutlich, nur heiser, fauchend. »Wer immer du bist... komm nicht näher... störe nicht den herrlichen Zauber der Bathaquar!«

Aelarian fiel auf die Knie. Die Kette entglitt seinen Fingern, klirrte auf den Felsen. Der Schwan wandte den Kopf, starrte mit einem Auge auf Aelarian.

»Ihr bist du gefolgt, Uliman«, stieß der Großmerkant hervor. »Der Kette der Aldra, der letzten des Silbernen Kreises. Nun hast du Sternengängers Kontinent gefunden... aber warum? Um die Menschheit zu vernichten, um jeden zu töten, der lebt und der leidet? Nein, Junge, das kannst du nicht wollen.«

»Geh!« schrie die Frau. »Laß mich in Ruhe! Jeder muß sterben, der nicht mein Zeichen auf der Stirn trägt... der sich nicht zur Bathaquar bekennt... fort mit dir!«

Aelarian blickte nur auf den Schwan. »Was hat Rumos dir angetan? Wann hat er dich mit diesem Untier vereint und den Zauber von Nekon gelehrt?« Seine Hand fuhr in die Tasche des roten Mantels. »Erinnerst du dich daran, als du nach Taruba kamst, zur Großgilde von Troublinien? Du warst so schüchtern, Uliman, und enttäuscht von deinem Vater, der dich weggeschickt hatte.«

Der Schwan fauchte. Zugleich stieß die Frau einen Namen hervor. »Akendor! Akendor Thayrin!«

»Ja, dein Vater, der Kaiser. Er hat dich allein gelassen. Und auch ich ließ dich im Stich, als Rumos dein Lehrmeister wurde.« Aelarian zog die Hand aus der Tasche. Er hatte sie zur Faust geschlossen. »Erinnerst du dich an unsere Wanderungen durch Troublinien? An den Tag, als wir auf das Meer blickten und das Spiel der Wellen beobachteten? Du hast so fröhlich gelächelt, Uliman. Du warst glücklich. Erinnerst du dich?«

Der Schwan schrie. Heftig schlug er mit den Flügeln. Ein Schwall zäher Schwärze schlug Aelarian ins Gesicht. Er keuchte, sackte zu Boden. Eisiger Schmerz breitete sich in seinem Hals aus, wurde mit jedem Atemzug schlimmer. Kälte kroch in seine Glieder.

»Der Stein!« Er hörte die Stimme eines Kinds. Sie klang verzagt und weinerlich. »Du hast mir einen Stein gegeben, damals auf dem Felsen.«

Aelarian richtete sich stöhnend auf. In den Schwaden war der Umriß des Jungen zu erkennen, blonde Locken, der Kopf auf dem dürren Schwanenhals, zitternde Flügel, die eng an dem schmalen Leib anlagen. Halb Kind, halb Schwan, die Augen verzweifelt, gläsern, tränenschwer.

»Ein Stein … blau wie das Meer … du hast ihn mir geschenkt, Aelarian!«

»Ja, es war ein Geschenk.« Der Großmerkant öffnete die Faust. Auf der Handfläche lag ein blauer Kiesel, unscheinbar, mit winzigen Sprenkeln und Rissen. »Ein Stein, damit du immer an mich denken wirst, und an den Tag auf dem Felsen. An das Meer und an die Stunden, die wir zusammen verbrachten.« Seine Stimme stockte kurz. »Du hast ihn mir zurückgesandt, in einem Brief. Wolltest du ihn nicht mehr haben? Wolltest du dich nicht mehr an mich erinnern?«

»Rumos befahl es.« Uliman schluchzte. »Er sagte, ich wäre zu schwach … zu schwach, um Kaiser zu werden … der Schwan sollte mich stark machen, wenn ich ihn in meine Nähe ließe … meine Tage und Nächte mit ihm verbringe.« Schwärze schmauchte um die Federspitzen der Flügel. »Aber der Stein … gehört mir. Er war doch ein Geschenk!«

»Ich habe ihn für dich aufbewahrt, all die Jahre. Nimm ihn. Er glänzt noch immer wie das Meer, siehst du?«

Ein Ruck ging durch Ulimans Körper. Die Flügel richteten sich auf. Das Gefieder sträubte sich.

Dann lösten sich die Federn. Sie fielen herab, lautlos. Der Wind griff nach ihnen und wehte sie empor in die Lüfte. Zurück blieben die nackten Arme des Jungen, und seine Hände, schneeweiß. Er bewegte sie unsicher, krümmte die Finger. Der dürre Schwanenhals schrumpfte, und der Hals sank mit einem Knacken auf die Schultern.

»Ich will, daß der Schwan mich in Ruhe läßt... nicht mehr in meinem Kopf umherspukt... mich nicht mehr mit seinem Fauchen ruft.« Uliman nahm den Stein aus Aelarians Hand. »Kannst du ihn verjagen, Aelarian? Er soll mich nicht länger quälen.«

Die Schwärze um Aelarian zerfiel zu winzigen Tropfen und verteilte sich in der Luft. Schon kehrte das Licht auf den Felsen zurück. Am Himmel waren Wolken zu erkennen, fern und grau.

»Du hast ihn selbst verjagt.« Der Großmerkant erhob sich. Er streichelte den Kopf des Jungen, und dieser legte die Arme um ihn. »Er kommt nicht zurück, wenn du es nicht willst.«

»Ich will es nicht«, flüsterte Uliman. »Nein, ich will es nicht.«

In seinen Händen glänzte der Stein. Er umschloß ihn fest mit den Fingern, als wollte er ihn nie wieder loslassen.

Die Schwärze aber floh von dem Felsen. Der Wind wehte sie fort und zerstäubte sie. Sie verlor sich zwischen den Luftstößen. Der Himmel klarte auf.

In der Ferne, über dem Meer, huschte ein Lichtstrahl über die Wellen. Es war der rötliche Feuerschein des Leuchtturms.

»Der Hauch von Nekon vergeht«, murmelte Aelarian. Er sah sich nach Ulimans Gefolge um. Die zerlumpten Menschen waren zurückgewichen. Sie standen unsicher vor der *Roten Kordel* und beobachteten Uliman, der sich noch immer an den Großmerkanten schmiegte. Einige tasteten nach ihren Stirnen, um die verkrusteten Linien der Rosenzeichen zu verbergen.

Von der Bucht aber drang ein Johlen empor. Unten winkten die Fischer aus Rhagis. Aelarian entdeckte Stollings blütenweißes Hemd. Cornbrunns leuchtenden Schopf. Er erwiderte ihren Gruß und lächelte.

Der Fluch der Bathaquar war gebannt.

Luft! Gierig sog Nhordukael sie ein. Er wollte atmen. Wollte leben. Wollte sich nicht verlieren in der Sphäre.

*Wer in der Sphäre stirbt, findet keine Ruhe... der endet wie Sternengänger...*

Er schlug die Augen auf. Sah vor sich das Geflecht der Drähte, die sich in sein verbranntes Fleisch geschnitten hatten. Ihr Funkeln war erloschen. Das Silber rauchte und war von schwarzen Wirbeln umgeben.

Nun lockerten sich die Drähte. Nhordukael konnte die Arme bewegen. Er spürte in seiner rechten Hand den Stab. Seine Finger umklammerten ihn fest.

Um ihn waberte die Schwärze. Aber sie zerrann vor seinen Augen, sammelte sich in dunklen Pfützen und schwand. Die magischen Ströme kehrten zurück und verdrängten sie.

Nhordukael löste seine Glieder aus dem Gefüge. Mit der Spitze des Stabs wischte er die Drähte fort wie Spinnweben. Die Schlinge um seinen Hals zerfiel. Er rang nach Luft. Die Magie der Sphäre kitzelte angenehm auf seiner Zunge.

Nun fiel sein Blick auf Sternengänger. Reglos hing der kleine Körper vor ihm in der Sphäre. Das Kind hatte die Hände vor sein Gesicht gelegt. Die Sporne der Maske hatten die Finger zerschnitten, und die Maske selbst war schwarz geworden, ein schrundiger Klumpen.

»Nun mußt du loslassen, Sternengänger«, sagte Nhordukael leise. »Du hast lange genug über die Sphäre geherrscht und dich gequält. Ich befreie dich von ihr.«

Langsam schob er die Spitze des Stabs unter Sternengängers verklumpte Maske. Knirschend gab sie nach, als die Macht des Schwarzen Schlüssels sie erfaßte. Nhordukael stemmte sich gegen den Stab. Mit einem kräftigen Stoß löste er die Maske von dem Gesicht des Kinds. Sie sprang herab. Darunter zerfetzte Haut, die entstellten Züge von Laghanos, seine Augen, weit aufgerissen, starr, voller Qual.

Nhordukael betrachtete ihn traurig. Er zerrte den Körper des Jungen zu sich empor. Dann sanken die zwei Auserkorenen zurück auf den Acker, wo sie zum letzten Mal aufeinandergetroffen waren. Die Sphäre ließ sie frei.

Die letzten Spuren der Schwärze zerstoben über ihren Köpfen.

Grauenvolle Stille lag über dem Schlachtfeld. Der Wind blies schwach, der Regen hatte aufgehört. Keine Stimmen waren zu hören, nur ab und zu ein leises Husten. Wie viele lebten noch auf dem Acker? Wie viele waren gefallen, wie viele erstickt in den finsteren Schwaden?

Grauenvolle Stille.

Hände durchpflügten den Schlamm. Sie bekamen einen Arm zu fassen, eine Schulter, die ledernen Schnallen einer Rüstung. Sie zerrten an ihr, bis der Rest des Körpers aus der Brühe glitt.

»Äch ne. Wen haben wir denn da?«

Parzer beugte sich über den Mann, den er geborgen hatte. Erbärmlich sah der Kerl aus, sein Gesicht dreckig. Er zitterte am ganzen Leib. Blut rann aus seinen Nasenlöchern.

»Das sieht mir ganz nach Tarnac dem Grausamen aus«, sagte Ungeld, der sich neben Parzer aufgebaut hatte. »Grausam, wirklich...brrr. Nun wisch ihm schon den Rotz von den Lippen, er kriegt ja kaum Luft.«

Tarnac keuchte. Panisch starrte er umher. »Die Schwärze...wo ist sie?«

»Vergangen im Wind.« Ungeld wedelte fahrig mit der Hand. »Zurück bleiben die Toten, die sie in vollen Zügen genossen haben.«

»Findest du das etwa lustig, Ungeld?« Schalim der Prasser drängte sich neben die Fischer. Er war totenbleich, und wie Tarnac blutete er aus der Nase. »Der schwarze Hauch hat Tausende erstickt! Fast hätte es mich auch erwischt.« Er hustete und spuckte eine schwarze Spur ins Wasser.

Tarnac keuchte auf. »Die Schwärze... hat sie alle umgebracht... hat keinen verschont... niemanden...«

»Außer den Erben Varyns«, brüstete sich Mäulchen, die zu ihnen aufgeschlossen war. »Und auch der Prasser kriegt langsam wieder Farbe ins Gesicht.« Sie zwickte Schalim schelmisch in die Wangen.

Tarnac versuchte sich aufzurichten, aber er hatte kaum Kraft und sank zurück in den Schlamm. »Bitte... helft mir... bringt mich nach Venetor... ich muß...«

»Du mußt gar nichts mehr«, schnarrte Parzer streng. »Außer dein Ärmchen heben. Du schuldest uns noch etwas.«

Er krempelte das Leder an Tarnacs rechtem Arm zurück. Enttäuscht betrachtete er die nackte Haut.

»Vielleicht das andere Handgelenk?« schlug Mäulchen vor.

Parzer überzeugte sich vom Gegenteil. »Nichts!« Seine Augen rollten. »Raus mit der Sprache, Tarnac. Wo ist das Armband? Auch wir können sehr grausam sein, wenn man uns foppt.«

Der König schüttelte den Kopf. »Ich weiß es nicht... es ist fort... fort... und meine Igrydes sind tot... tot... meine Brüder... meine Schwestern... Fleisch von meinem Fleisch... Blut von meinem Blut...«

»Schwachsinn von deinem Schwachsinn«, ergänzte Ungeld. Seine Augen suchten den Boden rings um den König ab. »Viel Spaß beim Suchen, Parzer. Ich bin schon einmal in den See Velubar gesprungen. Ein zweites Mal fische ich nicht im Trüben.«

Parzer knirschte mit den Zähnen. »Wir müssen ihn aber finden! Wir können doch nicht ohne den Turmbinder nach Rhagis zurückkehren.« Er schüttelte Tarnac unsanft. »Wo hast du ihn versteckt?«

Er bekam keine Antwort. Tarnacs war längst gefangen in

seiner Umnachtung; ununterbrochen wisperte er die Namen der Gefallenen. Seine Blicke huschten umher. Er sah die Gesichter der toten Gyraner und Kathyger, sah die schwarz verfärbten Augen, die blutigen Lippen, den Ausdruck des Entsetzens auf ihren Mienen.

»Alle ... tot ... sie alle ... meine Schuld ... Fleisch von meinem Fleisch ... Blut von meinem Blut ... beherrscht von meinem Willen ... von meinem ...«

Seine Worte gingen in ein Schluchzen über.

»Von dem werdet ihr nichts erfahren«, seufzte Schalim. »Der hat seine besten Jahre hinter sich. Ganz im Gegensatz zu mir.« Er tupfte sich das Blut von der Nase. »Vergeßt den Turmbinder. Er bleibt zurück im Dreck. Vielleicht ist es besser so. Selbst wenn ihn in vielen Jahren jemand finden sollte, wird er nicht wissen, wozu er einst gut war.«

Die betroffenen Gesichter der Fischer amüsierten ihn. Doch ein Blick auf das Schlachtfeld zerstreute auch seine Heiterkeit.

»Was für ein Elend«, murmelte Schalim. »Diese Welt ist verloren.«

Aber im Innern wußte er, daß die Menschen, die zu kennen er sich seit jeher rühmte, auch diesen Tag überstehen würden, und er, der Prasser, war bereit, seinen Teil für eine rosige Zukunft zu leisten.

Sein Blick blieb auf dem abgeknickten Mast des Schiffs hängen, das vor ihnen im Schlamm lag. Der Schriftzug auf der Schiffswand war verwittert, das Holz durchweicht.

»Dich kriegen wir schon wieder flott, *Hotteposse*«, versprach er. »Und auch der Rest wird sich fügen. So sind die Menschen.«

Er sollte recht behalten.

KAPITEL 13

# Flöte

Eine heitere Melodie hallte über den Gorjinischen Markt. Die Töne erklommen waghalsige Höhen, sanken in lauschige Täler ab, wechselten sich mit schmerzlichen Sentenzen, gipfelten in einem hellen Tirilieren. Ein Mann mit verfilztem Haar spielte auf seiner Flöte; sein Oberkörper wogte wie eine Weide, als zögen die Klänge ihn an einem unsichtbaren Faden nach. Er rollte mit den Augen und zwinkerte, tänzelte zwischen den Schatten der gläsernen Türme umher und folgte ihren schwachen Linien auf den Pflastersteinen.

Einige Menschen blieben stehen und lauschten. Es waren nicht viele, die an diesem Morgen in Varas Straßen umhergingen. Noch immer versteckten sich die meisten Überlebenden in ihren Häusern. In der Nacht tauschten sie ängstlich Gerüchte aus ... die Schatten würden zurückkehren, so wurde gemunkelt, um den letzten Bewohnern von Vara die Augen zu rauben; und die Goldéi stünden vor den Stadtmauern, um ihnen ein grausiges Ende zu bereiten.

Andere waren mutiger. Seit die Geisterwesen verschwunden waren – zerrissen von Binhipars Hunden, verendet in einsamen Winkeln –, wollten sie sich nicht länger verstekken. Sie wagten sich auf die Straßen, auch wenn Vara ihnen fremd vorkam und die Verwandlung der Stadt nicht zu übersehen war. Die Sonne schien freundlich auf die gläsernen Türme von Vara, und seit langem war auf dem einen oder anderen Gesicht wieder ein Lächeln zu sehen.

Um den Flötenspieler hatte sich eine Menschentraube gesammelt. Einige Leute wiegten den Kopf zu den Klängen, andere summten leise mit, wenn sie eine Tonfolge wiedererkannten.

»Habt ihr schon gehört?« rief eine hagere Frau den Umherstehenden zu. »Die gläsernen Wälle am Stadtrand sind durchlässig geworden.«

»Ist das wahr?« Ein älterer Mann mit kahlem Haupt wandte sich ihr zu. »Man kann die Stadt wieder verlassen?«

»Nein, das nicht. Einige haben es versucht, aber sie kamen nicht weit. Als sie die Wälle durchschreiten wollten, litten sie schreckliche Schmerzen und mußten umkehren. Aber es gelangen Menschen in die Stadt hinein. Flüchtlinge!« Eifrig blickte die Frau umher, um sich der Aufmerksamkeit ihrer Zuhörer zu versichern. »Die Goldéi schicken sie zu uns. Es herrscht nämlich Frieden dort draußen, müßt ihr wissen. Frieden!« Sie rief das Wort laut, damit alle es hören konnten.

»Das habe ich auch gehört«, bestätigte ein nahe stehender Mann mit derbem Gesicht. »Seit Fürst Baniter den Scaduif freigelassen hat, herrscht Frieden. Der Goldéi verwandelte sich in weißen Nebel und schwebte an den Glastürmen empor gen Himmel. Er ist zu seinen Brüdern zurückgekehrt und hat ihr Heer aufgehalten. Ja, der Fürst hat uns gerettet!«

»Nein, das war Nhordukael«, widersprach ein anderer, der ein weißes Band um die Stirn trug. »Er schlug die Goldéi zurück. Er ging für uns in die Sphäre und kämpfte im verborgenen gegen die Mächte der Finsternis. Ihm haben wir den Frieden zu verdanken.«

Sie stritten nun eifrig miteinander, überboten sich mit Behauptungen und Vermutungen. Nur einer schwieg; ein rothaariger Mann mit wäßrigen Augen und einem schiefen Mund. Er hörte zu, sagte jedoch selbst kein Wort. Schließlich wandte sich der Kahlköpfige an ihn.

»Was denkst du? Wer hat uns den Frieden gebracht – Baniter oder Nhordukael?«

Der Rothaarige zuckte mit den Schultern. Er gab keine Antwort.

»Wer bist du eigentlich?« fragte sein Gegenüber.

»Kommst du aus Troublinien? Warst du ein Gefolgsmann des verschollenen Kaisers? Wie ist dein Name?«

»Ich habe ihn vergessen«, murmelte der Rothaarige.

Er erntete Gelächter. »Du hast ihn vergessen? Nun, es ist gleich. Wir können uns alle glücklich schätzen, am Leben zu sein. Was zählen da Namen und Erinnerungen! Selbst diese Stadt ist namenlos geworden.«

Die Leute schmunzelten. Natürlich kannten sie alle den Namen der Stadt, doch dieser seltsame Ort mit seinen fremden Türmen hatte nichts mit dem alten Vara gemein, und ihr Leben wenig mit dem, das sie vor der Wandlung geführt hatten. Ja, es war ein Neubeginn … alle spürten es, und das heitere Lied der Flöte schien die neue Zeit anzukündigen.

»Was wurde aus Fürst Baniter?« fragte der Junge mit dem Stirnband. »Wo ist er?«

»Im Palast«, antwortete die hagere Frau. »Viel ist von dem häßlichen Bau nicht übriggeblieben. Aber Fürst Baniter hat sich trotzdem dort verkrochen. Er hat schreckliche Wunden davongetragen, als er gegen Binhipar Nihirdi kämpfte.«

Die Menschen nickten. Alle hatten von dem Kampf der Fürsten am Stillen See gehört; von Binhipars Ende, von dem schaurigen Mahl seiner Hunde …

»Zerfetzt haben sie ihn«, verriet der Kahlköpfige. »Er war am Ende nicht mehr zu erkennen. Wie sehr müssen die Biester ihn gehaßt haben!«

Nun horchte der rothaarige Mann auf. »Binhipar ist tot? Seid ihr euch sicher?«

»Tot wie die Geisterwesen, denen er die Kehlen durchschnitten hat. Tot wie Kaiser Akendor und sein mißratener Sohn.« Ein befreiendes Lachen erfaßte die Menge. »Wir werden sie nicht vermissen, keinen von ihnen.«

»Tot also«, murmelte der Rothaarige. »Zerrissen von den Hunden. Das ist nur gerecht.« Seine Mundwinkel zuckten. Dann stimmte er in das Gelächter ein, während das Flötenspiel schneller wurde und die ersten Menschen sich an den Händen faßten, um miteinander zu tanzen, am Fuß der gläsernen Türme und im strahlenden Sonnenlicht.

Die Frau war noch jung. Baniter schätzte sie auf Anfang Zwanzig. Sie hatte ein freundliches, scheues Gesicht; zarte Wangen, ein Grübchen in ihrem Kinn. Die schlechten Zähne zeugten von ihrer ärmlichen Herkunft. Volle Brüste zeichneten sich unter ihrem Leinhemd ab.

In ihren Armen lag der Säugling. Er hatte die Augen geschlossen, schien aber wach, denn er ruderte mit den Armen, fast so, als wolle er fortschwimmen, hinaus in die Welt. Baniter schmunzelte.

*Kleine Prinzessin ... so jung und schon auf der Flucht? Wo willst du denn hin? Gharax mag kein freundlicher Ort sein, da er dir so früh die Mutter raubte. Aber wir haben nur diese eine Welt. Wir müssen auf ihr leben und versuchen, sie besser zu machen. Diese Stadt ist ein Anfang.*

»Wann übergab der Fürst dir das Kind?« fragte er.

»Vor sechs Tagen. Er ließ mich in den Palast kommen und befahl mir, sie zu stillen.« Tränen rannen der Frau über die Wangen. »Er war grob zu mir und drohte, mich zu töten, wenn ich ein Wort darüber verliere. Seine Augen machten mir Angst.«

»Ja, er verstand es, Menschen einzuschüchtern.« Baniter trat nah an sie heran. »Er kann dir nichts mehr tun. Binhipar Nihirdi ist tot.«

Sie schien seine Worte kaum zu hören. »Mein eigenes Kind, mein kleiner Sohn ... die Schatten haben ihn geholt, Fürst Baniter. Er war erst ein Jahr alt. Ich habe immer gut auf ihn achtgegeben. Aber dann kamen die Schatten. Seine Augen wurden zu Gold, und die Geister raubten ihn mir.« Sie weinte. »Wenn ich ihn wenigstens begraben könnte ...«

»Ich werde seinen Leichnam suchen lassen«, versprach Baniter. Er nahm ihr den Säugling aus den Armen. »Du hast ein Kind verloren, aber meiner Tochter das Leben gerettet. Ich danke dir.«

Der Säugling blinzelte. Grüne Augen, gefärbt vom Schleier der ersten Lebenswochen. Er verzog den Mund und gähnte.

*Meine Tochter. Die wiedergeborene Sonne von Arphat.* Baniter spürte den winzigen Körper, die Wärme, die zaghaften Bewegungen. Es war lange her, daß er ein Neugeborenes gehalten hatte; Marisa, seine drittälteste Tochter. *Und wieder ein Mädchen. Jundala würde gewiß darüber schmunzeln.*

Seine Gedanken kehrten zu Binhipar zurück. Wie viele Jahre hatte der Fürst ihn mit seinem Haß verfolgt? Er hatte Baniter gedemütigt, den Silbernen Kreis gegen ihn aufgehetzt, zusammen mit Scorutar Suant ununterbrochen gegen ihn intrigiert ... aber nun empfand Baniter nur Dankbarkeit.

»Er ließ dich am Leben«, wisperte er seiner kleinen Tochter zu. »Er brachte es nicht übers Herz, dich zu töten.«

*Vielleicht hast du mich deshalb nicht besiegen können, Binhipar – weil dein Herz nicht aus Stein war, wie du selbst von dir glaubtest. Die Hunde müssen es gespürt haben; und weil sie dich fürchteten, wurde dir deine Schwäche zum Verhängnis. Ach, Binhipar ... ich hätte dir einen würdevolleren Tod gegönnt.*

Der Kopf des Mädchens drückte auf den Verband an seiner Schulter. Ein Heiler hatte die Wunde genäht und mit dem Sud der Fachandelblüte ausgewaschen. Dennoch war es ein Wunder, daß sie sich nicht entzündet hatte. Inzwischen konnte Baniter wieder gehen. Er war dem Tod knapp entronnen, und seine letzte Begegnung mit Binhipar würde er sein Leben lang in den Knochen spüren.

Er erinnerte sich an die Worte, die Nhordukael ihm auf den Weg mitgegeben hatte, als er ihn aus der Sphäre befreit hatte. *Ihr seid nicht länger Mondschlunds Sklave, und kein Kaiser, kein Herrscher, kein Fürst. Vergeßt nicht, wer den Silbernen Kreis schuf. Vergeßt nicht, daß er zersprungen ist.* Nein, er würde es nicht vergessen; nicht Mondschlunds Gesänge, nicht Sternengängers großspurige Worte. Sie hatten ihn gelehrt, wie belanglos sein Streben nach Macht gewesen war. Und nun, da Binhipar tot war und Frieden zwischen Menschen und Goldéi herrschte, war es an der Zeit, die Vergangenheit hinter sich zu lassen.

Er humpelte zum anderen Ende des Saals. Durch die Ritzen der zerstörten Mauern fiel Sonnenlicht. Baniter erhaschte einen Blick auf die Trümmer des Palasts. Nur der Nordflügel hatte dem Ansturm der Schatten widerstanden. Die anderen Gebäudeteile waren von gläsernen Wänden zerfurcht. Die Handschrift des Baumeisters Sardresh war deutlich zu erkennen. Und doch war die Verwandlung des Palasts unvollendet geblieben, wie so vieles in Vara.

*Dies ist nicht die Stadt, die sich Sardresh erträumte. Die Menschen werden sie neu erkunden müssen, und sie werden sie anders nutzen, als er es sich dachte.*

Jemand rief seinen Namen. Einige Männer waren eingetreten. Sie eilten auf Baniter zu und verneigten sich.

»Fürst Baniter...«

»Was ist?« fragte er unwirsch. »Was wollt ihr?«

»Es sind Flüchtlinge durch die Tore eingedrungen. Wir haben sie zum Gorjinischen Markt geführt; sie sind ausgehungert und verängstigt. Die Goldéi haben sie in die Stadt gescheucht. Was sollen wir mit ihnen tun?«

»Warum fragt ihr mich das? Bin ich verantwortlich für diese Dinge?«

Die Männer wechselten verunsicherte Blicke. »Wir dachten... nun, Ihr seid der Fürst von Varona und Ganata... der letzte Erbe der Gründer.«

»Wie ihr seht, trage ich keine Fürstenkette um meinen Hals. Der Silberne Kreis ist zersprungen. Wenn ihr jemanden braucht, der Entscheidungen fällt, dann sucht ihn euch selbst.«

»Aber die Flüchtlinge – jemand muß sie versorgen. Sie kommen von weit her, aus Gehani. Es geht ihnen schlecht.«

»Aus Gehani?« Baniter blickte ihn überrascht an. *Wie kann das sein? Sternengänger versprach mir, die Bewohner von Gehani zu retten und auf seine Welt zu führen. Hat er gelogen? Ist sein Plan gescheitert?* »Bringt mich zu ihnen!«

Er humpelte den Männern hinterher.

Es waren wohl zweihundert Flüchtlinge, die an diesem Tag in die Stadt gekommen waren; ganze Familien, erschöpft, verwirrt und hungrig. Die Kinder weinten, die Greise flehten um Brot. Die Bewohner von Vara waren ratlos, was sie mit ihnen tun sollten. Sie hatten die Flüchtlinge schließlich zum Gorjinischen Markt geführt, wo noch immer der Flötenspieler seine Weisen zum besten gab.

Das Gespräch in der Menge hielt an. Lautstark berieten sich die Menschen, darunter die hagere Frau, der Kahlköpfige und der ehemalige Weißstirn.

»Aus Gehani kommen sie also... wer hat sie hergebracht? Die Goldéi?«

»Nein, eine Frau soll es gewesen sein. Sie führte die Menschen vor die Tore. Dann ließen die Nebelwesen sie durch.«

»Wie viele sind es? Jemand sollte sie zählen.«

»Sie sehen elend aus. Sie müssen seit Tagen unterwegs sein.«

»Gebt ihnen zu essen. Die Speicher des Palasts enthalten genug Brot für alle. Wir werden ein paar Fuhren holen... vor allem die Kinder brauchen etwas in den Mägen.«

»Und wenn weitere kommen? Was machen wir dann? Wo bringen wir sie unter?«

»Es gibt ja nun genug Häuser, die leerstehen. Und vergeßt nicht die Glastürme! Ich habe mich in einen hineingewagt, und die Räume sind großzügig und sonnig.«

»Die Türme? Warum nicht? Wenn wir sie mit Leben füllen, wird das der Stadt guttun.«

Die Stimmen schwirrten aufgeregt umher, untermalt von den Klängen der Flöte. Noch immer wurde zu ihnen getanzt. Einige Leute schenkten Wein aus, den sie aus den Kellern ihrer Häuser geholt hatten. An anderer Stelle hatte jemand ein Feuer entzündet und röstete Brot über der Flamme. Die Stimmung war gelöst.

»Nun laßt die armen Kerle nicht im Winkel herumstehen! Heißt sie willkommen, holt sie herbei. Sie sind von nun an unsere Mitbürger, warum sollen wir über ihre Köpfe hinweg entscheiden?«

»Ja, sie sollen kommen. Sie sind …«

Die hagere Frau, die zuletzt gesprochen hatte, hielt mitten im Satz inne. Sie hatte einen Mann in der Menge erspäht. Er trug ein Kind in den Armen. Sein Gesicht mit den leuchtendgrünen Augen war ihr vertraut.

»Seht doch«, stieß sie erschrocken hervor. »Der Fürst!«

Die Leute drehten sich nach Baniter um. Er lauschte schon eine ganze Weile ihren Reden. Für einen Augenblick herrschte beklommenes Schweigen.

»Sprecht weiter«, sagte Baniter schließlich. »Ich höre nur zu.«

»Wir beraten darüber, was mit den Flüchtlingen geschehen soll«, sagte die Frau kleinlaut. Sie schien auf die Zustimmung des Fürsten zu warten.

»Ihr werdet schon eine Lösung finden.« Baniter lächelte und strich über den Kopf des Säuglings. »Entschuldigt mich bitte.«

Er wandte sich ab. Die Leute zögerten. Dann nahmen sie das Gespräch wieder auf.

»Überhaupt, die Vorräte … sie werden ja nicht ewig halten. Wir müssen neues Korn anbauen, auf den Feldern innerhalb der Stadtmauern.«

»Viele der Bauern sind tot, andere verschollen«, antwortete jemand. »Wir sollten die Felder neu vergeben. Der Winter naht.«

»Unter den Ganatern gibt es sicher den ein oder anderen Bauern. Fragt sie danach, und auch nach Schmieden, Schreibern, Kürschnern. Wir brauchen jeden, wenn diese Stadt überleben soll!«

Weitere Vorschläge kamen aus der Menge, vereinzelt auch Widerspruch und Bedenken. Aber der Eifer der Versammelten war groß, und bald wurden die ersten Entscheidungen gefällt, damit das Leben in Vara weitergehen konnte.

Baniter war längst zum Ende des Marktplatzes geschritten, wo die Flüchtlinge warteten. Sie lauschten den Melodien des Flötenspielers. Dieser stand halb im Sonnenlicht, halb im

Schatten eines Turms, und dieser zerschnitt sein Gesicht in eine dunkle und eine helle Seite und ließ es absonderlich wirken.

*Spiel weiter,* dachte Baniter, während er die Flüchtlinge beobachtete. *Laß sie für kurze Zeit vergessen, daß sie alles verloren haben.* Er kannte viele dieser Menschen; den Hufschmied aus der Burg von Gehani, den alten Fährmann, der mit seinem Boot stets den Dumer befahren hatte, und die Krämerin, die häufig am Stadttor ihre Waren feilgeboten hatte. Noch hatten sie den Fürsten nicht bemerkt, und er war froh darüber.

Dann sah er eine Frau unter den Flüchtlingen. Sie hatte den Kopf gesenkt, die Arme um den schlanken Leib geschlungen. Blonde Haare umrahmten ihr Gesicht. Es war halb verdeckt von einer dunklen Augenbinde. Um sie standen ihre Töchter; die älteste war schon eine junge Frau und stützte die Mutter. Die anderen zwei waren jünger. Sie tuschelten miteinander und lachten über den Flötenspieler, der zwischen den Schatten umhertänzelte.

Baniter atmete tief durch. Dann schritt er auf die kleine Gruppe zu.

Das jüngste Mädchen bemerkte ihn zuerst. Mit großen Augen starrte es Baniter an. Zögerte. Rannte ihm dann entgegen.

»Marisa«, flüsterte er.

Schon war sie bei ihm, rannte ihn fast um, umarmte ihren Vater, zupfte an seinem Hemd, seiner Hose, seinem Mantel, weinte und schluchzte, daß er kaum verstehen konnte, was sie ihm sagen wollte. Er ging in die Hocke, küßte ihre Stirn, sagte wieder und wieder ihren Namen, »Marisa … meine Süße …« Und dann waren auch ihre Schwestern bei ihm; die flinke, ernste Banja und Sinsala, schöner und reifer als in seiner Erinnerung, ihre Augen wie die ihrer Mutter, blau und klug und voller Wärme.

Er weinte, erhob sich, küßte Sinsala, die sich an ihn drängte. Dann wanderten seine Blicke zu der Frau, die unweit von ihnen verharrte. Sie hatte ihm das Gesicht zugewandt. Die Augenbinde ließ ihr Gesicht bleich erscheinen.

Vorsichtig reichte er den Säugling seiner ältesten Tochter.

»Halt sie gut fest, Sinsala«, raunte er ihr ins Ohr. »Es ist deine Schwester.«

Er humpelte auf Jundala zu. Sie hörte seine Schritte. Ihre Lippen bebten.

Als er vor ihr stand, verdeckte sie das Gesicht mit den Händen.

»Nicht, Baniter. Komm nicht näher.«

Er berührte sanft ihre Schultern.

»Meine Augen... du wirst mich nicht wiedererkennen.«

Er schob sanft ihre Hände zur Seite und löste die Augenbinde.

»Sie schmolzen, als ich mich von Laghanos abwandte«, flüsterte sie, »als ich die Mondsichel nahm und den Weg nach Vara einschlug. Laghanos hat sich an mir gerächt, mich gezeichnet für immer.«

Er umarmte sie und küßte ihren Nacken. »Wir alle sind durch die Sphäre gezeichnet. Sie hat uns blind gemacht für das, was zählt. Aber nun sind wir in Sicherheit. Hinter diesen Mauern kann uns Sternengänger nichts anhaben.«

Jundala krallte sich an seinem Mantel fest. Sie spürte Baniters Tränen an ihren Wangen herablaufen, und für einen Augenblick glaubte sie, es wären ihre eigenen.

Auf dem Marktplatz verhallte der letzte Flötenton. Der Schattenspieler setzte sein Instrument ab. Er zwinkerte Baniters Töchtern zu. Dann wanderten seine Blicke über den Gorjinischen Markt, und er lauschte den vielen Stimmen, den Gesprächen, dem Lachen der Kinder.

»Nun, meine Freunde«, sagte er heiter, »so schließt sich der Kreis. Ein neues Athyr'Tyran ist geboren, eine Zuflucht für die Menschen von Gharax. Es herrscht wieder Frieden zwischen ihnen und den Sphärenwesen. Die Quellen sind frei, die Schatten fliehen in einen Park, auf einer fernen Insel im Silbermeer.« Er steckte die Flöte fort. »Das Verlies schließt seine Pforten. Leb wohl, Athyr'Tyran. Traue nicht noch einmal jenen, die über die Sphäre herrschen wollen. Dann wirst du ewig bestehen und Hoffnung sein für alle Verlorenen, die Sternengänger fortgelockt hat.«

Er schritt rückwärts in die Schatten, die zwischen den gläsernen Türmen umherwanderten. Bald verschwand er in ihnen und entzog sich allen Blicken.

Niemand bemerkte sein Verschwinden. Die Tore des Verlieses schlugen lautlos hinter ihm zu.

Das letzte Band zwischen Athyr'Tyran und der Sphäre war durchtrennt.

KAPITEL 14

# Wandlung

Fröhlich plätscherte der Bach dahin. Seine Fluten waren gefärbt von der braunen Erde, die er mit sich trug. Er war jung, hatte sein Bett noch nicht gefunden, strömte mal ruhiger, mal wilder in gewagten Biegungen über das Land und strebte dem Meer entgegen.

Am Ufer hatten sich einige junge Menschen gesammelt, die meisten weiblich, aber auch einige Männer waren darunter. Alle trugen die Haare lang und offen; flachsfarbenes Gyranerhaar. Ein schlaksiger Bursche spielte auf einer Drehleier; ihr Holz war zerkratzt, die Saiten rosteten. Die Brashii klang verzerrt, aber der Junge spielte mit solcher Hingabe, daß ihre Melodie alle Herzen berührte. Die Frauen wiegten ihre Köpfe zu der Musik und wisperten einen Namen.

»Delifor ... Delifor ...«

Sie sprachen ihn mit Ehrfurcht. Ihre Augen waren auf den Bach gerichtet. Eines der Mädchen bückte sich, schöpfte Wasser und spritzte es in die Richtung der anderen.

»Delifor ... dein ist das Wasser ... dein ist das Meer ... reinige es ... reinige uns ...«

Sie wiederholten die Worte wieder und wieder.

»Reinige uns ... Delifor ... reinige uns ...«

Der Chor ihrer verzückten Stimmen hallte über das Land.

Der Mann, dessen Namen sie riefen, saß unweit des Bachs auf einem Stein. Delifor hatte die Karte der Südsegler vor sich ausgebreitet. Sein Zeigefinger wanderte an der Küstenlinie entlang, und er wisperte leise vor sich hin. Seit Tagen hatte er sich nicht den Bart geschert; ein Flaum umgab Wangen und Mund. Sein Priestergewand war ungewaschen, die Haare glänzten fettig. Gelegentlich zückte Delifor einen Kohlestrich und trug Worte auf der Karte ein; hier neben eine Bucht, dort neben eine Landzunge, die ins Meer ragte.

Zu seinen Füßen lag ein Bündel; ein runder Gegenstand, den er in ein Tuch geschlagen hatte. Immer wieder wanderten Delifors Augen zu ihm hinüber, als fürchte er, jemand könne ihm das Bündel entwenden.

Vom Norden näherte sich eine Gruppe Männer; ausgemergelte Kathyger. Ihre Kleider waren verdreckt und abgerissen. Der Anführer, ein kurzhaariger Mann von gedrungener Gestalt, schob sich an den singenden Frauen und Jünglingen vorbei. Er blieb vor Delifor stehen.

»Bist du der Priester, von dem sie alle sprechen? Der Schreiber des Königs von Gyr?«

Delifor kritzelte gedankenverloren auf der Karte herum. Dann erst ließ er den Stift fahren.

»Hast du etwas gesagt?« fragte er. »Wer bist du?«

»Cercinor aus dem Rochenland. Der Unbeugsame, so nannte man mich einst. Versuche deshalb gar nicht erst, mich abzuwimmeln.«

Delifor blickte ihn nachdenklich an. »Aus dem Rochenland – ein Kathyger also.« Er zeigte Cercinor die Karte. »Wie bist du hergelangt? Wer brachte dich über das Silbermeer, und wo genau kamst du an?«

Cercinor runzelte die Stirn. Erstaunt wanderten seine Augen über die Karte. »Ist dies die Welt, die Laghanos uns schenkte? Woher hast du diese Karte?«

»Antworte«, forderte Delifor. »Wo kamst du an?«

Cercinor deutete unsicher auf einen Flecken südlich von Venetor. »Dort. Ein riesiger Forst, gewaltiger noch als der Arkwald. Laghanos führte uns zu ihm.« Seine Hand zitterte. »Und dieser Wald wächst … seine südlichen Grenzen verschieben sich Nacht für Nacht. Neue Täler und Senken entstehen. Bäume schälen sich aus dem Nebel. Rehe und Hirsche wandern umher. Vögelschwärme ziehen über die Wipfel hinweg. Und es gibt noch andere riesige Tiere, mit zottigem Fell und gewaltigen Hauern. Es ist ein Wald wie auf Gharax, nur größer und fremder... Laghanos hat ihn erschaffen.«

Delifor nickte. »Ich habe diesen Wald gesehen, aus der Ferne. Du mußt mir alles über ihn erzählen, damit ich ihn auf der Karte einzeichnen kann.« Er erhob sich. »Warum hast du ihn verlassen? Was suchst du hier im Norden?«

»Die Hälfte meiner Leute starb vor zwanzig Tagen, als ein schwarzer Dunst über den Wald kroch.« Furcht glänzte in Cercinors Augen. »Sie erstickten... der Rest wurde halb wahnsinnig vor Angst. Sie haben mich ausgesandt, damit ich erfahre, woher dieser tödliche Hauch kam, und damit ich andere Überlebende finde.«

»Dann führte dich dein Weg wohl in die Stadt Venetor«, folgerte Delifor. »Dort hast du meinen Namen vernommen. Wurde dir auch von der Schlacht berichtet, die bei Venetor tobte?« Er rollte die Karte zusammen. »Nur wenige Männer kehrten aus ihr zurück. Der schwarze Hauch wütete auch dort. Tausende starben, als er mit dem Regen auf das Schlachtfeld niedersank.«

Cercinor der Unbeugsame zögerte, ehe er weitersprach. »Es heißt, dort hätten zwei Könige gegeneinander gekämpft. Tarnac von Gyr und Eshandrom von Kathyga...«

»Sie rangen beide um die Herrschaft«, bestätigte Delifor. »Beide haben in diesen schreckliche Stunden versagt, und beide blieben auf dem Schlachtfeld zurück.«

Cercinor packte den Priester am Ärmel. »Ist das wahr? Eshandrom ist tot?«

»Sein Leichnam wurde zwei Tage nach der Schlacht gefunden, halb im Schlamm versunken. Wir ließen ihn dort stecken.« Ein harter Zug umspielte Delifors Mund. »Nur Tarnacs Leiche fanden wir nicht, aber auch er muß in der Schlacht den Tod gefunden haben. Keiner hat ihn je wiedergesehen.«

»Sie sind also beide tot.« Cercinor seufzte. »Das ist eine gute Nachricht. Wir Rochenländer haßten Eshandrom, kein Tag verging ohne den Wunsch nach Rache.«

Er lauschte den Klängen der Brashii. Noch immer riefen die Frauen Delifors Namen; sie tanzten im Bachbett und winkten verzückt in Richtung des Priesters.

»Für uns Menschen beginnt ein neues Kapitel«, sagte Delifor. »Die Erinnerung an Gharax verblaßt. Ich aber werde sie bewahren, indem ich die Geschichte des Zeitalters der Wandlung aufschreibe. Es war Tarnacs Idee. Aber nun, da er tot ist, kann ich das Werk ohne seine Einmischung weiterführen. Er war ein niederträchtiger Mann, ohne Liebe für die Menschen.«

Die beiden Männer schwiegen. Am Himmel brach die Sonne zwischen den Wolken hervor. Die Strahlen wärmten ihre Gesichter.

»Ich hörte, daß viele Menschen Venetor verlassen haben«, sagte Cercinor dann. »Sie ziehen von der Küste fort und suchen nach neuen Orten, an denen sie bleiben können. Es ist seltsam ... keiner von ihnen scheint sich nach Gharax zurückzusehnen.«

»Sie wollen vergessen. Venetor erinnert an den Niedergang, an die Schlacht und die tödliche Schwärze. Deshalb fliehen sie und zerstreuen sich in alle Himmelsrichtungen.« Delifor stopfte die zusammengerollte Karte in eine Ledertasche. »Auch ich werde weiterziehen. Ich muß den Kontinent erkunden und die Karte vollenden. Die Südsegler umrunden die Küsten, ihr Schiff ist immer wieder auf den Wellen zu sehen. Ich aber will das Inland erforschen, die Wälder und Gebirge, die Flüsse und Seen. Laghanos hat uns eine reiche Welt hinterlassen.«

»Ich habe ihn nicht wiedergesehen«, murmelte Cercinor. »Laghanos rettete uns aus Arphat und führte uns durch lichtlose Weiten zu dem Wald auf deiner Karte. Dann verschwand er spurlos. Selbst als der tödliche Hauch uns dahinraffte, half er uns nicht ...«

» ... weil er der Schwärze selbst zum Opfer fiel.« Delifor rückte an den Unbeugsamen heran. »Ich habe ihn gesehen, am Tag nach der Schlacht. Ein Mann mit verbrannter Haut trug ihn vom Schlachtfeld. Ich sprach ihn an, und er sagte mir, daß Laghanos von uns gegangen sei ... und tatsächlich, sein Leichnam war kalt, die goldene Maske heruntergerissen. Aber ich sah die Wunden in seinem Gesicht, goldene Spuren auf der Haut, wo sie einst festgewachsen war. Es war Laghanos, und er war tot.«

»Dann ist er also fort für immer.« Düster blickte Cercinor zu Boden. »Welche Hoffnung bleibt uns noch? Wir sind dem Kind gefolgt, um vor den Quellen sicher zu sein. Wer wird uns jetzt vor ihnen und den Goldéi schützen?«

Delifor zuckte mit den Schultern. »Ich denke, es war an der Zeit, daß er ging. Vielleicht wollte er in der Schlacht sterben ... um uns diese neue Welt zu überlassen. Nun können wir selbst den Neubeginn wagen und sind endlich frei.«

Er hob das Bündel vom Boden auf, das er die ganze Zeit nicht aus den Augen gelassen hatte. Kurz blitzte ein Gegenstand unter dem Stoff auf. Delifor steckte ihn rasch fort. Er schob sich an Cercinor vorbei und schritt zu seinen Anhängern. Sie umringten ihn begeistert, begannen ihn zu preisen, »Delifor ... dein ist das Wasser ... dein ist das Meer ... reinige es ... reinige uns«, und er genoß ihre Verehrung.

In Cercinors Augen hatte sie etwas Verzweifeltes.

Ein Schiff glitt durch die Wellen. Schwarz war sein Bug, schwarz waren die Segel. Die Barke der Südsegler folgte der Küste. Im fernen Westen glomm das Feuer des Leuchtturms von Fareghi. Seine Strahlen besänftigten das Silbermeer. Weiter im Norden, wo sein Licht sich verlor, herrschte Chaos; da tobten die Wellen, da brüllte die Gischt. Das Silbermeer zürnte, es duldete kein Schiff jenseits des Leuchtturms, nicht einmal die Barke der Schwarzen Erkenntnis.

An Bord hatten sich die Südsegler versammelt. Ihre goldenen Augen waren auf das Land gerichtet, auf den Kontinent, der dem Meer entstiegen war. Sie hatten ihn entdeckt, und sie würden ihn fortan umfahren, getragen von der Macht des Schwarzen Schlüssels.

Der Schiffsjunge Mhadag hatte den Mast erklommen. Er blickte gen Süden und flüsterte einen Reim.

»Nach so vielen Jahren der einsamen Suche, verschollenen Schiffen, verlorener Zeit, erreicht unsere Barke die rettende Küste, läßt Gharax zurück, all den Schmerz, all das Leid.«

Gischt umspülte die Barke. Die Südsegler sahen zu Mhadag empor. Dann antworteten sie mit heiseren Stimmen.

»Die Karte von Yuthir, die Macht des Verlieses, der Schlüssel der Sphäre, das uralte Kind; sie wiesen uns Seglern den Weg in den Süden und trugen uns sicher durch tückischen Wind.«

Das Segel bauschte sich. Die Barke schnellte wie ein Pfeil durch den Strom, und am Horizont entschwand der Leuchtturm ihren Blicken.

»Sie ist nun vollendet, die Wandlung der Welten; ein Stern ist verglüht, und kein Mond ist zu sehen; und fragt man uns heute, wohin wir denn streben...«

Der Wind trug ihr Schiff weiter gen Süden, zu Gestaden, die nie zuvor ein Mensch erblickt oder betreten hatte.

»...die Suche, die Suche muß weitergehen.«

Grimm hatte etwas im Schlick gefunden; eine Muschel, halb verfault und stinkend. Dem Kieselfresser schien sie dennoch die größte Köstlichkeit seit langem. Er schnaubte zufrieden, polkte mit den Krallen das Muschelfleisch aus der Schale, leckte sich genüßlich über die Schnauze. Schon wollte er den ersten Bissen nehmen.

Doch jäh traf ihn ein Tatzenhieb. Knauf hatte ihm aufgelauert! Mit höhnischem Fiepsen warf er sich auf Grimm und verbiß sich in dessen Ohr, während er mit den Hinterbeinchen geschickt die Muschel forttrat, vermutlich, um sie später selbst zu verspeisen, oder einfach, um Grimm zu ärgern. Und wahrlich, Grimm ärgerte sich nicht zu knapp! Er stieß wilde Pfiffe aus, schlug seine Krallen in Knaufs braunen Pelz. Beide rollten fauchend über die Schieferplatten bis zur

Bucht und klatschten ins Salzwasser, pitsch patsch, so daß die Tropfen in alle Richtungen wegstoben.

Uliman Thayrin beobachtete die Kieselfresser. Der Junge stand an der Bucht, dicht am Wasser. Seine Finger spielten mit dem blauen Kiesel, den Aelarian ihm geschenkt hatte.

»Warum zanken sie sich die ganze Zeit, Aelarian? Mögen sie sich nicht?«

Der Großmerkant stand hinter ihm. Eine schwarze Feder steckte an dem Kragen seines roten Gildengewands; eine Erinnerung an den Tag auf dem Felsen. »Nun, manchen Kreaturen ist die Streitlust angeboren, Uliman.« Er warf einen Seitenblick auf Cornbrunn, der mit etwas Abstand in ihrer Nähe wartete. »Auf diese Weise wollen sie eigene Mängel verdecken, Faulheit etwa oder Kleinmut. Aber mögen tun sich Grimm und Knauf, da bin ich mir sicher. Sehr sogar. Sie sind enge Freunde.«

Cornbrunn wandte verächtlich den Kopf in die andere Richtung. Uliman aber hatte aufmerksam zugehört.

»Ich wußte nicht, was das ist… Freunde. Ich dachte, Rumos wäre ein Freund, und der Schwarze Schwan. Sie waren immer bei mir, immer.«

»Jetzt nicht mehr«, beruhigte ihn Aelarian. »Und du bist in einem Alter, in dem man sich seine Freunde selbst sucht.« Er wies auf die Häuser von Rhagis. »Im Dorf gibt es ein paar Buben, so alt wie du, mit denen du vielleicht einmal fischen gehen kannst. Und Mädchen gibt es da auch.« Er zwinkerte Uliman zu.

Dieser senkte den Kopf. »Was soll ich mit Mädchen anfangen… ich bin verheiratet.«

»Das mußt du ihnen ja nicht sagen. Es war ohnehin töricht vom Silbernen Kreis, dich in so jungen Jahren zu vermählen, und dann auch noch mit einer Königin! Solche Ehen halten nicht lange, und manchmal gehen ganze Reiche dabei drauf.«

»Ich wollte Inthara ja gar nicht«, murmelte Uliman. »Aber alle haben auf mich eingeredet, die Fürsten, der Hohepriester Bars Balicor… und Rumos. Seine Stimme war immer in mir, in meinem Kopf. Er flüsterte mir Dinge zu... Befehle.« Er schloß die Finger um den Stein, um sich zu beruhigen.

»Nun flüstert er keine Silbe mehr, sondern weht als graue Asche über die Insel Tyran. Ich habe ihn brennen sehen, Uliman. Und diesmal war die Flamme so heiß, daß selbst ein Rumos Carputon nicht mit heiler Haut davongekommen ist.« Aelarian versetzte dem Jungen einen freundlichen Knuff gegen die Schulter. »Geh nur ins Dorf, keine Scheu. Man wird dich schon nicht auseinandernehmen.«

Uliman nickte. Dann machte er kehrt und schlenderte auf die Häuser zu.

Kinderstimmen waren aus der Ferne zu hören.

Cornbrunn wartete, bis der Junge außer Hörweite war. Dann eilte er zu dem Großmerkanten.

»Ich kann mir nicht helfen, aber er macht mir angst«, brummelte er. »Wenn ich ihn ansehe, muß ich sofort an den Schwan denken, an die gläsernen Augen, die Federn, die Schwärze...« Ein Schauer fuhr ihm über den Rücken.

»Du bist und bleibst ein Hasenfuß«, tadelte Aelarian. »Siehst du nicht, daß er vor allem ein Kind ist, das alles verloren hat? Die Bathaquar hat ihm Schreckliches angetan.«

»Eben darum macht er mir ja angst. Wie können wir sicher sein, daß der Schwan in ihm nicht erwacht? Daß er nicht irgendwann wieder den Hauch von Nekon auf die Welt losläßt?«

»Ein Teil des Schwans wird immer in ihm sein«, gab Aelarian zu, »ein Funken der Ewigen Flamme, ein Splitter aus Sternengängers Gebeinen. Uliman wird den Fluch nie ganz abstreifen können. Aber er hat den Schwan aus eigener Kraft in seinen Körper zurückgezwungen. Ohne diese innere Kraft hätte der Hauch von Nekon jeden vernichtet.« Er strich sich nachdenklich über den rötlichen Bart. »Ich werde ihm helfen, seine Kräfte im Zaum zu halten. Und wer weiß, vielleicht werden sie ganz schwinden. Denn die Magie entrückt uns. Mondschlund schweigt wie ein Grab, Sternengänger ist verglüht wie eine Schnuppe, und die Quellen haben sich von diesen Ufern zurückgezogen. Ich kann die Sphäre kaum noch spüren.«

»Irgendwie beruhigt mich das.« Cornbrunn strich dem Großmerkanten sanft über den Rücken. »Als Mondjünger hast du mir eh nicht sonderlich gefallen, Aelarian.«

Der Großmerkant stutzte.

»Cornbrunn ... du solltest nicht vergessen, daß ich immer noch dein ... daß wir zwei ... ich meine, wir sollten versuchen, zumindest nach außen hin ...«

Er brach den Satz ab.

»Was soll's«, knurrte er dann. »Hier in Rhagis kümmert sich eh niemand um Höflichkeitsformen. Und hier werden wir eine Weile bleiben müssen, allein schon wegen Uliman.«

Cornbrunn packte ihn forsch an der Taille. »Ich finde es ganz entzückend hier. Das Meer, der Leuchtturm, die malerische Kneipe auf dem Felsen, die gutgebauten Fischerknaben draußen auf dem Meer ...«

Aelarian blickte ihn argwöhnisch an. Er wollte etwas erwidern, aber eine laute Stimme ließ ihn zusammenfahren.

»Na, gehen da zwei straffe Rotbäuche auf Tuchfühlung? Wie überaus romantisch!«

Verdattert drehten sie sich um. Auf dem Weg zum Dorf nahten drei Männer, allen voran ein rundlicher Kerl, dessen ramponierter Turban gewagt in den Himmel zeigte. Mit fleischigen Fingern drohte er den Troubliniern und lachte über die erstaunten Gesichter.

Aelarian sammelte sich schnell. »Straffer als dein Bauch allemal, Ungeld. Meine Güte, ich hätte nicht damit gerechnet, euch wiederzusehen!«

»Wir auch nicht«, lachte Ungeld »Da kehrt man nach vielen Kalendern heim nach Rhagis, und wen trifft man zuerst? Troublinische Krämer.«

Nun fielen sie sich um den Hals; der Großmerkant Ungeld und Cornbrunn dem Fischer Parzer, der sich riesig über das Wiedersehen freute.

»Äch ne! Aelarian und Cornbrunn. Und ich dachte, ihr wäret im Meer ersoffen.« Er löste sich aus Cornbrunns

Umarmung und zerrte den dritten Mann nach vorne, der ihm mit hängendem Kopf gefolgt war; eine klapperdürre Gestalt, die Augen stumpfsinnig, der Mund verzerrt. »Sag den Herrschaften guten Tag, Tarnac. Immerhin warst du schuld daran, daß sie ins Meer hüpfen mußten.«

Tarnacs Hände zitterten. Er sah zu Aelarian auf, bemerkte die schwarze Feder am Kragen des Großmerkanten, wich gequält zurück.

»Überall Schwärze ... überall!« Er krallte sich an Parzers Arm fest. »Meine Brüder ... meine Schwestern ... alle tot ... erstickt ... die Schwärze ... kehrt zurück ...«

»Alles kehrt irgendwann zurück«, beruhigte ihn Ungeld. »So wie wir. Mach dir keine Sorgen, König. Wir passen gut auf dich auf.« Er tätschelte Tarnac das kahle Haupt.

Aelarian kniff ungläubig die Augen zusammen. »Wollt ihr uns weismachen, daß dies der gefürchtete König von Gyr ist? Tarnac der Grausame?«

Ungeld nickte eifrig. »Aber gewiß. Er hat nur ein wenig den Verstand eingebüßt. Geschieht ja auch nicht alle Tage, daß einem ein ganzes Heer vor der Nase wegstirbt.« Er beugte sich verschwörerisch zu den Troubliniern vor. »Seit die Schwärze vom Himmel kam, hat er keine Nacht mehr geschlafen. Seht die Ringe unter seinen Augen! Und er kriegt keinen Bissen herunter, würgt alles hervor, zusammen mit einem kräftigen Batzen schwarzen Schleims. Ich wette, er macht es nicht mehr lange.«

Parzer musterte den König feindselig. »Wehe, du stirbst, Tarnac, ehe du uns das Versteck des Turmbinders verraten hast. Er muß doch irgendwo sein!« Verächtlich spuckte er auf den Schiefer.

Ungeld zerrte ihn unsanft von Tarnac fort. »Finde dich damit ab, Parzer – das Armband ist futsch. Stolling wird natürlich fluchen, aber es hilft ja alles nichts.« Er blickte zum Dorf. »Wo ist Stolling überhaupt? In der *Roten Kordel*? Hat der Schenker womöglich schon geöffnet?« Er schnalzte mit der Zunge.

»Auf deinen ersten ›Raschen‹ wirst du leider warten müssen«, scherzte der Großmerkant. »Stolling ist zum Leuchtturm gefahren, um die magischen Ströme zu zähmen. Aber Schnappes sitzt oben in der Kneipe mit ein paar anderen Fischern. Er hilft ihnen, die zerschmetterten Fenster instand zu setzen.«

»Äch ne. Schnappes' Beitrag kann ich mir gut ausmalen. Er wird wortreich sein und völlig belanglos.« Parzers Blicke wanderten zum Dorf. »Nun, wir sollten uns mal dort drüben sehen lassen. Mein Weib fällt aus allen Wolken, wenn ich vor ihr stehe.«

Er eilte Rhagis entgegen.

»Da hört ihr's – Parzer ist und bleibt eben eine treue Seele«, raunte Ungeld den Troubliniern zu. »Das hat Mäulchen lange nicht glauben wollen, die Ärmste, und ist ihm ganz umsonst nachgerannt.«

»Wo habt ihr sie eigentlich gelassen?« fragte Cornbrunn. »Ich dachte, ihr drei wäret unzertrennlich.«

»Mäulchen? Die ist mit dem Prasser durchgebrannt, wer hätte es gedacht. Wo die Liebe hinfällt... na, Schalim ist wahrlich kein schlechter Kerl, und Mäulchen wird ihn auf Trab halten, in jeder Hinsicht! Fast tut er mir leid.«

Grinsend wandte sich Ungeld ab und eilte Parzer hinterher, voller Freude, nach Rhagis heimzukehren.

Nur Tarnac blieb bei den Troubliniern zurück. Verwirrt hielt der König die Hände vors Gesicht, stammelte unverständliche Worte und schluchzte.

»Und noch ein gefallener Herrscher«, seufzte Cornbrunn. »Eldrom von Crusco, Uliman Thayrin, jetzt auch noch Tarnac von Gyr... wir können sie hier in Rhagis bald stapeln.«

»Das hat schon seinen Sinn«, erwiderte Aelarian. »Hier richten sie wenigstens kein Unheil an. Dafür werden Varyns Erben sorgen.«

Er hakte sich bei Cornbrunn unter. Von der Bucht hörten sie das Schnaufen der Kieselfresser, die sich längst vertragen hatten und in Eintracht die Muschelschale mit ihren rauhen Zungen ausschleckten.

Ein friedlicher Abend brach über Rhagis herein.

# EPILOG

*Alle Spuren sind verblaßt. Ich sehe sie nicht mehr, die Abdrücke der Fersen, der Zehen, des Wanderstabs... Sternengängers Schritte, verweht von den magischen Strömen. Ich folgte ihnen lange, aber nun sind sie erloschen, wie Sterne in dunkler Nacht... ja, Dunkelheit senkt sich über die Sphäre. Ich folge den letzten Lichtern, die aus der Ferne winken, aber sie sind im Nebel kaum zu sehen. Ich irre umher, schlage die falsche Richtung ein, kann den Weg nach Gharax nicht finden. Wild peitscht die Magie der Quellen um mich; sie wollen nicht, daß ich zurückkehre.*

*Haben sie Angst vor mir? Fürchten sie, ich könnte ihnen ein neuer Sternengänger sein? Sie spüren wohl den Stab in meiner Hand, die Macht des Schwarzen Schlüssels. Wie rasch ich euch bezwingen könnte, wenn ich es nur wollte! Aber ich lasse euch in Freiheit, trotz der Grausamkeit, mit der ihr die Menschen verfolgt. Sie hielten euch in Gefangenschaft; nun zahlt ihr es ihnen heim, verjagt und tötet sie... Ist dies das wahre Antlitz der Welt? Tat Sternengänger gar ein gutes Werk, als er euch Ketten anlegte?*

*Ich wanke durch die Finsternis, in meinen Armen der zarte Körper eines toten Kindes. Deine letzte Hülle, Sternengänger... auf dem Acker bei Venetor hast du den letzten Atem ausgehaucht, kurz nach der Schlacht. Wer in der Sphäre stirbt, der findet niemals Frieden... du aber starbst auf deinem neuen Kontinent. Und mit dir schwand der Fluch der Bathaquar. Er war dein Schicksal, die Kehrseite deiner glanzvollen Taten. Denn hättest du die Quellen nicht gezähmt, wäre auch die Bathaquar nie in die Welt gekommen. So viel Leid hast du über uns gebracht, Sternengänger... nun bist du besiegt, und die Sphäre ist frei.*

*Und Mondschlund? Wird auch er für immer schweigen? Vielleicht wacht sein Geist noch im verborgenen, sehnt sich zurück nach Athyr'Tyran, seinem Vermächtnis an die Menschheit. Die Stadt erstrahlt so hell, so hell... ihr Funkeln blendet mich! Die letzte Zuflucht der Vertriebenen... manche sind längst dort, andere werden Jahre auf Gharax umherirren, bis sie die rettenden Mauern erreichen. Sie müssen ihr altes Leben zurücklassen, dann erst öffnen sich die Tore. Überall, wo die Menschen einst Städte errichteten, wird Athyr'Tyran aus der Tiefe emporsteigen, ein leuchtender Stern in der Finsternis. Aber nicht für dich, Mondschlund. Du hast das Recht verwirkt, Teil dieser Stadt zu sein, weil du nicht ehrlich zu uns Menschen warst.*

*Uns Menschen... gehöre ich denn noch zu ihnen? Ich bin so lange in der Sphäre gewandelt und weiß kaum mehr, was es bedeutet, Mensch zu sein. War ich es je? Hat das Schicksal mich dazu bestimmt, ein zweiter Weltenwanderer zu werden? Die Priester Tathrils ließen mich nicht Kind sein und nicht Mann. Mein Leben zerrann vor meinen Augen, ehe ich begriff, was mir verlorenging.*

*Doch ich, der Auserkorene, werde das letzte Opfer der Sphäre sein.*

*Du hast dies alles hinter dir, Laghanos. Ich trage dich in meinen Armen, leblos ist dein Körper und starr. Ich weiß nicht, wer du warst, ich kenne deine Leiden nicht und kann sie nur erahnen. Als wir uns trafen, warst du längst verflucht... Drafurs Maske, Drafurs Mantel hatten dich der Welt entrissen. Aber blicke ich in dein Gesicht, dann sehe ich dieselben Wunden, die auch ich trug. Ich hätte dich niemals auf Sternengängers Welt zurückgelassen. Wir beide, die so viel erduldet haben, gehören nicht dorthin. Wir kehren heim nach Gharax... siehst du die Lichter in der Ferne, den Feuerschein?*

*Es ist das Auge der Glut.*

*Ich werde den Weg finden.*

Und dann waren die Flammen nah, ganz nah. Sie leckten über seine Haut, streichelten und begrüßten Nhordukael mit lautem Knistern, Züngeln, Prasseln. Das Auge der Glut hieß ihn willkommen, reichte ihm die roten Hände und trug ihn aus der Sphäre.

Die Luft um Nhordukael flimmerte. Glühender Staub wehte über das Palidonische Hochland. Der Brennende Berg spie Feuer; doch um ihn war die Lava erkaltet. Graues, wuchtiges Gestein, bedeckt mit Asche.

Über ihm schwebten die Nebelkinder, ihre weißen, schlanken Körper wie Schwaden aus Dampf. Sie beobachteten Nhordukael, als die Flammen ihn zum Fuß des Berges trugen. Seine Zehen streiften den Grund. Hitze wallte auf.

Behutsam bettete Nhordukael das tote Kind auf die Steine. Asche tanzte um den Leichnam, sank auf das bleiche Gesicht nieder, deckte die Wunden zu.

Nhordukael kniete sich neben ihn. Er schwieg. Das Herz war ihm schwer, als er Laghanos betrachtete.

*Wir kehren heim, Laghanos.*

Drei der Nebelkinder näherten sich; es waren die Scaduif Sazeeme, Aquazzan und Quazzusdon. Nhordukael hörte sie wispern. Ihre Stimmen waren erfüllt von Trauer.

»Hast ihn zurückgebracht, den Auserkorenen.« Aquazzan, der Rotgeschuppte, beugte sich über den Leichnam. »Hast ihm Drafurs Maske abgenommen … wie du versprochen hast.«

»Er hat sie lange genug getragen.« Nhordukael sah den Scaduif feindselig an. »Ich habe meinen Teil der Abmachung erfüllt. Sternengänger ist besiegt, die Quellen sind frei, und der Pakt ist erneuert.« Er klaubte einen erkalteten Lavabrokken vom Boden auf und legte ihn auf die Brust des toten Kindes. »Geht nun. Was ihr Laghanos angetan habt, könnt ihr nicht ermessen. Laßt ihn in Frieden ruhen.«

Aquazzan widersprach nicht. Er kehrte zu den anderen Scaduif zurück, und die aufwirbelnde Asche schmiegte sich um ihre Körper.

Nhordukael nahm einen weiteren Stein, einen dritten, einen vierten, und deckte Laghanos mit ihnen zu. Er wollte weinen und konnte es doch nicht.

*Wer der Sphäre zu nahe kommt, den zeichnet sie für immer. Sie dringt in uns, verändert uns, fesselt uns an ihre Magie…dich, Laghanos, und mich und Baniter Geneder. Wir alle tragen diesen Keim in uns und müssen ihn erdulden.*

Mit düsteren Gedanken begrub er Laghanos, Stein um Stein am Fuß des Brennenden Berges. Und oben vom Gipfel sahen die Weißstirne auf ihn herab, mit glühenden Augen, ihre Körper verkohlt wie der seine.

Seine treuen Anhänger warteten auf ihn.

Tief im Erdreich, unter der verbrannten Kruste, schlummerte die Saat. Sie würde ruhen, begraben unter den Splittern der zerstörten Welt, verschüttet und vergessen.

Doch eines Tages, in einer fernen Zukunft, würde sie den Weg nach oben finden und erneut gedeihen.

Auf diesen Tag würde sie warten, und schlafen.

Die Saat stirbt nie.

# DANKSAGUNG

Das Zeitalter der Wandlung endet, und damit ein Abschnitt meines Lebens, der fast sieben Jahre umfaßt.

Am Ende bleibt mir nur, den vielen Menschen Dank auszusprechen, ohne die es diese umfangreiche Tetralogie nicht in der vorliegenden Form gäbe:

An erster Stelle den Lesern, die mich durch die Welt Gharax begleitet haben und durch Nachfragen, Anregungen und Hinweise selbst zu ihrer Wandlung beigetragen haben.

Weiterhin meinen Freunden, die mir stets Mut gemacht haben und mit denen ich immer wieder über die Splitter meiner Geschichte sprechen konnte – vor allem Asysa und Marco.

Dann natürlich dem Piper Verlag, der diese ungewöhnliche Buchreihe unterstützt und herausgebracht hat. Ein besonderer Dank geht dabei an Carsten Polzin, der das »Zeitalter der Wandlung« betreut hat.

Meiner Lektorin Angela Kuepper, die sich all die Jahre auf die verschlungenen Pfade meiner Formulierungskunst begeben hat und mir manches Mal Zuversicht gab.

Martina Vogl vom Heyne Verlag für ihre Entdeckung der Welt Gharax, des Nebelrisses und des Autors.

Meiner Schwester Hjördis für ihre schönen Karten, meiner Mutter für die Bilder auf der Webseite, meiner Schwester Dagmar für tröstende Worte in harten Zeiten und Hedi für die beharrlichen Nachfragen, »wann Inthara denn endlich ihr Kind bekommt«.

Leider hat sie von dieser Geburt nicht mehr lesen können.

Meinem Freund Klaus Decker und seiner Firma workoutmedia.com für die Beherbergung meiner Webseite www.nebelriss.de und Thomas Eisele für die Programmierung derselben.

Tobias O. Meißner für den kollegialen Austausch über Fantasyzyklen, das Autorendasein und ein gewisses Mammut.

Eine Welt ist erschaffen worden und wieder zu Splittern zerfallen.

Die Saat geht auf.

*Markolf Hoffmann, im Mai 2007*

SERIE PIPER

## Markolf Hoffmann

### *Nebelriss*

*Das Zeitalter der Wandlung 1. 510 Seiten. Serie Piper*

Fremdartige Invasoren fallen in die Welt Gharax ein und reißen die magischen Quellen an sich, auf die Kaiser, Götter und Priester ihre Macht gründeten. Ein Bündnis der letzten freien Reiche könnte die Feinde aufhalten, doch zwischen den Ländern herrschen Hass und Intrigen. Fürst Banister wagt eine gefährliche diplomatische Mission. Nur ein junger Zauberlehrling, der über die Macht verfügt, in die bizarre Dimension der Fremden einzutauchen, wird die Welt retten können – doch er fällt dem Feind in die Hände …

Mit diesem Band beginnt der große Zyklus des neuen Shooting-Stars deutscher Fantasy!

05/1803/01/L

## Markolf Hoffmann

### *Flammenbucht*

*Das Zeitalter der Wandlung 2. 462 Seiten. Serie Piper*

Während das Kaiserreich Sithar in Glaubenskriegen und Intrigen versinkt, gerät der Zauberlehrling Laghanos in die Fänge einer unheimlichen Sekte. Gepriesen als der Auserwählte, soll er die magischen Quellen durchschreiten und in den Kampf um die Sphäre ziehen. Schon bald erkennt Laghanos, dass er zum Werkzeug einer uralten Verschwörung wurde. Noch hält sich der Drahtzieher im Hintergrund, doch dann entbrennt der Kampf um den Leuchtturm Fareghi, das legendäre Machtzentrum der Magie …

Die Fortsetzung des neuen großen Fantasy-Epos »Das Zeitalter der Wandlung«

05/1804/01/R

SERIE PIPER

## Markus Heitz

### *Trügerischer Friede*

*Ulldart – Zeit des Neuen 1.*
*448 Seiten. Serie Piper*

Nach der großen, verheerenden Schlacht ist auf dem Kontinent Ulldart wieder Frieden eingekehrt. Doch die Ruhe trügt: Während Lodrik sich immer weiter zurückzieht, plant seine erste Frau Aljascha, die Herrschaft über Tarpol zu erlangen. Und im fernen Norden ist jemand erschienen, den alle für tot gehalten haben. Die ehemaligen Kampfgefährten müssen erneut zusammentreffen, um die Katastrophe zu verhindern …

Mit dem Zyklus »Zeit des Neuen« kehrt der Bestsellerautor auf den Kontinent Ulldart zurück – ein idealer Einstieg für Neuleser und zugleich ein Wiedersehen mit den beliebtesten Helden und größten Schurken.

05/1869/01/L

## Markus Heitz

### *Brennende Kontinente*

*Ulldart – Zeit des Neuen 2.*
*464 Seiten. Serie Piper*

Die Ereignisse auf Ulldart spitzen sich zu: Die einstige Herrscherin von Tersion kehrt aus dem Exil zurück und will die Macht an sich reißen. An der Westküste des Kontinents taucht eine Flotte mysteriöser Kriegsschiffe auf und zieht in die Schlacht gegen das kensustrianische Heer. Doch wer sind die Fremden, und welche Ziele verfolgen sie? Norina, die Herrscherin Tarpols, entgeht nur knapp einem Anschlag auf ihr Leben. Endlich begreift Lodrik, wie viel ihm Norina bedeutet. Doch es scheint, als komme diese Erkenntnis zu spät, denn Norina gerät in eine Falle … Der große Zyklus des erfolgreichsten deutschen Fantasy-Autors geht in die nächste Runde!

»Markus Heitz versteht es meisterhaft, den Leser zu fesseln.«
Phantastik.de

05/2023/01/R

## Markus Heitz

### *Fatales Vermächtnis*

*Ulldart – Zeit des Neuen 3.*
*464 Seiten. Serie Piper*

Die Ereignisse auf dem Kontinent spitzen sich zu: Lodriks Tochter Zvatochna übt sich in der Magie der Nekromanten und versammelt ein Heer aus Seelen um sich. Doch nicht nur Lodrik, sondern auch Vahidin stellt sich ihr entgegen. Und die Qwor setzen ihren vernichtenden Feldzug fort. Es gibt nur eine Hoffnung: Ritter Tokaro und seine Gefährten begeben sich in Kalisstron auf die Suche nach der aldoreelischen Klinge und dem Amulett, dessen Macht allein Ulldart noch retten kann …

Bestsellerautor Markus Heitz schickt die Helden seines »Ulldart«-Zyklus in die entscheidende Schlacht.

05/2133/01/L

## Tobias O. Meißner

### *Das Paradies der Schwerter*

*Roman. 368 Seiten. Serie Piper*

Sechzehn Männer reisen durch eine bizarre, apokalyptische Landschaft, einem Turnier entgegen: In verschiedenen Paarungen sollen sie mit eigens gewählten Waffen gegeneinander antreten. Doch auch wenn ein Preisgeld winkt, geht es in Wahrheit nur um Leben und Tod – und darum, die Sensationsgier des Publikums zu befriedigen. Und je weiter das brutale Schauspiel voranschreitet, je mehr Männer unter der sengenden Sonne fallen, desto deutlicher begreifen die Teilnehmer, daß es am Ende vielleicht gar keinen Sieger geben wird …

Mit meisterhafter Sprache webt Shooting-Star Tobias O. Meißner eine fesselnde Mischung aus Thriller und Fantasy.

05/1935/01/R

SERIE PIPER

SERIE PIPER

## Richard Schwartz

### *Das Erste Horn*

*Das Geheimnis von Askir 1.*
*400 Seiten. Serie Piper*

Ein verschneiter Gasthof im hohen Norden: Havald, ein Krieger aus dem Reich Letasan, kehrt in dem abgeschiedenen Wirtshaus »Zum Hammerkopf« ein. Auch die undurchsichtige Magierin Leandra verschlägt es hierher. Die beiden ahnen nicht, dass sich unter dem Gasthof uralte Kraftlinien kreuzen. Als der eisige Winter das Gebäude vollständig von der Außenwelt abschneidet, bricht Entsetzen aus: Ein blutiger Mord deutet darauf hin, dass im Verborgenen eine Bestie lauert. Doch wem können Havald und Leandra trauen? Die Spuren führen in das sagenhafte, untergegangene Reich Askir …

Ein sensationelles Debüt mit einer intensiven, beklemmenden Atmosphäre, die in der Fantasy ihresgleichen sucht.

05/2032/02/L

## Richard Schwartz

### *Die Zweite Legion*

*Das Geheimnis von Askir 2.*
*432 Seiten. Serie Piper*

Ein mysteriöser Wanderer aus dem legendären Reich Askir trifft im Gasthof »Zum Hammerkopf« ein. Er unterrichtet den Krieger Havald und die Halbelfe Leandra über die Zersplitterung des Reiches. Leandra, Havald und einige Gefährten machen sich auf zum magischen Portal, um die Bewohner Askirs davor zu warnen, dass der brutale Herrscher Thalak auch sie zu unterjochen droht. Das Portal soll die Gefährten unmittelbar nach Askir führen; doch stattdessen landen sie im gefährlichen Wüstenreich Bessarein …

Der zweite Band des Fantasy-Zyklus »Das Geheimnis von Askir« verblüfft erneut mit hochgradiger Spannung und intensiver Atmosphäre. High Fantasy der Superlative!

05/2132/01/R

## Oisín McGann

### *Im Namen der Götter*

*Fantasy-Thriller. Aus dem Englischen von Irene Bonhorst. 320 Seiten. Serie Piper*

Oisín McGann legt mit diesem Roman einen hoch brisanten Fantasy-Thriller vor, in dem zwei Welten aufeinander prallen: Der Albtraum des jungen Chamus beginnt, als er ein Massaker überlebt. Selbstmordattentäter des benachbarten Bartokhrin terrorisieren seine Heimat Altima und machen das Leben dort zu einer ständigen Gefahr. Als Chamus nach einem Flug im Feindgebiet notlanden muss, wird er von dem rebellischen Mädchen Rhiadni entdeckt. Diese verrät ihn an die Terrorgruppe Hadram Cassal. Für sie sind die Männer heldenhaft und mutig, stets bereit, für ihr Land zu sterben. Doch als sie den völlig unschuldigen Chamus töten wollen, erkennt sie, dass ihr Volk den falschen Weg geht. Sie befreit Chamus aus der Todesgefahr, und eine Hetzjagd durch die Wälder Bartokhrins beginnt.

05/2050/01/L

## Tobias O. Meißner

### *Die letzten Worte des Wolfs*

*Im Zeichen des Mammuts 2. 352 Seiten. Serie Piper*

Der Bund des Mammuts, unter Führung von Rodraeg Delbane und frisch verstärkt durch den jungen charismatischen Magier Eljazokad, erhält einen neuen Auftrag: In Wandry droht ein massenhaftes Abschlachten von Walen. Die Gruppe bricht zu der Küstenstadt auf, doch schon bald wird sie von einem unheimlichen Werwolf angegriffen. Und seine letzten Worte klingen alles andere als beruhigend: »Ihr werdet die Wale nicht retten können!« Als die Gefährten nach Wandry gelangen, entpuppt sich die Stadt als Labyrinth aus Machtintrigen, Auftragsmördern, verrückten Sehern, magischen Fallstricken und dem organisierten Verbrechen des Rotleuchtenviertels. Können die verführerische Schauzauberin Ronith und eine uralte, geheimnisumwobene Gezeitenfrau dem Mammut bei seiner bislang schwierigsten Aufgabe beistehen? Oder werden hunderte von Walen die auf morschem Holz gebaute Stadt in den Untergang reißen?

05/2051/01/R